秘藏

③ 绝世宝器

打 眼◎著

四川出版集团 四川文艺出版社

图书在版编目（CIP）数据

秘藏3·绝世宝器 / 打眼著. —成都：四川文艺出版社，2013.10

ISBN 978-7-5411-3791-4

Ⅰ．①秘… Ⅱ．①打… Ⅲ．①长篇小说—中国—当代
Ⅳ．①I247.5

中国版本图书馆CIP数据核字（2013）第238165号

MI ZANG 3 · JUE SHI BAO QI

秘藏3·绝世宝器

打眼 著

出品人　柯利明
策划编辑　林苑中
特约监制　林苑中　师素珍
责任编辑　张庆宁
特约编辑　傅满洲
封面设计　郑力珲

出版发行　四川出版集团 ≫ 四川文艺出版社
社　　址　成都市槐树街2号
网　　址　www. scwys. com
电　　话　028-86259285（发行部）　　028-86259303
传　　真　028-86259306

读者服务　028-86259303
邮购地址　成都市槐树街2号四川文艺出版社邮购部　　　610031

印　　刷　北京建泰印刷有限公司
成品尺寸　178mm×246mm　1/16
印　　张　24
字　　数　500千字
版　　次　2013年12月第一版
印　　次　2013年12月第一次印刷
书　　号　ISBN 978-7-5411-3791-4
定　　价　39.80 元

目录 Contents

001　　单刀赴会　第一章

011　　奈何为贼　第二章

021　　地下宫殿　第三章

030　　青龙偃月　第四章

039　　满载而归　第五章

048　　悔不当初　第六章

058　　记名弟子　第七章

064　　买车奇遇　第八章

078　　一招制胜　第九章

089　　高手过招　第十章

097　　化敌为友　第十一章

目录
Contents

104   恶有恶报   第十二章

113   以一敌三   第十三章

124   脱胎换骨   第十四章

133   远走香港   第十五章

143   初次见面   第十六章

153   师门幸事   第十七章

163   叙旧   第十八章

173   九宫阵法   第十九章

181   邕蠹鼍   第二十章

186   斗法（上）   第二十一章

196   斗法（下）   第二十二章

Contents 目录

213　　　葬身大海　第二十三章

222　　　国际杀手　第二十四章

232　　　法侣财地　第二十五章

239　　　赌石　第二十六章

252　　　帝王翡翠　第二十七章

265　　　一卦千金　第二十八章

276　　　故人重逢　第二十九章

286　　　掌嘴　第 三 十 章

292　　　识骨寻踪　第三十一章

301　　　由港转台　第三十二章

308　　　雨中遇袭　第三十三章

Contents 目录

317 轮番袭杀　第三十四章

328 偶遇同门　第三十五章

337 峥嵘往事　第三十六章

346 下山返港　第三十七章

355 老大始回　第三十八章

367 北宫太郎　第三十九章

　　上次见到周啸天的时候，叶天就看出来他是身上有功夫的人，气血运行十分旺盛。虽然还不到暗劲，但是以他那个年龄，也算得上是个高手了。

　　这样的人说话的声音即使不大，也会给人一种中气十足的感觉，但是此刻叶天听到周啸天的声音，却是一句话分成了两段，气力跟不上，显得十分虚弱。

　　"受伤了，很麻烦！"周啸天依然是那副冷淡性子，一个字一个字往外蹦着说。

　　"可是我为什么要帮你啊？你又怎么知道我能帮得到你？"叶天也有些不爽了，求人帮忙就要有求人的样子，多说几句话会死啊！

　　话再说回来了，唐雪雪住进了四合院，他这做主人的总不能扔下不管吧？为了那一百万的房租，叶天也要提供相应的服务嘛。

　　"你能帮我，我知道的！"听到叶天的话后，周啸天的语气中多了几分激动，而且这次蹦出了八个字来。

　　叶天毫不客气地说道："即使我能帮你，但我为什么要帮你啊？你用祖宗传的术法去盗墓，咱们已经不是一路人了……"

　　古人极其重视阴宅风水，上至帝王将相，下到平民百姓，都想寻得一处福祉深厚的阴穴入葬，以保佑后人平安昌盛，所以在古时，风水术师这个行当是极为吃香的。但也有些心术不正的风水术师，却将所学用到了歪门邪道上，和一些盗贼匪徒铤而走险挖掘先人墓葬。

风水术师懂得观望地气，盗起墓来自然要比普通人便利和准确，而且他们可以规避墓穴中的煞气，从而祸不沾身。不过这些人，最后还是极少能得善终的，原因就是上得山多终遇虎，自以为本领高强，却不知道这世上还有他们碰不得的东西。

在叶天看来，周啸天估计就是如此，有些墓葬内是极其凶险的，更别说他只有一个罗盘法器护身，就是古代一些身具术师功法的高人，往往都会在那些地方着了道。

叶天的话让周啸天沉默了一会儿，就在叶天准备挂电话的时候，他的声音突然传了出来："里面有你想要的东西，我取不出来，反而泄了煞气，你不来，这里会遭大祸！"

"我说你小子到底干什么了？"听到周啸天这话，叶天顿时急了，开口骂道，"你……你他娘的本事不大，胆子却不小啊！"

叶天之所以发急，是因为他知道，在一些坟墓或者极阴之地，都聚集着极其浓厚的煞气。不过由于地理条件的限制，这些煞气一般并不会泄露出去，只要不靠近那里，对人身牲畜也就没有什么伤害。但是如果动土施工或者挖掘墓葬时一个不慎，坏了那里原本的风水格局，就会使得煞气外泄，轻则可使方圆数百米寸草不生，重则会伤人性命于无形。

就像是当初叶天买下这宅子大开鬼门关时的行为，其实就是有意识地泄出了故宫内积郁数百年的煞气，不过他将其控制在这个院子之内，对周围倒是没有什么影响。

80年代末，叶天曾经和师父游历到一个山村里，发现在那里出生的小孩，均患有先天性的侏儒症，就是嫁出去的女儿生的孩子也是如此。

这种现象的发生已经有七八年的时间，当地政府也向上级部门进行了求助，一时间从国内外来了许多医学专家调查取证，却没有发现当地水土和环境有任何的异常，最后也没研讨出什么结论来。不过老道围着那山村走了几圈之后，就对叶天断言，在那两山之中，有一个古墓被人给挖开了，使得煞气外泄，通过山口传入了这个村子里。

当时李善元带着叶天走访了一些村里的人，果然，70年代末期，有几个村中闲汉去山中挖开了一座古墓，盗得一些财物出来。不过那几个闲汉在之后不久一个个暴病身亡，从那以后，也就没人敢去山中古墓所在的地方了。

后来师徒两人到山中一看，果然如此，那处墓葬是从死门处被挖开的，积郁了千年的煞气尽出，墓葬周围早已寸草不生。

最后老道施展手段，重新填上这个墓葬，堵住了煞气，但祸患已出，对那些已经被煞气侵蚀了的人，老道也是没有办法的。

就是因为对煞气外泄有着直观的认识，所以叶天才会如此愤怒，学艺不精就敢贸然去开启一些阴穴墓地，那简直就是自寻死路。

"你是什么时候泄的地气？现在人在什么地方？"

听到是这种事，叶天也就不能置身事外了，而且这种行为就是老道口中的积德行善，那次帮助山村化解煞气，老道可是赔进去了一件法器，却一分钱都没有收。

"我在河北曲阳，那里被我用罗盘镇住了，三天之内不会出事，不过最多只能保三天，周围有村子，你不来，我就没办法了！"

周啸天的声音有些低落，这次出手一无所获不说，自己也受了伤，还将祖传的罗盘赔了进去，而且煞气外泄后所引发的后果也是他承担不起的。

俗话说天道无常，常与善人，反过来说就是天道无常惩于恶人，由煞气外泄所造成的所有因果，都会报应在他身上。

周啸天虽然本事不怎么样，但祖传的家学十分渊博，对这些事情非常了解，他知道，如果煞气外泄，那么他也活不到一个月了。

周啸天家里就剩下了一个瞎眼老妈，加上他自己一直都是跑单帮的，根本就不认识什么同行，百般无奈之下，这才找到了叶天。

"说个具体地址，我明天过去！"叶天无奈地摇了摇头，他要是不知道这件事也就算了，但知道了不管，说不定也会被连累上的。

"我在曲阳县城东××招待所208房！"周啸天说出地址之后，就把电话挂断了。

"真是晦气！"毫无缘由地沾上这麻烦事，叶天差点没把电话给摔了，怒气冲冲地走出了房间。

"叶天，怎么了？"正在院子里和叶东平聊天的唐文远，看到叶天一脸不高兴的样子，不由愣了一下，自己今天没哪里得罪他啊？

"和你没关系。"叶天摆了摆手，说道，"遇到点事情，我明天要出去一下，估计要三五天才能回来。"

"你要出去？那……那雪雪怎么办啊？"唐文远一听叶天这话顿时急了，他那宝贝孙女可不会做饭，要是没个人看着，估计都能饿死。而且叶天也说过，需要用中药给唐雪雪调理身体，叶天这一走，谁来医治他孙女啊？

"你以为我想去啊？"叶天没好气地说道，"三五天的没事，你在这里住两天，我大姑会过来给雪雪做饭，我会尽快赶回来的。"

"叶天，到底是什么事非要你去啊？"

叶东平也感觉儿子做事有些不靠谱，俗话说收人钱财与人消灾，就是有什么事情，也要把这边安排妥当吧。

"爸，这事儿和你们说不清楚，我必须去一趟……"

叶天摇了摇头，接着说道："雪雪的事情不要担心，本来也要调养一个月，不差这三五天的工夫。"

"好吧，那你要尽快回来啊！"有求于人就是如此，唐文远拿叶天是一点办法都没有，只能点头答应下来。

叶天倒也不是说走就走，过了两个多小时，他将煲好的药膳端给唐雪雪，喝下药膳后，唐雪雪脸色明显红润了许多，这让唐文远对叶天的手段又增添了几分信心。

　　到中午的时候，陆续有人将各种生活必需品送了过来，整整一卡车的东西，让叶天足足当了一个多小时的搬运工。还有那整整五百斤鱼，将前后院的池塘都放得满满的，这下毛头可是高兴了，根本就不用下水，一爪子就能捞上来一条，在那边吃得不亦乐乎。

　　事关孙女的性命，唐文远办起事来可谓不遗余力，在下午四五点的时候，一车从河北安国来的药材，也被送到了四合院里。

　　"还是有钱好啊！"查看着那些中草药，叶天暗自咋舌，他原本不过是随口说说，但没想到唐文远真的搞到了好几斤五十年以上年份的老山参。而且叶天注意到，有一棵长白野山参的参龄居然高达两百多年，他之前在安国曾经见到过的，这是一家药材公司的镇店之宝，当时的标价是八百八十八万，没想到也被唐文远买了过来。

　　大概估量了一下这些药材的价格，叶天最后得出一个定论，没有三千万，绝对拿不下来。相比自己那次去安国时的拮据，叶天才真正明白了什么叫作财大气粗。虽然叶天已经突破了瓶颈，但这些药材还是珍贵无比，别的不说，师父留下的好几样保命药丸都有了原材料，只要等自己空闲下来就能炼制了。

　　晚上的时候，叶天二姑一家都来到叶天的四合院，平时冷寂的院子也一下子变得热闹起来，刘蓝蓝和唐雪雪年龄相仿，两个小姑娘叽叽喳喳地很快就玩到了一起。

　　吃过晚饭之后，叶天一个人回到自己的房间，从书柜上的瓷瓶中倒出一颗伤药，然后将仅剩的最后一件生肖法器也放到口袋里。

　　想了一下后，叶天打开书柜下面的柜子，用手拿开一块木板后，一个带着密码的保险柜赫然露了出来。

　　这是叶天特意让王工给他定制的，专门存放一些叶天认为很宝贵的物件，像师父留下的罗盘，还有他整理出来的师门秘术，就都放在里面。

　　叶天也不知道曲阳那边究竟是什么情况，有备无患总归稳妥一点。

　　叶天十二岁那年，老道在封堵那山中古墓的阴穴死门时，如果不是借着一件法器脱身，恐怕也会被那里近乎实质的煞气伤到身体。虽然叶天此时的本领比当年的老道已经有过之而无不及，对术法的掌握更不是李善元所能比的，但小心无大错，他不敢有丝毫大意。

　　大齐通宝和无痕还有那枚玉石法器，自然是贴身放着，将罗盘收入一个背包里之后，叶天去了中院，把正在和唐文远聊天的老爸喊了出来。

　　"什么事情？神神秘秘的？"

　　叶东平今儿心情不错，唐文远和他去银行之后，不是转了三千万，而是直接转了四千万进去，多出来的那一千万，算是他自己的房租。不过叶东平并没有准备换车，除了另外办了三张一百万的银行卡之外，剩下的三千七百万都存了起来，儿子现在还年轻，以后说不定什么时候就会用到钱。

"爸，我一会儿就走，您把车钥匙给我吧！"叶天向老爸伸出手。

"你不是说明天离开吗？"叶东平不解地看向儿子，"你也没驾驶证，这出去万一被人查住很麻烦的……"

叶天摇了摇头，说道："爸，没事的，我开车的技术您还不放心啊？那破车给我，您刚好去换辆新车，那桑塔纳开着忒丢份了！"

叶天本来也是想明天走的，不过他对周啸天那小子的话不怎么信得过，万一那罗盘法器要是镇不住阴穴的话，到时候处理起来就要更加麻烦。只是现在走，从北京到曲阳的车却没了，叶天只能自己开车去，安全什么的倒是没多大问题，毕竟叶天十四五岁的时候，就开着老爸的车往返于县城和茅山之间了。

"买什么好车啊，你小子别有了钱就乱显摆啊！"听到儿子的话，叶东平没好气地瞪了他一眼，教训道，"我告诉你，这四九城里比你有钱的多了，人家不是照样二锅头就花生米。"

"又不是我显摆，买了也是您开啊，这年头出去做生意，开个奔驰总比破桑塔纳有面子吧？"

叶天嘿嘿笑着伸出手，从老爸裤兜里将车钥匙掏出来，说道："爸，我就不去前面了，回头您给那老头说一声就行了！"

叶东平对这儿子是一点办法都没有，只能追在后面问道："我说，你去哪里总要告诉我一声吧？"

"河北曲阳……"叶天的身体已经进了后院的车库，声音远远传出来。

"这臭小子，整天不安分！"叶东平跺了跺脚，一脸无奈地返回中院。

从北京到曲阳一共两百多公里，高速无法直达，从保定北拐下高速后，就已经是夜里十一点多钟了，等叶天赶到曲阳，时间已经过了凌晨一点。

这个地处太行山东麓的小县城，没有多少娱乐场所，到了午夜这会儿，路上根本就看不到一个人，叶天想寻个人问路都找不到。

沿着马路开了十多分钟，叶天瞅到一家大门半掩的游戏室，停下车拿了包烟进去说了不少好话，才问到周啸天所住的招待所。

"妈的，这小子不至于穷成这模样吧？"等叶天找到那招待所的时候，又是一个小时之后的事情了，看着那民房一般的招待所，不由爆了句粗口。

这是一栋三层的小楼，楼外面的墙皮都脱落得差不多了，外面能看到那一排排的暖气片子，"顺风招待所"的招牌旁边，还有个澡堂子的牌子。

叶天心里就纳闷了，自己前段时间才花了三万块从这哥们儿手上买了个物件，他就不知道找个好点的地方住？

这破招待所自然也没有停车场了，叶天想了一下，把车停到距离招待所一百多米远的一条马路上，拿出包进了招待所。

通往二楼的楼梯口，被改成了一个房间，里面亮着昏暗的灯光，叶天隔着玻璃看了一眼，一个看不清多大年龄的胖女人趴在桌子上睡得正香呢。

"喂，大姐，我要住店，还有房间吗？"

叶天知道，周啸天住这里肯定不会用真名字，自己要说是找人，估计这胖大姐立马就能拿个扫把将自己打出去。

连着敲了好几下玻璃，那女人才抬起头来，睡眼惺忪地看向叶天，没好气地说道："六人间的二十一晚上，四人间的三十！"

叶天皱了皱眉头，开口问道："大姐，我睡觉轻，听不得人打呼噜，还有一个人的房间吗？"

"想住单间去宾馆啊，来这里干吗？"那女人愈发不耐烦了，从刚才趴着的地方找出来一个还带着她口水的本子，翻了一下，说道："还有一间，八十一晚上！"

其实这里的单间，最贵的也就五十块钱一夜，不过胖娘们看叶天穿得还不错，想宰他而已，剩下的那三十就能装自己腰包了。

"得，八十就八十，这是钱，还有身份证！"叶天从打开的小窗口把一百块钱和身份证递了进去。不过钱被收下了，身份证则和一把钥匙一起被那胖大姐丢了出来："我们这里住不要身份证的，二十块当押金了，走的时候退，二楼第四个房间，你自己去吧。"

叶天也没多话，拿着钥匙和身份证扭头就上了二楼，开门进了房间后，才一拍脑袋："嘿，我这真是越混越回去了！"

叶天早就该想到，以周啸天干的那活计，肯定是越低调越安全，他要是敢去住宾馆，等事发了的时候，公安局一调查这段时间的入住人员，绝对一逮一个准。而像这样的招待所，二三十块钱住一夜，根本就没人会问你要身份证登记，所住的人鱼龙混杂，是藏身的好地点。

这些事情叶天原本也是门儿清的，当年他和老道走江湖的时候，基本上住的也都是这些地方，只是过了几年闲适的日子，竟然一时忘了这茬。

连着开了五六个小时的车，叶天也有些乏了，虽然知道周啸天就住在这一层楼靠窗的那个房间，也懒得去找他了。

将背包当成枕头，叶天和衣就躺在了床上，一觉睡到大天亮，到了第二天早上九点多，他才从床上爬了起来。

这样的招待所是没有洗浴间的，也没有牙刷牙膏什么的提供，一个楼层专门有一个厕所和洗漱的地方。

洗漱完，拎着自己那个包，叶天来到周啸天的房门前，贴耳在门上听了一下，里面传出轻微而又略带急促的呼吸声，看来这小子真是伤得不轻。

"当当！"叶天轻轻地在门上敲了一记，里面的呼吸声立马消失了，床板的声音响了一下后，他听到几声微不可察的脚步声。

"谁？"周啸天低沉的声音从门口传出来。

"开门！"或许是被这家伙给熏陶的，叶天现在说话也是一个字一个字地往外蹦。

"进来！"听到叶天的声音，里面的人似乎松了口气，门锁扭动的声音响起，房门被拉开一条缝。

等叶天走进去，周啸天伸出头往门外打量了一番，这才关上门，反锁之后还把门里面的插销插上了。

"你活得累不累啊？"

等周啸天走回来，看着他那苍白得没有一丝血色的脸庞，叶天原本满腔的怒火也熄灭了。

作为一个有传承的江湖术师，居然混得这么惨，所以叶天虽然对他很不爽，但是出于大家算是同行的份儿上，心里也有些不是滋味。

"累，还是要活着，咳……咳咳！"周啸天一句话没说完，就剧烈地咳嗽了起来，叶天能清楚地感应到他身上那股子阴寒煞气。

没有了那个法器罗盘护身，周啸天的身体充其量也就是比普通人身体强壮一点而已，他所修习的并非术师功法，因而是无法抵御阴煞寒气侵蚀的。

叶天摇了摇头，眼睛在房间里四处打量了一番，不由愣住了，皱着眉头问道："你就吃这些？前段时间从我那里赚到的钱呢？"

在窗前的桌子上放着几袋榨菜，四五个冻得硬邦邦的馒头，放在榨菜旁边的陶瓷缸子里的热水已经没有了一丝热气。

"咳……咳咳……"周啸天刚想张口说话，一阵剧烈的咳嗽把话堵了回去，苍白的脸上露出一丝极不健康的红色。

叶天伸出手向周啸天的左臂抓去，说道："左手给我！"

"你干什么？"

周啸天一惊，下意识地把手往回缩，不过动作却没有叶天快，被他一把掐住太渊穴，只感觉半边身子一麻，歪倒在床上。

"这是伤了肺经了，而且伤势还不轻！"

双指搭在周啸天手腕处，给他把了一会儿脉后，叶天一脸严肃地说道："你这样下去，最多只有半年的命了！"

《灵枢经脉》中有文：肺胀满，嘭嘭而喘咳，如果不治疗的话，很快就会咯血而亡，古人也将其称为"痨病"。

现代医学昌明，这种病倒不是什么绝症，只要住院调理一段时间就能治愈，不过叶天看周啸天这副凄惨的模样，连吃饭的钱估计都没了，更别说看病了。

为了避人耳目住在这种招待所里，叶天能理解，但桌子上的那榨菜馒头，说明周啸天的经济真不怎么宽裕，也不知道他赚的钱都用哪儿去了。

"还能活半年？够了！"周啸天脸上露出惨笑，看年龄他和叶天差不多，但却给人一种历经世间沧桑的感觉。

叶天奇怪地问道："这种病不是很难医治，住院花个几千块就够了，你不打算看？"

"没钱！"周啸天嘴里很干脆地蹦出两个字。

"我说你小子欠揍是吧？上次赚我的那三万呢？"

叶天长这么大，从来都是别人对他头疼，这次也算是遇到克星了，对这往外蹦着字说话的人，他心里也生出一股无力的感觉来。

周啸天一副死猪不怕开水烫的样子，瞥了叶天一眼，说道："看病了，给我妈！"

"倒是个孝子啊！"

叶天仔细在周啸天脸上看了一下，在心中推演一番后，说道："你自幼失怙，父亲早亡，居家事母，但母亲中年失明，从事这一行也是出于无奈吧？"

"你……你怎么知道的？！"脸上一直古井无波，似乎什么都引不起他兴趣的周啸天，在听到叶天这番话后，终于变了脸色。

叶天笑了笑，说道："从你面相上看出来的，你家传所学本就应该是奇门中人，不会不相信这些吧？"

周啸天的额头奇高，而额为八卦中之乾卦，即为君父，所以额高有伤父无缘一说。

"你盗墓，是为了给母亲看病？"看了周啸天的面相后，叶天对他倒是有了一些改观。

周啸天默默地点了点头，说道："妈妈一双眼睛都看不见了，必须移植眼角膜，医院说需要八万，我……我的钱不够！"

或许是被叶天说中了心事，周啸天的话比以前多了不少，最起码听起来没那么别扭了。

"叶天，启开阴穴，我不是故意的！"周啸天突然抬起头，说道，"我没能力将其封堵上，你……你能帮我吗？"

周啸天也是有家学渊源的，他知道如果阴穴开启造成生灵涂炭的话，那这因果报应可不单单落在自己身上，就连他那双目失明的母亲，恐怕都要横遭不测。所以为了母亲，周啸天算是向叶天低头了，他虽然不知道叶天在术法上的造诣有多深，但仅凭肉眼就能看出上次所卖朱雀灯内的煞气，这功夫就让他望尘莫及。

听到周啸天的话，叶天不置可否地说道："把你的情况先说说吧，我不是随便帮人的！"

虽然已经沾上了这事，叶天是必须管了，但他还是要知道周啸天的具体来历，否则真是稀里糊涂管闲事了。

周啸天本想不说，不过看到叶天很坚定的样子，低下头说道："我是周敦颐的后人。"

叶天闻言吃了一惊，追问道："北宋周敦颐？"

"是，愧对先人！"周啸天头垂得更低了，不过叶天却能理解他此时的心情。

周敦颐字茂叔，号濂溪，北宋著名哲学家，是学术界公认的理学派开山鼻祖，作《太极图说》《通书》，推明阴阳五行之理，明于天而性于人者，了若指掌。

周敦颐生前其实并不为人们所推崇，学术地位也不高，人们只知道他"政事精绝"，尤有"山林之志"，胸怀洒脱，有仙风道骨，但没有人知道他的理学思想。

后来南安通判程太中将两个儿子程颢、程颐送到他的门下，"二程"后来均成为著名理学家，理学大家朱熹对他评价很高，为其书作了注解，名声逐渐大起。不过后人皆以为周敦颐只是我国理学的开山鼻祖，却不知道他还是一个阴阳家，对阴阳五行奇门遁甲的造诣极深，周氏一脉的风水学说在奇门江湖也是备受推崇的。

周敦颐生性高洁，周氏一脉以前在奇门中的地位也很高，而作为他的子孙，周啸天却去做盗墓苟且之事，难怪他之前说不出口了。

"你们这一脉不是在湖南吗？怎么跑到这边来了？"

叶天曾经听师父说过周氏一脉，知道周敦颐的后人多在湖南江西一带，不过自从清末之后，周氏就退出了奇门江湖，甚少听到他们的消息了。

"我们家迁到河北已经四代了，我爸在80年代初的时候就去世了，我和母亲相依为命，我也不想去盗墓的……"周啸天似乎还沉浸在自己的思维中，也没回答叶天的话，自顾自地说起来，可能是平时极少与人沟通，一番话说得颠三倒四的，不过叶天还是搞明白了他的身世。

原来，周啸天的曾祖父正是周敦颐这一脉的嫡系传人，不过在清末社会变革的时期，家族中有人窥觑周敦颐的传承，勾结外人准备抢夺周敦颐传下来的一些典籍。

为了避祸，周啸天的曾祖父就带着妻子背井离乡，来到河北唐山一带定居了下来，他本就是知识渊博之人，很快就成了十里八乡的私塾先生，备受人们的尊敬。

周啸天的爷爷周天启继承家学，是河北一所高校哲学系的教授，他们家的生活原本是很不错的，但是后来一切都改变了。

先是周啸天的爷爷作为臭老九被拉出去批斗，后来更是有人翻出他家里所藏的几大箱周氏功法秘术典籍。

那些人根本就看不懂这些东西，却给周啸天的爷爷扣上一顶封建迷信的帽子，这还不算，又放了一把火将几箱子传承秘术烧得干干净净。

原本就被那些红小将打得遍体鳞伤的周天启，见到传了数十代的祖宗功法典籍竟然毁在自己手上，顿时气得吐血身亡。而当时刚刚结婚的周啸天的父亲，空有一身家传本领，却不敢使用，在保护周天启的时候，也被人打成内伤，在周啸天八岁的时候去世了。

后来落实政策，倒是也给了周家一些补偿，周啸天的母亲成了周天启当年任教大学的一名工作人员。只是周母心伤丈夫，眼睛由于经常哭泣，逐渐从看不清东西发展到无法正常工作，无奈之下只能办理了内退，娘儿俩就靠着那份微薄的退休金生活。

到了这几年，周母的眼睛已经完全看不到东西了，周啸天带着母亲去医院检查过，说是反复发作的病毒性角膜炎引起的角膜浑浊，必须做眼角膜移植手术，否则就会失明。

要说周家原本还是有些家底的，但是当年抄家的时候被抢得一干二净，周父去世得早，也没留下什么钱，这担子一下子就压在了周啸天身上。

由于家境的原因，周啸天高中就辍学了，虽然自小练武身体强壮，但在这个一月几百块钱工资的年代，想凑齐八万块钱给母亲治病，无异于异想天开。

万般无奈之下，周啸天想起小时候跟父亲所学过的一些关于风水方面的知识，然后又在家中翻箱倒柜找出了唯一保留下来的那个罗盘法器。

要说周啸天也是极其聪颖的一个人，在买了一些书籍学习之后，再结合自己记忆中的家传学说，倒真被他无师自通，算得上是入了风水术师的门槛。不过以周啸天二十岁都不到的年龄，空口白话的根本就没人请他看风水，这条发财致富的大门也向他关闭了。

一次偶然的机会，周啸天在古玩市场见到一些人买卖古董，顿时如梦初醒，自己懂得观察地气，活人的钱赚不到，难道不能去赚死人钱吗？

有了这个想法后，周啸天茅塞顿开，并且在走单帮的过程中，结识了一些同行中人，被介绍到纪然的场子里进行交易，这才认识了叶天。

　　周啸天本身并非那种性格孤僻的人，只是因为后来家庭的变故，很少与人沟通，才会少言寡语，变成了个冷淡性子。不过让一个少年承受这么多的苦难，他心里的压抑也是可想而知的，此时找到一个倾诉的对象，倒是说得停不下嘴了。

　　听完周啸天短短十多年的人生经历，叶天心中也有些唏嘘，他原本以为自己从小没有母亲，就算是很悲惨的了，但是和周啸天相比，自己简直就是在蜜罐里长大的。而且叶天也知道，看上去差不多有二十三四岁的周啸天，今年不过才十八岁，算起来比自己还要小两三岁，都说穷人的孩子早当家，果然如此。

　　叶天想了一下，说道："你家学渊源，也算是风水奇门中人，应该知道，盗掘先人墓葬是有伤天和的，以后就不要再干了！"

　　风水术师所从事的行业，本就是遭受天嫉的，再去沾染别的因果，那纯粹是嫌自己命大，像周啸天伤了"肺经"，就是上得山多终遇虎。

　　听到叶天的话，周啸天摇了摇头，说道："不干这个我也不会做别的啊，本来想着盗了这个墓凑够给妈妈做手术的钱就收手的，可……可是没想到……"

　　周啸天本身没有什么社会关系，即使懂得一些风水堪舆的知识，在城市里也派不上用场，他曾经想过去农村开辟市场，可谁会信这么个半大孩子啊？

　　最后被逼得干了盗墓这行当，尤其是从叶天手中赚得三万块钱之后，周啸天看到了给母亲治愈眼睛的希望。

周啸天也知道盗墓有伤天和，所以在花了三个多月的时间踩了这个点之后，准备干完这一票就收手的。但是万万没想到，这个阴宅内蕴含的煞气远远超出了他的想象，根本不是他所能应付的。

"你还真是个倒霉孩子！"

叶天叹了口气，脑中忽然想起一件事，问道："对了，你小子上次在那黑市交易和我争抢那几件法器的时候，不是叫到了三十五万吗？怎么会连七八万都掏不出来？"

这些跑江湖的人，向来嘴里都没句实话，而且都是十真一假，在关键处玩猫腻，让人很难辨别出来，所以叶天在想到上次那事的时候，眼中不庄露出狐疑的神色。

"那几件玉器是法器？"周啸天脸上露出苦涩的笑容，接着说道，"那会儿我也没钱，但是我知道那几件玉器是好东西，想收过来转手倒卖的。"

"没钱你怎么敢叫价？"叶天打断了他的话。

"我是第二次在纪老板那里进行交易，按规矩可以向他贷三十万的款子，所以我才喊到了三十五万！"

"你这话说不通……"叶天摇了摇头，"你那么着急给母亲治病，为什么不先从纪然那里借一笔钱呢？"

"从他那里借钱，要把我们的根底都交代清楚，如果在规定的时间还不上他的钱，那三年内从墓中挖出来的东西，都要优先卖给他，价格由他们定，所以不到万不得已，我不想从他那里借钱！"

向纪然借钱，等于是签了卖身契，周啸天还没到山穷水尽的地步，之前自然不肯向纪然借钱了。不过就在那次拍卖中，周啸天看出那几件玉器的不凡，想着如果能买到手里，找个机会倒腾出去的话，就可以还上纪然的借款然后洗手上岸，所以当时才和叶天叫了几口价。但是当叶天叫到五十万的时候，他却是有心无力了，只能眼睁睁看着那几个物件被叶天收入囊中。

"你小子这是空手套白狼啊？"

想着周啸天的行为让自己多掏了几十万，叶天心里就有些郁闷，不过他也没尽信对方的话，而是从包里摸出手机。

"纪兄，我是叶天……"拨通了纪然的电话，叶天问道，"问你点事儿，听说在黑市交易的双方，都能从你那里借到一笔款子，不知道是真是假啊？嗯，嗯，我知道了，谢谢纪兄，我在外地呢，等回北京再说吧！"听了一会儿电话，叶天连连点头，推掉纪然想请他聚一聚的邀请，把手机挂断了。

"还真黑啊，这小子不光倒腾古玩，连高利贷都干上了。"叶天摇了摇头，对周啸天的话却是相信了。

纪然那里确实可以借贷，买卖双方都可以，不过却是分为几个档次的，像叶天这样的客户，从他那里拿个三五百万的现金都行，但对周啸天这样的，上限就是三十万。而且纪然放贷的利息也是很高的，不是按月计算，而是按天算，每天就要一分利，这个却是连周啸天都不知道的，否则他更加不会存了借钱去和叶天竞价的心思。

弄明白了前因后果后，叶天说道："行了，算我信你的话了，把这里的事情说说吧。"

"这个墓在羊平镇一个村子旁边，我在这转悠了三个多月，底下肯定有个大墓。而且那个地方背靠铁山、木山、黄山，呈环抱之势，东西方向则有沙河流过，是绝佳的风水之地！"

说到这些的时候，周啸天脸上露出自信的神色，周氏一脉的传承本就偏重于风水堪舆观望地气，虽然他所学残缺不全，但还是对自己的眼光很有信心。

"你开启墓穴的时候，发生了什么事情？"叶天不置可否地问道，墓葬本就是阴穴，越好的风水佳穴，越是阴气浓郁，而且千百年来地壳变动，一些轻微的变化，或许就能将一处生吉之穴变成极阴绝地。

周啸天脸上露出一丝惧意，说道："那墓葬以前就被人动过了，在生门的地方，有一个盗洞，看痕迹应该在百年以上，我打通了原来的盗洞，在进入墓穴入口的时候，发现了一具尸骨……"

挖坟盗墓的人，是绝对不会惧怕死尸的，周啸天也是胆子极大的人，当时将那具尸骨拨到一边，就准备凿开封堵墓葬穹庐的砖墙。

穹庐的砖墙分为四层，整整忙活了半夜，累出一身臭汗的周啸天到最后终于掏空了三层。但是周啸天没有想到，就在他抽出第四层砖墙中的一块青砖后，一股阴寒之气从那孔洞中倾泻而出，顿时让满头大汗的周啸天如坠冰窟。

当时周啸天只感觉身边阴风阵阵，耳边鬼哭狼嚎，浑身的血液好像都被冻僵了一般，就在此时，身上的那个罗盘却释放出一丝暖意，护住了周啸天的身体。

深通阴宅风水的周啸天知道，自己闹了个大乌龙，这里并非进入墓葬的生门，而是阴气流通的死穴，他也知道自己犯了多大的错误。

死者下葬后，其本身尸骨散发出来的真气会与穴气结合形成生气，通过阴阳交流，在冥冥中影响、左右在世亲人的气运。而穴气就为阴气，两者必须遵循墓葬内的风水格局运转，才能形成生吉之气，两者有如太极一般泾渭分明，而又相互融合。但周啸天所在的那个盗洞，却正是阴穴流动的地方，这一开启，顿时将墓葬内积郁了上千年的阴煞泄出，没将他冻毙在当场，全亏了那面罗盘。

知道惹了大祸的周啸天，连忙将那墓砖塞了回去，又将扒开的那三层青砖都堵上了，但风水格局已破，不是那么容易就能封堵上的。

周啸天明白，他的举动只不过让煞气外泄的速度稍微放缓一些而已，终究是治标不治本，当下一狠心，将祖传的罗盘法器堵在了那里。

不过罗盘之中蕴含的生吉之气，和这千年古墓内的煞气相比还是弱了许多，最多三天，法器就将被侵蚀成一个无用的器皿，而墓葬中的煞气还是会泄漏出来。

"你当时进入墓葬之际，没有观望地气吗？"

叶天对周啸天的行为有些无语，墓葬中阴阳二气泾渭分明，只要懂得观望地气的人，都分得出来，这糊涂小子却是如何跑到阴穴死门之中去的？

"我用罗盘看过，没……没想到出了错……"周啸天弱弱地说道，却让叶天明白了，当今的风水师早已失去和阴阳二气沟通的能力，依靠仪器再加上地壳变动，出错的概率难免就会大一些。

看着桌子上的凉水馒头，叶天摇了摇头，拿出一颗丹药，说道："行了，你把这药丸碾碎化水先服下去，我出去买点吃的。"

周啸天为人至孝，加上进入盗墓这行当也是被逼无奈，是以叶天愿意帮他一把，而且从严格意义上来说，周啸天也是他见过的唯一一个同行中人。

把药丸扔给周啸天，叶天径直出了招待所，寻了一家驴肉火烧店，没要火烧直接买了十斤热驴肉，这东西是大补之物，可以驱除寒气。

"吃吧，再喝口酒，都是驱寒用的！"

回到招待所，叶天将驴肉和一瓶酒放在桌子上，此时周啸天已经服下他给的药，脸色比之前红润了许多。

"叶哥，谢谢您！"周啸天感激地看了叶天一眼，抓起驴肉就吃了起来，十八九岁正是长身体的时候，每天馒头咸菜的，可把他憋得不轻。

"这次劫难我帮你化解了，不过你以后怎么办？"当年周氏一脉在奇门行里也是鼎鼎大名的，可是沧海桑田时至如今，后人竟然以盗墓为生，叶天心里也有些不是滋味。

"叶哥，我……我不干这个还能做什么啊？"

周啸天苦笑了一声，用力地把嘴里的驴肉咽到肚子里，说道："叶哥，我知道您是对我好，我不想瞒您，我妈那眼睛最多只能再拖一年了，要是凑不够手术的钱，我妈可就真要瞎了！"

在讲述自己那悲惨的经历时，周啸天都是一脸的坚强，不过此时提到相依为命的母亲，他眼里却满是泪水，拿着火烧驴肉怎么都吃不下去了。

"嗯，先吃吧，吃完咱们去那里看看地形……"叶天把那包驴肉往周啸天面前推了推，没有继续这个话题。

经过这番长谈，叶天对周啸天的感观很不错，心里也有了一些想法，不过眼前这件麻烦事没解决，叶天不想太早和他提起。

听到叶天的话，周啸天愣了一下，迟疑着说道："叶哥，干……干这个可……可是要晚上去才行的，那周围村子里来来往往的人可是不少的……"

"废话，这个我还不知道啊？不过我又不是去盗墓，只是看看地形观观地气，分什么白天晚上的！"

叶天被周啸天说得哭笑不得，他早年跟着老道行走江湖，又不是没接触过盗墓这行当，他还没傻到大白天地往地下钻，然后被人举报给堵在盗洞里。

"嘿嘿，我就知道叶哥您是行家，叶哥，您也吃，我一个人吃不下这么多！"

生平第一次和陌生人谈心事，周啸天的性子开朗了很多，这会儿的他，才像是个十多岁的少年，身上也少了一些那种暮气沉沉的感觉。

"嗯，多吃点，现在十点多了，这就当是中午饭了……"叶天点了点头，抓起驴肉也吃了起来，他的饭量要比周啸天大得多，没一会儿，一瓶酒十多斤肉，竟然被二人吃得干干净净，其中倒是有六七斤进了叶天的肚子。

"走吧，出去活动活动！"

找了张纸巾擦了擦手，叶天站起身来，伸展了下身体，浑身关节发出噼里啪啦的声音，看得周啸天眼睛都直了。

"叶哥，您这身功夫是怎么练出来的呀？"

周啸天从五岁的时候就跟着父亲练习家传武术，没有一天懈怠，虽然功夫比不上叶天，但眼力可不差，叶天这不经意的一手，确是外门功夫练到了极致的表现。

叶天闻言笑了起来，说道："我练的是内家拳，劲通百骸，看着像外家拳法而已。你们周氏一脉应该也有相应的功法，没必要羡慕我……"

"有是有，不过配合术法修炼的功法，在我曾祖父那一代就遗失了，传到我父亲那里的时候，就只有祖传的一些防身术了。"

周啸天脸色有些黯淡，他小时候对父亲所说的奇门江湖也是很羡慕的，但是家里的传承典籍不是被烧就是丢失，周氏一脉也不复当年的风采了。

"丢掉了？"叶天愣了一下，继而笑着说道，"没烧掉就好，以后机缘到了，说不定就能被你遇到。"

说老实话，叶天也想看看这周氏传承，到底是书纸典籍还是别的什么东西。

叶天所得到的传承过程太过独特，一没文字二没图像，只是一段看不到摸不着的信息而已，就是老道也从未听闻过，是以他也想找到别的风水流派印证一下。

只是在动乱的十年，不仅周家遭遇劫难，几乎所有派别相关的传承典籍都被焚烧一空，几乎全都断了传承。

李善元也曾带着叶天走访了一些风水流派，但那些奇门中人不是转行做别的了，就是拿着祖宗留下的法器在装神弄鬼，却是再没有人能沟通天地元气，再现奇门风采了。

"但愿吧……"周啸天摇了摇头，走到门口将躺倒放着的一个大箱子立在地上。

"里面装的什么？"叶天问道，那箱子可真不小，放个人进去都绰绰有余。

"盗墓的家伙什，叶哥，下去没这些东西可不好使。"周啸天闻言笑起来，拉开箱子拿着个帽子状的东西，说道："叶哥，这个是矿灯，戴在头上的；这个是氧气罩，一次性的，能保持二十分钟，刚下去的时候要带上……"

周啸天那箱子里的物件还真不少，除了矿灯和氧气罩之外，还有短把的工兵锹和洛阳铲以及撬棍等东西，叶天真想不明白这家伙是如何将箱子搬到墓葬那地儿去的。

叶天想了一下，说道："这招待所不安全，咱们出去的话，把箱子带上。"

叶天敢保证，如果箱子放这里的话，等他们出去之后不到五分钟，绝对立马有人进来查看，那周啸天盗墓贼的身份也就保不住了。

"叶哥，这……这要等晚上没人的时候租个三轮车拉去的，现在可不成。"周啸天有些为难，这么大个箱子白天拿出去，太惹眼了。

"拿起走人，我开车来的，话再说回来，你这些东西有一半都要扔掉的，不然被查到一样完蛋。"

在1998年这会儿，很多道路都是有路卡的，越是穷的地方路卡越多，万一被人检查到，叶天就是引火烧身了。

听到叶天说开车来的，周啸天没再迟疑，搬起箱子和叶天一前一后出了招待所。

周啸天说的那座古墓距离曲阳县城还有几十公里，在羊平镇一个叫田庄村的东面，一个多小时后，叶天的车子停在一条有些狭窄的泥土疙瘩路上。

在路上的时候，叶天把周啸天的家伙什给扔了一大半，只留下矿灯工兵锹，周啸天虽然心疼不已，却没敢多说什么。

"别下车，指给我看！"来到地方后，周啸天就想推门下车，却被叶天喊住了。

虽然不明白叶天的意思，周啸天还是指着一处地方，说道："叶哥，就是那边，喏，那里有块大石头，石头西面二十米的地方！"

隔着车窗往四周查看了一番后，叶天叹道："背靠三山，呈环抱之势，东西方向还有河流，果然是聚气藏风的好所在，恐怕你找到的那座陵墓，不是王侯将相，也是权势赫赫的大人物！"

麻衣一脉的术法，比较偏重奇门遁甲占卜相术一类，是以叶天对于阴宅风水，并不是特别了解。但叶天运转秘术之后，眼睛却可以直观地看到墓葬上方凝聚的阴阳二气。让他惊愕不已的是，这座墓葬的占地面积，竟然足足有一个足球场那么大。也就是说，这片地下的陵墓建筑，最少在上千平方米以上，死后能安享这种规模墓葬的人，其身份必然非同小可。

一旁的周啸天深以为然地点了点头，说道："叶哥，这底下用的是青砖，估计是唐宋年间的大墓，不是唐末就是宋代初期的。"

汉朝墓葬多依山而建，喜欢将山体掏空作为帝王的陵墓，而唐末宋初的时候，则是用砖石垒砌的墓葬居多，作为一名有理想的盗墓从业者，周啸天同学的专业知识还是很扎实的。

对着那处地方看了一会儿后，叶天摇了摇头，说道："这个墓葬的煞气是封堵不住了，看样子要想别的办法！"

"那……那怎么办？"周啸天一听急了，这事儿可是他引起的。

"不关你的事，这墓葬的盗洞就不下十个之多，恐怕早有你的前辈进去过了，生吉之气大泄，若是不加以疏导的话，恐怕将来为祸更甚。"

叶天通过探查从地底泄出的气机发现，以前对这座大墓动过主意的人还真不少，从那盗洞挖开的位置就能看出来，里面甚至有好几个人都精通风水，走的是生吉之道。

不过如此一来，这座墓葬就变得阴盛而阳衰，即使叶天封堵住了阴穴，但长此以往，当阴阳二气完全失调以后，引起的祸患将会更大。

"走吧……"叶天看到前方有辆驴车冲着这边过来，拧开钥匙发动车子，径直对着那驴车开了过去。

在驴车让道的时候，叶天摇下车玻璃，嘴里操着一口保定话，对着那赶驴车的老头问道："大爷，赵庄是在前面吧？这路忒不好走了！"

听到叶天的话，老头扬了扬手里的鞭子，说道："你们两个娃去赵庄啊？就在前面，过了田庄还有五里路，不过那边的路更难走！"

"叶哥，咱们去赵庄干什么啊？"见叶天发动车子，直接往前面开去，周啸天一脸疑惑地问道，他没想到叶天之前问他前面村庄的名字，却是用来向老头问路的。

"这叫投石问路，对这些江湖门道，你还嫩着呢……"

叶天脸上露出一丝得意的笑容，论起盗墓的手段，他不如周啸天，但要说起行走江湖的门道路数，周啸天却是拍马都赶不上他。

这座大墓地处庄稼周围，早晚会被当地政府发现，而那些盗洞的出现，必然会使相关部门进行调查，而叶天在这偏僻乡村出现的事情也是躲不过去的。所以叶天就要造成一种过路的假象，在来这里的路上，他就顺手从别的车上卸下两个本地的车牌换在了这破桑塔纳上，基本上做得是天衣无缝。

开着车颠簸了大半个小时，到了赵庄后，叶天也没停车，穿过赵庄又往前面开去，他知道在前面还有个小镇子。

刚好今天镇子上有集市，虽然已经快散了，但摆摊的还是不少，叶天买了两刀黄纸一只公鸡，然后又去镇子上的合作社里买了支毛笔。

另外叶天还买了两瓶当地的烧酒和一些熟食，连着公鸡一起拎到车子上。

看着叶天拎着只公鸡上了车，周啸天不由奇怪地问道："叶哥，您买这些干啥呀？这要是诈尸了，也要买两只黑驴蹄子才管用啊！"

叶天闻言撇了撇嘴，笑骂道："屁的诈尸，你小子还以为墓里有僵尸啊？"

在叶天看来，这所谓的僵尸，只不过是那些盗墓贼下到墓葬里后，被阴煞侵蚀所产生的幻觉，侥幸逃生之后以讹传讹，千百年下来，也就成了传说。不过叶天也没对周啸天解释，而是开着车来到镇子外，将车子驶进一处无人经过的山坳脚下。

把车子熄火之后，叶天拎着公鸡和从招待所带来的陶瓷缸子下了车，右手手指微弹，无痕已然被叶天握在了手心里，轻轻地从鸡头处划过。

用无痕杀鸡，纯粹是牛刀宰鸡，一道寒光闪过，鸡头落在地上，鸡血喷洒而出，叶天连忙用陶瓷缸子接住。

趁着鸡血未冷，叶天将黄纸铺在车头上，拿毛笔蘸了鸡血后，龙飞凤舞地在上面画起符来，不过山间风大，连续两张镇煞符，都因为黄纸被风吹开而没有制成。

"妈的，真麻烦……"

画符是需要动用元气的，叶天看了一眼愣在旁边的周啸天，说道："帮我按住这黄纸的两边。"

周啸天揉了揉眼睛，问道："您……您这是在画符箓？"

"当然了，不是画符我忙活个什么劲啊？"叶天没好气地说道，"快点，画完了休息会儿，咱们还要去田庄！"

"是，是，我就用一根手指按住，保证不影响您！"周啸天连忙答应了一声，上前摊开一张黄纸，对着风向处按住黄纸的两边，脸上兴奋之余还有一丝震惊的神色。

周啸天六七岁的时候曾经听父亲说过，他们周家的先人可以画符镇妖破除鬼魅，当时周啸天还小，就是当成故事来听的。

即使长大以后，周啸天还是认为符箓一说过于缥缈，但没想到叶天居然当着他的面画起符来，这让他顿时想起小时候父亲的话。

周父曾说，懂得画符的人，必须能沟通天地元气，借元气为己用，非寻常人能为之，就是周家数十代的先辈，也只有那么两三个人在术法上达到了如此高度。而叶天居然能制符，这也就是说他在术法上的造诣应该可以与周家先辈相比肩了，在术法式微的现代还有叶天这样的怪物，由不得周啸天不感到震惊。

画好一张镇煞符后，叶天拿在手里打量了一番，满意地点了点头，"嗯，这张还行，哎，再画一张！"

"大功告成，走人！"

连着画成了三张镇煞符，叶天才收了手，小心地将符箓折好收起来后，顺手将陶瓷缸子远远地扔进草丛里。

转脸看到周啸天还站在那里，叶天皱了皱眉头，说道："上车吧，这里山风太大，找个地方休息下吃点东西，等晚上再回田庄。"

"师……师父！"

让叶天没想到的是，他话声刚落，周啸天居然"扑通"一声，双膝着地跪在了他面前。

"师父？你喊谁？"叶天左右看了一眼，这小子莫非被煞气侵坏了脑子？

"师父，您就收下我吧！"周啸天一个响头磕下去，只是额头还没碰着地面，就被叶天用脚尖挡住了。

"师父不能乱喊，头也不能乱磕，咱们俩没师徒的缘分！"叶天摇了摇头，直接拒绝了周啸天。

"不，叶哥，您是我见过的真正的高人，您不收我为徒，我就跪下不起来了。"

周啸天原本就对术法极感兴趣，但条件所限，他无法真正进入奇门江湖之中，眼下见了叶天这尊真佛，岂有不拜的道理！

"妈的，我说你小子武侠小说看多了吧？成，你就在这跪着喝山风吧，老子我没工夫和你磨叽！"

叶天可不吃周啸天这一套，转身就上了车，直接发动车子往后倒去。

"哎，哎，师父，您等等我……"

周啸天再成熟，也不过就是个十八九岁的孩子，眼瞅着叶天真要走，立马从地上蹿起来，一把拉开车门钻了进去。

见周啸天上了车，叶天踩了一脚刹车，看向周啸天，认真地说道："你本是周氏一脉的嫡系传人，虽然丢失了传承，但你的身份却是无法改变的。奇门中人最重视传承，你这样做，也不想想列祖列宗会作何感想。"

"可……可我们家里传承早就丢了啊！"

周啸天没有师父领着进门，所学的一些东西都是小时候父亲教的或者是他自己摸索出来的，并不懂得这些事情，也不是很看重。

"你还姓周呢不是？"叶天没好气地说道，"作为周氏一脉的子弟，你应该想着日后如何寻回周氏传承，而不是来学我麻衣一脉！"

其实周啸天自小练武，根骨奇佳，原本是修习术法的好苗子，不过他年龄偏大了，确实无法继承麻衣一脉的传承，叶天也只能用门第之说拒绝了他。

"那……那好吧，叶哥，我会将周氏一脉发扬光大的！"

想着自己改投他人门下，的确愧对祖宗，周啸天也只能打消了这个主意，他也是心志坚定之辈，同时在心里暗暗下了决心，一定要将周氏术法继承下去。

叶天点了点头，说道："那就好，日后我有时间了，陪你到湖南江西周氏族中走一趟！"

说服了周啸天之后，看着天色快黑了，两人在车里吃了点酒肉，叶天开着车往来时的方向驶去。

河北二三月份的农村，还是寒风刺骨般的寒冷，到了晚上基本上家家户户都灭了灯，没人发现在他们村子的一条土疙瘩路上，停着一辆前盖打开的汽车。

"叶哥，咱们什么时候下去啊？"

这会儿已经九点多钟，叶天和周啸天也在这里等了三四个小时了，期间有些人路过，都被叶天用纯正的保定话以车子坏了应付了过去。

"再等一会儿！"

叶天看了周啸天一眼，强调道："是我下去，不是咱们下去，我可没那么多伤药给你吃，你小子在上面望好风，有什么不对就把车子发动起来，我能听到！"

对于周啸天已经盗了三座墓都没被抓住，叶天也只能暗叹这小子运气好，像他这样跑单帮没人把风的，一般是最容易出事的。

看到周啸天脸上还有几分不服气的样子，叶天不禁乐了："亏得你小子还懂得一些风水学说，这会儿正是阴时，一天之中煞气最重的时候，下去找死啊？"

一般盗墓的人，都要等过了子时才会下到墓葬里，看到周啸天这模样，叶天顿时明白了，敢情这哥们儿受伤也是自作自受。

"今儿倒是偷鸡摸狗的好天气！"

等时针指在十二点的时候，叶天推开门下了车，抬头向天上看去，却是一片乌云将星星和月亮都遮挡了起来。

"记住，遇到人不要慌张，就说车子坏了，连打三次火再熄掉，我就知道了！"叶天一边交代周啸天，一边将衣服都脱了下来。

一般专业的盗墓贼都有特制的紧身衣，不过叶天仓促赶来，只能借周啸天的用。

"我怎么想起来蹚你这浑水的？我说你快点，把衣服递过来！"

只剩一条短裤，饶是叶天身体健壮，也被冷风吹得打了个寒战，三下五除二地换上周啸天带来的紧身衣。

"嘿，倒是挺专业的！"

套上那身略小一点的衣服后，叶天将无痕斜插在左臂上，胸前还有两个口袋，刚好放置生肖法器和符箓，至于罗盘就只能拿在手里了。

左手拿着罗盘，右手拎着工兵锹，叶天来到周啸天进入的那个盗洞前，由于怕被人发现，这个在一个小山坡后面的盗洞，上面虚掩了一层泥土和枯枝。

将罗盘从领口处塞进衣服里，叶天用工兵锹将封住盗洞的泥土挖开，等了大约五六分钟，感觉里面的空气差不多开始流通之后，叶天头前脚后地钻了进去。

这盗洞从外面看着口不大，只堪容得叶天的肩膀进去，但里面却是别有空间，盗洞两壁都是用泥土培实的，倒是不虞有坍塌的风险。

"哪一行都不容易啊，看来自己以前对盗墓者有偏见了！"爬在狭小的盗洞中，叶天脑子里胡思乱想着。

经过现在的亲身体验，叶天也感觉盗墓这一行的确不容易，不但要用脑子，更要有力气，别的不说，这长达近十五米的盗洞，就是个偌大的工程。

手脚并用地爬了十多米之后，叶天来到了盗洞的尽头，一堵青砖墙挡住了他的去路，墙壁上的泥土早已被清理干净，一块块垒砌得整整齐齐的青砖出现在叶天面前。

将头顶矿灯的亮度调大了一些，叶天仔细打量了一下这应该是墓葬穹顶的地方。

这里的空间又要稍微大一些，能容下两个人蹲着身体窝在里面，在砖墙的一角，有一些散落的死人骨头，也不知道死了多久，骨骼都被泥土侵蚀得有些发黄了。

"人为财死，鸟为食亡啊！"叶天不知道在数百年或者更久之前，这里究竟发生了什么，才会遗留下这么一具孤零零的尸骨。

第三章　地下宫殿

那明显留着刚动过不久的痕迹的砖墙上少了一块砖，空出的位置上塞着周啸天的那个罗盘，原本圆润光滑的罗盘，此时光泽尽去，即使在灯光的直射下，也显得有些黯淡。

叶天并没有急着抽出罗盘，而是盘膝坐在地面上，静静地用气机感应起砖墙后面那不断流动着的煞气来。

"这煞气流转的阵法，是被高人指点过的，而且杀气好重，这墓中一定有活人殉葬！"

端坐在地上的叶天，身体猛地一震，睁开了双眼，就在刚才他的气机接触到墙壁后面那近乎实质的煞气后，那股浓郁的煞气竟然蜂拥而上，想将叶天的气机给吞噬掉。

煞气和空气一样，都是无形无色无意识的，这种带有主动攻击性的气机，肯定是被人用阵法引导的，而且手段十分高明，使得这些煞气近乎变成了有意识的存在。如此一来，这些煞气不但更加便于和穴气相融，还可以抵御盗墓者的侵入，对于不懂得术法的普通盗墓者而言，这些煞气无异于催命厉鬼。

"这么浓厚的煞气，要是全化解掉未免有些可惜了。唉，早知道把那朱雀灯给带来了！"

这个墓葬最少被盗掘了十次以上，风水格局早已残缺不全，即使叶天封堵上被周啸天破坏的这处地方，那些煞气早晚也会泄漏出来的。所以叶天准备改动这个墓葬的风水局，使这些煞气和生气一起涌出墓葬，这样可以最大限度地中和煞气的危害，使其不能再造成祸患。不过这些煞气就如此浪费掉，叶天又感觉有些可惜，如果朱雀灯在的话，放在这里滋养一段时间，说不定就能吸纳尽这些煞气，成为一件法器。这个想法让叶天怦然心动，他甚至生出了回北京取来朱雀灯的念头，要知道，同为法器，像无痕这样的攻击法器，是要比大齐通宝都珍贵许多的。

"算了，这里太不安全了，别搞得赔了夫人又折兵……"

思量一番之后，叶天还是打消了这个念头，万一要是在这段时间内，墓葬被人发现，那他的朱雀灯也就甭想再拿回来了。

"把无痕蕴养一番也不错！"

虽然朱雀灯不在身边，但无痕本身却是和墓葬内的煞气如出一辙，多吸纳一些煞气，对无痕品质的提高也是有好处的。想到这里，叶天拿出口袋里的符箓，取出一张后，将其贴在了砖墙上，然后顺手抽出了卡在墙砖里的罗盘。

"好家伙，好浓厚的煞气，这一张符最多顶两个时辰！"

还没来得及看周啸天的那个罗盘，叶天就感觉到一股阴寒之气透墙而出，被镇煞符死死地挡住了，但那镇煞符上鸡血的鲜红色，竟然以肉眼可见的速度在淡化着。

叶天捡起掉落在地上的那个墙砖，将其塞了回去，然后推出左臂上的无痕插在了墙砖的缝隙之中，伸手将那张符箓给揭了下来。

失去了符箓的阻隔，叶天顿时感觉到一股阴寒至极的煞气铺天盖地地透墙而出，像潮水一般，似乎要将自己淹没了。不过就在此时，插在砖墙里的无痕突然毫无征兆地发出一声清脆的鸣响，似乎在欢呼高歌，而那如海潮一般涌出的煞气，竟然被小小的无痕全部吸纳了进去。不过千年墓葬内蕴涵的煞气，可不是无痕短时间内能吸收完的，依然有无数的煞气透过墙体，溢入无痕之中，两者居然达成了一种暂时的平衡。

"果然可以！"

看到无痕的表现，叶天脸上露出一丝惊喜，在这里将无痕蕴养上一段时间，它的品质将会得到进一步的提高，说不定真能达到"岁月流逝"的层次。

所谓"岁月流逝"，并非指的是时间年月流逝，而是奇门中对于攻击法器的一种称呼，相传法器蕴养到了极致，就能产生岁月流逝的功效。不过对于这种只存在于传说中的法器，叶天也只是听闻，从未亲眼见过，攻击法器存世极少，就是这把无痕，那也是他机缘巧合才得到的。

"得，成不成的天亮都要取走！"

虽然舍不得将无痕丢在这里扔上几天，但是距离天亮还有五六个小时，叶天尽可以让无痕多吸纳一些煞气，想了一下之后，他在盗洞中转过身子，顺原路爬了回去。

伸出头四处打量了一番之后，叶天钻出了盗洞，借着夜色的掩护，悄无声息地拉开了车门。

"叶……叶哥？"坐在前座上的周啸天，被叶天的举动吓了一跳，差点没把手中的电筒对着他砸过去。

说实话，周啸天这放风的工作，可比叶天在地下作业要难熬多了。

叶天在下面忙活着，也没那么多工夫去胡思乱想，但周啸天在上面就不一样了，既担心叶天出事，又害怕村子里有人路过，那精神不是一般地紧张。

"喏，你的罗盘，幸亏我来得早，还没完全损坏，蕴养一段时间还可以用！"叶天上车后就把周啸天的罗盘扔了过去，这硬木所制的罗盘放在那里仅仅两天的时间，背面就已经出现了一丝裂纹，可见墓中煞气之猛烈。

"我不会蕴养法器……"

周啸天心疼地抚摸着父亲留下的唯一一件遗物，过了半晌，才想起正事，向叶天问道："叶哥，下面怎么样？阴煞会不会泄漏出来？"

叶天摇了摇头，说道："没事了，等三点的时候我下到墓里去，动一下这座墓葬的风水局。"

距离三点还有好几个小时，叶天说完话就躺在车后座上睡了起来，周啸天就没那么好命了，还要睁大眼睛观察周围的情况。

到三点的时候，叶天准时睁开眼，起身推开车门就往墓穴走去。

"叶哥，氧气罩没拿，墓里的空气是不能呼吸的！"看到叶天没有拿氧气罩，周啸天不由在后面压低嗓子喊了一声。

这封闭了千年的墓葬，里面可不仅仅有阴煞存在，空气中还弥漫着许多霉菌等有毒气体，所以考古人员在墓葬初启的时候，都会让其通风一段时间再进去。至于盗墓贼就没那么多讲究了，他们工作任务重，时间又紧，很多人都会戴着氧气罩进入墓葬，这也算是现代科技带给盗墓者们的福音。

"我不用那玩意儿！"叶天摆了摆手，头也没回地走在墓穴上方。

这次叶天没有进入刚才那个盗洞，而是径直走向最南侧，绕过那个小山坡之后，拿着工兵锹在一处看上去和四周无异的地面挖了起来。

周啸天跟在叶天身后溜了过来，见到叶天的举动，不由奇怪地问道："叶哥，您这是干什么啊？现在都四点了，再打盗洞根本就来不及了呀！"

挖掘盗洞可不是一项简单的活，如果遇到埋得很深的大墓，往往需要三五天的工夫才能打通。

周啸天从自己进入过的那个盗洞就能估算出来，如果是一个人干这活，加上现在天寒地冻，最少需要一个星期才能打通一条通道。

"谁说我是在打盗洞的？"叶天没好气地横了周啸天一眼，手下却是没停，就在他话声刚落的时候，工兵锹下面出现了一个黑黝黝的洞口。

看到那个黑黝黝的洞口，周啸天一时都没反应过来，愣愣地说道："这……这里怎么会有个洞口啊？"

"我说你脑子傻啦？这当然是盗洞了，难道还是兔子洞？"叶天没好气地瞪了周啸天一眼，说道，"快点回去看着点，要是有人来，注意发暗号！"

"奇怪，叶哥怎么知道那里有个盗洞的啊？"被叶天赶回车上的周啸天，百思不得其解地挠头。

从外面看，那个盗洞和别处的土地一般无二，上面甚至还有枯黄的草根，除非叶天有透视眼，要不然怎么也无法知晓地下有盗洞存在。

透视眼叶天倒没有，不过他懂得观望地气之术，从这地下陵墓内所泄露出来的地气，都逃不过他的眼睛。

这一处盗洞虽然藏得隐秘，但却正是生门所在，当年在此挖掘盗洞的人，绝对也是经过高人指点的，因为这里是唯一可以安全进入墓葬的地方。

说老实话，叶天看到这个不知道什么年代打出来的盗洞后，心里多少有些失望。

叶天从未盗过墓，这次临时客串，其实心里也在琢磨着是不是能踅摸几件好东西出来，但这个盗洞的存在，说明这座大墓已经被高人光顾过了，想必不会有多少东西留给他。

"这些家伙没有将盗洞填死，应该是还想着再来，不知出于什么原因，他们却没有再次进入墓葬，里面或许还会留下点好东西吧！"

拿着工兵锹进入盗洞后，叶天发现，除了洞口狭小和上个盗洞一般之外，盗洞内部的空间居然比那个盗洞要大出许多，他矮下身体甚至能在里面行走。不过这个盗洞存在的时间太长了，里面培实了的墙壁，还是有些泥土因为渗水等原因堵塞住了，叶天整整花了将近一个小时的时间才将盗洞给完全打通。

　　"还有一个多小时天就要亮了，看来自己要抓紧了！"看了下手表，已经快四点了，叶天在外面坐了十多分钟，等盗洞里面的空气流通了一会儿之后，重新钻了进去。

　　农村人起床早，说不定五六点的时候就会有人溜达过来，叶天必须在五点之前进入墓葬，将里面的风水局改动之后离开，一个多小时的时间，确是有些紧张。

　　之前进入这座墓葬的那伙人，应该非常有经验，在出去之后，不仅隐藏了盗洞，还将墓穴的砖墙给垒砌如初。

　　"这里是墓门所在的位置！"叶天将砖墙四周的泥土清理了一番，面前呈现出一个近两米高的拱形墓门的形状。

　　叶天心中一喜，看来自己的判断完全正确，除了这个盗洞之外，墓葬别处那十几个盗洞都是没能进入墓穴的。只有一伙人进来过，应该还会留些好东西。

　　对于金银财宝和古玩，叶天并没有什么兴趣，但是这样的千年大墓，确是蕴养法器的绝佳所在，要是能寻得一两件风水法器，他此行也算是没有白来。

　　时间紧迫，叶天没工夫细致地去启开墓门，就用铁锹撬出几块大方砖，然后用五指将一块块青砖抠了出来。

　　当墓门挖开之后，叶天只感觉一股略带暖意的气息从那空洞处传了出来。这就是生门和死门之间的区别，如果换成死门处开了这么大一个洞，在那如海一般的煞气冲击下，就是叶天也不敢以身试险，大摇大摆地站在那里。不过就在那股暖风吹出的时候，叶天还是运功将浑身毛孔都关闭了，同时深吸了一口气，停止了从外面呼吸，虽然他胸口还在起伏着，但已经进入内息阶段。

　　要知道，古墓在地底千年阴沉不见天日，会产生各种霉菌和有害气体，很多毒素甚至都是现代科技所勘察不出来的。就像古埃及的金字塔，封闭数千年后，第一批进入的十多个人，在一年之中陆续暴毙，却谁都无法找到原因，最后被定义为法老的诅咒。

　　在叶天看来，他们不是被煞气伤身，就是吸入了金字塔内的有毒气体，只不过那种毒素并非是当场致命的，所以才会随着那些人体质的强弱陆续死去。

　　叶天虽然有术法在身，体质也远异于常人，但他还是不敢以身试险，毕竟这个世上未知的事物实在太多，小心总归是没大错的。

　　"这……这不会是座帝王墓吧？"

　　等了五六分钟之后，叶天钻进了墓门，看到墓门后的情形，不由愣了一下。因为在门后面出现的景象，并非是他想象中的墓室，而是一条黑不见底的墓道，墓道的高度有两米左右，足可以让他直起身体。

在墓道的地上，竟然全部铺着格式统一的青石砖，墓道的两旁均是大块长方形的青石板，上面雕琢着各种人物以及战争画面的浮雕。

叶天是学古代建筑出身的，墓葬建筑形式也是古建筑中的一种，所以他知道，像这种规制的墓葬，一般只有帝王才能修建。如果是大臣在死后用了这种规模的阴宅，那就是逾制了，后人有造反谋逆的嫌疑，轻则挖开墓葬挫骨扬灰，重则抄家灭族。

只是这座大墓像是唐末宋初的墓葬，而叶天绞尽了脑汁，也没想到唐宋有什么帝王是葬在河北的。

在叶天的记忆之中，貌似除了河北满城一号墓中山靖王刘胜，还有清东陵是在河北地域之外，这里并没有帝王墓的。

"管它那么多，进去看看不就知道了！"

眼瞅着时间已经到了四点半，加上胸中这口气最多只能再维持半个多小时，叶天再也不敢耽搁，拔脚就顺着墓道走了下去。

叶天曾听师父说过，古代大墓中多有致命的机关，一个不小心，就是老江湖也会栽在那里面，所以心下十分警觉。一直走出十多米，周围墙壁上并没有想象中的冷箭暗器射出，叶天紧绷着的身体才放松了几分。

"原来在下面！"不过就在叶天一步踏出、后脚跟上的时候，心里顿时叫了声不妙，因为他感到脚下一空，整个身子不由自主地向下坠去。这块地面居然是一个砖石铺就的活板，在叶天身体下坠的同时，另外一边活板翘起，对着叶天已经落在陷阱中一半的身子就拍了下来。

这要是换成普通人，根本就连思考的机会都不会有，直接就会掉下深坑。但叶天从五岁起开始习武，身体反应的速度甚至超过了他的大脑思维，就在身体刚刚下坠的时候，他的身体猛地在空中一个扭转，变成了脸朝来时的方向。

感受着后脑传来的劲风，叶天双手猛地在深坑边缘拍了一记，身体一顿，止住了下坠的趋势，继而如同离弦之箭般电射而出。

"咣当！"随着脑后传来一声沉闷的响声，翻板重重地盖了下来，墓道内顿时扬起一片灰尘，而叶天在蹿出深坑之后，身子接连打了几个滚，远远离开了那处陷阱所在。

"这他娘的是什么人设计的？太阴险了！"

远远避开之后，叶天胸中内息顿时泄了出来，伏在墓门处大口地喘着粗气，额头冷汗直冒，也顾不得什么有害气体了，能逃出小命，叶天已经是在心中默念祖师爷保佑了。要知道，刚才的那一番际遇，真的是让叶天九死一生，差点就要葬身于这墓道之内。

要说叶天已经算是很小心了，为了怕地下有机关，他适才每走一步，都会用先踏出去的一脚踩实地面，感觉不是陷阱才会后脚跟上。但这处陷阱的设计者对后人心理变化的琢磨已经到了炉火纯青的地步，他将可以翻转的青石踏板设计的承受重量计算得极其精确，一只脚踩上去根本就没有反应。但是当你双脚踏上去后，却是超出了翻板的承受重量，让你在全无防备之下，身体失去重心往下面坠去，设计这个翻板陷阱的人如果放到现代，都能称得上是心理学大师了。

"太卑鄙了，差点让小爷阴沟里翻了船！"

足足在地上坐了五六分钟，叶天才爬起来，方才那一连串的动作，让他的精神和体力都消耗极大，心中还有一种劫后余生的感觉。

刚才已经泄掉了那口内息，呼吸进了墓道的空气，叶天也就没有刻意地去屏息了，直接走到刚才陷阱所在的地方，伸出右脚往地面踏去。

这一次叶天右脚所踩出来的重量，足足有一百多斤，那块地面顿时发出一声轻响，中轴转动，往下面陷去。

"妈的，居然还有比我更倒霉的人！"

叶天低下头，借着矿灯的亮光看到活板下的情形，顿时倒抽了一口冷气，他要是掉下去的话，绝对也会和下面那人一个下场。

这个陷阱长约两米，宽一米五左右，下面密密麻麻插着一排排的利刃。

虽然时隔上千年，利刃上布满了锈迹，但仍然锋利无比，因为下面就躺着一具尸骨。

整个尸骨的胸口都被利刃刺穿，尸体的皮肉早已腐烂，唯有那森森白骨在灯光下闪着一丝荧光，空洞洞的双眼似乎在诉说着自己悲惨的盗墓经历。

一阵后怕之后，叶天脱口骂道："妈的，自己死了还要拉个陪葬的，这墓主人真不是什么好鸟！"

只是叶天也不想想，如果换成是他的墓葬，他会容许有人来打扰自己的安宁吗？估计叶天会比这人做得更绝，他会把自己所有通晓的阵法都用上，使其成为一个绝地。

看着恢复如初的墓道地面，叶天心里有些发寒，他不知道在墓葬深处，还有什么样的机关陷阱在等着自己。

原本以为这是生门，却没想到比死穴更加难走，叶天知道自己低估了古人的智慧，至此他才感觉到，自己把此行想得过于简单了。

"今儿是不行了，还是先回去吧……"

继续走下去，可能要耗费更多的时间来防范这些机关暗器，不过现在已经快五点了，农村鸡鸣一开始，就代表着有人要起床了。虽然心有不甘，叶天还是只能退了出去，从来路的盗洞爬到了地面上。

当呼吸到地面新鲜的空气后，叶天心底那劫后余生的感触愈发强烈了，同时一股深深的疲惫感也涌上了心头。

"叶哥，您上来了？"一直观察着这处盗洞的周啸天，见叶天冒出了身体，马上打开车门走了过来。

叶天看了周啸天一眼，压低嗓音说道："少废话，往洞里填些土，再搞点枯草盖在上面！"

在墓道里还没感觉什么，这一出来，叶天浑身的力气像是被抽空了一般，不是每个人都能享受这种在生死之间游走的感觉。

周啸天也是极有眼色的人，见叶天面色难看，当下一句话都没敢多问，拿着叶天拎上来的工兵锹，将盗洞的出口掩埋了起来。

干盗墓这行当的，掩埋盗洞是基础的必修课，周啸天的手艺还不错，经过一番伪装后，即使有人踩在上面，都不会发现下面另有玄机。

回到车里换上自己的衣服，叶天又在地上捡了几块烂泥糊到前后车牌上，这才发动车子往县城开去。至于无痕，则被叶天刻意留在那煞气外泄的地方滋养着，这个墓葬埋了千年都没被人发觉，这前后只是一天的工夫，叶天相信不会有人发现那处盗洞。

在路上，叶天告诉了周啸天自己在下面的遭遇，吓得周啸天面色煞白之余又庆幸不已，如果不是遇到了叶天，即使自己找对了方位也难逃一死。

"怪不得盗墓的身上都有股子泥土味道！"

回到招待所后，叶天马上和周啸天去下面的澡堂子洗了个澡，虽然让人把浑身上下都搓了一遍，但鼻子里闻到的还是一股子泥土味。

"晚上九点钟来敲我的门，今儿要把事情给办好了！"从澡堂子里出来后，叶天对周啸天交代了一番，回到自己房间里，顾不得被子上的那股子霉味，躺倒就睡了起来。不过没等到周啸天叫醒，八点钟左右的时候，叶天就醒了过来，这一觉整整睡了十几个小时，原本有些疲惫的心神却是都恢复了过来。

回想了一下昨天发生的事情，叶天在心中暗叹："看来自己经历的事情还是太少了，完全做不到师父所说的处乱不惊的地步。"

按照老道所说，以前奇门中人相互争斗的时候，其凶险之处远甚自己昨天所遇到的情形，稍一分神，就会命丧当场。

叶天虽然不知道当世是否还有真正能沟通天地元气的奇门中人，但是他昨天的表现，显然并不及格。

由于昨天呼吸进了墓道内的空气，所以叶天没有急着去找周啸天，而是静静体察了一下身体的变化，没有感到丝毫的不适之后，才洗漱了一番，敲开了周啸天的房门。

"叶哥，您来了，我买了点吃的，正要去叫您呢……"

周啸天打开门，昨儿的凉水馒头早就不见了，在桌子上摆着一包热乎乎的熟驴肉，显然是看到叶天爱吃，专门去买的。另外还有两瓶当地产的高度白酒，像他们这种夜间工作的人，喝上几口驱驱寒是很有必要的。

"吃吧，吃完了早点过去！"叶天此时也饥肠辘辘，前后不过十几分钟，几斤驴肉、一斤白酒就下了肚，身上顿时升起一股暖意。

等叶天吃完，周啸天迟疑着说道："叶哥，要……要不，今儿我陪您下去？"

"你？还是算了吧，到时候在上面接应我就行了……"叶天摇了摇头，墓葬内还不知道有什么危险，到时候他自己都顾不过来，周啸天下去只能添乱。

昨天已经有几个人发现车子抛锚的事情，所以今天如果再不能进入墓葬，叶天就会直接将煞气封堵上返回北京。

"好吧，叶哥，那您小心一点儿！"周啸天无奈地点了点头，他也知道自己本事不济，下去只会拉叶天的后腿。

"把所有东西都带上，这里不会再回来了……"虽然早上又交了一天的费用，但叶天并没有打算再回到这个招待所。

两人一前一后出了招待所，车子在夜色中开向田庄的位置，不过这次叶天却把车子停在了距离墓葬一里多远的一处公路旁边。

带上工具下了车，两人并没有走大路，而是从刚刚播了春种的庄稼地里绕到了墓葬处，在那里有个小土丘，周啸天躺在土丘后面，倒是不被人发现。

在周围查看了一番，没有发现什么异常之后，叶天对周啸天说道："我现在就下去，你自己在上面注意点，如果发现什么情况，你就跑吧！"

这个墓葬一共有十多个盗洞，即使被人封堵一个叶天也不怕，倒是周啸天被人抓住有些麻烦。

"叶哥，您放心吧！"周啸天点了点头，昨天吃了叶天的丹药后，受伤的肺经已经恢复得七七八八，只要不是遇到带枪的警察，他对自己的身手还是很有信心的。

叶天没有再多说什么，挖开那个盗洞，又一次钻了进去，不过这次他却把氧气罩戴上了，这人有时候是不能太过自信的。同时叶天手里还多了根一米多长的撬棍，这东西是用来探路的，经过昨天那事之后他才明白，敢情这盗墓贼的家伙什没有一件是多余的。

知道翻板的位置所在，想要通过对叶天来说并不是难事。活板翻起之后，他轻轻一跃就跳了过去，当然，先着地的却是他手中探路的撬棍。

这个墓道长二十多米，在这二十多米的距离里，叶天一共发现了三处活板。只是除了第一个活板，其余两处陷阱里，却是没有再死人了，想必先前进入的前辈们，也认真吸取了教训。不过在墓道里，还是多出一具死人的尸骨，在他已经化为白骨的尸体旁边，散落着十多个三角形的箭镞，至于箭杆，早已腐朽。像这样的暗器机关，一般只能射出一次，在叶天对墙壁地面不断地敲击下，他也没有受到箭雨的攻击，安全地来到了进入墓葬的门前。

这是一扇高达三米，通体用汉白玉打制的石门，触摸在石门上，能清楚地感受到一股汉白玉石的凉意。只是这道雕龙砌凤精美异常的汉白玉石门，却被人从中间位置凿开了一个大洞，将里面的门闩给生生打断了。不过这倒省了叶天的事，伸手轻轻一推，看似笨重的大门随手而开，一处宽敞的空间出现在他的面前。

"妈的，这家伙到底是什么人啊？墓葬里面居然还有院子！"

用灯光在第一个墓室里探射了一番之后，叶天忍不住爆了句粗口，出现在他面前的是唐宋墓葬所独有的两个耳室，耳室中间的空地，刚好形成一个院落的"小前庭"。

在方砖铺砌的墓室地面上，还散落着不少东西，有些物件在灯光的照射下，反射出耀眼的光芒，显然是金器或者宝石一类的陪葬品。

穿过前庭，后面还有前甬道，过了一个拱形的砖石门之后，叶天顿时愣住了，出现在他眼前的这个中室之广阔，有些超乎他的想象。整间中室高达五米，墓顶是呈环形的苍穹状砖墙，一股浓郁的阴煞之气正汇集在砖墙的一处，那里正是叶天放置"无痕"的所在。

在中室这高达五米的空间中，还环绕着六根直径近半米的柱子，将整间墓室支撑得坚固无比，即使发生地震，都不见得能使其坍塌。

叶天用手敲了敲身边的一根柱子，传出木头敲击时沉闷的"咚咚"声，这让他松了一口气，因为这些木柱均被漆上了金粉，看上去犹如黄金铸成的一般。叶天也不知道这些柱子是什么木质的，但历经千年而不腐，想必一定是很珍贵的木料。

六根镏金柱子上，还镌刻着龙形图案，并且周围的墙壁和穹顶，都有着五颜六色的彩绘，在灯光的照射下，显得异常地富丽堂皇。

只是叶天并非是第一个进入这里的人，由于外部空气的侵蚀，很多彩绘图案已经掉色和脱落了，但仍然难掩这座千年大墓的奢华与气派。

这个中室用镏金柱子隔成了三个耳室，不过耳室里面的陪葬品都已经被搬空了，只有地上散落着一些金银器，偌大的空间显得有些空荡荡的。

叶天知道，在中国古代墓葬中，一般的双室墓结构已表明墓主人身份达到王公贵族的级别，这座古墓不但是双室墓，并配有多个侧室和两个耳室，身份尊贵可见一斑。

"这到底是什么人的墓葬啊？"

生平第一次客串了一把盗墓贼，叶天却是生出了考古学家们的心思，因为他实在有些好奇，这墓主人究竟如何招惹了那位前辈高人，被人布下这么个断子绝孙的风水局。

地面上有许多用汉白玉石打制的基座，原本上面应该有些物件，但此时被扫荡一空，甚至有几个镌刻着精美莲花图案的基座，都被人用斧锤给凿下一半。

"嗯，这里应该就是阵眼了，不过这布风水局的人，为何会将后室改为阴煞汇聚的地方啊？"

这些残缺的汉白玉石，看在考古人员的眼里，都是有研究价值的古代艺术品，但是对于叶天而言，却是此处风水局至关重要的所在。

让叶天困惑不解的是，后室为安放棺椁的地方，一般来说，风水师都会将其布置成生吉之穴的穴眼，用来护佑庇福后人。不过按照这个风水格局的布置，却是恰恰相反，如果叶天没猜错的话，设计这个墓葬的人将后墓室建成了一个风水绝地。

从后墓室流出的阴煞，都汇聚到了中室穹庐之上，整座大墓毫无生吉之气，这对墓主人的后人来说，简直就是一场灾难！

风水学说中有句话，叫作"阳宅影响一家人，阴宅影响一族人"，可见墓葬风水的重要性。

叶天整整观察了半个多小时，才肯定了自己的想法，不过这也让他愈发糊涂了："这要有多大的仇，才会如此布置啊？那墓主人难道就一点看不出来？"

这个墓葬呈三山环抱之势，东西有流水，可谓绝佳上好的风水格局，但墓葬内的布置却被人为改动，使其变成了一个死穴。而偏偏整座墓葬还修建得富丽堂皇，显然墓主人对其十分重视，但却在关键所在被玩了一手偷龙转凤，这肯定不是墓主人所授意的。那么只有一个结果，就是墓葬主人不知道如何得罪了那位请来设计这座陵墓的风水术师，使其暗中做了手脚，将一座原本可以庇佑后人的绝佳风水阴宅变成了后人的催命符。不过布下这样阴损的风水阵法，也是有伤天和的，那位风水行的前辈想必和墓主人有着什么深仇大恨，才会冒着遭受天谴的风险做出这番疯狂的举动！

"奶奶的，倒是便宜我了！"

感受着后室阴煞之气源源不断地涌向穹庐顶处的无痕，叶天也不知道心中是个什么滋味，这积郁了千年的极阴之气，短短一天工夫，竟然被无痕吸收了大半。

本身打制无痕的材质就非常好，而且它之前所在的墓穴也是一处阴极之地，否则也不会形成天然的法器。只不过那处阴穴内的煞气都被无痕吸收殆尽，无法使其品质更进一步，而这里的阴煞千年未泄，无痕就像是个无底洞一般，将墓葬内的煞气尽数吸纳了。

现在即使煞气外泄出去，也不会对周围村庄造成太大的影响了，最多有些身体虚弱的人会生场小病。"让我再助你一把吧！"

感受着后墓室传出的煞气有些不继了，叶天站在中室阵眼处，双手掐了个指诀，浑身元气激荡，口中大喝一声："引！"

随着叶天的喝声，中室的元气瞬间快速转动了起来，形成一个看不见的旋涡，将原本有些后力不继的后墓室中的煞气尽数吸了出来。

一时间，整间中室的温度似乎骤然下降了好几度，煞气流动的声音，犹如鬼哭狼嚎一般，不过叶天心神坚定，根本不为所动，双手一抬，将煞气引导向了墓室的穹庐之处。

"铮！"被叶天插在穹庐砖壁上的无痕发出一声清脆的鸣响，似乎在欢呼不已，而它也加快了吸收的速度，那海量的煞气在短短的五六分钟之内，竟然被它吸纳一空！

叶天也不知道无痕竟然有如此功效，惊喜之余不由想道："怪不得师父对攻击法器那么推崇，如果当年有这么个家什在，师父也不需要损失一件法器了，直接就能将那处山中古墓的煞气吸收殆尽！"

就在叶天心中沉思的时候，脑中突然恍惚了一下，自己仿佛到了个古战场，数万人厮杀在一起，周围喊杀声震天，残肢断臂横飞，到处都是尸山血海，犹如一片修罗场地。

"想造反啊？"叶天一愣之下，用力咬了一下舌尖，感到嘴中一咸，整个人顿时清醒了，心中大怒，掐了个指诀，口中喝道："来！"

被叶天气机牵引，原本插在穹庐顶部的无痕，像是穿过块豆腐一般，刺穿了整整四层砖墙，对着叶天飞射而来。此时的无痕，和平时阴煞内敛不同，一阵阵强烈的煞气冲击而出，目标正是站在墓中的叶天。

"你大爷的，老子滋养你，居然想造反！"虽然传承典籍上有法器通灵和噬主一说，但叶天却从来没遇到过，眼前的情形他哪里还会不明白，无痕这是不甘被他驱使了。

眼见无痕已经来到面前，叶天右手闪电般地伸了出去，用两指死死地夹住无痕的剑刃，虽然无痕锋刃震动，发出"嗡嗡"的响声，但却丝毫动弹不得。

叶天左手接连掐了几个指诀，飞快地打入无痕剑身中，然后嘴巴张大，刚才咬破舌尖含在嘴里的一口鲜血喷在了无痕剑体之上。原本还在挣扎不已的无痕，被叶天这一口鲜血喷出，顿时消停了下来，冲天的煞气完全收敛到剑身里，又变成了那把黝黑毫不起眼的短剑。

"奶奶的，没想到还真的要用血祭！"

感受着右手无痕传来的那种与自己血脉相连的感觉，叶天伸手抹了抹嘴边的鲜血，他刚才所用的秘术，就是专门收服凶煞之器的。

"铮！"无痕发出一声脆响，不过这次却不是伤人，而是犹如小儿撒娇一般，让叶天有些哭笑不得。

"算了，饶了你这一回！"叶天笑着就准备把无痕收起来。

"铮！"不知道为何，无痕忽然在叶天手心调转了个方向，刃尖处对着那黑洞洞的后甬道鸣响了起来。

"嗯？法器示警，莫非里面还有什么东西？"叶天愣了一下，他也能感觉到后墓室内的煞气，似乎并没有完全被吸引出来，那里被阴煞侵蚀了千年，说不定就会有像无痕一般的存在。

"入宝山不能空手回，这前人的东西本就是属于大家的，我拿上一件也是应该的吧？"

叶天本没有从墓葬中偷取物件的想法，不过能让无痕示警的东西，想必不是凡物，一时间也是心中火热，穿过中室，进入了后甬道。

一般墓葬主人都会将其棺椁放在后室之中，如果是夫妻合葬墓，后室还将有数个侧室，以安放主人和妻妾们。

"嗯？这里怎么会还有死人？"在来到后甬道相连墓室的汉白玉石门处时，叶天停住了脚步。因为在汉白玉门的边上，还有一堆尸骨，叶天从这人身上腐烂的粗布麻衣制成的衣服看出，他绝对不是被抛尸在此的墓葬主人，而应该是后来进入盗墓的人。

按理说墓葬之中不会还有危险的，叶天眉头微微皱了起来，心中起了一丝警兆，左手握住无痕，右手缓缓地推开那早已被破坏了的汉白玉门。

汉白玉石门看着很笨重，不过下面却是用滚珠滚动的，非常灵活，叶天右手轻轻一推，石门就缓缓向里开启了。

"爷早就提防着呢！"

就在叶天借着头顶的灯光望向墓室的时候，一股阴寒到实质的煞气突然扑面而来，如刀般向叶天当头砍下。

这次叶天早有防备，左手无痕轻举，一道丝毫不弱于对方的杀气从无痕剑身脱体而出，两股煞气撞在了一起，顿时搅动得整间墓室的元气都紊乱了起来。

两道无形的煞气在空中争斗着，叶天却通过矿灯所散发出来的亮光，看清了墓中的情形。

正如叶天所想的那样，这个后墓室又分为四个侧室，正中摆放着一个巨大的棺椁。在其两旁的侧室中，还有两个略小一点的棺椁，叶天知道，这是主人棺椁和他的妻妾，至于另外两个侧室，则全是一些死人的尸骨，应该是殉葬者。

"你……你妈的，难……难道这里是关二爷的墓？"

这些都很正常，和普通的墓室没什么两样，但是让叶天惊愕莫名的是，在三个棺椁的前面，居然横着摆放了一把偃月刀。

偃月刀属于长柄刀的一种，因其重量较重，所以斩、劈的威力非同小可，关羽用的青龙偃月刀就是偃月刀之中最著名的一种。

出现在叶天面前的这把偃月刀刀身长约六十厘米，刀背厚实，虽然历经千年，刀身处仍然寒光闪闪，犹如刚淬火出炉一般。这把偃月刀的刀柄长约八十厘米，通体黝黑光润，叶天目测了一下，应该是上好的熟钢打磨出来的，距离三四米远，叶天都能看到上面细微的纹路。

"这不对啊，关二爷死在麦城，那是湖北地界，虽然河北湖北都带着个北，两边却差了几千里路，这肯定不是关二爷的刀！"

经过开始的惊愕之后，叶天醒过神来，眼前的这把刀，和关二爷肯定没有半毛钱的关系。因为叶天知道，关二爷所使用的青龙偃月刀，最初不过是小说杜撰出来的。

到了唐朝的时候，有人根据小说演绎，倒是打制出了大关刀，但因为太重，极少有人能使用，大多都是作为训练、仪仗或宫殿侍卫的武器。

看着这把偃月刀，叶天的眼神逐渐变得火热起来，虽然不是关二爷的武器，但是这把刀绝对称得上是一把宝刀，而且还是一件难得的攻击性法器。且不说这把刀在古墓中历经千年而不腐不锈，单单是刀身所带的冲天煞气，就足以证明这是一把凶兵。而且刀中煞气还隐含着一股杀气，说明这把刀并非是件陈设或者仪仗品，它肯定曾经饱饮人血，无敌于战场之上，却不知为何被人封在了这千年古墓之中。

"铮！"就在叶天沉思之际，耳边一声清脆的响声将他惊醒了。

两件凶兵相争已经分出胜负，偃月刀释放出来的煞气尽数收敛了回去，而叶天手中的无痕则发出得意的脆鸣，显然占据了上风。

其实从主动攻击性上来说，这件偃月刀要更甚于无痕，因为它早年就是战场杀敌的凶器，被鲜血浸淫的机会远远多于无痕，杀气之重就连叶天刚才都为之心颤。如果不是无痕历经两座古墓煞气的蕴养，刚才很可能就不是偃月刀的对手了。这也是无痕能被盗墓贼所得，最后流落到叶天手中的原因，但对于这把凶兵而言，这种可能性基本是不存在的，除了叶天之外，它对于所有人来说都是祸乱之源。

"哈哈，不虚此行，真是不虚此行啊！"叶天哈哈大笑了起来，虽然这偃月刀体积过大，无法随身携带，但是用作镇宅宝刀却是再适合不过了。将其放入叶天那四合院里，将会百邪不侵，稍微有点灵性的动物都会远避，到时候估计毛头想抓只老鼠都难了。

攻击法器在奇门江湖中一向是难得一见的，老道行走江湖百余年都没遇到一个，叶天这短短一年之中竟然连得两件，忍不住放声大笑了起来，震得墓室里灰尘飞扬。不过想把这偃月刀带出去，叶天却是要先收服了它才行，法器通灵，尤其是凶煞类的法器，没有一件是简单的，一个不慎就会遭到反噬。

门口的那具尸骨，就是被这法器侵入心神而死，而这后墓室没有被搜刮的痕迹，想必是那些古代盗墓贼见到同伴无故死亡，才没敢进入墓室内大肆劫掠。

叶天用手安抚了一番无痕，返身将其放入墓道之中，才回到墓室里，径直往偃月刀走去。

似乎感觉到了叶天的用意，那把凶刀内的杀气脱体而出，对着叶天冲击而来。

曾经有过收服凶器的经验，叶天并没有慌张，也没有做任何的抵抗，任由那股凶煞之气侵入体中。不过这把凶刀内的煞气之中，还蕴涵着浓烈的杀气，叶天脑海中顿时出现古战场的画面，刀光剑影尸山血海不断地在身边上演。

一丝丝煞气在叶天体内游走，只是叶天所修炼出来的元气，也在逐渐和这些煞气融合着，但是融合偃月刀的速度，却比收服无痕的时候慢了很多。

整整过去了一个多小时，横放在叶天面前的偃月刀，突然发出一声脆鸣，叶天身上的煞气被席卷而回，尽数收敛到了刀中。而此时，这把偃月刀才能算得上是一把真正的法器，没有叶天的驱使，它再也不会主动释放煞气对人进行无差别攻击。

"真麻烦。"收服这把凶器，显然耗费了叶天许多心神，苍白的脸上挂满汗珠，神情显得疲惫至极。

站在原地稍稍休息了一会儿，叶天先把无痕取回插在左臂上，才来到偃月刀架前。他用右手握住偃月刀的刀柄，往上一提，放在刀架上的凶器便被他平抬到了胸前。

一股血肉相连的感觉涌上叶天心头，但是从刀中传来的那种无形的阵阵喊杀声，却无法再影响到叶天了。至此叶天才能细细打量这把偃月宝刀，正如他之前所判断的那样，刀柄全是由精钢打磨的，在尾处镌刻着一只惟妙惟肖的虎头。而刀身光滑，刀头阔长，形似半弦月，背有歧刃，刀身穿孔垂旒，刀头与柄连接处有龙形吐口，给人一种细腻中的粗犷感觉。

"男儿当杀人，杀人不留情。千秋不朽业，尽在杀人中！"

提着这把重达三四十公斤的偃月刀，一股豪情激荡在叶天心中，想象着骑在马上挥舞偃月刀冲杀于千军万马之中的情形，就忍不住心潮澎湃。

叶天挥刀向前斩去，顿时一股劲风划开空气，发出阵阵呼啸之声，可见这把刀如果拿在力大之辈的手中，在战场上绝对是无可匹敌的绝代凶器。

"不知道这座古墓到底是谁的陵墓。放着这么一把刀原本是为了镇压这墓主人，却没想到历经千年变成了一把凶器，反而便宜了我！"

把玩了一番偃月刀后，叶天激动的心情渐渐平息了下来，看了下手表，已经是夜里三点多钟了，他并没有太多的时间耗在这里。

"开，还是不开啊？"

看着墓室中三具大小不一的棺椁，叶天为难了，打开棺椁倒是简单，手中偃月刀正合用，但惊扰前人安息，却是对古人的大不敬，为天理所不容。

对于棺椁中可能陪葬的大量珍贵文物古玩，叶天倒是没有多大的兴趣，因为他通过气机感应到，这三个棺椁中都没有法器的存在。

如果想揭开这座陵墓主人的真正身份，却需要在棺椁中寻找印章，一般而言，棺椁中都会有证明其身份的物件存在。

"算了，还是在别处找找吧！"叶天摇了摇头，最终决定还是不去惊扰这倒霉的墓葬主人了。

死后被人布了这么个阴损的阴穴绝地，想必后人早已断子绝孙了，不过他的尸骨倒是得以保全了下来，叶天不想去破坏这冥冥之中的天意。

围着三个棺椁转了一圈，叶天皱起了眉头，这里千年都没有人进入，地面除了汉白玉打造的棺椁基座之外，甚至连殉葬品都没有一件。

在主墓室没有得到什么线索，叶天将目光看向了两边的侧室，或许在那些殉葬人的身上遗留有什么物件也说不准。

"真凶残啊！"

走进殉葬室之后，叶天才发现，这些殉葬而死的人，基本上都是被当场格杀的，很多尸骨上还残留着没有拔出来的刀剑。

这两个殉葬室里人的身份也是不相同的，一个里面全是身穿锦罗绸缎的女人，而另外一个则全都是穿着粗布麻衣的男人。

"嗯？这个人是谁？"当叶天看到一具尸骨的时候，不禁愣了一下，因为这具尸骨所穿的，居然是一件尚未腐朽的青袍道衣。

"难道……这是设计墓室的那位前辈高人？"看着道袍上尚未腐朽的八卦图案，叶天脑中冒出这么个念头。

古代帝王为了保证墓葬的保密及安全性，防止后人盗墓，都会将修建墓葬的劳工匠人们全部杀死，最有名的自然就是秦始皇陵陪葬的数十万工匠。

自秦以后，虽然历代帝王都宣扬不再用活人殉葬，但那些修建陵墓的人，却是不在此列，往往墓葬修好了，也到了他们将死之日。至于陵墓的设计者，更是在必杀之列，所以叶天关于这具尸骨就是当时的那位风水高人的推断是十分合理的。

"前辈莫怪，回头晚辈会诵念往生咒，帮您超度轮回的！"

这具尸骨上的皮肉虽然早已腐朽殆尽，不过仍然残留着一股难闻的气味，叶天也没蹲下身体，直接用手中偃月刀轻轻拨动了一下。

"果然如此！"

当那具尸骨被叶天移动的时候，一面罗盘从道袍中滑落了下来，只不过这原本应该是件法器的罗盘，经过墓中阴煞的千年侵蚀，已经变得法力全无了。

"嗯？还有东西？"

在罗盘滑出来之后，叶天发现，在这道人大腿骨的部位，似乎有一团黑乎乎的东西，当下用偃月刀挑开了他身上的衣服。

"妈的，这挨了多少箭啊？"

挑开道人腐朽不堪的衣服后，叶天顿时愣住了，因为在他胸腹间的骨骼之中，密密麻麻最少有二三十个箭镞，在古代，这种死法就被称为万箭穿心。

想来这道人也不是善与之辈，在被杀死的时候进行了激烈的反抗，不过终究是双拳难敌四手，最后还是被箭射死在这里。

"个人能力再强，也不是一个朝廷的对手啊！"叶天摇了摇头，将目光看向那人的大腿骨处。

在那人的大腿根部，有一个巴掌大小的黑色物体，原本应该是用牛皮筋绑缚着的，但是皮肉腐烂之后，那物体也就卡在了他的骨骼之中。

"是个铁盒？"叶天用偃月刀轻轻触碰了一下那个扁平状的物体，竟然发出了金属交击的声音。

"难道是这人留下的传承秘术？"叶天再也顾不得地上难闻的气味，蹲下身体将盒子取了出来，"嗯？不是铁盒，竟然是木头的？"

盒子入手很沉，但并没有金属的质感，而是用沉香木制造的，凑近闻来还有一股淡淡的香味。

叶天心中一阵激动，现代术法式微，除了他自家传承之外，早已见不到别的奇门中人了，想着手中木盒里极有可能就是道人的传承，他心里顿时一片火热。

木盒的铜纽扣还是保存完好的，叶天将纽扣往上挑开，伸手将盒子打开。

"绢帛？"

看着木盒中一本薄薄的绢帛，叶天心中欣喜若狂，唐朝虽然已经有纸张存在了，但对于一些有价值的记载，多是用绢帛书写，这想必就是道人的传承了。

来不及细想，叶天伸手就将其拿了出来，不过意外就在这时发生了，手中抓着的绢帛，随着他的动作，瞬间化为了青烟一般的飞灰。

　　叶天到底不是专业的考古人员，甚至对于墓葬之中文物的保护意识，还不如上面的半吊子盗墓贼周啸天。

　　叶天并不知道，这些尘封在墓葬里千年的物件，遇到氧气之后，如不经专业护理，很快就会腐朽成灰。

　　国内有一座保存完好的墓葬开启时，考古工作人员就曾经眼睁睁地看着一张方桌慢慢变了颜色，当鼓风机送进的风吹过方桌的时候，整张方桌都化为了灰烬。

　　"妈的，这……这怎么办啊？"

　　绢帛的腐朽让叶天抓狂，他虽然此时也猜到了原理，却不知道用什么办法阻止绢帛的老化。

　　"对了，阴气应该能保存住这些绢帛！"叶天忽然心中一动，他记得师父好像说过，墓葬之中未见阳光的阴土和阴气，均能保存墓葬中被氧化的器物。

　　想到这里，叶天右手微微用力，催动偃月刀中的煞气，一股极阴之气从偃月刀中溢出，将那木盒笼罩住。

　　果然正如叶天猜想的那样，当阴气包裹住木盒后，那里面绢帛的老化顿时停了下来，只不过当叶天再次伸手去拿的时候，心中却满是苦涩。

　　就在绢帛刚刚与空气接触的短短时间，大约有一指厚的绢帛，竟然全部腐朽掉了，叶天两根手指拎上去，只能捏起一撮灰烬。

"可惜了，我他娘的真是个败家子！"叶天此刻真是欲哭无泪，一口气叹出，木盒中灰烬飞扬，飘散在墓室之中。

"咦？还有东西？"叶天的目光看向盒子底部的时候，心脏又情不自禁地"咚咚"作响起来，因为他发现，在木盒中还有一块折叠起来的青色布料。

这次叶天却是没敢贸然用手去抓了，他一边用阴气滋养着这个木盒，一边释放出气机，感应这墓葬中阴土所在的位置。

奇门中所谓的阴土，一是从未见过天日的，二就是需要被阴气滋润，土质本身含有阴气的存在，只是土非玉石那般能容纳阴气，阴土还是比较少见的。在叶天的感应下，很快就察觉到一块铺地方砖下的不同，伸出偃月刀撬出那块方砖后，他将里面的一小撮泥土捏了上来。

把这一撮阴土撒在布料上，叶天暗自在心中祈祷："但愿这东西能保存住这块布料啊！"

将木盒盖上塞入自己的紧身衣里，叶天望着那具尸骨踌躇了起来。

从某种意义上来说，人死为大入土为安，作为奇门中的前辈，叶天既然遇到了，那就是有缘，他应该帮此人收拾骨骸另行安葬的。而且叶天在这墓中得到了偌大的好处，也都是拜此人所赐，如果不为其收拾尸骨的话，也有些说不过去。

叶天想了一下，伸手将两条裤腿撕了下来，对着那具道人尸骨拜了一拜，口中念道："前辈，得罪了！"

顾不得鼻中传来的腥臭，叶天将道人骨骸一块块放到裤腿之中，这紧身衣质量不错很有弹性，倒是不怕划破撑坏掉。

"该离开了！"回头看了一眼墓中几个巨大的棺椁，叶天带着道人的尸骨和偃月刀步出后墓室，沿着甬道返回了地面上。

"谁？！"叶天刚刚从盗洞中冒出脑袋，睡在一旁头上顶着枯草的周啸天就跳了起来，他这一夜也不好过，提心吊胆怕有人过来不说，还担心叶天在下面出事。

"嚷嚷什么啊？小声点儿！"

此时已经快凌晨五点了，耳中传来远处村庄的鸡鸣声，恐怕再过一会儿，这条道上就会有人路过了。

"叶哥，是您啊？"

听到叶天的声音，周啸天顿时惊喜交加，尤其是看到叶天两手拎着的裤腿和那把偃月刀后，眼睛都笑得眯成了一条缝。虽然叶天此行是帮他化解动难来的，但自个儿连着两宿喝着西北风给叶天放风，这没有功劳也有苦劳啊，叶天从墓葬里得了大头，多少会分给自己一点儿。

眼瞅着那两裤腿鼓鼓囊囊的，还有些尖锐物顶了出来，周啸天可以断定，那肯定是一些金银器皿，叶哥虽然口口声声说不会盗墓，但掏出来的都是好东西啊。

看到周啸天傻傻地站在那里发呆，叶天不禁训斥道："还愣着干吗？快点儿把这里收拾一下，盗洞填起来，时间不早了，咱们连夜回北京！"

"嘿，叶哥，您瞧好吧，都交给我了！"被叶天一番话说得惊醒过来的周啸天，拎着工兵锹就忙活了起来，十多分钟过后，那个盗洞已然恢复如初了。

等周啸天处理好盗洞，叶天也换好了衣服，然后又用脱下的紧身衣，将道人的尸骨包裹了一番，找出两根麻绳死死地缠住。

"走吧！"叶天一手拎着偃月刀，一手拿着那包尸骨，招呼了周啸天一声，往自己停车的地方赶去。

"叶哥，我……我帮您拿一个呗？"

谁说周啸天性子冷淡的？这会儿他就积极得不得了，一双眼睛滴溜溜的就没离开过叶天那用紧身衣扎成的包裹。

"想帮忙？好吧！"叶天笑了笑，把右手拿着的偃月刀递给周啸天。

"这……这玩意怎么这么重啊？"

原本看着叶天拎那偃月刀举重若轻，周啸天心里就没怎么在意，不过当他接过偃月刀的时候，双手却猛地往下一坠，差点儿没砸到自己的脚面。

"怎么着？拿不动就还给我！"叶天笑道。

想要分赃也不能空口白话，现在正是表现的机会，周啸天连忙说道："能，能拿动！"

周啸天也是打小练武的，两臂颇有几分力气，把偃月刀扛在肩膀上，倒是也能跟得上叶天的脚步。

扛着把重达七八十斤的偃月刀跑了一里多路，来到叶天车子旁的时候，周啸天累得大口喘着粗气。不过看到叶天打开车子的后备箱又给关上了，他心气儿顿时平息了下来，叶哥舍不得将那包东西放里面，其价值自然是很昂贵。

打开车子后门，叶天将尸骨放进去后，伸手将偃月刀接了过来。

这把刀的刀身长约六十厘米，刀柄在八十厘米左右，加起来就是一米四多一点儿的样子，放在后备箱里似乎不大可能。车里倒是能放下，但必须前后放置，有些太显眼了，那明晃晃的刀身，估计隔着老远就能透过玻璃看到。

前后左右比画了一番，叶天一发狠，打开了车后盖："奶奶的，反正这破车也没打算要了！"

就在周啸天对叶天的举动感到莫名其妙时，叶天右手握住刀柄，猛地往前一发力，宽厚锋利的刀刃顿时刺穿了后备箱的铁皮，从前面的车后座下伸了出来。

"这……这样也行？"周啸天顿时看傻了眼，他虽然感觉那刀的卖相不错，但估计也就卖个万儿八千的样子，还不知道够不够修车的钱呢。

叶天拍了拍手，关上后备箱，看了周啸天一眼，没好气地说道："愣那儿干吗？还不上车？"

"哎，上车！"周啸天连忙拉开副驾驶位的车门坐了进去，眼睛透过反光镜，却是一直盯着后座上的那个包裹。

叶天看出周啸天的心思，心中暗笑，却没有多说什么。一个多小时后，车子驶进了保定市区。

忍了一个多小时，周啸天终于憋不住了，期期艾艾地看着叶天，开口喊道："叶……叶哥。"

"什么事？"叶天嘴里答了一句，眼睛却是看向前面的路面。

周啸天吸了口气，鼓足了勇气问道："叶哥，您……您包裹里顺上来的到底是什么物件啊？"

这次是他请叶天来平事儿的，而且叶天又给他治疗了受伤的肺经，按理说不管叶天拿上来了什么，都没他的份儿，是以周啸天没敢开口说要，而是拐弯抹角地探问叶天的口风。

"什么东西你看看不就知道了？"叶天笑道，这小子是不见棺材不掉泪啊。

"哎，那我可看了！"周啸天连忙应了一声，回过身子就去抓那包裹。

"看吧，看吧，拿瓷实点儿，放在座位底下看啊！"

"叶哥，我明白的，您放心，一准不会被外面的人看到！"

周啸天把座位往后调到最大，将那包裹塞进车前放腿的地方，兴冲冲地伸手将叶天系的活扣解开。

伸手往那紧身衣的裤腿里掏去，周啸天嘴上还念叨着："这是什么东西啊？圆乎乎的，嗯？怎么还有两个眼啊？"

"妈……妈呀，怎么是个骷髅头啊？！"

嘴里一边说着话，手里抓着的东西已经被他拿了出来，这一看之下，周啸天坐着的身体顿时往上蹿去，"嘭"的一声撞到了车顶。

周啸天并不怕死人，没那胆子他敢跑单帮去盗墓吗？但是在全无防备之下，手里抓着个骷髅头，任是他吃了熊心豹子胆，也被吓得一佛升天二佛出世！

不过到底是在古墓内那种氛围里熏陶过的人，周啸天在最初的震惊过后，冷静了下来，一手摸着头，另外一只手就想去开车窗。

见到周啸天的举动，叶天用右手抓住他的手腕，说道："不要对先人的尸骨不敬，还有，你敢在这里扔个头骨下去，就不怕警察找你的麻烦？"

"可……可是叶哥，您……您带这么一袋子死人骨头干吗啊？"

周啸天有些不死心地在那两个裤腿里又翻找了一番，最后哭丧着脸抬起头来，一点儿都没掩饰自己心中的失望。

"这个人生前是奇门中的前辈，我在下面也算是得到了他的恩惠，带他上来找个机会送他入土为安！"叶天简单地给周啸天解释了几句，听到叶天的话，周啸天虽然还是一脸失望，但却对那尸骨恭敬了许多，将其系好封口后，又放回了后座上。

看到周啸天的举动，叶天倒是有些后悔，自己不该拿这位前辈的尸骨来作弄他的，一时间车内的气氛变得有些古怪起来。

路过保定汽车站的时候，周啸天突然说道："叶……叶哥，我……我不想去北京了，在这里放下我吧，我回唐山！"

叶天从墓葬里只鼓捣出这么一袋子尸骨，值钱的玩意儿一个都没有，周啸天自然谈不上什么分赃了，再和叶天厮混下去也没钱途，是以就想回家了。

"嗯？为什么要回唐山？"叶天愣了一下，将车子靠路边停了下来。

"我出来半个月了，不放心我妈！"周啸天这倒是没说谎话，自小和母亲相依为命，这还是他第一次出来这么长时间。

叶天摇了摇头，问道："你妈妈的病怎么办？难道你还要去盗墓？"

周啸天即使有再多不是，一个"孝"字也能揭过去，而且他年龄比自己还小，又是周氏一脉的后人，叶天不想看着他越陷越深。

"我……我什么都不会，不去盗墓还能干什么啊？"

周啸天用双手捂住脸，第一次在叶天面前露出自己的脆弱，他终究还是个十八九岁的孩子。

"哭什么啊？男人可以流血流汗，但唯独不能流的，就是眼泪！"叶天一声断喝，打断了周啸天的哭泣声。

被叶天吓住了的周啸天，眼中透出的全是迷惘，他不知道自己的未来是什么样子，也看不到任何希望。

"你啊……"叶天摇了摇头，说道，"你回唐山吧，然后带你母亲来北京找我，阿姨治病的钱我来掏，不过你要给我工作三年，就当是还我医药费了！"

"什么？！"周啸天猛地抬起头，"叶……叶哥，您说的是真的？"

从父亲去世之后，周啸天在外面遭受到的都是白眼，从来没有任何人主动帮助过他，所以这才养成了之前叶天认识他时的孤僻性子。

感受了世间诸多的人情冷暖，周啸天并不认为叶天会帮助自己，如果不是真实地听到了叶天的话，他还真以为自己耳朵出了毛病。

"废话，我忙了一夜，哪有这些闲心和你开玩笑？"叶天没好气地瞪了周啸天一眼。

"可是……叶哥，我什么都不会干啊！"像周啸天这种环境中长大的人，却是自尊心极强的，他从小就不肯欠人人情，也不愿意叶天因为怜悯而帮助自己。

对于周啸天的心理，叶天了如指掌，笑了笑说道："我爸开了个古玩店，你去店里帮忙吧，三年时间你只要给我收件法器，就不算占我便宜了！"

叶东平一直都说店里要请个人，不过始终找不到合适的伙计，在脑中有了想帮助周啸天的念头后，叶天就已经打好了主意。

周啸天原本就是在古墓里折腾的，用鼻子闻都知道哪些物件是出土的，放到老爸店里都不用培训就能上班，这么合适的伙计哪里去找啊？而且他是个孝子，俗话说百善孝为先，叶天也极为看重他身上的这点品质，这样的人用起来也放心。加上他又是奇门周氏一脉的传人，叶天不知道就罢了，现在知道了，出于江湖道义也是要出手相助的。

"叶哥，您……您爸他要我？"对于自己这盗墓的身份，周啸天还是深以为耻的，连带着心里也有些自卑。

"我说你小子怎么娘们儿似的啊？那么啰唆干吗？愿意就来干，不愿意拉倒！"叶天没好气地回了一句，抬眼四处瞅了一下，从兜里掏出张一百的票子，说道："去，到那个文具店买个信封，然后再买点儿信纸来！"

"愿意，我愿意干啊！叶哥，您等着，我这就去买！"

虽然不知道叶天买信纸信封干什么，不过此时的周啸天，已经被巨大的惊喜笼罩住了，连叶天的钱也没接，拔腿就下了车。

接过周啸天买来的纸笔信封，叶天随手在一张纸上写下自己家的住址，交给周啸天，然后换了左手，在另外一张信纸上歪歪扭扭又写了起来。

"我是一名有良知的盗墓贼，向政府举报一处被多次盗掘的古墓，地点在羊平镇田庄村东头五百米处！"

读着叶天那七扭八歪的字，周啸天不由得傻了眼："叶哥，您……您这是要干什么啊？我家里还有老妈在，我可不去自首！"

叶天抬起手用笔在周啸天脑门上敲了一记，没好气地骂道："滚一边去，自首我还用让你买信封信纸啊？"

这几年盗墓团伙作案越来越猖獗，叶天知道，既然周啸天这半吊子盗墓从业者都能找到那座古墓，想必一些更专业的人，在不久之后也会寻到那里。

偃月刀已经被叶天取出，他不想让那几个棺椁中安息的古人被盗墓贼们抛尸弃骨，所以这才有了向政府举报的念头。

"叶哥，咱们写举报信，会不会被警方顺藤摸瓜查出来啊？"

周啸天心里还是有些担心，毕竟这座墓葬的规模极其宏大，一旦被文物部门得知，就会引起很大的轰动，相关部门也一定会追查到底。

听到周啸天的话，叶天笑了起来，摇摇头说道："没事，不用担心……把这信投邮箱去吧……"叶天用左手写好举报信，将其装在信封里，递给周啸天的时候说道，"注意点儿指纹，不要留在上面。"

"好吧，我听您的！"见到叶天坚持，周啸天点了点头，用两指夹住信封下了车，在路边不远处就有个绿色的邮箱。

其实周啸天不知道，叶天之所以坚持举报这座大墓，一来确实是想让墓中主人不被盗墓者抛尸弃骨，陪葬品能得到妥善的保管。二是叶天并不肯定能否在那木盒之中找到线索，所以他想通过官方了解这座墓葬主人的真正身份。一般而言，如此重大的考古发现，都会向公众宣布。

周啸天回到车上后，叶天问道："要不要我送你回唐山？顺便把你母亲一起接到北京？"

"不……不用，叶哥，不用麻烦您的，我带母亲去找您就行。"周啸天连连摆手，迟疑了一下说道，"叶哥，我……我妈不知道我盗墓的事情，您看？"

周啸天是个孝子，而他的父亲和爷爷没有去世前，也都是当地比较有名的学者，如果被母亲知道自己干了这勾当，周啸天估计老娘会被气死的。

"行了，我知道。"叶天点了点头，从兜里掏出一沓钱，差不多有一千块，随手递给了周啸天，说道："就跟你妈说在北京找了个好工作，老板人不错，家里住的地方也宽敞，让你妈放心过来就行了！"

叶天的新宅子是不适合周啸天母子居住的，但叶家的老宅子那也是个中四合院，里面空着的房子多着呢，别说周啸天娘儿俩，再有几户人家住进去也不嫌拥挤。

"谢……谢谢叶哥！"

听着叶天体己的话，周啸天眼泪忍不住流了出来，用手擦了把眼泪，说道："叶哥，我走了，您放心，我去北京后一定好好干！"

看着周啸天下车进了长途汽车站，叶天发动车子往北京方向驶去，一直下了高速进入北京地界，他才找了个偏僻没人的地方，将车牌给调换了过来。

"爸，您今天怎么没去潘家园啊？"

叶天没回老宅子，而是将车子直接开到自己四合院的车库里，谁知道刚打开通过后院的内门，就见老爸一脸不善地站在门外。

"臭小子，把病人往家里一扔就是四五天，你老子我不要过来陪一下啊？"

教训了儿子一通后，叶东平看到自己那像是在泥地里打过滚一般的宝贝车，顿时眼睛瞪圆了："我说你去干吗了？怎么把车糟蹋成这样了？"

叶东平是受过穷的人，出外什么的并不是很讲究排场面子，就是这辆开了三四年的老车，平时保养得也不错，眼瞅着儿子给开成这样，顿时气不打一处来。

"爸，那些钱不都在您账上了吗？去买辆车好了，这车给卖掉吧！"

叶天从小就皮实，压根儿不在乎老爸发火，自顾自地打开后备箱，伸手抓住偃月刀的刀柄，用力一抽，那把古朴中散发着寒光的宝刀，出现在了叶东平面前。

"这……这玩意儿你从哪里搞来的？"看见儿子变戏法般的手中多了把刀，叶东平的眼珠子都直了，伸手就往刀柄抓去，想拿在手里好好把玩一番。

"爸，您小心点儿，这东西七八十斤重呢，小心砸到脚！"叶天出言提醒了一下老爸，将刀立在地上。

"这么重？"

叶东平试着把刀往上提了一下，脸上顿时变了颜色，他也是四十多岁正当壮年的人，只能堪堪把这刀提起来，要说挥动一下，那是想都不用想的。

"好东西啊，虎头为柄龙头吐口，龙盘虎踞，端的是一把杀人利器！"

虽然不如儿子那般可以感应到天地元气，但叶东平也能察觉到这把凶器之中所散发出来的寒意。

仔细查看了一番之后，叶东平看向儿子，问道："叶天，这刀有些年头了，应该是唐朝的大关刀，这全品相的物件，你从哪里搞来的？"

品相是古玩行对于一件物品保存完好程度的评断标准，叶东平所说的全品相，指的就是那种完美无缺没有丝毫瑕疵的物品。

叶天倒是没想瞒着老爸，笑着说道："墓里盗来的。爸，这可是把镇宅刀，以后放在家里，什么宵小都不敢进门……"

"扯淡，你当老子我没下过墓葬啊？这墓里出土的玩意儿会有这品相？说老实话，多少钱收来的？"

叶东平对儿子的说法嗤之以鼻，因为不管保存多好的古墓，总是难免受到水浸泥掩，加上岁月以及空气对物品本身的侵蚀，刚出土的东西，绝对不会有这种品相。所以在叶东平看来，这应该是谁传家的宝贝，被儿子忽悠到手上的。

"叽叽……叽叽！"

正在叶东平盘问儿子的时候，毛头不知道从哪儿蹿了出来，见到叶天顿时亲热地爬到他的脑袋上，使劲用两个前爪抓着叶天的头发。

叶天伸手将毛头揪下来，笑道："家里的鱼不会被你小子都吃完了吧？"

"叽叽！"毛头使劲摇晃着小脑袋，似乎不想回答这个问题，从叶天手里挣脱后，看到立在地上的大关刀，一双宝石般的黑眼睛顿时亮了起来。虽然偃月刀的煞气全部都内敛了起来，但是毛头的感应力比人类要强许多，而且天生就喜欢阴煞聚集的地方。它感受得到，这把刀中的阴寒之气要远甚于那盏朱雀灯，当下舍了叶天，顺着刀柄爬了上去，死活都不肯松开爪子。

"这家伙……"叶天笑着摇了摇头，返身打开后车门，将那包尸骨拿了出来，对叶东平说道："爸，回屋说，这次真的是盗了个墓，这一包东西就是一位前辈的尸骨！"

"死人骨头？这玩意儿你拿回家里干吗？"刚想询问叶天拿的是什么东西的叶东平，被儿子的话吓了一跳，身体连连后退了几步。

叶天撇了撇嘴，说道："没这位前辈，我还得不到这把偃月宝刀呢！"

"嗯？你小子身上有股子泥土味，还真是去盗墓了？"叶天今天早上从古墓出来后也没洗澡，直接就开车回到家里，身上那股子气味是掩饰不住的。

"刚才说了您又不信！"叶天对身上这股子气味也很厌烦，开口说道，"爸，您把车子关好，我还有事要请教您呢！"

叶天对于历史不是很了解，关于这把刀的年代和那木盒之中残破的道袍，少不得要让老爸鉴定一番。

一手拿着那包尸骨，叶天上前一步，一只手就把立在地上的偃月刀提了起来，毛头却是四个爪子死死地抱住偃月刀，死活都不肯松开。

"你个臭小子，给我站住！这……这车怎么被你搞成这样啦？"

叶天刚刚走出车库，后面就传来了叶东平的声音，这把大关刀锋刃处很厚，几乎将后备箱一整块铁皮都给划开了。

听到老爸的吼声，叶天脚步加快几分，逃也似的溜回自己的房间里，一头钻进了浴室。足足冲洗了半个多小时，将身上搓下两层灰来，才出了浴室，换上平时穿的那身练功服去了中院。

"嘿，怎么着，这一百万一天花得不亏吧？"

刚进到中院，就见到坐在石椅上和叶东平聊着天的唐文远，叶天不由得笑了起来，唐文远不过在这里待了三四天，那脸上的老人斑就淡了不少。

"叶天，我可没见天地待这里啊，按你说的，我隔两天才来一次的！"唐文远是怕了这死要钱的小子，虽然他不差钱，但那种被宰的滋味实在是太难受了。

"没事，多住一两天也不要紧，我给你优惠！"叶天很大度地摆了摆手，看向面色不善的老爸，说道："爸，您到后院来一趟，我有事儿向您请教呢。"

"哎，叶天，雪雪那病？"虽然孙女这几天气色好了很多，但叶天一不给吃药，二不给瞧病，唐文远心里还是没底。

"没事，我晚上就给雪雪熬药，放心吧！"

叶天此时正惦记着那座古墓主人的身份，哪有工夫和这老头磨叽啊，拉着老爸就钻到自己房间去了。

跟着儿子进到房间后，叶东平不满地说道："唐老年龄都那么大了，我说你小子就不会好好和别人说话？"

就是不冲着老爷子的财富地位，那年龄也值得年轻人尊重啊，知道叶天秉性的人不会说什么，但不知道的还以为老叶家没家教呢。

"爸，想让人尊敬，可不是件容易的事，那老头创业之初，手上没少沾血，我凭什么尊重他啊？"叶天撇了撇嘴，他虽然不知道唐文远的发家史，但是从唐文远的面相看得出来，这老头也不是个善茬。只不过功成名就之后，唐文远笃信神佛，做了不少善事，倒是将身上的煞气化解得七七八八了。

"得，我说不过你，叫我过来什么事？"叶东平实在拿这个儿子没办法，整天就是一肚子的歪理邪说。

"对了，爸，我给您那店招了个伙计，叫周啸天，就是上次在纪然黑市上卖给我朱雀灯的那人……"

叶天没提给这把偃月刀断代的事，先是把周啸天要过来上班的事情告诉了老爸，毕竟那古玩店不是他开的，他充其量只能算个少东家。

"你怎么和他联系上的？"

叶天把之前的经过简单说了一遍。听到儿子的话后，叶东平一脸的诧异，开口说道"干古玩这行可是很考究眼力的，而且嘴巴要紧，人品要好，那人是个盗墓的，靠不靠谱啊？"

虽然店里没什么值钱的古玩，但是坐堂的伙计会接触到很多隐私，万一人品不行又是个大嘴巴，这边老板刚收到个好东西，那边就给嚷嚷出去，这样的人可是要不得的。

"爸，这人不一样的，别看他老成，其实比我还小一岁，而且是个大孝子，他为了给母亲看病才去盗墓的……"

为了打消老爸的顾虑，叶天将发生在周啸天身上的经历原原本本说了一遍，就连这次他向自己求救的事情也说了出来，不过关于墓葬风水和奇门周氏的事情只是一带而过。

"嗯，这倒是个好孩子，也是个苦孩子。不过叶天，这年头身世凄惨的人多了，帮得了一个，你能都帮过来吗？"儿子肯帮助别人，叶东平心里是很赞同的，但现在这个社会上，比周啸天还倒霉的人一抓一把，儿子如果要做个滥好人，叶东平也是不同意的。

"爸，您看我像那种闲得蛋疼见谁都帮的人吗？"叶天闻言撇了撇嘴，说道，"周啸天的师门和我师父有些渊源，都是江湖同道，既然碰上了就必须要帮，换了别人我管他们死活？"

叶天说的是实话，李善元刚刚行走江湖的时候，的确和周家的先人打过交道，要不然他也不会从师父口中听到关于周氏一脉的事情。

"好，到时候让他们母子住在我们那边吧，他要真能干，爸也不会亏待他！"听到儿子的话，叶东平算是放了心，从口袋里掏出三张银行卡，递给叶天说道："我办了三张一百万的卡，你拿着用吧，剩下的钱都给你存银行里了，要取的时候告诉我一声就行了。"

这世上儿子花老子的钱是天经地义的，但没有几个当老子的会去花儿子的钱，叶东平也是如此，之所以同意唐文远转账给他，也不过是怕叶天胡乱花钱。

"我拿一百万就够了……"叶天摇了摇头，抽出一张卡后，将另外两张推了回去，说道："爸，这一百万您留着收购古玩，另外一百万去买辆车吧，当儿子孝敬您的！"

前段时间去河北买药的时候，老爸的账面几乎被他掏空了，却没一句怨言，这让叶天知道了什么叫作父爱如山！

"成，那我就换辆车！"叶东平也能感受到儿子的心意，当下欣慰地点头答应了。

"爸，按照您的经验，那墓究竟是什么年代的？"

解决了周啸天的事情，叶天将话题扯到了那座古墓上，对于那座古墓主人的身份和千年前所发生的事情，叶天心中充满了好奇。

"砖墓多出现于唐朝末期和宋朝，这一般都是在地上挖出一块地方后，用当时社会上的建筑形态建筑墓葬，然后再用土掩埋起来……"

自从干了古玩这行，叶东平对各个朝代的历史和社会形态了解颇深，从儿子的描述之中，他基本上就能断定那座墓葬的年代。

"不过唐朝的帝王多是葬于陕西，而河北在宋朝属于幽州地界，大宋在那里的势力很弱，更没有什么帝王存在，这座墓的规制倒是有些奇怪！"

叶东平并没有亲眼见到那座墓葬里的布置，仅凭儿子的讲述，他也无法说出那是谁的陵墓，尤其是以帝王规格建造的，就更加让他感到迷惑了。

"爸，河北以前应该是'安史之乱'的根据地吧？安禄山曾经称帝，会不会是他的墓葬呢？"

叶天也一直在琢磨这事儿，想来想去，好像在唐宋之间，就只有安禄山史思明这些家伙占据河北的时候当过皇帝。

叶东平摇了摇头，说道："不可能，安禄山是被儿子所杀，而且那时候他已经兵败，人心惶惶，只是在床下挖了个坑埋了而已，后来也被挖出来鞭尸了……"叶东平想了一下，接着说道："你那把大关刀也是唐朝末期才出现的，我记得好像有谁用过，你等等，我回老宅子找下资料！"

收藏古玩最讲究的就是传承有序，所以叶东平不见得知道历史上所有的名人，但对于曾经在历史中出现过的东西，他还是有印象的。

"能用这种兵器的人，也是个绝代猛将吧？"见老爸兴冲冲地出去查资料了，叶天摇了摇头，将目光放在桌子上的那个木盒上。

这木盒中的残破道袍上是有字迹存在的，所以叶天一直都没敢轻动，眼下从老爸那里也得不出线索，所有的希望就只能放它上面了。

想了一下之后，叶天伸手将抱住偃月刀的毛头拎了起来，一把扔到屋外，说道："一边玩去，半个小时内不准进这屋！"

"叽叽……叽叽！"毛头立着身子，不断挥舞着两个前爪，似乎在抗议叶天的粗暴。

"敢不听话，让你去老宅子住几天！"叶天一瞪眼睛，毛头顿时用两个前爪一捂眼睛落荒而逃，享受惯了这里的天地元气，打死它都不会去老宅子。

"臭小子，倒是懂得趋吉避凶！……"

叶天被毛头的滑稽样子逗得笑起来，这小家伙极通人性，对他所说的每一句话都听得懂，在叶天闭关的那段时间，倒是帮他排解了不少寂寞。

赶走毛头后，叶天将横放在桌子上的偃月刀稍稍调整了位置，然后又拿出无痕放在桌子上，而那个木盒则放在两件法器的中间。

叶天站在桌前，双手掐了个指诀，将无痕和偃月刀中的煞气引了出来，顿时屋中气温骤降，那种极阴之气将满屋的灵气逼了出去。

"收！"叶天一声断喝，双手一合，充斥在屋中各个角落的阴气似乎在听从他的指挥，尽数收敛了起来，只仅仅凝聚在方桌周围。

摆出这个小型的阴煞阵后，叶天才将木盒打开，伸出两指，捏在那残破道袍的一角，轻轻地往上拎了一下。

"嘿，没事，师父教的办法果然好使！"

见到这残布并没有入手成灰，叶天面上一喜，不过手上的动作还是十分的轻柔，缓缓地将这块布取出来，平摊在充满阴气的方桌上。

摊开之后，这块布大约有叶天两个巴掌那么大，上面密密麻麻地写满了篆字，叶天凝神看去，不由得倒抽了一口凉气："这……是用血书写的！"

虽然布上字体的颜色早已发黑发暗，但是对于气血感应十分灵敏的叶天，还是一眼就看了出来，这上面数百个字，全都是用鲜血写出来的。

"吾李太虚，师承淳风真人一脉，自幼习《周易》通推背，唯一生泄天机过多，终不得善终，但被宵小所欺辱，吾心不甘，今刘氏一脉，将断子绝孙，永无后人……"

唐朝虽然已经有了楷书，但这通篇文字均是由篆文书写的，叶天对此倒是不陌生，只是越看下去越是心惊。看完这通篇数百字后，叶天对于这件事的来龙去脉基本上已经清楚了，不过他对李太虚所提及的刘仁恭却是所知不多，还需要查看一下相关的资料。

原来，李太虚是唐末著名的风水易学大家，曾任殿中侍御史。

李太虚总结了自西汉以来巫蛊、择日、禁忌、符应、杂祀等以物兴象、借象应气的卜筮方法，算得上是当时的一代大家。不过唐朝那时已经式微，权柄基本上都掌握在各地的节度使手上，李太虚早年给人占卜算卦泄露了太多天机，后来离开皇宫，深入民间想为自己化解劫难。但是谁知道在李太虚来到河北地界的时候，却被当时的河北节度使刘仁恭留下了，他要为父母建造一座阴宅，请李太虚指点风水。

李太虚原本就和刘仁恭是旧识，刘仁恭提出这个要求后，他也答应了，经过一个月的勘察，找到了田庄那处风水宝地。不过后面事态的发展，却超出了李太虚的想象，因为刘仁恭动用大批的壮丁去修建父母的墓葬，规模之大竟然堪比皇陵。

与此同时，刘仁恭也将李太虚给软禁了起来，那时的李太虚已经年逾八十，体力武功早已不复当年，想脱身已经力不从心。

李太虚当然知道刘仁恭的心思，刘仁恭的父母早已双亡，他给父母建造帝王阴宅，不就是想自己日后称帝吗？

只是李淳风这一脉都是和皇家休戚相关的，而李太虚也曾身受皇恩，一脑袋瓜都是忠君思想，岂肯为刘仁恭这逆贼建造龙脉阴宅？

李太虚精于卜卦，他占得此次自己凶多吉少，不管为不为刘仁恭出力，这条性命终究会丧于此地。

李太虚性情刚烈，也是老而弥坚之辈，当下表面答应了刘仁恭帮他的父母建造阴宅，实际上却是欺刘仁恭不懂风水，暗中使出手段，把这座墓葬建造得似是而非。

李太虚不仅将生吉二穴的位置完全反转了过来，还告诉刘仁恭，他父母没有武功，镇不住这阴宅龙气，需要他的一把神兵摆放在墓穴之中，才能让他的后人乘龙御凤，位至九五之尊。

刘仁恭虽为范阳节度使，在当时是雄踞一方的猛将，但其人粗鄙不堪，哪里懂得这些风水知识？而且李太虚从始至终都没有在他面前表现出任何不满的神情，骗得他信以为真，将自己花费三年时间才打制出来的一把青龙偃月刀，藏在了墓室之中。

刘仁恭哪里知道，这把刀只能镇阳宅，却不能放置于阴宅之中，如此一来，等于他的父母死后的日日夜夜还被刀斧加身，这后人如何，自然不用多说了。

在这座墓葬完工的前几日，李太虚也算出了自己大限将至。

只是其时李太虚被刘仁恭看管得愈发紧了，甚至连笔墨都无法得到，最后只能撕下道袍咬破手指，写下了这篇绝命书，并把它和他师承的功法秘术放在一起。

至于后面发生的事情，虽然没有写在这上面，叶天也猜想得到，李太虚在行将就木时也反抗过，却遭到万箭穿心之苦。

"我……我究竟干了什么啊？！"

看完李太虚的这篇绝命书后，叶天连退了几步，狠狠地往自己脸上扇了一耳光，李太虚留字说得十分清楚，他这一脉所传下的功法秘术，就有完整的推背图注释，为李淳风亲手所作，也就是说，叶天的行为，让这本奇书彻底毁在了自己手中。

"还好，李太虚曾收有徒弟，推背图确是传了下去，要不然我真是百死莫赎啊！"

拿着李太虚的绝命书又仔仔细细地看了一遍之后，叶天才稍稍心安，因为李太虚说得很明白，传承已有他死亦能瞑目了。

"唉，要是被师父知道了这件事，不知道会不会气得从坟里跳出来？"

叶天此时也是后悔莫及，李善元终其一生都在寻找推背图的影迹却未得，而自己拿在了手里，却因为粗心大意将其毁掉了。

"叶天，我找到了，嘿，这把兵器果然有人用过！"就在叶天追悔莫及的时候，叶东平的声音从门外传过来，随之拿着一本书兴冲冲地闯进屋子。

"爸，是刘仁恭吧？我知道了！"叶天有气无力地答道，他还没从刚才的打击中缓过劲来。

"你怎么知道的？咦，儿子，你脸上这是怎么回事啊？"叶东平闻言一愣，继而看到叶天脸上那红红的几个手指印子，不由得奇怪地问道，他从小虽然没少揍叶天，但是从来舍不得打脸的。

叶天哭丧着脸说道："爸，没事，毁了件宝贝，我心疼啊！"

"什么宝贝？"

叶东平来了精神，儿子从小对古玩这些东西就不怎么上心，能被他称得上宝贝的物件，那绝对是非同小可的。

"李淳风的推背图啊，被我不小心给氧化成灰了……"叶天把发生在古墓里的事情给老爸说了一番，他这会儿也需要找个人倾吐一下。

听完儿子的话，叶东平却是撇了撇嘴，说道："切，我以为是什么呢，一本破书而已，潘家园卖推背图的多了，明天我给你拿几本来……"

"得，我和您说不通，您当我没说。"叶天翻了个白眼，潘家园卖的推背图，都是印刷厂印出来的，能和原本一样吗？

"儿子，要说起来，你这把刀倒是把宝贝啊，而且还是传承有序的，遇到喜欢收藏的人，一准能出个高价！"

叶东平压根儿就没在乎那什么推背图，而是将话题引到了偃月刀上，拉着叶天走到桌边，他将手里的一本图鉴摊在桌子上，说道："看看，是不是一样的？"

"咦，还真是，这两把刀真是一模一样啊！"

叶天伸头看去，心神顿时被图鉴上的那把刀吸引了过去，不过相比面前这把偃月刀，图鉴上的却是锈迹斑斑、无法入目了，而且在刀口还缺了很大一块。

"儿子，这刀是唐末刘仁恭所用的，你看这段记载……"叶东平翻开手上另外一本书，把上面的一段话指给叶天。

但凡喜欢收藏古玩的人，都会以断代考证为乐趣，叶东平自然也不例外，找出这刀的传承，让他着实兴奋不已。

叶天看了下这段话，是说唐末刘仁恭自负勇武，花数年时间铸一宝刀，因不明原因遗失后，又重新铸造了一把仿品，后来出土于河北某处。

"爸，这刘仁恭到底是个什么人啊？"叶天的注意力，慢慢被这节度使从推背图上吸引了过去，他还是第一次听闻有人敢逼着风水师帮他寻龙点穴的。而且叶天也十分好奇，这刘仁恭最后究竟下场如何，是不是真如李太虚所说的那样断子绝孙、永无后人了？

"喏，你自己看吧……"叶东平把手中的书扔给儿子。

看完有关刘仁恭的介绍，叶天长叹一声："这真是天网恢恢，疏而不漏啊，一饮一啄自在天道之中！"

刘仁恭是河北深州人，通过数次背叛唐晋王李克用成了卢龙节度使，后败义昌节度使卢彦威并吞其辖区，并以其子刘守文为义昌节度使，因此兴起兼并河朔的野心。但不知为何，刘仁恭在兼并河朔后，逐渐变得骄傲奢侈，荒淫无度，在幽州的大安山上兴筑宫殿，富丽堂皇，遴选许多美女居住其中。而与此同时，他家里的后院也起了火，刘仁恭的儿子刘守光与他的爱妾罗氏通奸，父子二人遂反目成仇断绝了关系。

刘守光也不是善与之辈，他比自家老子更荒淫暴虐，趁着刘仁恭享乐之际，带领手下把自己老子抓住软禁了起来，自封卢龙节度使。

后来刘守光又不顾众将臣的反对，登基称帝，国号大燕，改元应天，如此一来，可就成为了末代唐朝的心腹之患。就在刘守光即位仅仅三年，父子二人就被李克用的儿子李存勖俘获，刘仁恭后来被押解至代州，以刀刺其心脏所流的血来奠祭李克用之墓，然后斩首。至于刘仁恭的两个儿子，也均被李存勖赶尽杀绝，整个刘家再无一个后人，正应了李太虚所留之言：断子绝孙，永无后人！只是刘氏父子谁都没想到，他们家族祸患之源竟然出在先人的墓葬上，刘仁恭更不知道李太虚早已安排好了他的命运。

"这真是天作孽，犹可违；自作孽，不可活！"

看完刘氏父子的这段经历，叶天心中对李太虚更是佩服不已，这位古代的奇门宗师计算之精妙，让他叹为观止！

想到李太虚，叶天那心肝又是一阵揪心的痛，《推背图》曾距离他如此之近，偏偏又擦肩而过，谁知道下次再听闻《推背图》的消息，会是什么时候？

"要不……自己去找找李淳风或者袁天罡的墓？"叶天心中冒出一个念头，不过很快就被他打消掉了，开什么玩笑，那两个牛人的墓葬即使找到，估计进去了也是有死无生的杀局。

"叶天，怎么了？发什么呆啊？"正当叶天在胡思乱想的时候，叶东平的声音在他耳边响了起来。

"呃，没事，走神了。"叶天摇了摇头，把那绝命书放回木盒里盖上后，看向叶东平说道，"爸，您回头帮我打个架子，这刀就放在中院正厢房里镇宅吧！"

"臭小子，好东西都往自己怀里拨弄，下次再遇到了，给你老子也留着点儿！"叶东平不满地嘟囔了一声，接着说道："事情忙活完了，就对唐老的事情上心点儿，雪雪那孩子也挺可怜的，你看瘦成那皮包骨头的样子……"

唐雪雪虽然出身豪门，不过家教却极好，是个很讨人喜欢的女孩，平时对叶东平等人都是叔叔阿姨奶奶什么的叫个不停，搞得老叶家的几个人对她都疼爱有加。

"成，明天我就开始给她调理身体，一个月后，保准化解掉她的九阴绝脉……"叶天点了点头，拿人钱财与人消灾，唐文远一下子使自己成了千万富翁，怎么着也要使出点儿手段医治好唐雪雪的病。

"记着就好了。"叶东平看到儿子答应了，站起身说道，"不行，我得走了，你这院子忒邪乎，待时间太久会感到头晕胸闷……"

叶东平知道这就是儿子说的什么虚不受补，感觉有些不对劲，立马站起身去中院找唐文远了，这几天两人进出这宅子的时间基本上是一致的。

"爸，不送您了啊，我得睡会儿，两天没合眼了！"

看着老爸走出院子，叶天却是来到卧室，一头栽在床上，从昨天夜里折腾到现在，他的精神的确已经疲惫到了极点。

叶天这一觉睡的时间可不短，一直到了第二天的凌晨四点多钟才醒过来，起身晨练之后，他去药库里挑选了几样药材。

这药库也是临时用一间厢房改造的，没办法，唐老爷子送来的药材实在太多了，整整堆满了一间屋子。不过由于这院子里到处都充斥着浓郁的天地灵气，对于那些年份足的老山参或者是灵芝虫草，倒是不需要另行保存，随便丢在屋里也不会走失了药性。

当然，家里有毛头这样的内贼，叶天倒是也不敢乱放，至少那根价值八百多万的老山参，就被他藏到了屋里的保险箱里。

"等到把这小丫头治好送走，闲下来我也按照师父留下来的药方配制点儿补元丹给家人们吃……"闻着满屋子的药香味，叶天在心里琢磨了起来。

大姑年龄大了，小姑身体不好，都不适合在这院子里长住，不过整点儿补充元气的丹药给她们，却是有很好的缓解衰老增强身体抵抗力的作用。

其实在中医里有很多偏门的配方，对一些病症的疗效要远远超过西医，像六味地黄丸这一类最为常见的中药，在对肾阴虚或者是肝肾阴虚的治疗上，就有着明显的功效。只是近代战争频繁，很多秘方都在战火中遗失了，加上西医见效快，中医也就逐渐地没落了下去。

挑选了几样驱阴祛寒的中药材，叶天来到中院厨房忙活了起来，他可不是熬药，而是煲药膳。

药膳既可做药物，又可以作为食物，将食物赋以药用，药借食力，食助药威，二者相辅相成，相得益彰，既具有较高的营养价值，又可防病治病、保健强身、延年益寿。虽然这年头一些大酒楼都推出什么宫廷药膳的噱头，但他们手上的秘方，根本就没法和叶天的相比，这可是麻衣一脉数十代祖师总结出来的方子，专门针对一些疑难病症。

水是玉泉山的黎明山泉，米是"京西稻"的大米，配上几样中药，调好了火候，一个多小时后，一股带着药味的香气，就传遍了整个院子。

"叽叽……叽叽！"

毛头不知道从哪个角落钻了出来，站直了身体用两个前爪给叶天作揖，不过一双小眼睛却滴溜溜地盯着那散发着热气的药煲。

叶天没好气地挥了挥手，笑骂道："滚一边去，什么都想吃，也不怕撑死？"

药材刚送进来的那天，这小家伙就钻进药库里大吃起来，如果不是叶天发现得早将它给狠狠地教训了一顿，估计那百年老山参等稀罕物件都要进了它的肚子。

"叶天哥哥，好香啊，你做的是什么呀？"不仅是毛头，就连刚起床的唐雪雪，也被这股子香味给吸引了过来。

"叽叽！"见到唐雪雪过来，毛头像是见到亲人一般，闪电般地蹿到她怀里，用一只小爪子不断指着炉台上的药煲。

唐雪雪笑着说道："不准馋嘴，叶天哥哥说给你吃，你才能吃！"

"雪雪，起来啦？"

看着唐雪雪原本煞白略带青色的脸上，此时多了几分红润，叶天笑道："这个叫作药膳，以后就是你每天的食物了，连吃一个月，叶天哥哥保证你什么病都没了！"

叶天能从唐雪雪身上的气机感应出来，原本积郁在她体内经脉里的阴气，已经松动了许多。只要配合这药膳与四合院中的灵气，有一个月的工夫，差不多就能压制住她周身经脉中的阴气，到时候自己再给她疏通阳脉，使之阴阳相协，九阴绝脉也就算是化解掉了。

"真的？"唐雪雪的眼睛里露出一丝憧憬，她从出生以来就没过过一天正常人的生活，别说和小伙伴一起玩了，就连香港的马路都没逛过。

"当然是真的，成了，咱们吃早饭去！"叶天哈哈一笑，拎了药煲往餐厅走去，唐雪雪懂事地拿了两个碗跟在他后面。

像个跟屁虫似的毛头，最终也捞到了好处，唐雪雪找了个小碗，装了一些药膳放在桌子上，小家伙正像模像样地用嘴对着碗吹着热气。

看着唐雪雪用勺子把药膳送到嘴里，叶天关心地问道："怎么样，好吃吗？"

"苦！"一口药膳入嘴之后，唐雪雪那精致的小脸皱成了一团，要不是怕叶天责怪，恐怕当场就能吐出来。

"不可能吧？"叶天端起碗喝了一口，开口说道，"不苦啊，中药就是这个味道！"

"叽叽……叽叽！"叶天话声未落，毛头就把刚喝到嘴里的药膳吐了出来，不断挥舞爪子冲着叶天抗议，最后居然还躺在桌子上装起死来。

"别跟着凑热闹！"叶天拎着毛头的脖子把它丢出餐厅，拿起碗又喝了一口，这次却是找到了原因。

原来叶天是喝惯了中药的，打五岁起老道就经常让他喝中药泡药澡，对这味道基本上是免疫了的，所以在煲药膳的时候，忘记加一些辅料了。

"咳咳……"叶天尴尬地咳嗽了一声，说道："雪雪，是叶天哥哥疏忽了，这些都倒掉吧，回头我买点儿配料再给你重新煲！"

"不要，叶天哥哥，你能吃下去，雪雪也能吃！"小丫头倒是长了一副七窍玲珑心，她生怕叶天生气，居然皱着眉头将一整碗药膳都吃了下去。

"咦？叶天哥哥，我身上感觉好暖和啊！"吃下这碗药膳后，唐雪雪脸上露出一丝喜色。因为即使住在这四合院里，也只不过减轻了九阴绝脉每日阴时对她身体的折磨，却没有这药膳的立竿见影的效果。

叶天摸了摸唐雪雪的脑袋，笑道："那就多吃几碗，回头我去买点儿辅料配着再给你做一些，就没那么难吃了！"

这会儿被叶天扔出去的毛头，也鬼鬼祟祟地溜了进来，它原本就是生吃药材的主，哪里会怕苦啊？刚才只是借着唐雪雪的话作怪而已。

接下来的几天，叶天就都留在了四合院里，每日早晚都会给唐雪雪煲药，三五天工夫下来，手艺大长，就连唐文远和叶东平时不时地也来混上一顿。

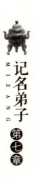

记名弟子

MIZANG

第七章

于清雅知道叶天回来后，也到四合院住了几天，她对唐雪雪这自小就疾病缠身的女孩也满怜惜的，倒是没追究叶天"金屋藏娇"的事情。

"哥哥，有人找你！"这天中午，叶天正在后院午睡，唐雪雪跑进屋里把他摇醒了，几天工夫相处下来，小丫头跟着刘蓝蓝直接喊起哥了。

"周啸天？我就琢磨着你小子该来了！"来到门前，叶天一眼看到了拎着好几个大小包裹的周啸天。

轻轻在周啸天身上捶了一下，叶天看向他身边一个四十多岁的女人，说道："这就是阿姨吧？快点儿进屋里坐！"

叶天知道，周啸天的母亲今年不过四十六七岁，不过看上去头发花白面容憔悴，倒像是六十多岁的老人一般，可见家庭的变故给她造成了巨大的打击。

"妈，我扶您，这台阶高！"周啸天的确是个孝子，把包裹往背上一扛，用手扶住母亲走进四合院。

"这位哥哥，你扶住阿姨，我帮你拿东西吧。"

经过这一个多星期的调养，唐雪雪的气色好了很多，身上比之前也胖了一些，见到周啸天大包小包地背了一身，连忙上来帮忙。

周啸天不知道唐雪雪是叶天的什么人，哪里敢让她帮忙啊，连连摆手道："不用，不用，我行的，谢谢你，小妹妹……"

秘藏 ❸ 绝世宝器

"啸天，咱……咱们来到什么地方了啊？这……这里的空气怎么那么清新？"周母虽然眼睛看不到了，但是鼻子和身体皮肤的感觉还是存在的，刚一进到院子里，就感受到了这里的与众不同之处。

"叶……叶哥，您……您在这布了阵法？"周啸天开始的时候还没注意，听母亲这么一说，四下里一打量，脸上顿时露出震惊的神色。

周氏一脉当年可是真正的奇门中人，往日在江湖中也有着偌大的名声，虽然现在传承丢失了，不过周啸天的眼力还是有的。

"行了，进屋说吧，阿姨，坐那么长时间车也累了吧？"叶天摆了摆手，将两人让到前院的正厢房里，说道："老宅子那边早都收拾好了，就等阿姨您过来住呢！在这先休息会儿，我给我爸打个电话，让他过来见见啸天！"

毕竟是老爸的店里用人，还是要让他过来把把关的，叶天给周母倒杯水之后，就准备出去打电话。

"等等，小……小叶，你比啸天大不了几岁，我叫你名字不见怪吧？"正当叶天想出门的时候，周母却叫住了他。

叶天站住脚步，说道："阿姨，叫我叶天就行！"

"好，那我就叫你叶天了。"周母点了点头，突然扭转脸，对着站在一旁的周啸天说道："啸天，你给我跪下！"

周啸天倒是听话，二话没说双膝"扑通"一声，就对着叶天跪在了青砖铺就的地面上。

"哎，阿姨，您……您这是干什么啊？啸天，起来，你小子跪我干吗啊？"叶天被周母和周啸天的举动搞得莫名其妙，连忙伸手去扶周啸天。

"小叶，不要让他起来，我们周家，没有这样的不肖子孙！"

周母的话让周啸天对着叶天露出哀求的神色，他知道母亲如果不消了气，今天甭想过这关，别说治疗眼睛了，不认他这个儿子都有可能。

"那事儿发了？"叶天对着周啸天张了张嘴唇，却没有发出声音来，周啸天点了点头，脸上露出羞愧的神色。

原本还是周啸天叮嘱叶天不要说穿了这件事的，但是回到家母亲一追问，从小就不敢说谎话的周啸天，就把他盗墓以及认识叶天的经过都说了出来。

"去给我爸打电话！"见到周啸天点头，叶天一阵头大，连忙对着站在一旁有些不知所措的唐雪雪做了个口型和打电话的姿势。

叶天也是晚辈，有些话不好劝周母，但叶东平就不一样，到时候来了能打个圆场，这也是叶天让唐雪雪去打电话的原因。

"阿姨，到底是什么事儿啊？您看这地上挺硬的，先让他站起来吧？"

叶天一边装糊涂，一边摆手让唐雪雪去打电话，唐雪雪也是个冰雪聪明的女孩，马上跑了出去。

"小叶，你不用瞒我了，我都知道了。这个不肖子孙竟然敢去盗墓，辱没了祖宗啊，我也没脸去见他九泉之下的父亲了！"

"妈，都是我不好，您别伤心了！"见到老妈流了眼泪，周啸天顿时急了，跪行到母亲面前，他知道母亲的眼睛之所以失明，就是因为经常流泪造成的。

"啪！"一声清脆的耳光响起，是周母甩了儿子一巴掌："夫君子之行，静以修身，俭以养德，周啸天，你的德行呢？到哪里去了？把下面的给我背下来！"

挨了母亲一巴掌，周啸天连手都没敢抬，老老实实地背道："非淡泊无以明志，非宁静无以致远，淫慢则不能励精，险躁则不能治性，年与时驰，意与日去，遂成枯落，多不接世，悲守穷庐，将复何及！"

"这周母，是有学问的人啊。"

听到周啸天所背的这段，叶天知道那是诸葛亮在五十四岁时写给八岁儿子诸葛瞻的《诫子书》，被后人奉为修身养性、勉诫训子的宝典。

周啸天背完之后，开口说道："妈，我知道错了！"

"周家人的风骨到你尽失，去做那些盗墓的宵小勾当，你对得起周家的列祖列宗吗？"

周母是个性情很刚烈的人，训斥起儿子来丝毫不留情面，听得叶天也是心里打鼓，他甚至有点庆幸从小母亲就没在身边了。

"阿姨，您消消气，他年龄还小，又没有什么社会关系，行差踏错一步，也是可以原谅的。我这不就让他来北京上班了嘛，以后他肯定不敢再做这些事情了！"任凭周母在自己面前教训儿子，也不是个办法啊，叶天想了想，开口劝解了一番。

"小叶，我眼睛能看到的时候，还可以管着他，可……可现在阿姨什么都看不见了，就怕他学坏啊！"

周母拿出手帕擦了下眼泪，伸出手向叶天摸去，叶天连忙将手递了过去，说道："阿姨，您这眼睛能治好，不用担心的……"

紧紧地抓住叶天的手，周母说道："小叶，我听这不肖子说了，阿姨的眼睛不要紧，我……我有件事想拜托你。"

"阿姨，您说……"叶天答道。

周母迟疑了一下，说道："小叶，我听说你和啸天父亲一样，都是奇门中的人，我……我想让啸天拜你为师，日后也不致再行差踏错做些不好的事情！"

周母虽然眼睛看不到，但心里却比谁都明白，叶天伸手帮儿子，或许只是出于一时的好心，两者间没别的因素，说不定儿子以后又会做出什么违法的事情来。

"这……阿姨，这可不行，我们两家的传承不同，所学的功法秘术也不一样，这不合适的！"听到周母的话，叶天顿时感觉有些头大，这事儿他早就拒绝了周啸天，怎么又被提起来了呢？

"小叶，我听啸天他父亲说过，周家的传承早已遗失了，就啸天会的这些东西，有些还是我强记硬背下来教给他的，你就当周家已经不存在了，好不好？"

周母脸上露出恳求的神色，从丈夫去世后，她就一人把儿子拉扯大，这么多年都没向娘家开过一次口，但为了儿子的未来，却向叶天说出了这番话。

周母曾经听丈夫和公公讲过有关于奇门中的事情，她知道在江湖中的规矩里，除了父子之外，最大的就要属师徒关系了，只有儿子拜了叶天为师，她才能真正放下心来。

"阿姨，这……这真的不合适，我和啸天年龄差不多大，成为朋友没问题，但师徒，这……这不行！"叶天连连摇头，按理说周啸天的人品不差，符合麻衣一脉收徒的标准，但是他年龄太大了，早已超过修炼本门功法的岁数，也无法继承麻衣一脉的传承。

"小叶，是……是阿姨冒昧了，打扰你了。啸天，咱们走吧！"

让叶天没想到的是，周母居然直接站起身来，招呼儿子要离开，这顿时让他有些坐蜡，没承想她的性情竟然如此的刚烈。

叶天苦笑着拉住周母，说道："唉，阿姨，您这是何苦啊！我和啸天做朋友，一样会看管着他的！"

周母摇了摇头，说道："那不一样的，我知道这孩子孝顺，他如果拜你为师，就会事事听从你的，否则我怕你日后也管不了他！"

"这……这都是什么歪理啊？"

叶天被周母说得有些无语，看到她已经起身往门外走了，连忙说道："阿姨，要不，就让啸天做我个记名弟子吧，他真的不适合学本门秘术，但是有些东西我还是能教给他的。"

在古代，亲传弟子是传承衣钵的，师傅会把一身的本领传授给他，而记名的相当于挂名的，只是代表收下了你，偶尔传授几手功夫而已。

不过这也不算辱没了周啸天，因为叶天五岁拜师那会儿，同样是李善元的记名弟子，到了十岁那年，才被正式收入门墙。

"还不给你师父磕头去？"

听到叶天的话，周母停下了脚步，她也知道自己其实做得有些过分了，叶天能答应收儿子为记名弟子，已经是做出了很大的让步。不过周母也是迫于无奈，按照古时候的规矩，师徒关系堪比父子，只有叶天与儿子之间有了这层名分，她才会答应留在这里。

"师父，请受啸天一拜！"

周啸天对于拜叶天为师，倒是没有丁点儿的心理障碍，早在曲阳盗墓的时候，他就生出这个心思来了，只不过叶天不同意罢了。

"得，这辈分见长了！"叶天无奈地摇了摇头，却没有推让，坐在正堂中间，受了周啸天的三个响头，虽然只是记名弟子，那也是礼不可废的。

周啸天磕完头后，叶天也没叫他站起来，而是说道："啸天，麻衣一脉的规矩不多，但不得欺师灭祖、奸淫好色，以前的那些勾当更是不能沾了，你知道吗？"

"师父，我知道了，弟子以后要是犯了这几条规矩，任您处罚！"周啸天大声答道。

"哎，我说，叶天，你小子这唱的是哪一出啊？"叶天正想再交代几句的时候，门口传来了叶东平的声音，"我说你让人跪在地上干吗？小伙子，快点儿起来！"

"师公！"周啸天也是个有眼色的人，转过身子就给叶东平磕了个头，反正都是长辈，不算丢人。

"什……什么？师公？"叶东平被周啸天这个头给磕傻了眼，看向儿子，问道："叶天，这……这究竟是怎么一回事啊？"

"爸，我收了周啸天为记名弟子，以后咱们也算是一家人了……"

叶天给老爸解释了一下，继而皱起眉头，看向周啸天说道："不过啸天，这师公的称呼就算了吧，你喊声叶叔好了，我爸还没那么老！"

周啸天摇了摇头，说道："师父，这礼不可废啊，辈分和年龄又没关系。"

"扯淡，那我喊阿姨什么啊？"叶天不耐烦地打断周啸天的话，"这刚拜过师就不听师父话了是不是啊？"

没承想叶天话声未落，周母就接口道："小叶，叫大姐吧，我知道收啸天为徒是难为你，算是我们娘儿俩占你的便宜了！"

"这……这都什么跟什么啊？"叶天闻言苦笑起来，让他喊一个看上去有五六十岁的人为大姐，他真叫不出口。

"阿姨，这样吧，咱们各算各的，反正啸天是记名弟子，我还叫您阿姨，您要是不同意，那这徒弟我也不收了！"叶天想出个折中的办法。

"那好吧，叶大哥，真是麻烦你们了。"周母听到叶天的话，也没有再坚持，后面这句话却是对着叶东平说的。

"不麻烦，不麻烦……"

叶东平连忙摆了摆手，看向儿子说道："叶天，还是让啸天他们去老院子吧，房子都拾掇出来好几天了。"

"行！"叶天点了点头，对周啸天说道："以后你就跟着我爸，偷奸耍滑的事情不要做，知道了没有？"

"师父，您放心吧，我一定听师公的话！"

"是叶叔！"叶天和叶东平同时哭笑不得地出言纠正周啸天的话。

叶家的老宅子虽然住了三户人，但也空荡得很，周氏母子的入住，让宅子里又热闹了一番，陆琛一家人当天晚上也过来吃了顿饭。不过对二姑他们，叶天爷俩儿却隐瞒了周啸天曾经做过盗墓贼的经历，毕竟陆琛是做警察的，知道了心里难免会有些疙瘩。

　　安置周啸天两人住下后，第二天叶天就带着周母去医院检查了，是表哥陆琛介绍的一家眼科医院，里面的院长主任都是相熟的人。

　　俗话说熟人好办事，这话一点儿都不假，在经过一番检查后，主任医师表示，只要有合适的眼角膜，就第一时间通知叶天他们过来动手术。

　　要说为人处世，叶天一点儿都不含糊，临走的时候又塞了个两千块钱的大红包给那位主任，这件事情也算是板上钉钉了。

　　周母由于长期忧郁，精神和身体状况都不是很好，叶天让她每隔两天到自己的四合院住上一天，连带着也用药膳给她补了下身子骨。

　　周啸天也跟着叶东平正式上班了，每天回家叶东平都赞不绝口。

　　周啸天人勤快还有眼色，这不到一个星期的时间，对店里的生意基本都上了手，有一次叶东平和刘维安都没在，愣是让他忽悠出去一件标价五万块钱的前秦青铜烛台。

"叶天哥哥，清雅姐姐，咱们能走了吗？"唐雪雪站在后院门口，对着叶天的房间大声喊道，因为之前有约在先，不是什么急事，唐雪雪一般是不会进叶天院子的。

今天叶天说了，要去买辆车，顺便带她出去转转，小丫头在这院子里已经憋了大半个月，所以早早地就打扮好等着叶天了。

"都怪你，我这样子怎么出去啊？"于清雅没好气地推了一把叶天，照着镜子不由得惊叫了起来，因为是个人就能看到她脸上的红晕，那是动情后的表现。

"嘿嘿，擦点儿粉不就行了嘛，我说清雅，要不回头买了车，晚上你就别走了？"

叶天忍不住又揽住了于清雅的纤腰，这段时间他基本上已经确定，帮于清雅改变命理已成定数，日后自己有什么招惹到天怒的事情，也不会牵连到她。

"想得美，我要回学校！"于清雅没好气地白了一眼叶天，见到他一脸失望的样子，心里一软，说道："今天确实要回去，要不……我周末过来？"

"好，一言为定啊，周末我去接你！"

叶天一听于清雅的话，顿时来了精神，不过继而抱怨道："怎么还差五天才到周末啊！"

"瞧你那德行，好了，别让雪雪等久了，咱们出去吧！"于清雅笑着点了下叶天的鼻子，稍微化了下妆之后，和叶天走出了后院。

"清雅姐姐，你真漂亮，比我在香港见过的大明星漂亮多了！"唐雪雪见到二人出来，立马挽住于清雅的手，小嘴里的漂亮话一套一套的。

"咳咳，叶天哥哥不帅吗？"叶天在一旁咳嗽了一声，敢情这小丫头很会见风使舵啊，自从有次在于清雅面前服了个软，唐雪雪巴结于清雅的力度马上就加大了。

"哥哥当然帅了，四大天王都没你帅！"唐雪雪笑嘻嘻地挽住叶天的胳膊，说道，"叶天哥哥，你要买什么样的车子啊？我爷爷有好多车子，让他送一辆给你好不好？"

"你爷爷的车子是你爷爷的，哥哥我有钱，干吗让他送啊？"叶天撇了撇嘴，不过随之想到这钱似乎也是从老唐那儿赚来的，声音未免不自觉地弱了几分。看到唐雪雪有些失望的样子，在她鼻子上刮了一记，说道："走吧，自己买的车开着才舒服！"

早一个星期的时候，叶天和二姑一家人吃饭，说起自己要学开车的事情，问了下表哥有没有什么门路，能不能安排早点儿学习。谁知道陆琛当时就拍了胸脯，说是不用去学了，帮他花钱买个驾照，1998年这会儿确实不怎么严格，刚过一个星期，陆琛就把驾驶证给叶天送来了。

不过有了驾照没有车，叶天又不愿意开老爸那破普桑，就琢磨着出去买辆车，毕竟他住在胡同里面，走出去打车要好几分钟，确实不太方便。

"叽叽……叽叽！"几人刚走到门口的时候，毛头不知道从哪里蹿了出来，直接躲进唐雪雪的怀里，那样子显然也是想跟叶天出去转悠一圈。

"留着看家，别什么事都凑热闹！"叶天一把揪住毛头，把它扔回院子里。

这家伙就是个惹事鬼，上次叶天心血来潮跑到附近的小公园里晨练，居然看到毛头这家伙竟然会用爪子开笼子，偷偷摸摸地将那些老人挂在树上的鸟儿都给偷吃了。

听着那些老人们议论着最近这里有蛇偷鸟吃的事，叶天如坐针毡，转头就去买了个笼子把毛头关了好几天，它这才老实下来。

"哥哥，毛头好可怜啊！"看着毛头站在院子里探头探脑的模样，唐雪雪有些不忍心。

"那是装的，你别可怜它！"

叶天随手关上大门，不过就在他刚走出四合院内元气笼罩的范围时，身上的手机突然响了起来。

"卫叔？有小半月没见您了啊，还好吧？"

叶天掏出电话一看，原来是卫红军打过来的，连忙接了起来，不过听着卫红军说的话，他脸上的笑容逐渐消失了。

"清雅，雪雪，这……买车的事儿，还是等等再说吧，卫叔有事找我。"

挂断电话后，叶天抱歉地看向于清雅和唐雪雪，这要是换个人，他或许还能不搭理，但卫红军有事找到头上了，他无论如何都要过去帮忙的。

"下次再陪我们吧，卫叔叔的事情不要紧吧？"这段时间叶天都比较清闲，陪于清雅的时间也多，是以听到叶天有事，她也没多说什么，倒是唐雪雪有些不乐意，噘着小嘴生闷气。

看着唐雪雪的样子，叶天笑了起来，说道："雪雪，叫清雅姐姐陪你去逛商场吧，不过时间不能久了，中午就要回家。"

"谢谢叶天哥哥！"听到叶天的话，唐雪雪顿时高兴起来，她以前是身体虚弱出不了门，现在体质比以前强多了，对外面的世界也充满了憧憬和期望。而且唐老爷子最近几天有事回香港了，没人管束之下，唐雪雪更像是放了羊一般，每天都缠着叶天想要出去逛一逛。

"爸，啸天，你们俩怎么过来了？店里今天没事吗？"

胡同里是没出租车的，叶天和于清雅几人往胡同外走的时候，迎面碰上了叶东平和周啸天。

叶东平笑道："昨天啸天回唐山了，带来点儿驴肉，他说你喜欢吃这口，非要给你送来，怎么着，你们这是要出去？"

"卫叔生病住院了，让我过去看看，驴肉先放您车上。爸，你送清雅和雪雪她们去西单那边的商场吧，啸天，今天你跟着我！"

自从收了这个徒弟，叶天就总是听老爸夸奖他，眼下看到周啸天回唐山带来驴肉也能想着自己，他心里也是热乎乎的。

"臭小子，怎么哪次都被你抓壮丁啊？行了，回头帮我问老卫好……"叶东平无奈地摇了摇头，今天潘家园那边估计又只能让刘维安守着了。

看着于清雅和唐雪雪上了老爸新买的奥迪车后，叶天拦了辆出租车，往地坛公园附近的安定门医院驶去。

"啸天，听我爸说你现在嘴皮子练得挺溜的啊，怎么转变那么大？"

如果不是叶东平说起来，叶天还真的不敢相信周啸天能靠着嘴皮子忽悠出一件价值五六万的东西。要知道，在叶天最初认识他的时候，这小子可是一个字一个字往外蹦着说话的，这不过短短一段时间，就像是换了个人一般。

周啸天沉默了一下，开口说道："师父，我……我想让妈妈生活得更好一点儿，也……也不想给师父您丢脸！"

其实周啸天小时候也是个开朗的孩子，不过自从父亲去世，他的生活就发生了变化，性格慢慢变得孤僻，不爱说话了。但是和叶天倾吐了一番之后，周啸天压抑在心里十多年的苦闷宣泄了出来，性格也逐渐发生了转变，加上叶天肯给他重新做人的机会，周啸天就倍加珍惜起来。

听到周啸天的这句话，叶天愣住了，这是一个很朴实但又让人感动的理由。再想到周母那天的举动，叶天不禁在心里暗叹了一声，为了自己的孩子，母亲付出什么都是愿意的，而周啸天也有情有义，这个记名弟子也算没有收错。

一时间车里沉默了下来，倒是那出租车司机一个劲儿地从倒车镜里打量两人，他有些闹不明白这两个年龄差不多的大男孩，为何会以师徒相称？

　　安定门医院距离叶天家并不是很远，就在雍和宫与地坛公园附近，没多大会儿，出租车就停在了医院门口。

　　下了车，周啸天开口问道："师父，咱们是来看病人的吗？要不要买些东西呀？"

　　"嘿，你不说我倒差点儿忘了，你等我一下。"听到周啸天的话，叶天一拍脑袋，光是感觉和卫红军熟识了，竟然连最起码的礼节都忘了，让周啸天等在门口，叶天去旁边买了一篮子水果。

　　"卫叔，我到医院了，B楼302是吧？我马上到！"摸出手机给卫红军打了个电话后，叶天带着周啸天来到卫红军住的病房。

　　卫红军住的病房是个单间，隔着窗户叶天看到卫蓉蓉坐在那里，敲门走了进去。

　　"叶天，你来啦？"卫蓉蓉抬起头，那双眼睛红肿得像灯泡一般，显然刚哭过一场。

　　"这……这是怎么一回事啊？卫叔，您不是说生病了吗？"看到头部被包扎得只露出一双眼睛，像个木乃伊般的卫红军，叶天眼睛眯了起来。

　　在电话里卫红军说他生病了，让叶天过来一趟，可面前卫红军这模样哪里像是生病？一准是被人打的，而且出手还挺狠，全奔着上三路去的。

　　叶天虽然在北京城也认识不少人，但能被他心里认可作为朋友的，不过就是陈喜全和卫红军两个人，眼下见到卫红军被人打得如此凄惨，心里顿时升腾起一股怒火。

　　"叶天来了？"

　　听到叶天的声音，原本闭着眼睛躺在病床上的卫红军挣扎着坐了起来，指着旁边的椅子说道："叶天，坐，过来坐。这个小伙子是谁啊？"

　　"他是我新收的徒弟，叫周啸天。"叶天给卫红军介绍了下周啸天后，问道："卫叔，到底是怎么回事，您先说说吧。"

　　叶天虽然可以占卜先知，也能从别人面相中看出祸福，但这是要动用术法推演的，他平时不会没事看见个人就推演一番，否则累也累死了。再加上这段时间卫红军都比较忙，叶天一直都没见到他，是以也不知道卫红军会遭遇这么一档子劫难。

　　有人或许会说，那你几个月前见过卫红军，为什么当时没有看出来？

　　这也是有原因的，有句俗话叫作三十年风水轮流转，说明不管是风水还是人的气运，都不是一成不变的。外界的因素在很大程度上往往能使其发生变化，即使以叶天的本事，也不可能准确地推断出某一个人在某个时期所遇到的事情。

　　"这个，蓉蓉，你看小徐的东西买来没有？"卫红军看着女儿犹豫了一下，显然不想让卫蓉蓉听到他和叶天的谈话。

　　"哎，叶天，你来啦？"卫红军话声未落，病房的门就被人推开了，徐振南一手拎着一个保温壶走了进来，在他后面还跟着叶天熟识的王工。

王工的脸上也有些青紫的颜色，显然这哥们儿也陪着老板同甘共苦了，只是没卫红军受伤那么严重罢了。

见到徐振南进来，卫红军眨巴着眼睛给他使了个眼色，说道："小徐啊，有心了，东西放在这里吧，你和蓉蓉出去走走。"

"好的，蓉蓉，咱们也出去吃点儿东西吧，叶天陪卫叔叔就好了。"

自从见了卫红军，从来还没得到过这么和颜悦色待遇的徐振南，立马哄劝着把卫蓉蓉拉出了病房。

"卫叔，您先躺着，这事儿让王工来说吧。"

看到卫红军说话吃力的样子，叶天扶着他躺下去，从他的伤势看得出来，这次真的是伤筋动骨了，没三五个月的时间别想把伤养好。

"好，王工，你……你给小叶说下吧！"卫红军苦笑了一声，他做事向来都谨慎小心，尤其听到叶天的规劝后，对那些可能触及法律的事情也都远远地避开，但没承想会遇到这么一档子事。

"叶天，这事儿要从我们接的那个工程说起……"

王工脸上那几拳挨得也不轻，说话的时候牵动了伤口，嘴里直抽抽，不过还是将事情的原委说明白了。

原来，卫红军的公司前几个月接到了东城老旧城区改造的工程，这可是个大项目，卫红军马上将所有的精力都投了进去。

基本上在城市生活的人都知道，旧城改造所面临的最大难题，就是老住户的搬迁问题，"钉子户"这个名称，最初就是由旧城改造中的矛盾引申出来的。

政府通过招标将工程外包之后，是不会再去管"钉子户"的问题的，通常都是由接到工程的公司自己去处理。

所谓钉子户，不外乎就是因为对拆迁费用不满意而不愿意搬走的那些人，而承包商为了赚取利润，一般也不会提高拆迁费用。但这个矛盾不解决，就无法施工，对承包商造成的损失更大，由此也催生了一个产业，那就是拆迁公司。

为了避免麻烦，很多承包商在接到改造工程后，都会将拆迁这个难题交给拆迁公司去解决。卫红军是生意人而不是善人，他也想用最小的投资赚取最大的利润，不过听到叶天让他与人为善不要作恶的那番话后，卫红军就没有去找那些拆迁公司，全部由自己的公司来负责。虽然在拆迁过程中，也出现了一些钉子户，但在耐心的说服教育和暗地里提高拆迁费用的办法下，拆迁相对进行得比较顺利。

更关键的是，卫红军公司的行为，让那些拆迁户都很满意，什么上访告状的事基本上都没发生，等于是变相支持了政府的工作。

卫红军的文明拆迁为他赢得了不错的名声，政府多次对他的公司进行了表扬，并有意将下一步的一些工程也都交给卫红军的公司去做。但是如此一来，那些靠着拆迁吃饭的公司就有些坐蜡了，这些公司原本就是靠着克扣拆迁补偿款发财的，现在没人找他们拆迁，他们靠什么吃饭啊？于是矛盾就指向了卫红军。

能撑得起来拆迁公司的人，基本上都是北京城的一些老牌顽主或者是地痞流氓，手下养着一大帮子闲人，在拆迁过程中什么打砸抢放狗藏蛇的事情，基本上都是他们干出来的。

当然，那些开拆迁公司的老混混现在赚到钱了，举止也就文明多了，几家一商量，决定和卫红军来个先礼后兵。于是东城区的几个拆迁公司的老板就找上了卫红军，不过粗人始终就是粗人，这些人张口就威胁卫红军下面的拆迁工作要让他们来做，否则就要让卫红军的公司干不下去。

如果这几个家伙好好和卫红军商量一下，能保证不从拆迁补偿款里做手脚，卫红军未必就不会把拆迁工作交给他们，但坏就坏在，这帮家伙实在太蛮横了。

卫红军是从四合院小餐馆干起来的，那种地方龙蛇混杂，没有黑白两道的关系根本就吃不开，所以在早期的北京城里，卫红军那也算是一号人物。卫红军现在的生意越做越大，接触的层面也越来越高，这几年来已经很少有人敢给他摆脸子看了。所以被那几个拆迁公司的老板用话一激，卫红军也是当场翻了脸，叫人把他们赶了出去。

卫红军也没把这事放在心上，毕竟东城分局包括政府里的几位主要领导和他关系都不错，他也不怕那些混混们来找麻烦，民与官斗，那纯粹是找死。

之后一两个月的时间，那些人也没敢上门找麻烦，卫红军每天要忙的事情很多，逐渐就把这事忘在脑后了。但是卫红军万万没有想到，现在混混们的头脑也都与时俱进了，即使对卫红军这样黑白通吃的大老板，手段也多的是。

就在前天中午，卫红军接到王工的报告，说是一户已经谈好了的拆迁户，突然反悔了，并且当场把补偿协议撕了，说是让公司老板去和他谈。

那家拆迁户所处的地理位置十分重要，下个星期的施工进度就会进行到那里，必须马上将其拆迁掉。

听到王工的汇报，卫红军以为那户人家是想借此抬价，当时也没在意，因为周围几户人家都已经搬走了，做出点儿让步多给些钱也无所谓。

是以当天晚上卫红军就带着王工和几个公司里的职员，去了那户人家，但是让卫红军没有想到的是，那个据说是业主的小青年，张嘴就开出一千万补偿款的价格来。

要知道，那处待拆迁的房子不过就是八十来平方米的三间平房，按照当时的市价，也就是三四十万的样子，一千万，足够买上几十套了。

眼瞅着对方没什么诚意，卫红军也就不想多谈了，谁知道正当他们准备离开的时候，从那房子的里屋，突然窜出来七八个人，手里拿着棍子砍刀对着卫红军一阵猛砍。

他们似乎只认卫红军一个人，像上前拉架的王工等人，只不过脸上挨了几拳，根本就没受什么伤，但卫老板却被打惨了。不过这些人下手很有分寸，棍子专打身体的关节处，而刀子则是只砍不捅，虽然打得卫红军血流一地，奄奄一息，但却没有生命危险，送到医院抢救一番后，卫红军也就清醒了过来。

从来没吃过亏的卫红军当然不肯罢休了，前天夜里就把自己所有的关系都发动起来，准备将那户主抓住，这至少也是个故意伤人罪吧？但是让卫红军没想到的是，那家户主根本就不用抓，因为他就住在卫红军同一个医院里，而且身上的伤势，比卫红军只重不轻。并且警方对那人所做的笔录表明，这是一起由于拆迁款引发的户主与拆迁方的斗殴事件，那个受伤的户主，一口咬死是卫红军先动的手，他的几个哥们儿看不过去才还的手。

原本卫红军的那些关系，已经把打人的几个人都抓了起来，但谁知道第二天，一帮人把受伤的户主从医院里抬出去，跑到政府门口下跪告状去了。

告状的理由是开发商强制拆迁，动手把人打成了重伤，还勾结警察将无辜的人抓了起来，要求政府为他们申冤。

北京城是什么地界？那是国家首都，屁大点儿事都会引起国际关注。

这些人闹的声势很大，当时就让一些领导拍了桌子，把被抓的几个混混都放了回去，卫红军的那些关系也无可奈何。

即使吃了这么大的亏，卫红军原本还没想到那几个威胁他的拆迁公司老板身上，但就在昨天，他接到一个电话，心里顿时明白过来。

原来那处房子，就在一个多月前，才刚刚被那个小青年买了去，房产证都是最近才办下来不久的，而买房子的时间，正和卫红军被威胁的时间对应得上。

政府里的那些朋友已经告诉卫红军，这件事有上一级的领导关注，最好就是大事化小，小事化了，双方都受了伤，就按照民事纠纷协商解决好了。

弄明白了事情的前因后果，卫红军也不禁心生寒意，这帮家伙竟然算计得那么远，在一个多月前就开始布局给他下套了。

而且这些人居然还用了苦肉计，让自己的关系无法发挥作用，搞得他白白挨了这顿打，却没有丝毫办法。

卫红军也不是不能忍的人，只不过昨天他又得到消息，好几个正在施工的工地都受到一些流氓的冲击，有几个建筑工人甚至被打伤了。

卫红军自己被打，或许还能咽下这口气，但对方明摆着要赶尽杀绝，让他的公司做不下去，卫红军就忍不下去了。

但是现在政府的人是指望不上了，卫红军也找了几个混社会的朋友，那几个人一听说是东城拆迁公司的麻烦，一个个都忙不迭地推说有事挂了电话。

思来想去，卫红军这才给叶天打了电话，虽然他知道叶天在北京的关系还不如自己，但是不知道为什么，卫红军就相信叶天能解决这个麻烦。

"妈的，难不成'天道无常，常与善人'这句话是扯淡的？"

听完王工的讲述后，叶天脸色顿时变得铁青，因为就是他劝卫红军要多做善事，少干那些生孩子没屁眼的缺德事，要论起来，这件事的根源却是在叶天的身上。不过这也是叶天不知道拆迁工程里面那些猫腻的原因，他劝卫红军的出发点是好的，但却断了别人的财路。

俗话说挡人财路如杀人父母，那些本就是心狠手辣的家伙，自然不会善罢甘休，别说卫红军只是个商人，就是政府高官，那些人也有的是招数将他拉下马。

"哎哟，卫老板，你今天的气色不错呀，到底是当老板的，病房都住单间，我兄弟可是六个人住一间的病房啊！"

正当叶天在那儿咬牙切齿的时候，病房大门被人"咣当"一脚踹开了，四五个头上染着黄毛的小青年垮着个身子走了进来。

见到这些年轻人，卫红军顿时激动起来，因为里面有两个就是拿刀砍他的，撑起双臂坐起身体，大声喊道："谁让你们进来的，都给我出去！"

只不过被包得像粽子一样的卫红军，此刻真的没有什么震慑力，那群年轻人压根儿就没把他当回事，领头的一个黄毛笑嘻嘻地说道："卫老板，你那闺女呢？嘿，听说还是大学生呢，长得真是水灵啊！"

"你……你们敢动我女儿一下子，老子我荡尽家产也要废掉你们几个！"卫蓉蓉可是卫红军的逆鳞，听到几个混混的话，差点儿就要下床和他们拼命了，却被叶天一把按在床上。

"卫叔，少安勿躁，看看他们来干什么的。"叶天脸上带着笑容，不过要是注意看他眼睛的话，就会察觉到那一丝让人冷入骨髓的寒意。

"这就对了嘛，卫老板，你说你都一大把年纪的人了，一点儿礼貌都不懂，老子好歹也是来慰问你的啊！"见到叶天劝住了卫红军，那个黄毛愈发嚣张起来。

叶天眉头皱了皱，淡淡地说道："有什么事，请说，卫叔身体不太好，需要休息！"

"小子，你算是哪根葱？信不信老子我砍死你？！"黄毛不屑地瞪了叶天一眼，右手把腰间的衣服抬起，一把西瓜刀赫然插在他腰间。

"你对谁称老子呢？"

叶天没说话，周啸天倒是不乐意了，他是叶天的徒弟，这黄毛要是当上叶天的老子，那岂不是自己又多了个师公？再说了，别看这四五个小混混身上都带着刀，但脚步虚浮，身上一点儿功夫都没有，周啸天压根儿就没把他们放在眼里，不用师父出手，自己一个人就全能给收拾了。

"嘿，小子，叫板不是？"

黄毛眼睛一瞪，一手抓在刀柄上，冲着周啸天走了过去，他前几天把卫红军砍成这模样了自己都没事，现在不是一般的嚣张。

"得，哥们儿，有事你还是说事吧。"叶天不动声色地横跨一步，挡在黄毛和周啸天的中间。

"妈的，回头再收拾你小子！"不知道为何，在与叶天对视的时候，黄毛心里竟然没来由地颤了一下，下意识就放弃了要教训周啸天的想法。

黄毛今天是带着任务来的，当下走到卫红军面前，用手摸了摸卫红军头上的纱布，冷笑道："卫老板，我们老大说了，你要是识相的话，拿出一千万作为前面几个工程的赔偿，另外把下面的拆迁交给我们公司，这事儿就算一笔勾销，否则的话，哼哼……"

按照黄毛老大的想法，他这次算是把卫红军整治服了，不怕他不接受自己的这个方案，否则自己每天派人去工地捣乱，卫红军的损失将会更大。

那几家拆迁公司的老板，也不是没想过彻底搞垮卫红军，但是他们也知道点儿卫红军的底细，万一要是玩个鱼死网破，他们也落不到什么好处。

"你们！"卫红军眼睛都快瞪出来了，他什么时候受过这般侮辱？气得一口气差点儿没喘上来。

叶天轻轻拍了拍卫红军的后背，帮他顺了口气，说道："卫叔，别生气，别生气，被这帮人气坏身体，那才是真不值得！"

"小子，你说什么？找死是不是啊？"黄毛一把推开叶天，摆出一副一言不合就拔刀砍人的架势。

"呵呵，啸天，这人啊，你跟他讲道理，他就会跟你耍流氓，你要是跟他耍流氓呢，他就和你讲法制，咱们惹不起他们呀！"

被那黄毛推搡了一下，叶天倒是笑了起来，而且笑得很开心，右手藏在身后快速划动了几下，一脸笑容地在黄毛胸口处帮他掸了掸灰，说道："卫叔会考虑你刚才说的，你们先回去吧……"

被叶天在身上摸了一下，黄毛没来由地感觉浑身一冷，往后退了一步，用刀指着叶天说道："妈的，你们不要耍花招，下午我再过来，必须给我个答复！"

叶天连连点头，说道："你放心，我会劝下卫叔的，我们都是老实人，哪里敢招惹你们啊！"

"算你小子识相，兄弟们，走了，下午再来！"

见到叶天服了软，黄毛像是打了场胜仗，再加上今天来的时候老大也交代了，只准恐吓不准动手，他也算是完成了任务。

"你怕是来不了了！"

看到黄毛一行人走出了病房，叶天脸上的笑容瞬间收敛了起来，走到病房的床前将窗帘拉开后，对周啸天说道："把门关上，反锁，谁都不要让进来！"

"是，师父！"

和卫红军的一脸疑惑不同，周啸天却是满脸的兴奋，叶天刚才虚空画符的时候，可是被他瞧得清清楚楚。这种手段即使是在奇门江湖的传说中，都不见得有人能使出来，周啸天没想到叶天竟然用出了这一招，这年轻师父的形象在他心中顿时又高大了不少。

"叶天，刚……刚才那几个人，就是对我动手的！"

卫红军都快五十岁的人了，被这一帮毛孩子痛打了一顿，心里那憋屈就甭提了，眼睁着叶天赔着笑脸将几人送出去，他刚才差点儿没当场发作。

"卫叔，请您看场戏，这个只是点儿利息，您受的委屈，我一准全都给您找回来！"叶天眯缝着眼睛看着住院部的出口，脸上虽然是带着笑容说话的，但身上却杀意四溢，从来没有人能在他面前称老子而囫囵完好的。

"看戏？"卫红军闻言愣了一下，继而想起那次慈善拍卖时发生的事情，顿时激动了起来，拍着床边说道："叶天，快，扶我到窗户边去！"

叶天这会儿要盯着下面，他可不能分神，头也没回地说道：啸天，帮卫叔把床摇起来，然后推过来！"

"知道了，师父。"周啸天答应了一声，手脚麻利地帮卫红军摇起床铺，然后将床推到窗户边上，刚好能看到住院部门口那地方。

"出来了……"叶天忽然目光一冷，因为他看到黄毛那标志性的头发了。

"给我爆！"

叶天右手拇指、小指和无名指屈起，中指和食指掐了个剑诀，遥遥对着楼下的黄毛指去，一股无形的煞气穿越了这二十多米远的空间，径直落在黄毛身上。

"妈的，怎么这么冷？不都快 4 月了吗？"

刚刚走出住院部的黄毛猛地打了个寒战，继而脑中忽然一乱，他发现自己偷帮中兄弟二嫂的事情被人揭露了出来，整个帮里的兄弟都在追杀他。

原本好得可以同穿一条裤子的兄弟，此时却拿着砍刀往自己头上砍，黄毛一声大喊，从腰间抽出砍刀迎了上去。而且他发现自己突然像是被关二爷附体了，挥砍之间勇猛无比，往日比他能打的兄弟都被他砍得抱头鼠窜，这让黄毛愈加兴奋起来，举着刀追杀了下去。

　　黄毛沉浸在自己的精神世界里，但是外人看上去的情形可是完全不一样的，那个看上去流里流气的小青年，刚一走出住院部，突然抽出把刀，对着自己身边的几个人砍去。

　　在完全没有防备的情况下，当场就有两个人被砍中，一脸惊骇的表情捂住伤口跑着躲开。而另外两个反应快的，则是冲上去抢夺黄毛手中的刀，谁知道黄毛反手一刀，那特制的西瓜刀竟然将一人的手腕瞬间割破。

　　如此一来，剩下的那人顿时被吓得魂飞魄散，也顾不得在地上哀号的兄弟了，转身就往外跑。不过黄毛像是认准了他一般，死死追了下去，在跑出二十多米的距离后，终于追到那人身后，把他也砍伤。

　　住院部门口突发的血案，让一些病人和病人家属都恐慌了起来，原本安静的医院，顿时哭声震天，那场景倒像是什么大人物死了一般。

　　"叶……叶天，你……你这也太狠了吧？"

　　饶是卫红军对那几个人恨之入骨，但是目睹了这血腥的一幕，也忍不住心底发寒，冷汗顺着脊梁骨就流淌了下来。

　　听到卫红军的话，叶天冷哼了一声，说道："卫叔，这几个人长得眉骨反刀，眉乱如草，看人的时候眼露恶光，没一个是好东西……就凭他们这些人的面相，即使没有今天这件事，三年之内也是吃枪子的下场，现在送他们进监狱，反而会让很多人免受他们的祸害！"

　　叶天有的时候或许心肠很软，但是他始终牢记师父曾经告诉他的一句话，那就是除恶即行善，而他也一直都秉承着这句话行事。

　　卫红军的行为本就是善事，但却遭了恶报，叶天相信，天理循环自有其因果，让自己知道了这件事，或许就是天道假手自己惩罚这几个人也说不准。所以不管是对那伙稍懂风水的盗墓贼，还是眼前这几个为非作歹的小混混，叶天对其出手的时候绝对没有半点儿怜悯之心。但是像电视台的那位齐主任，叶天却只是让他身败名裂，并没有要了他性命，原因就是其人罪不至死，否则有违奇门中人行事的原则。

　　听到叶天的话，卫红军也不知道说什么好了，他年轻的时候也曾经好勇斗狠，但最多就是拎着啤酒瓶子砸个人，哪里见过如此血腥的场面？

　　之前叶天捉弄那位齐主任，卫红军看在眼里只觉得好笑，但是这一次，即使卫红军对那几个年轻人恨之入骨，心底也生了一股寒意。

　　此时卫红军才真正意识到，平时表面上嘻嘻哈哈的叶天翻脸无情时的可怕，刚才叶天眼中露出的冷酷神色，简直就是视那几个人为蝼蚁一般。同时卫红军也在心里庆幸，幸亏自己一向对叶天有求必应，一直以来都在小心经营着两人的关系，否则他也见不到叶天如此真实的一面。

其实对黄毛的作为，叶天心里也是很吃惊的，那张符箓的效用，远远超出了他的估算。

叶天刚才仓促之间虚空制符，其实符箓的效果并不是很好，但那个黄毛心中有恶念，那一丝煞气，不过是把他心底的阴暗面都展露了出来而已。

说来也巧，黄毛这几天刚刚看过那部《古惑仔》的电影，满脑子都是《古惑仔》中的情节。加上他们这些人的男女关系十分混乱，经常和一些混社会的女人乱搞，不仅如此，黄毛还吸毒，这脑筋平时都经常会莫名其妙地拐不过弯来。

黄毛昨天就不知道跟哪个女人上了床，现在脑子一糊涂起来，顿时和电影里面的情节挂上了钩，直接把自己当成了勾引二嫂的陈浩南。而且黄毛也继承了电影里南哥的勇猛，一个人就把四个"追杀"他的人干翻了，这会儿还在没命地追着最后一个人。不过叶天侵入他脑中的阴煞并不是很多，在一阵发泄之后，黄毛坐倒在地，脑子渐渐从糊涂中清醒了过来。

"谁干的？这他妈的是谁干的啊？"看到身边血肉模糊的同伴，刚刚恢复了一丝清明的黄毛脑子顿时炸了，拎着刀就跳了起来。

"山鸡，你的手是怎么回事？"四下里一打量，黄毛发现他的几个哥们儿都被人打倒在地，连忙提着刀跑了过去。

地上那个长相猥琐的家伙刚刚从晕厥中醒转过来，见到黄毛又凶神恶煞般地冲了过来，很干脆地双眼一翻，这次却是被吓晕了过去。

"这到底是怎么回事？！"

看着受伤的同伙，黄毛原本就不怎么清醒的脑子，又开始混乱起来，一把拉住一个中年女人，把刀架在她的脖子上，大声吼道："告诉我，谁伤的他们，不说老子一刀砍死你！"

可怜那个女人早已被吓得半死了，此时哪里还说得出话？就在黄毛打算履行"砍死她"的威胁时，耳边突然传来一声断喝："住手，我是警察！"

离安定门医院不远的地方就是派出所，在接到医院内有人持刀行凶连杀数人的报案后，派出所全员出动，不到五分钟就赶到了案发现场。

现场的惨状，也让这几个警察心生寒意。

"警察同志，你……你们来得正好，我兄弟都被人砍伤了，你们把凶手找出来啊，我要为他们报仇！"看到这几个公安同志的时候，黄毛差点儿就热泪盈眶了，他从来没有感觉到一向被他称之为"条子"的警察，竟然如此可亲可敬。

"你先把刀放下！"

带队的派出所所长是个有经验的老警察，他看出黄毛的精神好像不太正常，而且案情早就很清楚了，就是这黄毛伤了另外四个人。不过黄毛这会儿又沉浸在电影里的兄弟义气中了，摇着头说道："不行，你们帮我把凶手找出来，我要砍死他，我要为兄弟们报仇！"

有个围观的病人家属胆子很大，他也是目击了刚才发生的所有一切的人，在听到黄毛的话后，不由得笑了起来，大声说道："报什么仇，就是你砍的他们，要报仇你自杀好了！"

"我……我砍的他们？"黄毛闻言愣住了，继而想起刚才迷迷糊糊时做的一个梦，自己刚才好像真的在砍人，不过那些人都是在追杀自己的。

"对，一定是那个人砍我兄弟的！"

像黄毛这种人，一向都是以自我为中心的，他很快就找准了目标，松开劫持的那个女人，挥舞着砍刀向刚才说话的男人冲去。

"砰！砰！！"就在黄毛刚把手中的砍刀举起的时候，两声清脆的枪声响起。

"哐当！"黄毛胳膊中一枪，腿中一枪，高举的刀从手中摔落到地上，紧接着他前冲的身体也仰面倒了下去。

直到倒下的那一刻，黄毛的神智才真正地清醒过来，眼睛里充满迷惑不解。

"小王，你带小李去找目击证人做口供，老吴，你看护好现场，不要被人破坏了，医生，医生呢，快点儿抢救另外几个人！把行凶者送院治疗！"派出所的所长见到歹徒被控制住后，马上大声安排了起来。

叶天皱了下眉头，说道："卫叔，这事儿估计还会查到您头上，您到时候实话实说就行了！"

叶天知道，警察肯定会追问这几个人来医院的目的，到时候必定会来找卫红军问口供。

"什么？实话实说？"正看着楼下发呆的卫红军，被叶天的话吓了一跳，连忙说道，"叶天，我……我不会说的。再说，我就是说了也没人相信不是？"

"卫叔，您别那么紧张成吗？我让您实话实说，是说那几个人的来意，他们自相残杀，关咱们屁事啊？"

叶天被卫红军搞得有些哭笑不得，平时看着卫叔挺有担当的一个人，怎么这会儿居然吓成这副模样了？不过叶天也不想想，目睹了一场血案，尤其是在面对他这个血案缔造者的时候，换谁心里也会犯嘀咕的。

"你说得也是啊……"听到叶天的话，卫红军也回过劲来了，那黄毛拿刀砍人，最少有几十个人都是亲眼看见的，关他们什么事儿啊？而且黄毛神志不清了，即使有什么古怪，那些警察也不至于怀疑到他们身上，来找他们最多不过是走个过场而已。

　　"叶天，你们先回去吧，万一警察来了见到你们……"

　　"卫叔，我们来看您怎么了？警察也是要讲道理的，咱们别没事欲盖弥彰，我就留在这里！"卫红军话没说完就被叶天打断了，要说揣摩人心的本事，卫红军比叶天差得远了，你越是躲避，越是会给人怀疑的理由。

"啸天，把卫叔的病床搬回去吧。"热闹看完了，叶天将病床收拾成了原样，没过一会儿，卫蓉蓉和徐振南回来了。

"爸，我给你说，刚才下面出大事了，昨天见到的那几个小混子都被人打伤了！"

卫蓉蓉一进病房就大声嚷嚷了起来，她和徐振南回来的时候，几个人还躺在住院部的门口的担架上，卫蓉蓉一眼就认出了仰面躺着的黄毛。

"哎，这里刚好能看到啊，你们没看见，真是可惜呀！"卫蓉蓉也是个没心没肺的丫头，居然一点儿都不知道害怕，在那里指手画脚地说着，还走到病房窗户边将窗帘拉了起来。

"咦？你们怎么一点儿都不奇怪啊？敢情你们都知道了呀！"卫蓉蓉见自己说了半天，叶天等人脸上没有露出丝毫惊异的样子，顿时明白了过来。

"嗯，刚才看到几个小混混在打架。"

叶天走到窗户边往下看去，脸上忽然变了一下，扭过头说道："卫叔，您先好好养伤，这事儿我一准帮您办好，您身上的这顿打，绝对不会白挨的！"

今天遇到的黄毛等人，不过是拆迁公司派来的小喽啰，追根溯源还是要找到拆迁公司老板的身上，今天的事情不过是先向他们收取点儿利息而已。

"叶天，你不是说等警察上来再走吗？"听到叶天的话，卫红军愣了一下。

"卫叔，我表哥在下面呢。"

叶天原本想等警察来了再走的，可是刚才往下面那么一看，却发现了表哥陆琛，虽然作为法医他并不一定会上来，但少一事总是比多一事好。

卫红军也是认识陆琛的，当下点了点头说道："好，那你和小周先走吧，有蓉蓉陪我就行，这件事的来龙去脉王工都知道，回头我让他联系你！"

刚才叶天让他们看热闹的时候，却是把王工支开了，这样的事情虽然说出去也不会有人相信，但少一个人知道总归是好的。

"师父，您可真是太帅了，我只是听父亲说故事的时候才知道有人可以虚空画符，没想到您也能！"出了医院后，周啸天一直兴奋不已。

"嗯？少在人前说这些……"

叶天没好气地瞪了周啸天一眼，后者顿时悻悻地闭上了嘴，不过看到叶天似乎没有生气，周啸天小心翼翼地问道："师父，您……您能把这一手教给我吗？"

周氏一脉的术法，多是用于风水堪舆、寻龙点穴和对人的命理推演，但对于争斗却不是很在行，周啸天只不过是个半大孩子，对于这个自然是极感兴趣的。

"啸天，不是我不教你，是教了你也学不会。"叶天摇了摇头，"想要学习制符，最起码首先要能沟通天地元气，你家里的术法传承已经丢失了，没有相应的功法，这些你是学不会的。"

看到周啸天脸上露出失望的神色，叶天接着说道："你练的是内家拳，打坐吐纳和调息的行功方法，和我这一脉都颇有不同，这也是我之前给你说只能收你做记名弟子的原因！"

内家功法是以练气为主，讲究内修，外家拳是练力为主，讲究外形，内家功法和外家拳的区别，从外形上看区别不是很大，从方法上就区别比较大了。

外家拳讲究"内练一口气，外练筋骨皮"，是以练身体的速度、力量、技巧等为主的，在技击方面，效果比较快。而内家功法就不一样了，内家功法注重的不是速度、力量、技巧的训练，而是以开发人体内在的潜能为主的，这就需要一些特殊的吐纳调息方法，也是内家拳的不传之秘。

周啸天已经练习了十多年的家传内家心法，再想改弦易辙，基本上是不可能了，那样的结果很有可能会使其经脉受损，也就是传说中的走火入魔。

叶天无法教授周啸天，还有一个主要的原因，那就是传承。

叶天的传承得来得莫名其妙，虽然他当时功力浅薄，却能施展出老道都无法做到的术法，他之所以能沟通天地灵气，也都是拜十岁时那次意外所赐。

当然，也不是只有这种办法才能感应到天地元气的存在，叶天从脑中传承里也知，将他们这一脉的功法修炼到炼气化神的境界后，也有掌控天地元气的能力。换句话说，只要能将麻衣一脉的功法练到叶天这种程度，再得到相应的麻衣术法，就能和叶天一样施展出那些手段了。

周啸天本身所学的家传内功心法是有所残缺的，如果找不回完整的家传功法，恐怕他终其一生，功夫也就是现在这个水平了。

听完叶天的解释后，周啸天不禁有些黯然，他们家族传承遗失近百年了，哪有那么容易找回来？

"你也不用失望，以后等有时间了，我要遍访国内的奇门中人，说不定就能得到你家传功法的消息。"见到周啸天失望的样子，叶天也只能出言安慰几句，只不过他所说的话连自个儿都不相信。

那些功法秘籍，就如同墓中所得的推背图一般，都是存世数百年甚至上千年那么久远的物件，经过近代的历次战乱，能保存下来的概率非常低。

叶天回到家的时候，于清雅等人还没回来，没多久他就接到王工的电话，只是他那四合院不太适合接待人，于是和王工约在了老宅子见面。

"叶天，这就是东城三家拆迁公司的资料。"

坐在老宅子的待客室里，王工将几张资料摆在叶天面前，指着其中一张说道："找卫总麻烦的是这家叫安顺拆迁的公司，他们老板叫费贺炜，被人称为炜哥，卫总这次被打，应该就是他下的手。"

"另外两家呢？不是说三家联合起来的吗？"叶天不置可否地问道，他可没工夫一家家地去找麻烦。

"这三家公司里面，利民拆迁公司是实力最强的，听说老板是当年北京城一个很有名气的顽主，在西城开有保安公司和武馆，不过……"王工说到这里迟疑了一下，"不过据我们的调查，利民拆迁好像没掺和到这件事里面，应该是费贺炜和另外一家公司打着利民拆迁的名号，扯虎皮做大旗。"

"哦？这利民拆迁很有名气吗？那位炜哥都要打着它的名头？"听到武馆，叶天愣了一下。

不管是解放前还是现代，能开得起来武馆的人，肯定都是交友广阔的江湖中人，而且手上还必须有几分硬功夫才行。

武馆在解放前是最盛行的，不管是北京还是上海，都有数家武馆存在，叶天没少听老道给他讲那些武林人士踢馆的事情。只是当年他和老道行走江湖的时候，由于政策的限制，国内还没有武馆的存在，现在听到王工说起一个拆迁公司的老板居然还开了家武馆，他不由得来了兴趣。

"利民拆迁只是在这个行当里有名气。不过利民的老板邱文东，在北京城的名气很大，据说手底下养了不少亡命之徒。"

似乎怕叶天被自己的话引偏了思路，王工接着说道："叶天，这事儿应该和邱文东没什么关系，因为老板也认识他，那人脾气挺爽快的，不像是背后捅刀子的人，而且他要想拿下这拆迁工程，老板当初还真得思量一下。"

叶天琢磨了一下，说道："安顺公司打着利民的招牌行事，想必这利民公司也脱不了关系，行了，王工，我知道这事儿怎么做了！"

"叶天，你……你最好还是不要招惹利民拆迁，那个邱文东卫总都惹不起的，就算利民参与到这件事情里，卫总的意思也是要把他们摘出来！"看见叶天不以为然的神色，王工忍不住出言提醒了一句。

按照王工和卫红军的意思，这件事只要揪住安顺公司不放就行了，没必要把大名鼎鼎的邱文东牵扯出来，否则事情闹大发了，卫红军就不是躺在病床上那么简单了。

叶天闻言笑道："我明白，王工，这两天工地要是不太平，就先别开工了，等两天看看再说。对了，这些资料留在我这里吧……"

叶天知道王工是被这几天发生的事情吓坏了，再说自己要做的事情，也没必要让他知道，省得这老实人担惊受怕的。

"哎，我说你在那儿发什么呆啊？"送走王工后，叶天见到周啸天低着头坐在院子里，一副无精打采的样子。

"怎么着？还想着那些事呢？"叶天在他头上拍了一记，笑骂道，"你小子不是想入江湖吗？今天好好休息，明天一大早，我就带你去见识下什么叫作江湖！"

"师父，您说的是真的？咱们明天去干吗？"周啸天的眼睛亮了起来。

"踢馆！"叶天嘴里蹦出两个字。

"踢馆？师父，那不就是去砸场子吗？"听到叶天的话，周啸天顿时兴奋了起来。

"踢馆"这个名词，是从广东传过来的，因为在解放前，广东、香港等地的武馆是最多的，各个武馆之间也很容易发生矛盾。

俗话说文无第一武无第二，武林中人血气旺盛争强好胜，从最初的上门切磋逐渐演变成寻事挑衅，慢慢就形成了"踢馆"这个说法。像名师叶问的徒弟李小龙在习武之初，就经常上门求教一些武林前辈，他的这种"踢馆"，是以切磋武艺为主的。但是当李小龙成名之后开了武馆，每日里踢馆的人也是络绎不绝，那些人却都是动机不纯，以砸场子为目的。而邱文东的拆迁公司与卫红军被打有关联，叶天喊出"踢馆"两个字，自然不会是上门讨杯茶喝的。

"嗯，就是去砸场子，明天你小子是主力，今天好好休息，别给师父我丢脸了！"叶天现在感觉收个徒弟也不错，最起码不需要事事躬亲了。"得嘞，师父，您放心，一准不会给您丢脸。"周啸天虽然沉稳，也是少年性子，当下摩拳擦掌，恨不得现在就打上门去。

东城区靠外环路边有一栋两层的小楼，外面的院门处，歪歪扭扭地挂着个安顺拆迁的牌子，院子里停着三四辆车，却不见一个人影。不过在小楼二层的一个房间里却是人声鼎沸，七八个人正吆五喝六地在那儿推着牌九。

坐庄的那人四十多岁的年龄，剃着个光头，头上面有条两寸多长，如同蚯蚓一般的伤疤，在他脖子上，还挂着一根小指粗的金链子。

"妈的，你们这帮小子今天都是来宰炜哥我的是吧？"

翻开手上的牌九，却是一副瘪十，费老大没好气地将面前的一沓钱扔出去，不过嘴上虽然骂骂咧咧的，但眼睛眨都没眨。

现在可不同于十多年前了，什么哥们儿义气全是扯淡，没有点儿实惠的东西，是没人给你卖命的，费老大没事的时候，就喜欢拉着兄弟们推牌九加深感情。

费贺炜作为四九城有名的顽主，因为流氓滋事的罪名，被判了十年。从监狱里出来的人无非就两种，一种是彻底痛改前非老实做人，而另外一种，则是在那个大染缸里耳濡目染，愈发学得一肚子坏水。

费贺炜当然就是第二种人，从监狱里出来后，一无所长的他死磨硬缠地赖上比他早出狱，现在在开货运配送站的邱文东，在他的货运站做事情。干了不久，费贺炜嫌拿工资干活太辛苦，最后将歪脑筋动到了别人配送的货物上。

邱文东收留的那些人和费贺炜同样心思的不少，几个人一拍即合，开始盗取起配送站的货物来。只是没过一年，他们盗取货物的行为事发，邱文东还是一脑门哥们儿义气，把事情扛了下来，被判了三年，配送站倒闭。不过那时候费贺炜手上已经有了几个存钱，加上他平时会花些小钱请人吃吃喝喝，邱文东货运站的底子居然被他拉走了一半，跑到东城也开了一家货运站。在货运站刚开起来的时候，费贺炜倒也赚了些钱，但慢慢地就混不下去了，因为总是少货物，别人都不愿意将货物交给他了。

就在这个时候，费贺炜发现邱文东从监狱里出来后又混得风生水起，不仅开了家保安公司，还开了一家拆迁公司。费贺炜又厚着脸皮找到邱文东，使尽浑身解数，忽悠着邱文东在东城开了家分公司，而他自己则挂在邱文东的公司下面，也开了一家拆迁公司。

在成功做了几单生意，把这拆迁公司的门道全都摸清楚之后，费贺炜的公司就独立了出来，不过他知道自己的名声不太好，有事没事总是喜欢打着邱文东的名头行事。

邱文东这人好面子，加上费贺炜总是在外面吹嘘自己急公好义，是以他虽然知道费贺炜这人不地道，也并没有和他翻脸，一直都是睁只眼闭只眼。费贺炜前几个月恐吓卫红军的行为，其实都是他一人所为，拉上邱文东，就是因为丘八名气大，有点儿扯虎皮做大旗的意思。

卫红军也是北京城小有名气的人，对上他费贺炜心里有点儿没底，所以才煞费苦心花了几个月的时间下了个套，将卫红军毒打了一顿。

在费贺炜看来，卫红军再有钱也只是个生意人，犯不着和他这光脚的流氓死磕，是以他对黄毛此次去谈判极有信心，提前召集兄弟开赌，就准备等黄毛回来去庆功呢。

"炜哥，出事了，出大事了！"赌局正酣的时候，房间的大门从外面被人猛地推开，一个小弟慌慌张张地冲了进来。

刚刚又输了一把的费贺炜，直接就把手中的牌九砸了过去，骂道："妈的，你小子不会敲门啊？妈的，是不是踹拆迁户的大门踹习惯了啊？"

"炜哥，真的出事了，黄毛他们……他们几个……"

说话的这人是留在医院照料那个使"苦肉计"的小弟的，由于所住的病区不同，他一开始并不知道黄毛等人出事。不过到中午他出来打饭的时候，却听有人谈起住院部门口发生的血案，原本听着有个人以一敌四，把另外四个人都砍倒了，他还在夸那人牛逼呢。但是稍微一打听那几个人的相貌，这哥们儿顿时急了，也顾不上病房里还有个张嘴要吃饭的，直接就火急火燎地跑来向老大汇报了。

"你他妈的就不能好好说话啊？黄毛怎么了？那小子在医院又动手打人了？"

费老大看到那人结结巴巴的样子，顿时气不打一处来，他派黄毛过去，就是想让他去恐吓一下卫红军，真要搞个鱼死网破的自己也没什么好处。不过以前发生这样的事情时，黄毛是有过追到医院打拆迁户的先例，所以费贺炜以为黄毛又在医院里闹事了。

"炜哥，黄……黄毛不是打人，是砍人了……"那哥们儿可是从医院直接跑来汇报情况的，一口气还没顺过来。

"砍人了？"费贺炜愣了一下，继而骂道，"妈的，成事不足败事有余的家伙，快点儿把黄毛那几个王八蛋给我找来，让他们出去避避风头！"

前来报信的那哥们儿连连摆手，看到桌子上有瓶啤酒，拿过来一口气喝了下去，这才将心气捋平了，说道："炜哥，不是，是黄毛把山鸡几个人给砍了，全……全都砍了，黄毛也被警察抓了！"

"什么！"听到那人的话，费贺炜猛地站起身来，身前桌子"哗"一声被掀开，牌九掉得满地都是。

"黄毛把山鸡给砍了？自己被警察抓了？"

饶是费贺炜胆大包天，听到这消息后也忍不住毛骨悚然，连忙问道："到底发生了什么事，你小子给我说清楚，妈的，四喜，去准备钱，哥几个都准备跑路！"

费贺炜的第一直觉就是想到了跑路！

"炜哥，咱们跑路干吗啊？"前来报信的那人有些莫名其妙，开口说道，"我没见到事情的经过，好像是黄毛出了住院部之后，突然就抽出刀将山鸡几个人砍了，后来警察来了他被捕了，这……这和咱们好像没什么关系吧？"

听到警察是后来的，费老大也镇定了下来，用手摸着刮胡子刮得铁青的下巴，自语道："这事儿有些古怪啊，黄毛和山鸡关系好得都能同睡一个女人，他怎么会把山鸡杀掉呢？"

费贺炜话声未落，旁边有人接口道："炜哥，有什么好奇怪的，那小子昨天吸了粉，今天早上出去的时候还抽了几口，肯定是那会儿犯病了！"

听到那人的话，费贺炜如梦初醒，大声喊道："妈的，肯定是！妈的，黄毛死了警察一定会找到这里，你们几个抓紧去把毒品都给我扔了。大龙，你跟我来！"

费贺炜的话让屋里慌乱了起来，所有人都急急忙忙地跑回自己房间去，这里的每个人几乎都是瘾君子，房里多多少少都藏着毒品。

费贺炜倒是不吸毒，但是他房中的毒品却是最多的，因为他就是靠着毒品和金钱控制这些小弟们的，要是那些毒品被搜出来，枪毙他十回都够了。

费老大的当机立断，让他暂时逃过一劫，因为就在他们刚刚把毒品冲入马桶里，好几辆警车就开进了拆迁公司。

对于这么一桩重大案件，警方的侦破力度也是非常大的，在对黄毛进行血液化验后，警方发现，黄毛在两个多小时前，曾经吸食过大量的毒品。

要知道，吸毒所致的最突出的精神障碍，就是幻觉和思维障碍，这正与黄毛突然之间发狂的征兆非常相似。

如此一来，警方的猜想和费贺炜这边也就不谋而合了，在突击审问了那几个小混混之后，马上出动警力包围了这家拆迁公司。虽然没有查出什么吸毒贩毒的证据，但是这帮人都被警察带走了，因为光忙着收拾毒品了，那屋子里的牌九和现金却没收起来，聚众赌博这一条也够关他们十天半月的了。

"师父，咱们这就走吗？"

第二天一早叶天刚来到老宅子，周啸天就兴冲冲地迎了上来，今天他穿了一身运动服，早就在摩拳擦掌地等着叶天了。

"现在就走。我说你小子，倒是个暴力狂啊！"看着周啸天一脸兴奋的样子，叶天不由得笑了起来。

见到儿子又要把周啸天带出去，叶东平不乐意了，走过来问道："哎，我说你们今天又干吗去啊？叶天，啸天可是还要上班的啊！"

"老板，我和师父去……"

叶天怕周啸天说漏嘴，连忙打断了他的话，说道："爸，我带啸天出去有事，您这做老板的也不能整天泡茶楼啊，没事也去看看店……"

"谁说我没去店里的？哎，我说你站住，你小子教训起老子来了是吧？"叶东平被儿子说得一愣，回过神来的时候，叶天已经拉着周啸天出了四合院。

"师父，就是这里吗？"

两人来到西城区后海的一处临街四合院门前，周啸天看着门口挂着的那个牌子，不由得撇了撇嘴，说道："安德武馆，德个屁，都是些暗箭伤人的小人！"

邱文东的老爹叫邱安德，在北京城老一辈里，也是个比较有名的拳师，和当时的南北大侠杜心武等人都有些交情。

邱文东将武馆定为老爹的名字，一来是为了纪念自己的父亲，二来也是想用父亲当年的影响力交好北方的武术界，让邱家能在北方武林重振旗鼓。

"嘿，小子，你说什么呢？"门口原本站着两个年轻人正聊着天，突然听到周啸天的话，顿时一脸不善地围了过来。

"干什么？你们是开武馆的，爷是来踢馆的！"来时的路上叶天就告诉他了，尽量往大了闹，只要不出人命，缺胳膊断腿的都没事。

"小子，没长眼睛啊？八爷的场子你也敢找事？"

邱文东今年快五十了，当年跟着他的那些老兄弟都喊他为东哥，但是后面的这些小年轻却用八爷来称呼他。虽然早已洗手上岸了，但是邱文东当年的名气还在，这帮子跟他习武的人，一个个也都是骄纵异常横着膀子走路的人。

眼下听到有人来踢馆，那两个年轻人也不问三七二十一，一左一右劈掌就往周啸天脸上打去。

"八卦掌？难道是董海川的后人？"叶天搭眼皮一看，就认出了对方的路数。

根据考证，八卦掌的起源应该是清中晚期时董海川创出来的，由于董海川曾在清朝肃王府做拳师，所以八卦掌首先在北京一带流传开来。北京地区练习八卦掌的，十有八九都是董海川一脉，而且八卦掌也是内家拳三大名拳之一，虽然面前的这两人掌法粗鄙，但叶天眼中倒是慎重了起来。

"来得好！"叶天在旁边观察两人的拳路，周啸天却直接迎了上去。

八极拳本就是近身短打的拳法，其动作极为刚猛，讲究的是寸截寸拿、硬打硬开，迎着两人的拳头，周啸天落在后面的右脚跟发力，身体一扭，身体就如同一张大弓左右靠了出去。

周啸天的动作非常快，那两个年轻人的拳尚未打到他，他就已经撞进了两人的怀中。

周啸天左右肩膀一抖，那两个人顿时口中发出一声痛呼，脚下不稳，连连往后退去，没承想四合院的门槛本来就高，这二人一个不慎，被绊得仰天跌倒在了门里。

"怎么回事？出什么事了？"院子里的人不少，听到外面的动静，四五个人窜到门口，刚好见到那哥俩儿从地上爬起来，不过右臂却是软软地垂在身边，脸上满是豆大的冷汗。

"啸天，你这贴山靠练得不错啊，小时候没少靠倒大树吧？"看着周啸天的出手，叶天点了点头。

八极弟子们习练"贴山靠"时，常常会用自己的身体去靠墙、靠树、靠桩，周啸天显然没少在这上面下功夫。

"师父，您也懂八极拳？"听到叶天的话，周啸天眼睛一亮，他八岁之前都是由父亲喂招，但父亲去世后，他就自己一人单练，再也没有和人切磋过，很多身边的熟人甚至都不知道他会武术。

周啸天家不远处的一个桦树林，被他糟蹋得不轻，齐腰粗的大树，不知道给他毁坏了多少，这"贴身靠"的功夫，也就是这么练出来的。

叶天点了点头，说道："我以前和你师公拜访过沧州的一个八极拳名家，他是练外家拳出身的，不过将外家拳练到极致之后，居然生出了暗劲，我当年不是他的对手。对了，你以后遇到把功夫练到暗劲的人，能躲多远就躲多远，千万不要和对方动手……"

叶天和老道拜访的那人，是李善元早年结交的一个后生晚辈，当时李善元让那人和叶天过招，就是想锻炼下叶天的实战能力，不过叶天那时才十三岁，完全不是那人的对手。但是由此一来，叶天对八极拳却了解甚深，搭眼一看周啸天的架势，就知道他根基打得很牢。

如果这武馆里没有那种将外家拳练到极致或者内家拳练至暗劲的人，单是周啸天一人，就能横扫这个武馆。

周啸天可是亲眼见过叶天手段的，听到他这番话，认真地点了点头道："是，师父，我知道了！"

站在别人武馆门口，叶天大模大样地教训起徒弟来，完全就没把冲到门外的四五个汉子放在眼里，这也让那几个弄清楚了事情经过的人眼中冒火。

一个三十多岁、个头不高的壮汉，语气不善地说道："小子，砸场子来的是不是？"

"是又怎么样？"周啸天虽然实战经验不多，但刚刚放倒了两个，又有叶天在旁边压阵，那心气不是一般的高。

"啸天，咱们是来切磋的，别乱说话！"周啸天话声未落就被叶天打断了，从手里拿出张帖子，说道："久闻丘八是京城一代八卦掌名家，叶某带着徒弟来领教一二，诸位，难不成安德会馆就是这么待客的？"

"妈的，砸场子就是砸场子，还说得那么好听干吗？"练武的人没几个是好脾气的，跟在那精壮汉子身后的一个人，卷起袖子就想动手，另外几个人也是摩拳擦掌，嚷嚷着就要冲上前来。

"四儿，别急，去，给师父打电话去！"年龄稍大的那个壮汉将人拦了下来，他跟着邱文东有些年头了，见到叶天拿出拜帖，知道对方是江湖中人，如果自己这边一拥而上，那可真是坏了规矩。

制止住了众人之后，那壮汉接过帖子看了一眼，冲着叶天一拱手，说道："两位里面请，我师父不在，不过最多半小时就能回来，我们师兄弟先讨教一番可否？"

壮汉虽然话说得很客气，礼节上更是无可挑剔，但他心中的怒火，也是直往脑门上蹿。

安德武馆虽然开业只有短短的两年时间，但和北京地区武术界的人关系都十分好，加上邱文东四海之内朋友众多，这上门踢馆的事情还是第一次遇到。

叶天往那人双手上看了一眼，随口说道："你是带艺投师，先学的铁砂掌，再学的八卦掌吧？由外及内，倒是也练出了几分火候。"

叶天看得出来，这人双手粗壮，有如枯树老皮一般，隐隐现出一股黑色，这是铁砂掌练出几分火候后呈现出来的模样。叶天说出这番话，也是想提醒周啸天一下，毕竟他对敌经验不多，要真被这壮汉一掌打在身上，不说骨断筋折，口吐鲜血是跑不掉的。

"两位，请！"听到叶天的话，那壮汉眼睛眯缝了一下，再次拱了拱手，态度比之前恭谨了许多，能一眼看出他功夫的人，绝对不是浪得虚名之辈。

这汉子名叫武晨，今年三十五岁，是武术之乡河北沧州人，从小跟人学习铁砂掌，不过由于家境问题，没有足够的药物配合练习，差一点儿就把一双手练废了。

后来很偶然的一个机会，武晨遇到了邱文东，邱文东看他是个练武的好苗子，就把他收在了身边，经过五六年的调理，那双手也慢慢恢复了过来。而他也是这个武馆的大师兄，平时邱文东不在的时候，武馆都是由他打理，接待叶天二人也是不卑不亢。

"嘿，这地方倒是不错！"进了武馆后，叶天眼睛一亮，这里是由一个中四合院改建的，把前院和中院之间的垂花门打掉了，形成一个很宽广的院子。

院子中间的地面，都是用青石砖铺就的，由于长期有人在上面练武，很多砖头都碎裂开了，显得有些坑洼不平。

院子的两边，摆了两排兵器架，上面挂着春秋刀、战身枪、连环剑、连环纯阳剑、连环蟠龙棍、五行棒、昆仑铲、八卦刀等。

院子的一角，还有个八卦桩，这是练习步法用的。

八卦掌以走为上，好手行拳的时候行如游龙，疾若飘风，瞻之在前，忽焉在后，常常能使对手感到头晕眼花，是以对步法的要求极高。

看着这些家伙事，叶天点了点头，看来这武馆倒是有点儿底子，最起码是有传承的人在授艺，一般人是玩不出这么多门道的。

"两位，请喝茶！"

武晨并没有因为两人年轻而小看了他们，把叶天二人让到院子里后，让人端来了茶水，说道："我跟着邱师有六年的时间了，能否先领教一下二位的功夫？"

武晨在铁砂掌上面可是浸了近二十年的功夫，虽然改练了八卦掌，但铁砂掌的掌力犹在，又处于体力的巅峰期。叶天虽然眼力高明，看出了对方的门道，但他心中并不惧。

叶天看了周啸天一眼，轻声道："啸天，发挥所长，攻其所短！"

八卦掌讲究的是身法，以走为上，要求意如飘旗，气似云行，滚钻挣裹，根本就不会和人近身相斗，倒算得上是短打拳法八极拳的克星，所以叶天这才提醒了周啸天一句。

　　"是，师父！"周啸天早就在那里跃跃欲试了，答应了一声之后，走到院子中间，对着武晨拱了拱手，然后双脚前后叉开，一手对着武晨，另外一手后曲收在怀中，摆出个八极架。

　　"小子，小心了！"别人都上门砸场子了，武晨这番却是没有再客气，脚下踩着步法，围着周啸天转动了起来，他既然是邱文东的传人，自然不好开始就用铁砂掌对敌。

　　练了几年的八卦桩，武晨的步法虽然没到"行走如龙，动转若猴，换势似鹰"的地步，但转动之间也是迅捷无比，只等周啸天露出一个破绽就会猛身而上将其击倒。

　　八极拳中本就不善步法，周啸天听了叶天的话后，站在那里抱元守一，脚底不乱，身前伸出的左手，始终对着武晨的身体，就等着对方来攻。

　　在围着周啸天转了几圈之后，武晨终于忍不住了，脚底一滑快如闪电般来到周啸天面前，一掌就往周啸天左手抬起空出的肋下击去。为了给这两个年轻人点儿颜色看看，武晨这一掌可是使出了全身的功夫，他相信就算是周啸天下沉左臂格挡，也能打得他手臂折断倒在当场。

　　见到武晨的动作后，在四周围观的那些武馆弟子，已经热血沸腾，就只待周啸天倒地之后大声叫好了。

　　就在武晨手掌及身的瞬间，周啸天身体突然一侧，整个身形似乎矮了几分，紧接着前脚用力在地面一踩，不待武晨换招，左肩就狠狠地撞在了武晨的怀里。

　　虽然周啸天的动作朴实无华，但刚才那发力爆猛、大有"晃膀撞天倒，踩脚震九州"之势，随着周啸天口中的一声断喝，武晨的身体毫无悬念地往后飞了出去。

　　不招不架就是一下，"贴山靠"的刚猛被周啸天发挥得淋漓尽致。

　　"好！"看到周啸天这一招贴山靠使出，站在一边的叶天也忍不住大声叫好。

　　周啸天这一靠尽得八极拳的精髓，别说是武晨了，就是换上叶天被靠实在了，也必须用化劲卸去这股大力。

　　随着叶天的叫好声，武晨的身体腾空飞起三四米远，双脚落地之后，腾腾腾地又倒退了十多步，一屁股坐在了地上。

　　八极拳虽然没有铁砂掌毒辣，但刚猛无双，全身都可以发力，坐在地上的武晨脸色由红转白，又由白转红，苦忍半响之后，终是一口鲜血喷了出来。

"武哥！"

"师兄……"

这突如其来的变故，让围观的那些武馆弟子都看傻了眼，怎么武晨围着周啸天转悠了半天，却连一招都没接住就被击倒吐血了？

这些人大多都是初入武馆学习的，也有些是邱文东保安公司送来培训的，身上其实并没有多少功夫，更不要谈眼力了。

他们这些人平时在电视电影里看那些武侠片，均是刀光剑影你来我往，最起码也要斗上几十回合才能分出胜负，可眼前发生的一切，却让众人都愣住了。

其实高手相搏又不是打表演赛，压根儿就没有他们想象中的那么好看，抓住机会一招制敌，才是真正的高手风范。尤其是八极拳，其动作朴实简洁，刚猛脆烈，重发力而不重招式，头、肩、肘、手、尾、胯、膝、足八个部位均可以杀敌制胜。

"师父，他是半路出家练习八卦掌的，太注重手上功夫了，下盘不是很稳！"

相比武晨的狼狈，周啸天却是大气都没喘一口，击倒对方后，收了八极架，回到叶天面前。

"嗯，啸天，你这外门功夫已经练到了极致。这样，你搬到我那院子里去住吧，专心修炼你家传的内功心法，我看不出一年，你的功夫就能进入暗劲境界了！"

叶天是何等眼光，他一眼就看出了周啸天在八极拳上的造诣，如果能再进一步的话，

第十章　高手过招

就是称为宗师也不为过。

叶天跟随师父拜访过诸多武术名家，除了他自己之外，就数周啸天的天赋最好了，不过叶天是从小被药泡大的，真论下的苦功，他还是不及周啸天的。只不过八极拳过于刚猛，练到极致后，身体内部的损失也是非常严重的，周啸天虽然有内功心法相辅，但腑脏经脉之中也是有隐疾存在的。

叶天让周啸天住到他的四合院里，就是想用那里充裕的天地元气，来治疗他体内的旧伤。而且浓郁的元气对于内家的修炼有极大的好处，即使周啸天家传功法残缺不全，也有很大概率进入暗劲，也就是炼精化气的境界。

"你们下手太狠了吧，只是切磋而已，怎么把我师兄打成这样？"就在叶天师徒俩旁若无人地说着话时，扶住武晨的一个年轻人站了出来。

"他伤得不重，调养半个月就好了。"叶天看了那人一眼，说道，"再说了，比武切磋，难免会受伤，这有什么好奇怪的？怕受伤，干脆弃武学文去吧……"

那年轻人被叶天一句话堵了回去，脸色涨红，情急之下大声喊道："你……你们欺人太甚，兄弟们，抄家伙和他们拼了！"

刚才周啸天的那一声断喝，犹如虎啸山林一般，把这些八卦掌初学者的胆气都吓得差不多了，不过眼下有人带动，那些年轻人顿时纷纷往武器架跑去。

"妈的，群殴啊！"叶天愣了一下，脸色变得严肃起来，继而卷起袖子。俗话说刀枪无眼，要是一个不小心被人捅个窟窿或者砍上一刀，那就不好玩了。

半躺在地上的武晨虽然有心制止，但一句话没喊出来，喉咙里的血腥味又往上冒，只能徒劳地摆着手。

就在那群人摸了兵器准备冲向叶天和周啸天的时候，四合院的大门口走进来两个人，看到面前这乱哄哄的场面，顿时愣住了。

"站住，要造反啊？！"走在前面的一个四十多岁的壮汉，大喝了一声，他的声音中气十足，让那些头脑发热的弟子都惊醒了过来。

"师父，他们是来砸场子的，把大师兄都打伤了！"

一群弟子见到来人，脸上露出喜色，提着手中的兵器就向那人跑了过去，七嘴八舌地将刚才发生的事情说了出来。

"小武，你没事吧？"邱文东看到躺在地上的武晨，连忙走了过去。

武晨苦笑着坐起身来，说道："师……师父，是我学艺不精！"

"没事，师父给你找回场子！"邱文东拍了拍弟子的肩膀，让人把他扶到椅子上坐下。

当邱文东看向叶天二人的时候，眼中已经充满了怒火，他在北京城厮混了三十多年，从来只有他打人，被人欺凌到头上的事情还从来没有发生过。武晨是他的大弟子，经过这几年的调教，邱文东已经准备将衣钵传给他了，眼见武晨被打成这样，他的右拳已经攥得"咔咔"作响了。

"冯兄,实在是不好意思,让您看笑话了,还请上坐,我处理好这里的事情再来陪您!"虽然心中满是怒火,不过邱文东还是先招呼了一下身边的客人,这是沧州的一位著名拳师,叫作冯恒宇。

冯恒宇的师门和邱文东的父亲是上一辈的交情,两人这些年也颇有来往,原本邱文东正在请冯恒宇喝早茶,听到有人砸场子,两人就一起赶了过来。

"师父,那个穿运动服的练的是八极拳,功夫很深,您要小心点儿啊!"坐在椅子上的武晨出言提醒了一下邱文东。

武晨是带艺投师的,本身手上的功夫并不比邱文东弱多少,却是连周啸天一招都没接下来,他这是怕师父一个不小心也吃了亏。

"八极拳?"邱文东闻言一愣,脸色有些古怪地看向身边的冯恒宇,因为他就是沧州有名的八极拳师,而且还是神枪李书文的嫡传派系,算是当代八极名家中鼎鼎大名的人物。所以听到上门砸场子的人用的是八极拳,邱文东不自觉地用询问的目光看向冯恒宇,武林中的关系错综复杂,说不定两者就有什么联系。

看着邱文东的目光,冯恒宇苦笑了一声,说道:"邱兄,祖师传下的弟子千万,我也不能个个都认得啊。"

听到冯恒宇的话,邱文东点了点头,说道:"那好,冯兄帮我压压阵,我去会会这个年轻人,看在他习八极拳的份儿上,我也只让他吐一口血就行了!"

这就是手下没有好弟子的悲哀,否则以邱文东年近五十的年龄,哪里还需要自己亲自动手?不过他这年龄正是内家拳师的鼎盛期,气血倒是不衰于周啸天。

"奇怪,那个中年人怎么那么眼熟啊?"

就在冯恒宇和邱文东对话的时候,叶天的眉头皱了起来,因为他看着穿了一身白色练功服的冯恒宇很眼熟,却一时想不起在哪儿见过。

这对记忆力惊人的叶天来说是极为少见的,不过叶天可以肯定,当年跟随老道行走江湖的时候,肯定是见过这个人的。

"二位,我邱文东在京城也薄有名声,自问行事端正,不知道两位欺上门来,是受了别人挑唆还是我邱某人有做得不对的地方?"

"行事端正?"叶天闻言冷笑了一声,说道,"那好,我问你,你等既为习武之人,为何会对普通人出手?"

"对普通人出手?"邱文东闻言愣了一下,继而大怒,"我姓邱的活了四十多年,就没欺负过普通人!"

邱文东之所以第二次出狱后生意做得风生水起,一来是以前闯下了偌大的名望,没人敢对他的生意捣乱,二来就是从不仗势欺人,在圈子里的名声极好。所以此刻听到叶天说他欺负普通人，顿时勃然大怒。

见邱文东矢口否认，叶天冷笑一声，说道："你不承认也罢，咱们就按江湖规矩走，手底下见功夫吧，打出个输赢，我再和你分对错！"

其实叶天观此人眉毛黑稠浓密，一双眼睛瞳子莹洁，黑白分明，并不是那种作奸犯科的小人，不过都已经打到门上了，是非曲直就等打过了再说吧。而且叶天坚信，那个叫费贺炜的家伙肯定和邱文东有些渊源，即使一会儿讲道理，他也未见得就会理亏。

"好，那我就领教一下二位的身手！"话已经说到这个份儿上了，邱文东不动手也不行了，当下将外套脱去，露出一身对襟短打的打扮。

叶天盯着邱文东看了一眼，对周啸天说道："啸天，你上吧，记住，以不变应万变，别被他脚下的动作迷惑了。"从邱文东走进四合院的时候，叶天就看出来，他下盘的功夫比武晨沉稳多了，周啸天想用刚才的贴山靠击败邱文东，却是不大容易。

"师父，我知道了！"刚才一招制胜，让周啸天信心大增，答应了一声后，走到场地中间。

"请！"双方同时对着对方拱了拱手。

邱文东年龄大，自然不肯主动进攻，对着周啸天招了招手，说道："年轻人，来吧！"

"好！"周啸天摆出个八极架子，左脚猛地在地上一撑，猛起硬落，左右两臂铺天盖地地对着邱文东的头部击去。

看到周啸天来势凶猛，邱文东也不敢硬架，脚底走起八卦步，快如闪电般地让过周啸天的进攻。

只是八极拳打开了的话，绝对是天下第一刚猛的拳法，加上周啸天年轻力壮气血旺盛，双臂连连进发，一时间打得邱文东左闪右避，居然全无还手之力。

"坏了，这人是谁教出来的啊？老邱不是他的对手！"站在一旁观战的冯恒宇可是八极拳的大家，心中暗叫了一声不妙。

看到周啸天"挨、崩、挤、靠"，见缝插针，有隙即钻，将这套短打的功夫发挥得淋漓尽致，尽得八极拳的精髓，冯恒宇就知道邱文东快要支撑不下去了。

"住手！"眼看着邱文东就要招架不住，冯恒宇一个箭步冲到场内，以肘对肘，将周啸天击向邱文东肋部的一招化解了。

"你是谁？怎么用的是八极拳的拳架子？"

和冯恒宇对撼了一记，周啸天直感觉整个右臂都酸麻了起来，心中顿时大惊，他这一肘子能把一棵小臂粗的树打断，和这人对上，却处在了下风。

"我叫冯恒宇，你师父是谁？"

冯恒宇击退了周啸天后并没有继续进击，周啸天的八极拳极得拳法精髓，在他看来，想必也是正宗八极拳嫡传弟子。

"冯恒宇？不认识……"周啸天摇了摇头，指着叶天说道，"我叫周啸天，他就是我师父！"

周啸天从四岁起跟随父亲练武，其后十多年都是自己一个人习练，从来没有和武林中人相遇过，哪里听过什么冯恒宇的名头？

"他……他是你师父？"

冯恒宇看向叶天，一脸不敢置信的样子，这年轻人站在那里松松垮垮的，浑身上下就没有丝毫练武之人的模样，如何能当得周啸天的师父？而且从相貌上看，叶天似乎还要比周啸天小上一点儿，冯恒宇一时有些摸不清头脑了，对着叶天问道："你是八极拳的传人？难道没有听过我的名字？"

冯恒宇是神枪李书文嫡系一脉的弟子，从他师父六年前去世后，冯恒宇隐然就是八极拳一脉的宗师了，不管是国内还是国外习练八极拳的人，基本上都听过他的名号。

"对不起，我也没听过你的名字。"叶天摇了摇头，不过他却记起了这个人。

那是八年前的事情了，而且当时这人也只是站在旁边端茶倒水，连个坐的位置都没有，是以一开始叶天只是感觉他脸熟，但怎么也想不起来在哪里见过。

当然，叶天确实没有说谎，因为他那会儿的确不知道冯恒宇的名字，当时跟着老道去拜访他的师父，根本就没有冯恒宇插嘴的份儿。

"没听过我的名字？你难道是马英图、韩化臣、张玉衡这些前辈的后人？"冯恒宇闻言愣了一下，他嘴里提及的几个姓名，都是和李书文齐名的八极拳前辈。

"说那么多干吗？我的八极拳是家传的，让我再来领教下前辈的拳法吧！"

叶天还没答话，周啸天就忍不住了，他一直都在习练家传的八极拳法，从未见识过真正的八极拳高手，刚才和冯恒宇对了一记，心里却是火热异常。

叶天摆了摆手，制止住已经拉开拳架子的周啸天，说道："啸天，你不是他的对手，我来吧！"

周啸天的八极拳法其实并不正宗，只是在家传功法内融入了八极拳刚猛无匹的精髓，形似而神不似。

冯恒宇却是配合修炼了八极拳中的搋气，这可是八极拳非常重要的基本技术，就如同"哼哈"二气一般，通过发声来增强拳法的劲道。而且冯恒宇的拳法由外及内，刚才那一肘后发先至，劲道内敛，已经摸到了暗劲的门道，周啸天无论如何都不是他的对手。

"你？你真的会功夫？"

看着叶天，冯恒宇有些哭笑不得，这年轻人虽然摆出一副老江湖的架势，但看他那身板，明明不像是有功夫的人啊！

"有没有功夫，咱们试试不就知道了？"

叶天嘿嘿一笑，也不脱下那身唐装，就穿着衣服站到了冯恒宇面前，托大的样子是个人都能看出来。

叶天在十三岁的时候，曾经跟着老道见过这个冯恒宇的师父雍如睿，雍如睿也是当时国内有名的八极拳宗师。

只不过在李善文面前，冯恒宇的师父雍如睿却低了整整两辈，一口一个老前辈地叫着，连带着叶天都在堂上有座位，而冯恒宇只能端茶倒水地站在一边。

那次叶天曾经和雍如睿打过一场，只是他那时没有进入炼精化气的阶段，加上实战经验又少，支撑了大概五六分钟就败了下来。

虽然作为一个十三岁的孩子而言，叶天已经可以说是虽败犹荣了。但败就是败了，叶天知道雍如睿几年前就去世了，眼下见到雍如睿的弟子，双手不禁有些痒痒，所以就没说破他们之间的渊源。

"好，小朋友，那你就小心了！"

冯恒宇接连被叶天挤对了几句，饶是他修养不错，心头也有些动怒了，双脚一错，摆出八极拳的架子，说道："我让你三招，你来攻吧！"

见到叶天说话如此之满，冯恒宇也猜出他应该是习练内家拳法的人，所以武者的特征不太明显。不过叶天的年龄就这么大，功力想必也深不到哪里去，是以冯恒宇心中就有些托大了，他也想借叶天的攻伐，看出其到底练的是什么功夫。

可是没承想冯恒宇话刚出口，叶天就摇了摇头，说道："你辈分比我低，要让……也应该是我让你！"

"什么？小子狂妄！"

叶天说的是实话，但是听在冯恒宇耳中就不是那么回事了，他在北方武林中地位极高，却被一个半大小子说成晚辈，传出去绝对会被人耻笑。

大怒之下，冯恒宇也顾不得让叶天先出手了，左脚顿地，借着腰胯部的扭转力，右脚嗖的一声踢了出去，目标却是叶天的左膝。

冯恒宇这一脚也是有来头的，他用的是八极拳腿法中的"搓踢"，讲究的是"行步如趟泥，脚不过膝"。

"搓踢"的技法虽然不如其他门派的腿法有杀伤力，却是可以用踢绊破坏对手的脚下重心，用不强的劲力巧妙地达到击倒对方的效果。

这一脚的力道，冯恒宇只用了三分，双方没有什么仇怨，他还不想出手伤人，只是把叶天击倒也就罢了。

"搓踢？来得好！"

见到对方的腿法，叶天眼睛一亮，左脚微微抬起，迎了上去，他当年就在这一脚上绊过个跟头，眼下却是想试试对方的腿功。

就在自己的小腿将要踢到叶天的时候，冯恒宇的脚面忽然一侧，由踢改为了勾，这也是"搓踢"的特点，极善于使用巧劲。

　　此时叶天右脚已经踢了出来，眼瞅着就要被冯恒宇勾住脚踝失去重心，却突然加快了前踢的速度，径直往冯恒宇的大腿内侧踢去。

　　这一脚速度极快，而且变招变得让人出其不意，谁都没能想到叶天往下踢去的一脚，居然能突然转向，变下踢为上撩。

　　幸亏冯恒宇刚才只使了三分力道，去势未老，尚有余力将勾踢的一脚收回抬起，用小腿挡住叶天这突如其来的一踢。

　　"砰"的一声响起，结果让在场的很多人都跌破了眼镜，原本都以为叶天会被冯恒宇勾倒在地，却没想到，两腿相击之后，却是冯恒宇连连后退了几步才稳住身形。

　　一个是早有预谋的主动攻击，一个是临时被动变招的无奈防守，饶是冯恒宇身为一代八极拳宗师，那撑地的左腿也没能稳住下盘，被叶天踢得连连后退。

　　"好！"场内除了一阵倒吸冷气的声音，还掺杂着周啸天的叫好声。

　　周啸天也是学八极拳出身的，自然能看出那一脚的门道，冯恒宇这一勾虽然招式简单，但变招突然，让人防不胜防，周啸天遇上都很难破解。但叶天却同样反应奇快，根本不和冯恒宇斗脚上的小巧功夫，而是一力破十会，逼得冯恒宇收招防守，并且还吃了点儿小亏。

　　稳住身形后，冯恒宇的脸色变得严肃起来，刚才的轻松早已消失不见，口中喝道："好手段，果然是英雄出少年啊，冯某再来讨教几招！"

　　这些年冯恒宇和晚辈切磋的时候，大多都是用的这一招，几乎无往而不利，但是今天，却被叶天轻描淡写地破掉了。

　　"刚才那一脚，我用了三分力！"叶天笑着摇了摇头，并且笑得十分开心，当年他被冯恒宇的师父雍如睿用"搓踢"接连绊了好几个跟头，今天算是把场子找回来了。

　　听到叶天的话，冯恒宇心中一凛，他刚才虽然收脚仓促，但也用上了六七分的功力来防御，却没想到叶天居然只用了三分力，就震得自己退出五六步远。

　　"年轻人，咱们手底下见真招吧！"

　　练拳数十年，冯恒宇自然不会因叶天一句话就乱了心神，这次他再也没提让叶天三招，而是口中发出一声断喝，主动向叶天发起进攻。

　　冯恒宇这一番拳打出来，气势要远甚于周啸天，一声断喝之后，八方发力，通身是眼，浑身是手，猛起硬落，双臂急风暴雨般地向叶天砸落下来。

　　八极拳本就是刚猛至极的拳法，尤其是在冯恒宇手中使出，"挨、崩、挤、靠"各种招数齐出，周身上下无一处不是进攻点。

　　从师父去世之后，冯恒宇这还是第一次使出全力和人动手，他也打出了性子，再没有丝毫保留，将功夫完全展现了出来。

冯恒宇相信，就算是整个国内武林界，能挡得住他这一波进攻的，恐怕不会超过三人之数，当然，冯恒宇并没有把叶天计算到这三人里面。

"来得好！"

见到冯恒宇这硬打硬开的架势，叶天也不禁有些心潮澎湃，当下双脚不动，一双手有如穿花蝴蝶一般飞快地舞动起来，将冯恒宇的攻势尽数格当了下来。

叶天的手掌和冯恒宇拳脚接触发出的"啪啪"声，中间还掺杂着冯恒宇的发气声音，显得颇有些怪异。

两人动作都极快，场内除了邱文东和周啸天寥寥数人之外，其他人根本就没看清楚他们之间到底是谁占了上风。

不过看着邱文东那一副目瞪口呆惊愕不已的模样，武馆的弟子们也猜出了几分，貌似师父的这位老友，好像并没有占得什么优势。

事实正如他们猜想的那样，此刻场中的冯恒宇，心中的震惊已经无可复加，他做梦都没想到这个世上，竟然有人双脚不动单单用一双手，就将自己这急风暴雨般的攻势挡了下来。而且叶天这双手似乎还带着一股子黏性，每次和自己拳脚相交的时候，总是能引得他的动作一滞，再也无法连贯下去，甚至有好几次都差点儿因为发力过猛，被叶天牵引倒地。

冯恒宇越打越是心惊，因为到目前为止，都是他在进攻，叶天只是被动防守，就搞得自己束手无策，两人的对打简直就像是师父给徒弟喂招一般。

冯恒宇是一脚踏入暗劲之中的拳法宗师，他相信即使是暗劲高手，也无法封挡住自己这番攻势，可是从自己发起进攻，叶天竟然双脚都没有挪动过一步。

"化劲？！"

一个名词跃入冯恒宇的脑海中，让他惊骇异常，因为就连他师父终其一生，也没有摸到过化劲的门槛。但是如果面前的这个少年，不是进入了传说中的化劲境界，是根本不可能如此轻描淡写就化解掉他的拳势的。

想到这里，冯恒宇顿时冷汗直冒，拳势一收就想收手后退，可是让他没想到的是，叶天双掌上的黏性似乎突然增强了，带得自己的身体东倒西歪，再也无法控制住。

　　围观的众人此时已经看傻了眼,刚才拳来脚往的虽然看不清二人的动作,但煞是好看,谁知道突然之间冯恒宇的身体左摇右摆起来,就像是喝醉了一般。虽然那些弟子武功还没练到家,但是任谁都瞧得出来,冯恒宇根本就不是叶天的对手,两人之间的差距就像是一个三岁孩子和一个三十岁的壮汉一般。

　　"行了,不欺负你了,省得你师父在地下给我师父告状,说我欺负晚辈!"

　　叶天忽然脸上笑了笑,左手一引冯恒宇的右臂,划了半个圈子后,身体往后跳了一步,从两人交手以来,这也是叶天第一次移动了脚步。而被叶天这一引,场中冯恒宇的身体,突然滴溜溜地转了起来,有如陀螺一般转了七八圈后,才勉强重新掌控住了身体。

　　此时的冯恒宇,脸上一片潮红,头上往后梳着的头发,已经完全垂了下来,像是刚刚洗过一般,大粒大粒的汗珠顺着脸颊直往下流。

　　冯恒宇身上一片热气蒸腾,显然是刚才用尽了全力。看到冯恒宇的样子,叶天皱了下眉头,喝道:"闭住毛孔,含住这口气,然后再放出来,你就能进入暗劲了!"

　　"什么?"脑子原本被转得有些混乱的冯恒宇,听到叶天的话,顿时出现了一丝清明,他本就是一脚踏入暗劲的高手,再被叶天这么一点拨,心中顿时明白了过来。

　　冯恒宇念头到处,身体也行动了起来,两脚呈八字分开站了一个八极桩,双手抱在下丹田处,眼睛目视前方。

　　"给我收!"冯恒宇口中发出一声喝,那原本萦绕在他身边的热气,居然丝丝缕缕地又被他收回了体内。

微微闭上眼睛，冯恒宇感受到身体中内劲游走，刚才所消耗的体力，似乎在瞬间就补充了回来，而且还犹有余力！

冯恒宇左脚在地上一顿，手臂随之挥出，身前的空气竟然随着他的动作爆裂开来，发出"啪啪"的响声，犹如被鞭子抽过一般。

"暗劲，我真正进入暗劲了！"冯恒宇脸上露出欣喜若狂的神色，他卡在暗劲的边缘已经有四五年的时间了，没想到竟然会在此时突破。

"师父，我……我什么时候能进入暗劲啊？"见到冯恒宇空拳破风，旁边的周啸天一脸的羡慕，他到现在连暗劲的门槛都没摸到呢。

"你？你比他运气好，最多一年，你就能进入暗劲……"叶天闻言笑了起来，接着说道，"八极拳的功夫你先放下来，主修你家传的功夫，多体会下体内真气游走时的细微处，什么时候收发力时你能含住那口气，也就进入暗劲了！"

在叶天看来，周啸天的天赋和机遇比冯恒宇要强出百倍，冯恒宇四十多岁才进入暗劲，而周啸天只要在自己那院子住上个一年，十有八九就能达到对方现在的境界了。

听到叶天的话，周啸天双眼放光，用力地点了点头，说道："师父，我一定会努力的！"

两人的对话惊醒了正处在巨大惊喜之中的冯恒宇，看了叶天一眼后，冯恒宇稍微迟疑了一下，还是走了过来。

"叶天前辈，多谢您的指点！"

让众人震惊的是，走到叶天面前的冯恒宇，竟然左掌抱右拳于中胸前，一个九十度的弯腰，恭恭敬敬地给叶天行了个弟子礼！

左掌为文，右拳为武，双拳相合表示虚心渴望求知，恭候师友或前辈指教，冯恒宇的举动，代表他已经承认叶天的辈分高于他的说法了。

"认出我来了？"

叶天似笑非笑地看着冯恒宇，从对方进来之后，叶天就一直没有通报自己的名字，他能喊得出来，自然是认出了自己。

"叶天前辈，是晚辈眼拙，本来早就该认出您的！"

冯恒宇苦笑了一声，以这般妖孽的年龄练出如此功夫的人，除了当年那个十二三岁的小男孩，还能有别人吗？

当年叶天还是个半大孩子的时候，就能和师父对攻四五分钟而不落下风，如果不是实战经验少，未必就会被师父一个"搓踢"绊倒。

当时在场的冯恒宇和他的那些师兄弟，都看傻了眼，等到叶天师徒离开，顿时纷纷追问他们的来历，这才得知李善元在江湖中辈分之高，是可以和神枪李书文并列的。

作为李书文的徒子徒孙，冯恒宇就是喊叶天一声祖师爷都不为过，当然，两人门派传承不尽相同，称呼一声前辈也足够了。

叶天看了冯恒宇一眼，开口说道："你刚进入暗劲，回去后静养一段时间，能把以前的老伤化解掉，要不然等到六七十岁的时候，你还是免不了会受些罪！"

练外家拳的人，基本上都是伤敌一千自伤八百，身体中多多少少都会有些隐患，年轻的时候看不出来，但是等到年龄大了气血衰败那会儿，就会爆发出来。

八极拳是外门至刚至猛的拳法，自然对身体的损害也是极大的，不过冯恒宇现在由外及内练出了暗劲，倒是可以通过调养化解掉这些隐患。

"谢谢前辈，要不是您，我今天还迈不过这个门槛呢……"

听到叶天的话，冯恒宇对着叶天又是一鞠躬，他卡在暗劲这里已经好几年了，一直得不到高手的指点，没能捅破最后一层纸，刚才却被叶天一句话点破了。

"别叫我前辈了，我辈是高，但还称不上个前字。"叶天对这称呼有些感冒，想了一下说道，"我师父和你们这一脉的祖师李书文有些交情，咱们隔代论，你叫我声小师叔吧！"

"小师叔？"冯恒宇有些傻眼。

"怎么？不乐意？"叶天绷起脸。

冯恒宇连连摆手，说道："不是，不是，小师叔，我……我这是高攀了啊！"

冯恒宇的师父是李书文的第四代传人，到了他就是第五代了，而论起辈分来，叶天则是可以和冯恒宇的师祖称兄道弟的，这中间可是隔着好几辈呢。

不过叶天现在肯自己降了好几辈当他的师叔，冯恒宇也不敢不应承下来，再说他师门长辈都不在了，自己初入暗劲的境界，的确也要找个人指点。

"没什么高攀的，当年我师父也是让我称呼雍为师兄的。"听到冯恒宇的话，叶天点了点头，说道，"恒宇啊，你啸天师弟是家传的八极拳，不过打法还是有些问题，你什么时候有空多指点他一下吧！"

叶天收周啸天为徒，一直没有什么技艺传授，这师父当得也有些不是滋味，这才和冯恒宇论起了辈分。否则的话，叶天当年跟着老道认识的江湖人士海了去了，干吗要和冯恒宇扯上关系啊？不过是看上他八极拳的正宗嫡传了。

"指点他？"冯恒宇闻言愣住了，继而苦笑了一声，说道，"小师叔，我知道了，有时间的话我会指点下这位师弟的！"

原本是想着占点儿叶天的便宜，没想到叶天直接塞给了他个麻烦，不过周啸天身上的功夫着实不错，冯恒宇也愿意将八极拳中的不传之秘稍微透露点儿给他。

给自己的徒弟找了个便宜师兄后，叶天摆了摆手，说道："行了，你和啸天一边说话吧，我这还有别的事呢。"

听到叶天的话，冯恒宇连忙说道："小师叔，您是不是和老邱有什么误会啊？他这人我知道，虽然脾气暴躁了点儿，但绝对不是仗势欺人之辈！"

冯恒宇的师门和邱文东的父亲关系不浅，两人也认识几十年了，仗着叶天刚才给自己留了些面子，冯恒宇也想做个中间人，调解下双方的矛盾。

邱文东混了几十年的社会，也是极有眼色的人，连忙顺着冯恒宇的话说道："这位叶……叶先生，我邱文东虽然以前比较浑，但从来没有做过亏心事，我不知道您今天这一出，到底是为了什么啊？"

看到冯恒宇都不是这年轻人的对手，而且还和其攀上了师门，邱文东也彻底打消了帮徒弟找回场子的念头。

别的不说，如果叶天执意继续砸场子的话，他这安德武馆里没有一个人挡得住，如此一来，在江湖中的名声也就臭了。

叶天开门见山地说道："我有个朋友叫卫红军，只是个普通商人，被你的人打伤了，我就是上门来讨个说法。"

其实这会儿叶天心里已经清楚了，卫红军被打绝对和邱文东关系不大，但自己气势汹汹地上门踢馆，这个"理"字是一定要占住的。

"卫红军？"邱文东闻言愣了一下，想了一会儿说道，"是以前在胡同口开饭馆，后来炒股做房地产生意的老卫吗？"

"就是他，熟人你也下得去手啊？"叶天是句句都咬死了邱文东。

"叶先生，您，您这可是冤枉我了。我和老卫虽然不是很熟，但也是见面能坐在一起喝酒的朋友，我怎么会让人打他啊？"邱文东顿时叫起了撞天屈，不过心里还真有几分忐忑，因为他知道，以前手下保安公司的人，倒真是经常在外面接一些私活干。

"费贺炜是你的人吧？他找人下了个套，把卫红军打得住院，你不会说和你没关系吧？"

叶天三言两语把事情的经过讲清楚了，尤其是费贺炜上门找卫红军的时候，可是口口声声打着邱文东的名号的。

"叶先生，费贺炜这个王八蛋跟过我一段时间不假，但是当年我入狱的时候，他把我手下的老兄弟都拉走了，我和他真的是一点儿关系都没了呀！"听到叶天提起费贺炜，邱文东顿时气不打一处来，当年如果不是费贺炜那些人盗取货运站的货物，他也不必又蹲了三年大狱。

叶天摇了摇头，说道："可是，他打着你的名号，你也没出来说话啊！"

叶天有的是手段对付费贺炜不假，但总得把眼前的场面圆过去，否则他砸错场子岂不是要给邱文东道歉？他可不会低这个头。

"得，叶先生，这事儿我是有责任，您请先坐下喝杯茶，我这就让人把费贺炜那个王八蛋拎过来！"

邱文东咬牙切齿地摸出手机，拨出个号码后，大声吼了起来："马老三，将保安公司的人都给我拉出去，把费贺炜那个王八蛋抓来，半个小时，半个小时后给我带武馆来！"

"呵呵，我就说是个误会吧，小师叔，您放心，老邱一准把这事给您办好。"

等邱文东放下电话，冯恒宇笑眯眯地上前打圆场，今天这双方都不是外人，真要是闹腾起来，他也不知道帮谁好了。

"叶先生，要说这事我也有责任，费贺炜那个王八蛋把老卫打成什么样，回头我加倍招呼他。"邱文东也表明了态度。

对方明显服了软也给了台阶下，叶天哈哈一笑，说道："看来这事还是我鲁莽了，不怪你……"

"这是叶先生大量，请坐，六儿，去把我那一两大红袍拿来！"

把叶天让到座位上后，自然有人端茶倒水，原本剑拔弩张的气氛，顿时就缓和了下来。

"小徒的功夫还没练到家，刚才那记贴山靠没收住力，武晨兄这伤势恐怕要躺一个月。"看着半躺在椅子上的武晨，叶天也觉得自己先前有些欺负人了，想了下后，从兜里摸出个瓷瓶，又说道："我这有颗先师炼制的伤药，化水服下之后，三天就能恢复如初了。"

叶天对冯恒宇和邱文东都是直接喊名字的，却称呼了武晨一声兄，也就是变相地给他赔礼了，武晨当能听不出来，连忙说道："谢谢叶先生，是武晨学艺不精，怪不得啸天兄弟的。"

叶天拿出伤药，这梁子基本上就算是完全化解开了，场内的气氛是愈发地融洽，几人品着茶谈起一些江湖趣事。

"东哥，费贺炜和他手下的那群王八蛋都被警察带走了！"过了大约半个小时，一群人呼啦啦地拥进武馆，带头的那粗壮汉子一进门就嚷嚷了起来。

邱文东对领头那人招了招手，说道："老三，怎么回事？你过来给叶先生说清楚！"

"好像是聚众赌博给抓了。叶先生，这……这不是叶天吗？"

马老三走到近前，刚说了一句话就看见坐在椅子上的叶天，脸上顿时露出又惊又怕的表情。虽然事情已经过去快三年了，但是马老三有时候做噩梦，梦中还依然会出现那个笑起来很腼腆的大学生。

当然，梦中叶天那凶神恶煞般的形象，自然是被马老三自己加工过的。

"老三，你认识叶先生？"

邱文东听到马老三的话，不由奇怪地看了他一眼，两人既然认识，那叶天为什么还要来砸自己的场子啊？

"咳咳，东哥，这……这个前几年见过叶天兄弟一面。"马老三可不敢提他两年多前帮任健当打手的事情，说话的时候一双眼睛对着叶天露出恳求的神色。

邱文东是最恨手下仗势欺人的，马老三现在在保安公司里大小也是个主管，这两年车子房子也都买了，可不想平白因为这事儿被邱文东扫地出门。

"什么兄弟，喊叶爷！"邱文东眼睛一瞪，心里暗想：冯恒宇叫叶天师叔，你小子喊兄弟不是占我们便宜吗？

"就叫我叶天吧，不用那么生分。"叶天摇了摇头打断邱文东的话，看向马老三问道："马哥，那个费贺炜到底是怎么回事啊？你给我说说吧。"

马老三被叶天的称呼吓了一跳，连忙摆手说道："叶爷，我可不敢当您这称呼，您叫声小马或者三儿都行！"

马老三心中愈发认定叶天是哪家江湖大佬的子弟了，没见邱老大对他都是毕恭毕敬的样子吗？

不过见到叶天没有提起前几年那事，马老三心里也镇定了下来。

"少说那些没用的，老三，费贺炜这事，和你没什么关联吧？"

邱文东一脸狐疑地看向马老三，他也知道这些老兄弟有时候会接点儿私活，如果卫红军被打的事和老三有关系，那他还真是说不清楚了。

"东哥，费贺炜那小子不仗义，我马老三再浑也不会和他混一块去啊！"听到邱文东的话，马老三叫起了冤枉，小心翼翼地看了眼邱文东的脸色，这才接着说道，"叶爷，我刚才去费贺炜那拆迁公司走了一趟，好像他手下的小弟在医院里出了事，现在公司已经被封了，人全部都被带到了局子里，不过是以聚众赌博的名义抓起来的。"

保安公司本身就和警方有些联系，经常会请警察去讲法制课，所以马老三也认识一些东城分局的人，刚才一打听，事情全都清楚了。

"早就知道这个王八蛋不是个好东西，居然连白粉都沾上了。"

听到马老三说那个黄毛是因为吸毒过量导致的伤人行为，邱文东不禁拍案而起，毒品是武林中人最为痛恨的东西。

"叶先生，费贺炜这个王八蛋的确是打着我的招牌行事的，我老邱也有责任，这事儿您就甭管了，等他出来后，我让他滚出北京城，您看怎么样？"

叶天摇摇头，拒绝了邱文东的提议，接着一脸歉意地说道："邱先生，今天冒昧上门，实在是对不起，您别往心里去啊！"

"叶先生说的哪里话啊，这事儿老邱本来就是有责任的。咱们也是不打不相识嘛，就按叶先生说的办，如果有需要我老邱帮忙的话，您一个电话就成！"

邱文东笑呵呵地站起来，说道："这马上就中午了，走，胡同里有个家常菜馆不错，老邱做东，一来是给冯兄接风，二来也是给叶先生赔礼了！"

邱文东是混老了江湖的人，一番话说得众人心里都芥蒂全无，叶天也点头答应了，自己家就在北京城，能交好这些人倒也没什么坏处。

练武的人多数性子都是比较爽直的，叶天虽然是来砸场子的，不过众人也都佩服他和周啸天的功夫，到了酒桌上纷纷举杯向叶天二人敬酒。

　　"啸天，酒就别喝了，多吃点儿菜吧。"叶天知道自己这徒弟酒量不错，不过酒后却是练不得功夫的，于是就把周啸天面前的酒杯拿开了。

　　叶天没让周啸天喝酒，自己却是杯来酒干，两桌人这一圈下来就是两斤白酒下了肚，除了脸色微红之外，他的表情似乎毫无变化。

　　武功深不可测，酒量又这么好，叶天的形象一下子在这帮粗人眼中变得高大起来。不过冯恒宇在上洗手间站起身的时候却发现，叶天背后的衣服竟然全都湿掉了，而且散发着一股酒味。

　　冯恒宇震惊之余，才知道，原来叶天的功夫已经高得没边了，能将体内的酒气逼出体外，也只有那些传说中功夫炼至化境的人才办得到。

　　这一顿酒一直喝到了下午四五点钟，双方的误会不但都解开了，叶天还答应让周啸天没事的时候就来武馆，帮邱文东指点一下那些徒弟。

　　等叶天和周啸天回到老宅子的时候，天色已经完全黑了下来，叶天给老爸打了声招呼，就让周啸天搬到自己那边去了，周母有叶冬梅等人陪着，倒是不用周啸天担心。

　　周啸天住到这四合院里，最兴奋的要数唐雪雪了，平时她晚上都是一个人闷在屋里看电视，眼下多住进来个人，连电视也不看了，拉着周啸天在院子里说着话。

　　"师父，这么晚了您还出去？"正被唐雪雪缠着说话的周啸天看到叶天走进中院，连忙站起身来。

　　"嗯，我出去一会儿，你晚上睡觉前行一个周天，不要懈怠了！"叶天点了点头，身上满是酒味的衣服已经换了下来。

叶天出了四合院，到巷子口打了个出租车，半个多小时后，来到费贺炜的那家拆迁公司。

叶天答应了帮卫红军讨回公道，自然不会光废了那几个打人的小子就算了，俗话说冤有头债有主，根子可都是出在费贺炜身上。虽然那哥们儿被警察抓进了局子里，但叶天也不是全无办法，从功夫进入化境之后，他可以使用的手段也多了不少。

这家原本每到晚上就热闹无比的拆迁公司，眼下却一片寂静，两层小楼内没有一丝灯光，就连看门的都被警察带回了局子里。

绕到小楼的后面，叶天看到二楼有个房间的窗户是开着的，当下四处打量了一下，见到周围漆黑一片后，他往后退了几步，然后踩着碎步向小楼跑去。距离墙壁还有三四米的时候，叶天猛地加速，双脚在石灰墙上接连踩了几下，一双手已经扒到了窗户边上，两手一用力，就如同狸猫一般钻进了房间。

"这什么味道啊？"刚一进房间，叶天就皱起了眉头，因为这屋里除了烟味臭袜子味之外，还弥漫着一股子说不清楚的味道，差点儿没熏得叶天吐出来。

"真晦气，早知道就再等几天了！"走在房中叶天突然感觉脚下一滑，稳住身形后往地上一看，不禁骂出了声，敢情就在这地上扔着一只用过的避孕套。

逃也似的出了这屋子来到走廊后，叶天才长长地出了口气，这哪里是公司啊，简直就是他妈的一淫窝。

还好费贺炜总算是在他的办公室外面挂了个总经理的牌子，叶天找了根铁丝在门锁上鼓捣了几下后，房门应手而开，这一招是叶天当年从河南一个贼王手上学来的。

可能是平时需要招待客人的缘故，费贺炜的办公室还是比较整洁的，叶天也没开灯，借着窗外的月光在那大班桌后面寻找起来。

"这货真不是个好鸟！"

在地上不仅有一些稍短的毛发，还有几根长长的女人头发，叶天戴着手套把四五根头发用桌上的纸巾包起来后，就悄无声息地走了。

叶天回到四合院后，已经是晚上十点多钟了，周啸天和唐雪雪早已各自进屋睡觉了，前来迎接叶天的，只有成天在院子里转悠的毛头。

"去，自个儿玩去，明天再给你买两百斤鱼送来！"叶天将站在自己肩头的毛头放在地上，这家伙虽然整天偷鸡摸狗的，但作用也不小。

住平房最烦的就是老鼠，但是有毛头在，叶天这四合院里没有一只老鼠敢来，不过周围那些四合院里就遭鼠灾了，从叶天这儿跑过去的老鼠都在那边扎了窝。

"叽叽！"

看到叶天不搭理它，毛头钻到前院厢房里去睡觉了。自从叶天把偃月刀摆在那里后，毛头每天都睡在刀架下面，如果不是有几次抱着刀柄睡着了掉下来，它一准会躺在偃月刀上睡觉。

打发了毛头后，叶天回到自己的房间，将那用纸巾包住的头发扔到桌子上，然后在屋里翻找起来。

从床底下拿出一块玉石，叶天嘴里嘀咕道："便宜你小子了，还要浪费老子一块上好的玉石。"

自从手头宽裕了之后，叶天有事没事也喜欢逛潘家园了，不过他对那些历史悠久的古玩不感兴趣，目标都是一些未经雕琢的玉石原石。

只是潘家园大都是出售成品玉件的，很少有人出售原石，叶天这屋里为数不多的几块，还是他花了大价钱从一家玉器店里买来的。

"长得倒是人模狗样的，怎么就不办人事啊？"

找到玉石后，叶天又翻手拿出一个小镜框放在桌子上，里面那个梳着大背头的男人，赫然就是费贺炜，这是叶天走的时候顺手牵羊从他办公桌上摸来的。

费贺炜的长相是不错，但是一双竖眉却破坏了他的脸型，竖毛多，主杀，《大统赋》曰：性急神猛，好斗贪杀，无思算之相也。又云：毛直性狠。

而且费贺炜两眼浮光，双轮喷火，这样的眼睛在相书中主凶恶，奸狡贪鄙，衷怀奸盗之心。盯着费贺炜的照片看了一会儿，叶天摇了摇头，左手拿起桌上那块比拳头略大一点儿的玉石，右手腕一翻，无痕落入掌中。

叶天房中最少有十多把专门用来雕琢玉件的刻刀，使用起来也比无痕顺手，但是那些刻刀却无法将阴煞之气注入所镌刻的物件之中。

随着叶天的动作，一层层粉末不断地落在桌子上，十多分钟过后，一个人形的玉石雕像就出现在了他的手中。

这个玉石人像和叶天之前给于清雅改命时的人像不同，在雕琢它的过程中，丝丝煞气被叶天有意识地灌入人像之中，那洁白的玉石此刻看上去，似乎笼罩着一层黑气。

雕琢好这个人像后，叶天又找出黄纸，研磨了一块朱砂，用毛笔蘸了画起符来，不过和他之前所制的符有点儿不同，这张符箓上起头的地方，是用篆书书写的费贺炜三个字。

画好符箓，叶天将纸巾中的几根发丝倒在符箓上，然后用那张符将面目有几分和费贺炜相像的人像包裹起来，至此准备工作算是都做完了。

拿着人像在手中把玩了一番，叶天在心里琢磨了起来："不知道这脱胎于巫术之中的奇门秘术，到底有几分效果？"

叶天现在准备动用的术法，是有点儿像打小人之类的秘术，但与民间的打小人更多的是一种心理发泄不同，这种秘术却是可以夺人魂魄，千里之外置人于死命的。

"天地同生，万气本根，洞慧交彻，五气腾腾……"把费贺炜的人像放在桌子上后，叶天默默地念起秘术的咒语来，随着叶天的话语声，一股阴寒之气充斥在房间之中。

"太上台星，应变无停，合！"叶天口中一声断喝，双手各掐出一个指诀，同时往人像上指去，两股阴阳二气交错，有如火石一般，竟然引得人像上的符箓无火自燃。随着符箓的燃烧，一股极其隐晦的信息从包裹着人像的符箓之中传入玉石里，那玉石的色泽随之又暗淡了几分。

"不知道这玩意儿到底好不好用？"感受着玉石人像内传来的气机，叶天疲惫的脸上露出兴奋的神色。

叶天所用的这个术法，最早脱胎于中国的巫术，其实严格说起来，奇门中的术法包括苗疆蛊术，十有八九也都是由巫术转化而来的。

在拘留所的一个大通间里，关押着二十多个人，这些人都是行政拘留，关押的时间最多也就十五天，所以管理也比较松散。

"妈的，黄毛那几个家伙真是该死，大早上的就吸毒，把哥几个都整治到这里来了！"

费贺炜手下的头牌打手大龙向看过来的其他人骂道："看什么看？"这被行政拘留的人，不一定都是犯罪分子，像违反了治安条例的，也会被关到这里来，所以碰上这群凶神恶煞，挤在厕所边上的那些人，均是敢怒不敢言。

"大龙，别闹事，安安稳稳地待几天，等出去了都给我避避风头。"一直闷头不语的费贺炜抬手制止了大龙，自从被警察带走后，他就感觉这事儿似乎有些不对，但是又说不出问题出在哪儿，心头始终压抑着一块阴影。

"炜哥，这要不找些乐子，十几天怎么过啊？"

"你他妈的给我安生点儿！"费贺炜压制不住心头的火气，冲着大龙低吼了一声之后，看向另外几个人，说道："这几天毒瘾要犯了的时候提前打招呼，要不然你们几个都要被送到戒毒所去……"

除了费贺炜和大龙之外，他手下的这些小弟都是瘾君子，这要是在外面还好办，但是在拘留所里闹腾起来，肯定会被警察知晓。

"大哥，没事，我忍得住，实在不行你用被单子把我绑起来！"一个小弟信誓旦旦地说道，却是全然忘了毒瘾发作时六亲不认的模样。

"好兄弟，等出去了炜哥带你们去海南度假。"费贺炜拍了拍小弟的肩膀，顿时让那人的身体都轻了几分。

"哎哟！"费贺炜话声未落，右臂突然猛地往外一扬，狠狠地抽在那个小弟的脸上。

那个小弟冷不防地脸上挨了一巴掌，而且这一巴掌劲力极大，将他整个身体都抽得在地铺上翻滚起来。被这一巴掌抽得晕乎乎的小弟爬起身来，张口吐出两颗牙齿，满脸悲愤地喊了起来："大哥，你打我干什么啊？"

只是让那小弟想不到的是，他话声未落，费贺炜就大声哀号起来，声音之凄惨比他犹有过之："我的手，我的右手好像断了，疼，疼死我了！"

费贺炜脸色蜡黄，豆大的汗珠不断从额头往下滴落，刚才打了小弟一巴掌的右臂，此刻软绵绵地垂在身前，却是一动都动不得了。

"炜哥，好端端的怎么会这样啊？"

看着老大那一脸痛苦的样子，围在他身边的小弟均有些摸不着头脑，好端端的，费老大的手怎么就断了？莫非是刚才那一巴掌抽得太狠？

挨了那一巴掌的小弟忍不住摸了摸自己红肿的脸庞，这也是肉做的啊？不可能将费老大的手震断了吧？

"疼死我了，叫人送我去医院，疼死我了！"

此时的费贺炜，感觉肩膀好像生生被人用刀子砍下来了一般，那股剧痛差点儿让他晕厥过去，忍不住大声哀号起来，凄厉的声音回荡在监室之中。

大龙一脚将身边发呆的小弟踹在地上，吼道："快点儿，快点儿去喊管教！"

就在那个小弟跌跌撞撞地冲向监室大门的时候，费贺炜口中又是一声惨叫，原本抱着右臂的左手，突然狠狠地一拳捣在面前大龙的脸上。

费贺炜前些年跟着邱文东的时候，也是每天拎石锁打熬身体的，别看现在四十多岁了，场内的这些小年轻没一个是他的对手。所以这一拳打出，顿时"咔嚓"一声响了起来，大龙的鼻梁骨被他打断了，两股鲜血从大龙鼻孔处激射而出，染得他身上的白衬衫都变成了红色。

"大哥，你……你这是干……干什么啊？"大龙被费贺炜这一拳打蒙了，过了半晌才捂住鼻子问了出来。

"啊，疼啊，疼死我了！"

费贺炜压根儿就没听到大龙的话，两臂处传来的痛楚让他无法忍受，但偏偏人又能清醒感觉到，他的神经已经处于快要崩溃的边缘。

"怎么回事？闹什么闹啊？是不是想进旁边的看守所了？"

费贺炜折腾的动静实在是太大了，没等那小弟跑到门口，管教倒是先来了，这拘留所里关的人多了，什么样的都有，那些瘾君子毒瘾犯的时候，闹腾得比这会儿还凶。

"开门，送我去医院，送……送我去医院！"听到管教的话，费贺炜垂着双臂从地铺上跳起来，几步就冲到了监室的门口，用头死命地撞击铁门。

管教被费贺炜的疯狂吓得连连后退了好几步，开口训斥道："你……你想干什么？拘留十五天就会放了你们，还想越狱不成？"

"老子疼死了，快点儿送我去医院，给我打止疼针！"

费贺炜用不上双手，只能拼命地用头撞着铁门，头上的鲜血流在脸上，加上那狰狞的样子，犹如厉鬼一般。

"你忍着，忍着，我去叫人给你打针！"看到费贺炜五官出血，管教也慌了神。

费贺炜用头撞完，又开始用脚踹起铁门来，张口大骂："忍你妈的，快点儿开门，老子要死了！"

"你们几个，快点儿按住他啊，这是毒瘾发作了！"管教听到费贺炜的话后，反而不急了，毒瘾发作的人都是这副样子，只要撑过这劲也就好了。

大龙几个人一起扑上来，七手八脚地将费贺炜按在地铺上，这哥几个心里也纳闷着呢，老大刚才还说让咱们毒瘾发作的时候忍忍，可他现在怎么却是要死要活的呢？

"妈的，放开我，快点儿放开我，老子疼死了！"

被死死按在地上的费贺炜欲哭无泪，忽然右腿齐根处又是一阵剧痛传来，钻心的疼痛让他不知道从哪儿来的力气，竟然生生将众人推开，在地铺上打起滚来。

"可怜，这就是吸毒的下场啊，真该把这景象拍下来送到戒毒所去，多好的教育后人的题材呀！"

铁门外的管教在这里干了二十多年，也没少见那些瘾君子发疯，但是像今天这般激烈的，还真是头一遭遇上。

"开门啊，你妈的，我大哥不吸毒，他不是犯瘾了！"费贺炜在通铺上打着滚，大龙却冲到门边，冲着管教大声喊了起来，他知道费贺炜是从来不沾毒品的，眼下这情况，肯定是有别的原因。

"小子，你糊弄谁呢？你看他那口吐白沫的样子，不是犯瘾是怎么回事？"管教没好气地回了一句，要不是看这几个家伙花钱大方，他还真想拎出来教训他们一顿。

"疼死我了，老子不活了！"就在大龙和管教交涉的时候，打着滚的费贺炜突然发出一声惨厉的尖叫，竟然单腿在通铺上站了起来，死命地用那条左腿在地上一撑，一头往对面的监墙上撞过去。

"扑哧！"随着费贺炜的脑袋撞上监墙，一声像是西瓜摔在地上的声音响起，一股血花四处飞溅，费贺炜的惨叫声也随之止住了，身体软绵绵地顺着监墙倒在地上。

为了防止犯人逃跑，拘留所的监室和看守所都是一样的，这监墙的表层可都是实心的水泥浇筑出来的，费贺炜拿头去撞，等于拿着鸡蛋碰石头。

倒在地上的费贺炜，整个头盖骨都被撞碎了，红的鲜血、白的脑浆顺着他的头发流淌了一地，还没完全失去知觉的身体，无意识地抽搐着。

"自……自杀？"

门外的管教也看傻了眼，他怎么都没想到会是这个结果，连忙按响了门边的警报，整个拘留所瞬间变得灯火通明，驻扎在这里的武警也列队赶来了。

"费了我这么大的功夫，不知道这秘术到底成不成？"远在几十公里外的那个四合院里，叶天也是一头大汗地瘫坐在地上，原本摆在桌子上的那个人像，此时却变得残破不全，连脑袋都碎了一半。

制作出人像并没费叶天多大的功夫，不过在使用秘术催动这个载体的时候，几乎耗尽了他全身的功力。

"应该是成了吧？否则怎么会这么费劲呢？"坐在地上调息了好大会儿，叶天才恢复了一些体力，伸手拾起那个只剩下半边身子的玉石人像，感应了一下，发觉人像内的那缕气机已然消失不见了。

反正步骤都是按照传承秘术做的，成功与否叶天现在也无法判定，只能将地上的玉石碎屑打扫了一下，然后上床睡觉。

"大爷，我给人送下东西。"

第二天一早的时候，叶天就从家里拿了件被子，打了个出租车直奔东城分局的拘留所，在门口和看门的老大爷唠了起来。

昨天费了那么大的劲，叶天心里也是好奇不已，一夜都没睡好，这刚过了八点，他就赶到了拘留所。

"给谁送东西啊？过来登记！"

看门的老大爷打了个哈欠，他是看守所退休返聘过来的，原本小日子过得不错，不过昨天却被闹腾坏了，一整夜都没能睡个安稳觉。

叶天戴着个帽子，低着头说道："大爷，那人叫费贺炜，他家里人托我给他送床被子来！"

"费……费贺炜？"老头一听顿时愣住了，脱口而出，"那小子昨天自杀了啊，尸体现在都送到医院太平间去了！"

老头话声未落，值班室里又走进来个人，一脸不满地看着老头，说道："老汪，你在那说什么呢？不要乱说所里的事情，你也是老干警了，这点儿事情都不知道？"

这看守所里有人自杀，责任可是不小的，最起码对主要领导要追究相关责任，并且一年的安全奖金也甭想拿了。

"哎，刘所，你看我这不是说顺嘴了吗？反正他们家属早晚也会知道的。"老头仗着资格老，并没把来人当回事，转过身说道："小伙子，那个叫费贺炜的昨天毒瘾发作自杀了。哎，人呢？刚才那小伙子呢？"

老头说了半天的话，才发现刚才叶天站着的地方居然空无一人，连忙追出去看了一下，拘留所那空旷的门口，竟然连鬼影都没一个。

"妈的，怎么这么古怪啊？难道这看守所闹鬼了不成？"饶是老头见多识广，此时也忍不住起了一身的鸡皮疙瘩，昨天那人就死得有些蹊跷，刚才那小伙子更是来得诡异！

回到四合院的叶天心头兴奋之余，也有些凛然，因为在施展完术法之后，不仅浑身真气尽被抽空，就连经脉也有些损伤。

叶天上次经脉受损，还是帮老道逆天改命造成的，他没想到动用这种巫术，其反噬之力居然堪比逆天改命。

而且这种反噬极其阴险，在无声无息中就伤损了叶天的经脉，如果不是他突破了化劲的门槛，恐怕这会儿就要卧床不起了。接下来的几日，叶天都窝在他的四合院中调养受损的经脉。

这期间冯恒宇想持晚辈礼来拜访他，也被叶天拒绝了，只是通过周啸天给冯恒宇传了几句话，他知道冯恒宇初入暗劲，是有些问题想向自己请教的。

不过叶天不知道，冯恒宇想拜访他，主要还是邱文东的意思，因为就在叶天踢馆的第二天，邱文东就得到了消息，说费贺炜在拘留所中自杀了。

和费贺炜认识了一二十年的邱文东，可是深知费贺炜的为人，那家伙奸诈惜命，绝对不会自杀，这事里面透着不少诡异。邱文东想到这里，倒吸一口冷气之余，也暗自庆幸自己没有得罪了叶天。所以从费贺炜自杀的第二天起，邱文东手下的一些小混混都接到了通知，知道在北京城出现了个不能惹的人物，不过这些就是叶天所不知晓的了。

　　借着四合院中那近乎变态的天地元气，叶天整整用了一个星期，将体内受损的经脉修复完毕，将身体内视探查一番后，才松了口气。

　　"卫叔，您怎么来了？"

　　这天早上叶天正在厨房里给唐雪雪煲着药膳，门外响起了门铃声，叶天过去一看，却是卫蓉蓉扶着自己老爸，正站在四合院的门口。

　　卫红军在医院的时候虽然看上去挺凄惨，但其实所受都是外伤，休养了一个多星期，身上的纱布也都拆掉了，不过在额头处仍然包扎了一圈纱布。

　　"卫叔是来谢谢你的！"

　　卫红军的神情有些激动，他在北京城还从来没吃过那么大的亏，出事那天很多朋友来看他，卫红军都不好意思，但叶天转手之间就把费贺炜灭了，让他很是扬眉吐气了一番。

　　"卫叔，有些事心里清楚就行了，里面坐吧……"

　　叶天点了点头，把卫红军父女俩让进四合院，这段时间他一直在闭门疗伤，倒是也想知道那件事发生后的余波。

　　"蓉蓉，你去找雪雪玩吧，她一个小丫头整天憋在四合院里挺无聊的！"

　　进到客厅后，叶天就把卫蓉蓉打发掉了，这女孩没什么心眼，很容易在外面说漏嘴。

　　坐下后，看到卫红军仍是一脸激动的样子，叶天摆了摆手，说道："卫叔，谢字就不用说了，工地那儿的麻烦解决了吗？"

　　卫红军点了点头，说道："解决了，住在医院的那小子听到费贺炜出了事，当天就签了拆迁合同，现在工地已经正常施工了。"

　　不仅如此，在费贺炜出事的当天，邱文东也到医院去看了卫红军，并且当着很多人的面拍了胸脯，以后但凡有人和卫红军过不去，那就是找他的麻烦。

　　邱文东的这番话，也让卫老板因为挨打所丢失的面子，尽数都补偿了回来。

　　"费贺炜那件事，警方怎么定性的？"

　　叶天看似漫不经心地问道，其实心里却颇为关注，他这段时间一直都在家里疗伤，还真不知道这事儿到底是怎么处置的。

　　"吸毒，自杀！警方说他吸毒，那自然就是吸了，咱们不用操这心。"卫红军笑了起来，他在局里有不少熟人，想打听点儿消息还是比较容易的。

"卫叔，我还是那句话，人在做，天在看。只要不做亏心事，就不怕报应上门。"

卫红军点了点头，说道："嗯，叶天，你放心吧，卫叔就是少赚点儿钱，也不做那些昧良心的事。"

虽然经历了这么一件事，但对于卫红军来说，除去挨打的事情之外，他还占了些便宜，因为起码邱文东发了话，日后在北京城的黑道上，绝对没有人敢再向他的生意伸手了。

卫红军也很明智地没问叶天和邱文东的关系，在对叶天表示了感谢之后，就带着女儿离开了。

"叶天哥哥，你什么时候带我出去玩啊？"叶天送走卫红军父女俩，刚回转四合院，迎面就碰上了一脸幽怨的唐雪雪。小丫头在这里整整住了一个月，总共外出还不到三次。虽然她在香港的时候，一个月也不见得能出去一次，但随着身体的慢慢好转，更加渴望过上正常人的生活了。

"今天就带你出去，你给清雅姐姐打电话，咱们今天去买车！"叶天闻言笑了起来，他养了一个星期的伤，也憋得有些难受了，正好借着履行买车诺言的机会，出去转悠转悠。

"真的？那我去给清雅姐姐打电话！"听到叶天的话，唐雪雪兴奋地叫了起来，蹦蹦跳跳地就往屋里跑，她虽然比叶天也小不了几岁，但自小就不和外人接触，心性就像十二三岁的孩子一般。

看着兴高采烈的唐雪雪，叶天也被她的情绪感染了，心中想道："等老唐回来的时候，差不多就可以把小丫头体内的阳脉打通了！"

在这灵气充裕的四合院里住了一个月，唐雪雪体内的阴寒之气都被压制住了，只要打通她奇经八脉中的阳脉，就可以使阴阳相融，彻底拔除阴煞之气对她的侵扰。

不过阳脉周身交汇一共有二十四个穴位，即使叶天现在功力已经达到化境，也不可能一天帮她尽数打通，所以还要做好充足的准备，才能开始进行。

于清雅这会儿刚好在处理一些实习的事情，接到电话没过半个小时就赶到了四合院，叶天把老爸那辆淘汰的破桑塔纳开出来，带着两人往亚运村的方向驶去。

北京的汽车销售点有好几个地方，不过相对集中的还是要数亚运村车市，叶东平的那辆奥迪车就是在那里买的。

今天不是周末也不是节假日，车市的人并不多，在把那辆桑塔纳停在车市外面之后，叶天带着于清雅和唐雪雪走了进去。

"我想买辆越野车，那样的车够粗犷，开着有味道。"

叶天一边说话一边向四周打量，不过这里卖的基本都是家用轿车，没有一辆是他能看中的。

"哎，那里是卖车的吗？我看着玻璃后面好像也停着车！"

叶天突然看到在这大院外，有一栋用钢架构搭建的建筑，整个建筑的外表都是用玻璃覆盖的，显得气势非凡。

顺着叶天的手指，于清雅说道："应该是吧，你看那上面不是宝马的标志吗？"

"走，过去看看……"叶天带着于清雅和唐雪雪出了大院，往那建筑走去。

"乖乖，还真是卖汽车的地方啊！这要投资多少钱呀？"

来到那栋玻璃建筑前，叶天不禁有些咋舌，这一栋玻璃钢结构建筑几乎要占那车市的一半面积了，里面摆放着的都是一种品牌的车，也就是宝马汽车。别的不说，单是这么一个建筑，恐怕没一两千万甭想拿下来，叶天还是第一次知道汽车可以这么卖。

"不知道，这应该是什么专营店吧？我在上海也没见过。"于清雅摇了摇头，她买那辆法拉利跑车的店面，比这家也是远远不如的。

唐雪雪见叶天和于清雅一脸迷惑的样子，得意地说道："叶天哥哥，我知道，这是4S店，在香港有！"

"4S店？干吗的？这上面也没4个S啊？"叶天闻言愣了一下，冲着那气派的店门看了半天，除了宝马的标志之外，再没见到有关4S的字样。

叶天的样子把唐雪雪给逗乐了，笑着说道："叶天哥哥，4S不是标志，你真笨啊，4S是一种经营模式……"

听完唐雪雪的解释，叶天挠了挠头笑了起来，自己还真是没见识，正如唐雪雪所说的那样，4S店是一种以"四位一体"为核心的汽车特许经营模式。这种模式包括整车销售、零配件、售后服务、信息反馈，而这四个单词的第一个字母刚好都是S开头的，所以就被称为了4S。

"这位小姐懂得真多，4S店在国内还没几家呢！我们这家店是这个月刚开业的，先生小姐里面请！"

站在门口的那个女孩本来对叶天等人并没有在意，毕竟他们太年轻了，不是合适的销售对象。但是听到唐雪雪的话后，那人顿时改变了态度，因为在国内能知道4S店的人真是寥寥无几，他们每次都要给客人们讲解半天。

"叶天，咱们进去坐吧，脚有些酸了……"于清雅拉了拉叶天的胳膊，她今天是从电视台直接过来的，连高跟鞋都没来得及换。而且门口接待的是位女士，也让于清雅心情大好，这总比被一群老爷们儿用那种眼光盯着强多了。

"好，实在不行就买宝马吧，最起码这销售环境让人看着舒服！"叶天点了点头，往店里走去，他的话也让那个销售员眼睛一亮，亦步亦趋地跟了上去。

"这位先生，这是我名片，请问您贵姓？"

来到大厅后，那个女孩将一张名片和几张彩页递给叶天，说道："这里是我们宝马最新款的车型，您看有没有喜欢的？"

看着名片上的名字，叶天笑道："朵朵？好名字，我叫叶天！"

"这位先生，朵是姓，我单名一个朵。"那个女孩很有礼貌地提醒了叶天一句。

叶天笑着点了点头，说道："我知道啊，你是回族的吧？朵姓最早是回族的一个谐音，明宣德年间朵思麻自西域入中国贡狮，后留居京师，应该就是你的祖上吧？"

"你……你怎么知道的？"要说之前女孩还因为叶天的年轻对他有些轻视的话，现在却是被叶天给吓了一大跳。

朵姓在中国极少，恐怕一万个人里面也不见得有一个知道的，但偏偏面前这个大男孩张嘴就把她的祖上说了出来。

其实叶天之所以知道朵姓，是因为在清代的时候，北京出了个回族的占卜家叫作朵世麟，老道当年给他提过，他才记住了这个姓氏。不过历经数百年，原本这些奇门的传承大都遗失掉了，叶天并不认为面前这个女孩就懂得朵世麟的占卜之术，否则也不会到这里当销售员了。

"让你卖弄？"见到叶天和那女孩聊得起劲，于清雅的小手不知道什么时候伸到他腰间，狠狠地掐了一记。

现在的叶天可是真正的高富帅，虽然于清雅也不差，但还真怕他被哪个女孩把魂勾走了。

"哎哟！"叶天夸张地叫了一声，女人的醋坛子打翻了可不是好事，叶天马上把一脸笑意收敛了起来，对着朵朵说道："咱们还是先看车吧，请问你们这里有越野车吗？"

看到叶天和于清雅的小动作，朵朵抿嘴一笑，说道："越野车倒是有一辆，不过是别人订购的，叶先生可以先看看，如果喜欢的话，也可以通过我们预订。"

"还真有啊？带我去看看！"叶天本来是随口一问，听到朵朵的回答后，不禁来了兴趣。

"叶天，你去看吧，我和雪雪在这坐会儿！"

于清雅知道对男人不能看得太紧，否则会得不偿失，所以刚才警告过叶天之后，立马又把绳子放开了。

4S店一般都是和仓库连在一起的，这也是为了服务客人，看中车子之后随时可以提货，通过对讲机联系了一下之后，朵朵对叶天说道："叶先生，那辆车是我们一个客户预订的，没有放在展区里，不过您可以跟我去库房看车！"

"成，走吧！"叶天点了点头，跟着朵朵从侧门走出了4S店，来到后面的一个库房门口。

朵朵对等在库房门口的一个三十多岁的中年人说道："吴经理，这是叶先生，他想看看那辆路虎越野车。"

上下打量了一番叶天，那个吴经理倒也没以貌取人，拿出钥匙打开库房的大门，说道："这是别人预订的车，只能看，不能试驾！"

"嘿，好车！"当库房大门被拉开之后，叶天眼睛顿时一亮，快步走了进去。

这辆通体黑色的越野车车头很宽，四个远大于普通车子的轮胎，将车身的底盘抬得很高，一排晃眼的车灯，彰显出了与众不同。

"这个车子是什么牌子？"叶天开口问道。

"朵朵？"听到叶天的问题，吴经理不禁看向朵朵，这是什么客户啊？连车子的品牌都不知道就要买？

要知道，带客人看别人预订的车，是违反公司规定的，如果不是朵朵说这人有意向购买的话，吴经理也不会给叶天开这个门。

朵朵有些歉意地看了眼吴经理，对叶天解释道："叶先生，这是英国的顶级越野车品牌路虎，在国内还没有引进，要不是有客户需要，我们这里也是没有的。"

叶天看出朵朵似乎有些难做，直接开口问道："这车多少钱？"

"这车进口过来加上关税，总共需要九十万左右，如果叶先生真想要的话，八十八万应该可以拿下来！"见到叶天真有购买意向，吴经理脸上露出了笑容。

"吴经理，前面有人闹事，您快点儿过去看看吧！"正当叶天想询问如何订购这款车子的时候，一个销售员匆匆忙忙地跑了进来。

"慌慌张张的像什么啊？平时白培训你们了？"看到来人慌张的样子，吴经理的脸色不由得有些难看。

那个销售员哭丧着脸说道："吴经理，真的有人闹事，您看，我这都被打了一巴掌。"

叶天几人同时向他的脸上看去，果然那人的右脸有些红肿，上面依稀能看到几个手指印子。

吴经理看向叶天，说道："叶先生，您看这事？"

叶天善解人意地摆了摆手，说道："吴经理，没事，您先去忙吧，让朵朵小姐帮我介绍下就行了，我要是决定买的话，会先支付定金给你们的。"

"朵朵，你把车的参数给叶先生详细介绍下，叶先生，那我先失陪了。"吴经理对叶天告了声罪后，一边往外走一边说道，"一点儿小事都处理不好，外面不是有保安吗？发工资给他们干什么用的？"

"吴经理，这事非等您出面啊，那个姓黄的不知道怎么和展厅里坐着的两个小姐吵了起来，我上前劝了句，就挨了一巴掌！"那个销售员一脸的委屈。

"什么？和两个女孩吵架？"

叶天的耳朵比较尖，虽然吴经理二人已经走出了库房，还是被他听到了，连忙把朵朵刚递给他的资料一扔，转身追了出去。

"怎么回事，那两个女孩是不是一个高个一个比较瘦弱？"叶天一把拉住那个销售员。

叶天进到这4S店的时候，里面看车的人并不多，两个在一起的女孩，那肯定就是于清雅和唐雪雪了。

销售员点了点头，说道："是啊，哎，好像就是跟你一起来的。"

"那你不早说？"叶天没好气地瞪了那个销售员一眼，拔腿就从侧门跑进了展厅里。

"我警告你，离我远点儿啊，我男朋友也在这里的……"叶天刚一进入展厅，就听到于清雅气愤的声音。

于清雅话声未落，一个男人的声音就响了起来："你男朋友？不会是个七老八十的老家伙吧？你看哥哥今年才三十三岁，咱们在一起正好是郎财女貌啊！"

"真是这祖宗啊？"跟在叶天身后进到展厅的吴经理，听到那人的声音后，脸色顿时苦了下来，他也没急着往里冲，而是摸出手机打起了电话。

"你胡说，叶天哥哥才没那么老呢，你才是七老八十呢！"唐雪雪的声音也响了起来。叶天快跑了几步，拐过一个弯角，终于看到了场内的情形。

于清雅和唐雪雪此刻站在原先坐着的桌子旁边，在于清雅面前有三个男人，另外还有两个店里的保安夹在他们中间。

站在于清雅对面的那个男人瞪了唐雪雪一眼，恶狠狠地说道："小丫头，没你什么事，瘦得像麻秆一样，靠边站……"

"你是坏人，等下叶天哥哥来了把你打跑！"唐雪雪不会骂人，坏人在她嘴里就已经是最讨厌的人了。

那人撇了撇嘴，说道："你叶天哥哥不会有七八十了吧？他能打得动哥哥吗？"

"我年龄不大，不过你要是想喊声爷爷的话，我也应下来了，孙子！"叶天的声音响了起来，分开围观的几个工作人员和保安后，站在那人的面前。

眼前突然多了个高大的身影，那人不由自主地倒退了一步，站住脚之后看到对方只有叶天一个人时，不禁有些恼羞成怒："小子，叫谁孙子呢？"

"谁答应当然就是叫谁了。孙子，别在这儿惹事，小心给你家人招祸！"

叶天目光有些阴冷地瞄了这人一眼，长得倒是人模狗样的，但眉眼之间有股子傲气，想来是平时没吃过什么亏的主，硬是被人惯出的这脾气。

"你……你是谁？"

看到叶天居然比自己还嚣张，那人不由得愣了一下，仔细地打量了叶天一番之后，嘴角不由得歪了歪："浑身上下没一件名牌，居然敢在北京城里和我叫板！"

"我就一平头老百姓，怎么着？是不是想教训我一下啊？"叶天戏谑地看向对方，心里早把他归到欺软怕硬的那类人里面去了。

叶天没再搭理那人，回头看向于清雅，问道："清雅，他没怎么着你吧？"

"没有，我刚才和雪雪在说话，这人莫名其妙地就上来要我电话，我不给他就抢我的包，幸亏被人拦住了！"

于清雅是知道叶天小心眼的，她不想看到叶天和对方起冲突，解释了下方才发生的事后，说道："叶天，咱们走吧，别和这种人一般见识……"

叶天闻言点了点头，前几天才开了杀戒，也不想杀心过重，平白添了那么多因果。

"哎，小子，站住，妈的，骂完爷就想跑吗？"

叶天这边刚动了脚步，身后就响起破口大骂的声音，如果叶天一直强硬下去，或许对方还不敢如此，但叶天这一走，就被他认为是心虚了。

叶天皱了皱眉头，正待停住脚步的时候，看到于清雅一脸恳求的神色，不由得摇了摇头说道："走吧，咱不和他一样见识……"

叶天不想惹事，奈何这事情就偏偏招惹到他的头上，还没走出三步远，脑后就刮起一阵风来，显然是有人从后面偷袭他。

"妈的，真是不知死活！"

叶天没有回头，身体却猛地往前面一探，同时后脚往后甩出，一个蝎子摆尾的动作，右脚踹在了背后偷袭那人的小腹上。

"哎哟！"一声痛呼传出，那人捂着肚子连连退后了几步，一屁股坐在大理石地面上。

"黄总，您没事吧？"原本跟在那人后面的一个人，上前扶住他。

"妈的，我能没事吗？"坐在地上的那人一脸不善地对着另外两个人喊道，"还愣着干什么啊？我花钱请你们是看着爷挨打的是吗？"

这人叫作黄思志，京城纨绔子弟一个，90 年代初苏联解体的时候，黄思志利用爷爷的关系做起了中苏贸易，而且做得还很大，短短一年多的时间，就积累了一笔庞大的财富。

有点钱就臭显摆，花钱雇了两个随身保镖。所以刚才被叶天一脚踹到小腹上，他顿时就发作起来，两个保镖有些无奈地对视了一眼，拔脚向叶天走去。

"真是麻烦啊……"叶天叹了口气，对于清雅说道，"你们两个等一下，解决他们咱们就走！"

叶天轻轻拍了拍于清雅的手，转回头对着那两个保镖迎了上去，双方都知道事情不能善了，是以都没说话，上来就是拳脚相交。

"这年轻人惨了，一对二肯定打不过他们啊……"

"吴经理呢？他不来谁也劝不住这黄大少呀！"

"我没看花眼吧？怎么这哥俩儿趴地上了？"

让围观的众人目瞪口呆的是，原本以为叶天会被那俩彪形大汉放倒在地，但是当打斗停歇后，倒在地上发出呻吟声的，居然是黄思志的两个保镖。

叶天拍了拍手，冷冷地看了一眼坐在不远处地上发呆的黄思志，说道："以后出来少惹是生非，这世上你惹不起的人多了！"

正当叶天转身要走的时候，耳边响起个声音，叶天抬头望去，和来人对视了一眼之后，两人不禁都愣住了。

"叶天？"

"胡哥？"

见到来人，叶天迎了上去，问道："胡哥，您怎么在这里？"

从外面进来的这个人，正是和叶天有过一面之缘的胡军，不过从那次在酒店见过之后，两人也就偶尔通通电话，却再没见过面。

"咳，这店就是我开的啊。"

趁着叶天和胡军说话，黄思志从地上爬了起来，面色不善地看着叶天，对胡军说道："老胡，你不能眼看着兄弟受委屈吧？"

黄思志和胡军也是打小就认识的，在他想来，胡军来了肯定是帮自己的。

胡军皱了下眉头，说道："我说黄四儿，你也知道这店是我开的，在我这里你闹什么啊？"

黄思志上面还有三个姐姐，是以和他熟识的人，都以黄四儿称呼他。不过胡军和黄思志本来就没什么交情，只是小时候认识而已，从他来北京做生意之后，黄思志就自己贴了上来。

只是黄思志身上的纨绔习气太重，每次来这里都要调戏店里的女孩，要不是见他诚心买车，胡军都不想理他。

看到眼前的情形，再联想黄思志那纨绔性子，胡军根本不用问就知道发生了什么事。

听到胡军不冷不热的话，黄思志肺都差点儿气炸了，大声嚷嚷了起来："我说老胡，你可不能胳膊肘往外拐啊？"自从老爷子死后，黄家是一天不如一天了，黄思志也想抱个大腿，是以就和胡军走得比较近。

胡军摆了摆手，说道："黄四儿，平时你喜欢闹腾一下也就算了，不过叶天是我兄弟，今天这事你给他赔个不是，就算过去了！"

"妈的，姓胡的，他是你兄弟，我就不是了？让我赔不是？你脑子被门板挤了吗？"让黄思志没想到的是，胡军竟然让他赔礼道歉，顿时就翻了脸。

胡军的脸色也冷了下来，说道："黄四儿，我是给你留着面子呢，别给脸不要脸啊！"

胡军家老爷子当年在部队里的军衔并不比黄思志爷爷的低，而且自己的父亲现在正处在上升期，远非已经败落了的黄家可比，他压根儿就没把黄思志放在眼里。

胡军虽然和叶天接触不多，但就凭着他能喊唐文远那老爷子一声"老唐"，就值得胡军将筹码押在叶天身上了。

"好，好，姓胡的，我记着你了，那车子我也不要了，从今天起，北京城有你的地方没有我！"这些京城纨绔，最看重的就是个面子，眼下胡军在众人面前没给他留脸面，黄思志也是撕破了脸。

胡军说道："黄四儿，你年纪也不小了，听我一句劝，以后行事稳当点儿，省得给自己招灾惹祸！"

"我做事不用你教！"黄思志冷笑了一声，转脸看向叶天，"你叫叶天是吧？四爷我记着了，咱们山不转水转，总会有再碰到的一天！"

放了句狠话后，黄思志带着那两个保镖转头就走，他知道，再留下来面子只能丢得更大。

"这什么人啊？"看着黄思志的背影，叶天也是有些哭笑不得，出来买个车也能碰到这种事，是不是自己日后出门都要占一卦吉凶才行啊？

"叶天兄弟，别和那家伙一般见识，走，到办公室去坐！"胡军摇了摇头，转脸却看见了唐雪雪，不禁愣了一下，"唐家妹子也在啊，你这脸色比以前好多了啊！"

胡军曾经在酒店见过唐雪雪一次，眼下看到他和叶天在一起，心中对叶天与唐家的关系又多了几分猜测。

唐雪雪没和胡军说话，点了点头只是跟在叶天的后面。

叶天摇了摇头，说道："胡哥，算了，本来想买车的，被这疯狗给坏了兴致，改天咱们再坐坐吧。"

"说什么呢？叶天，回头我送你回家，看那黄思志敢玩什么猫腻？"胡军还以为叶天是怕黄思志报复，当下拍着胸脯把叶天拉向办公室。

"叶天，黄思志以后要是敢找你麻烦，你别和他一般见识，给我说一声，我去打断他的狗腿！"进了办公室后，胡军还在给叶天打着包票。

胡军这么说也是有原因的，黄思志虽然现在混得很不得意，但总是京城那个圈子里的人，也是有不少长辈看着他长大的。

圈子内的弟子们动手打架，长辈们不会多管，但要是被外人给打了，就会有些麻烦，胡军这话也是在提醒叶天。

"我知道了，胡哥，惹不起我还躲不起吗？"

叶天苦笑着摇了摇头，自古以来，江湖中人最不想牵扯上的就是官府，个人能力即使再强大，在面对一个国家的时候，就会显得无比弱小。而且叶天身后还有那么一大家子，他要真敢干出点儿出格的事情，自己孤身一人亡命天涯不说，恐怕还会连累家人，所以叶天对那黄思志还真没什么好办法。

"行了，我回头会再警告他的。叶天兄弟，你这是过来买车的？"提醒了叶天一句之后，胡军就岔开了话题。

"是买车啊，谁知道碰到这档子事！"

叶天点了点头，有些奇怪地问道："对了，胡哥，你不是在做通讯设备吗？怎么又开了这车行？"

胡军开口说道："手上有些闲散的资金，正好在宝马公司有些关系，就从欧洲引进了这家4S店。叶天兄弟，看中什么车了？当哥哥的送你，算是今天给你赔不是了！"

"送就不必了。"叶天摇了摇头，说道，"胡哥，我想预订一辆路虎，不知道多长时间能提到现车啊？"

"路虎？"听到叶天的话，胡军的脸色有些怪异，"我说你今天是不是故意收拾黄思志那小子的？"

"胡哥，这话怎么说的？我闲的没事喜欢找麻烦不是？"

听到胡军的话，叶天有些不快，今天可是自己女朋友被人调戏啊，如果自己连这都要忍下去的话，那也忒不是个男人了。

"开玩笑，开玩笑的。"

见到叶天有些生气，胡军连忙说道："你看的那辆路虎就是黄思志预订的，他现在不要了，你随时都能把车提走！"

"这么巧？"叶天闻言也愣住了，刚才黄思志临走的时候，好像说了什么车子不要了的话，没承想就是那辆路虎。

胡军笑着说道："还真就是那么巧，这小子想在我这里占股，我没同意，不过还是帮他搞了几辆车玩……"

原来胡军在开这个4S店之初的时候，黄思志就想投笔钱占些股份，不过胡军原本就不缺钱，是以婉拒了黄思志。

自从这4S店开业之后，黄思志就缠着胡军让他帮忙从国外进口一些车子。要知道，1998年这会儿从外国进口汽车，关税相当的重，而且还需要一定的关系。就像车库里的那辆路虎车，如果不是宝马公司在1994年接管了路虎公司，而胡军又与宝马高层有良好的关系，他也无法将车子倒腾到国内。

当然，这与胡军4S店的业务没有什么关系，纯粹是他利用私人关系进口一些汽车来卖，并且也不是为了赚钱，只是人情难却罢了。

听完胡军的解释后，叶天出言问道："这么说，回头我就能把那车开走？"

大多数男人所爱的东西除了女人之外，无非就是枪械和汽车了，叶天对于枪这玩意儿无爱，现在听到马上就能拥有那辆路虎，心中也是有些兴奋。

胡军点了点头，说道："当然可以了，叶天老弟，今天这事是发生在我店里的，这辆车子就算是胡哥赔给你的吧！"

随手送出价值近一百万的豪车，胡军眼睛都没眨一下，这是因为之前叶天给他的那个建议，已经让胡军尝到了不小的甜头。

"别价，胡哥，你要是这样说的话，这车我就不要了。"叶天闻言摇了摇头，他现在又不缺钱，因为钱而欠下人情的事情，叶天是绝对不会干的。

"好吧，那辆车进口加上关税，总共是八十五万，我就收你这么多！"胡军也没勉强，能和香港唐家走得如此近的人，岂会缺那百八十万的？

见到叶天点头同意了，胡军叫人拿来售车合同，双方签订了合同后，叶天拿出一张一百万的银行卡进行了转账。

办好手续后，叶天突然想起一件事，说道："对了，胡哥，该给那位朵朵小姐的提成，你们可要给的啊。"

朵家在清朝的时候，也是奇门中的一个流派，朵世麟这一脉的占卜之术，就连老道都是赞不绝口的。

看到朵朵在这里工作，叶天就能猜想得，朵家的传承肯定也是断掉了，所以才随口说了这么一句，也是想帮帮昔日的朵家后人。

"成，不会少她的，等月底我给她发笔奖金。"问清楚怎么回事后，胡军点头同意了下来。

"叶先生，这是那辆车的钥匙，油箱里的油已经加满了，车牌我们在三个工作日之后办好给您送去！"

签完合同就出去了的吴经理，过了大概十多分钟后，又回到了办公室里，手里拿着路虎车的钥匙。

"谢谢吴经理了，车牌的事就麻烦你了啊。"叶天站起身接过钥匙，看向胡军说道：

"胡哥，那我就先回去了。"

胡军站起身体，挽留道："叶老弟，要不晚上一起吃个饭？"

叶天摇了摇头，说道："不了，雪雪身体不太好，不能在外面待很久，改天我请你，咱们出来坐坐。"

听到叶天拿唐雪雪的身体说事，胡军也没再挽留，陪着叶天来到 4S 店的门口，那辆威风凛凛的路虎已经停在了门前。

"叶天哥哥，我爷爷来了！"刚回转自己的四合院，和于清雅先回来的唐雪雪就蹦蹦跳跳地迎了上来，在她身后跟着一脸笑意的唐文远。

"哎，我说老唐，再住可要另外交钱了啊！"进屋里坐下后，叶天脸上笑得很开心，今天才花了将近一百万，见到这大财主，当然要找补回来了。

唐文远笑眯眯地说道："没问题，我打算把旁边的宅子买下来，以后就和你做邻居了！"

香港唐氏财团的生意早就上了轨道，为了避免自己死了之后儿孙争家产，唐文远早早地就指定了接班人和家族众人的股份，而他也彻底从生意中脱离了出来。

听到唐文远的话，叶天盯着他仔细看了一会儿，摇了摇头说道："老唐，你命格中富贵的地方是在南边，你要是在这里长住，恐怕活不过三载！"

"什么？你……你说的当真？"唐文远被叶天的话吓了一跳，饶是他身家亿万，这一辈子见了无数的大风大浪，在此刻也摆脱不了对生老病死的恐惧。

叶天点了点头，说道："俗话说故土难离，你年龄大了，以后尽量少离开香港吧！"

"那……那我还能有多少年可活？"唐文远有些紧张地看着叶天。听到爷爷的话后，唐雪雪的小脸上也露出惶恐的神色。

"你早年行事不慎，虽然中年弥补，但还是有缺憾，在八十三岁的时候会有一次劫难，如果过去了，那就是百岁之寿！"

叶天早就推演过唐文远的命理，此时说起是信手拈来，毫无滞碍，听得唐文远面色接连变了好几次。

其实如果不是碰上叶天，唐文远明年就会遇到一个坎，迈不过去的话也就是他大限到来之日，不过机缘巧合，叶天这四合院中的灵气，将他那个劫难化于无形了。

"到时候希望你能出手相救！"唐文远站起身，对着叶天深深地鞠了一躬，他现在距离八十三不过就几年的时间了。

唐雪雪也拉住叶天的衣袖，说道："叶天哥哥，你要救救我爷爷啊！"

"这不还早吗？老唐，活了这么大岁数了，你还看不破生死啊？"叶天闻言笑了起来。

"这不是赖活着总比好死强吗？"

唐文远被叶天说得苦笑不已，越是有钱的人越是惜命，就唐文远所知，香港有许多富豪都笃信印度法王，不外乎就是想求得多活几年。

"到时候再说吧，你这几年多行善事，总归是没错的。"叶天摆了摆手，看向唐雪雪说道，"你在这儿住了一个多月，正好你爷爷也来了，从明天起我帮你打通阳脉拔除阴毒，用不了多久，你就能和普通人一样生活了！"

"真的？叶天哥哥，我……我能和别人一样上学逛街了吗？"听到叶天的话，唐雪雪的注意力马上被转移开了。

"嗯。"叶天肯定地点了点头，"一个星期的时间就差不多了，我今天准备一下，明天就帮你治病！"

"叶天，要准备什么东西，有没有需要我帮忙的？"

见到孙女的病快要被治愈了，唐文远脸上也是笑开了花，至于自己那事儿不是还有好几年的时间吗？到时候总能磨得叶天出手相助的。

"你就是马后炮，该准备的我早就准备了！"

听到唐文远的话，叶天心里都在滴血啊，为了给唐雪雪治病，他前段时间花费六百多万，购买了十几块上好的暖玉，那会儿怎么没听唐文远说要帮忙啊！

不过这话叶天没好意思说出口，毕竟收了人家四千万，他已经承诺将唐雪雪的九阴绝脉给治愈了，权当这六百万是成本费用了吧。

当天晚上周啸天从潘家园回来后，叶天就告知他下个星期不用再去了。

叶天帮唐雪雪打通阳脉，虽然过程并不像武侠小说里讲的那么凶险，但也不能轻易被人打扰，有周啸天守护在院子里，叶天才能放心地给她治疗九阴绝脉。

第二天一早，叶天就带唐雪雪来到他的房中，让唐雪雪除去鞋袜后，叶天交代道："雪雪，一会儿你可能会感觉到有些酸痒，千万不要叫出声来，一定要忍住，不然咱们可就白费工夫了啊！"

阳脉虽然仅为奇经八脉之一，但它由脚底申脉、仆参、跗阳等穴起，一直到睛明、风池，

第十四章　脱胎换骨

左右合计有二十四个穴位。

想要彻底治疗唐雪雪的九阴绝脉，就必须把这二十四个穴位一一打通，使之阴阳协调寒热互补才行。

唐雪雪的小脸上满是害怕的神情，咬着嘴唇说道："叶天哥哥，你放心吧，雪雪不怕疼的！"

嘴上说着不怕，但唐雪雪脸上的表情已经完全将她出卖了，看着叶天手边那三根明晃晃的针，差点儿没把嘴唇咬出血来。

"得，我看你还是睡一觉吧。"

叶天摇头苦笑了一声，伸手在唐雪雪脑后玉枕穴上轻轻按了一记，唐雪雪顿时身体一歪，躺倒在了床上。

由于唐雪雪体内阴寒之气积累的时间太长，这一个月的工夫，也不过是把寒气压制住了，想要打通她身上近乎萎缩了的阳脉，可是一件细致活儿。而叶天并不认为唐雪雪能忍受治疗过程中那种奇痒难耐的感觉，所以这才出手让她沉沉睡去。

点起桌子上的酒精灯，叶天将三根长短不一的金针消了毒，然后左手抬起唐雪雪的右脚脚踝。只见叶天右手快如闪电般地一晃，三根金针已经分别插在了唐雪雪脚上的三处地方，每一针都分毫不差地插入穴道之中，针头犹在不住地颤动着。

下针只不过是第一步，接下来的诊治才是最重要的。

伸出两根手指，叶天捻住最下面的一根金针的同时，周身真气流转，顺着这小小的金针缓缓地度入唐雪雪的皮肤之中。

人身经脉的承受力度是有限的，身体强健的人经脉坚韧宽敞，身体差的则是经脉堵塞狭窄。像武侠小说里什么一鼓作气打通任督二脉的说法，纯粹就是扯淡，即使对方有那么深厚的功力，承受的人也需要有相应坚韧的经脉才行。所以打通经脉是不能用蛮力的，只能根据具体情况，水磨石般地徐徐图之，尤其是唐雪雪身体虚弱，阳脉多年堵塞，更是受不得浑雄真气贸然进入。

叶天所用的金针通脉手法，在打通穴道的同时，还有温阳通气、振奋心脉的作用，这也是他想了许久才拿出的一个治疗方案。不过这就需要叶天对体内真气的掌控，达到细致入微的水平，否则输入的真气量过大，就会伤害到唐雪雪的经脉，而输入的量小了，则无法疏通堵塞的经脉，于事无补。

十分钟过去了，右手缓缓地捻搓着金针，叶天额头也慢慢出现了细小的汗珠。

二十分钟过去了，叶天的后背已经被汗水浸透了，豆粒大的汗珠不断从额头滑落。

到了三十分钟的时候，床上的唐雪雪突然发出一声无意识的呻吟，即使是在睡梦里，她也能感受到从脚上传出的那种奇痒无比的感觉。

唐文远和周啸天已经足足在门口站了半个多小时，叶天给唐雪雪疏通经脉的时候需要绝对的安静，是以这爷俩儿都被挡在了门外。

　　听到屋里传出的声音，周啸天有些奇怪地说道："唐爷爷，雪雪的声音怎么那么奇怪啊？"

　　"可能是痒得受不了吧？"唐文远的脸色变了下，他听着那声音有点儿不对劲，不过出于对叶天的信任，他还是忍住了推门进去的冲动。

　　"妈的，这臭小子不会干出荒唐事吧？"虽然嘴上在挺着叶天，但唐文远心里还真是有些不落实，他是过来人，一般在听到这种声音的时候，总是会联想到一些少儿不宜的事情上去。

　　叶天在房中是挥汗如雨，唐文远站在门外是度日如年，逐渐地竟然能听到叶天的喘息声变得越来越粗，到最后犹如风箱一般，发出"呼呼"的声音。

　　"你们两个进来吧，啸天，给我打盆水！"

　　整整过了一个多小时，叶天有些虚弱的声音从房里传了出来，早已等得心焦的唐文远连忙推开门，看到躺在床上的孙女衣服平整，才松了口气。

　　"叶天，你……你怎么累成这样啊？"待得目光转到叶天身上时，唐文远不禁吓了一跳。

　　早上还是神清气爽的叶天，这会儿像是被从水里捞出来的一般，身上衣服和头发全都是湿漉漉的，脸上的神情更是疲惫至极。

　　叶天苦笑了一声，有气无力地说道："老唐，我亏大发了！这哪里是治病，简直就是要我的命啊！"

　　关于治疗九阴绝脉的方法，叶天都是从传承秘术中得到的，按照秘术中所言，只要他功力达到化境，治疗这种绝症并不困难。

　　只是开始了金针度穴后叶天才意识到，传承里所说的都是扯淡，他几乎耗尽了全身的功力，才堪堪打通了第一处经脉。如果不是这四合院被叶天改造成了聚灵阵，拥有着无尽的灵气，恐怕在进行到一半的时候，他就支撑不下去了。

　　其实叶天不知道，这患了九阴绝脉的人，极少有人能活过十二岁，也就是说，一般治疗九阴绝脉的时间，都是在八九岁时，患者的经脉闭塞得还不是那么厉害。但唐雪雪却活到了十八岁，她体内的阳脉，简直就像是一条干枯的溪沟，叶天不仅要将其疏通，还要使其顺畅流转，这难度何止增大了十倍！

　　叶天凄惨的模样就在那儿摆着，唐文远心里也有些不好意思，期期艾艾地说道："叶天，这……这次真是辛苦你了……"

　　"别废话了，一个星期治不好雪雪的病，最少要半个月。"

　　叶天有气无力地摆手打断了唐文远的话，接着说道："老唐，上次那种百年人参，你再整点儿来，我需要大补啊！"

其实叶天这是正常的消耗真气，就像是练武脱力一般，并没有损伤元气，不过能借机宰唐文远一刀，他自然是不会放过的。

"叶……叶天，我倒是想买，可是那种人参平时都见不到啊！"唐文远闻言苦笑了起来，他不在乎钱，可这世上用钱买不到的东西多了。就像是叶天所说的百年野山参，即使放在古代，都是大户人家用来吊命的，哪里是随便就能见到的？上次花了八百多万买到一支，都算是运气不错了。

"得，几十年份的也凑合用，你看着买个三五斤来吧。"

叶天也知道自己强人所难了，用手指了指桌子说道："那上面有个药方，是我改动过的通脉四逆汤，你按着方子把药抓来吧。"

通脉四逆汤原本是用来治疗手足厥逆，脉微欲绝的少阴病症的，被叶天改动之后，却可以达到祛除唐雪雪体内阴寒，巩固阳脉通络之后的效果。

"好，我这就让人去抓药。叶天，你放心，人参我会高价去收的，能收多少就收多少回来！"

听到叶天的话，唐文远也没废话，拿着药方就转身出去了，周啸天刚好打了盆水进屋，也被叶天的脸色吓了一跳。

洗了把脸后，叶天坐在后院借着院中元气打起坐来，一个上午，体内消耗的真气已经尽数恢复了。

让叶天有些惊愕的是，他除了精神上感觉有些疲惫之外，体内真气的质量似乎比之前更加精纯了一些。

在进入化境之后，叶天就感觉任凭院中的元气多么浑厚，不管自己怎么修炼，功力都停滞不前，而此次疗伤过后，他居然感觉到了真气的一丝精进。

怕是自己的错觉，叶天在功力恢复之后，马上就着手给唐雪雪打通第二个穴位，一个多小时后，如同上次一般筋疲力尽的叶天，又坐在院中恢复了起来。

"嘿，果然有效果！"当夜幕降临后，叶天的功力也尽数恢复了过来。

达到炼气化神境界后，叶天不仅六识更加灵敏，有了一些预知、预觉、预判的本领，同时对自己的身体可以说是探查得细致入微，任何一点儿微小的变化都能感觉出来。

"难道自己还能进入炼神返虚的境界？"感受着体内那细微的变化，叶天脑子里不禁充满了臆想，炼精化气和炼气化神都是道家练气功夫中的两个瓶颈，自古以来有不少人达到过。但是炼神返虚就不一样了，这种说法只在道家典籍里出现过，凡是达到这种境界的人，无一不是白日飞升的开山鼻祖级人物，像葛洪、张三丰等人均是如此。

"得了吧，还是早点儿把那小丫头的病治好吧！"

叶天摇了摇头，起身给唐雪雪煎药去了，这真气通脉和药物治疗，可是一样都不能缺少的。

半个月的时间很快就过去了，原先病恹恹的唐雪雪，此刻简直就像是换了一个人，原本不到一米六的身高，现在足足长到了一米六五，干瘦的身材也变得丰韵了。

这天在给唐雪雪治疗之前，叶天喊来了周啸天，吩咐道："啸天，把四合院的电闸拉掉，你在大门处守着，谁都不能放进来！"

今天叶天要给唐雪雪打通最后一个穴道——风池穴，只要这个穴位一通，唐雪雪浑身阳脉就畅通无阻了。

不过风池穴周围神经众多，稍有不慎就会损伤到大脑，是以叶天不敢有丝毫的大意。

"叶天哥哥，今天我能不睡觉吗？"坐在给她特制的那张床上，唐雪雪一脸恳求地看着叶天，虽然身体已经好了大半，也开始像正常的女孩那样发育了，不过唐雪雪性格还是如以前那般娇憨。

"不行，雪雪乖，睡一觉就好了！"叶天摇了摇头，开什么玩笑啊，今天可是要打通风池穴贯通整条阳脉，雪雪的九阴绝脉是否能治愈，全在此一举，容不得一丝的分心。

没等小丫头继续抗争，叶天右手就从她脑后拂过，这一手断脉的功夫叶天已经使得炉火纯青了。

把唐雪雪的身体调整成侧躺之后，叶天从桌上拿起早已准备好的九块玉石，这些玉石均呈圆形，上面的纹饰也和普通玉石不同，尽是雕琢着一些八卦图案。这些就是叶天花了六百万买来的暖玉，经过他的加工蕴养后用来布阵的。

其实无论是珠宝界还是古玩界，都没有暖玉这一说法，这些都只是商家用来忽悠人的，不过在奇门中，却是有着暖玉的说法。

所谓暖玉，其实就是软玉中的一种，因软玉色泽、质感温润如脂，所以给人的感觉就有一股温暖之感。叶天将九块玉石分别按照九宫方位摆在唐雪雪的身边，他布的是一种叫作九宫锁阴阵的阵法。

这种阵法可以在一定的时间内，将唐雪雪的九阴绝脉压制住，以免在叶天帮她打通阳脉之后，体内经脉阴煞数量众多，造成阴阳失调的局面。

摆好阵法后，叶天站在床头，掐出一个指诀，沟通房中元气，向作为阵眼的一块玉石指去，同时口中喝道："九宫锁阴阵，开！"

随着叶天的断喝声，那九块雕满了阵法的玉石被外界灵气激引后，突然发出一片莹莹的黄色光泽，将唐雪雪的整个身体都笼罩了起来。

不过这些玉石终究不是法器，对灵气的容纳数量与时间还是有限制的，见阵法运转了起来，叶天不敢怠慢，拿出一根消过毒的金针，插入唐雪雪耳后风池穴中。

经过这半个多月的金针度穴，不仅将唐雪雪的身体治好了大半，就连叶天自己也受益匪浅，现在叶天对体内真气的掌控，可以称得上是得心应手了。而且通过不断将体内真气消耗一空这种方式，真气的质量也变得愈发精纯了，叶天在制作符箓包括雕刻这些玉石的时候，都能很明显地体会出来。

用右手拇指和食指轻轻捻搓着细细的金针，叶天将一缕比发丝还要细的真气，度入唐雪雪的体内，有如水滴穿石一般梳理着经脉。

进入化境之后，叶天体内真气的数量何其庞大，就这样每次一丝一缕真气地渗透，都能将他的真气耗光，可见这通脉的难度有多高。

一个多小时过去了，叶天的额头已满是汗水，不过通常在这个时候，金针度穴的治疗也就快要结束了。

"嗯？这处经脉怎么丝毫不见疏通的迹象啊？"

正在输入真气的叶天，眉头忽然皱了起来，因为他发现，就在风池穴的那个临界点上，任凭他如何用真气冲击都不见松动。

"莫非是真气用量少了？"叶天迟疑了一下，将真气凝聚如针，加大了一丝用量。

"嗯啊！"

原本正处在熟睡中的唐雪雪，突然口中发出一声呻吟，眉头也随之皱了起来，脸上露出一丝痛苦的神情。

"不对！"

叶天见状连忙将真气的用量减少，脑部神经发达，万一出了什么差池，就是把唐雪雪治成个白痴也说不准。

叶天也犯了倔劲，心中想道："这二十三个穴道都打通了，我还不信了，就剩下最后一个打不通？"

以前叶天治疗一个小时就能把体内真气耗尽，不过现在对真气的掌握更加熟练和入微，就算是持续两个小时，仍然还有些余力。

两个多小时过去了，叶天身上的汗水已如泥浆般将全身的衣服都浸透了。虽然右手两指依然沉稳如故，但是叶天的呼吸声就像是老牛拉车不堪重负一般，隔着大门都清晰可闻。

每天在这个时候都会搬张躺椅等在门外的唐文远，此刻也坐不住了，由于周啸天守在大门处，他只能一个人着急地来回走动。

"不好，这些暖玉的品质有限，阵法快要维持不下去了！"

叶天倒是还能再坚持一阵，不过他发觉这九宫锁阴阵法已经有些松动了，通过阵法引导的阳气，马上就要压制不住唐雪雪体内的阴脉了。

这次打不通唐雪雪的穴道倒是不要紧，不过想要再收购这些玉石雕琢阵法，恐怕最少需要一个多月的工夫。但唐雪雪患的可是九阴绝脉啊，在阳脉没有尽通的时候，九阴绝脉所产生的阴煞之气，会将叶天之前打通的经脉尽数封堵起来，那这大半个月的工夫可就前功尽弃了。

"谋事在人，成事在天，不可强也！"叶天脑中忽然想起诸葛亮曾经说过的一句话。

"也罢，尽人事听天命了！"叶天两指捻搓的速度明显加快了一些，加大了真气的用量，束气成针，通过金针度入风池穴中。

"给我开啊！"在叶天心底焦急的呼喊声中，闭塞的风池穴突然被冲击开了，而唐雪雪身上的这条阳脉，也算是彻底被打通了。

就在风池穴被冲开的同时，在唐雪雪的体内，一股浩然阳气起始于足跟中，出于外踝下足太阳申脉穴，以跗阳为郄，直上循股外廉，从睛明上行入发际，入风池而终。

阳脉的循行流转，让唐雪雪体内的九阴绝脉感受到一丝危机，原本被阵法压制的阴煞之气，竟然猛地爆发出来。

叶天此时已经拔出了金针，但对于唐雪雪体内气机仍然洞察如微。

眼看那些阴煞之气就要吞噬掉刚刚运行一周的阳气，叶天口中发出一声断喝："合！"

与此同时，叶天鼓起体内最后一股元气注入九宫锁阴阵的阵眼之中，瞬间阵法内黄光大盛，硬生生将那紊乱的煞气又压制了下去。

遗留在经脉之中的些许阴煞之气，再也阻挡不住阳脉气息的运转，并且被逐步地同化蚕食，三个周天过后，唐雪雪体内的阴阳二气，已经归于平衡。

俗话说孤阳不生，独阴不长，阴和阳之间，并不是孤立和静止不变的，而是存在着相对、依存、消长、转化的关系。

此时唐雪雪体内的九阴绝脉，经过阳气的同化和滋润之后，在慢慢发生着微不可察的转变，那股阴寒的煞气不断地被削弱着。

"成了！！！"在感觉到唐雪雪体内阳脉再也不会被阴脉压制之后，叶天知道，这个丫头的九阴绝脉算是被彻底治愈了。

不过叶天对在传承中留下治疗九阴绝脉方法的那位前辈，也大大鄙视了一番，因为治疗九阴绝脉的难度远远超过了那位前辈的描述。

伸手摸向身边的一块玉石，叶天发现，那块玉石形状依旧，却完全粉碎成了玉末。六百万就这样打了水漂。

"老唐，行了，雪雪的九阴绝脉已经不存在了，她的身体完全好了！"坐在房中静静调息了一会儿之后，叶天站起身来，因为他能听到唐文远来回走动的脚步声，如果自己再不出去的话，那老头说不定真的忍不住要推门而入了。

"真的？叶天，辛苦你了……"

唐文远一把推开挡在门前的叶天就冲进了屋里，这个小孙女的病情可是让他伤透了脑筋，如今听闻已经完全治愈了，唐文远心中的欣喜简直无法用语言来描述。

"老唐，你这不是过河拆桥吗？"浑身真气都已经贼去楼空的叶天，被唐文远推得打了个趔趄，差点儿没摔倒在地。

　　"咳咳，叶天，我是激动，太激动了，对不住，实在是对不住啊……"

　　听到叶天的话，老爷子脸上一红，自个儿刚才的确是有些不地道，连忙说道："那什么，我从长白山又买了一批人参，估摸着今天就能送来了，到时候给你好好补补身体。"

　　"这还差不多……"叶天不满地瞪了唐文远一眼，说道，"你去把啸天喊进来吧，雪雪还要半个小时才能醒。"

　　"嘿嘿，师父，今天又累得不轻啊？"周啸天对叶天每次治病过后的样子已经有免疫力了，进到后院说道，"师父，门外有个人找你，是个叫杜飞的老头，他说有急事，已经等两个多小时了。"

周啸天跟随叶天的时间比较短，并没有见过杜飞，所以就把这位洪门大佬挡在门外了。

"杜飞，他来干吗？"叶天闻言愣了一下，继而摆了摆手，说道，"我先去洗个澡，让他去老宅子等我吧！"回到房中浴室冲洗一番之后，叶天换了一身新衣服，虽然体内真气仍然没有恢复过来，但精神却好了许多。

等在前院厢房的杜飞见到叶天进来，连忙站起身来，恭恭敬敬地喊道："小爷！"

上次服下叶天的药丸后，杜飞吐了整整半盘的淤血，又调理了大半个月，才将内伤治愈，所以对于叶天的手段，杜飞现在真的是心服口服了。

叶天摆了摆手，说道："老杜，坐吧！"

杜飞也是六十多岁的人了，叶天不知道喊他什么好，干脆和唐文远一样，在姓氏面前加上个"老"字。

倒不是叶天不懂尊老爱幼，实在是他辈分太高，江湖上可不管你年龄大小，除了认拳头之外，就是讲究个辈分，叶天称呼别的杜飞也受不起啊。

坐下后，叶天说道："伤都好了吧？上次也是我出手重了点儿，这段时间老唐给我拿了不少好药材，回头我做点儿药丸给你送去。"叶天跟着老道行走江湖，学的就是为人处世，他固然能做到翻脸无情，但笼络人心也很有一套的。

他让杜飞留意海外宋家的举动，眼下杜飞找上自己，想必是发现了什么事情。

杜飞在心中斟酌了一番，说道："小爷，我有个徒弟是跟着宋晓龙的，昨天他给我说了件事，我想……可能这事是对着您来的……"

"什么事？"叶天眉头一挑。

"我那徒弟前段时间和宋晓龙去了趟泰国，找了那里最有名的降头师，不过他们具体商谈了什么，我那弟子没有听到，只是隐约听见有人提起您的名字。"

叶天闻言心中一凛，问道："降头师？那人叫什么名字？"

叶天曾经听师父说过，泰国的降头术，其实也是脱胎于中国的巫术。不过经过千百年的演变，降头术已经自成一系，其中一些修为高深的大降头师，有着不弱的修为。李善元曾经警告过叶天，日后去这些地方，尽量不要和那些降头师发生冲突，因为除了一些修行高深的降头师外，很多降头师修行的方法很邪门，心性也并不是很好。

"那个降头师叫作邕蝥鼍（昌泰陀），在印尼、菲律宾、印度、缅甸以及越南这些东南亚国家都有很大的名气，他的师父是一位著名的暹罗大法师！"

得到徒弟的消息后，杜飞也刻意去查找了一下关于那个降头师的资料，是以叶天问起来才答得上来。

叶天并没有听过这个叫邕蝥鼍的人，想了一下后，问道："你知道他师父叫什么？"

杜飞点了点头，说道："知道，他师父是乃他信·沙旺素西大师，听说还活着，已经九十多岁！"

"乃他信·沙旺素西，竟然是他？"听到这个名字，叶天脸上第一次露出惊讶的神情，这人在泰国是一个极富传奇的人物。

见叶天变了脸色，杜飞说道："小爷，您认识这个人？听说他在泰国挺有名气的。"

"我知道他，师父曾经提起过。"叶天点了点头，随即说道，'老杜，这事儿谢谢你了，让你那徒弟注意点儿安全，降头师里面也是有些门道的。"

相比国内术法引天地元气堂正对敌而言，降头术修炼的方法就有些邪恶了，有一些练偏了的降头师专门游走于墓地，用死人器官以及尸油修炼降头术。而且降头师为人多疑狡诈，经常会给身边的人下降头术，用以监视他们的行动，所以叶天才会提醒杜飞，让他的徒弟别着了道。

见叶天面色严肃，杜飞说道："我知道了，回头我就想办法通知他！"

"行了，那你先回去吧，那边的事我来处理，你不要牵扯进来。"叶天点了点头，如果邕蝥鼍真的接受了宋晓龙的邀请，那就是奇门中的较量了，杜飞在里面起不到丝毫作用。

"这事儿倒是不好办了！"送走杜飞后，叶天径直回到自己的四合院，一路上紧皱着眉头，却也想不出什么好办法。如果是叶天一个人，他根本就不怕什么邕蝥鼍，别说是邕蝥鼍，就是他师父乃他信·沙旺素西大师来，叶天也不会发怵。

但降头术和中原术法不同，少了一丝堂正多了一些诡异和阴毒，手段更是五花八门，难循其迹，让人很是防不胜防，叶天自己不怕，却害怕连累了家人。

这也是以前江湖术士多只身一人的缘故，没有家室的拖累，行起事来就可以随心所欲肆无忌惮，一般的江湖人士根本就不敢招惹。

正兴高采烈地和孙女说着话的唐文远，见到叶天皱着眉头走进院子，不禁奇怪地问道：“叶天，怎么了？出什么事了吗？”

叶天脸上勉强露出一丝笑容，说道：“没事，老唐，回头我大姑过来做饭，晚上都在这边吃，明天你和雪雪就走吧。”

降头术多以五毒为载体，也就是蛇、蜈蚣、蝎子、蜘蛛及蟾蜍等物，这五种具有天然毒素的动物，最常被降头师用来下降。手法高明的降头师，能饲养成千上万的毒虫，手段令人防不胜防，叶天只能保得自己的周全，却无法顾及他人。

唐文远是何等人物，从叶天的话中一下就听出了别的意思，当下说道：“叶天，要是有什么不顺心的事，就跟我去香港住段时间吧，我最近在半山买了处房子，你要是有空也能帮我布置下风水。”

“去香港？”叶天闻言愣了一下，“对啊，自己留在北京怕亲人受到连累，但是跳出北京这个圈子，那就生死有命各凭手段了。降头术虽然厉害，自己也未必就怕了他们！”叶天想了一下，说道：“老唐，实话告诉你，我是有些麻烦，跟你去香港可能会牵连你。”

唐文远笑了起来，有些傲然地说道：“你这说的什么话？我都快八十的人了，还怕什么牵连不牵连的。再说了，到了香港有人想动我这把老骨头，也不是件容易的事。”

听到唐文远的话后，叶天沉吟了一会儿，点头说道：“也好，你新买的那宅子还没住吧？到时候就让给我住段时间吧，权当是帮你镇宅了。”

“成，那我让人准备一下，明天咱们一起回去！”唐文远连连点头，能请动叶天给他看风水，那绝对是意外之喜啊。

“对了，我那把偃月刀不知道你有没有办法给带出去？另外还有毛头，我也想带它过去，不知道行不行？”

不管是国内的术法还是东南亚地区的降头术，都和现代武器是绝缘的，而偃月刀乃刀中凶器，用来对阵杀敌绝对无人能挡，而且也能破解一些邪术。至于毛头则是那些毒虫的克星，叶天发现，自从毛头住进四合院之后，不管是这个新院子还是老宅子，蜈蚣蝎子之类的爬虫就灭绝不见了。

“毛头也要去香港？好啊，好啊！”一直在旁边听着爷爷和叶天对话的唐雪雪，听到叶天要带着毛头去香港，不禁高兴得跳了起来，在这一个多月的时间里，陪伴她最多时光的，无疑就是毛头这个小家伙了。

唐文远慈爱地摸了摸孙女的脑袋，说道：“这个问题不大，我的私人飞机就停在北京，明天上午我去找人开个证明，应该都能带出去。”

"师父，我也想跟您去香港！"周啸天不知道什么时候也来到了中院，一脸恳求地看着叶天，年轻人总是想出去见见世面，更何况是国际大都市香港！

"这次不行，下次有机会我一定带你去。"叶天摇了摇头，他此行可不是去香港旅游的，奇门中人斗法的过程凶险无比，叶天有把握自保，却不敢夸言能护得了身边人的安全，否则他也没必要离开北京了。

"好吧，师父，下次可要带我去啊！"周啸天可怜巴巴地看着叶天。

唐雪雪这段时间和周啸天相处得也很不错，当下说道："啸天哥哥，下次我邀请你去。"

"行了，啸天你去给我爸打个电话，让他们晚上都来吃饭，我累了，去休息下！"

叶天摆了摆手往后院走去，今天给唐雪雪通脉几乎耗尽了他全身的功力，是需要好好调息一下。

尤其是听到宋晓龙去泰国邀请邕蠆鼍的消息，叶天心头也出现了一丝警兆，他需要保持最充沛的体力，以应付随时可能发生的突发事件。

等到叶天打坐完毕的时候，天色已经完全黑了下来，后院静谧如初，中院这会儿却热闹无比。听着中院传来的喧噪声，叶天心头升起一股暖意。

自幼就和父亲相依为命，叶天骨子里本来是有些冷僻的，但是自从在北京定居下来后，叶天也慢慢习惯了这种被亲人呵护的感觉。

"降头术，哼，宋晓龙！"叶天眼中闪过一丝厉芒，他巴不得宋晓龙此次能和邕蠆鼍一起前往香港，正好解决了这个家伙。

要知道，术法的施展也是受到空间和时间限制的，所谓的千里之外取人性命，只不过是传说而已。

以叶天现在的功力，勉强能在方圆百里范围内施展术法，超出这个范围就力有不逮了，否则他完全可以取得宋晓龙的毛发置他于死地。

降头师也是如此，想要对付叶天，就必须和他处在同一个域市里，如果邕蠆鼍能在泰国就影响到叶天，那他就不是人而是神了。

"臭小子，你架子不小啊，一家人都在等你吃饭呢。"见到儿子从后院出来，叶东平笑骂了起来，不过他知道叶天今天给唐雪雪打通阳脉也是累坏了，倒是没多说什么。

吃饭的时候叶天提及了要去香港的事情，一家人也都以为他是受到唐文远的邀请，并没怎么在意，只是老太太念念叨叨地嘱咐叶天要注意安全。

第二天一早，叶天就给杜飞打了电话，告知他自己要前往香港的消息，让他把这风声放出去，至于杜飞如何做，叶天就没管了，洪门弟子遍及世界，自然有自己的办法。

唐文远亲自出面为叶天以及他的宝刀、宠物办理了进入香港的手续。中午的时候，唐文远停在首都机场的私人飞机就离开了北京，载着叶天等人往香港飞去。

"老唐，你们这些有钱人真是奢侈啊，这一架飞机怎么也要几千万吧？"看着脚下的名贵地毯，坐在意大利产的真皮沙发上，叶天叹了口气，原本以为自己有个千万身家已经很了不起了，但是和唐文远比起来，自己真是连乞丐都不如。

"呵呵，没多少钱的。"唐文远笑了笑，他的这架私人飞机可是花了两亿多港币从美国一家飞机制造公司买来的，不过以他的年龄身份，自然不会向叶天显摆。

唐文远向叶天眨了眨眼，突然说道："叶天，以你的本事，想买下这种飞机也不是难事啊，要不……我把它送给你？"想着叶天前段时间所说的自己八十三岁会遇到一次劫难，唐文远这心里就有些不落实，他巴不得叶天出口向自己索要财物呢。

"嘿，你这飞机送给我，我也养不起，还是算了吧。"叶天知道唐文远打的什么主意，一口就拒绝了。

"叶天，等到了香港后，我还有点儿事情想麻烦你……"

"什么事？老唐，你说说什么事要我帮忙吧。"

听到叶天的话，唐文远说道："是这样的，我有个老朋友，在 1990 年被人绑架了，现在已经过去八年了都没有音讯，我想请你给看看，他还在人世吗？"

"什么人啊？"叶天闻言愣了一下，继而笑道，"老唐，你刚才不还在吹自己在香港怎么怎么样吗？为什么连这点儿事都办不好？"

"关键这绑匪他不是香港的，要不然我还能没办法？"唐文远苦笑了一声，指着茶几上的一本杂志，说道，"你看看吧，就是她的丈夫，唉，几十年的老朋友了，你要是有办法，就帮帮忙吧！"

"Forbes，福布斯杂志？"

叶天拿起一看，居然是本英文杂志，他虽然大学没读完，但英语还是说得过去的，阅读起来并不感到吃力。不过 1998 年时，福布斯在国内并没有什么名气，叶天还是第一次见到这个名字，里面所列的一些数据，倒是引起了他的注意。

"好家伙，一个女人竟然排在亚洲富豪榜的前十位，老唐，人家排名比你还高啊。"看完唐文远指着的那个女人照片的简介，叶天不禁咋舌不已。

"这有钱也未必就是好事啊，我那老友 80 年代就被绑架了一次，支付了一千多万美元的赎金，人倒是没事，不过 1990 年被绑架后，就再也没有他的消息了。"

唐文远摇了摇头，接着说道："这留下几百亿的家产，现在却成了祸根，官司打了不少年，闹得是不可开交。"

"八几年就勒索一千多万美元？老唐，在香港绑架富豪，是不是条发财的捷径啊？"叶天闻言愣了一下，那时的一千多万美元，放到现在，恐怕最少价值一个亿吧？这绑架勒索比抢银行来钱还快呀！

"发财是快，不过死得也快。"唐文远闻言冷笑了一声。

在他老友被绑架之后，香港的确又出现了一个专门绑架富豪的团伙，并且成功作案多次，勒索的赎金高达数十亿港币，涉及多名香港富豪。不过就在今年，那个团伙却在内地给抓了起来，而且唐文远已经得到确凿的消息，团伙首犯等五个人，在不久之后就会被执行枪决。

"嘿嘿，人祸有时候更甚于天灾啊。"

叶天笑了笑，说了一句没头没尾的话后，看向唐文远，说道："到时候你安排我见下这位曾女士吧，不过只限我到了香港的三天之内，过了这三天，我不见任何外客的！"

叶天估摸着最多三天时间，宋晓龙恐怕就能反应过来了，如果斗法的时候有外人在场，他难免会分心，所以才提出这么个要求。

"好，等你住下来，我明天就安排，正好也给你介绍几位我的老朋友认识。"说到这里，唐文远苦笑了一声，"你明天可不能喊我老唐啊，那传出去我的老脸可要丢尽了。"

在三个多小时的飞行后，唐文远的这架私人飞机降落在香港机场，飞机刚刚停稳，一辆加长豪华奔驰就停在了飞机的旁边。

"果然是南方，天气还真热啊！"

拎着偃月刀刚刚走下飞机，叶天就感觉一股热浪袭来，相比北京城现在的春意盎然，这个东方明珠却已经进入了盛夏时节。

"叽叽……叽叽！"

原本被唐雪雪抱在怀里的毛头，更是不耐这炎热的天气，闪电般地从唐雪雪怀中蹿出，用四只小爪子死死地抓住偃月刀，再也不肯放手。

唐雪雪不满地看了眼毛头，低声嘟囔道："坏毛头，不让我抱，回头不给你鱼吃了！"

叶天闻言笑了起来，说道："雪雪，这鱼可不能少，不然毛头要发脾气的。"

听到叶天的话，唐雪雪连忙说道："不会的，叶天哥哥，爷爷买的新宅子有两个游泳池呢，能放好多好多鱼进去！"

"合着我买的别墅，就是给你们养鱼的？"孙女的话让唐老爷子哭笑不得，招呼叶天上了车之后，直接往半山别墅的方向驶去。

车子驶到半山上后，叶天朝四周打量了一下，忍不住赞道："好地方啊，这里水绕青龙，开阳面海，是一处风水聚财宝地啊！"

俗话说吉地不可无水，未看山时先看水，有山无水休寻地。这里山水占尽，气势非凡，真龙行度，又有夹水相送，住在这里想不发财都难。

上山的一路，竟然可以看到一些岗亭，保安措施极其严密，不过在见到这辆车子和车子前面的通行证后，一路都畅通无阻。

"好地方啊，我说，下面那几栋别墅都是卖的吧？等我有钱也来买一套！"

车子驶过中山的时候，叶天看到一排五栋别墅，他能感觉到，里面似乎并没有人居住。

唐文远闻言笑了起来，说道："那几栋只租不卖的，不过你要是想买，我给你选个地段更好的。"

"得了吧，我也就是说说而已，这样的地方我可住不起。"叶天摇了摇头，这里风水虽佳，但也不是一般人住得进来的，有些人命格不合住进来的话，反而会给自己招灾引祸。

在距离山顶不是很远的地方，车子拐入一个岔道里，往前又开了四五十米远，接连经过三道电子门后，停在了一栋别墅前面。

这栋别墅位于一处山腰间，而这处山腰只建了这么一栋建筑物，在别墅周围都是枝叶繁茂的热带乔木，如果从空中俯瞰的话，只能看到别墅的一角。

"阿丁，开门吧！"

开车的司机正是叶天认识的阿丁，由于唐文远在北京住了一个多月，阿丁又不能进入四合院，所以唐文远就把他打发回了香港。

阿丁拿出一个钥匙扣般的遥控器按了一下，别墅的铁门缓缓向里打开，入眼处是一个开阔而又十分精致的花园，铁门的左边则是一排车库。

"叶天，这房子我虽然没住，不过每天都有人来打扫，所有的生活用品里面都有，你看看缺什么东西就告诉阿丁，让他去办！"

为了让叶天更好地观察这栋别墅，唐文远没有再坐上汽车，而是陪着叶天缓缓往别墅里面走去。

走到一处用汉白玉雕琢的栏杆处，唐文远指着下方说道："叶天，北面那是维多利亚湾，南面是大海，到了晚上看那边灯火通明，景色还是很不错的……"

"何止是不错啊，面朝大海春暖花开，当年给这宅子看风水的是位高人啊！"

叶天嘴上赞了一声，接着说道："老唐，你这房子的风水很好，用我们术法中的话说，就是'倒钱入柜'的格局，基本上不用做什么改动了！"

虽然还没有看别墅内的摆设和布局，不过单从这别墅外部的风水，叶天就已经看出一些端倪来了，能布下这种阳宅风水的人，自然不会犯那些小错。

能看得出来，这处山腰原本无平展开阔之地，但经过后来的开凿，渐趋平缓，地基堆起向前，其形如同山唇，使龙气兜聚不散。

术经中有云："宅前无余地子孙稀"，所谓"余地"，即指屋前空地，即这座宅子的唇形地基。

屋唇之功能，可遮掩宅内人不见前崖斜坡，观感平稳开扬，所以建唇基为化煞生权之一法。此处人工所为应该为风水师一大功。而且这处宅子还处在"山环水抱"的方位，此山形平而斜，五行属土，土能生"万物"，故其气主财货，由于山坡带斜，故主偏财。

"山环水抱"之处直接受到山水灵秀之气的润泽，无论从磁场学、美学还是心理学的角度来看，确实都是理想的选择。所以古代的高士隐居林壑，发达国家的富庶居民移居郊外山水之间，都是深得风水学三昧的。

"呵呵，这宅子以前是左大师给看的风水，所以我才愿意接手下来的。"听到叶天夸奖这别墅的风水好，唐文远一张老脸乐开了花。

"左大师？在香港很有名吗？"叶天随口问道，看这宅子的风水格局，当初看风水的人倒是能称得上大师二字。

唐文远点了点头，说道："当然有名了，不过他这些年已经很少出门帮人看风水了，等过段时间我约下他，看能不能和你见个面。"

"好，有时间我一定要见下。"叶天答应了下来，以唐文远在香港的地位，都不敢给叶天打包票，可见这位左大师的地位之高。

"你这主楼也没问题，坐酉（西）向卯（东），财星到向．屋宅扁平对称，为土形屋，与靠山成土金相生局。"

叶天站在主楼前打量了一番，说道："走吧，去屋里看看，我这把偃月刀放在里面一段时间，可镇得你这宅子三十年之内不受外邪所侵！"

看完了外面的风水格局后，叶天拿着手中偃月刀耍了个刀花，看得跟在后面拿着行李的阿丁顿时直了眼。

刚才为了在"小爷"面前献献殷勤，阿丁上赶着想去拿那偃月刀，可是没承想差点儿砸了自己的脚，眼见叶天拿在手里举重若轻的样子，由不得他不心服口服。

听到叶天的话，唐文远试探着问道："叶天，你……这刀，也是件法器？"

"法器？十件法器也甭想换这一把刀。"叶天撇了撇嘴，转脸看到唐文远一脸火热，连忙说道，"老唐，你想都不要想，这刀放在我手上是宝贝，如果被你拿着，那就是催命符喽！"

叶天这倒不是在胡说，攻击型的法器，可不是普通人能拥有的，如果镇不住其中煞气的话，那等于是给自己招灾惹祸。

"我又没说要，你那么紧张干吗？"听到叶天的话，唐文远干笑了几声，和叶天走进了主楼别墅。

像唐文远这栋别墅，如果放到国外，那简直就称得上是城堡了，整栋别墅高四层，每层的单层面积，达到一千二百平方米。

四层楼的建筑加上外面花园、游泳池、车库、地下室、观景台等地方，就是比起国外的那些著名的城堡也是不遑多让的。

进门之后就是一个巨大的客厅，客厅的地面和顶上的灯饰均是豪华无比的，在门口更有一个巨型酒吧，看来前主人肯定经常在这里招待客人。

"一楼是会客用的，这些家具我还没来得及换。叶天，二楼是主人卧室，里面的被褥设施都是新的，你就住在二楼吧！"

唐文远昨天就打电话安排了，虽然时间很短，但整栋别墅还是给打扫得一尘不染，二楼卧室里所有的用品都被换成了新的。

　　"这里面的格局你就不用改动了，到时候把家具换掉就行了。"

　　叶天打量了一下客厅的布置，交代道："家具的色彩可以素雅一点儿，根据你自己的喜好买，不过沙发前的地毯一定要大红的，有招财的作用。"

　　唐文远把叶天的话记在了心里，说道："好，我记下了，叶天，要不要我陪你上二楼去看看？"

　　叶天摇了摇头，伸手把偃月刀架在酒吧台上，说道："不用了，你们先回去吧，我也累了，要好好休息一下。"

　　昨天给唐雪雪打通阳脉之后，只静坐了一个下午，虽然功力早已恢复过来，但精神上还是有些疲惫，他可不想以这个状态对上泰国降头师。

　　"那好吧，阿丁先送我们回去，再让他过来，有什么事情你就吩咐他，晚饭也由他来安排。"

　　听到叶天的话，唐文远点了点头，他在北京待了一个多月，虽然时时都能和家里联系，但出去那么久，难免会人心动荡，确实要回家看看了。

　　"我什么时候才能有这么大一栋宅子啊？"

　　送唐文远出去后，叶天关上了大门，如果这宅子是他的，叶天能把栢架山起始，渣甸山转向浅水湾的龙脉尽数摄来，使之成为一处独一无二的风水宝地。

　　"叽叽……叽叽！"毛头鄙视地看了叶天一眼，从他肩头蹿下去，"扑通"一声跳进昨天才换过水的游泳池里折腾了起来，它生性喜寒，到了这南方很不适应。

　　晚上唐文远并没有过来，不过打过电话和叶天约好了，明天他将带那位曾女士来拜访。

　　晚餐是阿丁给安排的，听老爷子说叶天饭量大，他干脆让人送了两整只烤乳猪，另外还有大酒店里烹调的各种海鲜，光是食盘就摆满了餐厅里那张可以让十多个人同时进食的餐桌。

　　到了晚间华灯初上，远处海风吹来，站在观景台前看着下方灯火通明的维多利亚湾，叶天不能不佩服这些快要入土的老头子对家居的看重。

　　《宅经》曰："宅者人之本，人以宅为佳，若安，则家代吉昌；若不安，即门族衰微。"

　　这些超级富豪们在发迹之后重新选择住所，也并非是做无用功。因为阳宅的好坏，的确可以直接影响到他们和其后人的运程。

　　第二天一早，叶天在花园中活动了下身体后，在观景台处站桩练气，当天边第一缕阳光升起的时候，一丝东来紫气被叶天纳入丹田之中。

　　"小爷，您看这早餐合口吗？要是不喜欢我再去买别的。"

第
十
五
章
　
远
走
香
港

141

叶天来到餐厅时，阿丁已经给他准备好了早餐，除了北方的包子小吃之外，还有南方的肠粉粥点，仍然是满满当当的一桌子。

当然，阿丁可不会做这些，都是昨天晚上就安排好酒店一大早送过来的，也难为这当年青帮中的双花红棍干起保姆的活来了。

叶天看了一眼双手垂在身边的阿丁，笑道："行了，阿丁，坐下一起吃吧，我又不是老虎。"

"小爷，我吃过了，唐爷说八点半过来，这还有半个小时，我去门口等着。"

阿丁虽然是个粗人，但也不缺心眼，他清楚地记得叶天曾经说自己的话，这心里就想着把叶天伺候舒服了，找个时间化解一下自个儿的煞气。

吃过早餐没多久，叶天刚刚回到客厅里，唐文远就带着蹦蹦跳跳的唐雪雪走了进来，他身边还有两个女人。

初次见面 ^{第十六章}

　　叶天的注意力先放在了那个女人身上，相貌普通，但是保养得很好，乍看上去像是个二三十岁的女孩，但仔细观其皮肤，却见眼角的松弛，恐怕有六十多岁了。

　　看到这个应该就是曾女士的面相，叶天在心里叹了口气。

　　虽然这位曾女士脸色红润眉紧鼻平，生就一副财运亨通的面貌，但是她脸大嘴大而鼻梁又矮又低，这个在相学里叫"夫宫陷"。而且曾女士还长了一副三颧面，所谓三颧面就是两个颧骨再加上额头，这三个颧都很大、很高，这也是克夫的面相。

　　原本这两者单独出现，都不是太大的问题，不过两者合一，叶天根本不用多问，就知道她丈夫已经不在人世了。

　　叶天微微摇了摇头，将目光转向曾女士旁边的那个女孩身上，这个女孩不过二十三四岁的年龄，站在曾女士身边，整整比她高出一个头，应该有一米七左右。

　　女孩长得很漂亮，却带有几分阳刚的英气，配上那条紧身牛仔裤和白色衬衫，把出众身材展露出来的同时，也给人一种英姿飒爽的感觉。

　　"嗯？"叶天忽然目光一凝，紧紧地盯在女孩的胸口处，那里的两颗扣子并没有扣上，露出锁骨和一片雪白的肌肤。

　　"看什么看，土包子，没见过女人啊？"

　　叶天没想到那个女人的气机十分敏感，自己不过搭眼瞅了一眼，就引发了那个女孩的感应，一个白眼瞪了过来。

第十六章　初次见面

143

"定定姐，叶天哥哥看你哪里啦？他可是好人啊。"旁边的唐雪雪和这女孩很熟，帮着叶天打抱不平起来。

"他……他，什么好人啊，雪雪，你以后离他远点儿，我看他就是一流氓！"

女孩被唐雪雪问得羞红了脸，她虽然性格爽直，但也不好意思说叶天在盯着自己的胸看。

听到那女孩的话，叶天还没什么反应的时候，唐文远却被吓了一跳，连忙绷起脸，训斥道："柳定定，怎么和叶大师说话呢！"

"咳咳，算了，刚才是我无礼了。"叶天摆了摆手，他并不是故意看向女孩胸口的，而是因为这女孩胸口佩戴的玉坠，是一件法器。而且叶天观其根骨感应气机，发现这个叫柳定定的女孩居然修炼过道家功法。虽然女孩的功夫不值一晒，却隐隐给叶天一种熟悉的感觉，所以刚才他才直着眼睛看了她半天。

"哼，什么大师，他要是大师，这满世界到处都是大师了。"女孩似乎并不怎么给唐文远面子，嘴里冷哼了一声。

"定定姐，你别说了，叶天哥哥真的是好人，我的病就是他治好的！"

唐雪雪也不知道叶天怎么得罪了柳定定，不过看出苗头不对，连拉带拽地把女孩哄到一边去了。

"咳咳，小孩子不懂事，我来介绍下，这位是来自北京的叶大师，这位是天华集团的曾玉蛟女士。"

看到柳定定没再说什么，唐文远松了一口气，看向曾玉蛟说道："小妹，叶大师算命占卜风水堪舆无一不精，我也是费了好大劲儿才请他来的。"

唐文远虽然比曾玉蛟夫妻大出十多岁，但他们早年都是来自上海，唐文远一直将这两口子当成同乡看待的，平时关系极好。

由于曾玉蛟的老公被人绑架后音讯全无，导致现在曾玉蛟和公婆打了七八年的官司，唐文远不愿意见到老友如此境地，才出言向叶天求助。

"叶大师，家夫失踪已经八年了，到现在下落不明生死不知，玉娇多方探查也找不到家夫的音讯，还麻烦叶大师给占卜一卦，玉娇感激不尽！"

虽然对叶天的年轻感到有些震惊，不过曾玉蛟和唐文远是多年好友，她知道唐文远不是那种信口开河的人，既然他对叶天如此推崇，想必这年轻人肯定有过人之处。

"你丈夫……这样吧，你把八年前他失踪时的情况说一下，然后再报生辰八字吧。"叶天本来想开口直言的，不过看这女人一脸悲伤的样子，话到嘴边却改了口。

"那是八年前的事情了，那天是4月1号，我突然接到一个电话，说是我丈夫被绑架了。叶大师，您知道，4月1号是愚人节，我开始没在意，可是，可是后来……"

曾玉蛟并没有留神叶天的脸色，自顾自地说了起来，心神都沉浸在这段并不愉快的回忆之中。

曾玉蛟和丈夫傅宜的感情极好，开始接到勒索电话的时候，还以为是丈夫在和自己开玩笑，但是接连两天没有丈夫的任何音讯后，她开始着急了。

就在这时，绑匪又来了电话，让曾玉蛟将八千万美元存入一个指定的户头里，并且不允许她报警。当时曾玉蛟筹集了四千万美元，按照绑匪的指示存入了一家银行账户里，但是这之后的两天中，绑匪竟然没有索要剩下的钱。

曾玉蛟越想越不对劲，于是就选择了报警，警方在追查半年后，案件告破，先后拘捕了八人，其中包括两个台湾人。被捕的绑匪对绑架曾玉蛟丈夫傅宜的行为供认不讳，但是在傅宜的下落上，却出现了分歧。

两个主犯说傅宜在索要赎金后的那天晚上偷偷逃跑了，他们没有追上，所以就没敢继续索要赎金，匆匆逃离了香港。另外几个案犯却异口同声地说曾玉蛟的丈夫是被两个主犯推下了公海，两边互不承认对方的说法，所以傅宜的下落，也始终成为了一桩悬案。所以这么多年来，曾玉蛟一直在寻找丈夫的下落，只是八年过去了，仍然杳无音信。

听完曾玉蛟的讲述后，叶天微微摇了摇头，事实已经非常清楚了，那两个主犯在法庭上说的是谎话。

蓄意谋杀和绑架罪，是完全不同性质的两个案件，那两人咬死傅宜是自己失踪的，不过就是为了逃脱蓄意谋杀的罪名。

叶天知道，其实眼前这个女人应该也是明白的，只不过她不愿意相信而已。

揭开人的伤疤总是一件很痛苦的事情，在向曾玉蛟要了傅宜的生辰八字后，叶天掐着右指推演了起来，片刻之后看向曾玉蛟，说道："曾女士，恕我直言，你的丈夫已经不在人世了……"

"什么？！"

虽然八年的时光已经消除掉许多伤痛，而且在心底也早已接受了丈夫去世的事实，但从小和丈夫青梅竹马长大的曾玉蛟听到叶天的话后，身体仍然有些站立不稳。

"你胡说什么，有你这样占卜问卦的吗？连卦签都没有，糊弄谁呢？"

站在曾玉蛟旁边的那个女孩，一把扶住曾玉蛟，说道："曾阿姨，别听他胡说八道，我外公都不敢断言傅叔叔去世，他算什么东西啊！"

女孩看向叶天的目光透露着一丝鄙夷，隐隐还含着一些挑衅的意味，看得叶天连连摇头，不就关注了一下你的胸部吗，至于这么穷追猛打吗？

"柳定定，谁教你这么说话的？快点儿给叶大师道歉！"

听到女孩的话，唐文远真的发火了，再怎么说叶天都是自己请来的客人，哪里轮得到一个晚辈如此放肆！

"什么啊，他本来就是胡说的！"柳定定的外公在香港富豪圈子里的地位十分超然，她从小也是见惯了这些人的，所以根本就不买唐老爷子的账。

"老……唐老，我来和她说。"

唐文远气得吹胡子瞪眼的，正要发脾气时，叶天摆了摆手，说道："我不光算出傅先生不在人世，还能找到他遗骸所在，不知道这样算不算准呢？"

叶天话音未落，正低头伤悲的曾玉蛟猛地抬起头，一把抓住叶天的胳膊，急声道："叶……叶大师，您……您能找到阿傅的尸骨？"

中国人历来最讲究入土为安，曾玉蛟这些年不遗余力地寻找丈夫，其实并没指望丈夫还活着，不过就是想收回丈夫的尸骨好好安葬而已。只是大海茫茫，时间又过去了那么久，就连这一点儿念想，曾玉蛟也慢慢不敢去奢望了，可是现在听到叶天能寻得她丈夫的遗骸，曾玉蛟顿时激动了起来。

"曾女士，先喝口水吧。"叶天轻轻拨开曾玉蛟的手，说道，"大致方位应该可以推演出来，即使不太准确相差也不会很远。"

曾玉蛟这时已经乱了方寸，再不复商场女强人的样子，一脸哀求地看着叶天，说道："那……那叶大师快点儿推演吧，要多少钱您尽管说，多少都行！"

"曾阿姨，你……你怎么那么容易相信人啊？"

叶天尚未答话，柳定定就跺着脚拉住了曾玉蛟，显然并不相信叶天能寻得遗骸的那番话。

柳定定虽然也出身于香港富豪之家，但她从小跟着外公长大，性格爽直外向，行事雷厉风行，没有一般大家闺秀的扭捏。而且她自小就经常出入这些豪富之间，这些在外人面前叱咤风云的人物，在柳定定眼里不过就是些普通的老人罢了。

"叶天，这……这丫头一向都是如此，你别见怪啊！"

唐文远也知道这丫头的脾气，当下只能对着叶天苦笑不已，希望叶天不要与这老友的外孙女一般见识。

"定定，你别乱说话！"

曾玉蛟此刻也是病急乱投医了，甩开柳定定的手后，看向叶天问道："叶大师，您……您真的可以找到先夫的遗骸吗？"

叶天点了点头，说道："问题应该不是很大，不过我这几天没空，等一月之后再帮你推演吧。"

由于傅宜死亡时间太久，很多事情推演起来比较麻烦，而且叶天现在大敌当前，不愿意为了这件事情损耗自己的精力和元气。

曾玉蛟并不知道叶天的苦衷，听到他的话后，连忙说道："为……为什么要等上一个月啊？叶大师，您能不能尽快推算出先夫遗骸的位置，多少钱都好说！"

叶天摇了摇头，说道："曾女士，你的心情我能理解，不过我还有事在身，这段时间无法帮你推演。"

"叶大师……"

"曾阿姨，你还没看出来吗，他就是个骗子，一个月之后，不知道他跑到哪里去了。"

曾玉蛟还待说话，却被柳定定给打断了，女孩的脸上露出一副幸灾乐祸的表情。

在她看来，叶天肯定是牛皮吹大发了，根本无法推演出傅宜的下落，然后以有事为借口来拖延时间。

"你这丫头，长辈说话，怎么老是插嘴啊？一点儿礼貌都没有！"原本一直笑眯眯的叶天，突然间绷起了脸。

"长辈？你是谁长辈啊？"

柳定定闻言瞪大了眼睛，用手指着叶天说道："你年龄还没我大呢，就想当人长辈？我说，你要是再敢招摇撞骗，我……我……"柳定定挥起拳头，摆出一副凶狠的样子，说道，"我就好好教训一下你！"

"定定姐，你别这样，叶天哥哥本事很大的，我的病就是他治好的啊！"唐雪雪拉住柳定定，脸上已经有些不高兴了。

"雪雪，你平时都在家里，对这些江湖骗子不了解。"柳定定摆出一副老江湖的架势，接着说道，"说不定他手上有什么秘方，能治好你的病也是瞎猫碰到了死耗子，你别管，他要是敢再骗曾阿姨，我一定要教训他！"

柳定定曾经跟着外公去过内地以及东南亚很多国家，自问"江湖经验"丰富，对叶天这骗人的把戏一眼就看穿了。

其实这也难怪，叶天太年轻了，柳定定以前所见过的高人，无一不是五十开外的老头子，他这二十啷当岁的样子，居然被唐文远用了和外公一样的称呼，难免柳大小姐会不高兴。再加上刚才一进屋的时候，叶天的那双"贼眼"一直盯在自己胸口处，这也让柳定定给叶天头上打了一个"色狼"的标签。

"教训我？"叶天闻言笑了起来，道，"我看你这是癞蛤蟆打哈欠——口气不小啊！"

"叶……叶天，你，唉，你怎么和她一般见识啊？"听到叶天的话，唐文远苦笑了起来，他不知道叶天为什么故意出言刺激柳定定。

"唐爷爷，你都听到了，他……他骂我是癞蛤蟆！"

柳定定气得眼睛都红了，瞪着叶天说道："姑娘我打你用一只手就够了，是男人的站出来！"

看到柳定定气得暴跳如雷，叶天脸上反而露出了笑容，说道："我不打女人的，更不会欺负晚辈。这样吧，我带了把刀来，你要是能用一只手把我的那把刀拿起来耍个刀花，我就给你赔礼道歉！"

"我说你和她较什么真啊？惹了她说不定就会喊她外公来，你啊……"唐文远知道自己那位老朋友很宠这丫头，否则她也不会如此无法无天。

"老……唐老，我做事要你教吗？"叶天闻言脸色冷了下来，不快地看了一眼唐文远，这让唐文远心中一凛，却没再多说什么。

旁边的曾玉蛟注意到这个细节，有些惊诧地重新打量起叶天。曾玉蛟看到了这个细节，正处在气头上的柳定定可没注意，听到叶天的话后，说道："你说话算数？我能耍得起那刀，你就承认自己是骗子？"

"算了，让你一只手是欺负你了，这样吧，你用两只手能耍出刀花来，我就承认自己是骗子，好不好？"

叶天脸上的笑容让柳定定恨得咬牙切齿，卷起袖子说道："刀呢？姑娘我十八般武艺样样精通，耍个刀花有什么难的？"

"喏，就在吧台后面，你自己去拿吧。"叶天漫不经心地指了指吧台，昨天他感觉把刀放在吧台上过于显眼，所以就给挪到吧台后面的木台上了。

"好，你给本姑娘等着！"

柳定定瞪了叶天一眼，往吧台走去，她除了跟外公练拳脚之外，还跟一些南方拳师习练过兵器，一手梅华刀使得很是不错。

一直在旁边看热闹的阿丁，等柳定定离开后，凑到叶天身边，压低了声音笑道："小爷，您……您真是太坏了！"

昨天下飞机的时候，阿丁献殷勤想帮着叶天拿刀，差点儿没闪了腰，就凭柳定定那小姑娘，用两只手能把刀拖出来就算是不错了。

不过阿丁也乐得看笑话，因为柳定定以前经常拉着他要比试，阿丁不敢用出全力，可没少吃亏。

"怎么，你想去帮帮忙？"听到阿丁的话，叶天笑了起来。

"不敢，我也拎不动那刀呢，除了小爷您，这世上谁能耍得起那把刀？"

阿丁一脸殷勤地拍了个马屁，相处了一天，他发现叶天虽然辈分高，但并没有什么架子，很喜欢和人开玩笑。

在阿丁看来，叶天逗弄柳定定，其实也是和她开玩笑的，否则以叶天的身手，这小丫头连叶天一只手都招架不住。

"叶……叶天，你……你欺负人！"

正当叶天和阿丁在谈笑的时候，吧台那里突然传出一声愤怒的喊声，柳定定站在吧台后面，正气愤地看着叶天。

"我怎么欺负你了？"叶天说道，"拿不动就拿不动好了，这又不丢人，别说你了，就连阿丁都拿不动。"

柳定定咬了咬牙，说道："你……你这刀根本就不是人用的，这……这是艺术品！"

刚才见到这把长足有一米五左右的偃月刀时，柳定定着实被吓了一大跳，这么长的厚背实铁打制的武器，岂不是要七八十斤重？哪有人会有如此臂力去使用？

"得了吧，古代行军大将的武器，比这重的多的是，自己拿不动，就说别人用不了，小丫头，你这习惯可不好！"

叶天轻哂一笑，那模样看在柳定定的眼里，顿时恨得牙根痒痒，好强之心涌了上来，说道："我就给拿出去，看你怎么说！"

柳定定也是个不肯服输的人，她想着自己把刀拿出去，然后扔给叶天，看这吹牛皮的家伙接不接得住。

柳定定是练武之人，虽然女孩身体稍弱一点儿，但七八十斤的物体还是拿得动的。气沉丹田，劲运双臂，柳定定口中发出一声娇嗔，居然用双手把偃月刀拿了起来。

抱起一个七八十斤的人或许很简单，不过把七八十斤的刀拿起来，可不容易，力道都要用于双手之上，对臂力和手腕的要求极高。

柳定定充其量也只能把刀垂着提起来，走出吧台都吃力无比，短短的几步路，额头上就冒出了细密的汗珠。

原本还想着把刀丢给叶天，但是现在柳定定知道，她根本就没那力气，就是现在两手都已经开始酸软了，偃月刀随时都有可能掉在地上。

"哎，不错，真能拿动啊？"叶天见到柳定定拿着偃月刀一步一挨地走过来，不禁笑道，"喂，咱们说好的，你能用双手耍个刀花，我就承认自己是骗子，快点儿，快点儿吧！"

"我……我，哐当！"

柳定定本来就是憋着一口丹田中的气，才把偃月刀给拎起来，这刚想张口反驳叶天，气就泄了，双手顿时一松，偃月刀掉在了地上。

在感觉手指一松的时候，柳定定身体往后退去，沉重的大刀摔在大理石地板上，长达一米的地板处，竟然出现了一条长长的裂缝。

"哎哟！"偃月刀脱手的柳定定口中发出一声痛呼，因为刚才气松之时，她手腕加力想要将刀拿回来，却将右腕给弄伤了。

不过这丫头脾气也算倔强，尽管额头上冒着冷汗，手腕疼痛无比，居然只发出一声痛呼就闭上了嘴，硬生生地忍受住了。

"坏了，老左最疼这外孙女，伤了她恐怕叶天又要有麻烦了……"看到柳定定受伤，唐文远不禁感到有些头大，她身后的那位可是连自己都敬畏三分，叶天这次惹的祸事不小。

"嗯？受伤了？"叶天也看到了柳定定的神色，眉头微微皱了下，想道："这丫头好强的性子，如果是个男儿身，年龄再小一点儿的话，倒是可以传我衣钵。"

不过开玩笑归开玩笑，无意中把个晚辈给弄伤了，叶天却有些交代不过去，当下走到柳定定身边，一把抓住她的右手。

"你……你干什么？把手给我松开！"正疼得直冒冷汗的柳定定冷不防被叶天抓住手，不禁又羞又怒，抬起左脚就向叶天踢去。

"别动，女孩子这种性子，以后也不知道能不能嫁出去。"

叶天手上微微用力，一股真气侵入柳定定手腕的经脉之中，她顿时感觉半边身体都酸麻起来，抬起的脚也无力地垂了下去。

听着叶天一副长辈口吻的话，柳定定心中那叫一委屈，她长这么大什么时候吃过这种亏啊？眼泪在眼眶里打起转来。

"别动啊，我给你治伤，省得回头见了你家大人说我欺负晚辈。"叶天警告了一声柳定定，回头说道，"阿丁，打一盆水来，另外再接一杯温开水。"

"小爷，水来了！"阿丁到厨房里接了盆水出来，幸灾乐祸地看了一眼柳定定。

"小爷？"

听清楚阿丁对叶天的称呼后，柳定定不由得愣了一下，她是认识阿丁的，知道这人心狠手辣，除了唐文远之外是谁的账都不买。

"莫非他的辈分真的很高？"柳定定脑中冒出这么个念头，不过随之就被她打消掉了，因为她曾经听外公说过，这世上除了他师父和师兄之外，恐怕再也没有比自己辈分高的人了。

"别动啊！"

叶天松开柳定定的手腕，从兜里掏出个瓷瓶，倒出一粒龙眼般大小的黑色药丸后，用力一捏，将药丸分成了两半。把其中一半丢到盆里，叶天拿着那半粒药丸，递到柳定定嘴边，说道："吃下去，十分钟之内就能让你手腕恢复如初！"

看着叶天的药丸，阿丁和唐文远都面面相觑，他们俩是见过这东西的，不过叶天在给杜飞药丸的时候，不是说已经没有了吗？

"不吃，你用手碰过的，脏死了，一点儿都不卫生！"柳定定说完话就闭紧了嘴巴，那药丸的卖相的确不怎么样，看着就恶心，她哪里敢吃啊！

"你当我愿意给你？要不是看在你家大人的面子上，想都别想。"叶天没好气地一把捏住柳定定受伤的手腕，疼得柳定定顿时张开了嘴巴。

叶天右手一弹，然后闪电般地在柳定定后背上轻轻拍了一记，那半粒药丸就滑进了她的肚子里。

"你……你，我……我跟你拼了！"等柳定定反应过来后，药丸已经下了肚，无可奈何之下，她挥舞着没受伤的左拳就要和叶天拼命。

"行了，老实点儿，把右手放在盆里泡十分钟！"叶天手上用力，将柳定定的右手按在水盆里，然后后退了两步，他可不想和这丫头多做纠缠。

右手浸到水盆里后，柳定定顿时感到火辣辣的伤处一片清凉，痛楚瞬间减轻了很多，虽然心里还是很气恼，却没把手拿出来。

"咳咳……"搞定了柳定定后，叶天见到一屋子人都目瞪口呆地看着自己，不禁咳嗽了一声，对曾玉蛟说道："不好意思，曾女士，我教训下晚辈，让大家见笑了！"

"姓叶的，你……你不是男人！"心气刚刚消停下去的柳定定，听到叶天的话，差点儿没把肺给气炸了。

"哎，我说……你又怎么了？那刀你玩不起来，咱俩的赌注你输了啊！"叶天回过头，一脸好笑地看着柳定定，他没想到二师兄竟然有这么个活宝外孙女。

其实早在柳定定进屋的时候，叶天就从她身上感觉到一丝熟悉的气机，虽然老道当初说了，没把养身的功夫传给那两个师兄。但麻衣一脉入门的功夫，李善元却是传了的，那种熟悉的气机叶天绝对不会认错。而其后唐文远说柳定定的外公姓左，同时也是给这宅子看风水的人，叶天顿时反应过来，因为他的二师兄，就是叫左家俊。

"我拿不起来，你也拿不起来啊，怎么就能证明你不是骗子？"柳定定此刻是煮熟了的鸭子，就剩下嘴硬了。

这把刀如此之重，打死柳定定都不会相信，面前这个看上去并不是很强壮的叶天能舞动起来，如果叶天也拿不动的话，她也不算是丢了面子。

"你说我也拿不起来？"叶天闻言笑了起来，说道，"这样吧，我要是能拿起来，你喊我声叔爷，怎么样啊？"

"光是拿起来还不算，你也要要出个刀花，你能办到我就喊你叔爷，办不到你还是骗子！"

柳定定可不傻，叶天说的是拿起来，这刀虽然很沉，但成年人将其搬动还是可以办到的。

柳定定不知道叶天为什么要自己叫叔爷，但她认定叶天耍不起这把刀来，要知道，这刀单是净重就有七八十斤，想要耍出刀花，没个数百斤的臂力想都不用想。

"好，那咱们说定了，回头不许再耍赖！"

叶天哈哈一笑，走到横放在地板上的偃月刀旁，也没有弯腰去拿刀，而是用脚尖勾住刀柄，猛地往上一挑。重达七八十斤的偃月刀，竟然被叶天这么一挑，平平地往上升起，待到偃月刀抬至小腹处，叶天伸出右手，握住刀柄的中段。

拿住刀后，叶天往旁边走了几步，顺手将刀尖对向前去。

偃月刀在叶天手中宛若无物一般，自前向下向后在身前走一圈，回到刀尖向前时，再自前向下向后在身后走一圈，只见一片寒光闪过，两朵漂亮的刀花被叶天抖落了出来。

偃月刀从落入叶天手中之后，还没有被如此畅快淋漓地活动过，刀身竟然发出一声轻吟，似乎在表达自己的喜悦。

刀随人走，叶天也感觉到了那股刀意，一时间豪兴大发，喝道："阿丁，把那杯水泼过来！"

"好嘞！"

阿丁也是看得目眩神摇，听到叶天的话后也没思量，端起手边的那杯水就向着被叶天挥成一片寒光的刀幕泼去。

"哈哈！"叶天发出一声大笑，手上的动作又紧密了几分，就在旁人只见刀光不见人影时，他又挽起一个刀花，将偃月刀重重地顿在地上。

"嘭"的一声响过，那处大理石地面出现了一片如同蜘蛛网一般的裂纹，而偃月刀却深深地插入石中。

"嘿，没注意，老唐，对不住了，坏了你家的地板！"

叶天一时兴起，却忘了对唐文远的称呼，不过此时，旁人显然也都没注意到叶天的话，均是像看怪物一般地看着他。

在叶天身前的地面上，可以清晰地看到一摊水迹，但是叶天那身白色的练功服上，却没有沾染一滴水迹，尽数被刀光挡了下来。

即使像曾玉蛟这般丝毫不懂功夫的人，也知道刚才那番举动的难度，且不说这刀的重量，就是拿把几斤重的刀剑，恐怕也没人能做到叶天这般程度。

"这……这，这是水泼不入？"

看着仅仅是拎着就让自己手腕受伤的偃月刀，在叶天手中竟然如同玩具一般，柳定定早已看傻了眼，她是会功夫的人，比场内另外几人更加了解叶天刚才那套刀法的难度。

别说柳定定自己了，就是她崇拜的外公，都不见得能舞动起这把偃月刀来，更不用提像叶天这般举重若轻水泼不进了。

其实叶天并不精通刀法，他也就仅仅能护住面前这一摊子，如果像古人练剑时从四面八方向他泼水的话，一准会变成只落汤鸡。

"喂，怎么傻了？"

收刀之后，叶天看向柳定定，笑着说道："刀花也给你挽出来了，怎么着，叫叔爷吧？"

叶天小时候不管是在家里还是在师门，都是孤零零的一个人，这初到香港就遇到了师兄家里的晚辈，他便起了童心，非要逗弄一下柳定定不可。

　　"怎么？想反悔？这可不是江湖中人的作风啊！"见到柳定定期期艾艾地不说话，叶天故意将脸拉了下来。

　　听到叶天挤对她的话，柳定定一咬牙，说道："叫就叫，叔爷！"

　　"唉！"叶天很干脆地答应了一声，笑眯眯地说道，"叫声叔爷你不会吃亏的，来，叔爷这就送你个玩意儿。"

　　一翻手掌，叶天的手心里出现个拇指大小的生肖玉猪，这物件已经被他盘磨了一段时间，几种沁色早已和玉石变得浑然一体，在灯光下显得晶莹剔透。

　　"叶……叶天，你……你把这东西送给她？"

　　见到叶天居然拿出件玉器，唐文远的眼睛顿时瞪大了，他出价数千万叶天都不肯卖的东西，现在竟然要送人？

　　"莫非这小子看上柳定定了？也不对啊，他家里的未婚妻长得比柳定定还要漂亮啊！对了，应该是怕柳定定的外公找他麻烦，这才送的玉器！"唐文远琢磨了半天，得出这么个定论。

　　看着叶天递过来的玉猪，柳定定撇了撇嘴，说道："我才不要你的东西呢，叶天……"

　　"哎，叫叔爷，刚才说好的，怎么又忘了？"

　　"我就答应叫你一声，没答应要叫你一辈子啊！"

　　柳定定被叶天整得快要发狂了，这男人是不是有病啊？明明年龄比自己小，偏偏要当自己的长辈，而且还是个什么叔爷？

"嘿嘿，估计你就要叫一辈子了！"

叶天嘿嘿一笑，伸出去的手却没有收回来，接着说道："叔爷送出去的礼物没有拿回来的道理，小丫头，便宜你了！"

在江湖中，师门的规矩是最大的，长辈见了晚辈，一定要给些见面礼的，叶天今天逗了柳定定那么长时间，这见面礼自然是不能给薄了。不过柳定定显然不会稀罕钱财，而叶天手中除了几件法器之外，再也没有别的能拿出手的物件了，所以思来想去，这才拿出最后一件生肖法器。

"不就是一块玉吗？我才不稀罕呢！"

柳定定家里的生意虽然不如面前的曾玉蛟和唐文远做得那么大，但在香港也有七八家珠宝行，也是富甲一方的人物。

从小就在珠宝圈子里长大的柳定定，一眼就认出叶天掌心的玉猪是块出土老玉，价值应该在三万左右，不过这并不被柳定定放在眼里。

叶天闻言笑了起来，追问道："真的不稀罕？这玉可不比你脖子上那块差，你要是不收，估计以后有人会骂你败家子的！"

听到叶天的这番话，唐文远顿时双眼冒光，恨不得将那块玉抢在手中，要知道，这玩意儿可是有趋吉避凶的功效，关键时候更是能救人一命。

"和我脖子上的玉一样？"

柳定定闻言愣住了，她脖子上的这块玉是外公得自师门的，据说是什么法器，从五岁起柳定定就一直佩戴着，长这么大从来无病无灾。

"难道这块玉也是件法器？"柳定定心头一动，看到叶天的手掌已经快要收回去了，连忙伸手从叶天掌心把玉石抢了过去。

见到柳定定把那玉石抢走后，唐文远的心顿时像是被谁揪了一下，转过脸一脸哀求地看着叶天，说道："叶天，你不能厚此薄彼啊，你看定定已经有件法器了，我们家雪雪可还没有啊。"

"得了吧，你别得了便宜还卖乖，给雪雪治病差点儿没累死我。"

叶天没好气地瞪了一眼这老家伙，接着说道："给这丫头是因为我是她长辈，给的是见面礼，你少打那块玉的主意。"

"唐生，那……那玉很值钱吗？"今天在场的人，恐怕除了阿丁和叶天之外，都是出自富贵人家，曾玉蛟也对叶天拿出的玉猪产生了兴趣。

"咳，不是值不值钱的问题，是有钱都买不到！"唐文远叹了口气，说道，"我都给他出到四千万了，他都不肯卖我一件，你说值不值钱啊？"

"四千万？叶天，这……这东西我不能要，还给你吧！"

正在把玩着玉猪的柳定定吓了一跳，倒不是因为这个数字，关键是初次见面就收别人如此贵重的东西，不合她家中的礼教。

"拿着吧，就你那声叔爷，也值得这块法器了。"

叶天摆了摆手，麻衣一脉一向人丁单薄，除了他新收的那个记名弟子之外，这举世也不过就两个师兄，眼见二师兄将孙女带进了门，叶天心中只有欢喜。

"不行，我不要，收了这东西，外公会骂我的！"从小跟着外公长大，柳定定不怕父母爷爷，唯独就怕那个性格孤僻的老头子。

叶天笑道："他见了这东西就不会骂你了。"

"叶天，你……你是不是和左老弟有什么渊源啊？"

一旁的唐文远这会儿却是听出了点儿味道，叶天一直逼着柳定定叫叔爷，然后又送出如此贵重的见面礼，答案也就呼之欲出了。

"你认识我外公？"

柳定定也睁大了眼睛，吃惊地看向叶天，她跟着外公在一起生活十多年了，却从未听外公提起过这件事。

"我叫左家俊为师兄，小丫头，你这声叔爷叫得不亏吧？"

叶天闻言哈哈大笑起来，他在洪门之中辈分绝高不假，但那些人都和他没什么关系，而柳定定就不同了，这可是同门师兄的后人。

"什么？叶天，你是左家俊的师弟？"

听到叶天的话，唐文远比柳定定还要震惊，他和左家俊可是近三十年的老友了，却一点儿都不知道其中的渊源。

"那……那我岂不是也要叫左老弟声祖爷了？"震惊之余，唐文远喃喃自语道，他比左家俊大了十多岁，原本叫声老弟还是左家俊占了便宜，没承想人家的辈分比自己高多了。

看到唐文远那一脸窘样，叶天笑道："二师兄出师早，师父的很多事情他都不知道，你和他各论各的，和青帮洪门没有关系。"

"这就好，这就好！"

听到叶天的解释，唐文远放下心来，否则青帮洪门再多上个"大"字辈的祖师爷，那传出去会让这两个帮派都发生很大变动的。

"喂，你说的是真的吗？你真的是我外公的师弟？"柳定定听不懂叶天和唐文远的对话，出言打断了二人，一脸狐疑地看着叶天。

"我和你开这玩笑干吗啊？"叶天闻言苦笑了起来，这丫头还真是难缠，"我此次来香港有事情在身，不方便前去拜访二师兄。这样吧，你就去跟他说，他有个师弟从大陆来了，让师兄过来和我见一面吧！"

叶天不知道左家俊习得师父几成本领，不过早年麻衣一脉的术法传承丢失，想必在攻伐之术上，二师兄的修为不会很高，所以叶天不想上门给他招灾引祸。

按照叶天的估计，宋晓龙反应过来再派人追到香港，最少需要三天的时间，今天请左家俊上门相见，问题应该不是很大。

"你等等，我……我这就去打电话。"听到叶天的话，柳定定没有再迟疑，拿出个小巧的移动电话就往门外走去。

柳定定离开后，叶天看向曾玉蛟，说道："曾女士，实在是不好意思，我此来香港是有些私事，暂时不能动用术法，关于你丈夫的事情，还是需要等我这边的事情解决之后才能帮你推演！"

傅宜失踪已经长达八年之久，而且当时出事的时候又深处在元气紊乱的茫茫大海之中，推演起来的难度不是一般的高，肯定会耗费叶天极大的精力。不过这里又非是北京那座灵气充裕的四合院，消耗的元气得不到补充的话，对叶天接下来有可能发生的争斗，是极为不利的。

"好，叶……叶大师，我等，我能等，不过您一定要帮我！"曾玉蛟重重地点了点头，她也曾找过各种奇人异士推演丈夫的下落，但都未得结果，像柳定定的外公就曾经推演一日，最后吐血终止了下来。

叶天既然说得如此有把握，刚才曾玉蛟又亲眼见到了他的功夫，加上唐文远对其的推崇，曾玉蛟已经将寻到丈夫遗骸的希望，全都放在了叶天身上。

"放心吧，曾女士，你丈夫一生低调，按理说不应受到这种灾劫，他会入土为安的，你还是先回去吧，时候到了，我会联系你！"

叶天答应了曾玉蛟的请求，同时也下了逐客令，他与师兄相见，可不想有外人在场，说完这番话后，眼睛有意无意地从唐文远身上瞄过。

"得，玉娇妹子，我送你回去吧。"唐文远是活得都快成精的老家伙了，哪里还会不明白叶天的意思。

"曾阿姨，你们怎么走啦？"

刚打过电话回来的柳定定，迎面遇到正往外走的唐文远等人。

"还不是你外公要来？我这主人都被赶走了，你外公的面子比唐爷爷大啊！"

唐文远一脸的气愤，不过话语中却带着笑意，他巴不得叶天把这宅子当成自己的才好呢。

听到唐文远的话，屋里的叶天脸上露出笑容，这老头如此善解人意，等上几年自己不妨出手帮他化解掉那次劫难。

"哎，你怎么把别人都赶走了啊？"柳定定一进门就看到叶天脸上的笑容，在她眼里，那绝对是不怀好意的笑。

叶天没有回答柳定定的话，而是问道："你外公答应过来吗？"

柳定定没好气地说道："答应了，不过外公不知道你是真是假，他要来验证下！"

刚才左家俊在电话中，让柳定定一定要对叶天有礼貌，这让从小就受到外公娇惯的丫头，心里很是不爽。

"哈哈，没想到来香港的第二天就能见到师兄！"叶天闻言从沙发上站起来，神情激动地在客厅里走来走去。

严格说来，柳定定和周啸天都不能算是麻衣一脉的真正传人，从李善元羽化之后，这世上只有叶天和他的两个师兄，才是麻衣一脉仅剩的传人。而且李善元生前待这两个师兄有如亲子，感情也十分深。

老道在临死之前曾经嘱咐过叶天，让他有机会的话，一定要寻得两位师兄，将麻衣一脉养气的功夫传给二人，让两人能借此延年益寿。

"别说得那么早，我外公认不认你还是两说呢。"

柳定定白了叶天一眼，不过看到插在地板中间的偃月刀后，脸色不禁好转了几分，试探着问道："哎，我说，你的功夫怎么练的，为什么有那么大的力气啊？"

看叶天的年龄应该比自己还小，但那身功夫却让柳定定自惭形秽，同时也好奇不已。

叶天看了柳定定一眼，说道："你外公从小给你泡过药浴吧？"

柳定定不过就是二十出头的年龄，但体内真气的积累，竟然比周啸天还高，同样只差一步就能进入暗劲境界，想必左师兄没少在这个外孙女身上花费工夫。

"你怎么知道？"

柳定定闻言吃了一惊，不过随之就反应了过来，说道："就是泡药浴也没那么大的功效的，我到现在还没突破暗劲呢。"

叶天和外公是同一个师父教出来的，外公会的东西，叶天当然懂得了，不过柳定定还是有些疑惑，同样是泡药浴，为何叶天的功效如此明显呢？

叶天摇了摇头，说道："女人的先天受到一些限制，你以后进入暗劲不难，不过再想往上就不容易了。"

叶天功夫进展如此之快，除了自小功底基础打得好之外，和脑中传承也是不无关系的。

好像自从得到传承之后，叶天再无瓶颈的存在，只要功力积累够了，从暗劲到化劲，都是很自然地就突破了过去。

"装神弄鬼，哎，叶天，你是第一次来香港吧？"

叶天的话其实左家俊也告诉过柳定定，听到两人的说法相同，柳定定心里顿时失去了探讨功夫的兴趣。

"叫叔爷，没大没小的。"叶天绷起脸训斥了一句，说道，"是第一次来香港，怎么了？"

"那你看看我外公布置的这处风水怎么样？你能不能布置出来？"

柳定定刚才在叶天面前吃了瘪，心里还是有些不痛快，她自问外公在功夫上是绝对不及叶天的，所以就拿风水来说事。

"嘿嘿，我要布置这里的风水，肯定比你外公的霸道！"叶天嘿嘿一笑，说道，"我能把香港的龙脉之气尽数集中到这里，你说哪个的风水最好？"

叶天出道以来，几次出手都是大手笔。

先是帮李善元逆天改命，后是在北京城布下那座大型聚灵阵，把故宫数百年的龙气与煞气一网打尽，的确当得起"霸道"二字。

"吹吧，等会儿我外公来了看你还敢这么说？"柳定定撇了撇嘴，对叶天的话很是不以为然。

叶天做出一副受不得激的模样，说道："你这丫头还别激我，说不定哪天我就把下面那别墅买了，布个风水法阵给你看看。"

其实叶天还真有在香港置办产业的意思，尤其是这个地方处于出海口，正是龙脉入海之处，如果地方够大的话，叶天未尝不能布下一个堪比自己那四合院的阵法来。而且海上灵气远比陆地的灵气要充裕，如果能在这种地方布个法阵，相信即使过上百年，也不虞灵气耗尽从而使得阵法失效。

"这里的房子你肯定买不到，下面的那几栋别墅只租不卖，我外公都买不到的。"柳定定话中的意思，似乎左家俊曾经对这里也发生过兴趣。

"为什么啊？左师兄在香港应该有些地位吧？"叶天闻言皱起眉头，他之前就听唐文远说过下面的别墅不卖，当时他没在意，现在既然有了置办产业的想法，就要打听清楚了。

柳定定闻言鼓起嘴，说道："那里是中半山豪宅，只租不售，专供商界跨国公司的高层、要人居住的，我外公当年想买都不卖的，早知道就不给他们看风水了……"

开发那处地产的公司，原本做的就是租赁产业，那几栋别墅的租赁价格，一月高达五十万港币，号称可以满足客人的一切需求。

当年左家俊曾经透露出想买下一栋别墅的意思，却被那家公司婉言拒绝了。不过他们也没敢得罪左家俊，在另外一处风水绝佳的地方，送给左大师一栋价值不下于这几套别墅的豪宅。

"哎，好像是我外公来了，我去开门！"客厅外面突然响起门铃声，柳定定连忙跳起来往外冲去，她之所以那么激动，其实是一直等着外公来教训一番叶天。

"这么快？"叶天也站起身往门外迎去，他虽然现在是麻衣一脉的嫡系传人，但长幼有序，在左家俊面前，还是不能失了礼数。

刚刚迎到大门前，叶天就看到柳定定陪着一位看上去只有四十多岁的中年人走了进来，与此同时，那人也看到了叶天，两人同时一震。

　　在叶天感应到左家俊身上雄浑的气血之时，左家俊也同时察觉到了叶天那深不可测的功力，二人的眼睛都是一亮。

　　"叶天见过师兄，常听师父提到师兄的名字，今日得见师兄，果然是名不虚传！"叶天快走几步，双手抱拳，对着左家俊一个长躬鞠到了地上。

　　叶天这番话并非虚话套话，仅仅从老道那里学得一些入门功夫，左家俊就险些进入化境的门槛，是叶天至今为止所见修为最高的一个人。

　　以前经常听李善元说那两个弟子都是天赋异禀之人，叶天还没怎么在意，但是现在见到左家俊，他知道师父所言不虚。叶天身上所散发出来的气机，同样让左家俊第一时间就认可了他的身份，连忙用手扶住叶天，问道："师……师父，他……他老人家还在世？"

　　左家俊自幼跟随李善元学习占卜堪舆方术，二十多岁的时候由于家庭原因才举家离开大陆，对老道感情极深，问叶天的时候，声音都是颤抖的。

　　叶天感受到左家俊的那颗赤子之心，声音有些哽咽地说道："师兄，师父他老人家在两年多前已经羽化成仙了，师弟无能，没能通知到师兄！"

　　"两年前？为什么，为什么我没能找到师父啊？"

　　听到叶天的话，左家俊先是一愣，继而竟然往地上一坐，像个小孩子般号啕大哭起来，泪水如珠般从脸上滑落，丝毫不掩饰自己内心的悲伤。

　　从90年代初期，左家俊就曾经前往陕西等地寻找师父的下落，寻访未果之后，他一直认为师父已经仙去，现在听到叶天的话，不由痛悔不已。

　　左家俊和李善元同为陕西人，他也知道师父的家乡，从八九十年代起，一共回去了三四次，都没有得到师父的消息，所以就以为老道已经仙逝，不再寻找。可是现在从叶天口中得知，师父居然在两年前才过世，往日师父教导自己的一幕幕画面顿时从眼前闪过，左家俊不由悲从心头起，放声大哭了起来。

　　"外公，您……您怎么啦？"左家俊在柳定定的眼里，从来都是镇定自若遇事不慌的，她还是第一次见到外公如此伤恸，不由得慌了心神。

　　"去，去，一边去……"左家俊一边抹眼泪，一边把外孙女儿推到一边，此时的他已经完全沉浸在师父去世的悲伤之中。

　　"师兄，师父他老人家活了一百二十多岁，已经是难得的高寿了，走的时候也是无病无灾，在咱们这行里实属不易，你不用这么伤悲！"

　　叶天虽然心中也很悲痛，但他还有许多话要和左家俊说，总不能就坐在这大门口的地上谈吧？当下用手扶住左家俊，往上一托，说道："师兄，咱们进屋说话吧！"

　　"嗯？"叶天这一托之下，左家俊的身体竟然纹丝不动，心中不由得笑了起来，敢情师兄是想考较自己的功夫啊?

叶天想得没错,刚才初见的时候,左家俊就感觉到了叶天身上那种熟悉的气机,只有麻衣传人,才会修炼这种功法。但无论他怎么探查,都无法感受出叶天身上的一丝真气,给人一种高深莫测的感觉,所以叶天用手托他的时候,左家俊提了一口气,将身子坠在了地上。

"师兄,咱们进屋说话吧!"叶天笑了笑,重复了一句刚才的话,这次他架在左家俊两臂下的双手,使出了五分力道,举重若轻地往上抬了起来。

"哎……"坐在地上的左家俊,突然感到一股不可抗拒的力道从叶天手上传出,没等他运气行功,身体就被叶天托了起来。

"师弟,好功夫,师父晚年能收到你这么个徒弟,也是咱们师门大幸啊!"虽然惊愕于叶天年纪轻轻就有如此功力,左家俊还是开怀大笑了起来,刚才的一番较量,也冲淡了许多因老道去世带来的悲伤。

"外公,您这是怎么啦?又哭又笑的,像个小孩子似的?"

柳定定发现,自从外公见了叶天之后,那原本给人感觉很孤僻的性子,似乎完全转变了,就像突然变成了个老小孩一般。

"你懂什么,外公这叫真情流露。师弟,走,进去好好给师兄说下师父这些年是怎么过来的!"

左家俊挽着叶天的手,快步走进房子里,他确实想知道师父这些年究竟隐居在什么地方。

"乖乖,这……这是你兵器?"刚走进客厅,左家俊就看到插在大理石地板上的偃月刀,口中发出一声惊呼。

站在偃月刀旁,左家俊用右手抓住刀柄,猛地吸了一口气,喉咙里发出一声低吼:"起!"

随着左家俊的喝声,偃月刀应手而起,不过这刀的重量显然超过了左家俊的预计,将刀拎起后,左手跟着也扶到了刀柄上。

双手握着偃月刀,左家俊仅仅做了个撩刺和劈砍的动作,喘息就变得重了起来,到底是六十多岁的老人了,气力是远远比不上叶天的。

把刀重新插回到地面的那个深孔之中,左家俊赞道:"好刀,好刀啊,古来行军大将能使得起这刀的人,想来也寥寥无几,有这把刀镇宅,唐生的这宅子高枕无忧矣!"

握着这把刀的时候,左家俊就隐隐感觉到里面那股直欲冲天而起的煞气,他虽然不明了这是一把攻击法器,但以煞制煞,有此刀摆在这里,再没有阴邪之物敢靠近了。

"看到没有,我外公也能使得起这把刀,叶天,不是只有你能用的!"

见到外公拿起刀耍了一番,柳定定脸上顿时露出得意的神色,虽然她心里明白外公刚才那番举动比起叶天还差得远，但总归算是找回了点儿场子。

"嗯？"叶天尚未说话，左家俊的脸色就绷了起来，"叶天这名字是你能喊的？没规矩，叫叔爷！"

老辈人极其看重辈分，叶天是左家俊的师弟，自然也是柳定定师公辈分的人了，他虽然疼爱这个外孙女，却不会让她乱了辈分。

"外公，他……他没我大呢。"

听到左家俊的话，柳定定感觉有点儿委屈，从小到大，外公除了练功时对自己严厉之外，还从来没有如此凶过自己。

"一点儿规矩都没有，快点儿向叔爷道歉！"左家俊闻言大怒，放在偃月刀柄上的手往上一提，重重地又顿了下来。

"嘭"的一声响过，唐文远这宅子的地面算是遭了灾了，原本就碎裂一片的大理石地板，这下更是变得如同蜘蛛网一般，细密的裂纹向四周蔓延开去。

看到外公如此震怒，柳定定吓得慌了神，连忙对叶天说道："叔爷，对不起！"说完之后，眼圈却红了。

听见外孙女道了歉，左家俊的脸色才缓和下来，看向叶天说道："叶师弟，我从小把这孩子宠坏了，没大没小的，你千万别在意啊。"

和叶天一样，左家俊自小跟随李善元学艺，也没有别的兄弟姐妹或者师兄师弟，是以见到叶天之后，就不自觉地产生了一种亲近的感觉。

叶天摆了摆手，说道："没事，左师兄，我看定定功力不弱，却不懂术法，你为何不传给她呢？"

叶天看得出来，柳定定虽然功力不错，但是对于风水占卜之术，并不是很懂。

左家俊固然没有得到麻衣一脉的攻伐术法传承，但看相算命风水堪舆这些，却应该得到了李善元的真传，是以叶天有些疑惑。

左家俊尚未答话，柳定定却撇了撇嘴，说道："外公说师门规矩，没得到祖师允许就不传给我！"

"有这规矩？"叶天转脸看向左家俊，他现在算是身为麻衣一脉的门主，怎么没听过这规矩啊？

"叶师弟，我当年离开师父的时候，师父给我说过，关于门中秘术不许擅自传人，所以……"

虽然柳定定是至亲，左家俊仍然记得师父当年的嘱咐，只传了她武术上的心法，对于占卜算命这些门中秘术，却谨守老道的教诲，没敢擅传一个字出去。

左家俊一直想寻得师父，将柳定定收入麻衣门下，可是老道已然去世，他的这个愿望却再难达成了。

"对了,叶师弟,师……师父他老人家,是不是把传承留给你了?"左家俊所说的传承,就是老道占卜所用的铜钱和看风水使用的罗盘,他将这些东西传给谁,谁就是麻衣一脉的嫡系传人,也就是现任门主。所以老道虽然不在,如果叶天得到传承的话,那也是可以将柳定定收归门下的,是以左家俊才会如此询问。

"左师兄,师父的确把传承留给我了!"叶天点了点头,从身边茶几上的包里,拿出那面异常精致的罗盘。

"真……真是师父的罗盘!"

看着那面罗盘,左家俊脸上露出激动的神色,忽然双膝一曲,竟然对着叶天跪了下去,口中说道:"麻衣五十代弟子左家俊,见过当代门主!"

虽然麻衣一脉人丁单薄,但规矩还是要讲的,叶天初见左家俊的时候就行了个大礼,现在却是左家俊向门主行礼了。

"左师兄,快快起来,咱们师兄弟之间不用行这些虚礼!"

叶天连忙扶起左家俊,把他让到沙发上,说道:"师兄,我把师父这些年的经历给你说下吧!"

左家俊连连点头,说道:"好,好,叶师弟你快说,还有师父葬在何地也告诉我,我要去祭拜老师!"

叶天从李善元避祸来到茅山说起,包括自己在山中偶遇老道得以拜师,都原原本本地告诉了左家俊,当然,他在道观之中得到祖师传承的事情隐瞒了下来。

这一说足足就讲了三四个小时,一个说得心潮澎湃,一个听得热泪盈眶,两人都沉浸在对老道的回忆之中。

"师父,是……是我对不起您啊!"听完叶天的讲述,左家俊心如刀割,他没想到师父这些年过得竟然如此清苦,为了修缮道观,还要跑到山下装神弄鬼。

"哎,我……我说,小爷,这……这是怎么了?"

正当左家俊悲伤不已的时候,阿丁一手拎着一个食盒从外面进入客厅,这会儿都已经是下午两点多了,他怕饿着叶天,专门买了饭来。不过刚一进门,就被左家俊吓着了,他是认识这位在香港被人称为"活神仙"的人物的,却从来没见过他现在这般模样。

叶天对着阿丁摆了摆手,说道:"没事,把饭菜摆餐厅去吧,我们一会儿就过去。对了,有好酒的话就找出几瓶来,我要和师兄喝一点儿。"

香港的下午，正值美国的深夜，在一栋豪华的商业楼办公室里，此时还亮着灯光。

审批完桌子上厚厚的文件，宋晓龙抬起头用手揉搓了下太阳穴，英俊的面庞上满是疲惫的神色。不过在疲惫之余，宋晓龙此时却有些兴奋，因为他得到了消息，叶天居然离开了北京，现在正在香港。

拿起桌上的电话，刚刚拨出两个号码，宋晓龙就将电话挂断了，想了一下后，从办公桌里拿出一部卫星通讯电话。

很多美国公民都不知道，他们每天的一言一行其实都在国家监控之下，但是宋晓龙却是知道这些事情的。

"我找鄽薹鼍大师！"电话接通后，宋晓龙居然操着一口流利的泰语和对方说起话来。

宋晓龙十二岁时，被笃信佛教的姑妈送到泰国寺庙里当了三年的和尚，他的泰语就是那时学会的。包括现在与鄽薹鼍扯上关系，和他那三年的和尚生涯也有着很大的关系，宋晓龙曾经亲眼见过降头术的神奇，所以才会想到用这个办法对付叶天。

"宋，你找我？"

听到鄽薹鼍接了电话，宋晓龙连忙坐直身体，恭恭敬敬地说道："大师，叶天如今在香港！"

"照片我见过了，你把他现在所住的地址给我，两天之后，我会去香港！"

电话里沉默了一会儿，一个金铁交击般的声音从话筒里传出，震得宋晓龙连忙将电话拿远了一些。

"谢谢大师，一百万美元我一会儿就打过去！"宋晓龙也没多说，挂断电话之后，脸上露出一丝笑容。

"万一鬯蘁鼍失手了怎么办？"宋晓龙英俊的脸上露出一丝狰狞，"叶天，你一定要死！"

伸手打开桌上的电脑，宋晓龙登入一个看上去像是猎头公司的网站，在输入了一长串的密码后，一个杀手网站出现在屏幕上。

宋晓龙没少和洪门中人打交道，对于这个地下世界也是十分了解的。

在将叶天的照片以及各种资料输入网站上后，他用手机从自己在瑞士银行里的一个私密账户中，打了一千万美元到这个网站的账户。

这条信息发出去之后，只要有人接下来，信息就会自动隐匿，当前一位杀手任务失败后，才会重新出现在网站中。

宋晓龙有理由相信，即使是国际上最顶尖的杀手，也会对这一千万美金动心，因为他要杀的人，并非什么富豪大亨，只是一个二十多岁的普通人。

其实按照宋晓龙的本心，他是不想请杀手去对付叶天的，因为叶天死于谋杀，肯定会有人想到他的头上，甚至包括那位一向疼爱自己的姑妈。但是宋晓龙现在已经等不及了，因为就在堂兄宋晓哲出车祸死后，宋晓龙原本想再派一个自己的亲信过去，慢慢让一些意外事故发生在叶天的身上。

宋晓龙没想到，近年来一向都不管财团具体事物的宋薇兰，居然直接指派了一位集团副总裁前往中国。而这位副总裁是宋薇兰的嫡系，跟了宋薇兰很多年，向来只对宋薇兰负责，宋晓龙多次明里暗里地收买他都没有成功。这让宋晓龙心里有了一丝阴影，他隐隐感觉到姑妈对自己的信任不如以往了，所以趁着叶天在香港的机会，他无论如何都要把自己的这个表弟干掉。

前面有鬯蘁鼍大师，后面有世界顶级的杀手，宋晓龙就不相信叶天还能活着离开香港，清除掉登录网站的所有痕迹后，宋晓龙才离开了办公室。

"叶天，这是两头鲍，在鲍鱼里已经是极品了，真不知道阿丁在哪儿买到的！"在半山豪宅那装修奢华的餐厅里，左家俊正给叶天介绍香港的美食，阿丁虽然是个粗人，但今天带来的这些食物，倒是很对左家俊的胃口。

"谢谢师兄，我自己来……"在自家人面前，叶天当然不会客气，这些菜都是极有营养的，三五口之后，一个鲍鱼和半只烤乳猪就下了肚。

"好，咱们练武之人就是要能吃，叶师弟，真不知道你这身功夫是如何练出来的？"见到叶天的吃相，左家俊拍案赞叹起来。

"呵呵，左师兄，师父疼我，小时候没少给我泡药浴，那方子他改动了一些，效果可能更好一点儿吧！"

叶天闻言笑了起来，他之所以功力突飞猛涨而又没有瓶颈，其实还是脑中传承的功劳，不过这事儿不能告诉左家俊，就只能推到老道身上去。

"对了，师兄，你这些年是怎么过来的？我看你这身功夫，可仅差一步就进入化境了啊！"稍微解释了一下，叶天就把话题岔到了左家俊身上，说老实话，在天地灵气如此稀薄的今天，左家俊能有此修为，实在是一件不可思议的事情。

"我离开师父的时候，功夫就已经进入暗劲了，不过之后二十年就再无寸进，一直到四十多岁的时候遇到一些事情，因祸得福才达到了现在的境界……"

左家俊对叶天并无隐瞒，说了一件让自己外孙女都不知道的往事。

原来，因为麻衣一脉术法丢失的原因，左家俊只习得李善元传授的占卜问卦和堪舆风水，对于奇门中的争斗术法却了解不多。

左家俊在四十出头正当壮年的时候，曾经游历东南亚，寻访术法奇门中人，想弥补一下自己在功法上的缺失。

可是谁知道当他来到泰国，在其中一个寺庙里过夜的时候，却莫名其妙地遭到一个老和尚的挑衅，要与他较量术法。

那会儿的左家俊已经是暗劲高手了，也曾经拜访过许多武术名家，较量起来都是不落下风的，虽然在术法上造诣不深，但也不肯示弱，于是和那个老和尚比试了起来。不过左家俊没想到，那老和尚竟然精通降头术，而且手法阴险，嘴上喊着比试术法，却是趁左家俊不注意，暗中放出蛊虫偷袭了左家俊。

当时被蛊虫咬中右手的左家俊，封住手上的经脉，奋力逃出了寺庙，在当地一位华人武术家的帮助下，连夜逃回了香港。

回到香港后，左家俊整整卧床三年，又不断食用各种驱毒大补的药剂，才将右臂的蛊毒尽数驱逐了出去。不过在这个过程中，左家俊一直没有任何进展的功夫，倒是得到了长足的进步，一路突破了暗劲的两个小瓶颈，到了现在只差一步就能进入化境。

"又是泰国？"叶天闻言愣了一下，继而咬牙切齿地问道，"师兄，偷袭你的那个老和尚叫什么名字？"

"怎么，你和泰国降头师也有恩怨？"左家俊有些奇怪地看向叶天，说道，"那人叫作乃他信·沙旺素西，在泰国名声极高，泰国人可以不知道国王是谁，但一定听过他的名字！"

伤势恢复后，左家俊很快就打听到了那个老和尚的姓名。

他也曾经想前往泰国报仇雪恨，可是思量再三，自己在术法上的确比不过那个老和尚，前去也只是送命，这才隐忍了下来。

"又是乃他信·沙旺素西！"

听完左家俊的讲述，叶天眼中露出一丝寒光，一股杀意弥漫在他周围，让正在吃东西的柳定定不禁动作一滞。

虽然叶天身上的杀意一放即收，却被柳定定真实地感受到，在那一瞬间，她突然感觉身边好像坐着一头猛兽一般，让她浑身的汗毛都炸了起来。

原本对叶天并不是十分敬重的柳定定，此时才真正意识到她与这位小叔爷的差距！

"这小师弟好重的杀气，看来手上有着不少人命啊！"

连柳定定都能感觉到的事情，自然也逃不过左家俊的感应，不过让他疑惑的是，师门攻伐术法早已丢失，叶天却为何有如此大的杀意呢？

"叶师弟，你和那乃他信·沙旺素西也有过节？"见叶天听闻这个名字后的反应，左家俊干脆直接问了出来。

叶天没有回答左家俊的话，而是问道："左师兄，你知道乃他信·沙旺素西为何对你出手吗？"

左家俊摇了摇头，说道："不知道，我以前到了一处地方，向来都是以武会友，从来不做逾越的事情，也没得罪过什么人，那老和尚的行为我到现在也一直不解！"

左家俊当年在东南亚游历的时候，每到一处都是按照江湖规矩行事，和当地那些拳师或者是奇门中人都相处得很融洽。所以这么多年来，左家俊始终都没搞明白，乃他信·沙旺素西偷袭他到底是为了什么。

"师父当年和乃他信·沙旺素西交过手，具体情况我也不是很清楚，师父他老人家没有多说，不过应该是师父让乃他信·沙旺素西吃了点儿亏。"

叶天看向左家俊，说道："左师兄你身上的气机和师父相似，我估计由此被乃他信·沙旺素西认出来，他才向你出手偷袭的！"

李善元收左家俊为徒的时候，除了传授左家俊武功以及占卜之术外，很少提及自己当年的作为。就是对叶天，老道最初也没有说过他闯荡江湖的往事，直到生命的最后两年，他才给叶天吐露了一些江湖上的秘事，其中就包括和泰国的乃他信·沙旺素西交手的事情。

按照老道的说法，乃他信·沙旺素西应该是在 20 世纪 30 年代初期进入中国。

虽然乃他信·沙旺素西声称为了领教中国奇门术法，却出手狠辣，和他交过手的奇门中人，无一不是横死当场。

乃他信·沙旺素西的做法引起了李善元的愤怒，在与其相约较量术法之后，李善元布下一个绝杀阵法困住了他。但是没承想乃他信·沙旺素西的降头术诡异多端，竟然破除了阵法，由于李善元缺乏攻伐术法，最后和乃他信·沙旺素西以两败俱伤的结局收场。

从那之后，乃他信·沙旺素西终生没有再踏入中国地界一步，而李善元也退出江湖归隐了起来，虽然老道没有细说，但是叶天感觉得到，这两者之间肯定是有着一定联系的。

"原来如此！"

听叶天讲完这段师父的往事，左家俊才恍然大悟，怪不得自己当年借宿的时候，那个老和尚面色就有些诡异，到了晚上更是不顾身份出手偷袭自己！

修炼外门功夫，在不动手的时候，是很难辨别身份门派的，但是各门的内功心法不同，以乃他信·沙旺素西的修为，自然一眼就能辨别出左家俊的传承。

"大师兄知道的事情最多，师父当年应该告诉过他。对了，左师兄，你应该去过台湾，不知道和大师兄有没有联系上？"

叶天突然想起来，他们在台湾还有个大师兄，根据李善元所言，这位大师兄跟随他的时间最长，占卜、堪舆无一不精，应该也是位赫赫有名的人物。

听到叶天的话，左家俊摇了摇头，说道："没有，我70年代就去过台湾，但几十年过去了，始终都没有任何关于荀师兄的消息，或许，当年出了什么意外吧？"

李善元的大弟子叫作荀心家，二十多岁的时候就已经是当时国民政府的一位少校军官了，1949年国民党兵败大陆后，荀心家带着家人一起去了台湾。

按理说有名有姓的应该可以找到，但是左家俊去台湾找了不少老兵，其中也有认识荀心家的人，却没有一个能说清楚荀心家的去向。

在那个兵荒马乱的年代，真的是人命不如狗，什么意外都有可能发生，几次前往台湾未果之后，左家俊也只能断了寻找大师兄的念头。

"大师兄要是还活着，应该有八九十岁的高龄了。"叶天叹了口气，从目前的情况来看，好像麻衣一脉的传人就剩下他和左家俊了。

"叶师弟，你既然继承了师父的衣钵，那就是咱们麻衣一脉的门主了，师兄有一事相求！"左家俊突然想起一件事，正色向叶天说道。

"什么事？左师兄请说。"叶天点了点头。

左家俊指着柳定定，说道："我这外孙女天生聪颖，虽然脾气不是很好，但对于术法有些天分，我……我想把她收入麻衣门下，叶师弟你看行不行？"

"当然可以了，师兄，只要是人品端正，你都可以将其收到麻衣门下，咱们这一脉过于单薄，也确实要多收些门徒。"叶天一口就答应下来，看向柳定定说道，"我和你外公均是麻衣五十代传人，不过我和左师兄都没有弟子，对你是隔代传，也就是说，你入得门来，只能是麻衣一脉的五十二代传人，你可愿意？"

左家俊和柳定定的关系是无法改变的，而叶天也不肯自降辈分收柳定定为徒，所以她实际虽为左家俊的弟子，名义上却要排到第五十二代中去。

"叔爷，我愿意！"柳定定重重点了点头，她自小就想学习外公的占卜、堪舆之术，只是左家俊碍于师父当年的叮嘱，没敢传给她，现在有这么个机会，她哪里还会在乎什么辈分不辈分的？

叶天闻言大喜，说道："好，师兄，咱们马上就开香堂，摆香案！"

"阿丁，过来，有些事你帮我去办一下！"

反正现在饭菜吃得也差不多了，叶天到门口喊过阿丁，让他去准备一些猪头、水果等祭品，作为麻衣一脉正式收取门徒，叶天想办得隆重一些。

"叶师弟，简单一点儿就好了吧？"见到叶天的举动，左家俊愣住了，他原本想着让柳定定给自己和叶天端茶跪拜，就算将其收入门中了。

"左师兄，要的，咱们麻衣一脉历代祖师和前辈的族谱都在我那里，等我回去再把柳定定的名字添上去！"

叶天曾经答应过老道，要将麻衣一脉发扬光大，可是就凭他和左家俊两个人，显然是做不到这一点儿的，是以对柳定定的入门极为看重。

"我记得老唐给我说他这里有间画室的？"

安排了阿丁去准备祭品后，叶天一个个房间翻找起来，还真被他找到一间画室，里面还有遗留着的画板宣纸以及颜料。

"叶师弟，你这是干什么啊？"看到叶天居然撑起一块画板，要在上面作画，跟在他身后的左家俊和柳定定不由得面面相觑，摸不着头脑。

"定定入门，总是要祭拜祖师的吧？"叶天的声音有些伤感，"师父算是比较通情达理的人了，但就是不肯照相，所以师弟无能，没有留下师父的相片，现在我给画出来吧！"

李善元生前的时候，叶天多次想和他合影，但无论叶天怎么劝说，老道就是不同意，所以叶天此时才兴起这个心思。

老道的音容笑貌自然早已深深地印在叶天脑海之中，一番挥笔勾勒，李善元的图像顿时出现在画纸上。

经过加抹色彩后，一袭道袍仙风道骨的形象，顿时跃入左家俊眼中，"师父？"看着画面上的李善元，左家俊忍不住跪了下去，对着老道的遗像拜了三拜。

画完李善元之后，叶天又把麻衣一脉的祖师画像画了出来，这也是他自小跪拜的，不多时，祖师画像就跃然纸上。

叶天虽然只是小时候跟着老道学过几天绘画，但这两个人的形象早已深入叶天的内心，以叶天对真气的掌控能力，等于将两人的样子复印到了纸上。

看着这两幅画像，左家俊神情激动地说道："叶天，师父和祖师的画像你要给我留下来，我找人裱糊之后每日上香敬拜！"

"好的，师兄有心了。"

听到左家俊的话，叶天不禁有些惭愧，老道去世这么久，他除了逢年过节会回去烧纸上香之外，还真没想到将师父祭在家中。

唐文远别墅的客厅里，此时被改成了个香堂，李善元和麻衣祖师的画像被挂于墙上，叶天与左家俊分坐在画像两旁，而柳定定则双膝跪在二人面前。

"柳定定，我麻衣一脉门中规矩并不烦琐，一戒欺师灭祖，二戒对普通人使用术法残害生灵，三戒奸……呃，主要就是这两条，你能做到吗？"

虽然左家俊是师兄，不过叶天却是第五十代麻衣一脉的嫡系传人，也就是门主，弟子入门的训话，自然是要由他来进行的。

麻衣祖师本就出身道家，讲究的是无为而治，所以他首创的这一门派，也没有什么三规六戒的，本来还有一戒是不得奸淫好色，不过柳定定是女孩子，这个自然就免了。

"师祖，我能做到，一戒欺师灭祖，二戒对普通人使用术法残害生灵！"柳定定神情坚毅地重复了一番叶天的训诫。

"好，跪拜祖师吧！"叶天点了点头，虽然柳定定是个女孩，但天赋极佳，又被左家俊从小培养，日后接触到麻衣术法，其修为将会突飞猛进。

对着麻衣祖师和李善元的画像跪拜完后，柳定定又对着叶天拜了三拜，然后这入门仪式就算是完成了，叶天伸手扶起柳定定，哈哈一笑，说道："我这见面礼可给过了啊，再想要就要找左师兄了！"

"叶师弟，你给的什么见面礼啊？"左家俊却不知道这件事，一脸狐疑地看向外孙女。

"外公，这是师祖给的，他说是件法器！"柳定定将生肖玉石拿了出来。

"这……这真是件法器啊，叶师弟，你……你从哪儿搞来的这东西？"接过那生肖玉石之后，左家俊面色大变，以他的修为，可以轻易感觉到这玉器之中蕴含的生吉之气。

左家俊知道，师父手上有两件法器，是一枚铜钱和祖传的罗盘。但这些只能传给下任门主，除了这两件之外，最后一件法器却传给了自己，现在正戴在外孙女的脖子上。也就是说，叶天的这枚法器，应该是他自己得到的，但左家俊这么多年寻访多地，也没能遇到一件法器，是以才会如此吃惊。

左家俊想了一下，把那生肖玉石递向叶天，说道："叶师弟，这礼太贵重了，再说定定已经有了件法器，你还是留着日后传给弟子吧！"

左家俊是知晓法器的稀少程度的，一般都是师父传徒弟，如此一辈辈地传下去，叶天送出这块玉，万一等他收徒的时候没有法器相赠，那反而是做师兄的不是了。

"师兄，定定戴的那件法器，是师父赐予你的，就让定定还给你吧，日后她戴着这件法器就行了。"叶天笑了笑，接着说道，"至于我倒是不怕，师兄，那把偃月刀就是一件攻击法器，日后也可以传给我的弟子！"

"什么？那是攻击法器？"

左家俊闻言一愣，也顾不得孙女在场了，急匆匆地跑到偃月刀前，仔细打量了半天，一脸狐疑地看向叶天，说道："叶师弟，这……这不太像是法器啊？"

左家俊功夫到了，修为也够，但他之所以二十多年都不敢前往泰国找乃他信·沙旺素西了结恩怨，就是因为缺少攻伐杀戮的手段。

现在听到叶天说这是件攻击法器，左家俊可不是一般的激动，以他的修为，即使不懂术法，拿着件攻击法器也能发挥出三五分作用来。

只不过观察了半天偃月刀之后，左家俊有些失望，这把刀中虽然隐隐含有阴煞之气，不过并没有传说中的攻击法器的那些特征。

"怎么，师兄，想见识一下这件法器？"

叶天闻言笑了起来，偃月刀中的煞气已经被他封存了起来，除非叶天用秘法驱使，否则这刀在外人眼里，不过就是一把稍微重一点儿的兵器罢了。

听到叶天话中有话，左家俊的眼睛顿时亮了起来，说道："当然想见识了，叶师弟，师父当年可是都没有这种法器啊！"

"好，师兄，你退后几步！"

叶天走到距离偃月刀三米之前，右手掐了个指诀，口中喝道："启！"

随着叶天的喝声，一股阴森森的气息弥漫开来，这足有上百平方米客厅里的温度，似乎陡然下降了几分。

"杀！"

叶天又是一声断喝，偃月刀发出一声脆鸣，气势为之一变，房中的柳定定和左家俊眼前一花，身体周围突然响起杀伐之音。

此时的左家俊，好像置身于古代战场之中，一队队骑兵捉对厮杀，马刀砍下血肉横飞，马蹄踏过尸骨遍地，让他从心底生出一股寒意。

"好……好可怕的幻境！"

左家俊到底功力深厚，稍微一愣神之后，从那幻境中摆脱了出来，不过全身都已经被冷汗浸透了。

"叶师弟，快，快停停！"

搭眼望去，柳定定的表现比自己更加不堪，双拳正在对着空气挥舞，口中还发出喊杀声，想必心神已经完全沉浸在幻境之中。

"定，给我收！"叶天口中发出一声低喝，有如高僧禅唱一般，满屋煞气瞬间消失得无影无踪，尽数收敛在偃月刀之中。

"杀！杀死你们！"柳定定似乎还没有清醒过来，闭着眼睛徒劳地对四周攻击着。

"定定，醒来！"左家俊在外孙女耳边大喝一声，柳定定这才停住了动作，缓缓地睁开眼睛。

"外公，我……我做了个梦，见到好多鬼啊，可是我又能杀死它们！"

要说柳定定还真是很适合修习奇门术法，回过神来之后，表现得居然不是害怕，而是一脸的兴奋。

这种表现比叶天小时候可是强多了，那会儿叶天被老道逼着在孤坟岗睡觉，老道还半夜装鬼去吓唬叶天，差点儿没把叶天的三魂六魄吓飞掉。

"叶师弟，这把法器好厉害，你是从何得来的？"

左家俊没有搭理外孙女，而是将目光放在偃月刀上，领教了这把法器的威力之后，左家俊才真正意识到攻击法器的犀利之处。

要知道，虽然偃月刀仅仅影响了左家俊心神不过四五秒的时间，但高手斗法，这四五秒足够别人杀死他好多回了。而且偃月刀刚才也并非针对他释放出来的煞气，否则的话左家俊也不会那么轻易就从幻觉之中摆脱出来。

"这物件得来却是很巧，也算是运气吧。"对自家师兄没有什么好隐瞒的，叶天笑着将自己的那次盗墓经历说了出来。

"哇，好刺激啊！"听完叶天的讲述，柳定定张大嘴叫了起来，"师祖，以后盗墓您一定要喊着我啊，太刺激了！"

"定定，还是叫叔爷吧，师祖这称呼在外人面前不合适。"叶天闻言苦笑了一声，没想到这世间麻衣一脉的第三位传人，居然是个暴力女！

见左家俊似乎都对柳定定的话有几分动心的样子，叶天连忙绷起脸说道："我那次的初衷不过是为了消弭劫难，盗墓有损天和，你们以后切不可如此！"

如果自己这位二师兄为了找寻法器，真的去盗墓的话，那么叶天日后可是没有脸面去见历代祖师了。

"是，叶师弟，我不会去做那种事情的！"

听到叶天的话，左家俊陡然一惊，从对法器的贪婪中清醒过来，他在占卜上的造诣极深，自然懂得天道无情的道理。

"对了，叶师弟，我听定定说你这次来香港是有事情要办，是什么事啊？师兄在香港也算是有点儿名声，或许能帮到你。"

摇头摆脱法器对自己的诱惑之后，左家俊将话题岔开，师弟来香港办事，自己这师兄当然要全力相助。

"咳，师兄，这事儿说起来还是和乃他信·沙旺素西有关系的，我此次来，就是为了会会他的弟子……"

叶天想了一下，把自己的家世完完本本地告诉了他，包括宋家那位视自己为眼中钉的宋晓龙也没瞒着左家俊。

"你……你竟然是薇兰女士的儿子？"左家俊一脸的惊异，"我十年前见过你母亲一面，她曾经让我推演你日后的情况，不过推演出来的结果却是一片混沌，原来如此！"

术法相冲，想要推演一位术法中人的命理，比普通人要难上百倍，别说是左家俊了，就是李善元，当年也无法推演出叶天日后一丝发展轨迹。

"又是豪门恩怨啊。"

左家俊在香港多年，见惯了那些豪门子弟争抢家产的事情，却没想到自己这位小师弟居然也会陷入这个旋涡之中。

"叶师弟，你这件事做得有些冒昧了，峇釐鼍这个人我知道，是泰国乃他信·沙旺素西之下名头最大的一个降头师。"左家俊一脸担忧地说道，"咱们这一脉的攻伐术法尽失，仅靠着这把法器，怕是不一定能对付得了他！"

术法和内家修为是两回事，虽然叶天功力深厚，但缺少攻伐手段，所以在左家俊看来，叶天对上峇釐鼍，恐怕是败多胜少的局面。

听闻乩蛊鼍有可能来香港暗杀叶天，左家俊的眉头不禁皱了起来，想了一下，说道："叶天，要不……你先躲避一下，以我在香港的人脉，谅那乩蛊鼍也不敢胡来！"

术法之所以式微，就在于现代热武器的出现，左家俊相信，即使乩蛊鼍的降头术再厉害，几十把枪对准他，也能把他打成个马蜂窝。

虽然这有违奇门江湖中的规矩，但为了叶天的小命，左家俊也顾不了那么多。再说乃他信·沙旺素西也不是什么好鸟，当年如果不是他为老不尊先偷袭自己，自己也不会毫无还手之力。所以左家俊这会儿也拿定了主意，只要乩蛊鼍敢来香港，自己就组织一帮人乱枪将他打死，也算是还了自己当年被偷袭的那笔账。

叶天笑了笑，似乎看出左家俊的心思，说道："左师兄，你对我就这么没信心吗？"

听到叶天的话，左家俊急道："叶天，你不知道，降头术里面有几种邪术，均是可以杀人于无形的，你修为虽然高，但也未必能挡得住！"

当年乃他信·沙旺素西偷袭左家俊的时候，正值一个狂风暴雨电闪雷鸣的夜晚，这对蛊虫是一种制约，所以他才能逃出生天。否则以乃他信·沙旺素西在降头术上的造诣，即使左家俊当时逃脱，他也能用秘法将其位置锁定并进行追杀。

左家俊就是怕自己这个师弟初生牛犊不怕虎，去和降头术做正面对抗，到头来吃亏的一定是叶天。

"师兄，你以为师父这么多年，就一点儿事情都没做吗？"叶天似笑非笑地看着左

第十九章 九宫阵法

家俊，说道，"师父这一生立志要补全麻衣一脉功法，在他晚年的时候创下一套杀伐术法，威力绝对不在那泰国降头术之下！"

按照叶天和李善元生前时的商议，如果有可能的话，叶天可以将秘术有选择地传授给两位师兄，但不包括攻伐之术，原因就是老道认为这些术法过于狠辣，有伤天和。不过在得知左家俊曾经因为不通术法而险些遭受劫难的事情后，叶天就改变了这个想法，他总不能眼睁睁地看着同门受人欺凌吧？

当然，叶天还是不会泄露自己得到传承的事情，所以这才借用了老道的名义，准备将日后传给左家俊的术法，都说成是李善元首创出来的。

"叶……叶师弟，你……你是说师父创出杀伐术法来了？"

果然，左家俊听到叶天的话后，没有丝毫的怀疑，李善元在他眼中学究天人，能补全师门术法，并非一件不可能的事情。

"对，师兄，等过了这档子事，我把那些术法整理一下给你，不过……"说到这里，叶天的脸色变得严肃起来，"不过这些术法，只能传与门中嫡系子弟，心术不正者不传，暴虐好杀者不传，师兄，你要切记！"

术法多是伤人于无形之中，如果用来为恶，除了老天惩处之外，相关部门是没有任何办法的，所以叶天才说出这两不传的规矩。

见叶天面色凛然，左家俊重重地点了点头，说道："是，叶师弟，师兄会谨记在心的。"

虽然辈分上是叶天的师兄，但是叶天是麻衣一脉的门主，从叶天口中讲出的话那就是门规，左家俊还是要听从的。

叶天见气氛有些凝重，哈哈一笑拍了拍手，说道："行了，师兄，这下你不担心了吧？邕颦鼍只要敢来香港，我让他有去无回！"

原本叶天和邕颦鼍无仇无怨，并没有动杀心，不过在得知左家俊被乃他信·沙旺素西偷袭的事情后，他就决定将其留在香港，算是先收取一些利息。

"叶天，邕颦鼍在东南亚的名声很大，你……你还是要小心点儿，依我看，最好让唐先生安排几个枪手住进来比较稳妥。"

左家俊确实没有叶天那么大的信心，在他看来，就算是叶天得到了师父攻伐术法的传承，但他到底还年轻，未必就能斗得过邕颦鼍。

要知道，术法修炼和内家心法一样，都是经过长年累月的苦练积累，才能将术法使用得得心应手，叶天不过二十出头的年龄，他再强也是有限的。

叶天没想到自己说出邕颦鼍的事情后，左家俊的反应会如此之大，感动之余也有些哭笑不得，以他现在的身份，用枪手去对付邕颦鼍，还真丢不起那人。

想了一下之后，叶天说道："师兄，安心啦，咱们这一脉的阵法也不是吃素的，回头我布个绝杀阵，一准让邕颦鼍有进无出！"

"用阵法？好主意，叶天，师父的阵法你都学会了吗？"

听到叶天的话，左家俊眼睛一亮，他当年主要学的是占卜问卦和风水堪舆，对于阵法并不精通，但这并不妨碍左家俊对阵法的了解。

"师兄，你就放心吧，有偃月刀在，我再布下个九宫绝杀阵法，别说是鲤蠹矗了，就是他师父乃他信·沙旺素西那老和尚来，我也能担保他有来无回！"

从修为进入炼气化神的阶段后，叶天可动用的传承秘术越来越多了，其中不乏威力强大的攻伐之术，就是不使用阵法，他对鲤蠹矗也是一无所惧的。

不过狮子搏兔尚且用尽全力，叶天对降头术所知不多，是以他不会因此而轻视鲤蠹矗，会布下一座大阵请君入瓮。

"好，叶师弟，师兄陪你在这里，和乃他信·沙旺素西的徒弟好好斗上一场法！"

听到叶天的这番话，左家俊也是豪兴大发，他和乃他信·沙旺素西积怨二十多年，何尝不想一雪当年遭受的耻辱？

"叔爷，外公，我也要留下来，我也要帮你们斗法！"

叶天和左家俊的对话让一旁的柳定定眼中放光，奇门江湖的斗法，可是连外公都没经历过的，她自然也想跟着凑凑热闹了，这丫头从出生就不知道什么叫作害怕。

叶天将脸一绷，摇头道："不行，定定你先回去，奇门斗法不是小孩过家家，到时候有什么差池我都救不了你，而且你在这里，也会让我分心！"

叶天之所以离开京城来到香港，不就是怕他和鲤蠹矗之间的斗法会影响到家人吗？

柳定定虽然现在入了门，但对术法却一窍不通，充其量只能算是江湖中人而非奇门中人，要不然刚才也不会轻易地就被偃月刀的煞气迷惑了。

"不嘛，叔爷，求求你，就让我留下来见识一下吧！"柳定定闻言皱起脸，用双手抱住叶天的胳膊摇晃起来，那模样和个撒娇的孩子差不多。

"说了不行就是不行，师兄多少懂得一些术法，你连门都没入，留下来只会让我分心！"叶天的声音越来越严厉，"柳定定，你要是不听话，我就将你逐出麻衣一脉，日后你也别想学得术法！"

要说叶天的这一招还真是好使，原本还想去纠缠外公的柳定定，顿时老实了下来，嘴里嘟嘟囔道："走就走，凶我干什么啊？"

"嗯，没接到左师兄的电话，不允许你回来，否则就是欺师灭祖，知道了吗？"

叶天故意把话说得很重，因为他真怕这丫头偷偷藏在别处，虽然接触柳定定时间不长，也能看出来她不是盏省油的灯。

左家俊也出言说道："定定，听叔爷的话，我当年都差点儿因此丧命，这不是一件好玩的事情！"

柳定定的小心思被叶天揭穿了，只能悻悻地说道："我知道了，外公，我这就回去，你……你们也要小心一点儿啊！"

"行了，我让阿丁送你回去！"

叶天抬头看看天色已经不早了，出去喊来阿丁，让他把柳定定送了回去，同时叮嘱阿丁这几天都不要来别墅，饭菜叫酒店直接送来就行了。

送走柳定定返回到客厅之后，叶天看向左家俊，说道："师兄，我先传你引动天地煞气的术法吧。"

"师弟，请坐！"

听到叶天的话，左家俊脸上不由得露出一丝激动的神色。术法在奇门内的各个门派之中，皆是不传之秘，他游历东南亚数十年，都未能学得一招半式，所以听到叶天要传他术法后，连忙将叶天让到上首坐了下来，自己双手垂在膝盖上，做出一剐聆听受教的模样。

"师兄，术者，就是技术、技巧，达于术者，达下乘也；法者，于术精通而升华成理，达于法者，达中乘也。而术法就是将其二者合一，达于道者，达上乘也！"叶天将传承中对术法的解释一一道来，"律无偿，道不公，法无定，术不恒，术之变幻，权凭一念，法之毫厘，存乎于心，术法之道，不可不察也。"

"师弟，这些我都知道的……"

左家俊对于术法的理解已经很深刻了，他现在所需的是可以用于实战的法术，听完叶天的话，问道："那究竟如何引煞气为自身所用？"

"师兄，天下万物皆有神，草有神而生，木有神而长，气之亦有神，而且气分阴阳，玄奥之气，引于经，趋于脉，委于六合，化气而成实。"

叶天一边解说，一边将配合术法所必需的指诀咒语讲给左家俊，同时施展术法，使得身体周围的天地元气紊乱起来，以供左家俊参考摸索。

"哈哈，我明白了！"左家俊坐在那里苦苦思索了一个多小时后，突然眼睛一亮，放声大笑起来，"阴乖序乱，阳以待逆，聚阴阳之机，运之以虚，击敌于无形！"

说话间，左家俊掐动指诀，围绕身体周围画了一个弧圈后，伸手向前指去，口中一声大喝："疾！"

随着左家俊的断喝声，一道刺耳啸声响起，他身前的空气竟然像是水纹一般，起了阵阵涟漪，一道阴寒至极的煞气向前方射出十多米，才逐渐消散在空气中。

"师兄，好悟性啊，佩服，真是佩服！"见到左家俊在短短的一两个小时内就能领悟术法真谛，并且将其施展出来，叶天也是看得目瞪口呆。

叶天现在算是知道了，师父为何总是说自己这两个师兄均是天赋异禀之人，如果不是自己得到了那个传承，恐怕在对术法的领悟上，还是不及眼前这位二师兄的。

只是可惜了大师兄不知所踪，否则将攻伐术法传与他之后，他们师兄弟三人，当可横行于现代的奇门江湖。

"小爷，吃饭了，我从唐爷那又给您拿了几瓶好酒！"

叶天师兄弟二人一个讲一个听，不知不觉天色就黑了下来，直到客厅外面响起阿丁的声音，两人才回过神来。

"嗯？阿丁，我不是说不让你来了吗？"抬头看着站在门外的阿丁，叶天皱了皱眉头，这次来香港已经借助了唐文远不少的力量，他可不想在斗法的时候伤及唐文远的这个心腹。

"小爷，我听唐爷说了，您在这儿是等仇家上门的……"阿丁嘿嘿一笑，接着说道，"我打小就是把脑袋拴在裤腰带上的，最不怕的就是打打杀杀，留在这里也能给您搭把手不是？"

"这儿还真是没有一个糊涂人啊！"

听到阿丁的话，叶天苦笑了起来，他只是说借用这房子一个月，并没有给唐文远说起鄷鄷鼍鼍的事情，没想那老头心里明镜似的，早就一清二楚了。

阿丁总归是一片好意，叶天想了一下后，耐心地说道："阿丁，我们这个圈子和你们的江湖不一样，不是动刀动枪就能解决问题的，你以为在我面前，你的枪拔得出来吗？"

叶天能感应到阿丁腰间传出的那一丝危险的气机，想必是他回去带在身上的，不过除了远距离的狙击步枪或者是被人用枪围住，否则叶天还真是不惧。

"嘿，小爷，您可别小看我，想当年我阿丁也是会里的……"被叶天小瞧了，阿丁有些不满，一边说话一边伸出右手往腰间摸去，不过当他刚刚抬起右手，忽然感觉浑身一冷，竟然再也动弹不得。

"这……这是怎么回事？"

外面可是三十多度的温度，虽然客厅里开着空调，那也有二十五六度的温度，但阿丁却感到那股冷意寒彻骨髓，说起话来都变得结结巴巴的。

"阿丁，好意我心领了，不过这事儿不是你能掺和进来的！"叶天右手掐出指诀，将笼罩在阿丁身体周围的煞气尽数引入偃月刀中。

"咦，我……我又能动了？"叶天散开那些煞气后，阿丁连忙活动了下身体，再看向叶天的眼神里，已经充满了敬畏。

混帮会的人，大多都是敬关二爷的，他们相信举头三尺有神明，叶天的这手功夫使出来，那和神迹也差不多了，由不得阿丁不害怕。

叶天笑着看了一眼阿丁，说道："酒店里送饭菜的人要固定，每日早上七点、中午十二点和晚上六点钟这三个时间段送来，你就不要跟着了。"

"是，小爷！"

这次阿丁不敢逞强了，他原本只是认为叶天武功高强，却没想到他别的手段更是让人防不胜防，自己在他面前真是不够看的。

叶天忽然心中一动，说道："对了，你让以前的那些好朋友帮着留点儿神，如果有人通过一些地下渠道从泰国入境来到香港，马上给我打个电话。"

如果是叶天想出国去杀某个人，他肯定不会通过正常的渠道前往那个国家，所以叶天推测，邕矗矗估计也不会拿着护照光明正大地进入香港。

不过想要通过偷渡进入香港，肯定躲不过这些帮会中人耳目，阿丁以前的身份，在这时候想必能起到一些作用。

"小爷，泰国来的人？莫非您短了别人的货？"

听到叶天的话，阿丁脸上露出一股奇怪的神色，能被人从泰国追杀至香港，好像除了那被称为软黄金的白粉之外，就没别的东西了。

"短了别人的货？"叶天闻言愣了一下，不过看到阿丁用手撮着鼻子做出一副吸食白粉的样子，不由得一脚踢了过去，"滚一边去，爷是沾那东西的人吗？"

"嘿嘿，小爷，不是就好。"阿丁躲过叶天那一脚后，心里放松了很多。

要知道，那些毒枭可是杀人不眨眼的，以前一个小帮会中的人就黑过泰国一批货，整个帮会二十多个人全被枪杀在屋里，当时在香港造成了很大的轰动。

香港本地的这些帮会成员虽然也好勇斗狠，但和那些装备了军队制式武器的毒枭比起来，还是有些不够看的。

"小爷，您知道那边来的人长得是什么样子？来的是几个人吗？"阿丁赔着笑脸问道。

"师兄，您知道吗？"

叶天看向左家俊，见他摇了摇头后，对着阿丁说道："长什么模样我也不知道，人数应该不超过五个，你要是有发现的话，千万不要惊动他们！"

奇门中人斗法，可不是凭借人数多就行的，叶天估摸着邕矗矗那边最多能来三五个人就不错了。

"小爷，您放心吧，这几天就是有只耗子进入香港，我也一准把他找到！"

叶天点了点头，说道："好，阿丁，等这事完了我会给老唐说，让你跟我一段时间，到时候帮你把早年的那些戾气都化解掉！"

叶天这番话说出来后，阿丁的呼吸骤然变得急促起来，当下也顾不得再和叶天套近乎，匆匆告辞离开去办理叶天交代的事情。

"师弟，你确定邕矗矗一定会来？"

"之前还不敢确定，不过知道那老和尚偷袭你后，我有八成的把握他会来！"叶天答道，乃他信·沙旺素西为人心胸如此狭小，竟然去偷袭故人的徒弟，邕矗矗师承于他，十有八九也是个心思毒辣贪财粗鄙的性子。

"师兄，有备无患总是好的，等我先布下阵法，回头再和你交流术法上的事情。"

叶天说着话拉过自己从国内带来的箱子，他此次带来的玉石虽然品质不怎么样，但是以偃月刀为阵眼，还是能发挥出阵法的威力的。

"师弟，我也通晓一点儿阵法，让我给你帮帮忙吧！"左家俊虽然刚刚习得一些攻伐术法，正是心中痒痒的时候，恨不得叶天将所知术法都尽数传给自己。不过他也知道孰轻孰重，如果能在此地布下绝杀阵法，别说邕蘁蟲了，就是乃他信·沙旺素西亲至，左家俊也有几分把握将他留下来。

"师兄，你也会布法阵？"叶天闻言愣了一下，师父好像没说过曾经传过两位师兄阵法。

左家俊笑了笑，说道："我自己瞎摸索的，只能困住人而没有杀伐之力。叶师弟，你的阵法是学自师父吧？"

"嗯，师兄你这宅子的风水是按照九宫飞星的格局布置的，师父曾经传给我一套九宫绝杀阵，倒是能用在这里！"叶天点了点头，也没多说什么，老道所会的那些阵法，威力远不如他所得的传承法阵，只不过无法向左家俊明言罢了。

伸手将那包玉石拎起来，叶天信步走出客厅，看似随意地围着别墅转悠了起来，时不时将一块玉石放入某个角落。

叶天如闲庭散步一般，东边草地上埋块玉石，西边墙缝中塞个物件，一个多小时后，手中拎着的那满满一书包的玉饰，居然一块不剩。

"叶师弟，你这……这布的是什么阵法啊？我怎么看不出一点儿门道来？"左家俊不禁好奇心大起，因为他完全不知道那些玉石摆放的位置有什么讲究，看得是云山雾罩。

"师兄，走，回到客厅你就知道这是什么阵法了！"叶天闻言神秘地笑了笑，拉着左家俊返回客厅里，这里正处于整栋别墅的中心位置，也是叶天所留的阵眼所在。

"师兄，看好了！"回到客厅后，叶天左右两手的三、四、五指相互勾住，右手大拇指掐在左手大拇指下方，左右食指均是开合的状态，口中念道："九曜顺行、元始徘徊、华精莹明、元灵散开，九宫八卦，天罗地网，给我开！"

随着口中诵念的咒语，叶天左右两手的食指按在一起，呈剑诀指向立于客厅中间的偃月刀，他当时将刀插入此地，也并非无的放矢。

随着叶天指诀的掐出，偃月刀中一股狂暴的阴煞之气冲天而起，将及屋顶时，突然四散开来，犹如被一张无形大网笼罩在其中。

在叶天指诀的指引下，偃月刀中的冲天煞气并没有收敛，而是按照九宫八卦的方位蔓延曲伸，整栋别墅内的温度，似乎骤然间降了下来。

站在客厅中的左家俊，只感到耳边阴风呼啸，除了他和叶天所站立的阵眼处，三米之外的景色居然变得模糊起来。

叶天释放出气机，将整座阵法进行一番调整后，才说道："左师兄，你走出阵眼，看看这阵法功效如何？"

听到叶天的话，左家俊试着往外走了一步，一阵煞气吹过，左家俊跨出的右腿顿时感到剧痛无比，有如刀割一般。

"这……这是真的还是幻觉？"左家俊大惊，连忙收回右腿仔细查看，却发现上面没有丝毫伤痕。

第十九章 九宫阵法

"师兄，阴煞杀人于无形，又何须分出真假幻灭呢？"叶天笑了笑，接着说道，"我这阵法是由你那九宫飞星阵法改动过来的，师兄你只要按照八卦方位在里面行走，就不会被煞气攻击。"

"真的？"

左家俊闻言一愣，九宫八卦乃是每一个占卜问卦之人都精通的，八卦在奇门遁甲中又被称为八门，分别指的是休、生、伤、杜、景、死、惊、开。

一般来说，开、休、生为三吉门，死、惊、伤为三凶门，杜门、景门中平，左家俊试着从"开"门位置迈出脚去，果然没有受到阴煞的攻击。

"哈哈，师弟，好手段！"通晓阵法奥义之后，左家俊穿行在阵法之中，如鱼得水，畅快地大声笑起来。

左家俊忽然想到一事，笑声戛然而止，脚步也停了下来，看向叶天道："对了，叶师弟，你布下这阵法，那邑蕘鼍自然也能看出，他……他要是不进来怎么办啊？"

"呵呵，我请君入瓮，岂能让他不进来？"叶天闻言一笑，右手掐出几个指诀，口中喝道："敛！"

随着叶天的喝声，满屋煞气如同万流归宗一般，忽然尽数向偃月刀涌去，一阵金铁碰撞的清脆鸣声响起，原本笼罩着整栋别墅的煞气，已然尽数被偃月刀收敛起来。

"呵呵，怎么样，如此邑蕘鼍还能认出来吗？"看着目瞪口呆的左家俊，叶天笑道，"师兄，这就是攻击法器的厉害之处。"

左家俊早已看傻了眼，喃喃说道："看……看不出来，除非邑蕘鼍走到偃月刀三米之内！"

偃月刀本就为绝代凶兵，虽然被叶天用术法压制，但其中煞气还是不能尽敛，一般术法中人还是能感觉到。

不过想感应到偃月刀中的煞气，从别墅外却是没有可能的。正如左家俊所言，必须来到偃月刀旁边才能察觉到。

左家俊愣了一会儿神后，忽然大声叫道："师弟，这……这手段你一定要教给我，如果当年我能布成这个阵法，何惧乃他信·沙旺素西那老和尚？！"

叶天闻言挠起了头，苦着脸说道："师兄，阵法可以教给你，不过……"

"唉，也是，没有这把偃月刀作为阵眼，这阵法也运转不起来！"左家俊反应极快，顿时也是一脸的苦笑。

不过左家俊却不知道，叶天手中可不止偃月刀一把攻击法器，藏在他袖口里的那把"无痕"，才是叶天真正的杀手锏。

"叶师弟，你还是教我术法吧，刚才有个问题……"左家俊摇了摇头，拉着叶天坐到沙发上，与其去学这没用的阵法，倒不如多掌握几门攻伐术法来得实惠。

在泰国曼谷距离旅游胜地芭提雅一百公里处的热带雨林中，有一个常年雾气缭绕的山谷，由于泰国常年温度在十八度以上，这个山谷内也是四季花开。不过这个景色宜人的山谷，却被人为地改造成了一处居所，一条可以通过一辆卡车的石子路，从山谷往雨林深处蔓延开去。

泰国山区雨林众多，公路系统并不是很发达，能在这里修建这么一条公路，在常人眼中几乎是不可能的事情，可见住在山谷内的人绝对有着极高的威望。

在山谷里建着一座典型的西式洋房，洋房周围的草地上栽满了各色的鲜花，色彩十分艳丽。不过整个山谷之中，却不见一个活物，就连蚊虫鸟鸣都没有一声，异常寂静，气氛显得颇为诡奇和压抑。

一阵发动机的轰鸣声从远处传来，打破了山谷的寂静。

三分钟过后，一辆看上去破旧不堪似乎随时都能散架的吉普车，从石子路上驶出来，开到山谷前停了下来。

一个身材不高皮肤黝黑的中年男人坐在吉普车的驾驶位上，很轻柔地将车子熄了火，似乎生怕惊扰到什么人一般。

抬头看着并没有铁门守卫的谷口，中年人的脸上却露出畏惧之色，乖乖地站在吉普车旁，他相信车子发动机的声音，应该已经惊动了谷中的主人。

"颂猜，是你吧？"一个声音从谷中传出，那座紧闭的洋楼大门也随之打开。

"是，岜蘽鼍大师，是颂猜来了！"

听到这个声音，原本站着的颂猜猛地双膝跪倒在地，额头紧紧贴着那遍是石子的地面，连抬都不敢抬起来，甚至身体都微微地颤抖着。

"进来吧，不要害怕……"随着话声的传出，一个庞大的身影出现在门外。

"是！"

颂猜从地上爬起来后，很小心地往山谷中走去，每一步落脚之前，都要仔细地察看一下地面。

颂猜知道，这里布满了降头术，上次他带了一个人前来拜方岜蘽鼍大师，不过那人的一个随从对大师有些不恭敬，刚踏入山谷之后就横死当场。

"大师，事情办好了，您现在就可以和我离开，先到芭提雅，然后改乘船前往香港，到了那边的行程也有人接待！"

心惊胆战地走到岜蘽鼍身前五米处，颂猜又将全身俯在地上趴了下去，样子虔诚无比。

降头师在泰国地位极高，颂猜虽然在泰国也小有地位，但岜蘽鼍想杀他，比碾死一只蚂蚁还要容易，也绝对不会有一个人会多说什么。

"颂猜，我的朋友，你没必要这么害怕，降头师是从来不会对朋友施展术法的，你可以站起来了！"

一阵金铁交击的声音在颂猜面前响起，声音极其难听刺耳，不过听在颂猜耳中，却有如天籁一般，连忙对着岜蘽鼍又磕了个头，才小心翼翼地站起身来。

不过颂猜的神情还是恭敬无比，他才不相信岜蘽鼍的话呢，上次这位大降头师就是口口声声和别人论着朋友，却转眼间将那人的随从毒死了。

"大师，我找的是一艘货轮，可以带六个人过去，不知道您需要带几名随从？"颂猜要确定此次偷渡的人数，大着胆子问了一句，偷眼向岜蘽鼍瞧去，不过这一看，马上又将目光收了回来。

面前的这位大降头师个子不高，约在一米七左右，但他的横向发展，估计也不比身高差多少，站在那里就像是一座肉山一般，很是巍峨壮观。

除了肥胖，从岜蘽鼍的脸上似乎看不出任何与常人不同的地方，在他与颂猜说话的时候，脸上始终带着笑容，就好像面前站着的是位许久不见的老友一般。不过如果目光看在岜蘽鼍的身上，就会让人感觉有些不寒而栗。

在岜蘽鼍腰间围着一个五彩斑斓的腰带，细看的话，那竟然是一条身体扁平的蛇，蛇头还在不断地吐着长长的信子。另外在岜蘽鼍满是赘肉的两条小腿上，赫然各有一只十多厘米长的蜈蚣，乍一看上去像是刺青文身，但蜈蚣触角不经意间的颤动，却说明了这是两只货真价实的活物。除此之外，岜蘽鼍的那双眼睛，似乎也与常人不同，和人对视的时候忍不住就让人陷了进去，脑中会变得迷迷糊糊的。所以在看了一眼岜蘽鼍后，颂猜马上收回了目光，低着头瞅着自己的脚尖，那模样比在寺庙里敬拜佛祖时还要恭敬。

"这次去香港除我之外还有一个人。颂猜，你把放在谷口的那个箱子搬到车上去，我去请我的朋友！"

鸥薹鼍肥胖的脸上露出一丝古怪的笑容，尤其是说到朋友的时候，那丝笑容显得愈发的诡异。

"是，大师！"

低着头的颂猜并没有看到鸥薹鼍的表情，小心地往后退去，把放在谷口的一个大箱子拎起来。

"妈的，以后再也不和降头师打交道了，老子要移民！"箱子并不是很重，但是里面传来的沙沙声，却让颂猜毛骨悚然，差点儿就把箱子扔了出去。

颂猜虽然不会降头术，但作为一个泰国人，自然知道这箱子里装的是什么，除了那些毒蛇蛊虫之外，他实在想不出里面还会有别的东西。

将箱子小心地放在吉普车的后排，颂猜垂手站立在车旁，眼睛时不时地瞄向山谷里，他对鸥薹鼍大师所说的朋友，着实有几分好奇。

要知道，降头师虽然备受泰国民众的推崇，但也是极为孤僻的一个群体，他们向来都是独居的，即使降头师和降头师之间，也很难成为朋友。

颂猜在车旁等了许久，也没见鸥薹鼍从洋楼里出来，他和人约好的船是有时间限制的，不过再借颂猜几个胆子，他也万万不敢进去催促鸥薹鼍，脸上不禁露出着急的神色。

此时的鸥薹鼍，正站在洋楼内的一个房间门口，他已经在这里站了十多分钟，脸上的神色似乎十分纠结，几次抬手想推开房门，却又放下了。

"师父，您既然不允许弟子在国内敛财，我总还是要生活的，今天就借你的'人'一用吧！"

犹豫良久之后，鸥薹鼍终于推开房门，肥胖的身躯堪堪能挤进去。

这个房间没有窗户，也没有灯光，借着外面透过的一丝光线，隐隐可以看到在屋子的一角，端坐着一个身影。

"%*&*￥%￥%#%#"鸥薹鼍口中发出一阵旁人听不出任何意义的音节，像是在念符咒一般，额头上竟然布满了细密的汗珠。

"老朋友，你好吗？"在念出那番咒语后，鸥薹鼍突然咬破自己的食指，往那黑影的额头按去。

随着指尖的鲜血沾染到那人额头处，坐在房中的身影忽然睁开了眼睛，两缕精光一闪而过，紧接着那人站起身来。

这人身材极高，约有一米九，刚才坐着不怎么显眼，一站起来，顿时让肥胖的鸥薹鼍显得无比矮小。

"走吧！"峇薹鼍脸上露出一丝笑容，率先走出房间，而那人则是一步不离地跟在他身后。

出得那黑暗的房间，这个人的面貌显露了出来，他约莫三十五六岁的年龄，长着一双浓眉大眼，五官组合在一起，给人一种凶恶的神情。除了身高和眉心处的一抹殷红之外，这个男人的眼睛也很引人注目，因为他在看着前方的时候，眼睛中透出的是一股惘然，瞳孔似乎没有对焦一般。

"大师，您来了？"

见到峇薹鼍带着一个身材高大的男人走出洋楼，颂猜连忙迎了过去，殷勤地将敞篷吉普车的车门拉开，将二人让上去。

峇薹鼍一个人坐在车后排，那个中年男人坐在副驾驶的位置上，等颂猜发动车子后，峇薹鼍问道："走吧，明天早上应该可以到香港了吧？"

"大师，明天凌晨就可以抵达香港，接船的人我都已经安排好了，您想要回来的时候，只要打这个人的电话，他会帮您办理妥当的。"

颂猜回过身子，将一张纸条递到峇薹鼍的手上，心里暗叹："自己这次可是亏了老本了。"

颂猜是泰国最大的蛇头，帮人偷渡的费用自然也是极高的，不过峇薹鼍找到他，却是一分钱不给，还要专门安排一个货船，将这祖宗送出去。

"嗯，我的朋友，你做得不错，我很满意！"峇薹鼍接过纸条看了一眼，脸上露出满意的神色，伸手拍了拍颂猜的肩膀。

降头师在泰国固然地位崇高，但很多人过得都是比较清苦的，像峇薹鼍的老师贵为国师，却把那个山谷让给弟子，自己隐居到密林中苦修。

峇薹鼍虽然在泰国也是很有名气的降头师，却没有老师的名望，无法受到皇室的供奉，他的收入多是靠一些信徒的捐赠。

原本峇薹鼍还是有些浮财的，但是去年那场席卷东南亚的经济危机，让他辛苦攒下的百万美元尽数成了泡沫。虽然峇薹鼍事后让那个股票经纪人生不如死，但他的钱却追不回来了，这也让峇薹鼍一下陷入经济危机之中。

要知道，降头师豢养毒虫毒物，是需要花费很大一笔费用的，加上峇薹鼍修炼的降头术需要用到死人尸体，仅是这一笔开销就让他入不敷出了。

在宋晓龙来见他，并许下百万美元的酬金时，峇薹鼍就动了心思，如果不是需要前往那个神秘国度的话，他早就答应下来了。所以接到宋晓龙的电话，得知目标人物去了香港后，峇薹鼍没有犹豫就应承了下来，随之就找了颂猜让他帮忙偷渡。

峇薹鼍看似肥胖愚钝，实则为人很是小心谨慎，虽然宋晓龙所说的目标人物是个普通人，他也没有丝毫大意，将师父前几年炼成的一个"大杀器"也给带上了。

日落黄昏之时，吉普车来到泰国的旅游胜地芭提雅，穿着一身大花格子衣服的邕矗矗除了稍显肥胖之外，混迹在游人中并不是十分显眼。

在芭提雅一处隐蔽的小港口内，停着一艘货船，船老大正在向岸边张望。

"颂猜，你可来了，要是再晚的话，我可等不了啊！"等到邕矗矗上船后，那个船老大不满地对站在码头上的颂猜抱怨，他原本是只走私不偷渡的，无奈颂猜在泰国势力很大，自己必须卖这个面子。

"拔达，你一定要保证邕矗矗先生在海上的安全！"颂猜看了邕矗矗一眼，却没敢说出他的身份，否则这船老大说不定吓得连船都不会开了。

"颂猜，我这趟海路跑了二十多年，从来没出过问题，你就放心吧！"拔达满不在乎地摆了摆手，抬眼向邕矗矗二人看去，心中却感到一寒。

邕矗矗此刻就是一个笑眯眯的胖子，但那个身材高大的人，却让人望而生畏，尤其是那双死人一般的眼睛，使人心里忍不住冒出一股寒气。

从泰国到香港旅游，一般都是搭乘飞机，两地并不通游轮，不过货船还是通航的，每天都有一些船只往返于泰国和香港之间。拔达的这艘船虽然是正规注册的，但这些年都是用于走私，所以从来不进香港的正规码头。

"阿爸，那两个人是做什么的？您为什么把船舱都让给他们住？"

船长室里，拔达的儿子很不理解父亲的做法，他们以前也不是没有搭载过偷渡的人，但那些人无一不是被丢在底舱。

"闭嘴，我警告你，不要去招惹那两个人，他……他们可能是降头师！"听到儿子的话，拔达一把捂住他的嘴，眼中露出恐惧的神色。

因为就在船只起航后不久，拔达曾经偷偷地启开了岜鑸鼍带上船的那口箱子。

就在拔达掀起箱子的同时，鼻子中就闻到一股腥臭的味道，借着灯光看清楚里面的东西后，差点儿没把拔达的魂魄吓出来。

整口箱子里面密密麻麻爬满了蝎子蜈蚣及毒蛇等各种毒物，不过这些原本应该是天敌的毒虫，此刻都像是冬眠了一般，均一动不动。

拔达是泰国人，看到这些东西，岂能想不到岜鑸鼍二人的身份？顿时从底舱恭恭敬敬地将岜鑸鼍请到船舱里，自己则和儿子躲在船长室。

要知道，降头师固然受到泰国人的推崇，但更多人对他们则是抱着敬而远之的态度，没有人愿意和降头师扯上任何关系。

拔达此刻在心里，至少已经问候了颂猜家里女人二十遍了，他打定了主意，跑完这趟船之后，一定要想办法移民。

"降头师？！"听到老爹的话，儿子脸上也露出惊恐的神色，嘴巴紧紧地闭起来。

第二天早上四点多钟，货船在香港一个小码头靠了岸，除了几辆卸货的大卡车之外，还有一辆越野车等在那里。

当货船抛锚停好后，两个身材不高的泰国人开口喊道："哪位是鼞薹鼍先生？"

"你们是颂猜的人？"鼞薹鼍的破锣嗓子响起来，居然说的是一口流利的英语。

"鼞薹鼍先生，颂猜老板让我们在这里接您，酒店房间都已经安排好了，有什么需要，您尽管吩咐我们两个好了！"

这两个人应该是颂猜安排在香港的蛇头，也不知道颂猜是否对二人讲了鼞薹鼍的身份，两人表现得十分恭敬。

"嗯，走吧，我要好好休息一下，晚上有事情安排你们去办！"

鼞薹鼍点了点头，手中拎着个偌大的箱子下船的时候，那肥胖的身躯却显得异常灵巧，反倒是跟在他后面的那个身材魁梧的汉子，动作显得有些僵硬。

幸亏那二人开来的是辆越野车，否则鼞薹鼍还真的很难坐进去，在把箱子放在后备箱之后，鼞薹鼍艰难地挤进车子里。

那二人和拔达用泰语说了几句话后也上了车，越野车很快就消失在了码头。

不过鼞薹鼍和接他的人都没注意到，就在鼞薹鼍这三个字喊出后，一个指挥着众人搬运货物的年轻人，眼睛突然亮了一下。

等到越野车开走后，那个年轻人走到拔达面前，脸色不善地问道："拔达，那两个人是干什么的？"

"猫哥，没事，就是两个朋友搭下船而已，肯定不会给您惹麻烦的！"拔达见到年轻人，连忙从口袋里掏出包香烟，塞到对方的手里。

"拔达，你不是第一次跑船了，这船可不是能随便跳的，万一惹出事来，我们全都要倒霉，你敢保证他们在香港不会惹事吗？"

猫哥一点儿都没给拔达面子，直接挥手将那包烟打飞出去，"啪"的一声落在海水里。

年轻人口中的跳船，是行里的黑话，就是指用船偷渡的意思，如果是跳飞机，自然就是坐飞机偷渡了。

所以年轻人的翻脸并不显得突兀，拔达自知理亏，有些不舍地从口袋里掏出一条金链子，塞在年轻人的手中，说道："猫哥，那位是降头师，我也招惹不起的，您抬抬手，把这事放过去吧！"

"什么降头师？来香港抓鬼呀？拔达，你最好让他们不要惹事，不然大家都倒霉……"年轻人看了眼手中的金链子，语气缓和了下来，"行了，这事儿我就当没看见，不过下

第二十一章　斗法（上）

187

不为例啊！"

"谢谢猫哥，肯定不会有下次了！"拔达连连对着猫哥赔笑脸，心里那叫一个憋屈，带着那鄨薹鼍偷渡一分钱没收不说，还倒贴了条金项链。

"坤哥，我是山猫，您昨天不是说要留意个叫作鄨薹鼍的泰国人吗？我刚刚看到了，在葵涌这里，那辆车的车牌是……"

敲诈了拔达一根金链子后，那个年轻人趁着众人搬货的时候，走到一边，掏出个移动电话拨打出去，他昨天就得到了消息，没想到居然被自己碰到了。

"什么？你确定那人叫鄨薹鼍？"

虽然一大清早被小弟吵醒，但是听到这个消息后，山猫口中的坤哥还是精神一振，说道："好，猫仔，套一下那船主的话，探探对方的来头？"

让探查鄨薹鼍的这个人可是当年在道上赫赫有名的丁爷，听说背后还有大佬对这件事情很上心，被自己的人打听到了鄨薹鼍的下落，在丁爷面前也是很有面子的事情。

听到老大的话，山猫笑道："坤哥，拔达要靠着咱们吃饭的，我早就打听清楚了，听说那个叫鄨薹鼍的是什么降头师，不知道这个消息有没有用？"

"好小子，这趟活干完了老大请你喝茶！"电话一端传出的声音有些兴奋，坤哥对手下的办事能力感到很满意。

挂断电话后看了下手表，坤哥想了一下，还是拿起电话打了出去："丁爷，您吩咐的事情我已经查到了，是有个叫鄨薹鼍的人刚刚进入香港，他落脚的地方一会儿就能查出来！"

"阿坤，好样的，这件事真的谢谢你了，回头我会给阿荣打个招呼的。"阿丁听到这个电话后顿时睡意全无，猛地从床上坐起来。

"丁爷，那个叫鄨薹鼍的惹到您了？要不要我让几个兄弟做掉他？"

听到阿丁的话，阿坤的骨头都酥软了几分，荣哥是什么人啊？那可是现在香港地下社会最有权势的人，和他比起来，阿坤连屁都算不上。

阿丁闻言连忙说道："不用，点子很扎手，你别参与进来，找人给我看好鄨薹鼍就行了，我要知道他们的一举一动！"

开什么玩笑，连叶天都忌惮三分的人，岂是他们这些小混混能对付的？要知道，阿丁自己在叶天面前连枪都拔不出来呢。

这一天的早晨，注定很多人的好梦被惊扰，往日里一些刚刚睡下的小混混，都被召唤了起来，鄨薹鼍入住的地方很快就查了出来。

只要条件允许，叶天每天早上的练功是雷打不动的，香港这边天色亮得早，四点多钟的时候他就在观景台上站起桩来。

俗话说拳不离手，曲不离口，只有勤学苦练，才能使功夫纯熟，叶天能达到现在的修为，与他十多年如一日的晨练也是分不开的。

"叶天，练完了？阿丁打了好几个电话过来，说是邕蠹罿已经到了香港！"

叶天刚刚回到客厅里，左家俊就迎了上来，他昨天几乎一夜没睡，都用在琢磨叶天传给他的术法上了。

听到这个消息，叶天笑了笑，说道："来得倒是挺快的啊！师兄，给阿丁说一下，想办法将我这边的保安撤了，省得那些人受到牵累。"

半山别墅这边的保安，对付一般的小偷小摸自然没什么问题，不过却挡不住邕蠹罿，如果被邕蠹罿施了术法，恐怕那些人不死也要脱层皮。

昨天刚学到一些攻伐术法，此时左家俊也是豪兴大发，笑道："好，我这就去给阿丁打电话，今天咱们师兄弟好好会一会泰国降头师！"

"师兄，杀鸡焉用牛刀？小弟一个人就收拾他了！"叶天闻言撇了撇嘴，自己手上有两把攻击法器，再加上事先布下的九宫绝杀阵，如果连邕蠹罿都对付不了，那真的是无颜去见先师了。

"师弟，打虎亲兄弟，上阵父子兵嘛。要不然等邕蠹罿来了你歇着，让师兄和他比画比画？"

左家俊刚刚习得术法，那心气儿不是一般的高，只想找个对手较量一下，更何况这次来的人，还是自己老冤家的徒弟！

叶天听到左家俊的话，笑着说道："得，师兄，那等我启开阵法后，你和邕蠹罿对两手？"

左家俊现在已经学会用煞气攻击人的术法，而且他有内劲护身，一般的蛊虫很难对他起作用。再加上叶天所布下的九宫绝杀阵，估计邕蠹罿一进入阵法里就晕头转向了，让师兄和他练练手倒真没什么危险。

"哈哈，师弟，你放心吧，师兄我绝对不会给师父丢脸的！"左家俊闻言大笑起来，昔日被乃他信·沙旺素西偷袭差点儿亡命，一直是左家俊心中一个挥之不去的阴影，这番击败邕蠹罿，也算是先收取一些利息吧。

颂猜安排邕蠹罿住的地方，是一个由泰国富商在香港买的别墅，由于那人常年待在美国，所以房子一直是空着的。

这里不但地方较为隐秘，更属于高档住宅区，像邕蠹罿这样偷渡到香港的人，住在这里绝对不会有人来盘查他的身份。

安顿下来后，邕蠹罿回到房间里，那口从泰国带过来的木箱，则放在房间的一个角落。

"宝贝们，你们的食物来了！"

嵒蠹鼉从自己的背包里拿出一团黑乎乎的东西，掀开箱子后，嘴里发出一声尖锐的口哨声，那些原本像死去一般的毒虫，顿时骚动起来。

　　嵒蠹鼉右手微微用力，手中那团东西顿时化成粉末状撒在毒虫上面，上千只毒虫竞相争抢起来，打斗中不时有一些弱势的毒虫被另外的虫子吃掉。

　　看到那些粉末都已经被毒虫吞噬，嵒蠹鼉拿出一个哨子，吹出了一阵低迷的声音，而那些精力旺盛的毒虫，竟然变得昏昏欲睡起来。不到五分钟，毒虫又恢复了开始的模样，如同动物冬眠一般老实下来，安安静静地趴在箱子里。

　　喂食完自己的蛊虫，嵒蠹鼉庞大的身躯躺在床上倒头就睡，一直到夜幕来临的时候，才从床上爬起来。而跟在他身后的那个中年人，一天都坐在屋角一动不动，直到嵒蠹鼉起身，他才站起来跟在嵒蠹鼉身后。

　　嵒蠹鼉刚走出房间，一直守护在那里的一个泰国人，连忙说道："嵒蠹鼉大师，饭菜都已经准备好了！"

　　颂猜安排在香港的人，都是他的得力手下，他可不想因为这些人的怠慢而被嵒蠹鼉迁怒，所以早早就告知了嵒蠹鼉的身份。

　　且不说降头师的名头，就是乃他信·沙旺素西弟子的身份，也足以让这些泰国人对嵒蠹鼉敬若神明。

　　嵒蠹鼉毫不客气地走到桌前，旁若无人地大吃起来，他的饭量也是和身体成正比的，一桌子菜没五分钟就被扫荡一空。不过让那个泰国人惊诧的是，跟在嵒蠹鼉身后那个身材高大的中年人，对于桌子上的饭菜竟然看都没看一眼，只是老老实实地站在那里。

　　"大师，这位先生不饿吗？"那个泰国人小心翼翼地问道。

　　"办好你的事情就行了，不要管不该管的。"嵒蠹鼉笑眯眯地看了那人一眼，却让他打心底冒出一股寒意。

　　吃完饭后，嵒蠹鼉看向伺候他的那个泰国人，问道："我让你们办的事情办得怎么样了？"

　　叶天住在唐文远的别墅里，还真不是什么秘密，在嵒蠹鼉临来香港的前一天，宋晓龙就把相关的资料传给了他，不过嵒蠹鼉也就知道一个地址，对于那里的详细情况并不了解。

　　"大师，您说的那个地址是香港最高档的一个别墅区，恐怕……恐怕我们没有能力进去！"

　　听到嵒蠹鼉的问话，那个泰国人的脸色有些难看，似乎生怕因为自己办事不力，被这位大降头师迁怒。

　　这人叫作沙提拉潘，也就是颂猜安排在香港的一个偷渡集团的头目，他要是有本事混入那些全部都是香港顶级富豪居住的地方，也就不用拎着脑袋干偷渡的活计了。

　　"大师，这是那里的照片，您可以先看看。"

见邑矗矗脸上笑容敛去，沙提拉潘忐忑不安地将一些照片摆在邑矗矗的面前，虽然进不去那个豪宅区，但是香港八卦媒体发达，搞些照片还是不成问题的。

邑矗矗指着照片上的一条路，开口问道："这里通往什么地方？"

沙提拉潘看了一眼照片，小心翼翼地说道："大师，那里通往太平山的观景台，是很多游客游玩的地方，不过这条岔道却属于私人地方，一般人是无法进入的。"

"山顶有没有地方可以下到那间别墅里？"

邑矗矗丝毫都没有掩饰自己的目的，反正在他看来，等自己走后，眼前这人也活不过三天，即使知道自己来干什么，也不怕他们泄露出去。

听到邑矗矗的话，沙提拉潘找出一张照片，指着上面说道："在这里下车，如果能爬过这道山梁，是有可能翻到后山去的，不过……"

说到这里，沙提拉潘停住了嘴，因为那处沿山开凿的岩壁虽然只有十多米高，但是对于邑矗矗的身材来说，无疑是一道天堑。

"这里？"

对于从小在山林里长大的邑矗矗来说，这十多米近乎垂直的岩壁还真不是什么问题，只不过想将箱子带上去，却有些麻烦。

邑矗矗无意识地用手敲击着照片，过了好一会儿后，说道："晚上你开车送我去这里，一个小时候后再回到这里等我！"

在邑矗矗看来，解决叶天这么一个普通人，还真的不需要太长的时间，甚至连身边的中年人都用不到，他只是出于小心谨慎的天性，才让这人形影不离地跟着自己。

对于一位大降头师的话，沙提拉潘是不敢有任何疑问的，当下恭敬地说道："是，大师，您看什么时间去？"

邑矗矗看了看表，说道："再等一个小时，八点半的时候我们出发！"

此时的香港正是多雨的时节，前一刻晴空万里，后一刻就有可能暴雨倾注。

就在邑矗矗等人准备出发的时候，天上忽然下起了倾盆大雨，原本还有些稀疏星光的夜空也变得漆黑一片，天地间都笼罩在狂风暴雨中。

"大师，雨太大了，要不……咱们晚一点儿去吧？"看着外面下着的暴雨，沙提拉潘苦起脸，这么大的雨连开车都不安全。

"这雨会下多久？"

邑矗矗也皱起眉头，他不怕下雨，下雨可以洗刷掉他来过的痕迹，不过这雨下得也忒大了点儿，以至于毒虫那些手段都用不上了。

沙提拉潘摇了摇头，说道："不知道，有可能是一阵，也有可能下一夜！"

"走，今天必须去！"邑矗矗犹豫了一会儿，终于下了决心，他在泰国正进行一项降头术的修炼，最多只能出来一个星期，今天处理完叶天的事情，明天就可以返回泰国了。

"好！"

见到㟃蠹蟲下了决定，沙提拉潘没有多说什么，冒着雨冲到车库，将那辆越野车开了出来。

雨实在是太大了，打着大灯的越野车，竟然看不到五米之外的情形，沙提拉潘十分小心地将车子驶出别墅区，往太平山方向开去。

不过沙提拉潘不知道，正是由于这场大雨，让一直守护在这座别墅区外面的一些人，没能掌握到他们的行踪。

香港的雨来得快去得也快，在车子拐入太平山道时，原本的倾盆大雨竟然逐渐变小了，等到了那处岩壁下的时候，已经完全停歇了。

"大师，就是这里了！"

今天是个雨夜，晚上到太平山顶看景色的人也都下了山，山道上十分寂静，耳边传来雨后的蛙鸣虫叫。

"嘿嘿，我的宝贝们，你们可以出来了！"

能用轻松的手段解决叶天，㟃蠹蟲自然不肯多费功夫，打开越野车后备箱，他将自己携带的那口木箱的盖子掀开。

随着㟃蠹蟲口中发出的一声尖锐口哨声，木箱里的毒虫纷纷醒转过来，而这时嘴里已经塞了个哨子的㟃蠹蟲又接连发出好几种声音。这些声音如同命令一般，驱使着那些毒虫爬出木箱和汽车，竟然向着那长满了青苔的岩壁爬去，而毒虫口中所发出的声音，也让四周变得寂静一片。

和左家俊站在观景台前，看着雨后美丽的香港，叶天忽然说道："师兄，㟃蠹蟲应该到了！"

"不会吧？阿丁并没有打电话过来啊？"左家俊闻言一愕，他知道阿丁安排了人在监视㟃蠹蟲。

叶天回头往一个方向看去，淡淡地说道："没错，我感觉到了杀气！"

"这……这些东西？"

看到自己车后爬出的毒虫，沙提拉潘的眼睛都看直了，他不知道那箱子里装的居然是这些东西。想着自己刚才屁股后面的那一箱子毒蛇、蜈蚣和蝎子，沙提拉潘一时间两腿发软，险些瘫倒在地上。

上千只毒虫爬过，车上和雨后的地面上，布满了一层黏稠状的液体，散发出一股说不出来的气味，周边数百米的蛙鸣虫叫竟然全部都停歇了。

随着㟃蠹蟲口中低沉的哨子声，那些毒虫像是排兵布阵一般，有条不紊地爬上岩壁，消失在岩壁上方茂密的丛林中。

见到自己的"宠物"都爬上了岩壁，邕薹鼍回头看向沙提拉潘，说道："你上山顶去吧，一个小时后开车在这里等我！"

"是，大师，您放心，我一定准时过来！"沙提拉潘早已被吓破了胆子，连忙发动车子，只是手脚发软，接连几次才将越野车启动。

透过倒车镜，沙提拉潘又看到了一个让他不敢置信的画面。

原本站在岩壁下面的邕薹鼍，突然身形一动，快如疾风般地向岩壁冲去，就在那庞大的躯体将要撞到山壁的时候，竟然轻如飞燕一般飘了起来。

没错，在沙提拉潘的眼里，邕薹鼍就是飘了起来，那肥胖的身体像是氢气球一般，不断地往上升着，地球引力似乎对这个胖子完全失去了效用。

如果沙提拉潘能靠近观察的话，就会发现，邕薹鼍那像胡萝卜似的粗壮手指，竟然能抠住岩壁上那些细小的缝隙，仅靠十只手指，就硬生生地将那庞大的身躯拉升了起来。

地面距离岩壁上方不过十多米，一眨眼的工夫，邕薹鼍的身影就站在了岩壁顶上，而沙提拉潘的汽车也拐进了另外一个山道，再也无法看到身后的情形。

站在岩壁上，邕薹鼍对着傻呆呆地矗立在下面没有任何动作的那人喝道："上来！"

听到邕薹鼍的话，那人也没有什么助跑，竟然就直接往岩壁上走去。

在那张面无表情的脸和岩壁平齐后，他四肢展开，犹如壁虎一般贴着山壁就爬了上去，其动作比邕薹鼍还要迅捷三分。

"走吧！"

等到那人也爬上来，邕薹鼍吹动了口中的哨子，等在树林中的毒虫纷纷往前爬去，一路之上不管是老鼠还是鸟雀，均缩在自己的窝里瑟瑟发抖。

邕薹鼍臃肿的身体在这密林之中竟然变得无比灵活，踩着湿滑的地面往上爬着，那个魁梧的中年人一步不落地跟在他的身后。

叶天回过身体，指着别墅上方那茂密的丛林，对左家俊说道："快来了，邕薹鼍在那个方向！"

左家俊心中还是有些不相信，摇了摇头说道："不会吧，阿丁说有好几拨人在监视着邕薹鼍的，怎么会被他溜出来了啊？"

要说那些帮派中人打打杀杀比不上金三角的毒枭，斗勇好狠比不上大圈，但打探个消息监视个人，却是他们的拿手好戏。

"不会错的，那里有杀气！"叶天的眉头忽然皱起来，"怎么是两个人？那个人的气息好古怪，我怎么从来没有感应到过这种气机？"

叶天已经进入炼气化神的阶段，到了这个境界后，人的五官就会变得特别地敏感，对未来都有一丝模糊的预知、预觉和预判。

刚才正是叶天的预觉能力察觉到了邕薑鼍的来临，不过当他释放出气机感应后才发现，在邕薑鼍身边的那个人，带给他的危险程度，要远远超过邕薑鼍。

至于密林中充满了阴邪之气的那些毒虫，叶天倒是没放在心上，那些玩意儿对付普通人可以，但是想伤到他，却是不可能的。

"莫非是乃他信·沙旺素西来了？"

叶天心头一凛，他虽然修为高深，自问对术法的理解和运用当世无人能比，但对于那位贵为泰国国师的老和尚，也是不敢有丝毫轻视的。

别的不说，就凭乃他信·沙旺素西当年用降头术接连毒杀英法两军十多位高级将领，使得泰国没有沦陷为殖民地这一手笔，就连李善元都是自愧不如的。虽然当时也有泰国被作为缓冲区的原因，但乃他信·沙旺素西的刺杀恐吓，的确起了很大的作用，也使得他一时间在东南亚术法界名声大噪。

"师兄，走，回去！"

叶天一念及此，转身就往别墅走去，如果真是乃他信·沙旺素西亲至，叶天是不会让左家俊出手的。

奇门江湖中的术师斗法，生死往往在瞬息之间，降头师所豢养的毒虫更是阴毒异常，万一左家俊有个闪失，叶天可就对不起羽化升仙的李善元了。

"叶师弟，怎么了？"看见叶天面色严肃，左家俊连忙跟了上去。

叶天也没隐瞒，开门见山地说道："跟着邕薑鼍来到香港的人是个高手，师兄，这一战由我来接！"

叶天之前就接到消息，邕薑鼍是两人来到香港的，不过那人身材魁梧，相貌凶恶，和左家俊所说的乃他信·沙旺素西并不相似。所以最初以为那人不过是邕薑鼍的随从而已，但是从刚才的气机感应中，却被他发现了不妥。

那人身上的气息十分诡异，身体内蕴含惊人的煞气，就如同是一把人形攻击法器一般，叶天从他身上竟然感觉不到一丝生吉之气，他不明白这人如何还能活着。

这让叶天心头顿时对降头术的忌惮又加深了几分，降头术能和湘西云贵的蛊术并列为东南亚两大邪术，果然有着其不为人知的门道。

"叽叽……叽叽！"正当叶天走到游泳池旁边的时候，一道银白色的影子忽然从水中蹿了出来，径直落他肩膀上，不断地尖叫起来。

叶天有些怜惜地摸了摸毛头的脑袋，笑道："怎么了，你也感觉到了？"

毛头本性喜欢阴寒，叶天将它带到香港，倒是苦了这小家伙，连着两天都无精打采地待在水里，今天的一场暴雨才让它精神了一些。

"叽叽……叽叽……"毛头从叶天肩膀上跳下，在他身前直立起身体，一双小爪子不断地指向后山方向，口中发出一阵阵惨厉的叫声。

"嗯？你想去对付那些毒虫？"

叶天皱起眉头，和毛头相处日久，他也渐渐能理解一些毛头的肢体语言了。

小家伙刚才尖叫的声音，和叶天在雪山上见到的那只成年闪电貂一般无二，当时毛头的母亲在和飞蛇厮杀的时候，嘴里发出的就是这种声音。

"不行，太危险了，你老实待在这里！"叶天想了一下还是摇了摇头，虽然毛头的动作快如闪电，即使连自己都追不上，但降头术向来都是和毒虫怪物打交道的，说不定就有什么办法对付它。

听到叶天的话，毛头大急，对于它来说，后山上的那些毒虫，都是最美味可口的佳肴，吞噬掉这些毒虫，也能促进它的进化，那种诱惑远不是叶天一句话就能制止的。

"叽叽！"毛头口中突然发出一声尖锐的叫声，身体似乎凭空消失在了叶天面前，再出现时，已经在十多米之外了。

"小东西，又不听话！"

见到毛头的举动，叶天大急，拔脚就想追过去，却被左家俊一把拦住了。

"叶师弟，不要乱了阵脚，这小东西动作快如闪电，你我都奈何它不得，我想酆鼍鼋也抓不住它！"

初次见到毛头的时候，左家俊可是异常惊羡的，这么通人性的小家伙，简直就如同开启了灵智的灵物一般，左家俊倒是对毛头充满了信心。

"好吧，咱们回阵眼那里去！"

叶天想想也是，毛头本就不畏惧阴寒之物，是这些毒虫的天敌，而以它的速度，在密林中更是如鱼得水，酆鼍鼋想伤到它的确不容易。

毛头的速度真是不愧为闪电貂这个称呼，一条雪白的影子从空中划过，就跳出高高的围墙，消失在后山茂密的灌木丛中了。

"嗯？怎么回事？"

刚刚翻过那座山梁，已经可以看到处在山坡上的别墅的酆鼍鼋，突然发现行进在他前面的毒虫大军，竟然停滞了下来。

"啾……啾啾啾……"酆鼍鼋吹响口中的哨子，以降头术催促起他的"宠物"来，不过让他惊愕的是，那些毒虫勉强向前又行进了几米，却掉头往后钻去。

一条一米多长的金环蛇更是慌不择路地顺着酆鼍鼋的裤腿爬了上去，只是刚爬到腰间就跌落了下去，身体瞬间变得僵硬。

一个扁平的蛇头从酆鼍鼋胸口衣服内探出来，眼睛对着密林前方，不断地吞吐着蛇信，做出一副攻击的姿态。

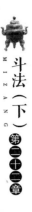

看到自己的本命蛇降做出这副姿态，邕矗鼍面色一紧，口中不断发出"啾啾"声，将那些惊慌失措四散流窜的毒虫召集到自己的身后。

那只蛇头扁平的蛇降等待了一会儿后，不见密林前方有东西出现，就顺着邕矗鼍的身体爬了下去，一口咬住刚才死掉的那只金环蛇撕咬起来。

和普通的毒蛇会将整只猎物吞到肚子里不同，这只蛇降的牙似乎特别锋利，几口就将那条一米多长的金环蛇撕咬成了几段，然后把自己的同类吞下肚子。

吃掉金环蛇后的蛇降，嘴边满是蛇血，整个蛇头变得愈发扁平，有如一张戴着眼镜的人脸一般，模样更加狰狞。

熟悉泰国的人都知道，在泰国有三宝，那就是红蓝宝石、毒蛇和人妖。

泰国的红蓝宝石以其纯净度高和产量大而闻名于世，红宝石的极品是鸽血红，鲜艳如鸽血，并且剔透晶莹，杂质非常少，纯净异常。而蓝宝石颜色较之我们常见的海蓝宝石要深，但比一般的蓝宝石颜色浅一点儿，恰到好处地显现出纯正而且明亮的蓝色。

泰国的人妖自然就更不用多说了，如果你在街上看到模特般高挑美丽的女人，除非你脱了她的衣服验明正身，否则你只能猜想，因为仅凭肉眼，根本就分辨不出这是美丽女人还是人妖。

三宝之一的毒蛇，却是最致命和让人望而生畏的。

公认的毒蛇之王是眼镜蛇，而泰国有一种金刚王眼镜蛇，可谓毒中之毒。它立起身攻击目标可高达一米七，被它攻击后一两分钟内就会一命呜呼。

由于金刚王眼镜蛇的毒液非常值钱，是等量黄金价格的二十倍，重利之下必有勇夫，泰国的许多人以捕蛇为生。

据说捕蛇者随身都带一把锋利的刀，如果被金刚王眼镜蛇咬到，立刻手起刀落，咬到手砍手，咬到腿砍腿，还能留一条活命，当然，如果被咬到头，砍不砍都无所谓了。

此时直立在邕矗矗身前的这一条，就是在泰国恶名远播的金刚王眼镜蛇。而且这条金刚王眼镜蛇被邕矗矗自小豢养，平日里喂食的都是尸骨研磨成的食物和各种毒虫，毒液阴寒煞冷，最少要超出同类数十倍。

邕矗矗曾经用活人做过实验，被他的这条蛇降咬中的人，无一不是在三秒钟之后就失去了性命，毒性之烈绝对可以称为天下之最。

此时见到自己最厉害的蛇降竟然要依靠血食来提升战斗力，邕矗矗不由得大吃一惊，他没想到在这里竟然会遇到金刚王眼镜蛇的天敌。

"咕咕……咕咕！"见那只猎物隐藏在丛林之中，邕矗矗忽然用手捂住自己的腹部，以胸腹间的呼吸发声，喉咙里传出一种古怪的叫声。

这也是降头术中的一种秘术，对那些毒虫和小动物有一种迷惑其心神的作用，随着邕矗矗发出的"咕咕"声，他身后骚动的毒虫慢慢都安静了下来。

突然，直立着的金刚王眼镜蛇身体一转，猛地向邕矗矗身后扑去，邕矗矗连忙扭过头，只看到一道白影闪过，他的金刚王眼镜蛇扑了个空。

金刚王眼镜蛇在一米外喷出的毒液，让那片地上的几十只毒虫都翻滚着身体死去，却没有伤到那只神秘诡异的动物。

"这……这到底是什么动物？"

以邕矗矗的眼力，竟然也捕捉不到那只动物的样子，平白损失了数十只辛苦豢养的虫降，让他心疼之余，额头上也不由得冒出细密的汗珠。

"叽叽！"爬在一棵树上吞食着那几只被它含在嘴里的毒虫的毛头，有些兴奋地看向金刚王眼镜蛇。

它有种动物本能的直觉，自己如果把这大家伙吃掉的话，身体可能会得到意想不到的好处，不过树下那两个人给它一种危险的感觉，让它不敢轻举妄动。

好在地面上毒虫有数千只之多，将这些东西吃掉也是大补，三两口将嘴中最后一只蝎子咬死吞下后，毛头又发动了攻击。

金刚王眼镜蛇虽然毒性极强，不过在速度上和毛头较量起来却是完败，动作快如闪电般的毛头不断地将一只只毒虫吃到嘴里，而邕矗矗和他的蛇降则毫无办法。

随着地上毒虫数量的慢慢减少，邕矗矗也看清了毛头的模样，闪电貂生活在极寒之地，他并不认识，但这并不妨碍他此时愤怒的心情。

这次鄙蠡鼍所带来的毒虫，都是他辛辛苦苦豢养了五年以上的虫降，耗费了他大量的精血和财力。眼睁睁地看着一只只被毛头吞食，鄙蠡鼍心里都快要滴出血来了，用痛不欲生这个成语来形容他此时的心情一点儿也不为过。

鄙蠡鼍怎么都没想到，在香港这个国际大都市里，居然会有这么一只毒虫克星的存在，不过他还没有意识到，这东西同样是被人豢养的。

毛头的肚子显然和叶天有得一拼，在短短的十多分钟之后，原本地面上密密麻麻的毒虫，现在已经稀疏地只剩下寥寥数十只了。

"叽叽……叽叽！"直立在鄙蠡鼍不远处一棵树上的毛头，用前爪拍了拍自己的小肚子，挑衅地冲着鄙蠡鼍和那条金刚王眼镜蛇尖叫。

毛头有些害怕鄙蠡鼍和他身边那个男人，它想用这个办法将金刚王眼镜蛇引过来，对它而言，这条大家伙才是真正的大补之物。

见到毛头的动作，金刚王眼镜蛇口中发出"咝咝"的声音，身体微微往后一曲就准备扑出去，它是丛林里顶级的掠食者，还从来没有受到过这般挑衅。

"回来！"见积累了数年的虫降都被毛头吞食掉了，鄙蠡鼍欲哭无泪。

他此时可不敢再让自己的本命蛇降去和那个古怪的动物争斗了，万一金刚王眼镜蛇有个什么闪失的话，宋晓龙就是给他一千万美元也是弥补不过来的。不过鄙蠡鼍也在心中打定了主意，等干掉叶天之后，他一定要让宋晓龙再拿出五百万美元用于补偿他此次的损失。

"走！"

鄙蠡鼍知道他拿那只诡异出现的动物没什么办法，咬了咬牙将自己的蛇降拎起缠在腰间，心中的怒火全部指向了别墅里的叶天。

如果不是来杀叶天的话，他就不会损失如此惨重，鄙蠡鼍发誓，一定要先给叶天服下蛇药后，再让金刚王眼镜蛇去咬他。

金刚王眼镜蛇的蛇毒是无药可解的，但先服下鄙蠡鼍特制的蛇药后，人的中枢神经却不会被破坏掉，他会无比清晰地看到自己身上所发生的一切。

这种手段会让人浑身感觉到奇痒无比，用手去抓皮肤的时候，皮肤就会连肉一起脱落，鄙蠡鼍曾经用这种手段让一个人哀号了三天才死去。

"叽叽……叽叽！"

看到鄙蠡鼍竟然不顾自己的挑衅就要离去，毛头很是不爽，撅着小屁股对鄙蠡鼍摇摆了几下。不过看到那两人已经不顾地上的毒虫继续往前行去，毛头只能悻悻地来到地上，把剩余的那些毒虫都吞进肚子里。

至此鄙蠡鼍所带来的那一箱子毒虫，已经全军覆没，吃得直打饱嗝的毛头还是不肯甘心，悄悄地跟在鄙蠡鼍二人身后。

五六分钟后，邕釐氌已然来到别墅的围墙外面，刚才高达十多米的岩壁都挡不住他，这三米多高的围墙自然也没被邕釐氌放在眼里。

一个助跑，邕釐氌肥胖的身体就从围墙上翻了过去，身后的魁梧中年人，则依然是用那种古怪的办法爬过围墙。

落在地面上后，邕釐氌口中发出一声招呼，围在他腰间的金刚王眼镜蛇直立到地上，尾巴一伸一展之间，推动着身体向前行去。

来到别墅中，邕釐氌已经肆无忌惮，他要让这里所有的人都不得好死，所以放任金刚王眼睛蛇带路，咬死每一个出现在眼前的人。

不过让邕釐氌诧异的是，这偌大别墅中，竟然没有一个人存在，四周观察了一番，他口中发出呼声，地上的金刚王眼镜蛇径直往亮着灯光的别墅大厅行去。

客厅大门是敞开的，邕釐氌刚一走进去，就看到了端坐在对着大门的沙发上的叶天和左家俊。

"嘎嘎，竟然有练武术的人在，太好了，我的蛇降最喜欢吃这种肉了！"

降头师并不注重修炼自身，所以直到此刻，邕釐氌才感应到左家俊身上澎湃的血气，顿时口中发出一声怪笑。

至于叶天则是精气内敛，没有一丝外泄，邕釐氌自然当他是个普通人了，只把注意力放在那个干瘦老头身上。

"你……你是什么人？为什么私闯民宅？"

坐在沙发上的叶天猛地站起来，那声呵斥却让左家俊哭笑不得，都这当口了，师弟还有心情和对方演戏。

"你是叶天？"

邕釐氌歪了歪头看向叶天，那金铁交击般难听的声音响起，虽然声调有些僵硬，但说出来的居然是普通话。

邕釐氌年轻的时候，曾经跟随师父在中印边境居住过很长一段时间，那时学会了普通话，只是几十年都不曾用过，现在讲起来已经很生疏了。

"我是叶天，你……你想怎么样？"

叶天往后退了几步，脸上露出和他年龄相仿的惶恐，这让邕釐氌大为满意，叶天越是害怕，他心中才会愈发地感到畅快。

"哈哈……"

邕釐氌笑得浑身肥肉乱颤，不过想到在后山被那奇怪的动物吃掉的虫降，心头不由得一阵火起，停住笑声后，阴森森地说道："我想……要你的命！"

虽然在叶天身边还站着一位气血旺盛的内家高手，但邕釐氌一点儿都不在意，他相信耗尽师父毕生心血炼制的"阿花"，可以轻易地将那人撕成碎片。

看着地上直立着的金刚王眼镜蛇，叶天大声喊道："不要杀我，让……让这条蛇离开，我有钱，我可以给你很多钱！"

"钱？"

邕蕫鼍愣了一下，面前这个年轻人是肯定要死的，不过临死之前把他的钱变成自己的，那岂不也是一件美事？

想到这里，邕蕫鼍脸上露出异常慈祥的笑容，有如一尊笑弥勒，轻声说道："把你的钱都拿出来，我会很好对待你的！"

听着邕蕫鼍古怪的发音，左家俊皱起眉头，说道："叶天，你和他说什么啊？干掉这两个人不就好了？"

看叶天戏弄邕蕫鼍，左家俊有些不爽了，他并没有觉察出邕蕫鼍身边那人的诡异之处，见到当年仇家的弟子，只想着新仇旧怨一起解决掉。

"你找死！"邕蕫鼍虽然没完全听懂左家俊话中的意思，但"干掉"两个字却是听清楚了，当下笑眯眯的脸上露出一丝戾色。

"你也看到了，他……他不让我给你钱……"叶天对着邕蕫鼍两手一摊，一脸无可奈何的表情。

"他死了，你就会给我了。"

邕蕫鼍面色一冷，口中发出一声古怪的尖啸，用手指着左家俊，扭过脸对阿花说道："阿花，杀了他！"

"嗷呜！"

听到邕蕫鼍的话，一直垂头跟在他身后的那个中年人，猛地抬起头向左家俊看去，原本没有任何神采的眼中，此刻竟然充满了血色，看上去犹如一双血瞳。

与此同时，蕴藏在阿花体内的庞大煞气也透体而出，紧紧地锁定在十多米之外的左家俊身上，整个大厅里的温度骤然下降了许多。

"这……这是什么人？"

左家俊被这突然的变故惊呆了，他从来没有想到，一个"活人"身上，竟然可以蕴含这么浓厚的煞气，比客厅中间的偃月刀也不遑多让。不过左家俊刚刚从叶天处学得内劲护体的功法，这种程度的煞气只能稍稍影响到他，只要对方不使用降头术，他也并不怕那人。

"咚！咚！咚！"

阿花抬脚向左家俊走去，他的动作不快，但落脚十分沉重，走过的地方，那大理石地板竟然全部碎裂开来。

看着面前的人形怪物，叶天低声说道："师兄，我要开启阵法了！"

此时叶天脸上满是凝重，这个人的身体已经超出人类所能想象的范畴，单凭身体的力量，就如此强横！

左家俊摇了摇头，说道："慢着，叶师弟，让我会会这个人！"

左家俊中年时曾游历东南亚各国，和印度的瑜伽大师还有泰国的泰拳高手均交过手，实战经验十分丰富，虽然见此人步伐厚重，但也不肯示弱。

要知道，左家俊如果将内劲凝于双腿，走在地面上的破坏力，恐怕要比面前这人更甚几分，这点儿动作还是吓不倒他的。

"师兄，你小心一点儿，我怕他有别的手段……"叶天点头答应了下来，这个人动作迟缓，身法上肯定不如左家俊，他也想看下两人交手的情况，从而判断这个浑身被煞气缠绕的人，究竟是怎么回事。

"放心吧，叶师弟，你帮我掠阵，看着点儿他……"左家俊脱去外套，缓缓地向邑鼍鼍口中的阿花迎上去。

和阿花一步一顿相同，左家俊同样不肯弱了气势，双脚踩在地面上"咚咚"作响，一块块大理石地板碎裂开来。

唐文远这豪宅的客厅算是倒了大霉了，先是被叶天的偃月刀生生砸出个洞，再被这二人一破坏，整个就像一碎石场。

"接招吧！"虽然是生死仇敌，左家俊还是没有失了礼数，双手抱了抱拳，右手以拳化掌，迎面一掌就击向对方的面门。

"太乙八门掌法？师兄这会的也不少啊！"

见到左家俊出招，叶天不由得愣了一下，左家俊用的掌法是武当太乙铁松派的当家掌法，也是内家拳的一种。

俗话说"宁挨十拳，不挨一掌，拳击表皮，掌击至里"，由此可见掌法的惊人攻击力，左家俊出掌看似轻柔，实则含而不露，只等到击中对方后，才会劲力外吐。

左家俊由抱拳而化掌，动作连贯一气呵成，那个叫阿花的人似乎根本就没有反应过来，被其一掌击在面门上。

感觉到手掌与对方面门相接，左家俊掌心一顶，内劲吐露，原本软弱无骨的手掌，顿时变得如同金刚石般坚硬。

"嗯？怎……怎么回事？"

一掌击中对方后，在左家俊的想象中，这一掌足可以将对方打得面骨断裂，脑浆横流，但手掌传出的感觉，却像是击打在钢铁上一般。

"不好……"

一击无果后，左家俊忽然感觉头顶一阵劲风传来，头皮竟隐隐作痛，来不及细想，连忙收回右手，和左臂架在一起往上迎去。

"咔……咔嚓！"

一声骨骼断裂的声音从左家俊双臂处传出，他的整个身体，也似乎突然间矮了几分，小臂处传来的剧痛，让左家俊忍不住冷哼了一声。

　　"师兄？！"

　　叶天见状大惊，连忙一个纵步抢上前去，右脚倏然抬起，无声无息之间就踹在了阿花的胸膛上。

　　"怎么这么硬？"

　　一脚踏实后，叶天的感觉和左家俊一般无二，这足能踹断石碑的一脚，却像是踢在了一堵由钢铁铸成的墙壁上，反而震得他右脚隐隐作痛。不过叶天这一脚是在助跑中踹出的，劲力极大，虽然没能伤得那人，但是也把他的身体踹得后退了几步，叶天不敢恋战，一把拉住左家俊就往后退去。

　　左家俊对刚才的事情还有些迷糊，但叶天可是看得清清楚楚，只是事情发生得太快，快得让他都来不及制止。

　　刚才就在左家俊一掌击在那人面门上时，叶天也感觉到对方这一下肯定是非死即伤。

　　要知道，除了裆部之外，头颅面门是人身上最脆弱的地方，别说是被左家俊这样的高手击中，就是挨了普通人的巴掌，都会晕厥半天。但是事情的发展超出了叶天的想象，那个叫阿花的人挨了这一掌之后，竟然连头都没摇摆一下，直接就高高抬起右臂，对着左家俊抡了下来。

　　阿花身高一米九多，左家俊也就一米七的样子，这一臂砸下来，简直就是重于千斤，有如泰山压顶一般。

　　左家俊虽然反应奇快，用两条小臂挡了一下，但还是被那股巨大的力道震得脚下石板碎裂，一双小腿都陷了进去，整个人看上去就像是突然矮了几分。

　　"师兄，怎么样？"

　　叶天退到沙发后面才停住脚步，向左家俊的小臂看去，那里原本的衣袖，已然从中间被撕裂开来，而左家俊的小臂上也血肉模糊。

　　左家俊额头冷汗直冒，强忍着疼痛说道："右臂断了，伤了骨头！"

　　刚才对方那一击，给左家俊的感觉就好像是被从天而降的一块巨石砸上一般，不仅小臂断裂，他的腑脏也受了一些震伤，只是没说出来而已。

　　"阿花，回来，嘎嘎，小子，原来你也会什么武术啊！"邕矗鼉难听的怪笑声忽然响起来，竟然喊回了阿花，叫道，"那正好，我的宝贝最喜欢习武之人的心脏，你们两个人可以一起去死了！"

　　叶天刚才展现出来的爆发力让邕矗鼉吃了一惊，不过他还是没怎么放在心上，有阿花在这里，对方有多少人都能杀光。

　　"叽叽，叽叽！"

就在邕矗矗准备命令那人上前的时候，一道白色的影子从门口闪过，一爪子抓在那条金刚王眼镜蛇的尾巴处。没等金刚王眼镜蛇做出反应，白色的影子就快如闪电般地从地上蹿起来，落入叶天怀中。

叶天看着毛头用嘴在吸吮着爪子上的鲜血，哭笑不得地说道："臭小子，你的口味越来越重了啊！"

虽然对那个叫阿花的非人一般的力量很是吃惊，叶天还是被毛头逗乐了，因为在它的小爪子上，赫然抓着一块金刚王眼镜蛇的蛇肉。

"它是你养的？"

看见毛头扑入叶天怀中，邕矗矗那肥胖的身躯因为气愤都变得颤抖起来，这个小东西可是把他辛苦豢养多年的虫降吃得一干二净啊！

"是我养的，怎么样？"

叶天笑着把毛头放在肩膀上，小家伙更是冲着那条金刚王眼镜蛇挤眉弄眼地挥舞着小爪子，显然对它垂涎之极。

"我……我要让你哀号七日七夜方能死！"

邕矗矗怎么都没想到，这只灵物竟然是叶天所豢养的，而它吞吃自己虫降的事情，自然也是叶天授意的了。

被怒火烧昏了头脑的邕矗矗，嘴中突然念出几句晦涩难懂的咒语，紧接着右手衣袖一摆，一团黑色的烟雾笼罩在了他身前。

"去！"邕矗矗一指叶天，那团烟雾像是有灵性一般，径直向叶天飘去，距离邕矗矗七八米外的叶天，鼻息间顿时闻到一股恶臭味。

"叶师弟，小心，这是降头术中的飞降！"

见到这团黑雾，左家俊顿时脸色大变，当年邕矗矗的师父乃他信·沙旺素西就是借着夜色释放出飞降偷袭的他。

吃过这次大亏后，左家俊回到香港想方设法收集到降头术的一些信息，但是对于飞降这种降头术，却愈发地忌惮。

降头师的手段，多是以自己豢养的虫降和炼制的药降来控制或者杀伤敌人。但虫降药降必须对受害人进行直接物理接触性的"种降"，也就是说受害人必须误吃毒蛊，或者被虫蛊咬伤才行。但是飞降不同，飞降可以远距离对受害人进行直接攻击。

邕矗矗袖中飞出的黑烟，其实就是尸油结合蠹虫以及各种毒物炼制出来的，这是集合了万千毒物和尸油聚合起来的一种邪气和死气，这种邪气可以说是世界上最可怕最恶意的"诅咒"。

飞降可以通过意念冥想和符咒的控制使蠹虫飞袭被降者，不过距离有一定限制，且不能在阳光普照时进行，通常在黄昏和夜间。

不过飞降用在普通人身上很好使，但是对叶天和左家俊，却没有什么效果，同为奇门中人，煞气对他们的侵蚀效果并不是很好。

"飞降？哼，师兄，你看我术法！"

叶天只对那个叫阿花的人有所忌惮，邕矗矗使用降头术来对付他，却是正中下怀，之所以没有过早地启动九宫绝杀阵，也是叶天想领教下这东南亚一大邪术！

看到黑雾马上就要飘到自己的眼前，叶天双手飞快地接连掐出几个指诀，右手为阳左手为阴，飞快地在面前虚空画动起来。

"六炎四象，均天之阳，给我燃！"

叶天突然发出一声断喝，随着他的喝声，面前阴阳二气交错，竟然凭空出现一道火光，将那团黑雾包裹在其中。

叶天的这一手术法，如果放在古代民众的眼里，那绝对就是神迹了，道经中有云："炎阳之气，纯阳之物，集精、气、神三昧玄火，炼化之，可焚万物矣。"

叶天沟通阳气，以阴气为引将其点燃，空气中的氧气又是最好的助燃剂，这团无根之火烧得旺盛无比，邕矗矗尚来不及指示那团黑雾后退，就被火光完全笼罩住了。

叶天施展出来的虽然不是太上老君的三昧真火，但这种用术法凝练出来的火焰温度也是极高。加上阳火本就是阴邪之物的克星，邕矗矗的飞降固然是很可怕的邪气和死气的结合体，仍然被这团火焰烧得嗞嗞作响，体积在不断缩小。

见到叶天施展出来这一手，原本一脸傲然的邕矗矗，如同见鬼一般跳了起来，指着叶天大声喊道："术法，华夏的术法，你……你是奇门江湖中人？"

"你也知道奇门江湖？"叶天咧嘴一笑，说道，"那你家祖宗有没有给你说过，不允许到中国的地盘上来撒野啊？"

叶天曾经听师父讲过，国内奇门在悠久的朝代更迭中，曾经和别的国家术法门派多有争斗，有几次差点儿灭了那些门派的传承。所以不管是修炼东南亚的降头术，或者是欧洲的黑魔法的那些人，极少敢到中华大地上来撒野。

在40年代那场残酷的战争中，奇门中的斗法也在暗中进行着，虽然那个岛国奇门中人大败亏输，但华夏奇门也伤了元气。

等到新中国成立之后，奇门中人生存的土壤就更小了，导致很多传承丢失，自此一蹶不振。不过随着枪炮的产生，国外的奇门术法也同样面临着传承断绝的危机，所以这几十年来倒是也没有降头师进入中国境内，奇门江湖中难得平静了一段时间。

现在邕矗矗的行为，如果放到解放前的话，那肯定会引起轩然大波，两国术法界说不定就要争斗不休了。

"你们的术法，都是垃圾！你……我，我要杀了你！"

邕矗矗刚骂出一句，就回过神来，因为他发现自己的飞降在这短短的十多秒内，竟然已经全被那火焰燃烧殆尽了。

"阿花，杀了他，杀了他们两个！"

知道叶天是奇门中人后，邕蕓甂心里把宋晓龙恨到了极点，他虽然口中说着大话，实则心里对叶天的术法忌惮之极。

邕蕓甂还是孩童的时候，有一次被他敬若神明的师父居然身受重伤地逃回泰国，整整调养了近三年时间，身体才恢复了过来。

邕蕓甂就是那时从师父口中得知，他是被中国奇门的阵法所伤，并告诫邕蕓甂不得进入中国，数十年来，邕蕓甂始终不敢违背师父的这条训诫。

虽然知道了叶天的身份和被破了飞降，但是邕蕓甂心中却并不怎么惧怕，因为他还有着最大的一张底牌，那就是阿花！

从泰国一直形影不离地跟随着邕蕓甂的这个中年人，其实严格地说，他已经不能算是人了。

在降头术里，这种人被称为"鬼混"，是降头术中顶级的术法，别看东南亚降头师成千上万，但是听过"鬼混"这个名字的，绝对不超过三人。

"鬼混"降头术的炼制，条件极其苛刻，必须找到体质符合的人，在他全无防备之下将其在瞬间杀死，不能动用现代枪支，只能破坏他的脑部中枢神经。

在把人杀死后，降头师经过一番秘术施法，七七四十九天之后，就能炼制出这么一具非人非鬼的怪物来，由于他不是人也不是活尸，就被称为了"鬼混"！

"鬼混"的炼制方法，在泰国其实早已失传，这百十年间都没有听闻有人炼制出来过。

乃他信·沙旺素西十年前在一次偶然的机会中，得到了这种邪术的炼制方法，经过五年的精心准备，死在他手上的人超过百数，终于炼制成了这个"鬼混"。

不过严格说来，乃他信·沙旺素西炼制的这个"鬼混"还是个失败体，因为真正的"鬼混"不但力大无穷，而且智力和常人一般，并不是这种浑浑噩噩的样子。

这个"鬼混"虽然身体坚如钢铁力大无穷，但始终不是乃他信·沙旺素西想要的，所以他把控制"鬼混"的方法传给弟子后，自己又去做准备了，想炼制出真正的"鬼混"来。

当然，在邕蕓甂看来，这个刀枪不入的"鬼混"体内充满了煞气，可以完全不惧叶天的奇门术法，仅是靠着身体的强度就能杀死两人。

"嗷呜！"听到邕蕓甂的指令，非人非鬼的阿花口中发出一声没有任何意义的音节，冲着叶天和左家俊冲了上来。

叶天和左家俊这会儿正躲在客厅沙发区的后面，这个阿花根本就不知道要绕路，挡在他身前的那张真皮沙发，竟然被他抓起后用双手撕裂开来。

"奶奶的，这都什么怪物啊？"

看到阿花的表现，叶天也不禁心生寒意，连忙后退了一步，趁着面前还有沙发挡道的时候，手中掐出指诀，口中喝道："九曜顺行、元始徘徊，华精莹明、元灵散开，九宫八卦、天罗地网，给我开！"

随着叶天的断喝，原本矗立在客厅正中间的偃月刀发出一声脆鸣，一股狂暴的阴煞之气冲天而起，九宫绝杀阵被启动开来，如同一张大网将整个别墅都笼罩了起来。

原本开着好几个大灯光亮无比的客厅，瞬间变得阴风阵阵，而站在大厅门口处的邕蘴鼍，眼前更是灰蒙蒙的一片，完全看不到叶天和左家俊的存在。

"阵法？"

原本泰然自若的邕蘴鼍，在房中情景突变后，脸上终于露出了震惊的神色，身体僵硬在原地，一动都不敢动。

邕蘴鼍曾经听师父说过，如果陷入阵法之中，千万不能随便走动，否则就会引动杀阵，从而导致煞气攻心。

要知道，邕蘴鼍的师父乃他信·沙旺素西在降头术上的造诣远超于他，但是在自己最鼎盛的时期依然在阵法上吃了大亏，邕蘴鼍并不认为自己能强于师父。不过邕蘴鼍的运气要强于他的师父，因为他此时所站的方位，正处于这个九宫绝杀阵的生门所在，所以虽然看不见外面的情形，但也没有受到阵法煞气的攻击。

"阿花，杀了他们，杀了他们！"邕蘴鼍浑身的肥肉都绷紧了，他知道，这个阵法是绝对困不住自己带来的"鬼混"的。

乃他信·沙旺素西这些年之所以到处寻找降头术中的断绝传承，制造出了"鬼混"，就是想用来对付中国奇门阵法的。

"鬼混"没有人类的思维，阵法所造成的幻觉对他毫无影响，再加上"鬼混"通体都是煞气凝结而成，阵法的煞气攻击更是对他全无效果。

阵法说白了，就是利用地形和术法，对周围环境造成一种假象和幻觉，并不能隔绝声音的传出。所以在邕蘴鼍惨厉的叫声中，"鬼混"阿花加快了速度，冲到叶天和左家俊身前，睁着一双血红双瞳，挥舞着铁拳向叶天击去。

"师兄，你去阵眼变动阵法，我来缠住他！"

叶天见状迎了上去，右手一带一缠，就把"鬼混"那千斤之力化解开来，并且把"鬼混"的身体也带得踉踉跄跄地往前跌去。

以柔克刚本就是道家的学说，顺其自然，万物相生相克，刚劲的东西不一定要用更刚劲的事物征服，有时最柔软的事物才恰恰是它的强敌。

被叶天这一带差点儿摔倒在沙发上的"鬼混"，咆哮着转过身来，手脚并用，如狂风暴雨般向叶天袭去。这个人鬼结合体虽然本就是天生神力之人，再加上乃他信·沙旺素西用降头术炼制，身体更是如同钢铁般坚硬，但是遇到叶天这一套借力打力的功夫，却是连连吃瘪。不过叶天的拳脚虽然接连打中这人，但对"鬼混"也无法造成任何伤害，反而手脚被震得隐隐作痛。

"这到底是什么鬼东西啊？"

见到阿花不知疲倦地又从地上爬起向自己扑来，叶天一个侧步转身，身体灵巧地转到对方身后，手掌如刀一般从阿花的脊梁中间划过。

如果细看的话，在叶天指缝中间，还有一道寒光闪过，无痕正隐于其中，顺着阿花的后背就割了下来。

"什么？没事？！"

当叶天这一刀划出后，眼睛顿时瞪圆了，因为他发现，无痕除了将对方后背的衣服划开外，竟然无法割破对方的皮肤，只在上面留下长长的一道白色印记。

见到这一幕，叶天眼中露出毫不掩饰的震惊，要知道，无痕虽然不长，却锋利异常，可以削金断铁。但谁知道竟然连阿花的皮肤都割不开，眼前这人究竟是不是血肉之躯啊？这让叶天心中生出一种无力的感觉。

"妈的，再来！"叶天也是心志坚定之人，鼓动周身元气凝于右手无痕之中，刚好"鬼混"转过身来，一刀划在"鬼混"的脸上。

这一刀凝聚了叶天体内雄浑的真气，对方就算真的是合金打制出来的，叶天相信也能捅个窟窿。

一刀划过，"鬼混"的脸上顿时出现一道血痕，从眼角到嘴边的皮肉翻了出来，本来就很凶恶的脸变得愈发狰狞。

"嗷呜！！"不知道是不是被鲜血激发了野性，"鬼混"野兽般地嚎叫起来，攻向叶天的动作，比之前竟然加快了几分。而且"鬼混"此时每一拳的打出，都蕴含了杀伤力极大的阴煞邪气，中间隐隐还有一种甜甜的味道，叶天不慎吸入鼻中，真气运行间竟然忽然变得有些滞碍。

"蛊毒？"

叶天心中大惊，他没想到这个莽汉一般的家伙，竟然会突然释放出蛊毒，而自己大意之下居然着了道。

感觉到胸腹间传来的那种麻痒火辣，叶天连忙往后退去，用倒在地上的沙发挡住阿花，从衣兜里掏出一个瓷瓶，倒出颗药丸扔入嘴中。这是叶天临来香港的那天晚上炼制的解毒丸，虽然时间短火候不是很足，却是专门克制蛊毒用的，吞下药丸后，胸腹间火辣辣的感觉顿时消减了几分。

叶天也没想到这个阿花会如此难缠，当下在运功逼毒并且躲避对方攻击的时候，大声喊道："师兄，变转阵法，杀掉罡罳罳！"

九宫绝杀阵可不是你站在生门就能高枕无忧的，只要阵法稍加变幻，生门也能变为死地，听到叶天的喊声，左家俊掐动指诀，场中情形顿时为之一变。

原本站在生门处的邕蠆鼍，忽然感觉自己的身体像是陷入沼泽中一般，浑身被绑缚住，呼吸也变得有些急促。

　　九宫绝杀阵所凝结的煞气，瞬间就让邕蠆鼍脑中出现了幻觉，往日残杀的那些人一个个都化成厉鬼，张牙舞爪地向他扑去。

　　"破，给我破！"

　　邕蠆鼍常年和阴煞之气打交道，对于眼前的幻觉倒也不惧，他从身上取出一物，对着面前那些煞气形成的厉鬼一抖，漫天幻影顿时消失不见。

　　"这是什么东西？"正上蹿下跳躲避着"鬼混"攻击的叶天，见到邕蠆鼍手中的物件竟然能破掉煞气，不由得吃了一惊。

　　"嘎嘎，你们都要死！"

　　邕蠆鼍得意地看向手中的物件，这是他炼制的招魂幡，里面糅合了各种毒物，不但能吸收煞气，还可以攻击敌人，端的是阴毒无比。

　　手里拿着招魂幡，邕蠆鼍也不管眼前阵法形成的幻境，大步往前冲去，他本身就是站在门边的，眼看就要来到阵眼处。

　　邕蠆鼍对阵法也并非一无所知，之前就感觉到客厅中间的那把大刀有些诡异，等到阵法开启后，更是确定了那里就是阵眼所在。

　　每个阵法都有其薄弱的环节，阵眼要是被破坏，阵法也将失去效果，邕蠆鼍此时打的就是这个主意。

　　右臂断折的左家俊见到邕蠆鼍直奔阵眼，心中大惊，也顾不得自己的伤势了，几个跨步堵在邕蠆鼍身前。

　　"滚开！"见到左家俊挡在身前，邕蠆鼍伸出蒲扇般的手掌对着左家俊就劈头盖脸地打下来。

　　虽然右臂受伤，但左家俊的身法还是远比邕蠆鼍灵活，当下一矮身躲过对方的攻击后，左掌重重地击在邕蠆鼍的肚子上。不过让左家俊郁闷的是，他这力含千钧的一掌打中邕蠆鼍后，竟然像是击中了一团棉花，软绵绵的毫不受力，这种感觉让他郁闷得差点儿吐血。

　　"去死吧！"邕蠆鼍一声狞笑，趁着左家俊左掌还没来得及收回，整个身体往前一冲，犹如炮弹般撞到左家俊怀中。

　　"嘭"的一声响，左家俊被邕蠆鼍撞个正怀，身体向后飞去的同时，大口的鲜血喷出来，重重地跌落在地上。

　　"师兄？！"看到左家俊被邕蠆鼍击中后倒在地上生死不知，叶天红了眼。

　　降头师的强大和诡异大大出乎了叶天的预料，尤其是非人非鬼的"鬼混"，给叶天造成了很大的威胁，所以虽然做了诸多准备，但还是出了意外。

　　一脚将那"鬼混"踹开几米，叶天的身体便快如闪电般移到阵眼正中处，伸出右手

秘藏 ❸ 绝世宝器

握在偃月刀的刀柄上。

原本叶天是想用阵法解决邕矗矗的，但是"鬼混"的出现和邕矗矗手中的那面招魂幡，让阵法效果全无，那就只能和对方拼死一战了。

从出道以来，叶天还是第一次遇到生死危机，这也激发了他心中的血性，当下连胸腹间所中的蛊毒都不去压制了，单手提起偃月刀，对着向自己扑来的"鬼混"就迎了上去。

"给我死！"

叶天右手高举偃月刀，左手也按在刀柄上，将全身真气尽数注入刀中，往下劈去的同时，刀身竟然显露出一股金锐之气，一道长约三寸的刀芒显现出来。

"去死吧！"

看着面前的"鬼混"竟然毫不躲闪，叶天这重于千钧般的一刀径直砍向阿花的面门处，"扑哧"一声轻响，"鬼混"那高大的身体被定在原地。

一刀劈出后，叶天再也不看对方一眼，一个拖刀就往邕矗矗那边迎了过去，躺在地上的师兄还不知生死，这让叶天心中对邕矗矗生满了恨意。

从叶天拿出偃月刀时，整个阵法就已经失去了效果，邕矗矗刚好清楚地看到叶天那带着惊天杀气的一刀。

"阿……阿花？！"就在叶天回身的时候，邕矗矗看到了让他不敢置信的一幕，口中发出一声惨厉的惊呼。

叶天一刀劈出后，再也没有回头看上一眼，因为他知道，这世上不管是人还是鬼怪，都挡不住他这蕴含了全身劲力的一斩。

偃月刀本身就是战场杀伐所用的攻击法器，且不说刀身中蕴藏的煞气，就是偃月刀本身也是削铁如泥的神兵，面前就是一个铁人，叶天也有信心将其一刀两断。

就在叶天回过头去的时候，他感觉一股液体喷洒到了自己的背后，不过和常人的鲜血不同，那股液体却是冷冰冰的，没有一丝热气。

"你……你杀了阿花？！"

站在叶天正对面的邕矗矗，突然像鬼一般尖叫起来，因为向来在他心目中不可匹敌的"鬼混"，此时竟然被叶天一刀斩成了两段。

准确一点儿说，应该是一刀两片，在叶天劈中"鬼混"的时候，出于本能反应，他稍微歪了下脑袋，偃月刀锋从鬼混的左肩一直斩了下去。由于这一刀速度奇快，当叶天拖刀而走的时候，阿花那半边身体才炸裂开来。

叶天不知道阿花的来历，但邕矗矗可是对"鬼混"知之甚深。

用降头术秘法炼制出来的"鬼混"，根本就不能以常理度之，邕矗矗曾经试验用电钻去钻"鬼混"的皮肤，只能留下一个白点，这已经超出了人类可以理解的范畴。

邕矗矗之所以敢大摇大摆地前来香港，很大程度上就是因为有"鬼混"在身边，而今天"鬼混"的表现也的确不错，一开始就让叶天二人连连吃瘪。

不过谁知道形势忽然急转而下，肉体强悍至斯的"鬼混"，竟然被叶天一刀劈成了两片，这让邕鼟鼍心中的恐惧无以复加，口中大叫一声后，身形往后暴退。

"想走？"叶天此时心中愤怒至极，他之前准备如此充足，却没想到出现了"鬼混"这个变数。

眼下不光是师兄受伤，就连叶天自己也吸入了从"鬼混"身上散发出来的蛊毒，他从出道以来还从来没有吃过这么大的亏。此时见到邕鼟鼍想跑，岂肯罢休？他右手用力，拖在地上的偃月刀如有灵性一般高高弹起。

见到高高抬起的偃月刀，邕鼟鼍眼中满是恐慌，对着叶天身后大喊一声："阿花，救我！"

"谁也救不了你！"叶天冷笑一声，手中偃月刀就待劈出的时候，忽然感到一股大力从刀身传来。

"奶奶的，还……还不死？"叶天回头一看，顿时愣住了，残缺的阿花那头颅完好的一半身体竟然高高跳起，单手抓住了偃月刀的刀身。

虽然"鬼混"现在也是强弩之末，但这诡异的场面，却让叶天吓了一跳，邕鼟鼍趁机跑出了客厅，别看他身体肥胖，此时的动作却比猿猴都要灵活。

"这到底是什么玩意儿啊？"

虽然奇门术法中也有诸多诡异的手段，但是叶天从来没有想象过，一个分成两半的人竟然还能存活！不过听到耳后传来的风声，叶天不及多想，伸手抽了一下偃月刀没抽动，干脆松开刀柄，赤手空拳地追了上去。

对于邕鼟鼍这个罪魁祸首，叶天无论如何都不会放过，他的动作要快过邕鼟鼍，几个纵步之后，就追到了邕鼟鼍身后。

叶天也没多话，一掌就往邕鼟鼍后心印去，邕鼟鼍此时已经有如丧家之犬，虽然听到耳后风声，却不敢回头，脚下使力，身体又往前窜出好远。

"留下吧！"叶天一声长啸，就在邕鼟鼍逃到别墅围墙处的时候，将其拦了下来。

"你找死……"邕鼟鼍眼中露出凶光，他所畏惧的只是叶天手中那把大刀，此刻叶天赤手空拳地追上来，却让邕鼟鼍动了别的心思。

叶天对此人已是恨极，压根儿就没有再和对方交流的意思，脚下一闪，一掌对着邕鼟鼍胸口击去。

见到叶天这一掌，邕鼟鼍眼中露出一丝狡黠，他只微微侧了侧身体，用肚子上的肥肉接下叶天这一掌。

邕鼟鼍从小练习过泰拳，算得上是身经百战，中年跟随师父修习瑜伽，把早年练习泰拳的硬伤都消弭掉了，不过他的身材却如同气球一般膨胀起来。但是外人却不知道，邕蔓罨这一身肥肉，其实也是一层极佳的防御手段，曾经有一位泰拳宗师级的人物在和他交手的时候，就是被邕蔓罨痴肥的模样所迷惑从而被他击杀的。

就如同刚才和左家俊交手的时候一样，邕蔓罨故意让左家俊击中自己，就在左家俊微微愣神之际突发奇招，将左家俊撞得不知生死。

眼下邕蔓罨又用出这一招，目的和刚才一模一样，不过他不知道，叶天和左家俊可不是同一个人。

一掌击中邕蔓罨的腹部，叶天顿时察觉到那种软绵绵虚不受力的感觉，那厚厚的一层脂肪在颤抖之间，将叶天的劲力尽数消弭掉。

叶天脸上露出一丝冷笑，没有片刻的迟疑，击中邕蔓罨的右掌忽然变掌为爪，五指有如钢爪一般，深深地抓进邕蔓罨的腹部。

“啊！”正暗自得意的邕蔓罨，没想到叶天变招如此迅速，感觉到小腹传来的剧痛后，忍不住大声哀号了起来，一拳向叶天的面门击去。

叶天抬起左手，格挡住邕蔓罨的拳头，左脚在地上一蹬，身体顺势往前冲去，而抓在邕蔓罨小腹肥肉上的右手，直接掏进了他的腹腔之中。

说来也奇怪，叶天一爪抓进邕蔓罨的小腹中，但邕蔓罨并没流多少鲜血，他那原本松软的肥肉，此刻却紧绷在了一起，看上去如同没有受伤一样。这就是邕蔓罨修炼瑜伽所带来的好处，别看他臃肿肥胖，实则可以控制身体内的每一块肌肉，对于伤痛的忍受能力，也是远远超于常人的。

此时的邕蔓罨再也没有了想要击杀叶天的心思，趁着叶天微微走神之际，转身就爬上了围墙，动作矫捷的程度怕是连山林中的猿猴都要甘拜下风。

“还想跑？”事到如今，叶天哪里肯善罢甘休？右脚在围墙上一蹬，双手在墙上撑了一下，身体轻飘飘地翻了出去。

邕蔓罨来时走过一次后山，对林中情形要比叶天熟悉得多，加上他此时激发出全身的潜力用来逃命，直到爬上山梁，叶天才追到他的身后。

“留下吧！”

叶天一拳击中邕蔓罨的后心，邕蔓罨为了暂时压制小腹的伤处，将浑身肌肉都绷紧了，根本就无法化解叶天这含恨一拳，挨了个实实在在。

叶天一拳击出，邕蔓罨庞大的身体竟然被凌空击飞，顺着那岩壁滚了下去。滚落下去的邕蔓罨根本就无暇查看自己的伤势，一把拉开车门，对着目瞪口呆根本就不知道发生了什么事情的沙提拉潘吼道：“快开车！”

随着嘴巴的张开，一些黑乎乎的血块又从他口中流出来，常人要是受了这种伤势，恐怕早就丧命当场了，不过邕蔓罨的生命力却十分的顽强。

“叽叽！”

就在沙提拉潘发动车子的时候，毛头不知道什么时候赶了过来，突然从岩壁上蹿了下去，紧接着邕蠹鼍口中发出一声惨呼，车子也随之冲了出去。

"毛头，回来！"虽然毛头是去打落水狗的，但叶天还是怕它有什么闪失，随着叶天的喊声，毛头从车窗跳了出来，蹿到叶天身前。

"叽叽……叽叽！"抬起右手的小爪子，毛头兴奋地冲着叶天尖叫。

"这……快，快扔了！"叶天一看之下，顿时两眼发直，胸腹间所中的蛊毒都差点儿没压制住，因为在毛头手中，赫然是一颗人的眼珠子。

"走，回去！"

看着已经拐过山道的汽车，叶天也没有心思去追了，他不相信邕蠹鼍还能活着。

　　左家俊生死未知，那个非人非鬼的怪物也不知道情况如何，金刚王眼镜蛇似乎也没离开别墅，加上叶天胸腹间的蛊毒也没有被逼出。此时叶天纵然想去追杀罢蛊鼍，也是心有余而力不足，更何况师兄的性命要远比罢蛊鼍重要得多。

　　回到一片狼藉的大厅中，叶天发现，那条金刚王眼镜蛇倒毙在大厅门口，蛇头下七寸处赫然有一排齿印，这自然是毛头的杰作了。

　　"叽叽……叽叽！"

　　见到这条眼镜王蛇的尸体，毛头从叶天肩膀上蹿了下来，两只小爪子抓住那长达两米多的金刚王眼镜蛇，拖到门外享用去了。

　　大厅内一片狼藉，地皮像是被重新翻过一遍，满地的鲜血和刺鼻的腥臭味，闻之欲呕。叶天第一眼就看到了那个叫阿花的人，他此时已经气息全无，身上的煞气尽皆散去，而最令人恐怖的是，他那原本坚若精钢的身体，不知为何已经开始腐烂。

　　看到这种情形，叶天心中隐隐有些明白了，这人应该是被某种诡秘的术法炼制过的，其实生机早已断绝，只是通过秘术来支配着他的身体。

　　叶天一刀将其斩成两段，等于破坏了他体内秘术的平衡，使其煞气尽失，才会变成现在这副模样。

　　对于降头术中的这种秘术，叶天也是心有余悸，以他达到炼气化神的境界，竟然需要使出全力才能杀死这人，可见降头术能名震东南亚，绝非浪得虚名。

"师兄，师兄？"

脑中转着念头，叶天脚步可没停住，不过来到刚才左家俊晕厥的地方，却发现那里已经空无一人。

"叶天，我……我在这里！"

随着叶天的喊声，沙发后面扬起一只手，叶天连忙跑过去，看到左家俊那面若金纸一般的脸庞。

"师兄，不要说话……"叶天伸手握住左家俊的右手，两指搭在上面一探，原本紧张的心情顿时放松下来。

左家俊虽然看上去挺凄惨，其实只是腑脏受到一些轻微的震伤，在被邕蘽鼍撞中的时候，左家俊的内劲自动护住了要害。

相比腑脏的震伤，左家俊小臂的伤势反而要更严重一些，"鬼混"那一拳的力量极大，左家俊的小臂骨骼上已经出现裂纹。

叶天从口袋里拿出一个瓷瓶，倒出两粒龙眼大小的药丸，直接塞到左家俊口中，然后起身倒了一杯水，让左家俊将药丸咽服下去。

这两粒药丸可是老道当年留下的药丸中最后两粒了，五六分钟过后，左家俊脸上已经慢慢带了一丝红润。

叶天将左家俊扶到沙发上坐下后，一脸愧意地说道："师兄，对不起，是我大意了！"

虽然叶天对邕蘽鼍的到来已经给予了极大的重视，也做了诸多安排，但是也正因为这些安排，让他在临敌时放松了警惕。

在叶天想来，自己可以随时启动九宫绝杀阵法，将邕蘽鼍二人困住，所以就让师兄去和那"鬼混"交手。但他怎么都没想到，"鬼混"压根就不能算是人，一招之下就让左家俊受了重伤。

这也不能怪左家俊学艺不精，就是叶天后来对上"鬼混"，不慎之下也吸入了一丝蛊毒，直到现在还被他用真气压制在胸腹之间。

"叶师弟，这……这件事情不怪你，咱们有心，对方未必就是无意啊！"

左家俊知道叶天说的是没有及早开启阵法的事情，虚弱地摆了摆手，说道："即使咱们早早启动了阵法，和他们也会有一场恶战的……"

叶天闻言一愣，继而明白了过来，从"鬼混"的出现，到邕蘽鼍手中那不知道什么物质做成的可以吸收煞气的物件，无不表明邕蘽鼍有应对阵法的能力。

"师弟，你说师父当年曾经伤过乃他信·沙旺素西？"左家俊突然问道。

叶天点了点头，说道："是啊，按照师父所说，乃他信·沙旺素西好像都没有这么厉害，可是为何邕蘽鼍手段这么多啊？"

李善元虽然没有细说当年和乃他信·沙旺素西交手的情形，不过大概就是以阵法困住乃他信·沙旺素西，然后抽冷子在他背后打了一掌。

不过乃他信·沙旺素西也释放出虫降咬了李善元一口，然后用秘术逃出了法阵，二人的交手算得上是两败俱伤。

今天如果不是叶天发威，这场争斗简直就是一边倒的情形，这也是叶天百思不得其解之处。

"叶师弟，你这是当局者迷了！"左家俊闻言笑了起来，看着叶天说道，"师弟，你会不会在同一件事情上吃两次亏啊？"

"师兄，你是说……乃他信·沙旺素西回到泰国之后，就专门针对咱们的阵法之道进行了研究？"叶天闻言顿时醒悟过来，一拍脑门接着说道，"邕蠹鼍的这些手段，还真是克制了九宫绝杀阵！"

那个非人非鬼的"鬼混"，根本就没有人类的思维，阵法对他而言就是个笑话。而邕蠹鼍手中的那面幡可以吸收煞气，在某种程度上有些法器的功效，能使邕蠹鼍不受煞气的侵扰，如此一来，九宫绝杀阵启动与否，真的无关紧要了。

叶天说的没错，当年乃他信·沙旺素西在李善元手下大败之后，回到泰国就开始研习中国的奇门法阵。不过阵法之道博大精深，隐含五行八卦周易术数的原理，乃他信·沙旺素西根本就找不出门道来。但乃他信·沙旺素西也是一位降头术中不世出的奇才，既然无法从根本上去理解，那就用别的办法去破解。

沙旺素西另辟蹊径，改动降头术制出了可以吸收储藏煞气的招魂幡，然后又走遍整个东南亚，得到了"鬼混"的炼制方法。

可以说，乃他信·沙旺素西这些年一直都在针对中国法阵进行研究，而邕蠹鼍跟随他时日最久，叶天阵法不能奏其功，也是在情理之中的事情了。

想到这里，叶天心中生出一股寒意，这个泰国老和尚太可怕了，如果师父早几年再与他遭遇的话，绝对不会是其对手。

左家俊同样想通了这个环节，叹道："师弟，这世上奇人众多，你我……确实坐井观天了！"

"师兄教诲得是！"叶天心中一凛，连忙点了点头，细细想来，自从他进入炼气化神的境界之后，心中就产生了一种睥睨天下的感觉，却不曾想过天下之大，并非只有他一个高手。

别的不说，当年李善元也进入了炼气化神的境界，不然也不可能活到一百二十多岁，只是手中缺少术法传承这一点儿不如弟子而已。

李善元如此，难保这世上就再没有进入炼气化神并且拥有术法传承的高人了，叶天之前确实有些妄自尊大了。

经此一战，也让叶天的心性发生了些微改变，少了一分年轻人的浮躁，多了一丝对未知世界的敬畏！

见叶天沉思不语，左家俊以为他还在自责，劝解道："师弟，别想这些了，对了，那个嵒羣罿如何了？你把他留住没有？"左家俊是知道叶天实力的，自己没能留住嵒羣罿，不代表叶天也不行。

"师兄，他在外面有人接应，让他给跑了！"叶天闻言惭愧，"不过他被我抓破了腹腔，后心处也挨我一掌，应该活不过三天了！"

叶天那一掌可是用尽了全身的劲力，没有丝毫保留，别说那会儿嵒羣罿绷紧了肌肉，就是再用脂肪卸力，叶天也有把握震得他腑脏尽碎的。

"斩草不留根，叶师弟，去给阿丁打电话，一定要把嵒羣罿留在香港！"

叶天只不过跟着师父跑了几年江湖，但左家俊现在偌大的名声都是自己闯出来的，江湖经验远比叶天丰富，这世上只有死人才是最令人放心的。

"是，我这就打电话，这里也要让人收拾一下……"叶天苦笑了一声，心中多少也有些忐忑。

叶天并非没见过血的人，相反他手中已经有了不少人命，不过那会儿都是用术法伤人，死得再多警察也找不到他头上。但这次可不一样，客厅中这血腥的场面，要是被香港阿sir看到，叶天一准会比当年《省港旗兵》里的叶继欢还要红透港澳台。

"阿丁，带几个人过来收拾下别墅……"电话打通后，叶天直接说道，"要那种有经验的，这里场面不大好看！"

此时的大厅一片狼藉，尤其是那被分成了两半的尸体让人看了触目惊心，叶天还真怕话没说清楚，阿丁要是带两个保姆来打扫卫生那就麻烦了。

"小爷，我明白的！"阿丁点了点头，他们以前帮会打斗，缺胳膊断腿的事情没少见，处理这样的事情很有经验。

"对了，让人去查下嵒羣罿的下落，不要让他活着离开香港！"叶天虽然有九成把握嵒羣罿活不下去，但见不到尸体心里自然不落实。

"怎……怎么，小爷，被他跑了？"阿丁闻言有些惊愕，在他眼里叶天那就是神一般的人物，怎么居然会被人跑了？

"行了，抓紧办事吧，有消息通知我一声！"叶天有些颓然，搞成这个结果，他也脸上无光。

不过常在河边走哪有不湿鞋的？江湖凶险可不是随便说说的，能在江湖中扬名立万的，没有一个是简单的人物。

"师兄，我扶你先去房间休息下吧，阿丁一会儿就能赶过来。"

挂断电话后，叶天将左家俊扶到二楼房间里，自己则是回到客厅里收起偃月刀，在沙发上闭目打坐。

大约过了二十分钟，叶天突然仰起头，一口黑气从嘴中喷出，在叶天周围顿时弥散出一股腥臭的味道。

叶天站起身来，将客厅的窗户全部打开，把这股气味吹散开来，虽然是经过他炼化的蛊毒，但对于普通人而言还是有一定杀伤力的。

"这非人非鬼的怪物真是厉害！"叶天此时的修为已经到了百邪不侵的境界，但仍然着了那家伙的道。

刚刚逼出蛊毒，叶天就听到门铃声响了起来，走出客厅，看到阿丁带着四五个年轻人进了院子。

"小爷，傍晚那会儿下大雨，我的人跟丢了，实在是对不住！"

走到叶天面前，阿丁一脸羞愧，如果不是叶天给他打电话，他真不知道鬯蘡鼍已经和叶天交过手了。

"没事，不怪你，鬯蘡鼍现在何处？"叶天摆了摆手，这事儿连他师兄都吃了不小的亏，阿丁派出去的那些人，能活着已经算是运气好了。

阿丁偷眼看了一下叶天，小心翼翼地说道："小爷，我刚得到消息，泰国那边有一艘走私货船突然离开了，我估计，鬯蘡鼍可……可能就在那条船上。"

"逃走了？"叶天闻言一愣，继而摇了摇头，说道，"行了，把客厅里收拾下吧，回头给老唐说一声，那地板要重新装修了。"

"小爷，没事的，唐爷说了，您把他这房子拆了都没事。"阿丁赔笑答了一句，转过身看向带来的几个人喝道，"都还愣着干吗啊？跟我进去把里面收拾干净了……"

"丁哥，那位是谁啊？"

跟阿丁过来的几个人长相凶恶，看起来不像是善茬，见到阿丁对叶天如此客气，一口一个小爷叫着，都心下好奇。

要知道，阿丁早年可是打遍整个港岛的双花红棍啊，虽然十多年前就金盆洗手，跟了一位大佬退出江湖，但这毫不影响他在社团中的地位。

可就是这么一位大佬偶像级的人物，竟然在叶天这么一个年轻人面前低三下四的，这些人心里都有些不服气。

"少废话，不该问的别问，快点儿进去！"阿丁瞪了那人一眼，率先走进客厅。

"哥几个什么场面没见过啊，用得着让我们来收拾？"那个手臂上文了一条入云龙的年轻人撇了撇嘴，跟在阿丁后面走进去。

"这……这……"

进入客厅后，所有人都傻眼了，满地的大理石板尽皆碎裂，一股恶臭让人闻之欲呕。而最让人恐怖的是，在客厅正中的地面上，却横躺着一具尸体，开始的时候那些人都以为是两具，但仔细一看，才知道是一个人被分成了两片。

来的这些都是见过血的人，但一个个脸上仍然变了颜色，刚才说话的那个人，更是紧紧用手捂住嘴巴，他怕自己一张嘴就会将晚饭吐出来。

　　"别傻站着了，快点儿收拾干净了！"

　　阿丁也被客厅里的场面吓了一跳，不过很快就反应了过来，领头带着几个年轻人忙活了起来。

　　整整收拾了两个多小时，又用水将客厅冲了七八遍，然后喷洒了无数香水，客厅里的那股恶臭才算是消失了。

　　拿着两个尸袋从客厅里退出来的时候，那几个原本一脸骄傲的年轻人，现在却是脸色煞白，看叶天的目光就和见鬼差不多。

　　原本以为自己平日里带着小弟砍人很威风，但是和今天这场面比起来，他们那简直就像是小孩子过家家。

　　挥手让那几个年轻人先离开别墅，阿丁走到叶天面前，问道："小爷，都收拾好了，唐爷让我问您，他明天能过来了吗？"

　　叶天此行就是为了对付邕蘁鼍，而对方现在已经大败逃走，危险似乎已经解除了，唐文远还惦记着让叶天帮老友寻找尸骸的事呢。

　　叶天摇了摇头，说道："明天不要过来，我不通知你们，你们都不要来。"

　　不知道为什么，虽然邕蘁鼍已经不足为惧，但叶天心头还是有一丝不安。

　　他说不清这种危机来自何方，但心头却有一种征兆，而且十分强烈，其危险程度丝毫不在邕蘁鼍之下。

　　想了一下后，叶天对阿丁吩咐道："这段时间保安措施严密一点儿，不要让任何闲杂人等接触到这里。"

　　经过邕蘁鼍的事后，叶天已经不敢再托大了，别的不说，如果不是偃月刀在手，他拿那个非人非鬼的怪物还真没有什么好办法。

　　"知道了，小爷！"听到叶天的话，阿丁心头一凛。

　　先前明明知道邕蘁鼍要来，叶天却让人放松了保安，眼下对方被叶天杀败了，却又要加强保安，莫非是有更厉害的敌手要来？

　　阿丁知道这种事情他是插不上手的，当下也没多说，带着人退了出去，不过离开别墅后，阿丁却安排了几个帮会中的兄弟，把前往那个别墅的几个保安换了下来。

　　漆黑如墨的海面上，一艘货船正在巨浪汹涌下起伏不定地前进着。

　　邕蘁鼍躺在货船的船舱中，整个人都在抽搐着，小腹和眼睛处的伤口虽然已经被包扎住了，但鲜血还是不断地往外渗出，将他身下的被单全都染红了。

　　沙提拉潘站在床前，眼中满是惊惧和无奈的神色。

在他开车离开太平山后，尚且保持清醒的邕薹鼍直接就让他来到了港口，正好拔达的货船还没离开，邕薹鼍如同凶神恶煞般冲上货船，逼着拔达开船驶离了香港。不过上船一个多小时后，邕薹鼍就不行了，满嘴说着胡话，到现在更是昏迷不醒，整个人如同发羊癫风一般在床上抖动着。

沙提拉潘还真怕邕薹鼍就这样死去，降头师在泰国地位极高，而邕薹鼍更是国师乃他信·沙旺素西的弟子，如果就此莫名其妙死去的话，他根本就说不清楚。

"邕薹鼍大师，您怎么样了？"见到床上的邕薹鼍突然翻了个身，沙提拉潘连忙凑到他耳边问道。

"我……我不行了！"

邕薹鼍仅剩下的那只独眼缓缓睁开，深吸了一口气后，双臂用力撑着身体坐了起来，就是这么一个动作，让他口中又吐出一块破碎的腑脏。

"沙提拉潘，回到泰国告诉我的老师，我是被叶天所杀，他通晓奇门阵法，修为不在老师之下，请老师为我报仇！"

小腹的伤势对于邕薹鼍来说并不是致命的，主要是叶天最后的那一掌，将他的心脉腑脏尽皆震碎，如果换作常人，只怕走不出三步就会暴亡当场。不过邕薹鼍修习的瑜伽身密，已经达到很高深的境界，腑中五脏练成一气，别看他一副痴肥的样子，其实全身骨骼都能任意弯曲，身体机能近乎达到一种变态的程度，这才能撑到现在不死。

鲜血从邕薹鼍失去眼球的地方往下滴淌着，那张肥胖的脸看起来犹如厉鬼一般，惊得沙提拉潘连连后退，直到背部顶在了船舱的木板上。

"大……大师！"

忽然见到邕薹鼍的五官之中，流出如同小蛇一般的几股鲜血，沙提拉潘大着胆子试了下邕薹鼍的鼻息，却是再没有一丝热气。

在泰国距离芭提雅不远的那个四季长春的山谷中，邕薹鼍那庞大的身躯躺在山谷的正中间，浑身的肥肉尽往下垂，看上去像是一座肉山。

在邕薹鼍尸体的旁边，颂猜和沙提拉潘正垂头站在一个老和尚面前，连眼皮都不敢抬一下。

这个老和尚个头不高，只有一米六左右，浑身瘦骨嶙峋，眼睛似乎有些昏花，看人的时候焦距好像都没放在人身上一般。

"沙提拉潘，事情就如同你说的那样吗？"

老和尚有些浑浊的目光看向沙提拉潘，脸上带着慈祥的笑容，浑身上下都往外散发着一种佛教独有的慈悲，这也让沙提拉潘心中松了口气。

"国师，沙提拉潘所说句句属实，邕薹鼍大师让我转告您，杀他的人名叫叶天，通晓奇门阵法。"

说到这里的时候，沙提拉潘猛地跪下，用额头触地道："大……大师还说，那人的修为，不……不在您之下！"

乃他信·沙旺素西怎么都没想到，这个被自己寄予厚望的劣子，竟然丧身于别人手中，而且浑身腑脏尽皆碎裂，死得凄惨无比。

过了足足有十多分钟，乃他信·沙旺素西终于将目光从弟子身上挪开，淡淡地说道："沙提拉潘、颂猜，为什么巴薹鼋死了，你们还活着呢？"

乃他信·沙旺素西慢慢抬起头，整个人的气势一下子完全改变了，就像是从一块朽木突然变成了一把出鞘的利剑。

尤其是乃他信·沙旺素西那原本浑浊的目光，此时变得异常凌厉，这个年近百岁的老人身上，洋溢着一种舍我其谁的可怕气势。

"国师饶命啊！"原本站在那里的颂猜"扑通"一声跪在地上，口中急道："是巴薹鼋大师命令我帮他去的香港，国师，我不敢违背大师的命令啊！"虽然颂猜平时听到的都是国人赞誉乃他信·沙旺素西大师的话，但是他心里清楚，降头师无一不是心狠手辣之辈，笑语盈盈间翻脸杀人，是再为常见不过的事情了。

"巴薹鼋的命令你不敢违背，难道我让你们俩去死，你们不愿意吗？"老和尚脸上露出一种奇怪的笑容，似乎对颂猜的话很不理解。

"国师饶命，国师，啊！"

……

看到这两人都哀号着死去后，站在乃他信·沙旺素西后面的一个四十多岁的中年人，说道："老师，要不我去趟香港，为巴薹鼋师兄报仇吧？"

中年人身材很高，足有一米八五左右，如果不是那被日光晒得黝黑的脸庞，很难让人把他与泰国人搭上关系。

"天龙，你不是那人的对手！"乃他信·沙旺素西摆了摆手，抬头看向天空，声音有些空洞地说道，"当年我只是在阵法上吃了亏，耗费了数十年的苦功制出了可以破解法阵的招魂幡和'鬼混'，却没想到那个国家竟然还有别的术法高人。"

从巴薹鼋那破碎的腑脏中，乃他信·沙旺素西可以看出，对方在击中弟子后心的时候，随同掌力送到巴薹鼋体内的还有一股阴煞之气。

那股阴煞之气比掌力的破坏力还要大，让巴薹鼋的生机在极短的时间内就断绝掉了，若非如此，以巴薹鼋修炼瑜伽身密的境界，就算是死，也能撑到见自己最后一面。

听到乃他信·沙旺素西的话，天龙有些不甘心地问道："老师，那就眼睁睁地看着巴薹鼋师兄死掉？"

天龙是乃他信·沙旺素西最小的徒弟，不过他跟随师父的时间不长，而是在东南亚地区创建了一支佣兵团。

在金三角以及很多局势紧张的地区，都能见到天龙和他的佣兵团的身影，却极少有人知道他是泰国人，并且还是降头师的身份。

"自然不会，三年，最多三年，我会去领教他们的奇门术法！"乃他信·沙旺素西说话的时候，眼睛望向山谷中的那栋小楼。

在那栋小楼里，养着一个乃他信·沙旺素西刚刚寻得的人降，只等自己找寻到那些制作"鬼混"的药物后，就能炼制出完美无缺的"鬼混"。而那时，也将是自己重新回到中国的时候，虽然当年的敌人或许早已不在了，但杀害自己弟子的凶手和当年敌人的弟子，乃他信·沙旺素西是一个都不会放过的。

香港赤鱲角国际机场是全球第三繁忙的客运机场，每天都有大量的人群和游客从世界各地来到香港进行各种商务活动和旅游购物。

和内地机场中大多都是东方人不同，香港机场内更多的则是西方面孔。一架由美国飞往香港的航班降落后，一个相貌普通的西方人走下飞机。

"真是一座美丽的城市啊！"

看了一眼这个在岛上兴建的机场，乔吉·卡德尔脸上露出一丝笑容，跟随人流走下飞机后，乔吉·卡德尔并没有出机场，而是来到货运处。

两天前，乔吉·卡德尔就曾经托运了一批机械原件抵达香港，此时拿着提货单，他很轻易地就把一个足有三米多高两米多长的木柜领取了出来。

用铲车将柜子运上早已订好的货车，乔吉·卡德尔跟车来到位于香港岛一处度假区，这里有很多临时往外租赁的独立小别墅，是专供一些身价不菲的游客租住的。

香港是一个十分开放的城市，它的包容性造就了现如今的地位，乔吉·卡德尔机械研发者的身份，很容易就被接受了。

正如叶天所住的那个别墅区可以满足客人任何要求，这个度假区也是如此。

当乔吉·卡德尔出示了他预订别墅的证件后，那个沉重的木柜就被工作人员搬进了别墅的车库里。

在支付了一张一百美元的小费后，乔吉·卡德尔得到了他绝对不会被任何人打扰的保证，事实也是如此，关上别墅的院门，这里就是一个独立的小天地了。

将随身的背包扔到房间里，乔吉·卡德尔来到车库，用撬棍将木柜敲开后，一些长短不一的机械元件出现在他面前。

乔吉·卡德尔蹲下身体，在那些钢管以及各种稀奇古怪的东西里挑拣起来，五分钟后，一把长约两米的狙击步枪，变魔术般地出现在他手中。

"老伙计，把你带到这里来真的很不容易啊！"

看着这把狙击步枪，乔吉·卡德尔脸上露出笑容，轻松地吹了声口哨，为了完成那笔高达一千万美元的暗杀任务，他光是前期准备工作就已经花去十万美元了。

乔吉·卡德尔认为这些花费都是必需的，首先枪就是一个杀手的第二生命，他只相信这把陪伴了自己五六年的老伙伴。

另外乔吉·卡德尔认为，缜密的准备工作是他们这行成功的秘诀之一，那些初出道的小子，至死都不明白自己失败的原因。

其次乔吉·卡德尔也不怕这些投资赚不回来，对于在这个星球上排行第三的杀手而言，从他接下这个任务起，叶天就已经是一个死人了。

乔吉·卡德尔的国籍是美国，但实际上却是南斯拉夫人，他父亲在二战中曾经做过南斯拉夫重要领导人的卫兵。不过因为种种原因，老卡德尔最终到美国定居，乔吉·卡德尔就是在美国出生的，只是名字还是打上了南斯拉夫的烙印。

美国公民持有枪械是合法的，乔吉·卡德尔自懂事起就在父亲的熏陶下玩起了枪，从最早的毛瑟枪到现代的自动武器，他都娴熟至极。

美越战争快要结束的时候，十八岁的乔吉·卡德尔来到了越南，从一个枪支发烧友到真刀真枪的战场，他经过了一番血与火的洗礼。

不过越战结束后，很多患上了战争综合征的人，对于安逸舒适的生活反而感到极端的不适应，在越南战场上待了两年的乔吉·卡德尔就是如此。

做了几年普通公司的员工之后，乔吉·卡德尔得到一个很偶然的机会，鬼使神差地接受了一位富豪的雇用，帮他暗杀一个商业上的竞争对手。

杀人时那种肾上腺激素飙升的快感和丰厚的金钱回报，让乔吉·卡德尔重新寻找到了自己的人生目标，他很快辞去了原先的工作。

有人的地方就会争斗，对于很多人而言，让一具肉体失去灵魂的方式，往往是解决问题的最好办法，所以杀手就成了那些富豪最好的选择。

从 80 年代初期，乔吉·卡德尔就已经在世界杀手圈子里崭露头角了。不过乔吉·卡德尔为人十分谨慎，加上他有着丰富的反侦探经验，十多年来从来没有人知道他真正的相貌和名字，所以他的绰号为"幽灵"。

干了近二十年的杀手，死在乔吉·卡德尔暗杀下的人已经超过三百，这其中曾经进过世界富豪排行榜的就有十多人之多，他在杀手行当里的排名也高居第三位。这主要还是因为乔吉·卡德尔非一千万美元以上的任务不接，否则他的排名早就可以达到第一了，"幽灵"这个名称，在杀手界也就意味着死亡。

把玩了一会儿狙击步枪，乔吉·卡德尔又在那堆机械元件里翻找了一些组合起来，片刻之后，一把小巧袖珍的手枪出现在他手中。

对于一个杀手来说，他们看重的是隐秘性和一击致命，并不追求大威力的枪械，反而是这些容易携带的武器更加受到他们的青睐。

最后在那堆机械元件中的一个钢管里，乔吉·卡德尔又取出二十多颗黄澄澄的子弹。

把这些东西拿到别墅中，乔吉·卡德尔用一把小刀将那厚厚的床垫从底部割开，然后将已经拆卸了的狙击步枪和子弹藏了进去。

做完这一切之后，乔吉·卡德尔拍了拍手，换了一身休闲的服饰，施施然出了别墅，租用了一辆车子在香港闲逛起来。

太平山自然是乔吉·卡德尔关注的重点，他在山顶的观景台驻留了很久，其间又故意以迷路为由开进了前往富豪别墅区的岔道。

当然，仅仅开了不到三十米，乔吉·卡德尔就被保安礼貌地请了出去，严密的保安措施让乔吉·卡德尔微微感到有些麻烦。

由于唐文远的那栋别墅处于一个山坡下面，整栋别墅都被山坡和茂密的树木遮挡住，想在山顶寻找到一个合适的狙击地点显然是不可能的。

对于眼前的困难，乔吉·卡德尔并没有在意，他曾经为了暗杀一位非洲的军阀酋长，整整在那满是毒蚊子的丛林里待了一个月，香港的条件可是比那里要好上一百倍了。

当晚回去的时候，乔吉·卡德尔买了一个琴盒，第二天又重新租赁了一辆车子，在太平山附近转悠，不过这次，他的注意力却放在了那些进出别墅区的车辆上面。

距离邙蘁鼍袭杀的事情已经过了一个星期，这期间左家俊留在别墅养伤，和叶天同住了一个星期，他受益良多，从叶天手中学到很多失传了的术法。

用过叶天的药方和老道留下的最后两粒药丸，左家俊别的伤势都已经恢复得七七八八了，不过右小臂却是伤了筋骨，估计要两三个月才能和人动手。

此时客厅内整个大理石地面都已经被铲掉，唐文远本来想让工人暂时先铺一层实木地板的，却被叶天赶了出去，以至于现在地面就是一层水泥板。

这一日在客厅中叶天给左家俊讲解完一个攻伐术法后，左家俊开口说道："叶天，今天到我家里去坐坐吧？"

师弟到了香港，自己这做师哥的当然要款待一番了，只不过叶天不知道为什么，一直都不肯走出这别墅一步，也不让唐文远等人过来。

听到左家俊的邀请，叶天摇了摇头，说道："师兄，我心里感觉有点儿不对，这事情还没完，还是等一段时间再说吧！"

修为到了叶天这种境界，已经衍生出了视觉、听觉、嗅觉、味觉、触觉这五感之外的第六感，对于危险的感知，要远远超过常人。虽说卦不算己，但那种预知、预觉、预判的能力，却让叶天心头总是感到有些不安定，似乎危机并没有解除。

原本叶天是想让左家俊回家休养的，省得他再被自己连累，不过左家俊不肯放过这个跟随叶天学习术法的机会，说什么都不愿意离开，也就随他去了。

只是现在左家俊邀请叶天前往他家里，叶天却是不能答应，以那天与邕蠧蠆争斗的凶险而言，普通人肯定会是横尸当场的结果。

左家俊听出了叶天的意思，当下用左手在面前的桌子上狠狠拍了一记，怒道："宋家实在太过分了。叶天，要不然我去趟美国找宋薇兰，把这事告诉她吧？"

左家俊在国际华人世界的地位还是很高的，有自己的渠道可以和宋薇兰联系，他不相信一位母亲见到自己的儿子被人追杀，还会无动于衷。

叶天闻言摇了摇头，说道："算了，师兄，她应该不知道这件事情，我自己能解决的事情，别扰她烦心了。"

叶天来香港之前曾经和父亲交流过，原本他想通过父亲隐晦地将宋晓龙的事情通知母亲，不过在叶东平的一番劝告下，他打消了这个念头。

"叶天，你这样躲着也不是办法啊，要不……我替你走一趟北美，把那小子解决掉？"

见叶天不同意自己的做法，左家俊想到了个釜底抽薪的办法，按照叶天所说，这些事情都是宋晓龙干出来的，那让宋晓龙人间蒸发掉，不是就天下太平了吗？

叶天想了一下，抬眼看到左家俊那绑缚着夹板绷带的小臂，摇了摇头说道："师兄，这事儿等过段时间我自己处理吧，正好也到洪门总部去转转！"

"我这点儿伤没事的……"左家俊知道叶天是担心自己的伤势，正想说话的时候，桌子上的电话响了起来。

"嗯，知道了，唐生，谢谢你啊！"

简单地对着电话说了几句，左家俊挂断后向叶天道："是唐文远打来的，他今天让富丽华酒店的大厨做了点儿西餐送来。"

虽然人不能前来，但叶天的每日三餐，唐文远都是选上好食材，让名厨烹饪好送来。

"老唐还真是有心了，叶天，富丽华酒店的西餐可是不错的。"跟着叶天住在唐文远这里，左家俊几乎把香港各个酒店的招牌菜都吃了一遍，虽然他不是很稀罕，但从这细微处也能看出唐文远对叶天的重视。

富丽华酒店早年是老赌王傅老榕的产业，今年刚刚被丽新集团收购了股份，曾经是香港岛显赫一时的酒店，在酒店的顶层更是有全香港第一间旋转餐厅。

富丽华酒店的餐厅里除了中式的早茶出名之外，全部由洋人厨师打理的西餐也是一绝，在香港的名声很是响亮。

听到左家俊的话，叶天撇了撇嘴，说道："老唐他那是怕我不帮他呢。"

左家俊闻言一愣，看向叶天问道："师弟，你也看出老唐过几年的那道坎了？对了，你是不是帮他调理过身体啊？"

占卜问卦的功夫，左家俊最少得了李善元八成火候，早在三年前他就断言唐文远今年会生一场大病，抗不过去的话或许就会寿终于此。不过这次见到唐文远，左家俊却发现，唐文远脸上的那丝黑线淡化了许多，估计这几年都会无病无灾，那道坎的时间足足向后延迟了三年。

看见左家俊一脸好奇的样子，叶天笑道："我在四九城布了个聚灵阵，老唐算是沾了光，但他下次出事，未必就能这么轻易过去，到时候我尽量出手帮他吧！"

叶天对唐文远印象还是很不错的，自己的第一桶金就是从他那里得来的，现在又把别人的新宅子变成了战场，这份人情却是欠下来了。

"哦？聚灵阵的效果这么好吗？回头我一定要跟你去看看……"

听到叶天的解释，左家俊一脸憧憬，想了一下接着说道，"师弟，等这次回去，你带我到师父的墓那里去一趟吧，我也给师父上上香……"

"好，我也要去看看师父了。"说到李善元，叶天和左家俊都沉默了下来，两人都深受师恩，随着时间的推移，他们心中对老道的怀念是愈发深切了。

叶天摇了摇头站起身来，说道："逝者已逝，生者如斯，师父要是知道咱们俩相遇，想必也是很欣慰的。师兄，别多想了，我去楼上看看毛头怎么样了！"

不知道是不是那天吞吃多了鸎蠤鼍所带来的毒虫，在吃掉那条金刚王眼镜蛇之后，毛头突然陷入了沉睡，到现在已经整整一个星期了。

如果不是观察到毛头气机平稳，叶天就带着这小家伙去找兽医了，不过叶天每天还是给它体内注入一道生吉之气，生怕这小东西出什么问题。

叶天上楼没多久，客厅外就响起了门铃声，左家俊看了看挂在客厅墙上的钟，微微皱了下眉头，今天送餐的时间，似乎比平时晚了二十分钟。

不过左家俊也没多想，起身出了客厅来到大门处，打开门后，一辆车上漆着富丽华酒店的中巴车停在门前。

在中巴车的旁边还有一个手推的餐车，餐车共分为五层，上面摆满了各种银质的盘子，每个盘子都用大小合适的盖子盖住，另外还有一瓶放在冰酒器里的红酒。

餐车旁站着一个长着西方面孔戴着厨师高帽子的老外，见到左家俊出来后，行了一个绅士礼，用英语说道："先生，我是富丽华酒店的主厨理查德森，这是唐先生定制的晚餐！"

"主厨？那些侍应呢？什么时候送餐要主厨亲自来了？"

看着面前这个其貌不扬的外国人，左家俊的眉头皱了起来，往日送餐的那些人大多都是酒店的侍应，还从来没有主厨上门的事情。

"哦，先生，是这样的，住在下面的拉斯特爵士今晚也从我们酒店订了餐，所以来得晚了一些，他们在给拉斯特爵士准备晚宴，作为主厨，我必须上门表示对您的歉意！"

中年老外的脸上适时地露出抱歉的神色，而他口中提到拉斯特爵士，也让左家俊的脸色放了下来，因为他刚好认识那个前几天才搬过来的英国人。

拉斯特是一位很著名的英国葡萄酒商，从祖辈那里世袭到了爵士的爵位，拉斯特很喜欢东方文化，每年都会来香港居住一段时间。

每次只要拉斯特来到香港，都会在他那别墅中举办晚会邀请香港的各界名流参加，左家俊也去过几次，是以和他比较相熟，也知道这个人的秉性。

弄明白事情的原委后，左家俊让开身子，说道："行了，进来吧，道歉就不用了，等会儿给我的客人讲解下这些菜就行了！"

在很多外国餐厅中，如果客人对某些菜大加赞赏或者感到不满的时候，主厨都要出来表示感谢或解释。如果是私人宴会，主厨更是要出来接受客人们的感谢和赞美，熟知外国人习俗的左家俊，并没有多加怀疑。

"谢谢您的宽容，先生，今天的晚餐一定会让您满意的。"

听到左家俊的话，乔吉·卡德尔心中终于松了一口气，二十多年的杀手生涯，让他对危险有一种特别的感应。

从面前这个老人身上，乔吉·卡德尔发觉到一种极度危险的感觉，如果不是多年的训练和经验，他刚才就会因为气血运行过快，而被眼前这人识破。虽然乔吉·卡德尔有把握将面前这个人干掉，但是作为世界顶级杀手，他只会在迫不得已的情况下，才会杀目标以外的人。另外乔吉·卡德尔始终认为暗杀是一项技术活，在杀人后不留任何痕迹离去，才是成功的，才不愧于世界第三杀手的称号。

如果杀掉了面前这个老人，说不定会打草惊蛇，让目标人物躲藏起来，要知道，像这样的豪宅，一定是有躲避危险的地下室的，那样反而会得不偿失。

为了等待这个机会，乔吉·卡德尔整整策划了一个星期。

在跟踪了两天前往豪宅送餐的酒店车辆后，乔吉·卡德尔想出了一个暗杀叶天的主意，他用了两天的工夫，窃听了香港最著名的九家酒楼的送餐电话。

在昨天得知富丽华酒店将为叶天送餐后，乔吉·卡德尔在酒店前往太平山的一处僻静地方制造了一起很小的车祸事故，原本车上的几个酒店侍应，这会儿都正昏迷着。

"师兄，晚饭送来了？"

餐车推进到客厅后，叶天也随之从楼上走了下来，毛头虽然还是昏迷不醒，不过气机平稳，也让他松了口气。

"嗯？今天怎么就一个人来？"

看到推着餐车戴着厨师帽的乔吉·卡德尔，叶天不禁愣了一下，要知道，他和左家俊的食量都很大，叫的餐一般足有七八人的分量，送餐的最少都是三四个人。

"那几个人在拉斯特爵士那里，他们主厨先把菜送上来的。"左家俊出言解释了一下，却没发现叶天的眼睛已经微微眯了起来。

作为一个杀手，最重要的基本技能就是要会隐藏自己的杀意，乔吉·卡德尔正是其中的高手，他很享受看着自己的目标带着笑容和不解死在自己手中。

此时的乔吉·卡德尔，真的把自己当成了富丽华酒店的大厨，只是乔吉不知道自己身上那股无法消除的杀气却出卖了他的身份。

从莫名得到麻衣一脉的传承之后，叶天即使不动用术法，也能眼观阴阳，缠绕在乔吉·卡德尔体内的那股浓郁的怨气，如何逃脱得了他的眼睛？

"先生，这是 Beluga 的卵制成的鱼子酱，它会让您感受到顶级的美味享受……"乔吉·卡德尔并不知道自己的身份已经被看穿了，此时的他正将那盘下面有着一层冰块的鱼子酱放在餐桌上。

打开盖子后，一盘颗粒圆润饱满，色泽清亮透明，微微泛着金黄光泽的鱼子酱呈现在叶天面前。

乔吉·卡德尔取出两个放在冰块里的小碗，盛了半碗鱼子酱分别放在叶天和左家俊面前，说道："两位先生，这些鱼子酱加工出来还没有超过二十分钟，请二位尽快享用，否则它的口感就会大大下降！"

作为世界上顶级的杀手，乔吉·卡德尔可不单单只会杀人，对于奢饰品的享受绝对可以称得上是专家，此时介绍起来也是滔滔不绝，没有丝毫差错。

"哦，那倒是要尝尝……"叶天闻言笑了起来，不过当他看到师兄用那没受伤的左手也拿起勺子时，连忙说道："师兄，有此美味怎么可以没有酒呢，你把那瓶红酒给开了吧。"

"嘿，师弟，喝酒不急，你不知道，这鱼子酱可是不能久放的，吃完这些再喝酒！"

让叶天没想到的是，左家俊最好的就是鱼子酱这一口，哪里还顾得上喝什么红酒啊！

鱼子酱虽然珍贵稀少，但左家俊也是经常吃的，不过像眼前这些 Beluga 的卵制成的鱼子酱，可是顶级的奢侈食品，就连他也要提前很久预订才能吃到。

"叶天，先尝尝，回头再喝红酒，要是香槟就好了。"

鱼子酱放置得越久，口感就会变得越差，左家俊也不和叶天客套，拿起勺子就准备开吃。

见到左家俊的举动，站在一旁的乔吉·卡德尔脸上露出笑容，说道："这位先生说

秘藏❸
绝世宝器

得不错，我帮二位开红酒，你们先吃吧！"

在这些鱼子酱里，乔吉·卡德尔洒入了被水稀释后的氰化钾，鱼子酱的气味可以很好地掩饰氰化钾那种苦杏仁的味道。氰化钾是目前世界上最毒的毒物之一，比砒霜、鹤顶红要毒一百倍，如从口腔进入体内，顷刻毙命。

这一个星期乔吉·卡德尔除了实施他的暗杀计划之外，主要精力都在搞这种剧毒的化学物质。眼看自己的这次任务就要完成，乔吉·卡德尔心中舒畅无比，只要叶天和左家俊吃下鱼子酱，那么他又将完成一次完美无瑕的暗杀。

至于富丽华酒店因此而背上黑锅的事情，乔吉·卡德尔自然不会放在心上，估计等别人发现这两人的尸体时，他早已回到美国的家中了。

看到左家俊已经把勺子递到了嘴边，叶天一把抓住他的左手腕，说道："师兄，别急啊，等红酒开了后，我想邀请理查德森先生一起品尝这难得的美味！"

叶天不敢肯定这鱼子酱里面放了什么物质，不过在面对这鲜美无比食物的时候，他心中居然有种胆战心惊的感觉。

叶天可以肯定，这盘被称为"黑色黄金"的鱼子酱，毒性之大恐怕要远甚于邕墓鼍的那条金刚王眼镜蛇。

"嗯？"见到叶天几次三番不让自己吃这鱼子酱，左家俊也起了疑心，当下将碗放回桌子上，说道，"理查德森先生，倒是我失礼了，请坐下一起享用你的作品吧！"

在国外的礼仪中，客人是可以邀请技艺高超的主厨一起食用他所烹饪出来的美味的，所以左家俊的邀请并不显得突兀。

"这……还是不用了，能为二位尊贵的客人服务是我的荣幸！"

如果换一个场合，乔吉·卡德尔肯定会坐下来享用这些鱼子酱，但是在此刻，打死他也不敢让一粒鱼子酱进入自己嘴中。

乔吉·卡德尔说话的时候脸色不变，不过双手却不露痕迹地背到了身后，叶天的态度让他感到一丝不妙，自己似乎在什么地方露出了破绽。

"唉，这个世上总是有些敬酒不吃吃罚酒的人，理查德森先生，是不是这样啊？"

叶天摇了摇头，好整以暇地看向面前这个杀手，对方能想出装作送餐人员来暗杀他，的确出乎叶天的意料，只是他却不知道自己那满身的煞气早已出卖了他的身份。

"这位先生，我不知道您在说什么。"

乔吉·卡德尔不动声色地答了一句，右手已经握在插在后腰间的枪柄上，这让他心中大定，以他的枪法在这么近的距离内，如果再打不中叶天和左家俊，那自己这世界第三杀手的名头简直就是个笑话了。不过此时乔吉·卡德尔的注意力，基本上都放在左家俊的身上，以他对危机的感应，左家俊是一个极度危险的人物，至于叶天，则是和普通人没有什么区别。

"叶天，你是说……"左家俊拍案而起，见到叶天这种态度，他哪里还会不明白。

"先生，我劝您最好别动！"乔吉·卡德尔脸上阴阴一笑，右手闪电般从后腰伸出，在他的掌心里，赫然是一把极其袖珍的手枪。

乔吉·卡德尔虽然不懂中国话，但是多年的杀手生涯，让他明白一件事，那就是言多必失，在这个世界上，只有死人才是最安全的。所以乔吉·卡德尔虽然嘴上警告着左家俊，其实右手已经对着他扣动了手枪的扳机，他相信只要解决掉左家俊，叶天对他根本就无法构成任何威胁。

"嗯？怎……怎么会这样？"

就在乔吉·卡德尔准备扣动扳机击毙左家俊的时候，突然发现，自己的右手食指竟然无法弯曲了。

不仅如此，乔吉·卡德尔身上忽然感到一阵阴冷，紧接着全身也僵直住了，除了脑中还可以继续思维之外，身体机能已经完全不听他的指挥了。

"中国有句话叫作客随主便，你到了我家里，我请你吃鱼子酱，这是我的待客之道，你不吃，岂不是不给我面子？"

坐在乔吉·卡德尔左手侧的叶天笑了起来，站起身用手轻轻把乔吉·卡德尔手中的袖珍手枪取了下来。

早在第一眼见到乔吉·卡德尔的时候，叶天就发现了他的身份。这个世界上没有任何人能近身杀得了他。

刚才左家俊起身吸引对方注意力的时候，叶天就掐动指诀，将一股阴煞之气注入乔吉·卡德尔经脉之中，虽然外国人不信中医，却不能改变他们同样有脉络的本质。

眼看着叶天如同扯动傀儡一般将自己按在座位上，乔吉·卡德尔吓得魂飞魄散："不……您不能这样，这……这是谋杀！"

突然间乔吉·卡德尔感觉自己的嘴巴可以说话了，顿时大声地喊了出来，不过话刚出口，他也感觉很荒谬，自己一个杀手竟然去指责别人谋杀！

叶天用银质的勺子舀起一勺鱼子酱，笑着问道："那你能告诉我是什么人让你来杀我的吗？"

"不……我也不知道雇主是谁。"

乔吉·卡德尔摇了摇头，嘴巴紧紧闭上，作为一位顶级职业杀手，在经过最初的慌张之后，他慢慢平静了下来。

杀手是不能犯错的，犯错就意味着死亡。

从干上这行的第一天起，乔吉·卡德尔已经有了死亡的觉悟。只不过没想到他在暗杀许多国际政要军事强人的时候没有失手，却在香港这么一个弹丸之地栽了跟头。

"那好，你可以去死了！"

叶天脸上带着笑容，实则心中的怒火已经完全燃烧了起来。杀人者，人恒杀之，虽然面前这人只不过是个工具，但他却没有放过任何对手的习惯。

看到叶天已经把那勺鱼子酱送到乔吉·卡德尔的嘴边，左家俊连忙说道："叶天，等等，我有办法问出他的来历！"

"师兄，没必要，他就是一个杀手，我相信他真的不知道雇主是谁。"叶天摇了摇头，左手闪电般地在乔吉·卡德尔的下巴上拉了一记，原本紧闭着嘴巴的乔吉·卡德尔，下巴顿时耷拉了下来。

"再见，朋友！"叶天毫不犹豫地把那勺鱼子酱放入乔吉·卡德尔的口中，顺手将他的下巴一托，随着叶天的动作，鱼子酱从乔吉·卡德尔的喉咙里滑了下去。

"呃……呃……"在那勺鱼子酱下肚之后，坐在椅子上的乔吉·卡德尔恢复了行动能力，不过这时已经晚了，用双手扼住自己喉咙的同时，乔吉·卡德尔连人带椅子往后翻倒在地。

氰化钾的毒性果然不愧为天下最毒的化学药剂，乔吉·卡德尔甚至都没来得及思考自己这四十多年的人生，五官七窍内就流出了黑色的血迹，身体微微抽搐了两下之后气息全无。

"这……这是什么毒药？"看着地上七窍出血面目狰狞的乔吉·卡德尔，左家俊也勃然变色，想着刚才他差点儿将那鱼子酱送入嘴中的情形，顿时毛骨悚然起来。

"喂，阿丁，你带人再过来一趟吧，对了，再带些食物过来！"

在左家俊发呆的当口，叶天已经拨通了阿丁的电话，眼瞅着乔吉·卡德尔这副模样，即使别的饭菜没毒，叶天也不敢再吃了。

"小爷，这……这是怎么回事啊？"半个多小时后，阿丁带着三四个人匆匆赶到了别墅，看见那死状凄惨的乔吉·卡德尔，脸上也不由得露出震惊的神色。

"杀手，开着富丽华酒店的餐车来的……"

叶天给阿丁说了一下刚才发生的事情后，指着桌上的鱼子酱说道："这些鱼子酱你找人化验一下，看看里面下的是什么毒。"

"小爷，是我们疏忽了！"阿丁一脸羞愧，叶天是唐文远邀请来的香港，这来了还没有半个月，竟然接连遇到两次袭杀，香港的治安什么时候变得这么差了？

"和你们没关系，这次的事情也就到此为止了。"

在乔吉·卡德尔死亡后，这段时间一直笼罩在叶天心头的那团阴影，终于消散了。

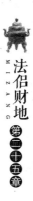
　　了解完杀手进入宅子的情况后，阿丁将尸体和那些饭菜都带走了，至于如何处理，就不用叶天操心了，反正这个世界每天都会有人莫名其妙地失踪。

　　过了没多久，新的饭菜就送来了，虽然有些仓促，但仍然不失丰盛。这段时间一直被袭杀困扰，解决了此人，叶天如心头一块大石被搬去，心情放松了不少，翻找出一瓶前几天阿丁送来的好酒，和左家俊对饮起来。

　　几杯酒下肚后，左家俊终于按捺不住心中的好奇，向叶天问道："叶天，你是如何发现那个杀手的？"

　　左家俊二十多岁就来到香港，此时已经年过六十，数十年夹走南闯北，也算得上是个老江湖了，他怎么都没弄明白叶天是如何看出那杀手所露出的破绽。

　　叶天笑着给师兄杯子里斟满了酒，说道："师兄，你可会观望地气？"

　　左家俊点了点头道："这个当然会了，不会堪舆地气，我如何给人看风水啊？"

　　"师兄，你观望地气需开天目看阴阳，而在术法之中，有种秘术可观测人身煞气，刚才那个杀手浑身阴煞缠绕，这都是被他致死之人遗留下来的，他还能是什么好路数吗？"

　　叶天所说的天目，位于鼻根上印堂的位置，从印堂进去两寸，有一个像松果一样的东西，现代医学称之为松果体，有人研究认为，松果体内有退化了的视网膜，具有成像能力。

　　天目开通后，看见阴性的东西便是很容易的事了，四岁以前的小孩初离母体不久，天眼还未完全退化，很容易看到一些成人看不到的阴性的东西。

随着年龄的增长，成人后作为天目的松果体便完全退化闭合，便很难再看到阴性的东西了，若要再开，必须依照相关秘术修炼。

在奇门江湖中，开天目并非什么不传之秘，真正有传承的风水师，都可以在寻龙点穴的时候暂时开启天目，用以观测天地间阴阳二气的分布走向。

天目在道教亦被称为阴阳眼或是夺魂眼。不过一般的道士都不会开阴阳眼，因为开启阴阳眼会损耗自身阳寿。所以即使是风水师，也只会在极短的时间内开启阴阳眼去堪舆地气，左家俊自然不会闲得没事见个人就开启天目去观察他身上阴阳二气的分布。

除了修炼秘术之外，民间用经过萨满教魔法阵结印过的牛眼泪，或者是经过风水师添加结印的柳树叶，也能暂时开启阴阳眼。

另外还有一种先天疾病产生的阴阳眼，主要病因是患者体内的五行偏奇，或五脏有先天缺陷。这些人竟然会经常见到一些由煞气形成的莫名其妙的场景，也就是俗称的见鬼，不过这类人身体虚弱，姻缘、事业、财运都很差，一般都活不到二十岁。

"还有这种秘术？师弟，你要传我！"听到叶天的解释，左家俊眼睛一亮，叶天所言的秘术等于可以随时随地应用天目，这对左家俊堪舆风水以及看相的好处就大了去了。

叶天闻言露出为难的神色，想了一下开口说道："师兄，你功力还未到炼气化神的境界，这种秘术，你学不来的，强行施展，只会导致气血倒行阳寿减退！"

叶天哪里会这种秘术啊，只是他为了回答如何看出那杀手行踪所找的一个理由罢了，叶天这天目，是十岁时得到传承后莫名出现的。

其实严格说来，叶天能观人气运的这双眼睛，已经不叫天眼，而可以称为心眼了，已经纳入五神通的范畴之内，只是叶天自己也不知道罢了。

"唉，我这辈子恐怕也无法进入炼气化神的境界了。"

听到叶天的话，左家俊懊恼地摇了摇头，他年已六旬，中年时更是受过一次重伤，虽然因祸得福，但想再进一步，却是不可能了。

左家俊也是习练术法之人，知道这些事情是不能强求的，摆了摆手说道："算了，不说这事了。师弟，你准备什么时候回京城？"

叶天想了一下，说道："再过一个星期吧，香港我没来过，想走走看看。"

叶天术法再高，充其量也就是个二十多岁的大男孩，对于香港这个被称为东方之珠的国际都市还是充满好奇的。而且叶天还答应了帮助曾玉蛟寻找丈夫遗骸，算下来最少也要在香港再待上一个星期。

"这样啊？叶师弟，明天你跟我去家里住几天，让定定带你在香港转转，后天我有点儿事，忙完之后再陪你如何？"

听到叶天还要在香港逗留一个星期，左家俊松了口气，要是他明天就走的话，那自己还真抽不开身。

"师兄，你尽管忙，不用管我的，我住老唐这里挺好！"叶天摇了摇头，虽然师兄弟的关系已经很近了，但是叶天并不习惯住到别人家里，那会有很多不方便的地方。

"那怎么行，莫非嫌师兄家里小住不下？"左家俊佯作生气。

"得，明天我跟你去还不成吗？"叶天苦笑着答应下来。

左家俊家的房子虽然比不上唐文远的豪宅那么夸张，但也是属于大富之家，独门独院的小别墅在香港这种寸土寸金的地方，没有几千万是想都不要想的。而叶天所想象的不方便也是不存在的，因为这栋别墅里除了一个用人之外，就只有左家俊自己住。

或许是犯了风水相师五弊三缺的缘故，左家俊中年丧妻，只有一个女儿，所以他才会如此宠溺柳定定这唯一的一个外孙女。

对于叶天的上门做客，左家俊给予了极大的重视，女儿女婿这天都被他召回了家。

左家俊的女婿叫柳熙国，四十出头的年龄，是土生土长的香港人，对岳父很是敬重，听到左家俊的介绍后，对叶天这小师叔的称呼也并不感到排斥。

柳定定更是一口一个叔爷叫着，她可是知道叶天本事的，想方设法要从叶天那里学得一两手术法，有她在里面打岔，房间里的气氛倒是很融洽。

吃完饭后，左家俊招呼叶天和女婿坐到沙发上，随口问道："熙国，明天的事情准备得怎么样了？资金都筹措好了吗？"

听到岳父的问话，柳熙国连忙坐直了身体，答道："爸，最近缅邦那边在打仗，原石的价格上涨了很多，我怕现在准备的钱不够用。"

"师兄，你明天要干吗去啊？"坐在旁边的叶天插了句嘴，因为左家俊说的是普通话而柳熙国讲的是粤语，叶天听得有些没头没脑的。

"呵呵，师兄早年做了点儿小生意，现在都给熙国打理了，有些事情他拿不定主意，我还是要管管的……"左家俊笑着给他解释了一番。

不管是练武还是修习术法，都少不了"法、侣、财、地"这四个先决条件。

"法"指的是真师传道，授业解惑。

"侣"的含义却是伙伴护持之人，因为在修炼突破到某种关卡的时候，如六根震动、元神出关等，都需要护持，这是必需的。

"地"说的是风水环境，修持之人从古至今都讲云游，主要目的就在于求气，因为若在同一个地理环境修炼，尽管春夏秋冬四季变更，阴阳消长也在不断进行，但已经满足不了继续前进所需的要求了。如此一来，就只有四处去走走了，哪个地方好，就席地一坐，炼几天。如果非常需要，就在那里结庐，所谓结庐在山间，就是这个道理。

至于"财"却是这四字要诀最关键的，如果没有钱的话，如何去请名师结识伙伴，如何能去云游四方增长见识？

就说叶天，他要是没有钱，就无法买下那套四合院，更不能摆出聚灵阵法，想要突破炼气化神的境界，就只能如镜花水月，由此可见钱财的重要性。

左家俊70年代在香港开了一家金器店，到现在已经发展为有六家分店的珠宝行了，虽然不如周大福那些老字号，但在珠宝行业里也算是有些名声。

只是近年来佩戴黄金饰品的人逐渐在减少，而翡翠玉石则大行其道，很多大珠宝商人都携带巨款去翡翠的产地缅甸收取原石。不过左家俊珠宝行的产业规模不大，资金也有限，一般都是从原石商人那里购买原石，虽然中间过了一道手，但风险却要比去缅甸小很多。

左家俊说明天有事，就是要去参加香港珠宝行内组织的一次原石交易会，缅甸的翡翠公盘这会儿刚刚结束，大量的原石都涌入了香港。

听到和玉石相关，叶天不禁有些心动，开口说道："师兄，明天我也没事，和你去见识下吧！"

叶天所修炼的术法，对玉石的要求很高，前段时间如果不是用的一些低劣玉质的玉石摆设的阵法，酆鲝鼍也未必就能轻易用招魂幡破解开。

"怎么，你对玉石也有研究？"听到叶天的话，左家俊有些奇怪地看了这个师弟一眼，他年纪轻轻的未免懂得也太多了吧？

叶天摇了摇头，说道："师兄，我不懂那个，不过明天闲着也是闲着，跟你见见世面也好。"

玉石生于自然，本就凝结天地灵气，差的玉石色泽隐晦，对叶天效用不大，但好的玉石内灵气充裕，是可以作为法器和布阵来用的。

至今为止，叶天买玉的钱花了已经超过千万了，不过叶天真是不懂玉石的好坏，他都是根据玉石内蕴含灵气的多寡来判断的。

"成，叶天，这玉石文化在咱们国家可是源远流长啊，不过翡翠和软玉不一样，它出现的时间比较短，这些年才受到人们追捧……"

除了占卜问卦、风水堪舆的老本行之外，左家俊对玉石也是十分喜好和精通的，他前些年曾经跑过东南亚所有玉石的产区，本人还是香港玉石协会的理事。

左家俊的女儿女婿都是玉石方面的行家，孙女儿又不喜欢这些东西，难得叶天感兴趣，当下滔滔不绝地给他介绍了起来。

"爸，叶叔第一天来家里，您就少当一回师父吧。"左家俊的女儿听得不耐烦，开口打断了自家老爸的话。

听到女儿的话，左家俊连连摆手，说道："别乱说话，叶师弟做我师父还差不多！"

这段时间叶天传授左家俊术法，都是用的老道的名义，算得上是代师传艺，左家俊如此说倒也没错。

不过他的女儿女婿可不知道这些事情，闻言又好奇地打听起来，加上旁边柳定定的吹嘘，搞得一向厚脸皮的叶天也有些架不住，最后还是左家俊解的围。

左家俊这别墅有专门的客房，叶天倒也喜欢这里的氛围，当天就留了下来，不过第二天一早刚吃过早餐，阿丁就出现在了左家俊的别墅外面。

"小爷，唐爷怕您不见他，让我来跟着您的，您在香港不也要跑腿的不是？"见叶天面色不虞，阿丁立马赔上了笑脸，昨天见到叶天没回去住，唐文远还以为叶天生气了，这一大早就让阿丁过来解释了。

"我有那么小心眼吗？"叶天没好气地瞪了阿丁一眼，正待说话的时候，看到左家俊的女儿女婿走了出来，摆了摆手说道："要跟就跟着吧，你开车跟上我师兄！"

上了柳熙国开的商务车后，柳熙国有些迟疑地向叶天问道："小叔，那个人是谁啊？我看着怎么有些眼熟？"

叶天尚未说话，柳定定就抢先说道："爸，就是那个唐爷爷身边的大傻个，我上次和他交过手的……"

"是唐叔叔身边的人啊？"柳熙国点了点头，从倒车镜里看了一眼叶天，却没有再多说什么。

柳熙国在香港也算是个富豪了，不过和唐文远比起来，那还真不是一个档次的人，虽然通过岳父他也认识那些富豪，但平时却是没什么接触的。

刚才阿丁在叶天面前点头哈腰的模样可都被柳熙国看在了眼里，对于这个年轻的便宜叔叔，柳熙国嘴上虽然没有多问，心里却又多了几分好奇。

"爸，小叔，到了！"

经过将近一个小时的车程，柳熙国的商务车在靠近海边的一处大院前停了下来。

"师兄，你就在……在这儿买玉？"

这次来香港后，叶天所见到的都是富豪们奢华的住所和生活，原本以为交易贵重的玉石会在什么大酒店里呢，没想到却来到这么个简陋的地方。

"师弟，你别小看这地方，每年缅甸公盘流入香港的原石，基本上都是在这里的……"

见到叶天的神情，左家俊笑了起来，故作神秘地说道："你知道这里的玉石加起来值多少钱吗？"

"两千万？"叶天估摸着说出个数字，在他看来，交易地点如此简陋的地方，玉石的品质肯定不怎么样。

"两千万？再加个零再翻一倍还差不多！"左家俊得意地笑了笑，留下身后目瞪口呆的叶天走进了大院。

跟在叶天身后的柳熙国见到岳父调侃叶天，不禁笑道："小叔，缅甸公盘那边条件比这还简陋，每年的成交额都要达到几十个亿，您进去就明白了！"

一旁的阿丁也有些不解，嘴里喃喃道："什么破石头值四五个亿啊？"

"乖乖，这……这些都是玉石吗？"

正如柳熙国所说的那样，进入这场地内，叶天算是明白这原石交易为何不在酒店里进行了。

因为这里面的原石，并不是叶天想象的那样都是那些打磨好未经雕琢的原石，而就是一块块大小不一的石头。

这些原石小的有拳头般大，大的则有数米长重达千斤，别的不说，就是这体积和重量，还真是很难将其搬运到酒店里。

"左生，您来啦……"

"左生，这手是怎么了？"

"左大师，谢谢您上次帮我占的那一卦！"

"左大师，我这段时间诸事不顺，您能否帮我看看啊？"

左家俊刚一进入场中，就被众人围了起来，原本一些正在察看原石的人，也纷纷走过来打招呼。

左家俊的资产并不是很多，在香港这个聚集了全球华人富豪的地方，估计连前二百名都进不去，就是在玉石行当中，他那几家珠宝行也不够看。不过左家俊在香港之所以拥有偌大的名声，可不是因为珠宝商的身份，而是全赖于他那精准的卦术，上至超级富豪，下至平民百姓，谁不知道"左大师"的名头啊？而且左家俊还在香港马会担任董事一职，这个身份，却是场内这些富豪们都要仰望的。

要知道，香港马会一共只有十二位董事，每个人都是港岛赫赫有名的人物，左家俊能担任这一职务，可见他在香港社会的身份之高。

至于这些人对左家俊献殷勤的原因，那就更加容易理解了。

有钱人大多都惜命，谁都想趋吉避凶，如果能被左大师指点几句，就算是给指个阴宅，那岂不也是福荫后人的好事。

"呵呵，大家好！刘生，你这股市大鳄怎么也对玉石感兴趣啦？"左家俊笑呵呵地和众人打着招呼，不过对于那些请求他占卜问卦的要求却是一概不理。

左家俊在离开李善元的时候，老道就曾告诫过这个弟子，占卜问卦之人泄露天机太多，稍不留意就会遭受天谴，所以他要求左家俊一日不能占三卦，这么多年来，左家俊一直都秉承着师父的训诫。不过这也应了物以稀为贵这句话，由于左家俊的卦象极准，一日三卦无有不中，在很短的时间内就博了个"大师"的名头，港岛各界人士无一不以能请得左家俊占卜为荣。

"看到没？我外公才是真正的大师！"见到外公被人追捧，跟在叶天身边的柳定定得意地笑了笑，不过继而想起叶天的本事，顿时把嘴巴闭上了。

叶天闻言点了点头，说道："左师兄白手起家，闯下偌大的名头，的确了不起！"

香港虽然只是个弹丸之地，但富豪云集，龙蛇混杂，想在这里立足，可不是仅仅有本事就行的，长袖善舞也是不可或缺的。

此时左家俊也被骚扰得快受不了了，当下两手一拱，对着四周说道："各位，等今天这原石交易完了，大家再找个地方坐下喝茶叙旧吧，我那几家小店可还眼巴巴等着这些玉石呢。"

"按左生说的，大家都挑选原石吧，别围着了……"

"好，等交易完了我做东，左大师一定要赏光啊！"

"刘生，今年可轮不到你了，我们周记去年可就和左大师约了啊！"

左家俊的一句话，却让场内几个人争吵了起来，趁着这机会，左家俊钻出人群，来到叶天面前。

"师兄，好本事啊！"叶天竖起大拇指。

"得了，你就别嘲笑我了，你要是肯在香港给人占卜问卦，比师兄不知道要强出多少！"左家俊苦笑着摇了摇头，他不想再继续这话题了，指着地上那些丑陋的石头，说道："师弟，我给你介绍下这些原石吧，回头会有拍卖，你要是有兴趣也可以买几块玩玩。"

"成啊，师兄，我正纳闷呢，这些原石怎么和我以前见过的不一样啊？这没有一点儿像是玉石呀。"听到左家俊的话，叶天连连点头。

以前在京城叶天也购买过玉石原石，不过他能通过气机感应到和田玉中原石灵气的强弱，从而判断出所选玉石的品质。但刚才叶天趁着左家俊被人围着的机会，曾悄悄地释放出气机，却发现，这满地足有上千块原石的场地里，竟然只有寥寥数块有着微弱的灵气反应。

这让叶天大惑不解之余心头也有些懊丧，他原本想凭借着对灵气的感应，在这里好好淘弄几块好玉石回去呢。

听到叶天的话，左家俊笑了起来，说道："你看不出来就对了，要不然怎么会叫赌石呢？"

靠着精准的卦术，赌博对于左家俊没有任何意义可言，而且用占卜之术去赌博的话也会坏了一些人的忌讳。但赌石就不一样了，这些集天地灵粹于一身的精美翡翠，在打磨出来之前，都被一层石皮包裹住了，任你有神仙手段，也休想看出石头里藏的究竟是什么。所以在十多年前第一次接触到翡翠原石后，左家俊就迷上了赌石，不过他很有节制，十多年下来也赚多赔少，不会像一些人赌到倾家荡产。

"这些石头都一样啊，怎么能看出里面是否有玉？"

叶天蹲下看了脚边的几块石头，连连摇头道："这玩意儿还真是赌啊，如果这些石头里面都没有玉，那所有人不是都赔了吗？"

"师弟，那你就错了，这些原石都是从缅甸老坑开采出来的，十有八九里面都是有翡翠的，只是翡翠的品质不一样罢了！"

听到叶天的话，左家俊笑着拉叶天来到一块足有两百多斤重的原石旁边，指着一处切口说道："师弟你看，这块原石是被切开过的，算是个半赌的料子，有经验的人就能从切口判断出里面的玉质好坏，从而决定是否购买……"

女儿女婿去挑选原石，左家俊则带着叶天在场内游走，根据各种原石的不同，给叶天介绍起赌石的一些基本知识。

不过今年出现的原石只有五六十块被切开的，其他上千块都是全赌料子，这让左家俊不解之余也有些无奈。

由于全赌料子太多，表现好的一定会被很多人盯上，左家俊的资金有限，想去和那些珠宝大鳄竞争好的全赌料子，却是力有不逮。

正当左家俊对这次的原石毛料感觉有些困惑的时候，一个四十多岁长着一张国字脸的中年人靠了上来，笑着问道："怎么样，左大师，看中什么好料子了没有啊？"

"阿雄啊，你小子又来凑热闹了，你还看得上赌石这点儿小钱啊？"见到来人，左家俊笑骂了起来，显然和对方很是谙熟。

那人闻言笑了起来，满不在乎地说道："我追求的可不是金钱，只是那种将石头赌涨之后的快感。左大师，这位小兄弟是？"

"我来给你们介绍下，这位是叶天，是我同门小师弟，叶天，他叫文銮雄，别看他年轻，可是在香港股市呼风唤雨级的人物啊！"

刚才带着叶天察看原石的时候有人打招呼，也有人询问过叶天的身份，左家俊都是一笑带过，不过在面对这个叫文銮雄的人时，态度显然和方才不大一样。

"哦，原来是左大师的同门，失敬，失敬了，叶兄弟是年轻有为啊。"听到左家俊的介绍，文銮雄眼睛一亮，紧紧地握住叶天的手。

叶天笑了笑，不卑不亢地说道："哪里，文兄大名，叶某才是如雷贯耳啊……"

叶天对于香港的富豪真的所识不多，除了唐文远之外，也就是像李超人那么几个路人皆知的超级富豪了，但说来也巧，他偏偏就认识面前这位。

住在唐文远那豪宅中的时候，为了怕叶天无聊，唐文远让阿丁给他送去很多香港的报纸杂志，而这位文銮雄在那些报刊上面的出镜场次，居然比一些影视明星还要多。

让叶天对他感兴趣的主要原因，还是文銮雄的情场历史，有好几个叶天原本很有好感的女明星，竟然都和他有过感情纠葛，这也使得叶天记住了他的名字。

文銮雄拥有四家上市公司，总市值追随十大财团之后，成为香港候补超级财阀，业务涉及地产、传媒、建筑及制造业等方面。

不过文銮雄除了赚钱和玩女明星之外，很少有人知道，他最感兴趣的就是赌石了。

"对了，阿雄，今年这些原石是怎么回事？怎么大多都是全赌的料子，半赌的这么少啊？"

给叶天和文銮雄相互介绍后，左家俊将注意力又放在了翡翠原石上，他知道文銮雄很喜欢赌石，有时候更是会去参加缅甸公盘，问他一准没错。

听到左家俊的话，文銮雄说道："左大师，缅甸几个邦现在正在打仗，金三角那边也闹得不可开交，很多原石商人进到缅甸就会被绑架，今年的公盘差一点儿开不成……"

由于翡翠只产于缅甸一块一百多公里的狭长地域，所以想要购买翡翠，必须深入缅甸境内。可现在缅甸战火连天，谁还有工夫去开采翡翠啊？

现在场内的这些半赌料子，多是一些二道贩子切开的，只是解石的风险太大，所以才造成了全赌料子多，半赌毛料少的情形。不仅如此，这次交易的原石价格，也比去年整整涨了六成，原因很简单，这些原石商人可都是冒着生命危险，从缅甸将原石运送出来的。

"得，我那几家小店明年的生意可不好做喽……"

听完文銮雄的解释，左家俊自嘲地笑了起来，不过他也没怎么放在心上，翡翠饰品在珠宝业的销售比例虽然在逐年提高，但和黄金钻石比起来，还是有一定差距的。

"左大师，不就是几块翡翠嘛，回头我赌涨了，您看好哪块拿去就是了。"

文銮雄的话让叶天不禁对他多看了几眼，敢情这哥们儿不仅喜欢送女明星豪宅，对男人也很大方啊？

"呵呵，阿雄，我和你一样，也就是图个乐子，公司的事情老头子早就不操心了……"

听到文銮雄的话，左家俊哈哈一笑，却没接这个顺水人情，到了他现在的身份地位，因为几块翡翠欠下人情，那绝对是件不划算的事情。

文銮雄知道几块翡翠还入不了左家俊的法眼，当下也笑了起来，说道："左大师，要不咱们今天比一比，看谁解出的翡翠品质最好，怎么样？"

文銮雄说这话倒是没有挑衅的意思，香港人毗邻澳岛，几乎没有不赌的人，他的这个建议也只不过是为这次交易会添加些彩头罢了。

这在超级富豪的圈子里是很常见的事情，就像是李超人约霍大亨等人打高尔夫的时候，经常会进行豪赌，一杆都是以十万美元计的。

当然，以他们的身家，赌上这点儿钱根本就不算什么，更加不会伤了和气，这就是所谓的小赌怡情。

"好，你既然有兴致，那老头子就陪你赌上一赌！"

左家俊也不介意和对方小赌怡情，当下说道："阿雄，你要是能赢了我，我就帮你算上一卦，至于你那小兄弟的事情，就不要多提了，天作孽犹可违，人作孽不可活啊！"

听到左家俊的话，文銮雄脸色一凛，恭敬地答道："是，左大师，我不会再提他了，今天我要是输了，我所买的原石就都归您了！"

左家俊这几年已经极少给人占卜问卦推演命理了，用一卦千金来形容都嫌少了，文銮雄知道自己即使输掉，能让左大师开心，那也是很值得的一件事情。

和文銮雄确定了赌注后，左家俊看向叶天，说道："师弟，我要好好选几块石头，你跟着我也行，自己转转也可以，要是不感兴趣的话，坐那边喝喝茶吧。"

"师兄，你就不用管我了，说不定我也会赌几块石头玩玩。"叶天笑着摆了摆手，示意左家俊不用招呼他。

这一幕看在文銮雄眼里，却留了心，也不知道左家俊哪里来的师弟，竟然对他如此上心？文銮雄心里却生出想要结交叶天的心思。

左家俊喊过孙女，说道："成，那定定你陪着叔爷转转！"

"好的，师兄，你去忙吧。"等到左家俊和文銮雄分别离开后，叶天问道："定定，那个文銮雄要找师兄算卦吗？"

叶天观文銮雄的面相，虽然有点儿命犯桃花，但并不影响他的财运，而且中年运势极强，最少在十年内没有任何问题。不过文銮雄下停稍微有些短，恐怕在年过六旬之后会麻烦不断，而且说不定会有牢狱之灾。

"叔爷，那个花心大萝卜从去年就一直找我外公了，不过外公极少给做股票的人问卦，所以一直都没答应，没想到这人这么狡猾，用赌石来吸引外公……"

显然柳定定对文銮雄没什么好感，不过对这件事情她知道得倒是很清楚。

原来从去年亚洲金融风暴开始后，文銮雄受到了很大的冲击，资产大幅度缩水，这让他焦头烂额之际，想起了十年前左家俊给他的一句点评。

左家俊十年前给文銮雄算过命，让他中年得意勿忘形，否则在四十六岁的时候会有破财之灾，算算去年自己刚好四十六，文銮雄这才又找到左家俊，想询问破解之道。

"师兄说的那个小兄弟又是谁呢？"叶天继续问道。

"那人是个暴发户，以前的什么地产神童，二十岁就成了亿万富豪，整天就知道玩女明星，后来跟着文銮雄炒股票，遇到这次金融风暴后家产全无一贫如洗了。"

柳定定显然对那人印象更差，说话的时候露出幸灾乐祸的神色，或许在女人眼里，花心的男人都不是好人吧？

"定定，你怎么来这了啊？"正当叶天和柳定定站在那里闲聊的时候，一个女孩的声音响起。

柳定定循声望去，在距离她和叶天四五米远的地方，站着一男一女，正对自己招手，脸上不由得露出喜色，大声喊道："囡囡，哎哟，球球也来了啊！"

柳定定的声音很大，引得旁边的人都向那对男女望去，搞得来人一脸的窘相，没好气地走到柳定定身边，在她胳膊上掐了一记后说："柳定定，不许你喊我们的小名，你这个小胖妞！"

"好啦，好啦，我这不是高兴了才喊的吗？"柳定定连忙拱手讨饶。

"高兴也不准喊！"

那个女孩看了一眼叶天，脸上忽然露出狡黠的神色，笑道："我们定定小姐什么时候也春心大动了啊？竟然不声不响地就找到男朋友了。"

"你别乱说话……"

柳定定被女孩的话吓了一跳，连忙捂住她的嘴，说道："那是我外公的师弟，我要喊叔爷的，你千万别乱说话啊！"

叶天年纪轻轻的修为就那么高，在柳定定眼里就是个怪物，再加上辈分使然，她压根儿就不可能和叶天发生什么关系。

"叔爷？"那个女孩闻言瞪大了眼睛，继而撇了撇嘴，说道，"谁信啊，柳定定，你也编个好点儿的理由吧！"

"定定，这两位是？"听着两个女孩在那叽叽喳喳的，叶天心中好笑，不过站在那里任人品头论足，他却不大习惯。

听到叶天的话，柳定定指着那个女孩旁边的年轻人说道："叔爷，他叫范邵国，是金太富珠宝的接班人，小时候胖胖的像个篮球似的，所以我们都喊他球球……"

年轻人被柳定定说得一脸无奈，出言道："柳定定，你小时候也不比我瘦。"

"说了不准再叫外号的。"女孩也为男朋友打抱不平起来。

"好，不叫了。"柳定定嘻嘻一笑，指着女孩道，"叔爷，她叫雯雯，是我的好朋友，小名叫囡囡。"

"让你再叫！"雯雯似乎和柳定定打闹惯了，上前挠起她的痒来，两个女孩笑作一团。

"这位叶……叶先生，您真是定定的长辈？"范邵国为人比较沉稳，看着女朋友在旁边打闹，却和叶天搭讪起来。

"是，我和他外公有些渊源。"叶天笑着点了点头，心里也明白了怎么回事，敢情柳定定这是遇到发小加闺蜜了。

听到叶天的话，范邵国倒是显得有些拘谨起来。

左家俊是什么人，范邵国自然是知道的，而叶天是左家俊的师兄弟，那绝对能算是自己的长辈，只是叶天也忒年轻了点儿，让人不知道该喊什么好了。

叶天是什么眼力，自然看出了对方的不自然，当下笑道："范兄，你们聊，我自己去转转……"

"咦，我叔爷呢？"等柳定定回过神来的时候，叶天已经消失在眼前。

女孩还是不肯放过柳定定，笑着说道："定定，你那叔爷还真有点儿小帅啊，不比我们家邵国差啊。"

"什么啊，你们不知道，我叔爷可厉害……"柳定定说到这里吐了吐舌头，却再也不肯多言了，奇门本就不为常人所知，要是被外公知道自己胡说八道，一准没好果子吃。

叶天这会儿早已远离柳定定等人，他此时正站在一块重达千斤的大毛料旁边沉思，这块料子也是场内体积最大的一块。

这是一块半赌毛料，在料子的一侧被切开了很大一个窗口，只是这一刀却切垮了，因为那个开窗全是白色的雾状结晶体，没有丝毫翡翠的表现。

"这全赌的料子都被石皮包裹住，无法感应到里面的灵气，不过半赌的料子可以啊，从这切开的地方，应该可以感应到里面的情况吧？"

刚才左家俊给叶天讲解全赌毛料和半赌毛料的区别时，他就动了心思，入宝山空手回那不是他的风格，既然来了，总归是要有点儿收获吧？而且翡翠的质地比和田玉还要硬一些，更加适合用作布阵时蕴含疏导阵法，如果能找到好的极品翡翠，放入四合院的阵眼中蕴养，过上几年就是变成法器也是有可能的。

只不过叶天打听过翡翠的价格，好的翡翠都是以千万计算的，凭他那点儿身家在这里真是不够看，所以才把主意打到了原石上面。

深深地吸了口气，叶天站在那里看似在打量原石，实则一股气机从他体内溢出，悄无声息地钻入面前原石那开窗之中。

"难怪说是赌石呢，这里面一点儿灵气都没有，谁买谁倒霉啊！"

那股气机在原石中游走了大半之后，叶天脸上露出失望的神色，刚想收回气机的时候，眉头忽然上挑了一下。

"嗯，这……难道就是翡翠？"叶天的目光看向原石的右下角，因为他在那里感应到一股灵气。

和阴阳二气不同，这石中所含的灵气略带清冷，却又十分纯净，和叶天家里藏着的那根百年老参有些相似，都是集天地之灵粹所形成的。

"这么大一块石头，就这么一丁点儿翡翠，太离谱了吧？"

叶天摇了摇头，他能感应到，在这块千斤巨石里面的翡翠，只不过拳头大小，叶天顿时对这块原石失去了兴趣。

离开这块算是切垮了的原石后，叶天又在场内转悠了起来，此次原石交易半赌的料子并不多，只有数十块，两三个小时后，叶天就全部看完了。

只是结果让叶天有些失望，在那些切开的原石中，大概有一半都灵气稀薄，还有一半则是里面的翡翠体积太小，至于另外的三分之一，就全是一文不值的石头蛋子。

"叔爷，您跑哪儿去啦？我都找您半天了……"

当叶天感觉有些口渴回到会场门口想去找点儿水喝的时候，柳定定出现在他面前，在她身边跟着范邵国和雯雯两人。

叶天奇怪地看了几人一眼，顺手从桌子上拿起一瓶会场免费提供的矿泉水，说道："我在看这些原石啊，怎么了？"

柳定定瘪了下嘴，说道："外公刚把我教训了一顿，说是没跟着您。"

"我还能丢了不成？师兄有什么事？"

叶天闻言笑了起来，这人的辈分真的是很奇妙的一件事，自己虽然比柳定定小，但是在她面前，就是有一种长辈的感觉。

柳定定说道："这原石的拍卖要开始了，外公让我找您去看。"

"好，走吧。"叶天点了点头，跟着柳定定走到这里唯一的一栋建筑里，进入之后才发现左家俊等人早已坐在里面等着了。

"叶天，怎么样，看中什么好石头了没有啊？"

见到叶天进来，左家俊站起身冲他招了招手，一般左家俊只会在私下里或者是朋友面前才会称呼叶天为师弟。不过左家俊对叶天表现得如此亲热，还是让会场内很多人的目光都集中在叶天身上。

要知道，左家俊虽然是玉石珠宝行当的人，但他却很少在这圈子里活动，只是这些年赌石盛行后才偶尔来一次，虽然对谁都挺客气，却从来没有这样亲热招呼过人。

叶天摇了摇头，走到左家俊身边的椅子上坐下来，低声说道："真是隔行如隔山啊，师兄，这赌石的门道太深，我完全看不懂。"

虽然之前左家俊给他介绍过蟒纹裂绺什么的，但是那些原石在叶天眼里基本都是一个模样，他根本就分辨不出好坏。

"哈哈，我当年也是这样，叶兄弟，有机会多玩几次就明白了！"

左家俊尚未答话，坐在他身旁的文銮雄就大声笑了起来，话语里透着一股子亲热，引得周围的人更是对叶天注视不已。

文銮雄和左家俊的身份都有些另类，一位是当代易学大师，精于占卜问卦，一位是在香港股市著名的"狙击手"，却同时对叶天表露出善意，这让很多人都私下里猜测起叶天的身份来。

好在聚在这里的人都算是在港岛比较有身份的，倒是不会出言议论，等了大约十多分钟，这次交易正式开锣了。

"各位珠宝业的同人，很高兴咱们又能借此机会相聚在这里，大家都知道，最近缅甸不怎么太平，导致翡翠玉石的市场一路高涨，这些我就不多说了，下面咱们就开始全赌石料的拍卖！"

说话的是个四十多岁的中年人，他是香港玉石协会的常任理事，像今天这场原石交易会，就是由他组办的。

"好，下面要进行拍卖的是编号001的原石，底拍价为一万五千港币，有兴趣的朋友可以出价了！"

在场的都是珠宝业的同行，没有必要说太多的场面话，很快拍卖就开始进行了。

1998年的翡翠市场，正处于刚刚露出火暴苗头的时候，还没有像后世那般动辄数百上千万的大手笔投资，原石的价格相对比较低，所以起拍价也不是很高。

"两万港币。"

"五万港币……"

"我出十二万港币……"

"十二万，好，恭喜王总，这块原石归您所有了！"

起拍价不高，不代表成交价就很低，那块表现不错的全赌毛料，很快就被抬到了十二万，要不是这块料子只有拳头大小，恐怕价格还要翻上几倍。

不过随着一些表现比较好的原石的出现，拍卖的价格也逐渐抬高了起来，就像左家俊刚刚拍下的编号为 587 的那块料子，就足足花了六百多万。

就这个价格，还是很多人看在左家俊的面子上没有继续竞拍的结果，否则那块料子肯定能拍出八百万。

"师兄，这……这值得吗？谁也不知道里面有没有翡翠啊？"

如果是一块价值六百多万的玉石，叶天倒是不会说什么，但这六百万花出去，很可能买回的只是一块一文不值的石头，叶天心里就感觉有些不值了。

左家俊闻言苦笑起来，说道："你以为我想这样啊？但是赌石就是这样，如果这块料子能切涨的话，可能就会价值一千万甚至更多，要是什么都没有，那就是赌垮了！"

听到左家俊的话，文銮雄笑道："左大师，您的运气一向很好，去年的翡翠王可就是被您解出来的啊。"

香港珠宝行业每次组织的交易或者拍卖会，都会进行一些相应的评比，也是同行之间展现实力的一个机会。而翡翠原石的交易更是形成一个定例，那就是每年的交易完毕之后，都要选出一块价值最高的翡翠，授予"翡翠王"的称号。

去年左家俊的运气不错，他花费六十万港币购得的一块原石，竟然解出了总价值千万以上的高冰种翡翠，被授予了"翡翠王"称号。

这称号虽然没有什么实质性的好处，但对于提高自己珠宝店的知名度还是有帮助的。

翡翠在现在的珠宝市场所占的份额并不大，之所以会来这么多人，其实有一半是奔着这"翡翠王"称号来的。

听文銮雄提起去年的事情，左家俊做出一副生气的模样，说道："阿雄，你这是在宽慰我，还是在说风凉话啊？最好的那几块料子都被你抢走了，是不是存心想赢老头子我啊？"

左家俊的那些珠宝店，加起来市值总共也不过就是一亿港币的样子，而翡翠饰品只占到销售总额的百分之十左右，所以这次左家俊能动用的资金，不过就是一千五百万的样子。

除了这块好料子，左家俊刚才也曾经出手了几次，虽然购买的都是一些价值几十万的原石，但已经把钱花得七七八八了。

赌石往往就是在赌资金和赌财力，文銮雄那是真正的财大气粗，刚刚连连出手，将十多块表现最好的原石都收入了囊中。

叶天大概估算了一下，这哥们儿最少花费在六千万港币以上了，而且看他这架势，恐怕还要再买上一些才甘心。

"呵呵，我这是广撒网未必捉得到鱼，您那是有的放矢，我哪儿敢和您比啊！"

虽然知道左家俊是在开玩笑，文銮雄还是赔了一副笑脸，在香港这地方，是没有人敢得罪左大师的。这倒不是说左家俊卦象精准，主要是左家俊在风水堪舆上的造诣也很深，真得罪了他，哪天偷偷在你家祖坟上动点儿手脚，那子孙后代就要倒大霉了。

二十多年前左家俊声名初起的时候，曾经有一个著名的风水师上门挑衅，说左家俊是浪得虚名，想把左家俊这后起之秀打压下去。

当时左家俊没有多说什么，不过在一个月后，这位风水师惨遭车祸而死，其家人在家门口摆设灵堂的时候，又不慎引发了火灾，最后落得个家破人亡的下场。

由于这位风水师在香港很有名气，事后警方曾深入调查过这起事件，经过缜密的调查，得出结论，车祸和火灾完全都是出于意外。

一开始的时候，还没人将这件事和左家俊联系在一起，不过后来从一个守墓的老人口中传出，左家俊在一月之前，曾经去过风水师家族的祖坟。虽然没有人能证明守墓老人的话是真是假，但这件事传出之后，左家俊在香港立马名声大噪，同时奠定了他港岛第一风水相师的地位。所以香港富豪们见到左家俊，异常客气，不敢有丝毫的怠慢。

左家俊今天的拍卖已经算是结束了，转过头对一直昏昏欲睡的叶天笑道："怎么，师弟，你不拍两块原石解着玩玩？告诉你，解石可是一件很爽快的事情。"

今天拍卖的原石并非都是高价的，像三五万港币拍出的也有不少，左家俊虽然不知道叶天有多少身家，但这点儿钱总归还是能拿得出来的吧！

"我？还是算了吧，有钱也不是这么糟蹋的！"

听到左家俊的话，叶天连忙摇起头，俗话说十赌九输，叶天不喜欢赌，他喜欢将事态的发展掌控在自己手中。

"叶兄弟，要不……我买几块给你玩玩？"文銮雄笑着说道，他的表情很真诚，并没有摆出什么财大气粗的模样，完全就是朋友之间的询问。

"你们这是逼着我赌啊？"叶天闻言苦笑起来，他并不想领文銮雄这情，只能说道，"好，那我就拍一块！"

刚好台上现在正拍的一块原石起价不高，只要两万港币，拍卖师连喊三遍也没有人愿意出价，应该是一块别人不看好的废料，叶天抬手将其拍了下来。

"下面是今天拍卖的最后一块原石，也是此次体积最大最重的一块，它的底拍价为三百万港币，有看中的朋友请出价！"

又过了半个多小时，拍卖进行到了尾声，拍卖师口中最后的这个原石，正是叶天所见到的那块。

"我说，明明就是解垮了的石头，怎么还那么高的价格啊？"

"就是啊，那个切面什么都没有，里面根本就不可能有翡翠！"

拍卖师底价刚刚报出，台下就喧噪了起来，很多人都留意到了那块巨无霸原石，只是听闻起拍价这么高，众人却有些不忿。

"诸位，请安静一下。"

见台下鼓噪起来，拍卖师解释道："这块原石可是别人从缅甸花了七百万买来的，如果不是解垮了，怎么可能会三百万的起拍价啊？不过这块原石体积如此之大，说不定在别的地方就会出翡翠呢！"

拍卖师的话让场内变得寂静起来，那块巨无霸原石上的蟒纹很正，一刀切垮，还真不代表这块原石就废掉了。

"四百万港币……"

"我出五百万……"

"七百五十万港币！"

还别说，香港的有钱人就是多，刚刚还鼓噪着那块原石的底拍价过高，这会儿就将价格抬了起来，转眼之间就到了七百多万港币，那位原石商人已经是不赔本了。

场内对这块近乎废料原石的追捧程度，远远出乎了叶天的预料，在他看来，就拳头大那么一丁点儿的翡翠，连三百万都不值。

"一千万港币，我出一千万！"

让叶天更没想到的是，坐在他身边的文鎏雄居然又出手了，而且一下把拍价提高了两百五十万，这个价格一出，场内顿时寂静了下来。

那块原石虽然表皮带有风化的蟒纹癣迹，但第一刀已经切垮了，价值最少缩水了一大半，文鎏雄出了一千万，在别人眼里纯粹就是败家行为，再也没有人肯和他竞价。

"好，一千万港币，这块巨无霸原石归文生所有了！"在询问了两次没有人报价后，拍卖师的槌子重重地敲了下来，"今天的原石交易到此结束，我们在外面准备了解石工具，想现场解石的朋友还请做好准备！"

拍卖结束，场内的气氛也变得轻松起来，而接下来的解石，才是最为惊心动魄的，有几个等不及的珠宝商，在进行了转账之后，已经起身往外走了。

左家俊也站起身来，说道："叶天，走吧，赌石现在才算是开始呢！"

跟着左家俊走到院子里后，原本杂乱无章摆在地上的原石，被工作人员分为一堆堆地摆放得十分整齐，早在里面进行拍卖的时候，这里就已经忙碌起来了。

"师兄，这……石头怎么解啊？这怎么把它们给切开呀？"

叶天看得有些迷糊，他这是生平第一次接触赌石，脑子里完全没有任何概念，这会儿还在想着，是不是把石头拿回去用偃月刀给切开呢？

左家俊闻言笑了起来，往四周努了努嘴，说道："喏，那边不是有解石机吗？"

"就是那些大齿轮？"

听到左家俊的话，叶天这才注意到，在院子的四个角落里，分别放置了六台带着合金齿轮的工具，另外还有许多小型的手持砂轮机，这应该是一些体积比较小的原石用的。

"对，不过那些解石机你用不上，叶天，给，这是你买的那块原石。"左家俊笑着点了点头，从他那堆原石里面挑出一块拳头大小的石头递给叶天。

"就这玩意儿花了两万港币？"叶天接过那黑不溜秋的石头，苦笑了一声，说道，"师兄，这钱我回头给你。"

左家俊瞪起眼睛，生气地说道："说什么呢？师兄买给你玩的，别提什么钱不钱的。"

左家俊是自己人，不存在什么人情不人情的，叶天也不是那种死板拘谨的人，想了想笑道："得，那我就拿着了。"

往四周看了一眼，叶天发现那些买下原石的人，都蹲在那里观察着自己购买的石头，甚至比买之前还要仔细，有些不解地问道："师兄，不是说要切石头吗？怎么没一个去解的？"

"解石是需要技术的，要根据蟒纹的走向画出线条来，争取不伤到里面的翡翠，哪里是随随便便就能下刀的啊。"

左家俊知道自己这个师弟对赌石一窍不通，耐着性子给叶天解释起来，好在女儿女婿对原石都很了解，倒是不用他去做那些察看画线的工作。

"这么复杂啊？"

听完左家俊的话，叶天吧唧了下嘴，敢情这一刀下去如果切偏了，原本价值一百万的东西或许就会变成十万，怪不得那些人如此小心呢。

"他们不解，我去解！"

叶天今天就是来打酱油的，反正两万块钱的石头也是师兄送着玩的，他一点儿压力都没有，手里拿着那块原石往最近的一个解石机器走去。

"哎，有人解石了……"

"走，看看去，今天第一块石头不知道能不能赌涨啊？"

"这年轻人是谁啊？好像没见过呀？"

"左大师跟着的，应该是他的晚辈吧？"

叶天这一动，左家俊自然要陪着，而左家俊一动，就吸引了很多人的注意力，原本正在观察自己原石的珠宝商们，顿时纷纷围了上来。

"师兄，就这么切下来就行了？"

叶天将那拳头大小的原石放在解石机上，旁边的工作人员很熟练地操作机器，用两块钢锭将原石紧紧地夹在了中间。

"你……你这么小的一块石头，哪里要用切啊？"

左家俊被叶天说得哭笑不得，他所买的是块黑乌沙的料子，产自缅甸的麻蒙老坑，是翡翠砾石类赌石中产量最大，变数最多的毛料。

一般的翡翠原石，从表皮上都能看出一些特征，但黑乌沙的料子完全被一层黑乎乎的皮层所掩盖，所以它也被称为赌性最强的毛料，有十赌九垮之说。不过黑乌沙的毛料如果能解出翡翠来，一般种水都不错，而且还会带绿。

叶天这块石头虽然买得便宜，但也不能随便就一刀切下去的，如果他那样干的话，指定会被这一院子的人嘲笑。

"这年轻人不懂解石啊？"

"就是，这么小的料子也要切，不是糟蹋物件吗？"

"走吧，散了散了，一块黑乌沙的料子，没有什么好看的……"

叶天和左家俊说话的声音虽然不大，但还是被很多人听了去，一来这料子实在太小，表现也不怎么样，二来叶天又是个新手，围观的人顿时散了一大半。

"叶兄弟，这料子不用切的，你用这个把它的外皮擦掉，有没有翡翠基本上就能看出来了。"文銮雄看到叶天吃瘪，笑着递过来一把砂轮机，给叶天讲解了一下用法。

"谢谢文兄，我知道了！"

解石的原理很简单，不过想要把握好火候，难度就比较大，听文銮雄稍微一解释，叶天顿时明白了过来。

"擦点儿皮层哥们儿也知道里面有什么东西了，这还真是在赌……"

叶天摇了摇头，也没犹豫，直接打开砂轮机的开关，用飞快旋转着的砂轮对着那黑色的皮层打磨起来。

"咔……咔咔……"随着一阵难听的声音响起，黑色的石屑粉末飘扬起来。

"左大师，叶兄弟的手很稳啊。"

由于这块料子买的价格比较低，很难让人紧张起来，叶天解石的同时，文銮雄在旁边和左家俊聊了起来。

虽然是第一次解石，但叶天持着砂轮机的双手十分地稳，像文銮雄这样经常亲自动手解石的行家一眼就看了出来。

"呵呵，他比我要强多了……"

听到文銮雄夸奖叶天，左家俊不禁笑了起来，不过听在文銮雄耳朵里却是一惊，他听得出来，左家俊这不是客套话。

"哎，师兄，这里面好像有绿色啊！"左家俊正和文銮雄聊天的当口，叶天的声音忽然响了起来。

"什么？解出绿来了？"左家俊连忙凑了上去，搭眼一看，整个人却愣住了。

左家俊发愣的原因，倒不是说那绿意有多么显眼，而是吃惊于叶天的解石速度。

这还没两分钟的时间，叶天竟然将这拳头大小的原石全身擦掉了近三分之一的体积，而那块砂轮机上的砂轮，也已经被损耗得不成样子了。

叶天的手劲多大啊，如果不是这砂轮被磨损得不行了，叶天估计一气能将这原石研磨成粉末。

"师兄，这算赌赢了吗？"看到左家俊默不作声，叶天碰了他一下。

"啊？出绿当然是涨了啊！"

左家俊回过神来，连忙用水清洗了一下那个擦面，然后拿出一把小荧光手电，打开之后紧紧地贴在擦面上。

原本只有一抹绿意的擦面，在被这一束强光贴上后，手电照到的一圈顿时充满了绿莹莹的色彩，煞是好看。

"涨了？还真是，这绿不错啊！"

"不看种水，就看这绿，这块石头也是大涨啊！"

"快点儿解开，看看里面的翡翠有多大，到底是个什么品质的？"

左家俊一声赌涨，又把周围的人吸引了过来，一般情况下，像这种价格不高的黑乌沙，只要出绿那就是大涨。

"叶兄弟，不错啊，你这手气可真是没得说了，左大师，您继续给解出来吧！"

文銮雄也出言向叶天道喜，他玩赌石不是为了赚钱，就是想感受擦出翡翠那一刻的满足感。

"叶天，还是你来吧，注意点儿，千万不要擦到绿色的翡翠，把周边的砂雾结晶擦去就行了。"

左家俊让人换了一块砂轮，将砂轮机又还给了叶天，他左手受伤使不上力，今年是别想过解石的瘾头了。

"这就算赌涨啦？"

叶天此时还一头雾水呢，他也不知道这到底涨了多少钱，接过左家俊递来的砂轮机，"咔嚓咔嚓"地又忙活了起来。

叶天在擦石头的时候看似很用力，但火候掌握得却极好，每每在接触到翡翠的时候，他总是能及时地收回力道，没有损伤到丝毫的玉肉。

这次聚集过来的人就更加多了，看着叶天的动作，一些行家均暗暗点头，如果不是知道叶天初次解石，一准会误认为他是个经验老到的解石师傅。

别人解石都是小心翼翼精雕细琢，生怕破坏了原石中的翡翠使其价格大跌。可叶天却反其道而行，手中的砂轮机一直就没停过转动，看得一旁的人是心惊胆战，生怕他手一抖擦到翡翠玉面上。不过从头至尾，叶天的手都稳如泰山，接连换了两个砂轮片，地上铺满了一层石屑之后，一颗体积比鸡蛋略小一点儿的翡翠，出现在叶天掌心。

"这东西灵气还可以，不过做玉佩小了点儿，倒是可以雕琢成几个挂件。"打量着手心的翡翠，叶天在心里琢磨起来，他欣赏玉石和别人的角度全然不同，一不看玉质二不看种水，只关心里面的灵气强弱。

见到翡翠被取了出来，左家俊说道："叶天，拿给我看看。"

"师兄，这东西能值多少钱啊？"叶天随手就把翡翠递了过去，刚才他在解石的时候，一直有人在大喊赌涨赌涨的，听得叶天很是莫名其妙。

"种水不错，是好东西！"左家俊上手一看，嘴上就夸奖了起来，"叶天你运气不错，你看这块翡翠还未经打磨，就像冰水一般透明，这种翡翠就叫作冰种，仅次于玻璃种，算是块极品翡翠的料子。"

"师兄，那这玩意儿值多少钱啊？"

听到叶天的话，左家俊惋惜地摇了摇头，说道："这料子的绿还是不错的，能打磨十来个戒面，应该可以卖到一百五十万到两百万之间吧？"

"多少？能卖两百万？"听到左家俊的话，叶天整个人都怔住了。

按照他的估计，这么大一点儿东西，最多就值个十几万到顶了，怎么也没想到左家俊给出的价格，比他预计的还要多出十多倍。

　　"翡翠这么值钱吗？"叶天使劲地咽下了一口口水，倒不是说他没见过钱，但唐文远往他账户里转的账和自己亲手赚来的钱，那是截然不同的两种感受。就像一个人拿着张里面有一百万块钱的银行卡，估计不会有什么特别的感受，但要是把一百万的现金摆在眼前，那心跳绝对会加速很多。

　　"不是翡翠值钱，是极品翡翠值钱！"

　　看到叶天的模样，左家俊笑道："当年宋家那位三小姐曾经有一套极品翡翠首饰，据说也没达到玻璃种，都价值上亿，你说这玩意儿值不值钱啊？"

　　正当叶天愣神的时候，一个中年男人挤了过来，说道："这位小兄弟，你这块翡翠卖不卖啊？我出两百万，转给我得了。"

　　这几年在香港流行大戒面的翡翠戒指，很多小老板最是喜欢，而且出手豪爽，像这块翡翠如果切割仔细一点儿的话，即使出价两百万，还是有将近一百万的利润空间的。

　　"你要买？对不起，不卖！"叶天有些听不懂那人的香港话，不过两百万几个字还是听明白了，当下摇着头说道："我不懂这个，师兄，这块翡翠是你的钱买的，你拿去好了！"

　　这块翡翠虽然还算不错，但里面的灵气还达不到叶天想要蕴养法器的程度，而想用它布置阵法，又小了点，叶天拿着它还真不知道该怎么处理。

　　"别啊，叶天，师兄可不能占你这个便宜。"听到叶天的话，左家俊连忙摇头。

　　"别让人看笑话了，师兄，你就拿着吧。"叶天左右看了一眼，压低了声音说道，"我那件法器都送给定定了，这块翡翠算什么啊！"

　　"那……好吧，叶天，回头你离开香港的时候，师兄再给你准备点儿东西。"

　　左家俊一想也是，叶天那法器要是卖给香港的这些超级富豪，出价千万绝对有人上赶着买，那价值可不是这块翡翠能比的。

　　这会儿周围的人多，哥俩儿让来让去的也不好看，左家俊就把那块翡翠收了起来，不过却在心里打定了主意，等叶天离开香港的时候，一定要送他份大礼。

　　"熙国，看得怎么样了？琢磨好就拿过来解吧！"

　　叶天来了个开门红，左家俊想借着这吉头顺势将自己买的那些原石解开，当下大声喊女婿。

　　"爸，差不多了，可以解了！"听到岳父的招呼，柳熙国带着几个工作人员，把他们这次买到的十多块原石都搬了过来。

　　左家俊将女婿画好线的原石看了一遍，点了点头说道："熙国，爸的手不行，今天你解石吧。"

原本左家俊是想让叶天帮他解石的，不过想想叶天解石时的那股凶猛劲，最终还是打消了这个念头。

只是左家俊不知道，叶天早已对身体掌控到了细致入微的境地，刚才解石时看起来鲁莽，其实全都在他掌握之中。

柳熙国解石就要比叶天稳重多了，几乎每下一刀都要停下观察一番，虽然这在众人眼里是解石的正确方法，不过叶天就看得快要打哈欠了。

"师兄，你们解着，我四处转转。"看一会儿后，叶天有些无聊，抬眼见到不远处阿丁竟然也抱着块石头在和文銮雄说话，不禁笑着走了过去。

上前拍了拍阿丁的肩膀，叶天说道："阿丁，你小子竟然也赌石啊？"

"小爷，来都来了，我也买了块玩玩。"

见到是叶天，阿丁嘿嘿笑了起来，他除了打打杀杀之外，最喜欢的就是赌，不过早在十年前就戒赌再也不去澳岛了，今天见到赌石这种方式，忍不住手痒了起来。

"丁老弟，你……你喊叶天什么？"

一旁的文銮雄听到阿丁的称呼，眼睛都有些发直了，要知道，唐文远待阿丁有如子侄一般，就是他也不敢过于轻慢阿丁的。

"呵呵，文兄，我和阿丁有些别的渊源，他按辈分叫的。"

叶天笑了笑，也没多解释，却搞得文銮雄心里纠结不已，他发现自己是知道的越多，就越发看不透面前这个不知道从何而来的年轻人了。

"小爷，您今天手气不错啊，您看看我这块怎么样？"阿丁就是刚才看到叶天赌涨了，这才忙不迭地把自己的石头抱过来准备解开的。

叶天仔细看了阿丁一眼，笑道："阿丁，你今天眼散如毛发，瞳聚如黍米，是个失财倒霉的日子，这块石头，啧啧……"

"什么？小爷，您……您怎么不早说啊？"听到叶天的话，阿丁顿时哭丧起了脸。

叶天没好气地回道："你小子也没告诉我要赌石啊！怎么着，不信我的话？那你去切一刀看看。"

"买都买了，当然要切啊。"

阿丁苦着脸将那块足球大小的石头抱到一个切石机上，不过有了叶天的话，他也懒得去擦石了，直接开动合金齿轮，一刀从中间切了下来。

"唉，垮了……"旁边围观的人齐齐发出一声叹息。

"小爷，下次您可要给阿丁提前打个招呼啊……"

将那分成两半的原石丢在地上，阿丁凑到叶天面前，不过脸上却没有什么懊丧的神色，毕竟十多万港币对他来说也不是什么大不了的数目。

"以后少沾这些东西……"叶天没好气地瞪了阿丁一眼，以叶天的身份，岂会没事去给他看面相是不是适合赌博？

"叶兄弟，你看老哥今天怎么样啊？"

叶天这边刚训斥完阿丁，文銮雄却又问了相同的问题，这让叶天有些哭笑不得，怎么没见他们去询问左家俊啊？

"文兄，想听实话？"刚才赌涨了块翡翠，叶天这会儿心情好，也懒得和这两人计较。

"当然要听实话啊！"文銮雄连忙点了点头，其实他这一问，却是想和叶天拉近点儿关系。

"好，那就恕我直言了。"叶天盯着文銮雄看了一会儿，说道，"文兄，你下巴上长了个痘，这是破财的面相，而右眼眼白呈现粗长血丝，这是漏财的面相，我看你今天比阿丁也好不到哪里去！"

"我……我说叶天兄弟，你不是开玩笑的吧？"听到叶天的话，文銮雄像是看怪物一般盯着他。

文銮雄从青年时起就运势极强，即使在这次亚洲金融风暴中，也没伤到筋骨，叶天说他今天又是破财又是漏财的，他还真不怎么相信。像文銮雄这种人，虽然也笃信风水，但更相信自我，如果这话换成左家俊来说，文銮雄或许还能信个六七分，但是从叶天口中说出来，他完全就当成个笑话了。

叶天哈哈一笑，说道："文兄，这真话……总是有点儿不好听的。话我说出来了，信不信就是你的事情了。"

叶天和文銮雄又没有什么交集，他的好和坏与自己一毛钱关系都没有，今天给他看了眼面相，已经算是很给面子了。

"事实胜于雄辩，叶兄弟，要不要来看我解石啊？"

文銮雄闻言也是一笑，以他的身份地位自然不可能怪罪叶天，再说了，还是他自己要听的真话。

"好，反正左右没事，我就看文兄解石了。"叶天点了点头，这满院子的人都在赌石解石，看谁不是看啊！

文銮雄不是一个人来的，他还带了一位赌石专家，刚才这个专家已经把原石上要切割的线条画好了，文銮雄只要按照这个往下切就行了。

文銮雄是今天交易会的大买家，他要解石，自然吸引了一帮人前来观看，就连左家俊也围了过来，毕竟他和文銮雄有赌约的。

"咔……咔咔……"

随着一阵金属切割原石发出的刺耳声音，一块全赌料子被文銮雄从裂缝的位置切开，他切石的手法倒是和叶天有几分相像，一刀下去干净爽利。

"涨……赌涨了。"

"是啊，见翡翠了！"

"快，拿清水冲洗下！"

一半石头刚刚掉落在地上，就有那眼尖的人看到了切面，顿时大声嚷嚷起来，在这种氛围的熏染下，即使不是自己赌涨的石头，也很容易让人热血澎湃。

文銮雄请来的赌石师父冲洗掉切面的石屑后，拿着强光手电往里透了透，回头看向文銮雄，说道："水头一般，涨是涨了，不过赚得不多。"

这块料子有些飘花，但种水稍微差了一点儿，只达到了油青种，如此一来，即使这里面的翡翠数量多一些，其价值也很难超过叶天解出来的那块。

"没事，刘师傅，你去一边把翡翠解出来，我接着切！"文銮雄大气地摆了摆手，他根本就不在乎能赚多少，而且此时他心里也憋着股劲，叶天说他破财漏财，文老板还真不信这邪！

重新搬了一块重约七八十斤呈椭圆形的石头放在切石机上，文銮雄发动了机器，锋利的合金齿轮发出"嗡嗡"声迅速地旋转起来。

这块原石的石皮表现非常好，色泽癣迹明显，蟒纹延伸了大半块石头，文銮雄足足花了八百万才将这块原石买下来。而这块料子的画线也是文銮雄自己琢磨的，他将线条定在左上角，那里向外凸出一块，就像是寿星公的额头似的。

一般情况下，那样的地方是不会出现翡翠的，从这里下刀，很可能就可以切到原石和翡翠的结合部，文銮雄将线画在这里倒是中规中矩。

"咔……咔嚓！"随着一阵金属摩擦石头的刺耳声音，整块石头一分为二，那凸起部分重重地落在地上。

"涨……又涨……"

站得最近的那个人，清楚地看到一抹绿意出现在眼前，刚刚准备大声疾呼的时候却发现，掉在地上的那块料子切面上，似乎也出现绿色。

"这……这是切垮了？！"刚才喊话那人看到地上的毛料，顿时紧紧闭上了嘴巴。

一般来说，翡翠饰品中以镯子最为贵重，好的翡翠镯子能卖到上千万，这其中的原因就是因为镯子用料多而且大，必须由一块品质相同的完整翡翠才能制成。如果这做镯子的料被切断，那就只能做些挂件之类的玩意儿了，其价值恐怕最多就在百万左右，两者之间的价格那差的不是一星半点。所以翡翠赌石，不是说解出绿就算是涨的，而且还要保持石中翡翠的完整性，如果下刀不对将一整块翡翠切为两半，那价值可就是天壤之别了。

"还真是切垮了……"

"唉，可惜了，这可是能淘出两副镯子的好料子啊！"

"没错，而且种水也很不错，已经达到了冰种，如果制成镯子的话，最少三百万以上的价格！"

石头切开后，观看解石的人纷纷围了上去，不过一个个脸上均是带着惋惜的表情，这块价值近千万的料子，现在顶多值三四百万。

这块料子虽然也是冰种，但绿色却不大纯正，分布得深浅不一，做镯子倒是好质地，但打磨成戒面，却远不如叶天解出的那块，只能雕琢成一些挂件出售。

此刻的文銮雄，就是遇到了上面所说的那种状况，原本一整块好料子被分为两段，这价值立时大打折扣。

"唉，早知道先擦一下料子了，这紧挨着石皮，一擦就能出来了啊！"

这一刀就切丢了近四百万，文銮雄虽然财大气粗，也有些肉疼，仔细观察了一下那块毛料后，心中也是大为懊恼。

文銮雄抬眼看到似笑非笑的叶天，不由得心中一凛，这……这不正应了叶天破财的说法吗？

"这个年轻人不简单啊！"

此时文銮雄再也不敢小看叶天，在接下来的切石过程中都是小心再小心，只是他今天的运道好像真的不是很好，所出的翡翠品质都很一般。

文銮雄不做珠宝生意，他所解出来的石头一般都会现场卖掉，旁边有人给估了下价格，现在文銮雄总共切出的翡翠，大概值四千万港币左右。而文銮雄今天一共花了六千多万港币，折算下来整整赔了两千万，进一步坐实了叶天那破财的说法。不过还好的是左家俊那边也没切出什么超极品的料子，两边都解出了冰种翡翠，相对比之下，文銮雄这块料子的价值还要更高一些。

这也让文老板心中有些宽慰，虽然损失个一两千万，但能赢得这次赌注让左家俊帮自己推演一次命理，倒也值了。

要知道，给炒股的人占卜问卦或者推演命理，是十分消耗心神的，也就是俗称的折寿，所以文銮雄求了左家俊几次他都没答应，这已经不是钱能解决的问题了。不过如果被叶天知道文銮雄心中的想法，肯定会大骂其败家子然后毛遂自荐，想当年他在京城开公司的时候，推演命理也不过就是五万一次。

此时文銮雄已经把他此次所买的几十块原石都解开了，也就是他这外行人才有这种魄力，换了别人最少要留下七八块压仓库。

"把最后一块料子运过来吧！"正当众人准备散开的时候，却没承想文銮雄还有一块毛料，就是此次交易会中体积最大的那块切垮了的原石。

一辆铲车轰隆隆地开过来，铲子上面放的正是那块巨无霸料子，七八个工作人员合力才将料子固定到切石机上。

"估计这块料子也出不了翡翠！"

"没错，你看那切面，连雾绺结晶都看不到一点儿，就是块废料。"

"这个也难说，这块石头上面还是有蟒纹的，说明曾经形成过翡翠！"

看着这块巨无霸原石，围观的人纷纷议论起来，这块料子拍出的价格达到一千万之多，如果淘不出三五斤以上的冰种料子，那肯定是赔本买卖了。

站在切石机旁的叶天见到这块原石后，眼睛也忍不住眯缝了起来，别人不知道，他心里可是清楚的，在这块原石中，藏着一块拳头大小的翡翠。虽然叶天对什么玻璃种冰种的一窍不通，但是他通过气机可以感应到，那块拳头大的翡翠中所蕴含的灵气，似乎要比自己刚刚解出来的纯净了许多。

"莫非这文銮雄的漏财要应在自己身上？"

眼瞅着文銮雄已经握住掌控切石机齿轮的把柄，叶天心头忽然起了一种明悟，脸上不由得露出笑意，遇到自己，文老板确实有点儿不走运。

"咔……咔咔……"

随着切石的声音不断响起，一大块原石跌落在地上，不过这次场内发出的却是齐声的叹息。

不用问，这一刀自然是切垮了，别说翡翠了，就是连翡翠的伴生物那些结晶状物质都没有出现。

"再来！"

文銮雄让工作人员调整了一下原石的方向，对着另外一侧又切了下去，这块原石重达千斤，足有一人大小，两三刀切不出翡翠都说明不了什么问题。而且文銮雄还牢牢记着叶天那句漏财的话，所有的原石都解开了，如果要漏财，也只能应在这块料子上。

随着合金齿轮切割在石头上那"咔咔"声不断响起，一整块料子被文銮雄切得是七零八落，分成了十多个碎块。

此时围观的人早已看得不忍目睹，这赌石解石，都是有其规律的，再大的毛料里面没有出现那种翡翠伴生的结晶体，都证明不是一块翡翠毛料。就像文銮雄正咬牙切齿在对付的这块原石一样，虽然体表有蟒纹等翡翠形成的表现，但内部结构却说明毛料和大家想象的有些出入。

这要是换个人，恐怕再也没勇气在众人面前继续切割下去，就算心中不忿，也只会将其带回家里慢慢打磨而不会在这里丢人现眼。但文銮雄本就不是珠宝行当里的人，他就是来图个乐子，压根就不管别人怎么看，还是一块一块将那些稍微大点儿的石头都解开了。

不过不知道是不是应了叶天漏财的那句话，文銮雄曾经一刀顺着那块料子十多厘米的地方切下，就差一点点就切到了雾绺结晶所在的位置。

如果出现雾绺，文銮雄自然不会放过那块带有翡翠的石头，只是切面和普通石头无异，他随手就把那块比足球略小一点儿的原石扔在了地上。

这围观的人也都是行家，每切下一块料子都会有人拥上去察看，但光滑的切面没有任何出翡翠的痕迹，那块原石很快就被踢到切石机下面的一个角落里去了。

"文生，这块确定是废料了，没必要再切下去了吧？"

"是啊，花费千万赌垮这也不是第一次，文生不要太介意了！"

"王生说的对，去年在缅甸公盘上，那块三千六百万的标王不也是切垮了吗？"

见文銮雄不厌其烦地将一块块分解下来的原石再切开，围观的人还以为文銮雄是舍不得购买原石的那一千万港币，纷纷出言劝解起来。

刚才曾经对这块料子出过价的人，心中却是后怕不已，幸亏文老板财大气粗将料子抢走了，否则这会儿急得满头大汗的人就是自己了。

"这些原石都被切开了，没有一块出现翡翠的痕迹啊，那小子肯定说错了！"文銮雄又切开一块碎料后，摇了摇头，松开了切石机的把柄。

众人不知道的是，文銮雄压根就没把那一千万放在心上，他这会儿还在想着叶天说他今天会漏财的话呢。只是看着地上这大小不一的数十块原石，文銮雄也开始怀疑起叶天的话来，石头都已经解到这种程度了，他自己都不信里面还能出翡翠。

看到文銮雄停了手，叶天碰了一下身边的左家俊，小声问道："师兄，这些废料都是怎么处理啊？"

"废料自然是扔了啊，还能怎么处理？"左家俊被叶天问得有些莫名其妙，谁没事要这些碎石块啊？

"我能要吗？"叶天眼睛一亮，声音却愈发低了，生怕被旁人听到。

"这个……"左家俊皱了下眉头，说道，"现在这些料子还是属于文銮雄的，不过你可以从他手上买，我说叶天，这些都是废料，你要它们干什么啊？"

刚才左家俊也上前察看过，这块原石的确没有任何出翡翠的表现，而且被切成了这样，估计就是拾破烂的都不会捡。

"那就好……"听到左家俊的话，叶天站出去，问道："文兄，这块料子你还准备解下去吗？"

"嗯？"听到叶天问出这么一句话，文銮雄心里猛地打了个突，莫非这剩下的石头里还真有翡翠？

"不解了，这就是块废料……"

看看一地的石头碎屑，文銮雄很快就打消了这个念头，都已经将这块原石大卸十八块了，再解下去他丢不起这人。

叶天也没绕弯子，开门见山地说道："文兄，既然如此，我想买下这些碎石，不知道你愿不愿意卖？"

"这人疯了吧？买这些垃圾干吗呀？"

"估计又是个想捡漏的，不过他也不看看，料子都解成这副模样了，哪还有漏给他捡啊？"

"年轻人想占便宜，等他吃了亏就明白了！"

叶天此话一出，围观的人顿时鼓噪起来，废料中切出翡翠的事情不是没发生过，但那些废料都是有伴生结晶出现的，也就是说有出翡翠的可能性。但这块原石，从头到尾切下来里面都是石头，别说伴生结晶了，就是雾绺都没一丝，玉根就是一块从翡翠坑洞里挖出来的石头蛋子。

"你要买这些废料？"文銮雄狐疑地看着叶天，莫非这人真能算到这些废料里面还有翡翠？

叶天点了点头，说道："对，我想把它们再切一遍，运气好的话，说不定就能出翡翠。"

"小伙子，你懂不懂解石啊，这料子根本就不可能有翡翠！"旁边一人实在看不过眼了，香港珠宝行当里什么时候来了这么个生瓜蛋子啊！

"嘿，被您说着了，我还真是不懂，赌石这词今天还是第一次听说。"叶天闻言笑了起来，接着说道，"我就是想过过手瘾，切不出也没什么，切出来不就赚了吗？"

"这……这……"那人被叶天说得目瞪口呆，别人都承认自己一窍不通了，他还有什么好说的？

"文兄，卖不卖吧？要不然你自个儿接着切，我看热闹也行。"叶天没再搭理那人，转眼看向文銮雄。

"叶兄弟，你要切着玩就拿去吧，别提什么钱不钱的了。"

文銮雄苦笑着摇了摇头，切垮了的原石就不叫原石了，那叫石头，而这些石头一不能铺路二不能烧石灰，叶天即使愿意出钱买，他也不好意思卖啊。

"别价啊，文兄，万一我要是解出翡翠来，那算谁的呀？"叶天连连摆手，一副先君子后小人的模样，看得周围那些人都傻了眼。

文銮雄在香港是什么身份，他说出的话岂有收回去的道理？就连左家俊都看不过去了，拉了一把叶天，小声说道："师弟，你这是要干什么呀？"

"我当然是要解石啊。"叶天看向文銮雄，很认真地说道，"文兄，你还是出个价吧，这样解出翡翠来才是属于我的！"

"这小子是不是穷疯了啊？"围观的那些人心头同时冒出这个念头。

文銮雄心头也有了点儿火气，叶天硬是要出钱买这些废料，这不是打他的脸吗？当下说道："没事，叶兄弟，你就算切出个金山来，那也是你的本事，我文某人不会多说一个字，这么多人看着，难不成我还会反悔？"

文銮雄还真想见识下，叶天究竟如何能变废为宝，从这些被众人一致裁定为废料的原石中解出翡翠。如果叶天真能切出来，那他文銮雄也绝对心服口服。

"好，那就多谢文兄了。"叶天笑着点了点头，脸上没有一丝羞愧的神情，哥们儿要给你钱，是你自己不接，回头见了翡翠别心疼就好。

原本有些平淡的解石，经叶天这么一闹腾，顿时有些变了味，那些已经准备离去的人也不走了，原本正在解自己原石的珠宝商们，也纷纷围过来看热闹。

叶天对着场内一个工作人员招了招手，说道："来，帮我把这些石头都固定上去，我切一块你换一块！"

"好吧！"虽然那人也有些看不起说着普通话的叶天，但这就是他的工作，只能按照叶天的吩咐将一块拳头大小的废料摆在切石机上。

"咳咳，这么点儿大的料子他也切？"

叶天的这个举动更是让所有人都集体失声了，这地上算起来几十块废料，这么解下去的话，那要切到什么时候？不过叶天切石的速度，显然超出了众人的预想，他根本就没察看和画线一说，只要石头摆上去了，"咔嚓"一刀下去，就是一分为二。所以碎石虽然不少，但十多分钟过后，几乎所有的石料都被叶天分解了一遍，只是臆想中的翡翠，却没有任何影踪。

"叶天，还是算了吧，走，看师兄解石去，我那还有两块料子没切出来呢。"

左家俊伸手拉了一把叶天，把师兄两个字说得特别清楚，他这是不想被众人看轻了这位师弟，故意显露出二人的关系。

左家俊此话一出，原本一些正待出言讽刺的人，顿时闭上了嘴巴，俗话说不看僧面看佛面，要是图个嘴上痛快招惹了左家俊，那可是后患无穷啊！

"师兄，等等，这还有一块呢。"叶天摇了摇头，对着那个工作人员说道，"把这机器下面的一块拿出来摆上去啊。"

"不还是一样吗？"工作人员一脸不高兴地将那块足球大小的料子抱出来，固定在切石机上。

"咔……咔嚓！"

叶天仍然和刚才一样手起刀落，只不过这次他所切的方向却稍稍偏了一点儿，合金齿轮从擦着石头的边缘切了下去。

此时已经没有多少人关注叶天解石了，有这闲工夫还不如琢磨下自己买的原石呢，所以叶天这一刀切下，也就那么三五个人在关注。

"切……切涨了？！"

要说最关注叶天这一刀的人，自然要数文銮雄了，他一直想弄明白叶天关于自己漏财的说法，到底是真是假。

答案随着叶天这一刀揭晓了，别管里面翡翠玉质如何，文銮雄白白将这块翡翠送出去，漏财之说已经可以确定无疑了。

"好绿啊，是块好料子！"

"快点儿，清洗了看下……"

文銮雄这一嗓子也把周围散去的人吸引了过来，在赌石圈子里，你切垮一百次或许都不会被人记住，但是大涨一次，肯定会声名远播。

"小爷，那绿……绿得有些闪眼睛啊！"

没等工作人员动手，阿丁屁颠屁颠地端了一盆水来，仔细将那个只有巴掌大小的开窗清洗了一遍。

"让我看看……"左家俊闻言推开阿丁，拿出个荧光手电钉开后，将手电紧紧地贴在了切面上。

"哇！"

此时天色已晚，再加上切石机旁都被人围了起来，光线有些阴暗，当左家俊的手电照在原石上，四周不约而同地响起一声惊叹。

不是这些人没见识，相反他们最少都和翡翠打过五年以上的交道，但是眼前出现的这一幕，确实没见过。

就在手电和切面吻合之后，一团绿色的沁人心扉的色彩，从手电的光圈处传出，竟然将左家俊拿着手电的右手都映成了绿莹莹的颜色。

"这……这是什么翡翠？"

看着光圈的绿色，左家俊也惊呆了，他赌石玩翡翠也有一二十年的历史了，但是从未见过这种单纯而又近乎极致的色彩。

一个满头白发看上去有七十多岁的老人，忽然喊道："莫……莫非是帝王绿？！"

老人此话一出，鼓噪的场内顿时静寂下来，每个人都用一种极其热切的目光盯着那块还被固定在切石机上的原石。

"师兄，什么是帝王绿啊？"

要说这场中还有不明白老人话的，那自然非叶天莫属，他连玻璃种和冰种这些名词都是今天学来的，当然不知道什么叫作帝王绿了。

"等会儿再说这个，熙国，把砂轮机给我。"

左家俊摆了摆手，没受伤的那只手向女婿伸去，不过拿到砂轮机后，他却想到手上的伤势，苦笑道："叶天，还是你来吧，千万要小心一点儿！"

"这东西很值钱？"叶天摇了摇头，顺手接过砂轮机。

"不是值钱不值钱的问题，是根本就有钱都买不到，反正你小心点儿就是了！"左家俊见叶天一脸不在乎的样子，连忙又交代了几句。

"左生，换个人解吧，这要是解垮了就可惜了！"

"要不我来？保证不会伤到一点儿翡翠。"

"还是让齐老解吧，他老人家解石从未失手过。"

就凭叶天刚才切石的表现，众人对叶天解石的水平实在不怎么相信，眼睁着叶天拿着砂轮机准备解石，一个个都嚷嚷了起来。

刚才说话的那个白发老人也卷起了袖子，准备等叶天把砂轮机交给他，没承想叶天压根儿就没搭理他，直接拿着砂轮机走到了原石面前。

"哥们儿的石头想怎么解就怎么解，用得着你们帮忙吗？"叶天撇了撇嘴，直接打开砂轮机的电源开关，连观察一下都没有，"咔嚓咔嚓"地就在那块原石上忙活了起来。

"轻点儿，别解垮了！"

"唉，这……这年轻人太毛躁了！"

见到叶天的举动，围观的那些人均是提心吊胆，如果这真是一块不世出的帝王绿翡翠，叶天将其解垮的话，众人杀了他的心估计都有了。

叶天像是没听到那些话一般，手上的动作一点儿都没减缓下来，七八分钟过后，一片砂轮就被打磨光了。

趁着叶天换砂轮的时候，众人又围了上去，赫然发现，叶天擦石的分寸掌握得极好，都是沿着翡翠边缘擦过去的，甚至连包裹住翡翠的一层白色晶体都没有丝毫损伤。

"高人啊，这才叫深藏不露！"

叶天露出这么一手绝活，换好砂轮片继续擦石的时候，自然再也没人多说一句，均是屏住呼吸，等待着这块极品翡翠显露于世的那一刻。

擦石不同于切石，擦石是用砂轮一点点地将原石表层磨去，属于细致活儿，一般像从足球般大小的石头里解出翡翠，功夫老道的解石师傅估计也要用上三五个小时。所以即使是对手上力道掌控入微的叶天，也足足换了七个砂轮片，用了将近一个小时的时间，才把原石里那块拳头大小的翡翠淘了出来。

此时天色已经完全黑了下来，一天都没吃饭的众人，谁也没感觉肚子饿，均看着那块被叶天托在掌心，将他整个手掌都映衬成一片绿色的翡翠。

"帝王绿！没错，就是帝王绿啊……"

满头白发的齐老拿出放大镜盯着那块翡翠看了半天后，一脸激动地说道："玻璃地的种，祖母阳绿，老朽这是生平第二次见到帝王绿啊！"

齐老和场内的这些珠宝商不同，他祖辈就是专营翡翠生意的。在40年代末期的时候才进入香港，其后数十年中，齐老更是在香港和缅甸两地奔波并致力于翡翠饰品的推广，可以说香港翡翠首饰的流行，齐老功不可没。所以当齐老判定这块翡翠料子为帝王绿后，旁人再无异议，脸上均露出羡慕的神色。而将原石拱手送人的文銮雄，此时脸上的表情更加精彩。

要是叶天解出一般的极品翡翠，文銮雄还真不在乎，但是帝王绿可是用钱都买不到的啊，如果拿来送给自己那些红颜知己的话，肯定能讨得美人芳心。不过当着这么多人的面，文老板也只能打落牙齿和血吞，刚才他话说得太满，无论如何拉不下脸面去求这块翡翠。

看到周围这些人一脸迷醉地盯着自己掌心的翡翠，叶天看向左家俊，说道："师兄，这帝王绿到底是个什么说法，你倒是讲给我听啊！"

这块玉石对于叶天来说还不错，但仅仅就是不错而已，因为它没有经过生吉阴阳二气的滋养，品质虽好，却不是法器，常人佩戴并不会有趋吉避凶的效果。

当然，这种玉质的翡翠要比一般的玉石更加容易吸纳生吉之气，叶天准备将它雕琢成挂件置于京城四合院中，看看过个几年能不能蕴养几件法器出来。

"叶天，帝王绿，顾名思义，自然就是翠中帝王的意思了，帝王绿色是翡翠中颜色最好、价值最高的绿色……"左家俊苦笑一声，给自己这好运的师弟讲解起来，"帝王绿是指一种独特的颜色，师弟你看，这块料子中的绿色绿得就像是快滴出来那样……"

"敢情这玩意还是个宝贝？！"

听完左家俊的讲解，叶天才明白过来，帝王绿虽然指的是翡翠的绿色，但一般而言，仅有绿而无种的翡翠，却无法被冠以帝王绿的名称。只有那种玉质达到了玻璃种，同时又出现王者之绿的翡翠，才会被人称为帝王绿。不过玻璃种和帝王绿这两者形成的条件，都极为苛刻，就像是宋家三小姐的那套极品翡翠玉饰，品质都达不到帝王绿。

翡翠盛行了近百年，帝王绿的出现却寥寥无几，每次出现都会引起疯狂争抢，而得到的人也会小心翼翼地保藏起来，市面上根本就见不到，要不然以文銮雄的身家，也不会在见到这块翡翠之后露出悔意了。

见到叶天还有些懵懂的模样，左家俊说道："叶天，这东西不管是做戒面还是雕琢成挂件，都是世所罕见的奇珍，称之为传家宝都不为过！"

左家俊话声未落，那位齐老突然说道："这位小兄弟，你这块料子不知道愿不愿意转让啊？"

"对，对，小兄弟，我出两千万买你这块翡翠，你看怎么样？"

"两千万，真拿别人当冤大头啊？小兄弟，我出三千五百万，转让给我吧？"

"我出五千万，卖给我吧！"

围在旁边的众人早就觊觎起叶天掌心的这块帝王绿料子了，眼下有人开口询问，立马四五个人都报起价来，转眼之间竟然炒到了五千万。

其实帝王绿的玉饰即使出现在拍卖场中，都未必能拍得出这么高的价格。但是一来拍卖场里极少能见到帝王绿的物件拍卖，加上叶天这块还是玉料，他们可以雕琢成自己喜爱的饰品，所以价格一下子就被炒了起来。

"咳咳，叶兄弟，要不……我出八千万，你把它让给我得了。"沉寂了好大会儿的文銮雄突然干咳了一声，报出一个让场内所有人都闭上嘴的价格。

　　文銮雄开出的价格，彻底让场内众人失声了，帝王绿翡翠即使再罕见，在翡翠玉石价格不是很高的今天，还是达不到这个高价……或者称之为天价也不为过。

　　"八千万？文兄，你不是开玩笑吧？"听到这个报价，叶天的小心肝也是"扑通扑通"直跳。

　　看着手中散发着冰冷光泽的翡翠，叶天也陷入了犹豫之中，只要一点头，那八千万就可以收入囊中，加上唐文远给的那些钱，自己就可以一跃成为亿万富豪了。不过在听到左家俊的话后，他也意识到，像帝王绿这种翡翠，绝对是可遇而不可求的，今天卖掉，日后再想寻得，恐怕就很难了。而且他确实想把这块料子留下来雕琢成一些物件放在四合院里蕴养，如果运气好的话，几年之后说不定就能出几件法器。

　　"年轻人，八千万不低了，除了文生，谁都出不了这价格的！"

　　"帝王绿虽然少，但也卖不到这么高的价格，文生真是大手笔……"

　　叶天在心中权衡得失的时候，旁边一些人纷纷出言相劝，其实他们并不是为了帮助文銮雄得到这块翡翠，而是有别的心思。要知道，翡翠想要炒作成和钻石一个档次的饰品，就必须要有些大手笔的买卖才行，而文銮雄出的这价，正好就是一个绝佳的炒作噱头。

　　只要今天叶天将这块料子一卖，明天香港各大报纸上一准会出现以"天价翡翠"为标题的报道，如此必能在香港掀起一阵翡翠热，得益的自然是场内这些珠宝商。

　　当然，就算叶天不卖，他们一样也能进行炒作，有些人连标题都想好了，"股市大亨出价八千万求购极品翡翠未得"，估计这标题一样能吸引人的眼球。

在心中思量了半天后，叶天终于抬起头，开口说道："文兄，这块料子我也很喜欢，我想亲手将它雕琢出来，你看……"

叶天还年轻，日后不怕没钱赚，但未必就能再遇到这种可以制作成法器的极品翡翠了，所以衡量再三，他还是拒绝了文銮雄的报价。

听到叶天的话，文銮雄长长叹了口气，摆了摆手说道："没事，文某人愿赌服输。叶兄弟，你这看相的水平不在贵师兄之下啊！"

开始的时候文銮雄对叶天好奇，是因为他是左家俊的师弟，但是现在，他已经对叶天心服口服了，一面之观就能看出自己破财漏财，可能连"左大师"都没这般本事吧？

"文兄，这块原石是你所赠，叶天也是受之有愧，这样吧，等物件雕琢出来，我送你一件！"

见文銮雄如此豁达，叶天心中倒是对他有了几分好感，别管怎么说，原石原本确实是归文銮雄所有，自己也算是承了他的情。

叶天估量了一下，这拳头大小的玉石能淘出两副镯子和十几个挂件，到时候送文銮雄一件，也算是把情还了。

"别啊，叶兄弟，你这么说我就不好意思了。"文銮雄连连摆手，叶天在解石之前就已经提醒过，是他自己不相信石中有玉，现在解出了翡翠，只能证明他有眼无珠，哪里还有脸面从叶天那里白白索取帝王绿饰品啊！

"文兄，这事儿等下再说……"叶天看到四周还是围满了人，不由得皱了下眉头，看向左家俊说道，"师兄，你那边的原石都解开没有啊？"

左家俊点了点头，说道："差不多了，熙国看着的，要不……咱们找个地方喝夜茶吧，这会儿肚子也都饿了！"

这次赌石进行了整整一天，各人只是中午的时候稍微吃了点儿东西，听左家俊这么一说，都感觉到肚子"咕咕"直叫起来。

"今天这位小兄弟解出了帝王绿翡翠，也是咱们香港玉石珠宝行的一件幸事。这样吧，由协会做东，咱们一起出去吃点儿东西如何？"

听到左家俊的话，此次交易的组织者站了出来，原本他们就安排了晚宴，只是众人都忙于解石没去参加而已。

"还是由左某做东吧，肯赏光的朋友一起去！"

"好，左大师做东一定要去！"

"没错，大家都去啊，这事儿值得庆贺！"

香港人喜欢喝茶，从早茶上午茶一直能喝到深夜，坐下后，各种点心小吃摆上桌来，气氛顿时变得热闹起来。

叶天是和左家俊、柳定定以及文銮雄还有柳定定那个闺蜜两口子坐在一桌的，稍微吃了点儿东西后，左家俊看向文銮雄，说道："阿雄，今天这场赌是我输了，一个月后，你来找我吧！"

左家俊此次挑选的原石没切出什么好料子，叶天的那块帝王绿是不能算的，总价值自然不如文銮雄解出的翡翠，所以左家俊才有这么一说。

"谢谢左大师！"

听到左家俊的话，文銮雄今天的郁闷顿时一扫而空，他可是整整求了左家俊一年都未得到个准确的答复，没承想今天占了次左家俊的便宜。

"师兄，你这伤恐怕要养上三五个月，这段时间还是不要给人推演命理了。"

听见二人的对话，叶天却皱起了眉头，他是何等聪明的人，知道左家俊是在用这种方式弥补文銮雄在自己这里的损失。

左家俊摆了摆手，笑道："没事，这伤又没有什么大碍，不耽误的。"

"不行，你那伤要是不注意，会伤到根基的。"叶天摇了摇头，转脸看向文銮雄，说道，"这样吧，文兄，由我来给你占一卦如何？别的不敢说，可算你未来二十年的运程！"

"你来算？！"左家俊和文銮雄同时惊呼出声，瞪大了眼睛看着叶天。

虽然今天叶天在文銮雄那里露了一手，指出了他今天的运道，但叶天的年轻相比左家俊几十年积累下来的威望，他还是更信任"左大师"一些。

至于左家俊，他是知道叶天术法修为极高的，不过攻击所用的术法和占卜问卦还是有所不同的，他并不知道叶天在相术上的造诣究竟如何。

看到两人的表情，叶天笑道："怎么，师兄，不相信我？咱们这一脉就是以占卜为名的，难不成我连这个都不会？"

"不……不，师弟，你术法强过师兄百倍，这问卜一道自然也是精通的。"

听到叶天的话，左家俊连忙摆手，看向文銮雄说道："阿雄，我也不瞒你，叶天是我师傅的嫡传弟子，他给你占卜问卦，也是一种福分！"

虽然不知道叶天在这方面到底如何，但是左家俊自然不会拆师弟的台，这一番话说得文銮雄心里犹豫了起来，其实他心中更多还是偏向让左家俊帮他推演。不过想到叶天之前看他面相的精准，文銮雄最终下了决定，说道："那就麻烦叶兄弟了，不知道叶兄弟什么时间有空呢？"

叶天无所谓地说道："这个不需要斋戒沐浴，现在就可以。"

"现在就行？"文銮雄愣了一下。

"当然，找个安静一点儿的地方，我现在就能给你占一卦。"叶天点了点头，今天得了一块价值数千万的极品翡翠，帮文銮雄算一卦，也算是没白拿他的东西。

"好，那……那我这就安排！"

文銮雄连忙站起身，找了个服务员把他们几人带进一间包厢里，柳定定几人自然也跟了进去。

进到包间坐定后，叶天右手一翻，手心里赫然出现一枚黄澄澄的铜钱，看向文銮雄说道："文兄，把你的生辰报一下吧。"

"我是 1951 年生人……"见叶天随身带着占卜所用的铜钱，文銮雄不禁对他增加了几分信心。不过文老板却不知道，大齐通宝是叶天随身必带的，用来占卜的次数那是屈指可数。

"这……这是师父的大齐通宝？"

见到叶天拿出这枚铜钱，左家俊的眼睛一下直了，当年他可是没少见到师父用这铜钱给人占卜问卦，此刻睹物思人，眼圈不禁红了起来。

看见左家俊一脸伤心的样子，叶天连忙说道："师兄，还要你帮忙呢。"

"我帮什么忙？"左家俊一愣，被叶天转移了注意力。

叶天闻言笑了起来，说道："借我两枚铜钱啊，就这一个大齐通宝，我也无法占卜问卦啊！"

占卜的方式分很多种，比较常用的就是铜钱占卜法，一般而言，但凡以相术吃饭的人，身上总是会携带三枚铜钱。

叶天之前就从左家俊的口袋里感应到了几枚略带灵气的铜钱，想必是他平日里经常把玩的原因，上面沾染了一丝左家俊的气机。

"亏你还是咱们这脉的门……连吃饭的家伙都不带在身上。"

听到叶天的话，左家俊哭笑不得地从口袋里掏出三枚铜钱放在桌子上，这几枚铜钱全都是乾隆通宝。伸手拨出去一枚铜钱，叶天拿起两枚与大齐通宝放在一起，看向文銮雄说道："文兄，我有三不测，不诚不测，无事不测，重测不测。你拿着这三枚铜钱往桌子上撒六次，心里想着所要测的事情！"

叶天虽然年轻，但是这一严肃起来，身上隐然带着一股不容拒绝的威势，旁边的左家俊与他比起来，竟然都逊色三分。

"是，我会按照您的吩咐去做的！"文銮雄接过铜钱，恭恭敬敬地答应了一声，这次却没敢再喊叶兄弟。

叶天点了点头，说道："好了，开始吧！"

听到叶天的话，文銮雄微微闭上眼睛，在心里默念着他想要求知的问题，右手掌心里的铜钱随之撒在桌子上。

"少阴，卦中变阳，嗯，你继续……"叶天看了一眼几枚铜钱的正反面，左手小指屈了起来。

"三面老阴，不变卦，接着撒……"

"一正两背为少阳，变卦中变为阴，不要停……"

随着文銮雄不断地将手中铜钱撒出，叶天口中也在念叨着只有左家俊才听得懂的话语，双手十指不停地变动着，一条条信息像是放电影一般从他脑中掠过。

等到文銮雄撒了六次铜钱卦后，叶天摆了摆手示意他可以停下来了，自己闭上眼睛在那里推演起来。

看着叶天不断跳动的十指，屋里众人均屏住了呼吸，生怕打扰正在占卜之中的叶天，就连左家俊对叶天的占卜之术都感到有些高深莫测。

铜钱占卜是在卦象出现之后，根据卦象显示出来的信息去推演，这其间是需要查询六十四卦的，而叶天用心算这种方式，却是左家俊远远不及的。

过了大概十多分钟后，叶天睁开眼睛，说道："文兄，你一问前程运势，二问婚姻家庭，其实这两者是相连相通的！"

"叶……叶兄弟，您……您知道我问的是什么？"

听到叶天的话，文銮雄眼中露出惊色，他在前三卦撒出的时候，心里均是在询问自己日后的财运前程，而到了后三卦则是问的婚姻，叶天所说一字不差。

"那……那叶大师，我究竟运势如何？还请指教！"文銮雄说话的时候改了称呼，将叶兄弟改成了大师，显然将叶天提升到与"左大师"一般的高度了。

"文兄，你属于那种天生桃花运就极强的人，一般的女人无法相克于你，不过……你现在交往的这个女人……"

叶天看了文銮雄一眼，接着问道："这个女人是不是下巴很尖，颧骨高而腮帮瘦？"

听到叶天的问话，文銮雄脸色略微有些尴尬，看了一眼旁边的几个年轻人，还是答道："您说得没错，她……她和您说的相貌差不多。"

"印堂有纹，山根隔断，此相克夫无子，而且她受家人连累，背运十足，和她在一起，你不光破财，也会霉运连连！"

叶天并不知道文銮雄现在交往的女人是谁，这些都是他推演出来的结果，但是听到文銮雄耳中，却如晴天霹雳一般，震得他眼中满是惊骇的神情。

文銮雄现在所交往的，也是香港一位极有名气的女明星，对她很是喜爱，已经包养了她好几年，光是别墅就送出去了三套。

这本来没有什么，因为文老板原本就是以大手笔讨得女明星欢心的，他送出去的别墅多了，但叶天的一句话，却点中了一件事实。

文銮雄现在包养的这个女明星嗜赌如命，偏偏手气又极差，数年时间竟然输出去上亿港币，而这亏空，其实就是文銮雄悄悄给填补上的。

这件事情文銮雄做得极为隐秘，除了当事人之外，外界没有一人知晓，眼下被叶天直接指了出来，由不得他不相信叶天的话。

文銮雄没想到这两年诸事不顺竟然是由那女人引起的！此时方寸已乱，不禁问道："那……那我要怎么办？"

"文兄，你不会还想着和她结婚吧？"

叶天有些好笑地看着这个花花公子，说道："当断不断，反受其乱，她既然不适合你，那就断开好了。文兄你不要告诉我离开她你活不下去，那肯定是香港最好笑的笑话！"

"那不会，那不会的……"

文銮雄被叶天说得干笑起来，其实在听闻了叶天这番话后，他心中也生了和那女人断掉的念头，因为那女人真是个无底洞，这几年文銮雄最少在她身上投入了上亿的资金。

"至于你的运程嘛……"叶天看了柳定定等人一眼，说道，"定定，陪你朋友去外面坐。"

"是，叔爷！"柳定定不是不知道分寸的人，当下答应了一声，招呼她的闺蜜和发小出了包间。

"叶大师，我后面几年运程究竟如何？"见到叶天如此严肃地赶走了柳定定等人，文銮雄心中不禁有些七上八下。

叶天看了一眼文銮雄，轻声说道："你今后十三年内将会一帆风顺，不过在你六十岁的时候，将有牢狱之灾！"

"什么？"原本正要给叶天斟茶的文銮雄，猛地一下愣住了，急道，"叶大师，这……这是真的？"

叶天点了点头，说道："你命格富贵，但下停稍窄，晚年有诸般不顺，而且你金锐之气过盛，到了晚年不知道韬光养晦，这也是招灾引祸的根源。"

"可……可有化解的办法？"

文銮雄是知道自己性格的，他虽然急公好义，在圈子里朋友众多，但同样也爱出风头，做事情不知道收敛，曾经得罪过不少人。

"化解？倒也不难……"

叶天看了看一脸急相的文銮雄，拿起杯子倒了点儿茶水在桌子上，然后用手指蘸了蘸，写了一个字。

"闵？！"文銮雄看到那个字后，一头雾水地问道，"叶……叶大师，这……这个字和我有什么关系啊？"

"你知道这个字读什么吗？"叶天问道。

文銮雄莫名其妙地说道："知道啊，读 min，怎么了？"

叶天笑了笑，继续问道："那你知道这个字的含义吗？"

"这个……还真不知道。"文銮雄闻言摇头，中国汉字博大精深，每个字都代表多种意思，文銮雄虽然会读能写，但还真的不知道这字的意思。

"闵之一字，代表凶丧，又同悯，还有哀伤忧虑的解释，此字代表着不祥之兆！"

叶天也没难为文銮雄，当下给他解释起来，"你本姓文，文加门成闵，你中年运势极强，可以规避这种命理，但是到了晚年气运衰退，如果犯了此忌，就会使你麻烦缠身！"

"叶……叶大师，你能否说得再明白一点儿？我每日进出都要走大门，总不能将门都给拆了吧？"

文銮雄此时虽然对叶天的话深信不疑，但他实在想不出如何才能规避这个门字，这可是和生活休戚相关的事情啊。

叶天摇了摇头，说道："家中进出之门为常态，可请门神镇之，我说的门，不是这个门。"

"那……那是什么门啊？"文銮雄闻言有些挠头了，这些相师说话总是喜欢遮遮掩掩，让人百思而不得其解。

"文兄，天机不可泄，泄之必遭天谴，我说的已经够多了，你不妨仔细想一下吧……"叶天摇了摇头，却没有直接回答。

叶天不肯明言，可真是把文銮雄难为坏了，苦着脸说道："这……这到底是个什么说法啊？"

见文銮雄的样子，左家俊笑了笑，轻描淡写地说道："阿雄，不要这么死脑筋，跳出香港看一看呀！"

叶天刚才不仅用了铜钱占卜之术，这里面还有个解字的学问，左家俊深谙占卜问卦之道，搭眼就看出了叶天想要表达的意思。

"跳出香港看看？"

文銮雄若有所思，忽然眼睛一亮，喊道："叶……叶大师，您……您说的莫非是澳门，我以后不能去澳门吗？"

叶天点了点头，文銮雄自己猜到，自然不算他泄露天机了，当下说道："你五行缺土，原本做房地产是合适的，但是你金气过于尖锐，相信以金开道，会给你招惹来无穷后患，那个地方，尽量少涉足吧。"

"叶……叶大师，您……您是怎么知道我要做房地产的？"叶天的话让文銮雄脸上忽然失了血色，就是刚才说到那个女明星的时候，他脸色也没有现在这般难看。这个想法却被叶天一语点破，文銮雄感觉就像是自己没穿衣服站在叶天面前一般，心中别扭之余也感到一阵恐慌。

"文兄，都是卦象显示的，你不用多虑……"看到文銮雄的神情，叶天也猜出了他的想法，没有人能在自己心思被人看破的时候还能保持镇定。

"文某谨记了，谢谢叶大师！"

文銮雄听到这话，站起身恭恭敬敬地给叶天鞠了一躬，虽然他入狱之事还没发生，但叶天的话却能让自己可以提前规避。

文銮雄不知道，如果没有叶天这次的占卜，他在一年之后就会进军澳门房地产业，而且为了拿下一块地，他还会用金钱开道，摆平澳门一位重要人物。其后十年间，生意会一帆风顺，但是到了六十岁时，这些旧账都将被翻出来，而文銮雄也难逃牢狱之灾。

　　经过叶天的点拨，文銮雄的生命轨迹也发生了改变，日后这位华人富豪依旧混得风生水起，晚年也得以全身而退。当然，这些都是后话了。

　　"行了，文兄，别叶大师叶大师地叫了，就叫我叶天吧，说起来我还要承你个人情呢……"

　　见包间里的气氛有些凝重，叶天把那块翡翠拿了出来，笑道："今天给你占了这一卦，日后这翡翠雕琢出来的物件可就没你的份儿了啊！"

　　股市变数极大，而给股市中人算卦占卜，所耗费的精力要远超常人，叶天刚才动用脑中传承消耗了不少元气，是以才会说出这番话来。

　　"哪里的话，叶兄弟你今天点拨了我好几次，是我自己愚钝没领会罢了！"文銮雄闻言苦笑起来，叶天都明说了他会漏财，可自己偏偏不信邪，将这块极品翡翠拱手相让，实在怪不到叶天头上。

　　"呵呵，文兄是身在局中不自知罢了，好了，不说这个了。"叶天笑了起来，随手将那块翡翠递给左家俊，说道，"师兄，我以前和师父学过一些雕琢的手艺，不过淘镯子倒是不会，我想请你帮我把这块料子淘出两副手镯，剩下的我再雕琢一些小物件，你看怎么样啊？"

　　叶天倒不是真的无法从这块翡翠中淘出镯子来，只是他没有趁手的工具，而且也不会打磨手镯，让他做的话，恐怕这块料子最少要浪费三分之一。

　　"成，这事儿就交给师兄吧，一准会最大限度地利用好这块料子。"左家俊满口答应了下来，以他和叶天的关系，到时候将打磨好的帝王绿镯子在店里摆上几天，绝对会使他的珠宝店名声大噪。

　　"那就谢谢师兄了。"叶天点了点头。

　　"好了，你们先坐，我把定定叫进来吃饭吧！"拿着翡翠站起身来，左大师也不无向同行显摆一下的想法。

　　左家俊出去后，文銮雄忽然想起一件事来，说道："对了，叶天，明天我那里有个宴会，想邀请你参加一下，不知道你有没有时间啊？"

　　刚才听左家俊说叶天本事比他大，文銮雄还以为是左家俊自谦，但是经过这一占卜解卦后，文老板心里早已将叶天奉若神明了。

　　左家俊为人老到，和谁都保持着良好的关系却又很难接近，是以文銮雄就琢磨着和叶天多亲近一下，日后遇到难处也方便求到对方。

　　"宴会？"叶天闻言愣了一下，继而苦笑道，"文兄，还是算了吧，我对那些事情不大感兴趣。再说了，我在香港也不认识什么人，去了也很无趣。"

叶天回想了一下，自己好像哪次参加什么宴会都要招惹出点儿事情来，所以从去了电视台的那次慈善拍卖之后，已经极少出现在那些人多的公共场合了。

"别价啊，叶天，这宴会很有意思的，基本上都是年轻人。"

说到这里，文銮雄突然对叶天挤了下眼睛，笑道："这次宴会可是有许多港台明星的，我还邀请了内地的几个明星，而且还都是一线的，你就不想认识一下？"

在文銮雄想来，叶天即使本领再大，终归也是个年轻人，对于明星肯定多少会有些崇拜心理，明天只要他看中哪个女明星，自己晚上就让那明星去叶天的房间里。

"这个……"听文銮雄如此一说，叶天还真有些心动了，作为从小看着香港电影长大的这一代人，叶天对那些大名鼎鼎的华人演员，还真有几分好奇，不过他却没文銮雄想的那般龌龊。但是一想到自己那参加宴会的霉运，还是摇了摇头，说道："还是不去了，明天可能还要见下曾女士。"

叶天曾经答应了曾玉蛟要给她寻找丈夫的尸骸，现在自己的事情已经处理完了，早点儿帮那苦命女人解决掉这件事，也算是积德行善了。

"曾女士？曾玉蛟？"文銮雄愣了一下，继而就明白了过来，曾玉蛟在香港可是人尽皆知的大人物。

文銮雄有些不死心，继续劝道："叶天，你反正还要在香港停留几天，明天的宴会不参加真的挺可惜的，年轻人多认识些朋友总归是有好处的。"

明天的那个宴会其实就是由文銮雄发起主办的，名义是给他的一位红颜知己庆生，到时除了一些好友会来之外，香港很多大牌影星也会到场，里面甚至还包括几家香港影视公司的老板。

"文叔，认识什么朋友啊？"文銮雄正劝解叶天的时候，包间的门被柳定定推开了，刚好听见他的最后一句话。

见柳定定进来，文銮雄心中一动，说道："定定，明天文叔家里有个晚宴，邀请了一些娱乐圈的朋友，你要不要过来玩啊？"

"娱乐圈的人？没兴趣！"柳定定一口拒绝了，她虽然不算出身豪门，但从小就跟着外公进出豪门大院，知道不少女明星和富商们的龌龊事，对娱乐圈并没有什么好感。尤其是文銮雄这个花花大少组织的宴会派对，柳定定更是一丝兴趣都没有，这人除了赚钱之外，最大的爱好就是去追求那些花瓶一般的女人。

听到柳定定的话，文銮雄不紧不慢地问道："真没兴趣？郭友承可是也要去的啊，说不定还会唱首歌呢！"

几年前柳定定曾经找文銮雄要过郭友承的珍藏版签名唱片，他知道这丫头很喜欢那个歌星，是以才会如此说。

果然，一听到郭友承这个名字，柳定定脸上的表情立马变了，"郭友承也去？文叔，你可别骗我啊？"

　　富家女和普通老百姓的区别就是她们的眼界自小就很开阔，见识比较多，但富家女同样也是有崇拜的明星的，而且富家女嫁给男明星的事情，在娱乐圈里并不鲜见。像邹印华的妻子陈晓莲的父亲，就是马来西亚富豪，资产数以亿计。另外还有一些富家女，也都很低调地嫁给了男明星。

　　柳定定从小就喜欢郭友承的歌，这也是娱乐圈里她唯一看得上眼的人，不过她不像香港的一些名媛经常出入娱乐圈，倒是没有认识郭友承的机会。

　　"文叔哪敢骗你啊？怎么样，定定，来不来参加？"文銮雄笑道，别说他真是邀请郭友承了，就是没喊临时招呼他，郭友承也要给这个面子。

　　"好，我去！"这次柳定定一口答应了下来，转脸看向叶天，哀求道，"叔爷，您……您就陪我去一趟吧……"

　　柳定定可是个冰雪聪明的女孩，知道文銮雄主要邀请的还是叶天，她可没那么大的面子。

　　"好吧，明天我去……"听到柳定定的请求，叶天想了想还是答应了，像他这么大年龄的人受香港电影的影响是很深的，能见到小时候那些偶像，对于叶天而言还是很有诱惑力的。

　　"哈哈，叶兄弟，咱们这可说定了啊，明天晚上我让车去接你。"见叶天答应了，文銮雄大喜过望，在今天叶天给他解卦之后，他就打定主意要不遗余力地交好这位年轻的"叶大师"了。

　　劳累了一天，吃过饭后众人纷纷散去，因为把毛头带到了左家俊的别墅里，叶天今天还是打算住在那儿，出了酒店后就上了左家俊的车子。

　　"小爷，唐爷让……让我问问您，您这几天什么时候有空啊？"正当车子发动起来要离开的时候，阿丁出现在车前。

　　叶天想了一下，说道："明天不行，后天吧，后天去老唐的别墅。"

　　"哎，我这就回唐爷去！"见叶天给了准信，阿丁一脸笑容地让开路，摸出电话给唐文远回复去了。

　　左家俊也知道这事，等车子开出酒店后，看向叶天说道："叶天，我曾经给曾玉蛟的丈夫推算过，他早已遇害了，这时间过了七八年，想要找到尸骸可不是件容易的事啊。"

　　左家俊在五年前就帮曾玉蛟推演过，得出她丈夫已经不在人世的结论，不过大海茫茫，他却没有本事找到尸骸。

　　叶天点了点头，说道："师兄，我心里有数，费点儿精力还是能找到的。"

　　叶天脑中传承颇为奇特，只要得知曾玉蛟丈夫的相关信息，是可以自行进行推演的，只不过根据事情的难易程度，需要消耗叶天相应的元气罢了。

"那就好，如果力有不逮，也不要逞强。"见叶天信心满满的样子，左家俊也没多说什么，和叶天聊起今天的见闻来。

车子开进左家俊的别墅，叶天刚刚走下车，一道白色的影子就从屋里蹿了出来，闪电般落在叶天的肩头。

"毛头？你这家伙终于醒了啊！"看着神采奕奕的小家伙，叶天大声笑了起来，这段时间因为毛头的沉睡，着实让叶天担了不少心。

毛头也很兴奋，不断地用小爪子抓着叶天的头发，口中发出"叽叽"的叫声，似乎在责怪叶天把它自己丢在家中。

"嗯，个头好像小了点儿啊？这皮毛也变短了。"

叶天伸手抓过毛头，仔细打量起来，发现毛头的体型比之前小了整整一圈，而浑身蓬松的毛发也短了许多，犹如缎子一般光洁滑亮。

"这……这是怎么回事啊？"

细察毛头体内，叶天脸上露出惊愕的神色，因为他发现，毛头的身体中，竟然游走着一股和他极相似的元气。虽然道书中说草木万物皆有灵，但那仅仅是一种说法，至少叶天就从未见过动物体内有元气的存在，但眼前的毛头，却颠覆了他的认知。

"莫……莫非毛头是灵物？"看着面前的小家伙，叶天陷入沉思之中。

古代很多奇人异士隐居山林时，多会饲养一些山中野物，像是猿猴看守洞府之类的传说并不鲜见，那些野物几通人性，被称为灵物。

传说灵物会开启灵智，智力不在常人之下，甚至可以沟通天地灵气进行修炼，不过这些都是传说中的故事，叶天也没法断言毛头是否如此。

"啊，我……我的鱼，我的鱼都死了！"正当叶天思考的时候，耳边突然传来一声尖叫，那是柳定定站在花园的池塘边，目光呆滞地看着脚下的情形。

池塘边那条原本干净的鹅卵石小路上，此时丢满了鱼骨头，被阳光曝晒了一天后，发出一股恶臭，而原本一池的鱼儿，此时却一尾都看不到了。

"叽叽……叽叽！"听到柳定定的叫声，毛头口中也发出尖叫，先是用两个小前爪指了指自己的肚子，然后用爪子捂住眼睛，那样子就像是做错事的孩子一般。

"那……那都是我从小养大的啊。"看着毛头的样子，柳定定欲哭无泪，可也无法责怪这个小家伙，谁知道它今天会醒呢？

"咳咳，定定，回头叔爷送你一些鱼，别和毛头一般见识啊。"叶天咳嗽了两声，带着毛头匆匆回房间了，他可不想看到柳定定那一脸幽怨的样子。

第二天一大早，阿丁又等在了门前，叶天也习惯让他跟在身边了，有这么个地头蛇带路，出去游玩都方便很多。

由柳定定和阿丁陪着，叶天来到了九龙黄大仙祠，看着那人山人海的信徒，叶天也终于知道左家俊在香港地位崇高的原因了。在香港，上至达官贵人下至平民百姓，对于占卜算命求签问卦都深信不疑，左家俊本就有真才实学，能在香港社会脱颖而出也就是必然的事情了。

游玩了一天后，当叶天等人回到左家俊别墅的时候，一辆加长的奔驰房车已经等在了门口。

"这人还真是张扬啊……"看着这奔驰车，叶天摇了摇头，要是被文銮雄听到，一准会被气得半死，自己的一番苦心却换来叶天口中"张扬"二字。文銮雄的住所在浅水湾道处，和唐文远的宅子相邻不远，是香港最高档的住宅区之一。

"嗯？那是干什么的？"当车子刚刚拐过一个弯道，正要进入浅水湾道的时候，一束闪光灯从车前亮了起来，叶天下意识用手挡住了脸。

透过指缝，叶天发现面前站着七八个人，有男有女，每人均是扛着长枪短炮，只要是有车过来，都是一阵猛拍。

"叶先生，那些人都是香港的狗仔队。"开车的司机对此倒是见怪不怪，给文銮雄开车，他的曝光率甚至要比一些名气不大的小明星还要高。

叶天有些无语地摇了摇头，每天的隐私都要曝光在众人面前，如果换成他，这样的日子怕是一天都过不下去。五分钟后，加长奔驰车驶入一个别墅中，司机刚才用车载电话和文銮雄进行了联系，此时他正站在门口等待着叶天。

除了文銮雄之外，别墅的院子里已经有不少人了，或站或坐，在那里聊着天。

"叶兄弟，柳小姐，阿丁，欢迎啊！请，里面坐，我给你们介绍几位朋友！"

见到叶天等人从车里下来，文銮雄连忙迎了上来，他的这一举动让很多人均惊诧不已，好像今天文銮雄还是第一次站在门口接人吧？

"文兄，叨扰了。"叶天笑着对文銮雄拱了拱手，和文銮雄说笑着走进别墅的客厅。

文銮雄举办的晚宴应该还没有开始，客人们三三两两地分散坐在花园的四处，不过这些大多都是年轻人，文銮雄径直将叶天带进了客厅，这里也有四五个人正在聊着天。

文銮雄和叶天刚一走进客厅，里面的几个中年人就站起身来，其中一个人问道："文生，这位是？"

说话的这个人身材不高，但目光犀利、体格健壮，虽然穿得西装革履，但难掩那一身江湖草莽的气息。

文銮雄亲热地拉了一把叶天，说道："阿荣，我给你介绍下，这位是叶大师，是左大师的同门师弟，本领不在左大师之下！"

"叶……叶大师？"那个叫阿荣的中年男人闻言愣了一下，眼睛看向文銮雄，说道，"文生，这……这位就是你要介绍给我们的叶大师？"

在香港，左家俊的名声是路人皆知的，和香港很多超级富豪关系都很密切，也当得起大师这个称呼。

但叶天年纪轻轻，又没做过什么事情来，是以文銮雄喊出"大师"这个称谓后，屋里的几个中年人均惊讶不已。

"没错，阿荣，你别看叶大师年轻，左大师都对他推崇不已呢。"

文銮雄怕自己这几个朋友小觑叶天，连忙把左家俊的名头搬了出来，而此时几人才看到跟在叶天身后的柳定定和阿丁，面色顿时变得古怪起来。

阿荣似乎和阿丁很熟络，走到阿丁身边后，说道："丁哥，你怎么有空来这儿啊？不用陪着唐爷吗？"

"阿荣，我这段时间都在陪小爷。"阿丁看了对方一眼，压低声音说道，"小爷在帮里辈分极高，你说话注意一点儿！"

"什么？"听到阿丁的话，阿荣这次是真的感到吃惊了，脸上露出震惊的神色。

阿丁以前是跟过他家老爷子的，按辈分他都要喊一声丁哥，退出江湖跟着唐文远后，更是洗白了身份，虽然阿丁只是个保镖身份，但在香港黑白两道绝对没有一个人敢得罪他。

一向桀骜不驯的阿丁，竟然会喊那人一声"小爷"，足以证明那人身份不一般，而且听阿丁话中的意思，他竟然也是帮派中人！

这一点儿是最让阿荣不解的，因为其父亲的原因，他在香港帮派里地位极高，在香港地下世界可谓一手遮天的人物，可他也没听说过什么叶大师啊？

"叶兄弟，这位叫林荣，是欣星影业公司的老板，这位是王真强，真强兄是辉煌集团的掌舵人……"

文銮雄将面前几个人分别给叶天介绍了一番，都是香港几大影视公司的老板，叶天以前看过的很多电影，都出自他们的公司。

至于那位林荣，叶天就更熟悉了，因为他在早年看过的一部电影中，见过林荣客串的一个杀手角色，而与他对戏的人是影帝级别的。

"叶兄弟真是年轻有为啊，欢迎以后到欣星公司做客……"

等文銮雄开口将客厅里的人介绍完后，林荣笑着向叶天伸出手，他对阿丁的话还是有些不信，想出手试一下叶天的功夫。

"林先生客气了。"叶天笑了笑，恍若未知般地伸出右手，和林荣两手相握。

"得罪了！"

握住叶天的手后，林荣缓缓地加上了力道，他这些年来虽然事务繁忙，却没有一天松懈对功夫的练习。林荣是在80年代初期接手家族事务的，当时香港的生存环境极其艰难，林荣另辟蹊径，和其兄林耀首创了欣星娱乐影视公司，并靠着各种关系逐步发展壮大起来。

到了今时今日，欣星公司在香港娱乐圈里已经属于大鳄级别的巨头了，而林荣也一跃成为了娱乐圈的大亨。这些事情很多香港人都知道，不过叶天却并不知晓，他只是有些奇怪林荣身为一家公司的大老板，却为何会有这么一身不错的功夫？就在林荣手上逐渐加力的时候，他突然感觉到，叶天的手变得柔软起来，就像面团一般，任由自己揉搓。

"不好……"在感觉到叶天右手的变化后，林荣暗叫一声，连忙就要松开手，却没想到他已经松不开了，对方那软若无骨的右手，瞬间变得坚若金铁。

叶天握住林荣的右手晃了两下，笑道："林先生这身功夫很不错啊，身居高位还能坚持修习功夫，难得……难得啊。"

"不敢，不敢，和叶先生比起来，简直就是不值一提。"

两手相握的时间还不到十秒钟，林荣的额头已经布满了细密的汗珠，旁人如果仔细观察的话，能看到林荣的嘴角都在微微抽搐。

文銮雄已经看出一丝不对，开口说道："叶兄弟，你们这是？"

"呵呵，没事。"叶天也没多难为林荣，文銮雄开口的时候就松开了手，笑着说道，"以后有机会还要向林先生多多请教啊。"

"叶大师太客气了，应该是林某向叶大师多请教才是！"

在叶天松开手后，林荣长出了一口大气，右手忍不住轻轻颤抖，看向叶天的目光中充满了惊惧，再也不敢有丝毫的小觑。

"好了，客人都到得差不多了，阿荣，叶天，走，咱们出去吧！"

文銮雄看得出来林荣吃了点儿小亏，为了怕二人再起冲突，一手拉着一人往户外的花园走去。叶天笑着摇了摇头，心里不以为意，反正自己每次来参加聚会，总是会遇到这样那样的事情。

走到院子里后，一个身材高挑相貌漂亮的女孩走到文銮雄身边，叶天抬眼看了她一下，悄然往后退了几步。

这个女人虽然长得很漂亮，但下巴有些过尖了，而且颧骨很高腮帮肉少，正是叶天所说的那种克男人的面相，不用问，这位肯定就是文銮雄在捧的那个女明星了。

"叶兄弟，几位，我失陪一下。"见到那个女孩走过来，文銮雄向几人告了声罪后迎上去，牵住那个女孩的手。

"诸位来宾，诸位朋友，欢迎大家来参加蔡小姐的庆生晚会，让我们在这里祝福蔡小姐青春永驻，容颜不老！"

要说文銮雄泡女明星，一来是砸钱，二来的确很有手段，这一番话说得那个女明星眼睛放光，一脸幸福，竟然当着众人很大方地亲了文銮雄一口。

"蛋糕！"文銮雄一摆手，花园里的灯光骤然暗了下去，一辆通体发光的餐车从门口缓缓推了进来，在餐车上放着一个十八层高的大蛋糕，同时还响起英文版的生日快乐歌。

此时那女明星已经激动得眼含泪水了，在文銮雄的帮助下将蛋糕分开赠给身边的来宾，花园里一时充满了欢声笑语。不过这位沉浸在幸福之中的女明星却不知道，在此次生日宴会之后，文銮雄就会向她提出分手，这也是文銮雄最后一次在她身上花钱了。

"郭友承，叔爷，那是天王郭友承啊！"看到一个人进来后，柳定定激动地跳了起来，压根儿就顾不上叶天了，如果不是还顾及自己女孩子的身份，恐怕早就尖叫起来。

看着见到偶像智商直接下降到零的柳定定，叶天苦笑了一声，张望了一下，发现阿丁被林荣拉着说话后，悄悄退出人群在一个角落里坐了下来。

"啊，松手，松开你的手！"忽然花园中一声尖叫响起来，叶天一愣，连忙循声望去，因为他听到那个女声很是熟悉。

此时花园里的灯还没有打开，但是以叶天的目力，还是看清了距离自己不远处正在拉扯的两个人，脸上不由得露出一丝怒色。

"阿春，住手，你干什么？这里是胡闹的地方吗？"叶天还没来得及走过去，灯就被打开了，文銮雄的呵斥声也随之响起。

"这……这是什么地方？大佬，是不是我阿春不能来你这里了？"那个人一脸通红，明显喝了酒，右手死死拉住一个女孩的手，大声笑道，"老子有钱的时候，你们一个个怎么都不装纯情啊？现在我阿春落了难，都他娘的躲得远远的。告诉你们，我阿春还能东山再起！"

"阿春，别这个样子，大家都会帮衬你的，你自己也要争气啊！"

听到那人的话，文銮雄一脸无奈，说来面前这人变得倾家荡产，和自己还真有脱不开的干系。

"我怎么不争气了，不就是玩几个女人吗？大佬，你能玩，我阿春就不能玩了？"那人从鼻子里嗤笑一声，左手指着一个打扮入时的女明星，说道，"你这个八字奶，是不是看我阿春没钱了，连个招呼都不打？"

冷不防被阿春提到自己，那个原本正在看热闹的女明星脸色一下变得煞白，大声说道："你……你，我不认识你！"

"不认识我？嘿嘿，小骚货，在床上你怎么不这么说？"

阿春此时已经完全癫狂了，右手紧紧攥住身边的女孩，左手忽然向女孩的上身摸去，口中怪笑道："大佬，我看中她了，晚上就叫她陪我了，回头你给签个支票吧！"

"来，我给你签个支票！"

正当阿春的左手要触及女孩的胸部时，突然感到一阵剧痛，像是被老虎钳夹住了一般，再也动弹不得。

"你……你是谁？"

疼痛让阿春被酒精烧热了的头脑稍微冷却了一些，不过看清叶天的相貌后，开口骂道："小子，滚一边去，老子玩婊子关你屁事啊？"

阿春此话一出，场内的很多女明星都气歪了嘴，一些和此人有些瓜葛的明星，更是暗中咬牙切齿，敢情自己以前在他面前的身份，就是婊子而已？

"回去玩你自己去！"

叶天目光骤然一冷，松开抓住阿春的手，顺势往他脸上抽去，"啪"的一声脆响，阿春的身体竟然被凌空抽飞了。

"叶……叶天，是……是你吗？"直到此刻，被阿春调戏的那个女孩才反应过来，一脸不可思议地看着出现在眼前的叶天。

"静兰姐，有两年没见了，你现在可是大明星了啊！"看着面前的女孩，叶天脸上露出笑容，一如几年前他在火车上初遇岑静兰，就像是一个初入社会的学生般羞涩。

从几年前在那次酒会相见之后，叶天再也没有遇到过岑静兰，却在电视、电影中屡屡见到她的身影，正如他所言，岑静兰的星途十分顺畅。

由于出众的外表，在尚未毕业的时候，岑静兰就被一位大导演青睐，主演了一部很卖座的片子，毕业之后更是和很多香港导演合作，隐隐已经是内地的头牌女星了。

叶天也没想到，竟然会在这里见到岑静兰，不由得奇怪道："静兰姐，你怎么会在这里啊？"

叶天知道岑静兰一向比较自重，而且刚才观她眼眉，应该还是处女之身，却不知道为何会出现在这富豪聚会之中？

"我在香港拍戏，是张……张导请我来的。"

岑静兰在香港的熟人并不多，此刻那位张导演也不知道缩在哪个角落里了，原本感到很无助的她，见到叶天后，眼睛忍不住就红了起来。

"静兰姐，没事了。"叶天目光一冷，开口喊道，"定定，陪她到一边休息下。"

叶天虽然和岑静兰不是很熟，但一直都比较敬重这个在娱乐圈里还能出淤泥而不染的女孩，眼下她被人欺负，自然不肯善罢甘休了。

"哎，我知道了，叔爷，你狠狠教训下那个家伙！"柳定定答应了一声，扶住岑静兰，刚才要不是叶天先出手，她必定也会上去教训那个出言不逊的家伙。

场内也有不少人都认识柳定定，听到她居然叫这年轻人"叔爷"，很多人都吃了一惊，纷纷向叶天看去。

左家俊的外孙女，可不是什么好脾气的人，能被她称为"叔爷"的人，那肯定是和左家俊一个辈分的。

可是叶天那年轻的相貌，怎么看都不像是什么有钱有地位的人，这也让众人看向叶天的目光中充满了不解。

"孙子，你……你敢打我？"此时躺在地上的那个阿春，酒意彻底被叶天抽醒了，不过他一张嘴说话，两颗牙齿却和着血吐了出来。

"打你？我只是在教训人渣而已，你也配让我出手？"叶天口中发出一声冷笑，刚才要不是他紧紧抓着岑静兰，叶天还真不想脏了自己的手。

叶天压根儿就没搭理那个阿春，而是将目光看向文銮雄，轻声说道："文先生，这是在你家里，他侮辱了我朋友，你说怎么办吧？"

之前叶天一直都是称呼文銮雄为文兄，但这番话却喊他为文先生，明摆着就是对他有了意见。

叶天说话的声音并不大，也并非质问，却带给文銮雄一种无形的压力，让他胸口的呼吸都有些不畅起来。

"叶兄弟，这……这都是误会，阿春喝多了而已，我……我让他给岑小姐赔礼道歉，你看怎么样？"

文銮雄所认识的叶天，一直都是笑眯眯一副人畜无害的样子，但是此时，却让他心生寒意，心里把阿春骂了个狗血喷头。

叶天还没说话，刚刚从地上爬起来的阿春不乐意了，大声嚷道："大佬，你说什么啊？我阿春给他道歉？"

"浑蛋，你要还当我是大佬，快点儿给叶先生赔礼道歉！"文銮雄气得直想干掉这个愚钝的家伙。

叶天是什么人？那可是杀人于无形的风水术师啊！文銮雄虽然不是奇门中人，但到了他这种身份地位，对于术师的了解要远远超过普通人。

叶天根本就没有想让对方道歉的意思，开口喊道："阿丁，断他一只手，丢出去！"

"是，小爷！"

正在和林荣低声说着话的阿丁听到叶天的话，先是一愣，继而站出来走向了阿春，他虽然也认识此人，但并没把他放在眼里。

看到阿丁走出来，文銮雄知道此事不能善了，他还算是讲义气，向叶天哀求道："叶……叶大师，给……给我个面子，就饶过他这一次吧？"

"大师？这年轻人是什么大师啊？"

"奇怪了，文生怎么会这么对待一个年轻人啊？"

文銮雄的表现，让场内除了认识叶天的几个人之外的所有人，全都大跌眼镜。要知道，以文銮雄在香港的身份地位，即使在面对唐文远的时候，也不会如此低三下四。

场内一些女明星更是眼放异彩地紧紧盯住叶天，这个年轻人竟然值得文銮雄如此相对，如果能和他交好的话，那出头还不是指日可待的事情？

"文先生，我已经饶了他，一只手的代价莫非你还不满意？"

叶天最看不得男人打女人，更何况阿春打的还是自己的熟人，别说是文銮雄了，就是师兄相劝，叶天也会断掉阿春抓着岑静兰的那只手。

叶天的霸气让所有人都倒抽了一口冷气，他们没想到这个年轻人居然一点儿面子都不给文銮雄，而在香港叱咤风云的文老板，似乎连生气都不敢。

"阿丁，还愣着干什么？"叶天见阿丁迟迟不动手，不由得瞪了他一眼，也没有留下看结果，转身就往别墅客厅走去。

"啊！"还没走出五步，叶天就听到身后传来阿春的惨叫。阿春的惨号声让所有人心里都有些发寒，只不过摸了一下那个女孩的手，竟然被人活生生折断了一只手，这种桥段或许只有电影中才会出现。

"这……这人竟然如此霸道？"在香港混了几十年的林荣见到叶天的强势后，也被吓了一大跳，这人行事比自己还要肆无忌惮，到底是谁啊？

震惊之余，林荣也在心里暗自庆幸，幸亏自己刚才只是试探了对方一下，如果真惹火他的话，即使自己在香港背景深厚，这眼前亏也是吃定了。

"老王，你带阿春去医院，唉，这……这衰仔！"看着阿春被丢出院子，文銮雄气得在地上连连跺脚，伸手叫过一个属下，吩咐了一番后，长长叹了口气，转身却是去追叶天了。

这生日宴会突如其来的一幕，让众人都大开了一番眼界，那些明星三五成群地聚在一起，纷纷猜测起叶天的身份来。不过那个蔡小姐却有点儿生气，自己好好的生日宴会，被叶天和阿春两人搞得一团糟糕。

当然，此刻文銮雄已经没有心情去哄她了，而是追到客厅里，看着面沉如水的叶天说道："叶兄弟，你别生气，阿春，阿春也是个可怜人啊！"

文銮雄举办的这种性质的聚会，其实说白了就是为富豪们提供一个猎艳场所。只要双方你情我愿，就可以发展进一步的友谊。这已经是圈子里公开的秘密了，就是那些来参加宴会的女明星们，其实心里也都是明白的。只是富豪和明星同样都属于公众人物，这种事情的具体细节一般只限于当事人双方知道，而且绝对不能带有强迫性质。像今天那个叫阿春的举动，已经犯了圈子的忌讳。

文銮雄小心翼翼地看着叶天，解释道："叶兄弟，我真不知道那位岑小姐是你的女人，要不然早就告诫阿春那个混账东西了……"

听到文銮雄的话，叶天脸上露出一丝嘲讽，说道："我认识的女人，难道都是我的女人？如果不是我的女人，就可以任由你们凌辱了？"

虽然结识岑静兰已经有好几年的时间了，但叶天和她并没有什么来往，甚至连彼此的联系方式都不知道，但对于这个洁身自好的女孩，叶天还是很有好感的。而且对于这些香港富豪的做派，叶天也是很看不上眼的，你可以拿钱砸人，女人抵挡不住诱惑投怀送抱那是两厢情愿的事情，但是用强，就太过于下作了。

"叶兄弟，事情不是你想的那样，阿春他是喝多了，而且这段时间心情不好，所以才会失态的。"文銮雄脸上露出一丝尴尬，其实阿春是个什么货色，他心里比谁都清楚，要是阿春没破产的话，现在只会更加张扬。

"心情不好？就要拿女人发泄？"叶天冷哼了一声。

文銮雄苦笑一声，叹道："叶兄弟，要换你原本有二十亿身家，突然变得一无所有，想必心里也会不痛快的，看在文某的面子上，就别再和他计较了。"

"二十亿身家都能挥霍光？这也需要点儿本事啊！"叶天脸上露出一副奇怪的表情，能败家败到这种程度的人，那绝对不是一般人啊！

文銮雄摇了摇头，解释道："叶兄弟，不是阿春挥霍，主要是去年亚洲金融风暴，他股市的钱都赔进去了，才会意志消沉，其实他原先是很能干的……"

阿春叫罗佳春，十六岁时踏入社会做地产经纪，当时月薪只有九百港元，凭着过人的胆识和眼光，在市场上一路顺风，数年间在"炒楼"上连连得手，由一个无名的小经纪成为数十亿身家的大老板。

在进入90年代的时候，当时将目光盯在了楼市上的文銮雄和罗佳春结识，由于文銮雄出手阔绰，在香港人脉关系极广，带着罗佳春认识了不少富豪，顿时被罗佳春引为大佬。

文銮雄和罗佳春都是那种性格张扬的人，尤其喜欢追求女明星，两人在香港的风流韵事一直都是媒体追逐的目标，关系之好也是众人皆知的。

罗佳春少年得志，到了三十多岁的时候，运气却急转直下，1997 年底受到金融风暴的影响，数以十亿计的身家大幅度缩水。而且罗佳春在炒楼上发展过促，加上香港地产价格回落，股、楼齐输，涉及债务高达近十亿港元，现有的资产已经是资不抵债了。

最近银行方面正在催促罗佳春进入破产程序，使得少年得志的罗佳春更是心情烦躁，文銮雄原本邀请他来散散心，却没承想闹出这样的事情。

"算了，我去看看静兰姐。"听完文銮雄的解释，叶天摇了摇头，其实如果不是他从罗佳春面相中看出此人中年运势极薄，命不过五十的话，也不会仅仅断其一手以示告诫。

"好，我陪你过去，也给岑小姐道个歉。"见叶天没有再追究下去的意思，文銮雄心头这才松了口气，连忙走在前面给叶天引路。

文銮雄在香港商界纵横了三十多年，即使是在李超人面前也是谈笑风生泰然自若，还从来没有在任何人面前有过如此压抑的感觉。

"静兰姐，没事吧？"进入别墅的另外一个房间后，叶天看到柳定定正在和岑静兰说着话，岑静兰的情绪似乎平静了下来。

"叶天，我……我没事，你……你怎么会在这里？"

此时见到叶天，岑静兰还有一种恍如梦中的感觉，这里可是远离京城数千公里的香港啊，而且还是香港社会处于最顶尖的那一个阶层。

每一次见到叶天，岑静兰总是会有不同的感觉，从火车上那个看似迷糊的大学生，到樱兰会所酒会中的叶天，两者之间就已经有了诸多不同之处。但是和今天相比，叶天的形象在岑静兰心中又有了颠覆性的变化。变化之大，让岑静兰始终不敢相信面前的人就是叶天。

要知道，今天有资格来参加这个庆生酒会的人，不是大牌明星就是超级富豪，叶天究竟是什么身份？竟然会让别墅和晚会的主人亲自相陪，言行之间甚至还有讨好叶天的意思。

"我和文兄是朋友，过来玩玩，静兰姐，没事就好……"叶天回头看了一眼文銮雄，接着说道，"以后在香港遇到什么麻烦，你直接找文兄就行了，他可是很乐于助人的。"

"叶兄弟言重了，以后岑小姐要是在香港有什么事情，直接找文某就行！"

叶天的话说得文銮雄满脸涨红，他是乐于助人，但是帮助的都是女人，而且还是要索取回报的，不过对于面前这个女孩，打死他也不敢有什么非分之想。

"小……小岑，你没事吧？"正在文銮雄拍着胸口打包票的时候，房间的门被人敲响，一个脑袋从外面钻了进来。

"张导，我没事，幸好遇到个朋友，我……我想还是先回去了。"

见到来人后，岑静兰脸上露出一丝厌烦，她原本就不想来参加这个什么酒会，就是面前这个导演三番五次地劝说甚至是警告，她才会来到这里。

听到岑静兰说没事之后，张导看向文銮雄，原本挺直的腰板瞬间弯了下去，一脸诌笑地说道："文生好，实在是不好意思，今天给您添麻烦了。"

张导叫张之轩，是欣星公司里一个著名的导演，曾拍出过不少卖座的影片。更重要的是，张之轩和许多早年成名的大明星都可以称兄道弟，在娱乐圈的人脉极广，那些刚刚出道的新人更是以能结识他而感到庆幸。

正是因为如此，张之轩也成了香港很多喜欢追逐女明星的富豪的座上客，因为这些事情还是需要一个媒介的，总不能让富豪们直接挥舞着钞票去请女明星吃饭吧？不过张之轩知道，自己的身份和这些超级富豪还是没法比的，是以在文銮雄面前才会如此谦卑，这也是他能混迹娱乐圈二十多年始终不倒的秘诀之一。

文銮雄知道岑静兰是他带来的，摆了摆手说道："没事，张导，这事儿……"

文銮雄话声未落，张之轩连忙说道："文生，你放心，我这就让小岑去给罗生道歉，保证让罗生满意！"

在花园里发生冲突的时候，张之轩并不在场，他当时去外面迎接另外一位被自己召来的女明星了，所以也不知道发生了什么事情。

等回到文銮雄的别墅后，张之轩一打听，竟然是他带来的岑静兰和罗佳春发生了冲突，而且岑静兰的朋友还把罗佳春的一只手打断了。

听到这里后，张之轩已经是心急如焚了，也没顾得上继续听下去，匆匆忙忙地就跑别墅里来找岑静兰了。

要知道，罗佳春可是文銮雄的小弟，虽然现在落了难，那也不是他张之轩能得罪的。只要文銮雄歪歪嘴，自己在香港就别想再混下去了。所以这刚一进门，就想在文銮雄面前进行一番补救，他连找人把岑静兰绑到罗佳春床上的心思都有了。

"小岑，跟我去医院，如果罗生不原谅你，这部戏你就不要演了！"别看张之轩在文銮雄面前表现得低声下气，但是在这些明星面前，他可是有着绝对的权威。

香港娱乐圈里除了老板监制之外，就属导演最大了，很多成名十多年的大明星都不敢得罪张之轩。所以在他看来，岑静兰肯定会听从自己的话前去道歉，不过他却没发现旁边几个人脸上露出的怪异表情。

叶天皱起眉头，刚才发生那么多事情，这位张导竟然还有此表现，叶天真的很怀疑他的智商是否为成年人。

"小岑，我的话听到没有？还不跟我出去？"见到岑静兰竟然没有搭理自己，张之轩不由得心头火起，这个女孩在片场被自己训了好几次都是老老实实的，今天胆子怎么突然变大了？

听到张之轩的话，岑静兰也不知道哪里来的勇气，开口说道："张导，这部电影我不拍了，你换人吧！"

岑静兰并不是欣星公司旗下的艺人，香港电影这几年不大景气，也想用内地的人气明星发掘下内地的市场，所以才会有此次合作。

岑静兰本身就不会听说粤语，在香港拍了半个月的戏，整天被导演骂不说，有时候还要被人揩油，她的忍耐也到了极点。

"你说不拍就不拍了？岑静兰，违约金你赔得起吗？今天你要是不跟我去向罗生道歉的话，我会让你在香港大陆两地娱乐圈都混不下去！"

张之轩对岑静兰的话嗤之以鼻，别说是她这刚出道没两年的小明星了，就是邹印华那种级别的大牌明星，也不敢在签约后退出。

叶天实在忍不住了，他对这智商无下限的人真是没什么好话说，伸手指了指正一脸得意的张之轩，说道："行了，这里没你什么事，赶紧滚蛋！"

"小子，你什么人？"叶天的话成功地转移了张之轩的注意力，"对了，罗生的手是被你打断的吧？我看你是不想混了！"张之轩在香港娱乐圈出道比较早，是以对叶天这种热血小青年根本就看不上眼。

"文兄，我对香港的主流社会真的很失望。"叶天叹了口气，这都是些什么人啊？即使在京城踢馆那会儿，对方也要盘问下自己的路数，可面前这位，整个就是一副天老大他老二的架势！

"衰仔，你找死是不是？你，你叫文生什么？"张之轩见叶天一副不把他放在眼里的样子，开口就骂了出来，只是话刚出口，却感觉有些不对。

香港人称呼自己的雇主一般都是老板，而称呼一些比较有身份的人，则喜欢在姓氏后面加上个"生"字，就是先生的意思。像文銮雄这种身份的人，就是张之轩的老板也要叫一声文生或者雄哥，香港能和文銮雄称兄道弟的人，一双手绝对数得过来。可面前这年轻人竟然称其文兄，而文銮雄也没有露出任何不悦，这中间……或许有着什么他不知道的事情？

"叶兄弟，对不住，今天实在是对不住！"文銮雄不是没反应，而是被张导的那番表演震住了，直到叶天说话才反应过来。

文老板心头不是一般的郁闷，他和罗佳春是兄弟，但与张大导演却没那么深的交情，在给叶天赔了个不是之后，绷起脸说："张导，请你先出去，有事我会和阿荣说的！"

不让岑静兰出演女主角还出言威胁，文銮雄此时恨不得将张之轩大卸八块，说不定回头要找下林荣，还是让这位张大导演去内地发展吧。

"文……文生，这……这到底是怎么回事啊？"在文銮雄对叶天喊出兄弟两个字后，张大导演早就傻了眼，他并不是一个愚钝的人，相反还十分有眼色，此刻哪里还会不明白自己做了错事。

"行了，你出去吧。"文銮雄有些不耐烦了，赶苍蝇似的往外摆了摆手，今天连着两件事都把叶天得罪了，他正想着等下怎么办呢？

"叶先生，哎，阿轩你也在啊？正好，岑小姐是咱们公司请来合作的演员，今天出了这种事情，我们也是有责任的……"就在张大导演不知道该如何是好的时候，房门被人推开了，林荣带着两个人走进来，"阿轩，回头岑小姐的片酬另外加五成，算是给岑小姐压惊了！"

"什……什么？"要说张之轩先前只不过心中有些忐忑，但是听到自家老板的话后，那点儿忐忑立马转变成了恐惧。

"阿轩，你今天怎么了？我说话你听不懂？"林荣也感到房间里的气氛有些不对，眼睛不由得狐疑地在张之轩几人身上打量起来。

"林老板，这位张大导演可是说要让静兰姐吃不了兜着走,在两岸娱乐圈封杀她呢！"

叶天可不是什么善男信女，加上他对这个张导的印象极差，对于这样的人，他一向都秉承着一脚踩死的原则。

"封杀岑小姐？"听到叶天的话，林荣顿时明白房间里的紧张气氛从何而来，一双眼睛顿时冒出寒光，死死地盯在张之轩的身上。

"老板，我错了，是我错了，我不知道情况就乱说话，我该死！"

林荣本来就长着一副不苟言笑的面孔，此时眼睛一瞪，那种长期身居上位将养出来的气势，吓得张之轩竟然直接跪在地上，不住地用手抽起自己的嘴巴来。

林荣根本就没搭理跪在地上的张之轩，而是看向叶天，说道："叶先生，是我御下不严，您说吧，要他哪只手？"

"我要他的手干吗？这人不过就是嘴臭了一些……"叶天闻言苦笑，之前断了罗佳春的右手，是因为这家伙非礼了岑静兰，而眼前这人可没机会用手对岑静兰做出什么事来。

"嘴臭也好办。"林荣冷冷地说道，"阿虎，带他回去，拿竹条掌嘴，让他三个月说不出话来！"

"啊，不……不用这样吧？"原本岑静兰正震惊于林老板对叶天的态度，但是听到这番话，忍不住惊叫起来，虽然她在电影中扮演过各种角色，但哪里见过这种事情啊！

"岑小姐，救命啊，我……是我猪油蒙了心，您大人大量，就原谅我吧！"

张之轩突然从地上爬起来，跪到岑静兰身前不住地磕头，开什么玩笑，竹条抽嘴，能把他满口大牙都抽得一个不剩。

"叶天，这……这，你看？"被张之轩这年近五十的人一跪，岑静兰顿时有些不知所措，抬眼向叶天看去，到了这会儿她哪还不明白，这里所有人都是以叶天为主的。

"不关我事，这是林先生的家务事，有什么你去和他说。"叶天摇了摇头，林荣如何处置张之轩，和他一毛钱的关系都没有，不过叶天却没有帮他求情的意思，他也没有岑静兰的菩萨心肠。

"行了，阿虎，拖他出去！"林荣是何等眉眼通透的人，听到上面那番话，立马明白叶天没有放过张之轩的意思。

等到张之轩哭天喊地地被人拉出别墅之后，林荣看向岑静兰，说道："岑小姐，真是对不起，手下人不懂事，让你受惊了。我想……咱们之间的合同需要改动一下，具体的相关细节，我会让人和你的经纪人谈的。"

林荣很聪明，这件事只要处置得让岑静兰满意，叶天自然就不会多说什么，对付这么个刚从内地出来的女孩，显然要比和叶天打交道更加容易。

如果事主岑静兰同意了结此事，那叶天就不能再多加干涉，否则林荣就是占了道理，也算不尊重叶天这大字辈大佬了。

"谢谢林老板，这……这部戏，还……还是张导演拍吗？"岑静兰今天就像是坐了趟过山车，忽上忽下的，脑子早已有些迷糊了，她也不想想，出了这种事情，张之轩怎么可能还继续拍摄这部电影？

"呵呵，我们公司出名的导演很多，岑小姐放心，不会耽误拍摄的进度。"林荣闻言笑了起来，本来让张之轩执导这部戏，就是看在他劳苦功高马屁又拍得好的分儿上，现在捅出这娄子，不给他三刀六洞已经是便宜这小子了。

"行了，时间不早了，文兄，多谢你的款待，我差不多也该回去了。"

见事情解决，叶天站起身来，对着岑静兰说道："静兰姐，我要回了，以后回到京城咱们再联系，我小妹一直夸你戏演得好，还想问你要签名呢。"

叶天这话倒不是虚言，刘蓝蓝一直都很喜欢岑静兰，听于清雅说叶天认识岑静兰之后，没少缠着叶天要签名。只不过叶天连岑静兰的联系方式都没有，去哪儿找她要签名啊？更何况于清雅说这话的时候语气不免有些阴阳怪气的，他更不敢去找岑静兰了。

听到叶天的话，岑静兰也不知道心里到底是个什么滋味，半天才说出一句："叶天，谢谢你！"每一次和这个大男孩的见面，都会带给岑静兰很长一段难以磨灭的回忆，但她始终没有机会了解他，这就是一个谜一样的男人。

"没事，别忘了给我张签名就行了。文兄，你这客人多，不用送了……"叶天笑着摆了摆手，带着柳定定和阿丁走出别墅。

"哎，叶天，我安排车子送你。"见叶天要走，文銮雄连忙站起身，对林荣说道，"林老弟，你稍坐下，我马上回来。"

"看，那个打断罗生手的人出来了。"

"对，就是那个年轻人，到底是什么来头啊？"

叶天和文銮雄刚一走出别墅，原本四散在花园里聊天的那些明星，顿时将目光凝聚到叶天身上，今天晚上所发生的这一切，远比他们在电影中的经历还要精彩。

叶天的身份自然是他们猜测的重点，因为这些大明星相信，就是那位小超人在这里，也不见得会受到文銮雄如此对待。

"得，以后说破大天也不参加这些无聊的聚会了。"叶天将周围的那些话听得一清二楚，脸上忍不住露出苦笑，脚下却又加快了几分。

"叶天，等等！"刚刚走出花园，还没到停车位，身后突然传来岑静兰的喊声。

叶天回过头，看着跑得胸口不断起伏的岑静兰，奇怪地问道："静兰姐，怎么了？"

"叶天，给，我包里刚好有张剧照，签好名了。"岑静兰将一张照片递给叶天，迟疑了下说道，"叶天，我在香港还要待半个多月，明天你有空吗？我想请你吃个饭。"

岑静兰知道艺人在香港的地位并不高，今天如果不是叶天的话，说不定她真的会被那姓罗的羞辱，因此她的感谢也是真心实意。

"嘿，谢谢静兰姐！"

接过照片后，叶天摇了摇头说道："静兰姐，明天还真没空，这样吧，等过几天我要是有时间，就去看看你们拍戏。"

明天约了曾玉蛟，叶天要帮她推演其夫的尸骸下落，这种推演极其烦琐，估计要花个两三天的工夫，倒不是叶天故意推诿岑静兰的邀请。

听到叶天的话，岑静兰脸上有一丝失望，但还是从包里掏出张名片，说道："那好吧，这是我的电话，你有空给我打电话吧。"

"一定，静兰姐你在香港要是有事，找文老板就行。"

叶天笑着看向文銮雄，说道："文兄，不用送了，回头要把岑小姐安置好啊，你这怜香惜玉是出了名的，可别砸自己招牌啊！"

"放心吧，叶兄弟，岑小姐要是再出什么事，我这老脸都没地搁了……"

文銮雄被叶天说得一脸尴尬，心中却在猜度叶天和岑静兰的关系，两人看起来并不像是情侣，他却不明白叶天为何如此关照岑静兰。

"阿芬，你陪岑小姐说说话。"送走叶天后，文銮雄返身回到花园，喊过今天的女主人陪着岑静兰，自己则是回了客厅里。

"文生，这年轻人，真是有点儿张狂啊！"文銮雄刚一进到房间，就听到林荣的抱怨，刚才叶天走时都没和他打声招呼，明显的就是不给林老板面子啊。

林荣刚才之所以那样处置张之轩，并非怕了叶天，而是不想无缘无故地招惹他，可他给足了叶天面子，此时自己却有些下不来台了。

听到老板的话，林荣身边一个五大三粗的汉子说道："荣哥，要不要我找几个兄弟，教训教训他？"

"闭嘴，这有你说话的份儿吗？"林荣心情正不好呢，闻言一脚就踹了过去，踢得那汉子连连退后几步，一屁股坐在地上。

林荣为人，向来不是朋友就是敌人，不过对于叶天，他还真是不敢妄动，别的不说，就单是一个左家俊，就能让他忌惮不已。

文銮雄摇了摇头，说道："林老弟，听我一句话，叶天只能当朋友，绝对不要招惹他……"

文銮雄和林荣也认识几十年了，两人关系不错，他可不想看着老朋友无端招灾引祸，所以把自己结识叶天的情形给他说了一遍。

"他也懂得占卜问卦？"

听完文銮雄的话，林荣顿时愣住了，他原本以为叶天只是在青帮洪门中身份尊崇，还真不知道叶天还是一个奇门术师，刚才的抱怨却是一分都没了。

这江湖中人，最不愿意招惹的就是奇门中人，林荣虽然在香港根深蒂固，但要是叶天在他家祖坟上使点儿坏，林荣也是没有丝毫的办法。

念及此处，林荣心中暗自庆幸，幸亏刚才自己处置得当，否则真惹怒了叶天，说不定自己哪会儿就会遭受一些无妄之灾。

在林荣和文銮雄讨论叶天的时候，阿丁也在车上和叶天谈着今天下午发生的事情，这辆奔驰车前面是有隔音玻璃的，他的话倒是不怕被司机听到。

"小爷，那个张之轩不是个好东西，为人向来睚眦必报，依我看，还是找人做了他吧？"阿丁认识张之轩也有十多年了，知道这个人虽然有些才能，但是心眼极小，叶天今天不但羞辱了他，更害得他回去被竹条掌嘴，这份仇怨可是结得不小。

叶天刚才的作为让阿丁很是过瘾，忍不住又想起自己当年的江湖岁月，按照阿丁的意思，既然和张之轩有了恩怨，最好的办法就是让他人间蒸发。

"阿丁，你这煞气可是不轻啊。"叶天摇了摇头，说道，"没事，跳梁小丑而已。倒是你日后少犯杀戒，过个几年我帮你化解煞气的时候也容易点儿。"

叶天还真没把那张之轩放在心上，甚至都懒得去看他的面相，现在社会中这种人到处都是，如果见一个杀一个的话，出不了三天就要挨雷劈。

一直在听叶天和阿丁说话的柳定定，突然说道："叔爷，那个张之轩真不是什么好人，要我说也是干掉他的好。"

"我说定定，你一女孩子整天喊打喊杀的像什么啊？"

让叶天没想到的是，一旁的柳定定对阿丁的话倒很是深以为然，那哥们儿到底做了什么天怒人怨的事，让柳定定这女孩子竟然都有杀意了？

"他以前逼着郭友承拍过戏……"柳定定撇了撇嘴，说出让叶天很无语的原因，敢情是招惹了她的偶像。

"行了，这事儿就算过去了，不要再提了。"叶天摆摆手打断了柳定定的话，不过心头却没来由地感到一阵悸动，只是这种感觉极其轻微，一闪而过，他也没深思。

回到左家俊的别墅住了一夜，第二天一早叶天就带着毛头来到唐文远的宅子，这里的风水要更甚于左家俊那里，帮曾玉蛟推演过后，也能更快地补充所损耗的元气。

"文兄，林老板，你们怎么来了？"

来到唐文远的别墅没多久，就听到门外传来门铃声，叶天过去一看，没想到竟然是文銮雄和林荣二人联袂来访。

文銮雄一脸笑容地说道："我约了林老弟去喝早茶，看到左大师的车子开过来，就想着来拜访下叶兄弟和左大师。"

看了身边的林荣一眼，文銮雄接着说道："叶兄弟，昨天的事情真的是误会，林老弟也感觉心里不安，我说这事儿就算是过去了吧。"

文銮雄和林荣关系极好，他能在娱乐圈左拥右抱，和林荣绝对脱不开关系，所以踩死个小导演他无所谓，却想解开叶天对林荣的那点儿芥蒂。

"文兄，说什么呢？我是那么小心眼的人吗？"叶天闻言苦笑，他只是不想和香港黑道中人有过多牵扯罢了，倒不是对林荣有什么意见。

面子是别人给的，既然对方都上门来了，叶天也不想做得太过，想了一下开口说道："林先生，昨天只是一时义愤，叶某做得也有些过了，贵公司的那位张导没什么事吧？"

"没事，这种有眼无珠的人就该受点儿教训。"听到叶天的话，林荣那张不苟言笑的脸上露出笑容，从身边人手里拿过一个包装精美的盒子说道，"叶先生，昨天岑静兰的事情已经安排好了，这是我们欣星公司开业十八周年的一份纪念品，拿来权当是给叶先生赔罪了！"

林荣今天来见叶天，其实并不完全是为了赔罪的，还带有别的心思。

林荣本身也是极其笃信风水命理的人，最近他对未来的前景感到有些恐慌。这两年拜访左家俊不下十次，一直想让左大师帮他推演下命理运程，只是左家俊看不上他，从来没有为他占卜过。是以昨天听说叶天占卜极准之后，就动了心思，在他想来，叶天再厉害也只是个年轻人，只要自己面子给足了，再许以重金，当能求得叶天一卦。

"纪念品？"叶天有些诧异地将礼盒接过来，入手就是一惊，这和蛋糕差不多大小的盒子，分量可是不轻啊！

"嗯？是黄金？"打开盒子看了一眼，叶天摇了摇头，说道，"林老板，这东西太贵重了，我可不能收！"叶天估摸了一下重量，这里面的几十枚黄金做成的纪念品，重量最少在两三公斤左右，换句话说，其价值足有数十万人民币之多了。

俗话说无功不受禄，叶天可以收取唐文远的钱财，对文銮雄的那块翡翠也拿得心安理得，原因就是他们欠叶天的。但叶天和林荣可没有什么交情，这些东西可就有些烫手了，虽然隐约猜出林荣的一些心思，但还是婉拒了。

听到叶天的话，林荣连忙说道："叶先生，我真没别的意思，这点儿小礼品，就当是给岑小姐压惊了。"

"那回头你送给岑静兰吧，我昨天可没受惊。"叶天笑着摇了摇头，开门见山地说道，"林先生的心意我明白，但这段时间事情比较多，等日后有机会，我可以帮你占一卦！"

林荣为人还算上路，叶天也懒得和他纠缠，这才定下了个虚无缥缈的日子，如果林荣真的追到京城去，他也不介意帮他推演一番。

"好，那先谢谢叶先生了。"林荣很是知道分寸，叶天既然如此说了，日后自己总归是有机会的，再纠缠下去，反而会弄巧成拙。

"小爷，唐爷来了，还有曾女士……"几人原本就站在别墅门口聊着天，这还没来得及进去，大门外又驶来两辆车子。

见到唐文远和曾玉蛟从车上下来，文銮雄与林荣连忙迎了上去，恭恭敬敬地说道："唐叔，曾女士好！"不管是从年龄辈分还是身家财产上而言，文銮雄和林荣，都远不如面前的这二位，更何况唐文远与林荣父亲渊源很深，算得上是他叔伯辈的长辈。

"你们两个怎么在这里？"见到文銮雄和林荣，唐文远不由得愣了一下，问道，"阿荣，你过来有什么事吗？"林父和唐文远是换过帖的八拜兄弟，是以他也把林荣当作子侄看待。

"唐叔，我是来拜访叶先生的。"在唐文远面前，林荣再也没有那种大佬派头，话中透着一股子恭敬。

"嗯，好好看管你下面的人，现在九七过了，香港不比以前了。"唐文远听阿丁提起过昨天的事情，想了一下又说道，"叶天不会和你一般见识，你也不要因为惩治手下而对叶天不满。"

林荣听得出来唐文远话中隐含的责怪，连忙说道："唐叔，阿荣不敢，今天是专门向叶先生请罪的。"

"那就好，既然来了，都进来坐吧。"说话间唐文远走到叶天身边，笑道，"叶天，我招呼几个朋友进来，你不反对吧？"

"这是你的宅子，我有什么好反对的？"叶天摇了摇头，看向曾玉蛟，问道，"曾女士，我让你拿的东西都带来了吗？"

"全都带来了……"听到叶天的话，曾玉蛟连忙让人拿过来一个箱子，说道，"这箱子里都是外子以前遗留下来的东西，这么多年我一直都妥加保管着。"

叶天伸手接过箱子，说道："成，我去二楼了，老唐，我不招呼，不要让人上来。"

顿了一下，叶天又对左家俊说道："师兄，这事儿不能分心，你就别看着了。"

"我知道，你不要勉强，小心元气反噬。"左家俊深知起卦寻人的难处，当年他曾经帮曾玉蛟推演过其夫所处的方位，却遭受元气反噬，实实在在地吐了好几口鲜血。

"我明白，师兄你放心吧。"叶天点了点头，没再多说什么，拎着箱子走进了二楼的一个房间。

打开皮箱，里面尽是一些衣物，有内衣也有外套，一个塑料袋里面放着一些曾玉蛟丈夫傅宜的毛发，另外还有一个玻璃管，里面竟然有些干涸的鲜血。

这些都是叶天让曾玉蛟收集来的，他起卦寻人和普通寻人卦象不同，其中带有一些巫术的性质，必须要本人的一些信息引起两者共鸣，从而推演出尸骸位置。

叶天打开玻璃管的瓶塞，把面前的矿泉水倒入管中，然后用棉签将里面干涸的鲜血稀释，最后拿出一支毛笔，蘸着那些血水，在地板上画了起来。

叶天画得十分的慢，每一笔似乎都用尽了他全身的气力，一幅不过短短百十笔画的阵法，居然整整画了两个小时。

"也不知道这玩意儿管不管用？"画完之后，叶天整个人都坐倒在地上，大口喘着粗气，仅是画这一个阵法，就消耗了他体内五成以上的元气。

叶天所用的是巫术中的一种寻人秘术，但这种秘术只能寻活人而无法寻死人，所以用傅宜的鲜血画出招魂阵，另外再配合卦象，来推演他的尸骸位置。

将毛笔扔出，叶天打坐恢复起来，这里可比不上他的四合院，一直到月上梢头，叶天才站起身来。

下到客厅里后，叶天发现，早上来的人竟然一个没走，全都坐在客厅里喝茶聊天呢，见到叶天下来，众人都站起身来。

曾玉蛟最为心急，迎上前问道："叶大师，怎么样？能不能找到外子？"

"目前还不知道，我先去吃点儿东西。"叶天摆了摆手，一天不饮不食，早已把他饿坏了，而且他早就说过了，寻找尸骸，可不是一时半会儿就能做到的。

听到叶天的话，唐文远一把拉住还要追问的曾玉蛟，说道："餐厅里有吃的，还是热的，阿丁，你带叶天过去。"

"你们倒是会享受。"看着餐桌上摆的各种点心小吃，叶天也不管冷热，直接就开吃了，没多大工夫就将一桌子菜肴吃了个干干净净。

回到客厅，看到曾玉蛟一脸期盼的样子，叶天摇了摇头，说道："行了，曾女士你们如果不回去的话，就找地方住下吧，我估计明天晚上结果差不多才能出来。"

"好，我住下等！"丈夫失踪八年，曾玉蛟无时无刻不生活在煎熬之中，眼见就能得到丈夫尸骸的下落，她当然不肯离开了。

"我们这就回去。"见叶天将目光看向自己，文銮雄连忙说道，他和林荣本就是来看热闹的，一时半会儿的出不了结果，自然不会在此等候。

"哎哟，星（轻）点，扑街仔，疼死老丝（子）了！"

张之轩一巴掌将面前的女人狠狠抽在地上，女人手上拿的药水洒得满地都是，白皙的脸上被抽出五道红红的指印。

"老丝（子）饶不了他，妈的，我已经服软了，还要抽我嘴巴！"

张之轩脸上满是怨毒的神色，虽然事情已经相隔了一天，但他那张脸依然肿得像是猪头一般，满嘴的牙齿也只剩下了七八颗，说话都漏风。

张之轩知道，自己在香港算是混到头了，被欣星扫地出门，别的影视公司谁也不敢再收留他，他的导演生涯在得罪叶天的那一刻起，就算是正式结束了。

做了十多年的大导演，张之轩的下半辈子倒是衣食无忧，他也准备好移民去澳洲了，反正香港已经没有他的容身之所。但是他恨，恨林荣翻脸无情，自己给他卖了二十年的命，竟然落得如此下场。不过深知林荣为人的他，却丝毫都不敢将这恨意显露出来，他甚至在嘴巴被抽成猪嘴一样后，还去向林荣道歉。

如此一来，张之轩对叶天满腔怒恨："妈的，大陆仔，不就是靠招摇撞骗吗？老子舍掉一半的身家也要干掉他！"香港人笃信风水，但也并非人人都信。张之轩就是属于不信鬼神的那一类人，他甚至在每部电影开机后，都把供神用的水果拿去吃，这么多年下来也没出过什么事，心中向来都对那些整天求神拜佛的人嗤之以鼻，所以今天在通过几个自己提携上来的演员从岑静兰口中套得叶天的底细后，就在心里下了决定，一定要报复叶天，以解自己的心头之恨。

就在张之轩咬牙切齿之际，外面响起门铃声，那个女人出去一会儿后，进屋说道："轩哥，外面有一个人找你！"

"带他进来，你先回家吧！"张之轩说话的时候又牵动了脸上的伤口，疼得他龇牙咧嘴，挥了挥手示意那女人离开。

一个身高只有一米六左右，相貌黝黑的人进到屋里后，眼睛警惕地往房间里看了一眼，开口说道："张先生，不知道你找我来有什么事？"

这个黑瘦男人的粤语讲得十分差，听得张之轩皱起眉头，摆了摆手说道："说越南话吧，我会讲几句！"

"好，张先生，我们越南帮和你们公司一向没有什么来往，不知道你找我来是什么意思？"讲回母语后，黑瘦男人的话流利了许多。

张之轩摇了摇头，说道："阮葛南，这件事和公司无关，当年你初来香港的时候如果不是我，现在已经死去了，这个你还记得吗？"

阮葛男是70年代末从越南逃难来的香港，当时身上有枪伤，也不敢去医院救治，刚好遇到了张之轩。

张之轩曾经在越南住过一段时间，当时心生怜悯，找了个私人医生取出了阮葛男身上的子弹，对他确实有救命之恩。

阮葛男经过十多年的发展，在越南境内和香港都有一定的人脉关系，在越南帮中也是一个重要人物。以张之轩的人脉，在香港找几个杀手并不是什么难事，但难就难在他在香港找人，事后一定会被林荣知道，所以这才想到了阮葛男。

听到张之轩提起往事，阮葛男沉默了一会儿，开口说道："张，我是欠你的，但这些年我也帮你做过很多事了。"

张之轩咬牙切齿地说道："这是最后一次，我给你一百万，帮我杀一个人，只要杀掉他，你以后再不欠我的了！"

"一百万？杀什么人？"在香港，几万块钱就能买条命了，听到张之轩愿意出一百万，阮葛男的眉头挑了一下。

张之轩从桌子上拿起收集来的资料对着阮葛男扔过去，说道："他叫叶天，是大陆人，今年大概二十一二岁的样子，这是他的照片……"

拿着那些资料仔细地看了好一会儿，阮葛男抬起头，说道："我可以尽快帮你把信息放出去，但不敢保证有人接。"

"好，他可能近期就要离开香港，我不管你从中赚多少钱，只要能杀掉他，那一百万就全都是你的！"张之轩重重地点了点头，随手拿出一个皮包丢给阮葛男，说道，"里面有十万港币，算是定金，等那小子死了之后，我会把另外九十万汇给你！"

张之轩虽然恨叶天入骨，但他更珍惜自己的小命，他已经买好了明天去澳洲的机票，即使叶天被人刺杀，也找不到他的头上。

"好，我尽量！"阮葛男拿起皮包和桌子上的资料，悄无声息地离开了张之轩的家。

"上坎下兑，果然是亡故之相啊！"

远在港岛的另外一边，叶天却不知道有人正在算计自己，他正在用几枚铜钱不断地占卜，来测算傅宜死亡和现在的位置。

"上坎变巽卦，竟然是被杀死后推下海的！"

在又占出一副卦象后，叶天心头一跳，傅宜当年竟是在闹市区被杀死，然后将尸体转移到海上丢掉的。

坎为水，古代有一句话叫作"人如潮水马如龙"，就是说在城市里面人和车都可以类象为"水"，叶天起的是初卦，这个卦象显示的是傅宜当时被绑后的藏身所在。

"艮卦变为巽，应该是东南方向……"

"坤上震下，生则冒地而出，死则返归于土……"

"艮上艮下，终万物始万物者莫盛乎艮……"

不断地占出卦象，叶天将这一卦卦都组合起来，那八年前所发生的事情，在他脑中也逐渐地变得清晰起来。

在傅宜初被绑架的时候，原本应该是被藏在旺角的，不过由于他脸上的面罩脱落，看清楚了一个绑匪的面貌，绑匪心生杀机。

把傅宜杀死后，绑匪们在逃亡时，将傅宜的尸体带到船上，进入公海之后将其放在麻袋里丢了下去。为逃避刑罚，这些人倒是众口一词地说是活着把傅宜推下海的，这也是香港警方一直没有宣布傅宜死亡的主要原因。

叶天这种推演极其耗费心神，在进行一段时间后，就坚持不住沉沉睡去了，醒来之后打坐恢复元气继续推演，如此整整过了三日。

"嗯？有反应了！"就在第三天的凌晨时分，叶天起卦之后，心头忽然有了一丝悸动，那处招魂阵散发出一股若有若无的气息，和远处遥遥相对。

"这……这怎么跑到台湾去了啊？"拿着一张东南亚的海域图比对了半天，叶天看着那狭长的海峡和小岛，脸上露出呆滞的表情，不过这也是不幸中的万幸。

要知道，海水涨潮落潮，是极有可能把一些物体吸入大洋深处的，如果真是那样的话，叶天即使有通天的本领，也没办法寻得傅宜的尸骸。

"得，还是先睡觉吧！"将心神锁定在远处那股气息上后，叶天已是困乏不堪，倒头昏昏睡去，接连三日的推演，让他心神损耗极大。

这一觉睡到第二天的中午时分，当叶天洗漱完来到客厅，看到的又是曾玉蛟那张充满希冀的脸庞。

叶天推演了三天，曾玉蛟也受了三天的折磨，这几天她把公司业务全部交给手下打理，一直守在这里等待叶天推演出结果来。

不过连着等了两天，叶天都没能推演出尸骸的下落，曾玉蛟逐渐地绝望，几日下来，原本红润的脸庞也变得憔悴无比。

叶天今天没有再让曾玉蛟失望，开门见山地说道："尸骸的下落找到了，在台湾！"

"台湾？在台湾什么地方？"曾玉蛟和唐文远齐齐叫出声来。

"具体的位置我说不清楚……"叶天摇了摇头，他手上没有台湾的详细地图，无法将地点标出来，而且即使他标出来，曾玉蛟也很难找到尸骸。

见叶天摇头，曾玉蛟还以为他不肯出手，"扑通"一声跪在叶天面前，哭泣道："叶大师，请您一定要找到外子的尸骸，外子流落他乡，孤苦一人，玉蛟要让他入土为安啊！"

"曾女士，你先起来，这事……关键是我去不了台湾啊。"

叶天伸手将曾玉蛟托起来，眉头微皱，他费尽心机推演出了傅宜的尸骸下落，原本应该一管到底的，但是他也没想到傅宜的尸骸竟然会流落到台湾。

虽然说两岸关系早已解封，但想入台好像还是比较麻烦，叶天离开家的时间也不短了，如果再去台湾，他不知道又要耽搁多长时间。

听到叶天的话，唐文远说道："叶天，你就帮帮玉蛟吧，去台湾好办，这些手续我让人去办理，不会有什么麻烦的。"

"大概要几天？"叶天问道，他做事情也想善始善终，而且这也是件积德行善的好事。

见叶天同意下来，唐文远大喜，连忙说道："明天就可以，我们在台湾均有产业，只是增加一个随行人员罢了。叶天，你看怎么样？"

"明天，那好吧！"叶天想了想，点头答应了下来。

得到叶天的答复，唐文远说道："好，我亲自去办理……"曾玉蛟也要去做些安排，随着唐文远一起离开了别墅。

"日后有钱了，还真要在这里置办个产业！"

等两人离开后，叶天在院子里散起步来，这栋别墅处于半山腰上，正对着入海口，是龙盘虎踞的风水宝地，只是站在这里，就让人感到心旷神怡。

叶天在四九城的那个四合院虽然不错，却是强夺了故宫数百年之气运，等过上个三五年，就会恢复如常，再没有现在的神奇了。而这里的风水是天然形成，如果能寻得一块好地，布下阵法，从大海中摄取天地元气，就是数百年下来，也不虞元气减少半分。

围着别墅走了一圈，逗弄了一会儿泡在泳池里装死的毛头，叶天忽然想起一事："对了，要给静兰姐打个电话……"

虽然叶天相信林荣不敢对自己阳奉阴违，但娱乐圈是非多，难保还会有些不长眼的人会欺凌到岑静兰的头上。

回到房间找出岑静兰的名片，叶天拿起电话拨了过去。

在香港的一处片场正在进行拍摄前的准备，所有人都忙碌异常，脸上也有些紧张，原因无他，这一部戏换演员常见，但是换导演却是极少的。

张之轩被替换，让剧组很多人心里都有些惶恐不安，每个导演都有一套自己的班底，包括摄影师在内，张之轩的那帮人都感觉日子可能不太好过了。

好在新来的导演也是香港的大牌导演，拍摄倒是很顺利地进行了下去，但是剧组里的气氛，还是因为这件事情变得有些紧张。

有些消息灵通人士不知道从哪里得来的消息，说是张之轩被替换和剧组里的岑静兰有关系，加上昨日大老板林荣来探岑静兰的班，更是坐实了这个传闻。

原本那些不大看得起岑静兰的工作人员，这会儿在岑静兰面前是大气都不敢喘一口，和岑静兰说话的时候也不敢操着一口粤语了，而是结结巴巴地讲起普通话。

"演员就位，摄影师准备，谁？是谁的手机，不知道开拍的时候不准带电话吗？"

忙碌了半个多小时，准备工作终于做完了，导演正准备开始拍摄的时候，一阵手机铃声响了起来。这让新来的导演暴跳如雷，在片场出现这种事情，简直就是在挑战他的权威！

"陈导，对……对不起，是……是我的手机响了，刚才忘了关掉了。"岑静兰弱弱的声音响起，一脸的不好意思，这件事的确是她做错了，工作时间原本就应该把手机关闭的。

"嗯，是岑小姐的电话啊？"陈导听到岑静兰的话，满脸的怒色顷刻间消失不见，"拍摄还要等一会儿，岑小姐你先接电话吧，万一有什么急事呢？"

陈导态度的变化，让现场的工作人员和演员们均大跌眼镜，这位一向以脾气暴躁著称的大导演，什么时候变得如此好说话了？

"不用，我……我这就关掉。"

岑静兰急忙打开自己的手包，拿出电话一看，却是香港的号码，不由得犹豫了起来，在香港，她似乎只给过叶天自己的私人电话。

"没关系的，岑小姐，你慢慢接电话。"见到对方的神色，陈导笑眯眯地拍了拍岑静兰的肩膀，转过身却是大声吼了起来，"剧务，这边的场景摆得不对，重新搭设一下，快点儿！"

作为欣星公司的老人，陈导对张之轩事件的由来，比谁都要清楚，而且他也见到了被打得像个猪脸一般的张之轩，借他一个胆子，也不敢得罪这位背景深厚的岑小姐。

"喂，叶天，是你吗？"虽然电话号码是陌生的，不过岑静兰下意识感到这一定是叶天打来的。

"静兰姐，是我，没耽误你做事吧？"果然，叶天的声音从电话里传来。

岑静兰往四周忙碌的人群看了一眼，违心地说道："没有，叶天，你忙完了？"

"嗯，告一段落了，不过事情还没完，对了，林老板没怎么样你吧？在剧组有什么麻烦没有？"

"林老板昨天才来探过班，剧组的人对我都挺好的。"岑静兰犹豫了一下，继续说道，"叶天，那天的事情还没感谢你呢，我……我今天想请你吃顿饭，不知道你有没有时间？"

"吃饭？今天估计是没空了，我明天要去台湾，等以后回到京城我请你吃饭吧。"

"那好吧，等你回到京城一定给我电话啊。"

电话里传来的答复让岑静兰心里有些失望，和叶天又说了几句后，就匆匆挂断了电话。

接了这个电话，岑静兰上午拍摄的时候总是有些心神不属，很多一次可以过的片子都卡住了，这让那位新上任的陈导是有火发不出。

中午吃饭的时候，一位平时和岑静兰关系不错的女演员问道："静兰姐，早上是男朋友打的电话吧？"

从林老板来探班之后，这剧组里不管年龄大小的演员，面对岑静兰的时候，都要在其名字后面加个姐了，没办法，这是大老板关照的人啊。

岑静兰摇了摇头，说道："不是男朋友了，普通朋友。阿莲，今天我状态不好，麻烦你们啦。"

阿莲笑道："肯定是男朋友啦，静兰姐，这男人可不能惯着，让他请你去旋转餐厅吃饭赔罪啦……"

岑静兰脸上露出一丝红晕，解释道："真的不是，是在香港遇到的一个朋友，他明天要去台湾，哎呀，我和你说这些干吗啊。"

"好了，好了，吃饭吧，下午你注意力集中点儿，不然陈导真要发火了。"

阿莲也岔开了这个话题，不过谁都没发现，中午休息的时候，阿莲悄悄躲到一个没人的地方，拨打出一个通往澳洲的电话。

张之轩来到澳洲已经有两天了，虽然他以前也经常在澳洲度假，但这次却是被人逼得走投无路来到这里的，他这两天只要一闭上眼睛，就会想起叶天带给他的耻辱。

接到以前自己扶持起来的阿莲的电话，张之轩脸上露出一丝狞笑，马上拨通了阮葛男的电话。

"确定吗？目标真的要去台湾？"听完张之轩的话，阮葛男追问道。

"确定，阮葛男，只要能杀掉他，你欠我的人情一笔勾销，而且剩下的九十万，我也可以先给你打过去！"

张之轩对叶天可谓恨之入骨，他今年不过才五十岁，正是一个导演的黄金年龄，但因为叶天，这一切都改变了，如果不是他还有一丝理智的话，恐怕会亲自拎着枪找叶天拼命。

阮葛男详细地问了几句之后，说道："好，三天后你应该就能听到那个人的死讯了，到时候你把钱打入我的账户！"

阮葛男的掮客生意做得很大，他的网络遍布东南亚各个角落，只要你肯出钱，他总能找到满足你任何需求的下家。

这次也不例外，就在前天发布出去暗杀叶天的信息后，不过短短的半天时间，就有人和他洽谈这笔生意了，而阮葛男也认识对方，竟然是东南亚一支很有名气的佣兵团。

第二天一早，叶天就被曾玉蛟的车子接往香港国际机场，她的私人飞机已经申请好航线，只等叶天到来就能飞往台湾了。

"叶天，这次我就不去了，你帮帮玉蛟妹子，一定要找到傅宜老弟的遗骸啊，到时候玉蛟和我都会感激你的。"

唐文远也赶到了机场，不过他年纪老迈，确实不适合跟着叶天东奔西跑了，只是让阿丁跟在叶天身边，帮他处理些闲杂事务。

叶天点了点头，说道："老唐，放心吧，你把毛头给伺候好了啊，另外我那把偃月刀也要收好，别被人惦记去了。"

不知为何，昨夜叶天睡得很不踏实，总感觉有什么事情要发生似的，只是他起卦之后又看不出什么端倪，却也不好临时改口。

因为有了这种预兆，叶天没有同意左家俊和柳定定跟随自己前往台湾，甚至把毛头都留了下来，如果真出了什么事，他孤身一人比较好脱身，带着毛头反而惹人注意。

在叶天交代唐文远一些事宜的时候，一个戴着墨镜的中年男人走到叶天身边，恭敬地说道："叶先生，曾小姐在等您，飞机马上就要起飞了！"

从傅宜两次被绑架后，香港的超级富豪们是人人自危，纷纷高价聘请香港退役的飞虎队成员或者外国保镖。叶天知道，面前这个男人就曾经在香港做过保护证人的工作，虽然身手不见得有多好，但警觉性却是一流的。

叶天点了点头，看向唐文远，说道："我们先走了，最多三天就能回来，到时候我直接回京城了。"

离家大半个月了，虽然经常打电话回去，但家里老太太还是念叨得紧，就连于清雅都喊着要来香港购物，自然也是想叶天了。

曾玉蛟显然也没有休息好，面若少女的脸庞上满是疲惫。她今天穿得很严肃，但是头发却梳成了娃娃头，按她的话说，傅宜生前最喜欢她这种打扮。

"叶大师，这……这次真的能找到先夫遗骸吗？"自飞机起飞后，曾玉蛟一直在控制着自己的情绪，不过最终还是把这句话问了出来。

叶天点了点头，说道："曾女士，放心吧，尊夫行事低调，平日里又多行善事，叶某断然不会让他的尸骸流落他乡。"

傅宜在第一次被绑架之前，只是香港的一个隐形富豪，直到绑架案爆出之后，外人才发现他的身家财富，而傅宜乐善好施的名声也同样传了出来。所以如果换成另外一人，叶天未必会愿意花费这么大的精力，但对于这夫妻二人，他还是充满尊敬的。

"那就好，那就好。"曾玉蛟询问叶天未必就是想得到答案，她只是借此来消弭自己的紧张与内心深处的伤痛。

一个半小时后，飞机在高雄机场停落，飞机停稳后，一辆中巴车从远处开到飞机旁边。在人前曾玉蛟又恢复了女强人的本色，等众人上了车，淡淡地对接机的人说道："去酒店吧。"

这是叶天的要求，他在香港施法的时候距离台湾过远，虽然能模糊地感应到傅宜尸骸所在的范围，但具体地点还需要再次推演。

第一次来台湾，叶天也很是好奇，不断地打量窗外的景色。从车上看去，这里和内地一般无二，生活的都是黑发黄皮肤的华人，给叶天的感觉就像是身处内地的某个城市一样。

见到叶天似乎对外面的景色很感兴趣，曾玉蛟说道："叶天，你是第一次来台湾，回头我安排人带你转转吧。"

叶天摇了摇头，说道："不用了，等找到傅先生的遗骸，我还是尽快回香港吧。"

这次来台湾，叶天的感觉并不是很好，心底总是会莫名其妙地出现一阵悸动，好像会有什么事情发生一般。曾玉蛟早已让人包下一个五星级酒店的总统套房，来到酒店后，叶天就进了房间，交代阿丁不准放入任何人。

拿出傅宜残留的最后一点儿鲜血，叶天重新在酒店的地面画出招魂法阵，阵法完成后，大耗元气的叶天沉沉睡去。

这一觉一直睡到午夜，叶天才醒转过来，感应了下体内元气，便盘膝坐在床上做起吐纳。高雄处于海边，半夜的时候下起了小雨，到了早上雨势逐渐变大，叶天起床后望向窗外，整个天地变得模糊不清。

"这倒是有些麻烦！"叶天摇了摇头，这雨水之中蕴含元气，就像是推演海上所发生的事情，要远比陆地难，眼下这场大雨，让他占卜起来最少要多耗费三成元气。

不过鲜血画出的阵法不能持久，叶天也不知道这场雨何时会停，说不定只能强行推演了。拿出包括大齐通宝在内的三枚铜钱，他开始占卜起来。面前由傅宜鲜血画成的招魂阵，在叶天占卜时，一股无形无色的气息慢慢地散发了出去，这些都是傅宜生前所遗留的信息。

"嗯？在东南方向！"占出一卦后，叶天猛地抬起头，他发现在酒店的东南方三十公里处，一股极其微弱的信息在和阵法遥遥呼应。

叶天凝神静气，翻手取出师门传承的罗盘，将其放置在阵法中心的位置，右手掐出一个指诀，口中诵念了一段咒语，喝道："凝！"随着叶天的喝声，正在不断向外释放着傅宜信息的阵法，突然间像是被禁锢了一般，那缕缕无形无色的信息，尽数钻入罗盘中。而在那些说不明道不透的气息溢入罗盘后，用稀释了鲜血画出的阵法，竟然逐渐地变淡，最后完全消失了。

"成了！"叶天松了口气，将罗盘拿起来，心中默念傅宜名字的同时，一股元气激入罗盘中，罗盘中间的磁针顿时滴溜溜地转了起来，最后指向东南方向。

叶天起身走出自己的房间，敲开阿丁的门后，说道："阿丁，请曾女士过来，对了，再给我叫个三人份儿的餐来，饿坏我了！"

总统套房的服务自然是最好的，在曾玉蛟到来之时，一桌子海鲜大餐也被送了进来，从昨天到现在叶天都没有吃饭，当下也顾不得曾玉蛟，自顾自地吃起来。

等到叶天吃完之后，曾玉蛟迫不及待地问道："叶大师，怎……怎么样？"

叶天拿起餐巾擦了擦嘴，说道："找到了，东南方向三十公里处。"

"真……真的？那……那咱们快点儿去吧！"听到叶天的话，曾玉蛟一下站了起来，连将面前茶杯打翻了都不知晓。

叶天转脸看了下窗外，说道："这么大的雨，挖掘起来也不方便，曾女士，要不……等雨小一点儿咱们再去？"罗盘已经锁定了傅宜尸骸的气息，只要按照罗盘的指示就能找到傅宜的尸骨，所以现在叶天并不是很着急。

"不……我用手挖，也要把阿宜挖出来！"曾玉蛟摇了摇头，语气坚定地说道。

"好吧，那咱们就去吧。"看着外面的雨势，叶天无奈地摇了摇头，心底那丝悸动变得愈发强烈起来。叶天此时心里也有些纳闷，鄪鼍鼋已经被自己解决了，杀手也被阿丁丢入了海里，这究竟是谁还想对自己不利？

只是叶天怎么都不会想到，前几天在他看来是一件微不足道的小事，却被张之轩恨之入骨，在他抵达台湾的前一天，一行二十多人就悄悄地进入了高雄。

"曾小姐，东南方三十公里那里已经到海边了，今天好像有台风，这……能出去吗？"

在曾玉蛟的坚持下，叶天一行人来到酒店的地下停车场，不过司机听说要往东南方向开，脸都吓白了。在台湾，台风的危害要更甚于地震，每年都会给台湾地区造成大量的人员伤亡和工农业的损失，所以每当台风来临，很少有人愿意出门的。

"没事，阿果，开慢一点儿就好，今天一定要出去！"此时的曾玉蛟已经近乎偏执了，对丈夫的思念让她忘却了一切，只想尽快找到傅宜的尸骸将他带回香港。

"曾小姐，其实不急这一天的。"叶天叹了口气，他今天的感觉也非常不好，总觉得出去之后似乎有什么事情要发生一般。

曾玉蛟摇了摇头，一脸悲戚地说道："叶大师，我已经等了八年，实在等不下去了，求求你带我去吧！"

叶天摆了摆手，打断了曾玉蛟的话，向那司机问道："师傅，东南方向三十公里处到底是个什么地方？"

司机阿果苦笑了一声，说道："那里是个港口和渔村，高雄的海产品都是从那里上岸的，平时去倒是没什么，可是这天气……"

曾玉蛟苦苦哀求道："阿果，今天并没有台风预报，只是雨大了点，你就带我们去吧，你们放心，玉蛟绝对不会亏待大家的。"

"好吧，不过如果真有台风，咱们马上就要回来！"司机想了一下后，点头答应了，毕竟曾玉蛟是他的大老板，今天这车要真不出，恐怕自己也甭想在她的公司做下去了。

"好，等这次事情完了，大家每人都会有五十万的红包！"听到司机的话，曾玉蛟的脸上露出笑容，她原本不是这么浅薄的人，不过此时似乎只有用金钱，才能表达她的谢意。

曾玉蛟喊出五十万的红包，不仅司机脸上露出满意的神色，那几个保镖也是面带笑容，出去淋场雨就能收入五十万，这钱赚得值。

车子缓缓地驶出酒店的地下停车场，刚一来到露天，倾盆大雨汇成的水流就像是小河一样，顺着车窗倾泻下来，透明的玻璃顿时像是多了一层磨砂，窗外的景色变得模糊不清。

三十多公里的距离，中巴车整整开了两个多小时，当车子来到海边时，雨比之前小了许多，但怒涛翻滚、咆哮奔腾的海面，却像是要扑上港口一般，让人看得胆战心惊。

"行了，就停在这里吧。"看着不断冲击着港口的巨浪，叶天脸色也变得有些难看，任你本领通天，恐怕也禁受不住巨浪的冲击，人力在这种天地之威下，显得那样渺小。

"叶大师，先夫……先夫的遗骸在哪里啊？"曾玉蛟看到叶天望向海面，脸上瞬间变得煞白，如果傅宜的尸骸是在大海里，那找到的希望就比较渺茫了。

"等一下！"叶天摆了摆手，拿出罗盘，一丝真气注入之后，罗盘中间的磁针滴溜溜地转动起来，片刻后磁针指向一个方向。

叶天对司机喊道："往那边开，两公里左右！"

"好！"听到叶天的话，司机连忙倒车往叶天所指的方向开去，将车子停在这港口看着那滔天巨浪，对人心理造成的压力不是一般的大。

出了港口三百米的时候，道路突然变得泥泞起来，比之前也窄了许多，颠簸了大概半个小时，前方出现一个靠着海边的小渔村。

暴雨带来的危害直接体现在了渔村里，很多壮年汉子此时正冒着雨在抢修被狂风吹起的屋顶，小孩子们则在雨中奔跑喊叫，整个村庄显出一幅忙碌的景象。

看到有辆车子冒着雨停在村口，一个老人打着伞走过来，在他身后还跟着一群好奇的孩子。

"老人家，上来说话吧。"叶天让司机打开车门，招呼老人上了车。

听着叶天口中的普通话，老人迟疑着问道："你们……是哪边来的？"

台湾虽然也是说普通话，但更流行的却是闽南语和台湾当地的方言，本地人之间说话，是不会用普通话的，叶天这一张嘴，老人就听出他的来历。

"老人家，我们是从香港过来的。"

叶天从车上拿出一包零食，散给那些小孩子，顿时让老人心生好感，笑道："欢迎香港来的朋友，不知道你们来我们村有什么事情？"

叶天也没隐瞒，开门见山地说道："老人家，有件事情，要向您求证一下，几年前，你们村子有没有打捞过海里漂来的死人啊？"

此时罗盘磁针的指示，这里距离傅宜埋骨之处已经不到五百米了，不过自己带着一帮子人去别人村庄附近挖坟掘墓，一准会被人打出来。

"死人？"老头闻言愣了一下，"我们这里每年都能打捞上来不少死人，你具体说的是哪一年啊？"

不知道是不是海水流向的问题，这个渔村的海滩上，每年都有一些遭遇海难的死尸漂浮过来，也有不少遇难者的家属曾经来这里寻找过。是以听到叶天的话，老人对他们的来意倒是释然了："小伙子，你说得清楚一点儿，不然我也记不起来。"

叶天看了一眼曾玉蛟，说道："老人家，应该是1990年的四五月份左右，遇难者是个五十多岁的男人，您还有印象吗？"

老人皱着眉头想了半天，有些歉意地摇了摇头，说道："1990年，那是好久以前的事情了，我还真的记不清楚。这里每年都有十多个死人漂上岸来，大多都是男人。"

这人死亡后再被海水一浸泡，浑身都会浮肿起来，根本就无法根据相貌判断年龄。

叶天出言提示道："老人家，这个死人应该是被装在麻袋里的，您能记起来吗？"

按照叶天的推演，傅宜应该是先被杀死，然后装在麻袋里，进入公海之后丢下海，正常情况下，他的尸身应该在麻袋中。

老人摇了摇头，断言道："没有，绝对没有装在麻袋里漂浮过来的死人，这个老汉我记得清楚！"

"嗯？"叶天闻言皱起眉头，"难道是麻袋口没有扎紧，被海水一冲脱落了？"

"老人家，那……那些遇难的人，现在都埋在什么地方呢？您能指给我们吗？"

其实来到这里，叶天根本就不需要人指引了，他询问老人的目的，只是想让他不要阻挠自己等会儿挖掘坟地的行为。

听到叶天的话，老人指了指村子后面，说道："后面，都在那个山坡上了。这么多年来，恐怕少说也埋了一百多个人吧？"

这个小渔村已经存在很久了，最早的时候遇到浮尸他们还会向相关部门报告，但是有关部门也无法找到尸体生前的什么线索。

时间一久，村民们也就懒得去汇报了，一般都是自行将浮尸埋在村子后面的山坡上，这么多年下来，后山坡已经变成了一个乱坟岗。

叶天将手中的罗盘亮出来，说道："老人家，这个女士有位亲人被埋在那里，我想把他找出来，不知道可不可以？"

"原来小哥是位风水先生啊，可以，当然可以了，我让人带你们去！"老人打着伞招呼着一帮孩子下了车，没过多大会儿，一个三十多岁的中年人披着雨披跑了过来，说道："车子开不上去，你们要跟我走过去。"

　　"好，都下车吧！"叶天点了点头，穿上雨披后走下车，此时的雨势比先前又小了不少，不过这场雨把地面淋得泥泞无比，一脚踩下去泥水都能淹没到脚踝处。

　　道路泥泞湿滑，跟着中年人一路走来，除了叶天之外，那几个保镖都连摔了几个跟头。

　　至于曾玉蛟就更不用说了，特意穿的那身白色裙子，早已变得灰黄一片，皱巴巴地紧贴在身上。

　　虽然只有三四百米的路程，众人还是走了半个多小时，来到山坡上后，叶天深深吸了口气，抹掉脸上的雨水，将罗盘翻入掌中。

　　"喂，我是阿果，现在在噶渔村了，就是距离港口两公里的那地方，他们都上山去了，对，叶大师也跟上山了！"正在山上勘测傅宜尸骸的叶天不知道，留在车上的司机，此时往外拨打了一个电话。

一处废弃厂房里，一个身材高大的中年人挂断了电话，脸上露出一丝狞笑，眼神在身体周围环顾一圈后，说道："目标已经出现，检查装备，准备出发！"

"是！"中年人话声刚落，周围齐齐响起一阵应答声，二十多个神情彪悍的年轻人从厂房各处钻出来，枪栓拉动的声音在厂房内此起彼伏。

"龙哥，就对付一个人而已，至于这么多兄弟都去吗？"一个三十岁左右的男人走到中年人身边，漫不经心地把玩着手中的一把小刀。

天龙看了那人一眼，淡淡地说道："阿狼，我要是说单独对上他，我必死无疑，你觉得去的人还多吗？"

听到天龙的话，阿狼的瞳孔猛地紧缩了起来，口中惊呼道："什么？龙哥，他……他竟然比你还要厉害？！"

天龙在东南亚佣兵界就是一个传奇，他曾经在金三角暗杀过显赫一时的大毒枭，也曾经独身一人在缅甸老挝政府军的围剿下安然脱身，更使得对方伤亡惨重。

十年前天龙组建佣兵团之后，每一次任务都干净漂亮地完成，在佣兵界名声响亮。可以毫不夸张地说，天龙就是这支佣兵团的灵魂，但是现在天龙竟然说自己不是对方的敌手，顿时让场内众人脸上露出惊愕的神色。

"害怕了？害怕就都滚回去吧！"天龙冷哼一声，如同重锤一般狠狠敲击在这些佣兵团成员的心上。

似乎被天龙的话刺激到了，阿狼上前一步大声吼道："龙哥，天龙佣兵团从来没有怕字一说，神挡杀神，佛挡屠佛！"

　　"神挡杀神，佛挡屠佛！"剩下的二十多个汉子也吼了起来，声音之大，以至于外面的倾盆暴雨也无法压制住这震天的吼声。

　　"好，上车！"见到士气提起来了，天龙大手一挥，两队人鱼贯冲入雨水中，登上两辆小巴车，冒着大雨往噶渔村的方向驶去。

　　拿着罗盘站在这百来平方米的山坡上，叶天转头看向曾玉蛟，说道："你这些年生意一直顺畅，这里的风水功不可没啊！"

　　虽然这只是一个乱坟岗，但坐山望水，山水相宜，却是一处极佳的阴宅穴地，只是这些村民不懂风水，否则将祖坟迁到这里来，对他们的子孙后代都是有很大好处的。

　　"叶大师，不知道阿宜究……究竟被埋在何处？"曾玉蛟根本就没在意叶天的话，看着山坡上那一个个近乎被推平了的小坟头，只感觉悲从心头起，脸上湿漉漉的不知道是泪水还是雨水。

　　带领叶天等人上山的那个中年人，生怕叶天在这山坡胡乱挖掘，曾玉蛟话声刚落，他就说道："这里埋了上百个人，哪里还找得到啊？这位先生，你可不好把这些坟头都挖起来啊！"这乱坟岗距离他们渔村并不远，如果真把坟头都挖开，恐怕一村子人晚上都睡不着觉了。

　　"放心吧！"叶天摆了摆手，拿起手中罗盘，往内注入一丝元气后，罗盘的磁针滴溜溜地转了起来，片刻之后，指向一个方向，磁针的顶端还在不停地颤抖着。

　　"那边……"叶天手端罗盘，深一脚浅一脚地踩在泥泞的山坡上，往东南方向走去，曾玉蛟等人见状连忙跟了上去。

　　"呱……呱呱……"在一处没有任何坟包的平地上，一只拳头大小的青蛙趴在那里，见到众人到来也不害怕，鼓着两腮对着曾玉蛟"呱呱"直叫。

　　叶天停下脚步，淡淡地说道："坟头出现青蛙，这底下的人和你必然沾亲带故，没错，就是这里了！"

　　听到叶天的话，带路的中年人干脆连先生都不叫了，说道："小哥，你没看错吧，每年埋人的时候我都在，这里好像没有埋过人呀。"

　　见到那人如此说，曾玉蛟等人脸上也露出迟疑的神色，几个拿着铁锹原本正想开挖的保镖，顿时停了手。

　　叶天摇了摇头，说道："没错，三尺之下，就是傅宜先生的尸骸所在，你们挖的时候小心点儿。"

　　说话间，叶天运起观气之术，四周的景色顿时变得模糊起来，一连串的信息钻入他的脑中，而面前这平地上则显示出"傅宜，1943—1990"的字样。这种观望墓葬之术，叶天小时就掌握了，不过后来一直都没再使用过，眼下为了不至于出错，又用了出来。

"曾小姐？"叶天的话显然不能打消保镖们的疑虑，几人均看向曾玉蛟。

曾玉蛟脸上露出坚定的神色，说道："听叶大师的，就在这里挖！"

听到曾玉蛟的吩咐，几人再不迟疑，拨开那只不怕死的青蛙后，拿着铁锹在地上挖起来，只是这场暴雨将地面尽皆打湿了，挖起来很费力。

足足过了一个多小时，几人才挖出一个宽约两米，深一米左右的坑，饶是他们身强体壮，也累得满头大汗。

大雨还在下着，坑中满是积水，站在坑里水都到了腰间，再往下挖掘已经十分困难，几人只能无奈地停了下来。

"叶大师，这地下没东西啊！"

一个像是泥人般的保镖有些不满地看向叶天，口中嚷嚷道："这不是折腾人吗？您老站在那里倒是不腰疼，我们干得可是很辛苦啊！"

虽然帮人寻找墓葬的事情叶天十岁就干过，但那会儿天气良好，他也没想到会出现这种情形，想了一下后，说道："挖个泄水渠，把这坑里的水都流到下面去。"

"叶大师，都挖下去这么深了，里面明明没有尸骸，你……你这不是折腾我们吗？"

听到叶天的话，几个保镖均不乐意了，他们是保护曾玉蛟安全的，可不是劳工！

"快点儿，听叶大师的，挖开一条泄水渠！"

曾玉蛟见几人不听吩咐，连忙说道："你们今年的雇佣费用除了公司发的之外，我另外再给每人一百万！"

曾玉蛟此刻只能将希望全都寄托在叶天身上，随着坑的不断变深，如果不是叶天拉着她的话，恐怕他早就跳进去了。

"那好吧……"这些保镖的年薪不过三四十万的样子，今天来这一趟就能收入五十万，再挖开个渠又是一百万进账，当回民工也值了。

挖排水渠比挖坑要简单多了，半个多小时后一条简单的水渠就被挖了出来，将坑中的水引出去之后，坑底慢慢浮现出来。

"你们上来吧。"叶天摇了摇头，让站在坑底的两个保镖爬了上来，傅宜这人生前乐善好施，叶天确实不想让他的尸骨受到毁坏。虽然现在雨势小了很多，但坑中泥泞湿滑，稍有不慎就会破坏到里面的尸骸，叶天这是准备自己亲自动手。

"把棺木准备好！"叶天看向站在曾玉蛟身后的两人，那两个台湾公司的工作人员的脚下，此时摆放着一个长约一米的陶瓷镀金的小棺材。

看到有人把陶瓷棺材打开后，叶天将罗盘收起，双手握爪在坑底抓了起来，一爪下去，就是一块泥土被掀翻上来。

"找到了！"

叶天的力道控制得极其准确，触手感觉到一丝与泥土不同的物体后，马上收敛了力气，顺着那件物体将四周的泥土挖了出来。

等叶天将泥中物体拿出后，众人赫然发现，那竟是一根长约一尺左右的骨头，上面的泥土被雨水冲刷过后，露出森森白色。

"阿宜？！"看到那根白骨后，曾玉蛟再也压抑不住自己的情绪，哭喊着就往叶天的方向扑去，却被身旁的阿丁一把拉住。

"曾小姐，还是先让小爷把傅先生的尸骨收敛上来吧！"阿丁的一句话像是施了定身法一般，让曾玉蛟牢牢地站住，颤抖着双手接过那根白骨，也顾不得上面沾染的泥土，将其贴在自己的脸上。

看到曾玉蛟伤心的样子，叶天劝道："曾小姐，事急从权，等回到香港后，你再请法师为傅先生超度吧。"

"谢谢，谢谢叶大师。"曾玉蛟哽咽着答应了一声，很轻柔地将手中的白骨放入棺材里。

"这底下还真的埋了具尸骨啊？"

"神了，这一没坟头二没标志的，他怎么找到的啊？"

"少说几句，刚才就得罪叶大师了，快点儿，过去帮忙吧。"

叶天从这下面起出骨骸，让那几个保镖均是看得目瞪口呆，心中对他再也不敢有丝毫的怀疑！

"我记起来了，这里还真埋过人，那会儿我才二十出头，神了，这位先生真是神了！"

带路的那个中年人也想了起来，再看向叶天的目光，却是充满了敬畏和惊奇，叶天这一手寻人的功夫，简直称得上是神迹了。

点穴寻人，这在风水之中是比较难的，具有这种本事的人绝对都是大师级的人物，在当今之世，能推演得如此准确的人，恐怕也就叶天一个了。

不过也有例外，像那位北美洪门中的罗致柄"罗大师"，也能做到这一点儿，他曾经就是因为帮一位居美华侨富商寻找到其曾祖父的尸骸，而在北美名声大噪的。

只是和叶天的手段比起来，罗大师就有些上不得台面了，他用的是"江相派"中的千门手法，他先是得知了那位华侨的先人早年是美国铺设铁路的劳工，死于 1867 年内达华山脉的铁路段上。

知道这个消息后，罗大师做了周密的安排，他胆大包天用了偷梁换柱的手法，将那位富商祖父的尸骨盗出，将其埋在内达华山脉的一处隐秘地点。然后亲自出马，带着富商找到埋尸的地方，将尸骸寻出后，经过 DNA 手段一比对，确是富商先人无疑，这次寻人事迹，也成就了罗大师在北美华人界的赫赫名声。

当然，对于这些保镖和工作人员而言，他们也不知道江相派中的那些龌龊手段，眼见叶天真的寻得尸骨，心里只有对叶天的敬畏。

"小心一点儿，别有遗留的骨骸……"

两个保镖下到坑里后，叶天也就爬了上去，地下空间不大，有两个人就足够了，加上曾玉蛟就在旁边看着，想必他们也不敢过于用力伤到尸骨。

这大雨有弊同样也有利，在雨水的冲刷下，一些湿泥被纷纷冲开，傅宜的骨骸逐渐显露出来，整理的速度随之加快。

台湾多雨，高雄又处于台风肆虐的地方，仅仅八年的时间，傅宜尸骨上的皮肉早已腐烂殆尽，就连身上穿着的衣服也都和泥土混在一起，找不到任何痕迹了。

"哎，怎么有个铁块子啊？"一位正用手抠着泥土的保镖，口中忽然发出一声痛呼，在他的掌心，有一块锈迹斑斑的铁片。

"拿来我看看……"叶天伸出手将铁片取过来，用拇指在上面使劲一擦，那些铁锈顿时纷纷脱落了下来。

看着铁片正中的一个圆形，叶天迟疑着说道："这是金利来的标志吧？"

在 90 年代，内地最好的衣服或者是领带皮带等的品牌，无疑就是香港的金利来了，那位极有眼光的创始人用了一句"金利来，男人的世界"的广告语，风靡了整个中国。

"是，他……他一定是阿宜了！"曾玉蛟抢似的从叶天手中夺过那个铁片，顿时泪如泉涌。

曾玉蛟知道，自己丈夫生前和那位曾先生是好友，几乎所有的领带皮具用的都是金利来，还经常笑称要支持港货，这个皮带扣的出现，打消了曾玉蛟心中的最后一丝疑虑。

见到曾玉蛟悲伤不已的样子，叶天抬头看了下天色，说道："行了，曾小姐，天快黑了，尽快把傅先生的尸骸收拾好回去吧！"

暴雨虽然小了点，但依旧没有停，加上这还是个山坡，下山走夜路比较危险，叶天想着尽快返回酒店里。听到叶天的话，曾玉蛟停住了哭泣，几个保镖也加快了动作，将遗留在坑底的尸骸一块块清理了出来。

"嗯？"就在做着最后的清理工作时，叶天心头忽然起了一丝警兆，猛地回头往来路看去，却只见那灰暗的天色之中血光冲天，渲染得天色飘落的雨水都带有一丝血色。

远处的那束气血虽然没有传说中那般夸张，但也离地高达数十丈，清楚地显现在叶天眼中，而且这气血之中杀气之凌厉，也是他前所未见的。

"这……这是冲着我来的！"叶天终于明白了这几日心思不属的原因所在，原来竟然有人跟踪他到了台湾，而且居然能准确地掌握到他的行踪。

叶天的目光从那几个保镖身上扫过之后，顿时打消了是他们走漏风声的想法，毕竟从出发到上山，这几个人都没有离开过自己的视线。

"杀人者人恒杀之，不管你们是什么人，想要我叶天的命，就拿自己的命来填吧！"

叶天眼中现出一丝狠色，转脸看向那位带路的中年人，问道："这位大哥，请问这山后是什么位置啊？"

就凭着来路上那冲天的煞气，叶天根本不用想，这些保镖在那些人眼里和土鸡瓦狗没有什么区别，自己留下来，也是白白送了这些人的性命。而且到时候自己顾及这些人，也无法施展术法手段，说不定还会连累自己，所以从哪一方面考虑，这里都不是和对方交手的最佳场地。

那个带路的中年人在见识过叶天寻人点穴的手段后，对他早已信服不已，听到问话，连忙恭敬地答道："叶大师，后面十里处就是高雄著名的佛广山，是台湾最著名的佛教圣地！"

"佛广山？那是圆通法师的道场了？"叶天闻言一愣，他对这个名字倒是不陌生，老道生前多次提过台湾有个小和尚佛法精通，当时在金陵曾经与他论道三天，却是谁也说不服谁。

后来李善元才知道这个小和尚远赴台湾，在佛广山开辟了一处佛教圣地，创下了偌大的名头，只是一水相隔，两人却再也没有缘分相见了。

"也罢，那里佛法深厚，正好能帮你们超度。"叶天感应着远处停滞不前的煞气，脸上露出一丝冷笑，对着阿丁招了招手。

"小爷，什么事？"阿丁刚才捕捉到叶天脸上的那一丝杀气，正感觉有些莫名其妙呢。

"有人走漏了我来台湾的消息，阿丁，我把他们引开，回去后你好好查查是谁干的！"

在这批人里面，叶天能相信的只有曾玉蛟和阿丁，不过曾玉蛟是女人，处理这样的事情显然不如阿丁。

"什么？谁这么大的胆子，敢动小爷您？"冷不防听到叶天这番话，阿丁差点儿没大声嚷嚷出来。

"你轻声点儿，我知道是谁还用你去查啊？"叶天说话的时候忽然心中一动，因为他发现那些人停留的位置，似乎就是自己等人所坐中巴车的地方，不由得说道，"你回去后好好查查那个中巴车的司机，我怀疑就是他！"

阿丁摇了摇头，说道："小爷，您一个人太危险了，要不……我跟您一起去吧，我阿丁当年也是一把砍刀杀出来的，不会拖您后腿的！"

"行了，你有这份心就可以了，我这次不死的话，会记着你的。"叶天摆了摆手，他也看出来了，对方显然不想伤及曾玉蛟等人，否则的话现在就包围过来了。

"放心吧，小爷，我会把事情查清楚的！"听到叶天的话，阿丁使劲地点了点头，他见识过叶天的手段，倒是不相信叶天会出什么事。

交代完阿丁后，叶天向曾玉蛟走去，开口说道："曾小姐，我刚刚想起来，家师在佛广山有位故人，我这就顺路去拜访一下，这边的收尾工作你们来做就行了！"

曾玉蛟被叶天这突如其来的话搞得有些莫名其妙，迟疑着说道："叶……叶大师，天都这么晚了，你拜访故人不能等到明天吗？"

叶天口中发出一声冷笑："怕是有人等不到明天了！"

见曾玉蛟还待追问，阿丁上前一步，说道："曾小姐，你就别问了，小爷真的是有事情要做！"

说话的同时，阿丁使了个眼色给曾玉蛟，曾玉蛟能在丈夫死亡后一手撑起那庞大的商业帝国，自然也不是易与之辈，眼中闪过一丝异色后，再没有追问下去。

"如果有人问及我的去向，你们径直说就是了！"叶天回头看了一眼，脚下使力，几步就跨出了小山坡，身体往山上爬去。

台湾的山林一年四季都绿树成荫，片刻间叶天的身影就消失在了茂密的灌木丛中，再也看不到一丝踪影。

"阿丁，怎么回事？"叶天引发的变故，让曾玉蛟的注意力从丈夫尸骸上转移开来。

阿丁拉着曾玉蛟往旁边走了几步，说道："曾小姐，有人要对小爷不利，他怕连累咱们，想把人引走！"

"有这样的事？"曾玉蛟白皙的脸上现出一丝怒色，但纵使她能量再大，眼前也没有办法。

身形飞快地在山间穿梭着，叶天很快发现，他身处的这地方与其说是一座山，倒不如说是个大点的土丘比较合适，这里要是被人用枪围住，是极难脱身的。

五六分钟后，叶天来到山的对面，这是一条柏油铺就的公路，道路不是很宽，往前方蜿蜒伸展。

叶天踩到实地上后，略一思量，身形展开，一步跨过路基，双臂张开有如大猫一般在排水沟旁的灌木丛中飞奔起来。

对方显然是开车来的，如果不能赶到地形适合自己的地方，那跑在公路上纯粹就是给对方做靶子用。

在小渔村的村头，除了叶天来时坐的那辆中巴车外，另外还停着两辆车，中巴车的司机此时就坐在另外一辆车里。

"阿果，做得不错，回头你要把叶天引开，知道吗？"天龙笑容满面地拍着司机的肩膀，另外一只手上拿着一沓美元，塞在阿果的口袋里。

"大……大爷您……您放心，我……我一定按照您的吩咐做！"

看着车上坐着的那些神情彪悍、脸上均涂着迷彩色的壮汉，阿果吓得连话都说不利索了。

这倒也不怪阿果，他本身不过就是个公司小职员，被人找上门来要了解叶天的行踪，阿果开始只是想赚点儿外快，却没想到对方居然是一帮悍匪。不过到了这时候，阿果已经是骑虎难下，他知道自己只要说一个不字，恐怕马上就会被对方干掉。

"嘶嘶……嘶嘶……"

就在阿果准备下车的时候，天龙的胸口处突然传出一阵嘶嘶的声音，这让天龙面色一变，喊道："阿果，等等，我给你的药粉，你涂抹在叶天身上没有？"

在叶天闭关占卜推演的时候，天龙就和阿果接触过，降头术中有一种跟踪人的秘法，只要将特制的药粉涂抹在对方身上，天龙就有办法追查到那人的行踪。而且这种药粉无形无色无味，很难被人发觉，天龙知道叶天术法高明，倒是没指望能用一些毒药直接干掉叶天。

听到天龙的喊声，阿果浑身打了个冷战，哭丧着脸说道："大爷，我……我都按您的吩咐做了啊，那……那药粉我一早就涂在他身上了！"

天龙笑了笑，语气温柔地说道："好，那就好，阿果，你可以回去了！"

阿果露出一个比哭还难看的笑脸，转身下了车，不过当他右脚刚刚踩到地面，整个身体就僵直住了。

"咯……咯咯。"阿果喉咙中发出一阵"咯咯"声，慢慢地回头瞪向天龙，却一句话都说不出来，口鼻同时溢出鲜血，身体"咣当"一声栽倒在车门处。

"下面是用冥币的，美元你是花不到了！"天龙走到阿果面前，伸手从他上衣口袋里掏出那沓美元，看向一个队员说道，"丢他回自己的车里，目标已经离开这里，咱们追上去！"

扶着像是喝醉了一般的阿果，将其扔回中巴车后，两辆车同时往后倒挡，按照天龙的指示绕过那个小山包，沿着叶天奔跑的路线追去。

叶天这一路飞奔，前面脚趾抓地，一蹬一推之下就是十多米远，速度之快有如鬼魅一般，十多里的距离对他而言，不过就是十多分钟的时间。

片刻之后，叶天已经来到佛广山的山脚下，同时也听到了身后传来的汽车轰鸣声，脸上不禁露出一丝冷笑，这山林茂密，自己独身一人，就已经立于不败之地了。

佛广山本是一座荒山，由五座形如莲花瓣的小山组成，经过长期修葺，寺院建筑规模宏伟，叶天站在山下微一打量，纵身钻入灌木丛中。

"停！"随着天龙在对讲机中的喝声，两辆车同时停在了叶天刚才驻足的地方，天龙顾不得这会儿又下急了的暴雨，推开车门就走了下来。

看着夜色中的佛广山，天龙脸上露出一丝犹豫，此时在山中围剿这么一个术法高手，天龙心中原本十成的把握就只剩下不到五成了。

"龙哥，那人上山了吗？这山体不高，让弟兄们三人一组，分头包抄上去吧！"

阿狼跟在天龙身后，浑身杀意十足，他们这些人整日里都游走在死亡边缘，每一次任务对他们而言，都是一场生死游戏。

天龙沉默不语，他能感觉到叶天现在身处的位置，甚至在抬眼间，仿佛都能看到已经爬到半山的叶天正对自己做着挑衅的手势。

车上全副武装的佣兵团队员们鱼贯下了车，虽然只有寥寥数十人，却是杀气冲天，那股煞气甚至压过了满山大雨下佛光普照的寺庙。

"上，三人一组，分为七组，阿狼你带两组从后山包抄，阿虎带两组从右侧上去，阿豹带两组由左侧上山，剩下一组跟着我！"

犹豫半晌后，天龙终于下了决断，因为他明白，错过了今天，他再也寻找不到像此次这般围剿叶天的良机了。

"他们怎么知道我的位置？"感觉到山下众人分为几组向自己包围而来，叶天心中不由得一惊，马上停住了脚步，深深地吸了口气后，在自己周身感应起来。

"妈的，竟然是降头术？"叶天这一细察，顿时发现自己衣角处的不同，那无形无色的气息却无法逃脱他灵识的感应。

"泰国人，又是泰国人，还真是阴魂不散了！"

叶天眼中闪过一丝厉芒，右手在衣角处一撕，将半片衣摆扯下，拿在手中转身往山上跑去。

"注意，对方在七点钟方向，各组小心，各组小心！"

叶天能通过气机感应到上山的众人，天龙一样可以用秘法感应叶天的所在，他不停地在对讲机中传达着叶天的位置，七个小队逐渐缩小着包围圈。

暴雨越下越大了，打在树上发出"噼里啪啦"的声音，谁也想不到在这雨夜，竟然掩藏着深深的杀机。

五分钟后，天龙忽然在对讲机中呼喊道："对方停住了，他在十二点钟方向，阿狼，迅速到九点钟方向进行狙击，阿虎，你带人正面冲上去。"

天龙并不知道，他所感应到的叶天位置，只不过是一片衣摆，此时叶天早已形同鬼魅般离开了那个位置。

"收到，龙哥！"

听到天龙的话，阿狼右手一抬，跟在他身后的两个队员马上停住了脚步，往四周警戒起来，而阿狼则翻手取下肩膀上的狙击步枪，对准了雨夜中黑暗的十二点方向。而已经做好狙击准备的阿狼不知道，就在他右侧十米处，一双阴冷的眼睛正在注视着他们的一举一动，凄冷的杀机弥漫在雨夜之中。

"狼哥，这次杀的是什么人啊？竟然要咱们全都出动。"阿狼他们这一组是负责远距离狙击任务的，一般在行动当中也是最为安全的一组，所以另外两人的心态还是比较放松的，而且此时风大雨大，也不怕声音传到山上去。

"龙哥都不敢单挑的人，出动咱们算什么？"阿狼回过头狠狠地瞪了那两人一眼，说道，"都给我打起精神来，龙哥说了，这是场恶仗！"

阿狼跟着天龙十多年了，还是第一次见到他如此患得患失，即使当年在伊拉克战场的时候，他也没有见过天龙这么紧张。

是以此时阿狼心中也提高了警惕，常年游走在死亡边缘的生活告诉他，行动时的疏忽大意，就是对自己生命的极端不负责任。

只不过任凭阿狼再小心，也浑然不知就在距离他十多米远的一棵大树的后面，正隐身着一个杀神。

叶天并没有刻意地躲藏，甚至连身体都露出一半在树干之外，不过此刻的他似乎是没有呼吸的幽灵一般，即使用肉眼看到，也感觉不到那是一个人。

这是障眼法中的一种，叶天收敛了全身的气息，整个人都融入这雨夜之中，大雨打落在地面雾气蒸腾，给他身前加了一层很好的屏障。

"天龙？天龙是谁？"虽然相隔足足有十多米的距离，耳边尽是风声雨声，但几人的谈话还是没能躲过叶天的耳朵，他之所以一直隐忍不发，就是想搞明白对方的来历。

第
三
十
四
章

轮
番
袭
杀

317

不过天龙这个名字叶天却从未听说过，他实在想不到自己什么时候结下了这样的仇家，竟然会派出一支军队剿杀自己。

"妈的，管他是谁，想要我的命，先看自己的命够不够填的。"

叶天眼中闪过一丝厉芒，从来到香港后就一直生活在腥风血雨之中，与魑魅魍魉的斗法，看破杀手的伪装，这也将叶天的心脏磨炼得愈发坚韧起来。

虽然叶天现在能全身而退，但事到如今，他决不容许自己被这么一支全副武装的"军队"盯上，不管是谁，他都要杀到对方感觉到痛才行！

感应了下另外几支队伍的方位，叶天发现有一支队伍最多只差五分钟就能上到山顶了，便没有再迟疑，右手手腕一翻，将无痕握在掌心中。

与此同时，叶天左手掐了个指诀，在身体周围画了半个圈，周身元气激荡，却是要凝聚这周围的天地煞气用于攻敌！

"嗯？这……这是怎么回事？"

就在叶天施展秘法凝集煞气的时候，突然发现，凝聚而来的煞气竟然稀少无比，别说是杀敌制胜了，恐怕想稍微影响到他们的意识都办不到。

"佛广山？不会满山煞气都被这帮和尚净化了吧？"

叶天忽然想起脚下这座山的名字，顿时傻了眼，如果不是怕暴露身形，他真的会跺脚大骂起来，自己千辛万苦寻找的战场，居然会克制自己的术法！

道家《度人经》可以化解阴煞，同样，佛门也有诸多典籍能超度冤魂，度化天地间的阴厉煞气，其功效一点儿都不比《度人经》差。术法杀人，就是要借用天地间的阴煞之气，但这佛广山早已被净化得煞气全无，叶天之前确实没有想到这一点儿，否则无论如何他也不会选择这里。

"谁？"叶天这一动作，顿时让阿狼三人警觉起来，同时向叶天的方向看去。尤其是阿狼，心头猛地一紧，右手从狙击步枪上移开，一把抢过身边那人的AK47冲锋枪，对着叶天隐身的大树就是一梭子子弹扫了出去。

"嗒嗒……嗒嗒嗒……"清脆的枪响声撕破了暴雨形成的天幕，山上的其他小队同时回头向阿狼所在的位置看去。

"阿狼，怎么回事？发生了什么情况？"天龙的质问声从对讲机里响起，眼瞅着就要对山顶的叶天形成包围了，阿狼这一开枪，很可能让叶天离开那个位置。

"龙哥，我这里好像……好像有……啊！！！"阿狼的声音断断续续地从对讲机里传出，只是话还没有说完，突然响起一声惨呼，对讲机里就只剩下雨水打在上面的沙沙声了。

往山上看去，叶天的位置丝毫没有发生变化，天龙心中不禁一沉，连忙打开对讲机，喝道："各组马上赶往阿狼的位置，再说一遍，各组马上赶往九点钟方向……"

不管是在沙漠地带还是在热带雨林中的作战经验，天龙均丰富无比，之前他过于迷信自己的跟踪秘术，但是阿狼那边出了状况后，他马上做出了调整。

　　"七组收到。"

　　"六组收到！"

　　"五组收到，马上赶到！"

　　"四组马上赶过去！"

　　"三组收到，三分钟后到达！"

　　各个小组均回过话来，只是阿狼所在的二组却杳无音讯，天龙心里清楚，阿狼几人恐怕已经遭遇不测了。天龙猜得没错，阿狼三个刚才还是谈笑风生的大活人，现在的确已经变成了三具尸体。

　　不过站在阿狼三人身旁的叶天，此刻表现得也颇为不堪，正扶着一棵树干呕，刚才的袭杀，让他体验了一次前所未有的经历。叶天没有想到阿狼的应变如此之快，自己只是稍微发出一丝轻响，他竟然不管青红皂白就是一梭子弹扫了过来。

　　就在阿狼抢过冲锋枪的时候，叶天只感觉头皮都要炸开了，多年锻炼出来的身体本能地就往左侧躲去，不过子弹打在树上溅起的树皮，却弹在了叶天的脸上。

　　自从出道以来，叶天还从来没有距离死亡如此之近，此时他才明白，为什么枪械出现之后，武术会变得如此没落，这两者之间根本就没有任何可比性。

　　就算叶天现在已经将功法练到了炼气化神的境界，但他终究是血肉之躯，只要一颗子弹打中要害，一样会小命玩完。不过叶天毕竟不是那种没见过血的雏儿，生死一线间也激发了他心中的戾气，此时如果转身逃走，肯定是被人尾随追杀的下场。

　　在身体横侧着扑出去的同时，叶天右脚在一棵树上使劲一蹬，身体像是刺开水面的游鱼一般，贴着满是杂草和泥水的地面，鬼魅般冲到阿狼三人的脚下。

　　虽然没有受过任何专业的训练，但是叶天从五岁起就开始拿着木头人辨认穴道了，他对人身要害的认识，甚至不比一个外科大夫差多少。

　　就在阿狼三人根本还没有意识到地面突然多出一个人的时候，叶天的身体就像是僵尸一般，直愣愣地从地上直立起来，右手快如闪电般地从站在阿狼身前的二人喉咙处划过。

　　叶天此时心中全是杀意，出手自然毫不留情，这一击就是连钢板也能划穿，更不要说是两个人脆弱的喉咙了。

　　一刀挥过，二人的半边脖子都被割开，血水像喷泉般往外狂涌，混合着雨水喷洒得叶天一头一脸。

　　浓稠的鲜血喷在脸上，入鼻全都是腥咸的味道，叶天那张清俊的脸庞也变得有如厉鬼一般，往外散发着逼人的杀气。

　　从阿狼开枪到叶天的暴雨袭杀，前后不过短短数秒的时间，在这种暴雨倾盆的天气中，人的视线自然会受到影响。

　　加上枪声也掩盖住了叶天在地面滑行的声音，直到两个队员喉咙处发出"咯咯"声的时候，阿狼才发现叶天已经来到面前。

　　"你……你！"见到面前如鬼魅般出现一个血人，阿狼眼珠子差点儿都瞪了出来，不过多年的佣兵生涯也不是白过的，阿狼下意识就抬起了手中的冲锋枪。只是当阿狼右手的食指扣动扳机之后，却发现耳边并没有传来那熟悉的枪声。

　　低头望去，阿狼口中忽然发出一声惨叫，因为他发现，自己的右手连着冲锋枪，一起掉在了满是泥水的地上，剧痛此时才由手腕处传到自己的脑神经。

　　从当上佣兵的那天起，阿狼就有死亡的觉悟了，右手的痛楚并没有让他惊慌失措，在抬起头看向叶天的同时，他的左手已经握在腰间的手枪柄上了。但就在这时，阿狼看到眼前一道如闪电般耀眼的白光划破雨幕，口中的喊声顿时戛然而止，眼前的一切都变得模糊起来。

　　"全死了？"在阿狼的身体重重倒在地上后，叶天才从一种本能中清醒过来，鼻端浓郁的血腥味让他忍不住张开嘴，却被雨水冲刷着头上的血迹，一起涌入嘴中。

　　"呕！"饶是叶天神经够粗大，也忍不住扶着树干呕了起来。死在叶天手上的人不在少数不假，他也曾经和鬼蜮鼍短兵相接，但是用这种方式袭杀敌人，对于他而言也是一种极其残酷的考验。

　　也幸亏这会儿下着暴雨，叶天一头一脸的鲜血很快就被冲洗了下来，干呕几声后，他也慢慢熟悉了鲜血的味道。

　　从刚才阿狼的反应叶天就能看出来，对方绝对是精于杀人的老手，如果不把这些人斩尽杀绝，他日后别想再睡安稳觉了。

　　"不好！"等叶天回过神来的同时，耳边也传来了不远处脚踩在枯枝上的声音，紧接着数道强光向他这边照射而来。

　　叶天心头猛地一紧，身体直愣愣地就往前面趴了下去，双手成爪向前一抓，后脚使力，整个身体像是弹弓般往密林中弹了出去。而且叶天的身形在地上的爬行轨迹极不规律，整个身体软弱无骨，经过一些树干的时候，竟然像蛇一般环绕了过去，速度之快根本就无法用眼睛捕捉到。

　　"嗒嗒……嗒嗒嗒！"就在叶天身形刚动之时，一阵比天上暴雨还要密集的枪声随之响起，子弹在夜雨中划出一道道的火光，把他刚才停身之处完全覆盖住。

　　一些有经验的佣兵更是压低了枪口，对那块地方进行扇形扫射，他们相信，只要还是这个星球上的生物，绝难在这种火力封锁下逃出生天。

　　"嗒嗒……嗒嗒嗒！"枪声整整响了两分多才停了下来，每个佣兵都换了三个弹夹，数百发子弹倾泻出去，暴雨闪电雷声枪声，交织出一幅现代杀戮场景。

枪声静止下来后，几束强光手电照在那片空地上，原本的几棵树木此时都被齐腰射断，可见方才射击时子弹之密集。

好几个小队的佣兵见到这种情形后，均松了一口大气，他们是从四方合围过来的，刚才这一阵乱枪扫射根本就不存在死角，相信敌人已经丧生在枪口下了。

就在天龙带人慢慢接近空地的时候，心头忽然起了一丝警兆，一道闪电劈下，前方二十多米外突然弹起一道人影，天龙大惊，连忙喊道："阿虎，小心，他去你那边了！"

虽然手中拿着枪，但是天龙这一小队的人谁也不敢扣动扳机，因为在对面同样有包围过来的一个小队，这漆黑雨夜没个准头，如果对射的话，肯定会伤到自己人。

"快，追上去！"天龙大急，他见过师兄身上的伤势，知道对方功夫极强，自己这些手下虽然身经百战，但短兵相接绝对不是叶天的对手。

"妈的，竟然受伤了！"

从地上弹起的叶天此时心中愤怒无比，虽然他之前反应算是十分迅速了，但刚才那番密集的无差别射击，还是让他尝到了苦头。

叶天的肩窝处中了一发子弹，不过在子弹击中的时候，他顺势在地上打了个滚，并且将全身真气集中在了肩头，卸去了子弹的一半力道。是以虽然中弹了，但那颗子弹却被叶天用肌肉夹住了，并没有伤到筋骨，另外叶天脸上也被一颗子弹擦过，鲜血顺着脸颊流淌到他的嘴中。

"你们全都该死！"游走在死亡边缘的感觉，让叶天彻底爆发了，原本距离围上来的那三个人还有十多米远，但是在叶天纵身一跃下，这个距离在零点几秒内就被拉近了。

听到天龙的喊声后，阿虎的反应也是极快，右手持着冲锋枪，左手握着一把手枪，正好这时天边一道闪电亮起，叶天扑上来的身形尽显在面前。

"砰……砰砰！"几声枪声响起，而原本扑在空中的叶天，就像是中枪一般猛地摔倒在地上，阿虎心中一喜，握着枪抢前两步，准备再给叶天补上几枪。只是当手上的强光手电照在叶天落地的地方时，那里却空无一人，阿虎心中一惊，正待往四边张望的时候，突然感觉小腿处传来"咔嚓"一声。

阿虎低头望去，一只手像是从地狱里伸出来的一般，毫无征兆地捏住了他的喉咙，"啪咔"一声轻响，阿虎的眼珠子顿时凸显了出来。

"虎哥！"跟在旁边的另外五个佣兵反应也是奇快，如此近距离没法用冲锋枪，其中两人拿出手枪对着叶天连连击发。不过叶天在捏住阿虎喉咙的时候，整个身形就藏在了阿虎怀里，右手一拉，将自己遮挡了个严严实实，十多发子弹打得还没死透的阿虎身体，像是抽筋一般连连颤抖。

捏住阿虎的喉咙用力一抛，叶天这劲力使得有些大，让阿虎的整个头颅都倒转了过来，"嘭"的一声撞到其中一个佣兵身上，两人顿时跌作一团。

在把阿虎死尸抛出的同时，叶天身子还是趴伏在地上，有如一只大猫般四肢爬行。

几乎在尸体撞中那个佣兵的时候，叶天已来到另外一人面前，一道亮光闪过，那人口中就发出了"嗬嗬"声，握着喉咙软倒在地。

在划断这人咽喉后，叶天身形根本就没起来，一直伏在灌木丛中，右脚在地上一蹬，顿时来到被撞翻在地的那个佣兵身前。

叶天像是一只狸猫般地从那人身上爬过，只不过经过那人身体的时候，左脚在他胸前点了一记。这一脚让那个穿着防弹服的佣兵，整个胸口都塌陷了下去，两边肋骨全断，像匕首般插入胸腹之中，躺在地上也是只有出的气没有进的气了。

叶天一直都被老道灌输着与人为善的道理。但现在是人善被人欺，马善被人骑，生死关头，根本就容不得一丝心软，此时他心里戾气十足，浑身杀气外溢。

杀死阿虎六人后，叶天不退反进，身形一展迎着不远处的另外一队佣兵杀奔而去。

刚才一道闪电之后，整个密林里又陷入了黑暗之中。加上暴雨倾盆，相隔数十米根本就看不到另外一方任何的情形，由阿豹领着的两队人，压根就不知道阿虎那边已经全军覆没了。

此刻的叶天战意勃发，虽然暴雨越下越大，但是他心神通明，精气神几乎达到了自修炼以来的最高峰，周围数十米的风吹草动，竟然如镜像一般显现在心中。

密林遮掩住了叶天的身形，暴雨抵消了叶天行动时的响声，在距离阿豹那个六人小队还有三四米的时候，他身体一展直接就杀了进去。

对付枪支的最好办法就是短兵相接，叶天浑身肌肉绷紧，元气外放，犹如下山猛虎一般扑入对方人群之中。

走在最前面的阿豹只感觉面前一阵狂风吹过，暴雨尽数打在脸上。

没等阿豹有任何反应，身体就像是被一辆坦克碾了过去，浑身骨骼尽断，犹如一摊烂泥般软倒在地上。

事关生死，命悬一线，在将阿豹撞得筋骨断裂之后，叶天左手一掌击在一人胸前，暗劲发出，顿时将那人心脏震碎，口中鲜血狂喷。

出掌的同时，叶天右手无痕接连刺出，一道道刀芒闪过，另外四人喉咙间均出现一个大洞，眼中露出不可思议的神色，身体却缓缓地摔倒在地上。

又是一道闪电亮起，天龙和另外一个小队终于赶了过来，不过看着满地的尸体，这些久经杀阵的佣兵，均脸色煞白，更有甚者干脆扶着旁边的树干呕吐起来。

除了阿虎之外，所有死亡的人均是一击致命，绝对没有第二下多余的动作，对方对于力道的掌握，可谓是出神入化。

纵然这些佣兵都是从尸山血海中存活下来的，也没见过如此狠辣的手段，对方简直就不是人，而是一个只知道杀戮的机器。

此时加上天龙在内，一共还剩下十个人，除了天龙之外，其余的九人均心生寒意，他们不知道下一个死状凄惨的人，是否就是自己。

"啊……啊！！！"见到跟随自己十多年的手下，转瞬之间就被叶天杀了十二个，天龙直感觉气血上冲，怒发冲冠，忍不住仰天哀号起来。

旁人可没有天龙这么粗壮的神经，佣兵团仅存的最后一个小头领开口说道："龙哥，他……他不是人，咱……咱们还是先下山吧？"

"下山？你们以为他还会让你们下山吗？"天龙口中发出一声冷哼，扔下手中的冲锋枪，"刷"的一声扯掉上衣，露出满是疤痕的胸口。

"想活着回去，就先把自己的命丢掉吧！"天龙撕破身上的衣服后，从腰间拔出一把长刀，反转刀刃在自己胸口刻出个十字，浑然不在乎胸口往下滴着鲜血。

天龙在师父乃他信·沙旺素西不让他去寻叶天麻烦的那会儿，还很不以为然。

现在他知道了，自己这些被认为是战场精英的佣兵团员，在叶天的眼中，根本就像是土鸡瓦狗一般不堪一击，甚至连阻挡住叶天的脚步都办不到。不过天龙却不知道，如果不是在这佛广山上，叶天不能施展术法的话，他的那些队员只会死得更快。

虽然见识到了叶天的可怕，但这世上是没有后悔药卖的，叶天能感应到他们的杀机，从小修炼降头术的天龙，也同样可以感觉到密林深处的一双眼睛，正紧紧地盯着自己。

翻手拿出一把匕首，天龙伸出舌头，用匕首在舌尖处割出一道口子，身上最软弱的部位受到刺激，顿时让天龙的精神振奋起来。

似乎被天龙的行为刺激到了，剩下的九名佣兵团成员眼中的恐惧也慢慢淡去，只是他们更加信任手中的枪械，却不肯像天龙那般丢掉。

甩开刀鞘，双手握住那把大马士革刀，天龙对着前方的密林用纯正的汉语吼道："出来吧，我知道你能听见我的话，是男人，就堂堂正正地和我对决！"

谁都没有发现，一脸正气的天龙裤腿处，一条只有大拇指粗细的绿色蛇悄悄地游离了出来，钻入草丛中瞬息失去了影踪。

"十个人九把枪，要和老子堂堂正正地对决，你怎么不去死啊？"藏身在密林里的叶天听到天龙的话，差点儿没脱口骂出来，"有本事你让人把枪都扔掉，大爷就满足你的这个愿望。"

"看看谁更有耐心？"以寡敌众，叶天除非脑子坏了才会现身和对方硬拼，在这山上他施展不出术法，但对方的降头术同样难以奏效，密林袭杀，叶天无疑占据了绝对的上风。不过肩膀处的肉里夹了颗子弹，却让他很不舒服。加上刚才连杀十二人，虽然时间极其短暂，但叶天已经使出浑身解数，此时身心都有些疲惫。

当然，此时对方全神戒备，叶天也不会主动投到枪口上去，他并不认为自己的功夫已经可以躲避子弹了，肩膀上的枪伤就是最好的明证。

叶天在等……等对方行动时，一定会露出破绽来，到时他就可以做一个猎人，将对方一一袭杀。

"龙哥，咱们不能这样耗着啊，万一把驻军引来，咱们都走不掉了！"在空地处淋了五分钟的雨后，一个身高一米九左右的壮汉，终于忍不住了。

说话的这人是天龙佣兵团的四大金刚之一的阿熊，蛮力十分大，曾经在东南亚打过黑拳，只不过另外虎豹狼三个人，已经长眠于斯了。

"好，下山！"听到阿熊的话，天龙心中也动了一下，僵持得越久对他越不利，而且这佛广山并不是十分高大，要真被部队围住的话，就只能束手就擒了。

想了一下后，天龙吩咐道："阿熊，我在前面开路，你带五个人殿后，所有人都不能分开，有任何风吹草动马上开枪！"

现在佣兵团还剩下十个人，如果这十个人抱成一团慢慢下山的话，对方恐怕也拿他们没有办法，毕竟每个人手上的冲锋枪可不是烧火棍！

"嗯？动了！"

坐在密林中调息的叶天，眼睛猛地睁开，他不需要借助眼睛去看，就能在这暴雨中感应到对方的行动。而天龙等人，却像睁眼瞎子一般，即使拿着强光手电，也很难看到身体周围五米之外的情形，这也是叶天有把握将他们全部留在此处的底气。

悄悄站起身，叶天形同鬼魅般消失在密林之中，无声无息地吊在天龙一行人的身后。

就在叶天刚刚起身不过两分钟的时间，一条通体碧绿的小蛇游离到叶天刚才所处的位置，嗅了一会儿后，沿着叶天离开的方向钻入了灌木丛里。

俗话说上山容易下山难，这佛广山五峰之一的小山峰虽然不是很高，但灌木丛生密林遍布，加上大雨导致山路湿滑，根本就无法走快。而且还有叶天这个杀神隐藏在暗中，更是让佣兵团众人提心吊胆，只要身体周围稍微有些风吹草动，马上就是一梭子弹扫射出去。

"哗啦！"就在一行人刚走出三十多米的时候，阿熊左侧忽然闪过一条人影，几把冲锋枪顿时对着那个方向扫射起来，清脆的枪响将雨声都遮掩了下去。

"阿鱼，小金子，老六，你们……你们怎么了？"

等枪声停下来后，阿熊赫然发现，跟在他身后的三个人，已然悄无声息地栽倒在地上。

叶天这神出鬼没般的手段，让这些双手沾满了鲜血的佣兵感到毛骨悚然，仿佛他们面对的不是一个人，而是一个幽灵一般。

天龙回转身看了一下三人喉咙上的伤口，大声说道："走，不要停，赶到空旷的地方他就没有办法了！"

虽然对方都是打丛林战的高手，但是对于叶天而言，这些人都如待宰的羔羊一般，有时隐身树后，有时躺在他们过往的路边暴起袭杀。

从山腰到山脚这一两百米的高度,最后跟在天龙身边的,竟然就只剩下阿熊一个人了。

"出来,出来啊!有种和大爷单挑啊!"

身边兄弟一个个地死去,这对头脑简单的阿熊来说是一种无法承受的煎熬,来到山脚下后,他的神经已经变得有点儿癫狂了。

"我成全你!"就在阿熊刚打完一梭子弹还没来得及换弹夹的时候,面前的暴雨忽然如同子弹一般打在他的脸上。

阿熊下意识地一闭双眼,却感觉到从额头处到小腹传来一阵清凉,整个身体似乎都清爽了许多。

睁开眼阿熊发现,在自己身前多了一摊红红绿绿的东西,半响之后才反应了过来,这些都是他的腑脏!

叶天这一刀从阿熊眉心处一直划到了小腹,这也亏得用的是无痕,如果换成偃月刀,恐怕眼前的阿熊连个囫囵尸体都别想留下了。

"出来吧,我手上没枪,让我们像个男人一样战斗!"对于身边队员的死亡,天龙此刻已经不在乎了,自己的生命都将失去,这世上还有什么不能舍弃的?

伸手从裤管处撕下一个布条,天龙慢慢地将那把大马士革刀缠在自己的右手上,冷冷地看着阿熊死亡的方向。

叶天感应得到对方身上真的没有枪械,但不知为何,他心中总有一种莫名的危机,而危险又不是来自对方,这让他颇有些摸不着头脑。

"你是谁,为何要来追杀我?"叶天还是站了出来,对只剩下天龙一人,袭杀在此时已经失去了意义。

"我叫天龙,我的师兄叫鄷蠆蠶!"天龙一双死人般的眼睛,紧紧地盯着叶天。

如果不是无数次看过叶天的照片,天龙怎么都无法相信这个相貌清俊的年轻人,竟然赤手空拳地将他二十年苦心经营创下的佣兵团屠戮殆尽。

"泰国的降头师?!"

叶天眼中闪过一丝厉芒,如果是鄷蠆蠶的师弟,那这件事倒有了合理的解释,他原本就和泰国降头师这一脉是不死不休了。

"当年有我师父将你师父逐出中国,近时有我斩杀你师兄于香港,今日……我送你去和师兄相见吧!"

叶天说话的声音并不响亮,却在漫天的暴风雨中清晰地传到了天龙的耳朵里,听得他面色为之一变。

"少废话,今日就是我为师兄报仇之时!"天龙一声大喝打断了叶天的话,手中刀高举,一个跨步冲前,对着叶天直直地劈了下来。

泰国重拳术而轻兵刃,天龙这一手刀法是从日本学来的,他这一手已经达到立刀法五段的境界，施展起来好像大象全力冲刺一般。

"刀是好刀，刀法就一般了！"面对天龙来势凶猛的一刀，叶天摇了摇头，手腕一翻，无痕平抬在胸前，口中忽然喝道："杀！"

佛广山无煞气，但无痕却是一把凶兵，随着叶天的断喝声，一股凌厉之极的煞气径直刺向天龙的眉心。

原本想着和叶天决一死战的天龙怎么都没料到，叶天竟然会施展术法对付自己，在煞气侵入脑中后，整个人瞬间变得呆滞起来。

就在天龙那庞大的身躯扑倒的那一瞬间，天龙似乎清醒了过来，脸上居然露出一丝诡异异常的笑容。

"嗯？不对！"就在斩杀天龙的同时，叶天心中忽然升起一股毛骨悚然的感觉。

一种强烈的危机感在叶天心头升起，那种感觉就像是被毒蛇盯上一般。

事实也是如此，就在叶天心头警兆刚起之际，他突然感觉到持着无痕的右臂微微一痒，抬眼看去，眼中露出惊骇的神色。

一条粗不过指头，比巴掌略长一点儿的通体碧绿色的小蛇，正咬在他右小臂上，而让叶天震惊的是，右臂竟然感觉不到丝毫的疼痛。

俗话说咬人的狗不叫，毒蛇也是如此，毒性越强的蛇咬到人的时候越是没有疼痛的感觉，在一些多蛇的国家，很多人都是在睡梦中被毒蛇夺去性命的。

"该死！"叶天左手闪电般伸出，一把攥住了那条碧绿小蛇，劲力迸发，顿时将那条蛇捏成了肉酱。

与此同时，叶天右臂酸麻的感觉愈发强烈了，肉眼都能看到一股黑线正沿着小臂往上延伸，如果不是他体质非同常人，恐怕这会蛇毒早已遍及全身了。不过这蛇毒之烈还是超出了叶天的想象，此刻他竟然连手中的无痕都握不住了，一股眩晕直冲脑际，叶天站在雨中的身躯摇摇欲坠。

"不能倒，不能倒下去……"叶天知道，如果倒下去，小命就真的可能断送在这里了。

猛地吸了口气，冰凉的雨水顺着空气进入口腔里，叶天原本有些迷糊的头脑顿时变得清明了一些，左手连点右肩处几处经脉，让毒素不至于那么快游走到别处。

阻断血气运行之后，叶天用左手拿过无痕，飞快地在右臂的红肿处划了个十字，然后将嘴凑上去，用力地吮吸起来。

"噗！"一口乌黑的鲜血吐出，叶天只感觉舌头都麻了起来，可见这蛇毒性之强烈，接连三口黑血吸出后，从十字花伤口里流出的鲜血慢慢变成了红色。

"不行，要尽快去医院！"叶天心里清楚，他并没有将蛇毒完全驱除出去，如果耽搁久了，恐怕溢入他体内的蛇毒，还是会带给他致命一击。

从早已破破烂烂的衣服上撕下一个布条，叶天把右臂紧紧地缠住，四下张望了一番，除了不远处山上寺庙中还有灯光之外，到处都被暴雨笼罩在黑暗之中。

现在想赶回市里无疑是痴人说梦，十多公里的距离等叶天赶到了，恐怕也毒发毙命了。

无奈之下，叶天只能顺着台阶往另外一座山上爬去，动作十分缓慢，生怕加速体内的气血运行。

佛广山共分为五座山峰，除了叶天初上的那座保留有自然生态之外，另外四座山上均庙宇连绵，殿堂宏伟，一派佛门境地。

"三清观？有没有搞错啊？"

十多分钟后，叶天爬上了这座山的半山处，有些不敢置信地揉了揉眼睛，因为出现在他面前的，竟然是一座道观。

"我……我这不是毒性发作了吧？"

叶天只知道佛广山是佛门圣地，却没想到在这里居然有座道观。莫非那些和尚真的是慈悲为怀，连抢生意的道士都能容忍？

叶天情绪这一变化，原本被真气压制住的毒素顿时发作起来，他只感觉头脑一晕，一头栽倒在道观的门口。

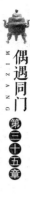
叶天从沉睡中悠悠醒来，他不知道自己睡了多久，现在又身在何方，不过这一觉睡得十分香甜，心中的戾气仿佛都消失了。

俗话说人在江湖身不由己，叶天无意踏入奇门江湖，但自从他出手杀掉那伙盗墓贼后，其实已经身入其中了，再到斗法鄷酆酆，更是无法自拔。

这段时间叶天的神经一直都很紧张，但似乎经过这一觉，那些负面情绪减轻了不少，让他的心神变得无比空明。

"这……这是在哪里？"

还没睁开眼睛，叶天鼻端就嗅到一股檀香，气味纯正平和，闻在鼻中让人心中再无一丝杂念。

"印度迈索尔的檀香？"叶天脱口而出，睁开眼后，看到床边一缕清香点燃，余香袅绕。

叶天的师父李善元对身外物向来不怎么讲究，但唯独对茶叶和檀香极为考究，之所以选择在茅山生活，是因为那里生长着李善元最为喜爱的雀舌茶。而在叶天练功冥想时，李善元总是会点燃一根檀香，那股香味和鼻端传来的一般无二，只是在叶天十岁的时候，老道的那些檀香就用尽了。

虽然时间已经过去十多年，但叶天还是一下就闻出了这种檀香的奇特味道，脱口喊了出来。

"小友好见识，不错，正是印度迈索尔产的檀香！"

一个苍老的声音在叶天耳边响起，转头望去，叶天看到在自己身躺的床前，坐着一个身材消瘦的道人。

这道人身穿一件青蓝色的道袍，头上戴着一顶扁平的混元帽，顶髻用一根玉簪别住，梳理得十分整齐。

道人虽然身材极其消瘦，不过面色却十分红润，脸上没有一丝皱纹，只是叶天从他眼纹处看出，这道人的年龄最少也要在七十开外。

叶天腰腹使力，从床板上坐起来，对着面前的老道拱了拱手，问道："敢问真人，是您救了小子？"

虽然不知道自己晕迷了多久，但是对晕迷之前的事情，叶天记忆犹新，他清楚地记得自己晕倒在一座道观门口，眼下自己应该是躺在道观里。

低头看了下自己的右臂，那伤口处被涂了一层草药，只感觉一阵清凉，而被他划开的十字花伤口，已然结疤愈合。

"机缘巧合罢了，方外之人岂能见死不救？"

那道人笑着站起身，给叶天倒了杯水，说道："你身中蛇毒，那毒性极其猛烈，不过幸好你之前拔过毒了，加上你体内真气浑厚，护住了心脉，否则老道纵有蛇药，也无法救得你性命。"

听到道士的话，叶天一提体内真气，顿时发现真气游走自如，无丝毫滞碍，却正如老道所言，蛇毒已然尽去了。

察觉到身体无碍，叶天马上从床上下到地上，对着老道深深地鞠了一躬，说道："谢谢真人，敢问真人道号，小子叶天日后当奉上香火，以谢真人救命之恩！"

叶天这条性命对于旁人来说或许不值什么钱，不过他却珍惜得紧，他知道，自己欠的这人情大发了，救命之恩如同再造，怎么还都不为过。

"道号？呵呵，这里的和尚都叫我元阳子，小友你就叫我元阳吧！"老道笑着把手中的茶杯递给叶天。

"元阳子？"叶天闻言心中一动，脸上露出惊容。

在古代，非圣贤不得在名字后面坠上一个"子"字。像孔子、孟子、庄子和道家的抱朴子葛洪，三丰子张三丰等等，都是开山立派之人，面前这道人能被人称为元阳子，想必也是个道法精深的高人。

"嗯，元阳真人您……您这胳膊？"

在接过元阳子递来的茶杯时叶天才发现，敢情这老道之所以显得如此消瘦，竟然是缺了一条左臂。

"呵呵，没什么的。"

见到叶天惊异的表情，老道倒是挺豁达的，笑了笑说道："早年与人争斗，技不如人，就变得如此了。"

对人释放出灵识真气查探是一种极不礼貌的行为，是以叶天刚才并没有去感应对方体内的气机，但是听到老道的话后，他却好奇心大起，忍不住释放出了自己的气机。

这一试探，却让叶天大吃一惊，因为他发现对方体内真气深不可测，犹如黑洞一般，自己竟然无法探到底！

此人的修为竟然与他相当，叶天这一惊非同小可，自从他入世以来，除了羽化成仙的李善元之外，尚未见过任何一个达到炼气化神境界的人。但就在这么一个山中道观里，居然出现这样一个人，让他一时心神激荡，却忘了收回自己的气机。

"咦，小友，你……你年纪轻轻，如何也达到这般境界了？"老道在给叶天疗伤的时候，虽然知道他元气浑厚，但没想到他的境界会如此之高。

"我只是机缘巧合罢了。"叶天摇了摇头，看向元阳子问道，"倒是真人已经堪至炼气化神的境界，这世上还有谁能奈何得了您？"

功夫到了炼气化神之境后，心神就会出现预觉、预知和预判的能力，只要你不想，大可以在危险来临之前躲避。就像是叶天此番遇险，也是他蓄意想灭掉追杀他的人，如若不然叶天早在渔村的时候就能跑掉，天龙一伙人压根儿就围不住他。所以叶天敢肯定，老道这只手，一定是在单打独斗中失去的。

想到这里，叶天心头微微有些沮丧，他原本以为这世上只有自己一个人达到了炼气化神的境地，却没想到是自个儿坐井观天了。

"小友，我那时只是身处暗劲，尚没有现在这身本领。"老道闻言苦笑了一声，脸色忽然一正，说道，"小友，佛家讲因果，道家论缘分，你我今日有缘，老道有一事相询，还希望你能如实回答！"

见元阳子如此严肃，叶天也收敛了笑容，正色道："元阳真人请问，但凡叶天所知的，绝对不敢有任何隐瞒！"

"好，那老道就问了！"

听到叶天的话，元阳子那独臂一翻，面前除了一个茶碗空无一物的桌子上，突然出现两个物件。

"请问，小友的这两件东西从何而来？"拿出这两个东西后，元阳子紧紧盯住叶天的眼睛，似乎在分辨他是否撒谎。

"你……你为何取我身上之物？"

见到这两件东西后，叶天面色一变，伸手往怀中摸去，那罗盘和大齐通宝不见了，只有无痕扣在自己腰间。

"小友，我不是故意的，而是在给你疗伤擦身的时候看见的。"元阳子摇了摇头，很认真地说道，"这两件东西和我有极大的渊源，还望小友如实相告，元阳感激不尽！"

叶天闻言愣了一下，近乎自言自语地说道："我师门的东西，怎么会和您有渊源？"

"师门？！"听到叶天的话，老道双目圆睁。

"渊源？！"而重复了一遍老道的话后，叶天也是心有所感。

"你……你俗家可是姓荀，名心家？！"

"你……你师父可是姓李，名善元？！"

叶天和元阳子两人同时喝问起来，脸上均露出不可思议的神情。

元阳子还好，在见到这师门罗盘和师父经常把玩的大齐通宝之后，心中已经有了几分猜测。但是叶天不同，他无论如何都没想到，居然会在这佛广山上见到自己失踪了数十年的大师兄，这简直让他如同在梦中一般。

叶天喃喃喊道："大……大师兄？"

"你是我师父收的弟子？"

元阳子此时已经可以确定叶天的身份了，右手在腰间一捞，取下一块玉佩，说道："这是我师父在 1949 年离别时赠送我的法器，可证明我的身份！"

"师兄！"

叶天后退两步，一个长揖就拜了下去，他知道师父早年有几块玉饰法器，分别赠给了大师兄荀心家和二师兄左家俊。

"叶……你叫叶天是吧？"荀心家的声音有些颤抖地问道，"师……师父他老人家，还……还在吗？"

荀心家自小跟随李善元学艺，师徒之情不亚于父子，虽然离开大陆已经近五十年了，但他无时无刻不在想着老道的音容笑貌。

荀心家也明白，老道如果真的活到现在的话，恐怕年龄要超过一百三十岁了，但他心中总是还存留着那么一点点希望，希望从叶天口中得知师父还在世的消息！

叶天神色黯然地摇了摇头，语气悲戚地说道："大师兄，师父他老人在三年前已经羽化成仙了！"

虽然早已有心理准备，但荀心家仍然面色大变，脚下踉跄着后退了两步，坐倒在身后的椅子上。

"师兄，他老人家走得很安详！"

叶天抢上一步扶住荀心家，当抓住那空荡荡的左臂袖子时，眼中不禁露出一丝厉色，问道："师兄，你这左臂究竟是何人所为？"

"先不提这个，叶天，你快点儿给我说说，师父这些年是怎么过来的，他老人家走时可有痛苦？"荀心家摇了摇头，这只左臂已经断了近半个世纪了，时间是抚平创伤的最佳良药，此时荀心家更关心的是师父这些年的生活。

叶天看了看大师兄的脸色，知道这里面肯定有许多故事，当下也没追问，说道："我是在 80 年代初被师父收归门下的，师父身体康健，一直无病无灾，前几年大限到了才羽化成仙的……"

除了自己离奇得到麻衣传承的事情之外，叶天对大师兄无任何隐瞒，将发生在自己和老道身上的事情，一股脑地全都说了出来。听闻叶天曾经为李善元逆天改命，苟心家眼中露出惊奇的神色，等叶天讲到师父羽化成仙之际，心中悲伤不已。

虽然已经年近八旬，但师恩厚重，在叶天讲述完这十多年的经历后，原本一直表现得心如止水古井无波的苟心家，此时也是老泪纵横。

看见苟心家悲伤得浑身都在颤抖，叶天劝慰道："师兄，不要伤心了，师父要是得知咱们兄弟相见，想必也是很欣慰的！"

苟心家擦拭了下眼角的泪水，长叹道："当年恳求师父和我一起来台湾，师父没有答应，否则也不至于五十年不能相见啊！"

"师兄，这凡一饮一啄自有天定，师父学究天人，留在大陆，自然有他的道理。"叶天对大师兄这话倒是不敢苟同，老道要是来了台湾，哪还有他和二师兄什么事啊？

听到叶天的话，苟心家愣了一下，继而摸了摸自己那空荡荡的袖子，点头说道："你说得对，师父要真来了，说不定还会受我的连累。"

"大师兄，你……你这伤到底是怎么回事啊？"叶天再一次追问道，前时连杀了二十多个人，他心头煞气未消，说话的时候杀气毕露。

"不说这个，不说这个……"苟心家摆了摆手，说道，"按你所说，左家俊也是我的师弟？"

虽然遁世隐居在这佛广山上，但苟心家并非对世事一无所知，东南亚左大师的名头他也是听闻过的，却不知道那竟然是自己的同门师弟。

叶天点了点头，说道："是，二师兄现在香港，我给他打个电话，让他赶过来吧，咱们师兄弟三人也就能团聚了！"

此时的叶天，浑然不知道左家俊早已赶来台湾，这会儿正急得像热锅上的蚂蚁一般到处搜寻自己呢。

几十年的潜心静修，让苟心家很快就从得知师父下落的悲喜中冷静了下来，想了一下说道："我久未与外界联络了，这里倒是没有电话。你且别急，先静养两日，我带你去圆通大和尚那里打电话。"

由于叶天所中蛇毒太过猛烈，虽然已经给他拔了毒，但总是伤了元气，是需要慢慢调理恢复的。而且苟心家也知道一些前两日外面发生的事情，在暗惊这小师弟出手毒辣之余，也不想让他暴露踪迹，以免给他带来不必要的麻烦。

叶天忽然听到肚子传来一阵"咕咕"声，脸上不禁一红，开口问道："对了，师兄，我昏迷多久了啊？"

"三天了，你体内余毒未清，我怕你过早醒转气血运行加快，用了点儿安神的草药，让你多睡了一天。饿了吧？我熬的小米粥要好了，这就给你端来……"

在给叶天擦拭身体的时候见到那罗盘和师父经常把玩的铜钱，荀心家就知道叶天和自己一定有着渊源，所以也是耗费心机帮叶天拔毒疗伤。

"三天了？！"叶天闻言大惊，连忙一把拉住荀心家，说道，"大师兄，我……我这再不出去，外面只怕要乱套了！"

且不说二师兄左家俊，就是唐文远为了自己能多活几年，恐怕这会儿也在拼了命地找寻自己，再加上一个曾玉蛟，两大超级富豪绝对能把港台掀翻天。

叶天猜得没错，唐文远确实急了眼了，原本听到左家俊的话后消停了两天，但叶天始终不见踪迹，他这会儿也已经赶到了台湾。

"不行，我要先去打个电话！"叶天心思转动之间，就想明白了其中的关节，不禁心急如焚，唐文远他们着急，他倒是没放在心上，可万一传到家里，那岂不是会引得父亲姑姑们伤心？

荀心家伸手拦住叶天，"叶天，现在出去不合适。这样吧，你等我半个小时，我去给你找个电话来！"

"这，好吧，师兄，麻烦你了！"叶天想了一下，点头答应了，他现在也不知道外面情形如何，一口气杀了二十多个人，心中还真是有点儿虚。

"你先把这粥喝了，我去去就来。"老道出屋端来一锅小米粥，放了碗筷在叶天面前，才转身出了道观。

叶天此时也真是饿了，顾不得米粥烫嘴，一口气将那一锅粥喝得干干净净，刚才一直在和师兄说话，现在才有时间观察这座道观。

叶天身处的是道观后面的厢房，这里是一个独院，院子中间有一口水井，四间厢房把院子围了起来，除了这间可以住人之外，另外三间是一间厨房和两间杂物室。

由于叶天住在厢房里，荀心家临时改动了一间杂物室，不过也只是用几块砖头垫了个门板，就将其当成床了。

穿过回廊就是道观的主殿，里面供奉着的不是三清老祖，而是麻衣一脉的祖师麻衣道人，如果叶天是在昏迷之前看到这座泥塑的话，恐怕早就猜到荀心家的身份了。

"师兄过得还真是很清苦。"在这不大的道观中转了一圈之后，叶天回转厢房里，这里面除了一桌一椅一床之外再无他物，甚至连电灯都没拉扯起来。

要知道，就连叶天在茅山的那座道观内，几年前都拉上了电灯，这佛广山夜里灯火通明，偏偏就这座道观里没有。

"叶天，电话来了！咦，粥都喝完了啊，刚好，我从大和尚那里要了点儿米，晚上咱们蒸米饭吃！"

　　荀心家没让叶天等多久就赶了回来，掏出一个手机递给叶天，笑道："这东西我不会用，大和尚教了我一会儿也没搞懂，你会不会用啊？"

　　"我会，我会用！"叶天没有接电话，而是把荀心家挂在肩头的米和一个袋子取了下来，把袋子打开一看，发现那个塑料袋里装的是一些晒干了的萝卜条，眼睛忍不住就湿润了起来。

　　"师……师兄，你……你平时就吃这些？"师兄年事已高，还缺了一只手臂，平时没有人在身边伺候不说，竟然每日里都吃这些东西，看来他那消瘦的身体并不是练功所致。

　　见到叶天的样子，荀心家哑然失笑，说道："师弟，到了你我这般境界，吃什么都是一样的，山珍海味固然可以果腹，粗茶淡饭一样能满足身体需求。"

　　荀心家的前半生享尽了荣华富贵，在数十年前经历了一次人生大变之后，早做到不以物喜不以己悲了。要不是今天听到先师的消息，老道的心境不会有丝毫变化，从这一点儿来说，他的心性修为已经不在李善元之下了。

　　"师兄，你这日子也过得太苦了！"叶天连连摇头，忽然心中冒出一个疑问，问道，"师兄，这佛广山是佛教圣地，如何……如何能多出你这么一个道观来啊？"

　　在昏迷之前叶天心里就开始犯嘀咕了，不过直到此刻才有机会问出来。

　　"嘿嘿，那是圆通大和尚下棋输给我的！"听到叶天的话，荀心家得意地笑了起来，那表情十足像是一个占便宜的小孩子。

　　原来荀心家一直寄宿在佛广山寺庙里，不过想着师门传承，他就和圆通大师打了个赌，赢下一座小寺庙，将其改成了这座麻衣道观。

　　"师兄，你这心境真是达到返璞归真的境界了！"叶天感觉得到，自己这位大师兄每一句话都语出至诚，他的那种心境几乎达到天人合一的地步，再也不受世间红尘的纷扰。

　　"行了，你先打电话吧，我刚才挖了两棵黄精，再去给你熬点儿稀饭！"勘破世情不代表就会变成冷血动物，相反，这样的人反而更加不会掩饰自己的喜好情感，见到同门小师弟，荀心家的高兴溢于言表。

　　"好，我这就打，师兄你不说，我差点儿都给忘掉。"听到荀心家提及此事，叶天这才想到电话还没打呢，嘿嘿一笑，连忙拨通了柳定定的手机号。

　　左家俊和叶天是一个秉性，平时都不太喜欢带着手机，香港很多人都知道，想找左大师，首先要找到柳家大小姐才行。

　　"喂，哪位？"电话接通后，柳定定的声音有些无精打采，由于叶天的失踪，外公的脾气变得前所未有的焦躁，这不过两三天工夫，她就被外公训斥了好几次。

　　"我是叶天！"叶天刚说出自己的名字，耳边冷不防传来一声尖叫，连忙把手机拿远了一些，嘴上骂道："这丫头，以后还嫁得出去吗？"

如果往常柳定定听到这话，说不定就要和叶天理论一番，不过此时她显然没有这种心情，拿着手机就往外面冲去。

　　"左老弟，这事儿都怪我，我就不应该让叶天来台湾！"在这家酒店的总统套房的客厅里，唐文远正一脸苦涩地面对着左家俊，他知道自己此次算是把这位老朋友给得罪到骨子里了。

　　"不，左大师，要怪，都怪玉蛟，叶大师如果不是帮助玉蛟寻找先夫，也不会遇到这种事情！"叶天出了事，作为此次事主的曾玉蛟也算是极有担当，只是将丈夫的尸骸收敛了起来，并没有运回香港发丧，一直都在台湾发动她的力量寻找叶天。

　　"唉，不怪你们！"左家俊有些烦躁地摆了摆手，叶天本身就是奇门中人，他根本就推演不出叶天现在是死是活，平日里算无遗漏的卦术，在此刻丝毫派不上用场。

　　拿起桌上的茶杯喝了口水，左家俊忽然想起一事，看向唐文远问道："对了，老唐，那个叫张之轩的导演找到了没有？"

　　俗话说世上没有不透风的墙，张之轩虽然行事诡秘，但阮葛男曾经放出过要袭杀叶天的风声，从这条线追查上去，却是把张之轩牵扯了出来。

　　"林荣已经去澳洲了，相信明天就能把他带回香港！"

　　唐文远得知是张之轩请的杀手后，也是暴怒不已，当晚就联系海外洪门中人把张之轩控制了起来，并且让林荣亲自过去带人。

　　"好，明天我就回一趟香港！"左家俊点了点头，说道，"你们两个先坐，我出去问问阿良有没有什么发现。"

　　左家俊和陈孝礼关系不错，这次能动用台湾竹联，也正是源于此。

　　"外公，外公！"

　　左家俊刚站起身，里屋的房门就被打开了，柳定定像一阵风似的从里面冲了出来，张牙舞爪地就冲着左家俊扑了过来。

　　"干什么？！疯疯癫癫的没个样子！"

　　左家俊此时心里正烦躁着呢，见到外孙女这副模样，右手一牵一引，就把她摔在了沙发上。

　　柳定定有些委屈地爬起身，拿着手机说道："外公，是……是叔爷的电话！"

　　"什么？"

　　"叶天的电话？"

　　"喂，叶天？是叶天吗？怎么不说话？"

　　原本坐着的唐文远和曾玉蛟同时站了起来，左家俊更是一把抢过电话，连连对着手机喂了几声，不过里面却没有任何答复。

"死丫头，敢骗外公我了！"左家俊的眼睛对着柳定定瞪起来。

柳定定弱弱地说道："外公，是您把手机拿反了。"

"嗯？"左家俊老脸一红，连忙将手机翻过来凑到耳边。

"师兄，干吗对定定发那么大的火啊？"叶天倒是清楚地听到了左家俊那边的话。

"叶天，你跑哪去了？怎么连个电话都不回一个？你再不来电话，恐怕所有人都要跑到台湾来了！"左家俊回了几句，追问道，"叶天，你在哪里了？我过去接你回来！"

"你来接我？"叶天闻言又是一愣，"师兄，你在台湾了？"

"废话，出了这么大的事情，我能不来吗？"左家俊没好气地说道，自己这小师弟也够没心没肺的，捅出那么大的娄子，居然一声不吭地躲了起来。

"嘿，正好，师兄你来得太好了！"让左家俊没想到的是，叶天竟然在电话中高兴地喊叫起来，顿时哭笑不得地说道："师弟，我说……你就不能正经一点儿吗？"

虽然身为叶天的师兄，但叶天可是麻衣一脉的门主，左家俊也不好说出更重的话来，只能拐弯抹角地敲打下叶天。

"师兄，我找到大师兄了，你快点儿来，我就在佛广山上的道观里，你自己来，咱们师兄弟好好聚一聚。"

叶天此时心中充满了兴奋，原本还以为要通知二师兄从香港赶来呢，谁知道他竟然已经身处台湾了。

"大师兄？叶……叶天，你说的是真的？"

拿着手机，左家俊有些发傻，他这几十年最少来台湾不下二十次，每次都会委托人寻找荀心家，但从来没有任何音讯，没想到竟然被叶天给碰上了。

"师兄，带点儿好酒好菜来，大师兄这里有点儿寒酸。嗯，就你一个人过来啊！"叶天的话语继续在手机里响着，这也让左家俊知道，小师弟并不是在胡说，而确实是找到了失踪已久的大师兄。

"好，我……我马上到！"心情激荡的左家俊挂上电话后随口应付了两句唐文远和曾玉蛟，马上直奔酒店的厨房，他没忘记叶天让带些好酒好菜的嘱咐。

　　"小师弟，你受了伤，体内的毒素刚刚清理掉，这酒和荤菜是吃不得的！"叶天刚刚挂断电话，荀心家就走了进来，正好听到他嘱咐左家俊的那番话。

　　"大师兄，我身体壮得很，没事的。"叶天笑着捶了捶自己受伤的肩窝，说道，"二师兄正好在台湾，而且就在高雄，他马上就赶过来，大师兄，咱们师兄弟三人终于能聚在一起了！"

　　老道李善元一生留下诸多传奇，不过多已泯灭在历史长河中了，当今之世知道李善元这个名字的人，估计也不会超过一个巴掌。但李善元在三个不同的时期，分别传下了三位弟子，古人讲一日为师终身为父，李善元没有后人，所以这三个弟子对于他而言，也是生命的一种延续。

　　叶天五岁就跟随李善元学艺，对老道的感情甚至超过父子。老道临终之时曾经叮嘱他要寻得两位师兄，他一直谨记心头，此时愿望达成，心中的高兴难以用语言来描述。

　　"二师弟也在台湾？好，好，好！！！"荀心家虽然没有像叶天那般兴奋，但接连三个好字也表达出他此时的内心并不平静。

　　恩师已逝，荀心家心里的这份情感不自觉地就转移到了叶天和左家俊身上，对荀心家来说，叶、左二人就是他在世间唯一的亲人了。

　　佛广山上的这座道观，对于很多佛教信徒来说并没有什么印象，但是这满山的僧人却没有一人不知道这个道观。

左家俊来到山脚稍一打听，就搞清楚了道观的方位，让司机在山下等候，左家俊拎着几瓶白酒和熟食往山上赶去。

"这……这不就是祖师的塑像吗？"

进入道观大殿，看着位居正中的泥塑，左家俊后悔不迭，要是他早前能来到这座道观，恐怕早就寻到叶天和大师兄了。

稍微打量了一下道观，左家俊就大声喊了起来："叶天，叶天，大师兄！"

"你是……左师弟？"一个有些苍老的声音从大殿后方响起，左家俊循声望去，整个人忽然愣住了。

半晌之后，左家俊情不自禁地脱口而出："师……师父？哦，不，师兄！"

面前这个老道实在是和李善元太过相似了，除了面貌不同之外，身材和那出尘一般的气质几乎一模一样，乍一看去，左家俊差点认错了。

其实不只是左家俊，就是叶天在面对荀心家的时候，也时不时会有那种错觉，大师兄和师父都是正经皈依了的道士，身上相似之处极多。

"左师弟，到后厢房来吧，小师弟也在那里！"荀心家脸上露出婴儿般的笑容，一日之间得见两位同门师弟，让他喜不自禁。

心境修为到了荀心家这种境界，已经不会去控制自己的喜怒哀乐了，道法自然，万事随心，该哭时当哭，该笑时自然当笑了。

一脚跨进内厢房，左家俊就见到肩膀处缠着绷带的叶天，连忙走上两步，问道："叶天，你受伤了？"

原本左家俊还以为叶天只是为了逃避此次杀人的责任，但是现在看来，事情却不是那么简单。

叶天摇摇头，说道："这次大意了，肩膀挨了一枪，还被毒蛇咬了一口，如果不是遇到大师兄，我这性命能否保全下来还得两说呢……"

听到叶天的话，荀心家笑道："小师弟，你福泽深厚，不是短命之人，一生虽多波折，但也是有惊无险的！"

虽然叶天同为奇门中人，但荀心家何等修为，他虽然堪不破叶天的命理，但还是能从叶天的面相中看出一些端倪。就像是叶天当年也曾经推演出老道的大限时日，只不过他那时功力尚浅，遭受的反噬严重一些罢了。

"麻衣门下左家俊，拜见大师兄！"待得荀心家和叶天聊了几句之后，左家俊整了整衣服走到荀心家面前，恭恭敬敬地一个长揖拜了下去。

奇门中人最讲究身份辈分，李善元去世之后，荀心家已然是当世麻衣一脉辈分最高的，只要叶天不行使门主权力，都当以荀心家为尊。

荀心家抢前一步，用单臂将左家俊扶起来，笑道："左师弟在台湾名声不小啊，只是为兄先前不知道你我同出一门，却是晚相见了十多年……"

"在师兄面前，家俊岂有名声可言？"左家俊被荀心家说得满脸通红，他这倒不是在谦虚，而是实实在在地感到羞愧。

先不提叶天那近乎妖孽般的手段，就是面前这已进入耄耋之年的大师兄，体内真气都深不可测，一老一少完全将自己比下去了。而且左家俊曾经听师父说过，他这大师兄天赋异禀，在门内功法上的修炼无人可及，并且对阵法奇门遁甲颇有研究，是得到他真传最多的一位弟子。

左家俊本人已经进入暗劲的境界，只差一步就能跨入化劲之中，原本心中是颇为倨傲的，但前有叶天，后有荀心家，却让他的心态发生了不小的变化。

修炼初始是打熬身体拳脚，但到了一定境界的时候，那就是修心了。

左家俊的心态这一放松，整个人居然都变得空明起来，往日想不明白的事情在此刻豁然醒悟，脸上不自觉地露出一丝发自内心的微笑。

"这师兄（师弟）的悟性很高啊！"叶天和荀心家对望了一眼，同时笑了起来，不过谁都没有出言打扰左家俊，顿悟对于道家而言，绝对是可遇而不可求的。

"啊，叶天，大师兄，是我失礼了！"足足过了半个多小时，左家俊才如梦方醒，心神悠悠然回转过来。

"恭喜左师弟啊，相信有个半年的时间，你也能进入炼气化神的境界了。"

"全靠师兄点化。"左家俊也是一脸的喜色，对着荀心家又是长揖到地。

左家俊原本以为这辈子都无法进入炼气化神的境界了，没想到一次顿悟，却让他跨过了这个门槛，只要精心潜修半年，一定能突破现有的境界。

荀心家放声大笑："哈哈，我麻衣一脉三兄弟，都能进入练气的至高境界，吾师足当自傲了！"

"起来，今日当浮一大白！"荀心家将左家俊扶起来，笑着说道，"你们这大师兄可是寒酸得紧，酒菜什么的都要自备啊。"

听到荀心家的话，左家俊连忙说道："大师兄哪里话，以你的本事，足以轻王侯笑将相，岂能被世俗这些阿堵物沾染了？"在左家俊想来，大师兄是避世修炼，否则以他的能耐，还不被人像活神仙那样供奉起来？

把手上拎着的东西放到桌子上后，左家俊扶住荀心家，说道，"师兄，你请上座！"

荀心家摆了摆手，笑道："咱们师兄弟就别讲这些啦，我这椅子不够，小师弟就坐床上吧。"

"嗯，大师兄，你……你这手臂？"直到此时，左家俊才发现荀心家那空荡荡的左臂，不禁面色大变，"师兄，你这手臂是何人所为？"

和叶天初时的反应一样，左家俊脸上也露出极度震惊的神色，以老道的修为，足以趋吉避凶，是什么人能将他伤成这样？

"左师兄，坐下说话吧。"叶天拉了拉左家俊，然后出了厢房到厨房里拿了三个碗，回来后将左家俊带的白酒打开，满满地倒了三碗，开口说道："今日能得见大师兄，是我麻衣一脉师门大幸，小弟在这里敬两位师兄一碗！"

叶天之前就问过荀心家相同的问题，只是老道不肯多言，是以他就想着先来几碗酒，等师兄酒意上来后，自然就会说了。

"小师弟，对师兄也动上手段啦？"荀心家活了八十年，对叶天这点儿小手段心里自然一清二楚，摇了摇头笑道，"能见到两位师弟，老道我这辈子已再无所求了，这手臂的事情，就说给你们听吧！"

"来，先干了这碗酒！"道士本就不戒荤腥，别看荀心家身材矮小，酒量并不比叶天和左家俊差，一口就将碗里的半斤多酒喝到了肚子里。

"你们都知道，我在1949年跟随蒋先生来到台湾，但你们不知道，我当时的主要任务……"

拿着空碗，荀心家陷入对往事的回忆之中，说出了一段让叶天和左家俊震惊不已的惊天隐秘。

原来，荀心家在当时的蒋氏政府中，是一个极为特殊的角色，专门处理一些蒋氏无法交与旁人的事情。

荀心家在当时接到一个任务，要从中缅边界往台湾押送一批数量极其庞大的黄金。

这批黄金是日本当年从东南亚各国掠夺来的，由于1945年日本兵败如山倒，甚至都来不及将黄金运回日本，只能就地掩埋在中缅边境。荀心家带着二十多个人，仅用了三天时间，就将那批黄金全部起出，并且运送到缅甸境内，准备由缅甸孟加拉湾出海返回台湾。不过就在进入缅甸后，荀心家心头忽然起了一丝警兆，当机立断让手下把黄金重新掩埋起来，并且带人准备离开。黄金虽然藏起来了，但荀心家等人在返回边境的时候，却遭到了一帮神秘人的伏击，手下全部战死，荀心家也付出了一条左臂的代价才逃出生天。

讲到这里，荀心家的神情有些黯然，跟随他的兄弟大半都是他亲手训练出来的，感情极深，却不承想在这一役中全军覆没。而且如果不是几个手下最后拉响手雷以死相拼，或许荀心家自己也难以逃出来，虽然事情已经过去近半个世纪，还是让他的心境有些波动。

"大师兄，是谁干的？是乃他信·沙旺素西吗？"

叶天和左家俊都面色一动，他们师门和泰国国师乃他信·沙旺素西有着极深的恩怨，难道是乃他信·沙旺素西出的手？

"乃他信·沙旺素西？你们怎么会想到是他？"听到叶天的问话，荀心家脸上现出一丝诧异，"我认识乃他信·沙旺素西，师父曾经和他较量过一番，不过我被截杀之事，和他却是没有什么关系的。"

荀心家在二三十年代的时候就跟随李善元学艺了，他对李善元早年的一些经历非常了解，李善元与乃他信·沙旺素西斗法的时候，他甚至就在当场。

叶天坦然道："师兄，我前不久曾经杀了乃他信·沙旺素西的徒弟邕鼍鼍，而且这次追杀我的领头人精通降头术，也一定与乃他信·沙旺素西有些瓜葛！"

虽然东南亚懂得降头术的人不少，但名声最大的还是乃他信·沙旺素西，自己刚刚杀了他的弟子就有人上门追杀，绝对和他脱不了关系。叶天知道，他与泰国降头师这一脉，现在已经是不死不休的局面了。

"嗯，你所中蛇毒十分猛烈，如果不是我有对症的蛇药，恐怕你的小臂就保不住了，应该是泰国人饲养出来的蛇蛊。"荀心家点了点头，眉头微微皱起来，"要论真实本领，咱们不需要怕那乃他信·沙旺素西，不过这个人一身邪术，很是让人防不胜防。"

对于荀心家的话，叶天和左家俊都点头认可，就拿邕鼍鼍来说，他本人并不很难对付，但所带的那个非人非鬼的家伙却让叶天和左家俊都有些束手无策。

尤其叶天感受最深，他前几天所杀的那个天龙，竟然在身死之后还能驱动蛇蛊，差点儿没使叶天和他同归于尽，想到这里，叶天心中甚至还有些后怕。

看到两个师弟脸上的神色，荀心家以为他们心中惊惧，大声笑道："没事，你们也不用怕他，当年师父能杀到他大败，现在师兄虽已老迈，还是能护得你们周全的！"

不过荀心家此话说出以后，却发现左家俊脸上露出怪异的神色，不禁问道："左师弟，怎么了？不相信我老道说的话吗？"

荀心家最早追随李善元，从他手上学得的本事也是最多的，除了一身功法之外，更是将李善元阵法之道全部继承了下来。加上这五十多年的潜修，更是进一步完善了一些攻伐杀阵，他自问在奇门阵法上，当世无人能出其右。

"不……不，大师兄，你误会了，我没有那意思。"左家俊连连摆手，看了一眼叶天，接着说道，"不过师父晚年曾将咱们这一脉的攻伐术法补全了，尽数传给了小师弟。"

"什么？左师弟，你所说当真？"荀心家闻言吃了一惊，话虽然是问左家俊的，眼睛却看着叶天。

荀心家在功法上的修为已勘造化，他也曾想如李善元一般补齐师门功法，不过术法传承玄妙难解，耗费数十年工夫，也不过只是在阵法一道上稍有建树。所以虽然荀心家对先师的本领极为推崇，但他之前也没想到李善元居然能做到这一点儿，一时间不禁有些失态。

叶天点了点头，说道："大师兄，左师兄说的是真的，师父曾经遍寻奇门各派的一些典籍，借鉴了其中不少功法，在晚年豁然而通，留下许多攻伐术法。"

和荀心家说话，叶天却是又加了点儿料进去，因为荀心家不比左家俊，他的修为境界已经不在师父李善元之下，对自创功法的难度了解得也更深。如果自己咬死这些攻伐术法都是老道闭门造车手创出来的，即使荀心家嘴上不说，心里恐怕也是不会相信的。果然，叶天如此一说，荀心家再无一丝疑虑，点头叹道："我师学究天人，弟子终究不及啊。"

"荀师兄，这事儿先不提，回头我会把这些术法整理出来交给你。"叶天怕荀心家询问老道创建术法的具体情况，连忙将话题岔开，"师兄，当年到底是什么人伤的你，你倒是说给我和左师哥听啊。"

"对，对，荀师兄，到底是哪方面的人伤的你啊？"听到叶天的话，左家俊也是连连点头，且不说荀心家断臂之恨，单是这件往事，就是一桩惊天大隐秘。

"好，那我就告诉你们！"

荀心家站起身走到床边，将被单掀起，又从上面揭开一块床板，从里面凹进去的地方取出一把长柄的日本刀。

"是日本人干的！"把刀放到桌子上，这次荀心家再也没有犹豫，直接将敌人说了出来，"那批黄金本就是日本从东南亚各国劫掠来的，日本战败的时候，埋藏黄金的日本人并没有死绝。只是当时东南亚局势不稳，日本又是战败国，他们等了五年才准备把黄金起出偷偷运回国，却没想到被我捷足先登了……"

吃了这么大的亏，荀心家当时自然不肯善罢甘休了，逃回台湾后，他动用了一些隐秘的关系把这件事查了个水落石出。

原来，日本方面要把黄金带走，他们所派出的也是一支不为外人所知的力量，其中包括日本三个武术流派。荀心家的左臂，就是被日本北宫一刀流中的一个年轻人斩断的，不过那人也没能讨得好处，胸口挨了荀心家一掌不说，就连自己所拿的武器也被荀心家抢了过来。

"好刀！"听完荀心家的讲述,左家俊将桌上的刀拿起来,只抽开一半,顿时寒光扑面,一股肃杀之气四溢,让左家俊的呼吸都为之一紧。

这把长柄武士刀锋似崩霜，刀身由精钢百炼而成，上面布满了精美细密的纹路，这种手工打制的宝刀，到今天已经极为少见了。

待得左家俊看到刀柄处的两个字后，忍不住呼吸急促，大声喊了出来："村正？竟然是它？！"

"妖刀村正？"坐在旁边的叶天也不由得一愣，抗日战争时，老道和日本武术流派也多有交集，是以叶天对日本的各个流派都不陌生。村正刀刃长 73.32 厘米，是室町末期刀工势州村正所作，斩切能力出类拔萃。只是村正刀下冤魂众多，德川家康的祖父松平清康在与织田家作战的时候，被自己的家臣用千子村正一刀从右肩劈到左腹。其后德川家康的父亲松平广忠被近臣用刀斩伤了大腿，用的也是村正，后来，德川家康的嫡男信康被织田信长疑心和武田家勾通而切腹自杀，用的又是村正！所以，德川家康对村正极其痛恨，斥之为"不吉"的象征，下令废止村正，不许使用，持刀者都被视为藐视幕府，被处极刑，由此"妖刀村正"的名声也流传了出去。

不过"村正"却是日本最为优秀和可用于实战的刀，初代"村正"更是名列日本十大名刀之中。另外几把日本名刀都被传承了下来，但这"妖刀村正"却下落不明，叶天和左家俊都没想到竟然在这里见到了此刀。

"没错，这就是德川家康年代的妖刀村正，后来被北宫家族得到，嘿嘿，想必是北宫一刀流的镇派之宝被我夺了，没脸公布出来吧？"

看到叶天和左家俊诧异的样子，荀心家大笑起来，虽然他早已没有了争斗之心，但见到北宫家族这些年疲于奔命般地寻找此刀，心中也畅快得很。

荀心家虽然远离尘世，但这佛广山上的老和尚却消息灵通，至少他就知道，北宫家族这五十年来从来没间断对他的查探。

叶天从左家俊手中接过村正，脸上露出狠色，说道："北宫一刀流，竟然敢欺到我麻衣一脉的头上，两位师兄，咱们要不要杀到日本去挑了他们的场子？"

"杀到日本去？小师弟，你看我们还成吗？"

听到叶天的这句话，荀心家和左家俊脸上均是一脸的哭笑不得，他们两个加起来都快一百五十岁了，即使仇恨再大，也干不出那种上门砸场子的事情了。

听到荀心家的话，叶天尴尬地笑了笑，说道："自然不用师兄们出马了，等有机会小弟一定帮大师兄讨回这个公道！"

"小师弟，真不知道你这么重的杀心，是如何修炼到这般境界的？"听到叶天的话，荀心家摇头苦笑道，"我虽然失去条手臂，但那边也没占到便宜，时间都过这么久了，还是算了吧。"

两批人当时都是为了那些黄金去的，没有谁对谁错，而且在荀心家的以死相拼下，日本人也死伤严重。尤其是斩断荀心家手臂的那个北宫英雄，原本是北宫一刀流门主最有力的竞争者，但被荀心家打中一掌后，在日本武术界也销声匿迹了。所以严格说来，荀心家虽然失掉一只手臂，但吃亏并不大，夺得这把"村正妖刀"，也让北宫一刀流在日本名声大降，隐然已经沦落为二流世家了。

"大师兄教训的是。"听到荀心家这番话，叶天心头猛地一震，大师兄说的是啊，这段时间他杀心极重，而且性格也变得有些张扬，无端招惹了不少是非。

其实这也怨不得叶天，每个人心中都有魔鬼，他少年得志，加上修为日深，但他心境却连左家俊都不如，那种自大的心态也就慢慢在心底滋生了。不过在此次险死还生之后，叶天变得沉稳了一些，尤其是见到荀心家没有任何际遇都能达到如此修为，也让他真正意识到什么叫作天外有天人外有人。

左家俊忽然想起一事，问道："对了，大师兄，你为何会流落到这里出家了？"

说起来左家俊心里也有些郁闷，他来过不少次高雄，只是佛道两派虽说不是水火不容，但关系也不是那么好，是以笃信道教的左家俊，从来没有到过佛广山。但左家俊怎么都没想到自己大师兄会隐身于这么一个佛门圣地，而且荀心家早年应该也是位高权重之人，为何会沦落成这般模样呢？

听到左家俊的话，荀心家脸上有些失落，叹了口气说道："我若不隐居在此，恐怕早已没有性命了……"

在荀心家历尽千辛万苦逃回台湾后，发现自己病房外多了许多眼线，一位老部下冒着生命危险，给他送来一份情报。

原来，荀心家的一个老对头，要借机向失势的他下手。荀心家的二十多个心腹都死在了缅甸，虽仍有一些忠于自己的老部下，但也难与老对手争斗。想明白事情的前因后果，荀心家动用自己的一些老关系，造成一个医院失火的假象，又偷梁换柱在病房内放置了一个断去一臂的死人，自己则逃之夭夭。后来遇到旧识圆通大师要修建佛广山，荀心家就混在和尚堆里隐居了下来。荀心家毕竟从小接受的是道教理论，和圆通虽为至交好友，却经常有争执，后来荀心家就和圆通打了个赌，赢下了这座道观。

"能逃得性命，也算是不幸中的大幸了。"听完荀心家的讲述，叶天和左家俊均松了一口气，"卸磨杀驴，一直都是大人物的拿手好戏，大师兄，你当时就不该把藏匿黄金的位置告诉他。"

听到叶天的话，荀心家脸上露出一丝顽童般的神情，说道："告诉倒是告诉了，但我说的未必就是真话啊！"

"什么？"这次叶天和左家俊真的感到震惊了，要知道，能让日本和台湾两方进行角力的黄金，当然不是一笔小数目。

"当今之世，也就你们两个知道真相了。"荀心家脸上露出得意的笑容，"当年我不能不留一手……"荀心家当年虽然没有贪念，但为了自己的安全，他谎报了一个假的埋藏黄金的地点。

"师兄，那些黄金到底有多少啊？"叶天实在是好奇，像这类黄金宝藏的事情，一向只能在传说中听闻，但眼前就有个当事者，他忍不住就问了出来。

"怎么着？小师弟也动心了？"

荀心家脸上带着戏谑的笑容，不过眼睛却紧紧盯住叶天，虽然荀心家相信这两个师弟的心性，但知人知面不知心，如果叶天真是个贪财小人，那这师弟不要也罢。

叶天被荀心家这句话说得满面涨红，连忙分辩道："大师兄，我……我就是好奇而已，我真的不是打那黄金的主意，你就当我没问这件事！"

"大师兄，小师弟这次帮曾玉蛟寻得她丈夫的尸骸，想必曾玉蛟的酬金都要在千万以上，他绝对不是想那笔黄金的。"

左家俊和叶天相处的时日久一些，知道叶天不是贪财之人，当下也出言帮着叶天解释起来。

盯着叶天的眼睛看了一阵后，发现叶天眼神纯洁坦荡，荀心家缓缓点了点头，当下说道："那批黄金一共有二十吨，全都被烧铸成了金砖，我们当时动用了数十匹骡马押运，你们算算价值几何吧！"

左家俊是做黄金珠宝起家的，对黄金的价格远比叶天了解得多，在心里默算了一下后，忍不住大声说道："二十吨？乖乖，那不是价值好几十亿？"

这的确是一个可以让圣人变成魔鬼的数字，即使是左家俊和叶天，也吃惊地张大了嘴，过了好一会儿才回过神来。

刚才被荀心家怀疑，叶天不想再提关于金钱的事了，当下举起碗，说道："行了，不说这事了，说不定那些黄金早已被人发现了呢。来，小弟敬两位师兄一碗。"

一碗酒下肚后，叶天说道："大师兄，你身无牵挂，也没有家人了，我想要不你这次就跟我回去吧，正好也去祭拜下师父！"

听到叶天的话，左家俊倒是不乐意了，说道："师弟，还是让师兄跟我住在香港吧，我也是孤身一人，平时正好能向师兄讨教一些问题。"

俗话说长兄如父，虽然和荀心家认识才一天，但同门之谊让他们之间并没有任何隔阂，尤其是荀心家的气质像极了李善元，更是让叶天和左家俊心生亲近之情。

"先去祭拜下师父，至于住在哪里，到时候再说吧……"看到两个师弟争执起来，荀心家不由得哑然失笑，他能察觉二人的一片至诚之心，心中顿时感到暖烘烘的。

这一天，师兄弟三人都喝得酩酊大醉，谁都没有用功夫去消减酒意，两老一少就挤在荀心家那狭小的厢房中沉沉睡去了。

第二天天还没亮的时候，寺庙中所养的打鸣鸡就开始鸣叫了起来，叶天、荀心家和左家俊三人同时张开眼睛会心一笑，那种同门之间的情谊温暖在三人心间。

虽无血缘关系，三个人年岁更是差了许多，但一脉相承的渊源，却使他们比兄弟还要亲。

"山中清净，老道这又要沾染红尘啦！"荀心家起来后，来到院子里伸展了下身体，面对这住了数十年的地方，心中却有些不舍。

"师兄，入世出世对你来说，还不都是一样吗？"叶天闻言笑了起来，虽然身中枪伤蛇毒，但他年轻底子扎实，经过这几天的恢复，除了身体还有些虚弱之外，精神已经与往常无异了。

"大师兄，你这里还有没有要带走的东西，我回头让人过来收拾一下。"左家俊也从屋里走出来，手上拿着个电话，一脸的苦笑。

从昨天夜里到现在，左家俊手机上居然多了几十个未接来电，他和叶天要是再不回去，恐怕唐文远也要找到这佛广山上来了。

荀心家倒是很洒脱，开始心头的一丝不舍也很快烟消云散了，左右环顾了一眼，说道："除了那名器村正，我这儿也没什么值钱的东西了。"

左家俊点了点头，说道："那咱们走吧，我叫了车子过来接。"

叶天失踪这件事牵扯实在太大，而他之前击毙天龙佣兵团也引起一些风波，左家俊这是想尽快返回香港，到时即使有什么人想对叶天不利，也不至于像前几天那样明目张胆地持枪追杀。

荀心家沉吟了一下，将手中带鞘的"村正"丢给叶天，说道："你们到山下等我一会儿，我要去向圆通大和尚告个别，住了别人几十年的地方，也要还给别人了。"

荀心家虽然比圆通大了近十岁，但他修为深厚，寿命铁定要比圆通长。

圆通和荀心家固然是一僧一道，但两人却是大半辈子的交情，要说这佛广山上唯一让荀心家放不下的，也就只有圆通大法师了。

"好，大师兄，我们在山下等你！"左家俊点了点头，从知道荀心家的那些经历之后，他心中对圆通和尚就佩服不已。

"嗯？老唐和曾女士亲自来了？"叶天和左家俊正在山下说着话，看到一辆商务车疾驰到山门处，唐文远和曾玉蛟一前一后从车上走下来。

"叶天，你……你没事吧？怎么受伤了？"

唐文远刚下车就看到叶天肩膀上扎着白色的绷带，连忙抢上几步握住叶天的手，羞愧地说道："叶天，这次是老唐我对不住你。"

"不，不，都怪玉蛟，要不是为了寻找先夫遗骸，也不至于让叶大师受到伤害。"曾玉蛟一脸感激地看着叶天，却是把责任拉到了自己身上。

这几天除了找寻叶天之外，曾玉蛟也没闲着。经过那具尸骸和傅宜遗留下来的毛发血液所做的 DNA 比对，证明尸骨的主人正是傅宜无疑，这宗拖了长达八年的悬案，终于可以落下帷幕了。

仅仅靠着占卜推演，就能横跨一个海峡找到已经埋入地下的尸骨，这对于曾玉蛟而言，简直就像做梦一般。所以叶天此时在曾玉蛟的眼里，绝对是神仙一般的存在，那种感激也是发自内心的。

"得了，曾女士，老唐，这事儿和你们关系真不大。"见面前这二人都争着往自己身上压担子，叶天不禁笑道，"是叶某行事不慎招惹了仇家，倒是让你们担心了。"

叶天原先的性子并没有那么高调，他一直秉承着老道与人为善的教诲为人处世，只是来到香港之后，他的很多行为与平日里的性格，变得有些大相径庭。

当然，这也是有原因的，叶天一到香港就遭遇了诸多事情，先是和降头师鄬薑鼍斗法，然后又遇到杀手暗杀的事件，使得他一直处在焦虑之中，所以脾气也变得有些急躁好杀。不过在佛广山住了几天后，山上那种慈悲之气，无形间将叶天身上的戾气化解了不少。加上荀心家的指点，他也认识到自己心境中的不足，现在的叶天在收敛了身上的气机后，又变得如同邻家少年一般内敛低调。

简单地聊了几句后，唐文远说道："走，先回酒店，咱们下午就回香港！"

"等下，还要等个人。"叶天摇了摇头，看着唐文远问道，"老唐，之前的事情还有麻烦吗？"

叶天在这佛广山上连杀二十二个人，虽然杀人者人恒杀之，但在现代社会如果传出去的话，还是会在人类世界引起轩然大波，他心中多少也有些忐忑不安。

"之前的事？"唐文远闻言愣了一下，紧接着反应过来，笑道，"你说的是那些人死亡的事情？没事了，他们没有正当的入境手续，本身就是偷渡来的台湾，加上又持有非法武器，不会有人管的。"

"上车吧。"前往佛广山礼佛的善男信女可是不少，叶天也不想站在外面等荀心家，招呼了左家俊一声，就钻进了商务车里。

唐文远虽然有心询问叶天等的人是谁，不过在面对叶天的时候气势一弱，这会儿却有些张不开嘴了。

好在荀心家并没有让叶天久等，几人在车里坐了大概半个小时，两队披着深黄色袈裟的和尚忽然从山上走下来。那两队和尚来到山门后，分成两队站在山门两边，前面三人手中均举着华伞，显得颇为庄重肃穆。

一个圆脸大耳身着明黄色袈裟的大和尚，和一个干瘦穿着一身半新不旧的道袍的老道士，从两队和尚中间走了下来。

坐在车上的唐文远和曾玉蛟看清楚那大和尚的面貌后，身体猛地一震，同时脱口而出："圆通大师，他……他送的人是谁？"

圆通是当世活着的僧人中名气最大的人，在各行各界都很有影响力。坐在车上的曾玉蛟和唐文远，都和圆通法师相识，并曾经向佛广山捐善款达数千万之多，不过即使如此，他们也没享受过让圆通法师亲自送下山的待遇。

"我下车和圆通大师打个招呼。哎，叶天，你干什么去啊？"唐文远转头和叶天说话的时候，却发现他已经推开车门走了下去，向着刚刚来到山门处的圆通法师和那老道走去。

唐文远可是深知圆通在台湾的影响力的，生怕叶天这杀神冒犯了大师，连忙跟在后面追了上去，别看他已经是年近八旬的老人，这腿脚却利索得很。只是还没等唐文远走到跟前，叶天已经和圆通大师身边的那个老道说笑了起来，圆通大师也是一脸笑容地看着二人，这一幕不禁让唐文远看得目瞪口呆。

要知道，佛道两派虽然说不上势不两立，但道不同不相为谋，自古以来不是佛兴道衰就是道长佛败，圆通大师亲自送一道人下山，这事儿本就透着古怪。

不光唐文远和曾玉蛟心中好奇，这上山礼佛的众多善男信女，也均站在远处指指点点，想必都在猜测那老道士的身份。

"圆通大师，许久未见，大师佛法日趋高深了！"唐文远压抑住心中的好奇，上了台阶和圆通大师打招呼。

见到唐文远，圆通大师双手合十，笑道："原来是唐老居士，老居士身体康健，可喜可贺啊。"想弘扬佛法，可是少不得这些财力雄厚的居士帮衬的，圆通大师几乎和世界上所有的华人富豪都相识，其中就包括唐文远和曾玉蛟等人。

"大师，您这是？"唐文远看了一眼叶天和那老道，终究压制不住心中的好奇，这当世难道还有值得圆通亲自送下山的高人？

"我一老友今日离开佛广山，和尚特来送行。"

对于圆通而言，事无不可对人言，加上蒋介石早已去世，台湾也不复蒋氏天下了，荀心家没有必要再如前些年那样躲躲藏藏。

"感谢圆通大师这些年对师兄的照顾！"听见圆通的话，叶天回转身对大和尚作了个揖，荀心家这数十年能在此安心潜修道法，的确是拜这和尚所赐。

"呵呵，我与元阳子相交六十多年，这些都是应该的。"圆通大师闻言笑了起来，看向叶天说道，"倒是对叶施主，我有一言相劝。"

圆通和荀心家是平辈论交的，是以在叶天面前也没有摆什么大师长辈的架子，说话语气和煦，让人有一种如沐春风的感觉。

"大师请言！"叶天点了点头，做出一副受教的模样。

"叶施主天纵奇才，年纪轻轻就道法精深，是大和尚生平仅见的第一人。"圆通先是将叶天夸奖了一番，话锋突然一转，说道，"不过施主杀气过重，要知道，草木皆有灵，更何况万物之灵的人类呢，还希望叶施主日后能少些杀戮，多行善举！"

"大师言重了，叶某行事不求尽如人意，但求问心无愧！"叶天语调铿锵有力，用奇门前辈刘伯温一句自勉的话，阐明了自己的立场。

圆通双掌合十对着荀心家微微弯下腰，轻声说道："好，元阳兄，就此别过吧！"相交六十年的老友今朝离别，大和尚心中也是十分不舍。

深深地看了一眼当年的荒山，现在的佛门圣地，荀心家道袍一挥，转身出山门，口中唱道："白云在天，丘陵自出，道里悠远，山川间之，将子无死，尚能复来……"

听到这首先秦《白云谣》，看着老道洒脱的身影，叶天心头一震，仿佛见到师父羽化时的情形，这与当时何其相像！

摇摇头挥去心头的思绪，叶天单手向圆通大师作了个道揖，转身抢先几步，将师兄让到那辆阿丁做司机的商务车上。

"变化真的很大啊……"看着窗外的景色，荀心家的心绪也有些波动，这几十年来他未曾下佛广山一步，除了听圆通谈起一些外界的情况之外，对现在的世界一无所知。

不过当车子来到酒店后，荀心家的心态就恢复了正常，他早年享尽了荣华富贵，中年遭变，却又清苦数十年，对于身外物早就看透了。

"元阳真人，不知道您对饮食可有什么要求？"来到酒店已经中午了，在车上的时候唐文远也知道了荀心家的身份，是以在准备宴席的时候，首先征求了荀心家的意见。

荀心家随意地摆了摆手，笑道："山野化外之人，吃什么都一样，清淡一些就好。"

"好，我这就叫人准备！"唐文远点了点头，能让他亲自过问宴席酒菜的，在这世上恐怕也就眼前这师兄弟三人了。

中午吃了一顿并不丰盛却异常精致的午餐后，唐文远陪着叶天等人来到那间总统套房，他们在这里休息一个多小时，就可以赶往机场飞回香港了。

"叶天，张之轩已经被林荣押到了香港，你准备如何处置他？"

唐文远对叶天此次出事震怒不已，动用了不少数十年前的老关系，昨天他就接到了林荣的电话，知道张之轩现在已经身处香港了。

叶天摇了摇头，说道："我和这人并没有什么仇怨，只是临时见到稍作惩戒而已，但他买凶杀人心怀怨恨，让林荣按照江湖规矩处理吧。"

从大陆出来这一趟，叶天可以说是从腥风血雨中闯过来的，虽然身上所受的伤不是很重，也不会留下什么后遗症，但他的心神却感觉有些疲惫了。

"好，张之轩早年也是帮派中人，就按照他们新安的帮规处置，我回头告诉林荣。"唐文远点了点头，他也不想见到叶天出手。

"对了，老唐，我师兄早年出家，已经数十年没有出世了，到了香港你帮他办理个身份证件吧。嗯，最好能办成皈依的道士身份。"

"好，不知道元阳真人本名叫什么？"唐文远答应了下来，这种小事对于他来说只是举手之劳。

叶天闻言看向坐在沙发上正看着电视的荀心家，问道："师兄，你叫个什么名字好呢？"

虽然知道那桩黄金悬案的人都已经死得差不多了，但荀心家这个早已死亡的名字，却是不适合出现在世间的。

"看来这元阳真人也不是个省油的灯。"没听说过这么问人姓名的，听到叶天的话，唐文远在腹中暗自猜测。

"姓李，名家鑫，麻烦唐老弟了！"

荀心家张口就杜撰了个名字，眼睛始终没有离开电视机的屏幕，那里面正放着美国动画片《猫和老鼠》。

叶天干笑了一声，说道："我师兄童心未泯，老唐，这事就拜托你了。"

"无妨，小事。"唐文远摆了摆手，让阿丁拿了个相机过来，对着苟心家拍了两张照片，然后交代了阿丁几句，让他和香港的某个部门联系去。

　　阿丁这边刚出门，曾玉蛟就从外面走了进来，来到沙发边，一脸歉意地看向叶天，说道："叶大师，玉蛟本来应该陪您一起回香港的，不过先夫在台湾这边要举行七天的法事才能移灵，实在是对不起。"

　　之前为了寻找叶天，曾玉蛟虽然请好了法师班子，但一直都没开始进行法事，眼下叶天无碍，她丈夫的事情却是不能再拖下去了。

　　"没事的，曾女士，还请节哀。"叶天对这个女人是十分敬重的，自从丈夫去世后，她一个从来不过问生意场的小女人，竟然将一个商业帝国发展得蒸蒸日上，这绝非普通人可以做到的。

　　听到叶天的话，曾玉蛟将手中拿着的一个文件袋递给叶天，说道："叶大师，这是玉蛟的一点儿心意，还请您在这上面签个字。"

　　"这是什么？"叶天愣了一下，打开文件袋一看，里面全部都是些英文文件，厚厚的足有四五十张。

　　曾玉蛟拿起最上面的一沓文件，说道："叶大师，我前些年在浅水湾买过一栋房子，一直都没搬过去住，想着您在香港还没有落脚的地方，这栋房子我想转到您的名下。"

　　"这……这是房产的过户文件？"叶天心里有些明白了，傅宜的尸骸已经寻到，现在曾玉蛟是在支付自己酬金。

　　叶天原本以为曾玉蛟会开上一张支票，没想到却是送房子。

　　为了寻找傅宜的尸骨，叶天确实出了不少力，自觉也受得起这套房子，当下也没客套，将文件接了过来，随口问道："曾女士，这房子是多少平的啊？"

　　"单层面积是六百二十平，一共有三层，算上花园泳池差不多三千多平方米吧，应该够叶大师居住了。"

　　曾玉蛟一边解释，一边抽出一张纸，说道："这个是房子的平面图，叶大师您可以先看看，要是不满意的话，玉蛟在太平山还有一套房子。"

　　"三……三千多平方米？"叶天被这个数字吓到了，他在香港住了几天，对香港寸土寸金的情况也有所了解，这三千多平方米的房子，得花多少钱啊？

　　听到玉蛟要转让房子给叶天，唐文远插口道："玉蛟的这套房子我去过，很不错，比我那套还要好一些，当年玉蛟买的时候就市值一亿两千万港币了。"

　　听到这个数字，叶天干脆连话都说不出来了，他不是没见过有钱人，但有钱到随手就送上亿豪宅的，这还真是第一次得见。

　　要知道，那位喜欢追女明星的文老板送出去的别墅，也不过是市值两三千万左右的。

　　"怎么？叶大师嫌小？"见叶天久久没有说话，曾玉蛟皱起眉头，说道，"我和先夫在山顶的那套房子倒是更大一些，只是产权有些问题，过户不是很方便。"

"不……不是，曾女士，我想你误会了，不是房子太小，是太大了，叶某受之有愧啊。"叶天连连摆手，他原本想着这单生意能收取两三千万就差不多了，没承想这个看上去有些娃娃脸的女人，出手居然如此大方。

曾玉蛟摇了摇头，很认真地说道："叶大师，就算是拿全部的身家换取先夫的下落，玉蛟都是愿意的，所以这栋房子您无论如何都要收下。"

唐文远也在一旁帮衬道："叶天，玉蛟现在就是在做地产，她既然有心，你就收下来吧。"

曾玉蛟接手丈夫的生意后，进行了公司战略上的调整，主要进军地产界，现在已经成为香港第四大地产公司。而她的身家更是高达三百亿港币，所以送出这么一套房子，在唐文远看来实在是不算什么。

"那好吧，叶某就却之不恭了。"想了一下后，叶天再次接过那份文件，心里想着这位香港同胞就是比台湾同胞大气，当年帮廖昊德寻找母亲墓葬的时候，才得到两万块钱。

见叶天同意了，曾玉蛟又拿起另外一份文件，说道："叶大师，这里还有一份股权转让书，我想把手上集团的股份转让百分之一给您。"

"什么？玉蛟，你要把华茂集团百分之一的股份转给叶天？"

原本只是在一旁敲边鼓的唐文远听到曾玉蛟的这番话，忍不住站起身来，脸上不加掩饰地露出了诧异的表情。

华茂集团是在香港可以位列前四的大型综合性集团，除了房地产之外，产业还涉及财务金融、物业管理、娱乐饮食等诸多领域。

根据去年香港相关部门的估算，华茂集团现在总市值约八百亿港币左右，作为华茂集团的大股东和掌舵者，曾玉蛟自己占了百分之四十的股份。这百分之四十的股份，也就代表了三百多亿的财富，换句话说，曾玉蛟送出的那百分之一，如果股市不缩水的话，就是整整八亿港币。而且华茂集团发展势头良好，资产每年都呈上涨的趋势，现在这百分之一是八亿，或许到了明年就会变成十亿也说不准。

像唐文远这些香港超级富豪，他们之间都有着股权互换的习惯，但唐文远曾经想持有一些华茂的股份，却被曾玉蛟拒绝了。原因是曾玉蛟并没有绝对掌控公司的股份，为了怕被人恶意收购，是以她不敢将手上的股份稀释掉，对于这一点，唐文远也是能理解的。也正因为如此，见到曾玉蛟竟然拿出了集团百分之一的股份来酬谢叶天，唐文远也禁不住有些震惊，这种大手笔他自问是做不出来的。

"对，我就是要拿出百分之一的股份送给叶大师！"曾玉蛟重复了一遍自己刚才的话，语气十分坚定。

曾玉蛟也差不多六十岁了，老公已经故去，她一人掌管着数以百亿计的财富，钱对她而言只是个数字。

这次找到老公的尸骸后，曾玉蛟的心态也发生了一些变化，原本想把集团做大做强的念头，已经不是那么强烈了，所以才有了赠送叶天股份的想法。

"等等，曾女士，这房子我可以收下来，可是我要你那股份有什么用啊？我也不懂得经营，对做生意更是不感兴趣，我看……股份就算了吧。"

叶天有些搞不明白唐文远为何做出那副吃惊的样子，他也没有听说过华茂集团的名头，在他看来，百分之一的股份并不算很多。而收取了股份就要尽相应的义务，叶天最厌烦的就是商场中那些钩心斗角的事情，所以直接拒绝了。

只是叶天并不知道，在这样的大公司里，别说百分之一的股份了，就是能拥有百分之零点几的股份，一辈子都可以花天酒地吃喝不愁了。

在香港有许多隐形资产上亿的富豪，其实本身并没有什么能力，但投胎技术好，家族财力雄厚，出生就能拥有家族产业股份。虽然这些股份可能只有百分之零点几，但那已经是一笔常人无法想象的天文数字了，是以这些富商的后人即使一辈子碌碌无为，也能生活得有滋有味。

"算了？"听到叶天的话，唐文远的脸色有些古怪，冲着叶天跷起大拇指，说道，"叶天，今天我才算是真正佩服你了。市值八亿多的股份你竟然都不要，如果你接过来卖给我老唐，我马上就能给你兑现九亿的现金……"

"八亿多？"叶天正在喝茶，冷不防被唐文远这句话吓了一跳，不过总算他对身体的掌控已经到了入微的阶段，心中虽然震惊，手上端着的茶杯却没有丝毫摇晃。

原本正在看《猫和老鼠》的荀心家，在听闻这个数字的时候，眼睛不由得往叶天那边瞥了一眼，见他镇定如常，微不可察地点了点头。

"嗯，叶天，唐生说得没错，华茂集团百分之一的股份，应该值这么多。"一旁的左家俊知道师弟对这些股权之类的事情缺少了解，解释道，"叶天，你拥有股份，只能算是公司的股东，可列席股东会议，也能提出意见和建议，但对公司的具体经营发展却不能过问，不过公司每年会根据当年的盈利状况对股东们进行分红，一年几千万应该少不了吧？"

听完左家俊的解释，叶天肠子都快悔青了，自己干吗不学点儿金融方面的知识啊？竟然把这么一大笔钱硬生生地推了出去！

不过话已出口，叶天也没收回来的道理，再说了，忽然得到这么庞大的一笔财富，他不知道是福是祸，想了一下说道："曾女士，无功不受禄，那套房子我收下了，这股份就算了吧。"

曾玉蛟见叶天态度坚决，也没有再劝，当下说道："那……好吧，叶大师，您在这房产转让书上签个字，我找人公证办理就行了。"

见叶天最后还是没有接受股份，正看着电视的荀心家突然说道："小师弟，不错，月满则亏，水满则溢，做人知道取舍进退，你比师兄当年强多了！"

"谢谢大师兄教诲。"叶天面上恭敬地答了一句，不过心里却在滴血："八亿啊，就这么被哥们儿给推了，这世上还能找到比我还傻的败家子吗？"

"嘿嘿，小师弟，你也甭后悔，咱们麻衣一脉不缺钱。"荀心家似乎看出了叶天的想法，笑道，"日后你要是有兴趣，就到缅甸那边转转吧，反正那些东西都是无主之物，取来用也不会遭受老天的妒忌。"

荀心家说得含糊，唐文远和曾玉蛟完全听不懂他的话，不过叶天和左家俊却是眼睛一亮，大师兄说的可是二十吨黄金啊，其价值要远超八亿港币。

之前左家俊和叶天避讳，并没有再提及那批黄金的事情。但现在荀心家自己说了出来，显然在内心已经真正把这两个师弟看成自己人了，这让叶天和左家俊比得到那笔黄金还要高兴。

看了看距离唐文远所说离开台湾的时间差不多了，叶天站起身说道："行了，曾女士，你要忙活傅先生的身后事，就不用陪我们了，下次有机会咱们香港再见吧。"

告辞曾玉蛟后，叶天一行人径直来到机场坐到了唐文远的私人飞机上。虽然荀心家没有身份证，但这点儿小事对于唐文远而言再简单不过了，根本就没人查他直接开到停机坪上的车子，试想这世上会有百亿富豪帮助人偷渡的吗？

一个多小时后，飞机抵达了香港机场，同样是一辆豪华奔驰驶入机场将众人接了出去，直接送到唐文远的那栋豪宅内。

陪着叶天师兄弟三人用过晚餐后，唐文远就告辞离开了，柳定定也被左家俊赶回了自己家，偌大的别墅里就只剩下师兄弟三人。

"这里风水不错，龙盘虎踞，可以布上个聚灵阵法，我辈修炼起来会事半功倍。"荀心家精通阵法，在这别墅里转了一圈后，就得出了和叶天相同的结论。

"聚灵阵？嘿嘿，师兄，回头你和二师兄去了我那宅子，一准不想离开。"听到荀心家的话，叶天嘿嘿笑了起来，脸上满是得意的神情。

"你那宅子怎么了？也布了阵法了吗？"

荀心家和左家俊同时向叶天看去，这会儿叶天却卖起了关子，只是两个师兄都是成了精的人物，对视一笑不再问下去了，倒是把叶天憋得难受了好一阵。

"对了，叶天，咱们修道之人，法、侣、财、地缺一不可，想要将麻衣一脉发扬光大，日后说不得也要向圆通和尚那样找处道场的。"

师兄弟三人聊了会儿天后，荀心家忽然把话题扯到了那笔黄金上面："我看……那二十吨黄金你有空就给起出来吧，你是麻衣一脉的当代门主，那些黄金就由你来支配。"

"道场？师兄，你不知道国内的情况，那边对宗教管理得很严格，基本没戏。"叶天摇了摇头，说道，"要我说那笔黄金还是给二师兄，在香港挑一些好苗子加入麻衣门中还差不多。"

"别，大师兄说给你，你就拿着，事情我可以做，但钱由你掌管。"左家俊一口就把话堵死了，他已经是年过六十的人了，也有上亿的身家，对那批黄金确实没有任何想法。

叶天不想再继续这个话题，摇头道："这事儿以后再说吧，都快五十年了，谁知道那些黄金还在不在。"

"在是肯定在的，师兄我藏的东西，这天下没人能找到。"听到叶天的话，荀心家笑了起来，他当时未必就没有将黄金据为己有的心思，所以那批黄金藏身的所在，可谓神鬼都找不到。加上当时跟着他的二十多个人都死亡殆尽，这世上只有荀心家一人知道黄金藏匿的具体位置了。

"得，有人来了，我去开门。"

师兄弟三人正聊得热火朝天的时候，客厅里的门铃忽然响了起来，叶天站起身往外走去。

"林老板，文兄，你二位这是？"

打开大门，叶天发现门外站着的是林荣和文銮雄二人，不远的地方还停着一辆商务车，透过窗户，能看到几个彪形大汉坐在车里。

"叶先生，是我管教不严，给您带来麻烦了。"见叶天没有把他们往里面让，林荣微微有些尴尬地说道，"张之轩那个反骨仔我已经带来了，任凭叶先生您处置！"

之前叶天遭遇佣兵追杀，唐文远震怒，惊动了整个华人世界，最后查出主凶竟然是林荣手下的一个导演，这让林老板顿时感觉面上无光，在人前都像是矮了一头。所以海外洪门中人将张之轩控制住后，林荣马上就亲自前往澳洲，将张之轩带回了香港，就等着叶天到来让他处置呢。

叶天往车里瞥了一眼，淡淡地说道："林老板，我可是正经人，这张之轩坏了什么规矩，你看着处理就行了，这事儿就不用再问我了吧？"

让叶天下手处置那些心黑手辣血债累累之人，绝对没问题，但这张之轩就是普通人一个，他还真下不去手，交给林荣或许更加妥当。

"正经人？"叶天此话一出，林荣和文銮雄眼睛里顿时冒出小星星来了，见过说瞎话的，但说得如此坦然的，他们二位还真是第一次得见。

叶天在台湾雨夜狙杀二十二位东南亚顶级佣兵的事情，早就通过各个渠道传了出来，林荣甚至连那些佣兵死状凄惨的照片都看过了，当时恶心得两天都没怎么吃下饭。而造成这一惨案的当事人，现在居然一脸正经地说自己是好人，林荣不由得在心底感叹："别人这玩的才叫作大场面，相比叶天，自己才真正是好人呢。"

"林老板，文兄，今儿晚了，就不招待二位进来坐了。"弄明白林荣的来意后，叶天下了逐客令，前次见识了文銮雄所谓的酒会后，连带着对他的那一点儿好感也荡然无存了。

"好，那就不打扰叶先生休息了。"林荣也是极有眼色之人，当下从兜里掏出一张银行卡，说道："这次是我公司的人犯错在先，让叶先生受惊了，这是林某的一点儿小心意，还希望叶先生能收下。"

"好吧，我就收下了，两位好走。"叶天想了想，将那张银行卡接了过来，他此次香港之行，除了赚了套房子和那块翡翠之外，现金却是一分都没有，反正林荣的钱来得也不干净，不收白不收。

当然，叶天若是愿意将曾玉蛟赠予他的房子卖出去的话，绝对一夜就能成为亿万富翁，因为那套一亿多买进的豪宅，现在已经涨到三亿了。

"二师兄，你这是要回去？"返身回到客厅，叶天看到荀心家正陪着左家俊往外走，不由得愣了一下。

左家俊笑道："大师兄要看你那把偃月刀，我回家里取来。"

"叶天，怎么之前没听你说起过啊？"荀心家不无责怪地说道，攻击法器的形成条件极为苛刻，流传在世的少之又少，纵然是荀心家也没见过。

"大师兄，我好东西多着呢。"叶天嘿嘿一笑，对左家俊说道，"二师兄，顺便把毛头带来吧，那小东西几天不见我，说不定要翻天了。"

叶天感觉自己这次去台湾，最大的失误就是没带上毛头，否则在那个雨夜自己也不用那般辛苦，光是毛头估计就能将佣兵团解决大半。

"好，我速去速回，正好家里还有几瓶五十年的好酒！"左家俊点头答应了，而他来回的速度的确极快，不到一个小时，一道白色的影子就蹿进了别墅。

"哎，我说，别又抓头发，靠。你这一身鱼腥味，到底是吃了多少鱼啊？"

毛头表现愤怒的方式就是帮叶天"梳头"，这一见面就蹿到叶天肩头上，两只小爪子把叶天的头发搞得像鸡窝一般。

"叽叽……叽叽！"毛头忽然停了手，在叶天肩膀处闻了一下，继而毛发炸起，尖声厉叫起来，却是闻到了叶天伤口处的血腥味。

"小师弟，你养的这小家伙倒是很通灵啊！"见到毛头因为叶天的伤势而尖叫，荀心家的眼睛不由得亮了起来，接着说道，"我早年跟随师父在峨眉山曾经见过一头白猿，除了不能开口说话之外，和人一般无二，我看这只貂儿比那白猿都不相上下了。"

"好了，别叫，没事的。"叶天安抚了一下毛头，转眼看向荀心家，问道，"大师兄，你见多识广，我想问下，这世间到底有否灵物的存在？"

在叶天脑中所得到的传承里，有一些关于远古巫族饲养灵物的记载，说是可养猿猴为仆，可养鸟雀为伴，其灵性不在人类之下。

叶天一直都把这记载当成传说来看，不过毛头的出现让他心里不确定起来，因为这小家伙的表现和传说中的那些灵物几乎没有什么差别了。

听到叶天的话，荀心家想了一下，说道："天地万物皆有灵，当然是存在的，不过现在天地元气在逐渐消失，这些东西想通灵却没那么容易了。"

"叶天这毛头肯定就是只灵物，我住的那地方，各家池塘里养的鱼儿还有鸟儿，都被它吃得一干二净了。"荀心家话声未落，左家俊的声音就响了起来，他比毛头来得要慢上一些，刚进门就告起状来。

"叽叽！"毛头用双手捂住眼睛，做出一副羞愧的模样，顿时引得几人哈哈大笑。

随后看了那把偃月刀，荀心家也是赞叹不已，直夸叶天福缘深厚。

要知道，当年荀心家跟随李善元行走江湖的时候，是近代奇门最鼎盛的时期，都没见到过这般攻击法器。

接下来的几天，叶天将一些攻伐传承秘术写了下来，留给两个师兄去修炼，自己则让阿丁带着在香港进行了疯狂购物。

这一趟出来的时间可不短，为了平息家人和女朋友的愤怒，叶天也算是花了血本，把林荣给他的银行卡里的那五百万，刷得是一分不剩。

除了给老爸和两个姑父还有表哥，每人都买了一块几十万的手表之外，叶天也不管家里那两个老太太能不能穿出去，各种名牌的时装更是买了不计其数。

"老唐来了？嗯，证件办好了啊！"

这一天叶天回到那宅子，发现唐文远正陪着两个师兄说话，在荀心家面前，放着一张香港的身份证和一份道士的度牒。

"办好了，叶天，你们什么时候走？我用专机送你们回京城吧。"见叶天走进门来，唐文远不自禁地站起身来，仿佛叶天是这宅子的主人一般。

这也不怪唐文远，任谁亲眼见过叶天所杀的那些人，恐怕在面对叶天的时候都无法像对待正常人那样相处。

"明天就走，我离家一个多月就想家了，大师兄可是数十年未归了。"叶天看了一眼荀心家，虽然这大师兄面色如常，但叶天还是能从他眼中看出一丝激动。

"好，我回去就安排。"唐文远点了点头，忽然迟疑了一下，说道，"叶天，有件事还希望你应允。"

"什么事？你说。"

"叶天，阿丁跟我二十多年了，你看是不是把他身上的隐疾给消除掉啊？"

唐文远的出身并不是很好，俗话说仗义每多屠狗辈，他也算是极有情义比较另类的一个华人超级富豪了。

"行，让阿丁这次跟我去那四合院住上几天吧。"叶天听闻是此事，当下点头答应了，阿丁这段时间跟着自己忙前跑后的，帮他化解掉体内煞气，也是叶天早已想到的事情。

听到叶天如此回答，唐文远脸上露出羡慕的神色，如果不是在香港俗事缠身，这老头一准愿意花每天一百万的租金去叶天那儿蹭住。

"对了，还有两件事给你说下。"唐文远忽然想起了林荣的嘱托，从包里拿出一份报纸递给叶天。

在这份香港报纸的最显眼处，是这么一个标题："著名华人导演张之轩闹市区被劫反抗，身中三十八刀不治身亡！"

至于另外一件事，则是香港黑道和越南帮再起冲突，所有通过香港进行偷渡业务的越南人全部被驱赶了出去，其中一个叫阮葛男的越南人死于非命。

叶天摇头笑了笑，他明白林荣的意思，之所以在闹市区砍死张之轩，就是想让消息传到自己耳朵里。而越南人被赶出香港，也是给了自己在台湾遇袭一个交代，林荣对于这件事情的处理，让他颇为满意。

"小哥，小哥回来啦！"

叶天刚刚跨进老宅四合院的大门，迎面就碰上了刘蓝蓝，这两年营养跟上了，原本干瘦的小丫头现在像个大姑娘了。

"哎呀，毛头，你怎么变瘦了啊？"见到叶天肩头的毛头，刘蓝蓝一把将其抱在怀里，小声嘀咕道，"一定是小哥虐待你了，好毛头，回头我给你买牛肉干吃！"

"说什么呢？去，到外面搬东西去，我给你买了不少衣服，还有香水啊。"

叶天笑着揉了揉表妹的脑袋，心里充满了回家的温馨，转脸向身后的几人笑道："这是我的小表妹，二位师兄，请里面坐。"

把荀心家和左家俊让进四合院，叶天拉住刘蓝蓝，说道："蓝蓝，这是你定定姐。定定，阿丁，你们两个去帮忙吧。"

这次不光阿丁跟来了，柳定定也随着左家俊来到了京城，因为要回李善元处祭拜祖师，作为麻衣一脉的弟子，柳定定自然是不能缺席的。

刘蓝蓝不是麻衣门下，倒是不用和柳定定叙辈分，否则能把柳定定郁闷死，这里是个人都比她辈分高。

"叶天，站门口说什么呢，快点儿把客人让进来啊。"说话间，叶冬梅也从屋里走了出来，看到叶天回来，也是一脸的喜色。

"小姑，啸天他母亲呢？"发现就叶冬梅娘儿俩在家，叶天不禁感到有些奇怪。

叶冬梅笑道："前几天有人捐献眼角膜，周家妹子刚刚动了手术，要过几天才能出院，大姐去医院照顾她了。"

"我还真不知道这事呢，等明儿我去医院看下。"

叶天闻言点了点头，自从周母住到这院子后，和两个姑姑相处得像亲姐妹似的，平时多个说话的人，倒是让院子平添了一份人气。

"对了，小姑，这是我两个师兄，咳咳，你们还是平辈论交吧。"叶天把荀心家和左家俊介绍给小姑，笑道，"也别去房里了，咱们就在院子里坐，我那儿还有些大红袍茶叶，大师兄可是有些年没喝过了吧？"

此时已近中秋，京城的天气也凉爽了起来，几人也没进屋，就在院子里坐了下来。

叶天曾经听师父提起过，早年他所喝的大红袍都是荀心家给寻来的，想必大师兄也好这一口，当下将卫红军送他的大红袍茶拿了出来。

"早年我家里在京城也有套宅子，一转眼就是五六十年过去了，真没想到老道还能坐在四合院里。"看着眼前熟悉的场景，荀心家不禁有些感慨，自从踏上京城这方土地，半个多世纪前的回忆就一直在心头萦绕着。

"叶天，你说的那宅子就是这里？"左家俊往四周打量了一番，一脸疑惑地看向叶天，"这里可没有什么聚灵阵啊，你说的那聚灵阵在什么地方？"

听到左家俊的话，荀心家也抬起头，不过他的修为要比左家俊强得多，搭眼一看，目光就凝聚在这院子的东南方向。

"不得了，竟然强夺皇宫龙脉，引深宫之怨气，师弟，你这真是大手笔啊！"这一看之下，荀心家脸上顿时露出惊容，身体随之站了起来，恨不得马上就去那里探查一番。

"嘿嘿，大师兄，吃过晚饭咱们再过去吧。我父亲等下就回来了，他和师父认识的时间比我还长呢，你们要见一见。"

叶天笑着拉住荀心家，对左家俊说道："二师兄，在我那里住上两个月，保证你能进入炼气化神的境界！"

"哦？有此奇效？叶师弟，你所说当真？"

听到叶天这话，左家俊脸上也是变了颜色，他虽然已经摸到了炼气化神的那道门槛，但想步入其中，恐怕还需要半年多的时间。但叶天说那四合院能缩短他晋级的时间，让左家俊心中也期待了起来。

要知道，进入炼气化神的阶段，就代表着寿命的大幅度增加，别的不说，活到百岁开外是绝对没有问题的，如同李善元，其寿命整整达到了一百三十岁。

按照某些科研机构的研究，对于人类而言，正常寿命都应该在八九十岁以上，只不过有很多因素制约了人的寿命。像生活中的压力、工作、烟酒、空气污染等等，都会递减人的寿命。而叶天这一脉的内家心法，却可以将身体内的隐患排除掉，从而使寿命增加，这也是麻衣一脉屡屡触犯天机后却又能长寿的主要原因。

"当然是真的了，回头我带你们去就知道了。"叶天笑了笑，他那四合院的灵气几近实质，用来冲关突破再适合不过了。

"师父，您回来了！"

正和师兄闲聊说着话，周啸天一脸喜色地从门外走进来，双手各提着个大箱子，那是被正在门外搬东西的刘蓝蓝给抓了壮丁。

看到叶天身边坐着两个老者，周啸天迟疑地问道："师父，这两位是？"

"好小子，我离开才一月，你就练到暗劲了啊？"叶天在周啸天身上瞅了一眼，脸上露出赞许的神色，周啸天的天赋也是很适合奇门江湖的，不过可惜的是他自小修炼的功法不同，无法融入麻衣一脉中。

"师父，前几天刚突破的。"周啸天不好意思地挠了挠头，目光却一直盯在荀心家和左家俊身上。

从进入暗劲之后，周啸天对身外事物的感知也灵敏了许多，他感觉得到，面前这两个干瘦的老头血气之旺盛，就是比叶天都差不了多少，比之自己更是不知道要强出多少倍。

这个发现让刚进入暗劲的周啸天心中生出一些挫败感，自以为也算是把好手了，没承想随便出来两个老头子自己都比不过。

叶天看出周啸天的心思，不由得笑道："啸天，这是你两个师伯，过来给师伯见个礼吧。"

"拜见两位师伯。"听到叶天的话，周啸天眼睛一亮，连忙上前给荀心家和左家俊分别鞠了一躬，心中那点儿芥蒂自然没有了，师门长辈要是还不如自己，那可真是笑话了。

"苗子是好苗子，不过练的不是本门功法，可惜了。"荀心家一脸惋惜地摇了摇头，说道，"我听叶师弟说过你的事情，你这一脉我也知道，当年被旁支夺了传承，六十多年前的时候我倒是认识几个周氏子弟，现在应该生活在湘西一带，有时间可以去那边找寻一下……"

荀心家早年跟着蒋介石的时候，等于是官方在奇门江湖的代表，对各门各派的情况，甚至比李善元还要熟悉。

早在前几天叶天说起这记名弟子的时候，他就知道了周啸天的来历，今天看到周啸天的资质不错，就把当年自己了解到的一些往事说了出来。

"六十多年前？"周啸天闻言吐了吐舌头，虽然没说话，脸上却有一丝不信的神色。

荀心家年已八旬，但多年潜修，面相就和五十多岁的人相差无几，他张口就是六七十年前的事情，自然不怎么让人信服。

"臭小子，大师伯的话你还不信啊？你大师伯闯荡江湖的时候，你爷爷都还没出生呢。"

叶天笑着拍了下周啸天，说道："行了，快点儿去帮忙吧，我从香港买了几块表，到时候你也挑一块。"

周啸天出去后，叶东平停好车子进到四合院，叶天又是一番介绍。

叶东平和李善元也是相交了二十多年，对他的一些事情甚至比叶天还要清楚，说起老道当年的一些事情，让荀心家和左家俊都唏嘘不已。

晚上的时候于清雅也赶了过来，拉着叶天到没人处自然是一番抱怨，说着说着眼泪都差点儿出来了。只是叶天的脸皮却是越来越厚了，抱住于清雅一阵猛亲，又拿出早已藏在身上的诸般礼物，到最后终引得佳人破涕为笑。

原本想让于清雅留下过夜的，不过吃过饭后于清雅还是返回了学校。

这时于清雅临近毕业，在学校有很多事情要处理，约了叶天明儿回校园帮她把一些私人物品拉回家，毕竟两人已经定亲了，也没那么多忌讳。

晚上周啸天要去医院陪母亲，叶天带着两个师兄还有柳定定和阿丁来到自己那个宅子，刚一进门，荀心家和左家俊都被那浓稠的灵气给镇住了。

"合阴阳为己用，夺天地之造化，师弟，这阵法一道，师兄也不如你啊！"荀心家潜心钻研奇门阵法数十年，但见了这般效果的聚灵阵，也唯有心服口服。

"大师兄，你就别说了，来到这里，我感觉前半辈子都白活了。"左家俊也是苦笑不已，他在香港的居所也设有阵法，但与这四合院一比，简直就是天差地远。

"师兄，先挑两间屋子住下吧。"

叶天闻言一笑，看向柳定定和阿丁说道："你们两个每周只能在这里住三天。阿丁，有一个月的工夫你那隐患就能驱除掉了。"

"是，小爷，这……这不是仙境吧？"进入四合院就变得有些呆滞的阿丁，听到叶天的话后才反应过来。

阿丁此刻站在院子里，单是呼吸就感觉到了不同，一口气吸进肚子里后，好像浑身都变得清爽了许多，脑子更是前所未有的清明。

阿丁知道唐文远之前住在这里的时候，每天是需要支付一百万租金的。只是他那会儿没有被叶天允许进入这里，所以当时还感觉有些不值，但现在就是让他掏一百万一天住进来，也是心甘情愿了。

"什么仙境啊，就是空气纯净一些罢了。阿丁，这里的事情不要传出去啊。"

叶天知道阿丁也有晨练的习惯，看了他一眼嘱咐道，"你每隔一天过来住一天，不用起得太早，在这院子里也不要做剧烈的活动。"

在聚灵阵中练功，不是每个人都能做到的，行功必然会导致对灵气的吸收加快，这对左家俊和荀心家来说，绝对是修炼功法的宝地。但对阿丁而言，他未经修炼过的身体强度，是无法负荷这里的灵气的，过量的灵气只会破坏他体内的平衡，煞气清除出去的同时，也会损及他的身体，所以叶天才专门交代了他几句。

"是，小爷，我知道了。"

阿丁虽然不明白叶天话中的意思，但他早已对叶天敬若神仙，对叶天的话执行起来更是不敢打丝毫的折扣。

"叔爷，那我呢？"

柳定定可怜巴巴地看着叶天，进到过这院子里的人，就没一个不想留下来的，在柳定定看来，她应该能在院子里多待一些时间。

"你还没进入暗劲，待的时间长了同样没好处。"

叶天想了一下，说道："你可以在这里行功，但和阿丁一样，还是隔一天住进来一天吧，定定，欲速则不达，基础要打牢稳一点儿。"

虽然实际年龄没有柳定定大，但叶天说起话来老气横秋，自有一股威严，听得一旁的荀心家和左家俊都连连点头，对师父收下这个关门弟子的眼光佩服不已。

"是，叔爷，我知道了。"见外公没有说话，柳定定知道叶天是为了她好，当下点头答应了下来。

叶天看了下表，已经是晚上九点多了，说道："行了，阿丁，你住前院，两位师兄和定定住中院，房中的被褥洗漱用品都是新换的，缺什么东西告诉我就行。"

听到叶天的话，阿丁连忙说道："小爷，缺什么东西我去置办，这点儿小事不麻烦您。"

要说身边有个帮衬的人就是不一样，阿丁如此上路，叶天都想问唐文远把他要过来了。

"小师弟，你这院子里的灵气是一天比一天少，我看住在这儿是甭想睡觉啦。"

荀心家哈哈一笑，径直进了一间厢房打起坐来，他虽然不指望突破炼气化神的境界，但早年手臂被斩断，连带着周边经脉也受损不轻，正好借此化解一下。

把众人安顿下来后，叶天回到后院自己的房间，周啸天每日都会来四合院打扫一番，虽然离开一个多月，房中倒是非常干净。

到浴室冲洗一番后，叶天来到书房，将书柜内的暗门打开，露出那个安装在墙内的保险柜。

打开保险柜后，叶天把里面那厚厚一沓师父亲手书写的传承秘术拿了出来。

按照叶天和李善元最初的商议，这些攻伐秘术并不需要传给两个师兄，不过经过香港一行叶天才发现，原来麻衣一脉的仇家着实不少。而且和两位师兄相处了一段时间，叶天也了解了他们的秉性为人，大师兄荀心家原本心性难测，但早年遭逢大变，早已看破红尘，不会用这秘术为害世人。至于二师兄左家俊也没有什么野心，只是把心思都放在了外孙女身上，并且竭力想将这一脉传承下去，也是可信之人。所以叶天就准备挑出一些秘术给二人修炼，这样即使日后遇到什么事情，就算不敌，也能护得自身周全。

叶天脑中传承的秘术众多，他与李善元整理了两年，总共整理出来十八卷上百个功法，叶天经过一番思量后，挑拣出三卷荀心家和左家俊能修炼的功法。

"大师兄，还没睡吧？我能进来吗？"拿着三卷秘术来到中院，叶天敲响了荀心家的房门。

"小师弟，我正和左师弟聊天呢，快点儿进来。"荀心家的声音传出，叶天推门走进去。

见到叶天进来，荀心家起身给他倒了杯水，说道："你枪伤还没好，怎么不早点儿休息？"

"大师兄，这是我和师父整理出来的秘术秘籍，你和二师兄一起参照修炼吧。"叶天也没废话，直接将三卷秘术放在桌子上。

"传承秘术？！"荀心家迫不及待地拿起一卷秘术，展开一看，失声道，"师父！是师父的手迹！"

"没错，是师父的手迹！"左家俊也在旁边说道，他和荀心家都跟随李善元很长一段时间，对师父的字迹早已熟记在心。

荀心家只是看了一眼那本秘籍，就合了起来，看向叶天问道："叶天，这是师父让你传给我二人的吗？"

奇门各派，一般只会将核心秘术传给嫡传弟子，也就是说，除了叶天之外，他和左家俊都是没有资格习练这些秘术的。

"师父让我酌情处理。"叶天摇了摇头，说道，"大师兄，我们这一派人丁单薄，就不用讲究那么多了，师弟现既为麻衣门主，还是有这个权力的。"

"小师弟，你这份情师兄领了。"荀心家点了点头，看向左家俊说道，"二师弟，这些秘术都是咱们麻衣一脉的核心传承，你切不可轻易传给他人！"

荀心家非常看重门派的传承，虽然他也明白这种敝帚自珍的心理对门派的发展极为不利，但一时间还是难以改变这个认知。

"师兄，我知道，除非叶师弟开口，这些秘术我绝对不会私传的。"左家俊重重地点了点头。

荀心家将三本秘术摆放在桌子正中，向叶天问道："小师弟，你这里有香烛没有？"

"有，师兄稍等。"叶天明白大师兄的意思，回到自己房中拿了香烛，然后又把挂在书房里的李善元画像取了下来。

"师父？！"

看到先师的画像，荀心家浑身一震，恭恭敬敬地用单手将画像接了过去，然后将其挂在厢房正中间的墙壁上。

点上香烛后，荀心家和左家俊跪在地上，对着那三卷秘籍和李善元的画像磕了三个头，以感谢师父的传功之恩。

代师传功过后，叶天说道："师兄，来日方长，今儿你们都早点儿休息吧。"

"知道了，小师弟你伤势未愈，回房去吧。"荀心家点了点头，不过眼睛却是望着那几卷秘术，看来今儿是没有睡觉的心思了。

叶天也没再劝，和两个师兄说了会儿闲话回了自己的房中，不过他今儿也是没打算睡觉，因为还有一件事情没有做呢。

回到屋里后，叶天打开自己的背包，从里面拿出七八个绿意盈盈的小物件放在掌心，在房间白炽灯的照射下，叶天的整个右掌都被映衬得绿油油的。这是叶天从香港赌来的帝王绿翡翠，整料留在香港让左家俊的珠宝公司去打磨手镯了，预计能做出两个完整的帝王绿镯子。

至于叶天掌心的这些，则是淘出来的料子，别看这些是手镯的下脚料，但一样是可遇而不可求的。

叶天准备将它们雕琢成挂件，然后放在四合院阵眼处滋养，这些极品翡翠对灵气的容纳度极高，说不定过上几年就能出现几件法器。

有荀心家和左家俊这两个大户住进来，想必这四合院的灵气会消散得更加快一些，是以叶天就想尽快将其雕琢出来，早些放入阵眼里滋养。

这些翡翠玉料都是按照叶天的吩咐切割好的，一共有八片，可以雕出八个挂件，叶天当下开启了台灯，在桌前雕琢起来。

从进入炼气化神的境界之后，叶天对身体的掌控力已经达到入微的阶段，每一刀刻下去所用的力道都恰到好处，一分不多一分不少。而且叶天琢玉的动作极快，只用了半个小时，一个栩栩如生的翡翠观音就出现在了他的掌心。

叶天经常会在家中雕琢玉器，是以早先买了一个小型的抛光机放在家里，这会儿却是派上了用场。

打开身边的抛光机，叶天将那翡翠观音丢进去，十多分钟后，抛光完成的那个挂件，在灯光下闪耀出一种绿到极致的幽静光泽。

四个观音四个佛像，叶天整整忙碌了一夜，全部完成后，已然可以听到鸡鸣的声音。

起身来到后院阵眼处，叶天起出地面的一块青砖，露出下面的汉白玉石，将一块汉白玉撬出后，他把八个玉器放入其中。

放置好玉器后，叶天听到中院响起开门的声音，走过去发现两个师兄分别从屋里出来，三人不由得相视一笑。

占据了四合院三个不同的位置，师兄弟三人同时站桩修炼起来，而原本灵气充裕的院子骤然一变，灵气快速地淡薄起来。

"咦，这小东西真的能修炼？"在叶天的气机感应下，发现这四合院中除了有三处在吸纳灵气之外，花园池塘边的灵气也在不断消失着。

叶天知道那是毛头所在的地方，想了一下后闭上眼睛没去多管，毛头天生就有灵性，日后能变成什么样子就看它自己的造化了。

两个小时的行功完毕，这院子里的灵气稀薄了许多，不过好在阵法运转，没过多长时间又恢复如初了。

晨练过后，师兄弟聚在一起，荀心家感应着身体周围的气机，说道："这阵法虽然好，但皇宫龙脉终究是无根之物，煞气也有限，师弟，最多两年，皇宫气运就要被用尽了。"

叶天点了点头，说道："我知道，能维持两年已经很不错了，等香港那边的房子处理好我会过去看看，如果地形合适的话，在那里也可以布上一个聚灵阵。"

"小师弟，这里虽好，不过咱们还是要先去拜祭师父，你说什么时间走呢？"

荀心家和左家俊虽然对叶天这四合院赞不绝口，但他们二人来大陆的最主要目的，就是拜祭先师李善元，是以一大早就提了出来。

叶天想了一下，说道："师兄，我在京城还有些事情要处理，再过一个星期是师父三周年的祭日，这样吧，三天之后咱们去茅山，怎么样？"

知道叶天昨天回来，卫红军、胡军等人都打了电话过来，要约叶天一起吃顿饭，不过叶天实在没空，全都推掉了。

只是叶天不是一人生活在这四九城，还有那么一大家子，多条朋友多条路，叶天想着明儿去见见他们，至少以后自己不在的时候，出了什么事也有人帮衬。

至于今儿，叶天却要去趟华清园，于清雅已经临近毕业，宿舍里有些东西要搬回来，作为未婚夫，他自然责无旁贷。

荀心家想了想，说道："行，不急在这几天，我离开这四九城也有五十多年了，正好去各处转转。"

叶天点头说道："那让阿丁陪你吧，我那辆车留给阿丁。"

由于昨儿叶天交代了自己不准早起，阿丁直到这会儿还在屋里呼呼大睡呢，叶天出去买了早点叫醒阿丁，把这两天的安排告诉了他。

听叶天让他带着荀心家游京城，阿丁笑道："小爷，不用您的车，唐爷在这边有个机构，我去那里开辆车出来就行了。"

"那也好，注意点儿安全。"叶天点了点头，他今儿要去拉东西，没车倒是不方便。

吃过早点后，叶天开着车出了四合院，不过刚拐出四合院的巷子，就踩了一脚刹车，把车停在路边推门走了下来。

"喂，你们几个，怎么安置的？"走到巷子口，叶天用手在一辆车上拍了拍。

"叶……叶先生，您是怎么发现我们的？"

车玻璃放下来，驾驶位上露出马拉凯的那张苦瓜脸，他们自以为够小心了，没想到还是被叶天发现了，这让几位顶级佣兵心里不禁产生一种挫败感。

马拉凯原是一支国际佣兵队的队长，他在叶天经历佛广山之事后，接受宋薇兰的委托，暗中保护她儿子。宋薇兰曾通过叶东平告知叶天，但叶天觉得自己根本不需要保镖，所以就拒绝了。可是她十分担心儿子的安全，就没有经过儿子的同意，雇佣了马拉凯等人。马拉凯一行人经常"跟踪"叶天，他也能感知，但是他既没有揭穿，也没有再把他们赶走，毕竟这是宋薇兰母爱的另一种表达方式，他不想太伤母亲的心。叶天拿出那部可以定位的手机晃了晃，说道："你们能找到我，我还找不到你们啦？"

说老实话，叶天还真的挺佩服这几个家伙的，昨儿才回到京城，今天他们一大早就等候在巷子口了，最起码敬业这一点是毋庸置疑的。

马拉凯知道面前这个年轻人深不可测，当下也没敢隐瞒，说道："叶先生，我们就住在这旁边的酒店，您放心，我们一定不会打扰您的生活！"

叶天笑了笑，说道："好，不过京城这地方外国人不多，你们再离我远点儿啊，就五十米外吧。"

听到叶天这话，马拉凯几人脸上不由得露出苦笑，这保镖当的，距离雇主越来越远了，五十米的距离，如果真出什么事情的话，他们就是飞过去也来不及啊。

"是，叶先生，我们会和您保持一定距离的。"

想想那天所见的二十多具尸体，马拉凯心中不由自主地产生一股寒意，自然不敢违背叶天的话，只能应承了下来。

重新上了自己那辆没开过几次的路虎车，叶天来到华清校园，做了一番登记后，直接将车子开到了于清雅的宿舍楼下。

1998年这会儿，满四九城都没几辆路虎车，叶天这车子往宿舍门口一停，顿时吸引了进进出出的人，女孩的目光是羡慕，男孩自然就少不了几分嫉妒了。

"叶天，等我一会儿，马上就收拾好了。"打通了电话后，里面传来于清雅的声音。

叶天在电话中笑道："要不要我上去帮忙啊？再说我还没进过女生宿舍呢！"

"想来就来呗，这里好几个女孩都没穿衣服呢！"

"于清雅，你才没穿衣服呢！有了男朋友就不要姐妹了是吧？"

"就是，把于清雅的衣服脱掉再让他上来。"

听着电话中传来女孩们的嬉闹声，叶天忍不住揉了揉鼻子，话说新闻系的都是美女，这一打闹春光乍泄的风景，还真是很让人憧憬啊。

"不和你说了，我马上就下去。"于清雅匆匆忙忙说了一句就挂断了。

"还是学校生活单纯啊。"

看到车前有包老爸丢下的烟，叶天拿了一根叼在嘴里，用点烟器点燃后，深深地吸了一口，心中有些怀念当年校园的生活。

"要不要给老大打个电话啊？"

叶天拿出手机找到徐振南的电话，虽然已经离开华清园三年了，但和徐振南的关系还是一如既往的好，不过与另外几个人就没什么往来了。

"叶天，我说你小子怎么抽上烟啦？"刚刚拨打出徐振南的电话，车后就传来了熟悉的声音。

"哎哟，老大，我这电话刚拨出去你就来了，敢情是飞过来的啊？"叶天闻言笑了起来，也不挂断电话，只听到后面响起一阵手机铃声。

"蓉蓉刚才打电话说你过来了，好兄弟来了，我能不来吗？"

徐振南笑着抢过叶天口中的烟，猛吸了一口连忙又塞了回去，往楼上宿舍窗口看了一眼，说道："以后少在我面前抽烟，哥们儿我都戒了！"

叶天笑着推开车门，对着徐振南的胸口就是一拳，笑道："去死吧你，意志力一点儿都不坚定，老大你要是放在解放前，一准就是个叛徒。"

这一个月来叶天在生死边缘游走了几回，神经一直处在紧张之中，眼下和徐振南闲扯了几句，倒是感到前所未有的轻松。

"哥哥我长得这么正派，怎么可能是叛徒啊？嘿，我说叶天，你这车真不错啊！比我们那煤老板的悍马车都要威风。"

来到车前，徐振南才感觉到叶天这路虎车的不同，男人没几个不喜欢车的，顿时前前后后打量起来。

"行了，你老子又不是买不起。"

叶天一把拉过徐振南，说道："一会儿和卫蓉蓉去我家里吃饭吧，咱们哥俩很久没喝一杯了。哎，我说你脸色怎么回事？又是打球碰着的？"

和徐振南打了个对脸叶天才发现，这哥们儿右眼圈黑黑的，左腮帮子也肿了起来，形象和他刚才所说的正派完全不搭边。

不过叶天知道，徐振南最喜欢打篮球，以前他在学校的时候这哥们儿就经常被撞得鼻青脸肿的，是以也没当回事。

"不是打球，和空手道社的几个孙子练的。"看到叶天脸上露出不怀好意的笑容，徐振南嚷嚷了起来，"哎，我说叶天，哥们儿可没给咱们中国人丢脸啊，那孙子也被我踹了一脚，内伤，那孙子肯定内伤了。"

叶天忍住笑，问道："我说你篮球打得好好的，怎么和空手道的人干上了？"

这大学校园里有很多学生社团，都是由学生自己发起然后在学校备案的，如果条件许可的话，学校还会提供诸如场地等一些便利。

叶天虽然知道这些社团，不过他在学校满打满算还没待满半年，是以和那些社团也没什么交集。

徐振南看了叶天一眼，有些不好意思地说道："蓉蓉说我个子大没用，现在男人要会功夫才有安全感。"

"我说你就不能有点儿出息啊？"听到徐振南这个强大无比的理由，叶天彻底无语了，老大这一辈子看来就毁在那小辣椒手上了。

"等等，我接个电话，是咱们武术社打来的。"正说话的时候，徐振南的手机响了。

"喂，我在女生宿舍这边，什么事啊？什么？那帮孙子请高手来了？别怕，哥们儿我马上就过去，靠，灭了他们丫的！"

"老大，这才几个月没见，怎么变得像只好斗的公鸡了啊？"

见到徐振南义愤填膺的样子，叶天不由得感觉有些好笑，都被人打成这副模样了，居然还叫嚣着要灭了别人！

看到叶天强忍着笑的样子，徐振南很是不爽，说道："我说叶天，你小子别瞧不起哥哥，前天那空手道社的副社长，被我一脚就给踹倒了，我现在是武术社的绝对主力啊……"

"对，前儿我们家振南很厉害的。"徐振南话声未落，一个清脆的女声响了起来，是四个女孩从宿舍里走了出来，最前面的正是于清雅和卫蓉蓉，每个人手上都拎着点儿东西。

"哎哟，蓉蓉，这么快就成你们家振南了啊？"

"就是，比于清雅那位还要肉麻呢。"

几个女孩同一宿舍住了四五年，关系都非常好，卫蓉蓉刚夸过徐振南，立马被人抓住了小辫子。

"就是我们家的，怎么的吧？你们这是嫉妒！"卫蓉蓉小辣椒的外号可不是白叫的，当下挺起胸膛反驳了起来，一帮女孩嘻嘻哈哈地在宿舍门口闹了起来，看得一帮路过的男生纷纷往肚子里咽口水。

"清雅，东西给我吧。"等女孩们嬉闹了一阵之后，叶天将车子的后备箱打开，把于清雅手中的东西接了过来。

一个圆圆脸长得十分甜美的女孩注意到叶天的动作，说道："看，还是于清雅家里的有风度，帅哥，听说你以前就在华清读书的？"

重返校园后，叶天心情好了许多，想起当年入校时的情形，脸上故意摆出一副老实的样子，说道："是，师姐好！"

"说说，你是怎么追到清雅的？"

"就是，新闻系第一大美女被人追到了，必须坦白。"

叶天在华清园待的时间很短，除了卫蓉蓉之外，于清雅别的几个同学都不认识他，眼见叶天如此好说话，一个个都围了过来。

"真的要说？"叶天眼中露出一丝狡黠。

"行了，别搞怪了。"于清雅可是对叶天知之甚深，嗔怒地推了他一下，说道，"姐妹们，从今儿起咱们就真的各奔东西了，今天我做东，大家一起出去吃个饭吧？"

"好啊，清雅，地方要我们挑啊。"

"就是，今儿要你男朋友好好出点儿血。"

几个女孩听到于清雅的话后，都点头同意了。

其实她们倒未必有宰叶天的意思，新闻系的美女是不缺人追求的，几个女孩的男朋友也都挺有钱的，只是叶天今天碰上了，自然要他做东了。

"没问题，女士们，请上车吧。"叶天笑着拉开车门，对徐振南说道，"老大，你坐前面。"

徐振南闻言愣了一下，期期艾艾地说道："叶天，我……我那边还有事啊。"

叶天被徐振南的样子给逗乐了，笑道："不就是学生社团之间的比试吗？少你一个社团就办不下去啦？"

"叶天，不能这么说，日本的柔道、空手道什么的，都是从中国武术里演化过去的，现在反过来说中国武术不行，这不是欺师灭祖吗？"

徐振南很认真地摇了摇头，说道："不行，我得去看看。叶天，要不你们先去吃饭，我一会儿自己赶过去？"

"振南，我陪你去。"卫蓉蓉这会儿倒是很温柔地挽住了徐振南的胳膊，说道，"我去给你加油助威！"

听到卫蓉蓉的话，徐振南那张脸顿时乐开了花，胸膛都比之前挺直了许多，大声说道："好，我一定好好教训下那帮小日本！"

算上自己和徐振南一共就六个人吃饭，这一下走俩也没什么意思，叶天想了一下说道："得，要不咱们都去给徐老大加油助威吧？"

在叶天看来，练武无非就是两种目的，一种是强身健体，一种就是战场杀敌。像韩国的跆拳道和日本的柔道、空手道，虽然已经被列为奥运比赛项目，但是在叶天眼中，那都是些花拳绣腿，压根就不值得他去关注。

听到叶天的话，圆圆脸女孩也开口说道："好，咱们都去，那些日本人是挺狂的。"

于清雅点了点头，说道："那就去吧，反正距离吃饭时间还早。"

武术社的场馆距离这里并不是很远，叶天把车子停在宿舍旁，几人走了过去。

叶天拉着于清雅走在后面，小声问道："清雅，怎么回事啊？不就是武术社和空手道社之间的学生比试，至于搞得这么同仇敌忾吗？"

因为和卫蓉蓉关系好，于清雅倒是很清楚这件事，说道："原先是没什么，两个社团各收各的成员，不过上学期有个新入学的日本学生，说中国武术不如空手道，这才让两个社团对立了起来……"

其实日本人也不是都很狂妄，最早的空手道社社长和武术社之间相处得倒还算融洽，两者之间并没有什么明显的矛盾。但空手道社的那个日本社长去年毕业返回日本了，而新入学的一个日本学生却很狂妄，屡次挑衅武术社的成员，就是那个学生的到来，让两边的关系恶化了起来。

这半年多来，空手道社和武术社多有切磋，也互有输赢，学生之间的较量，都是拿拳头上，倒是没出过什么大事。

徐振南虽然接触武术的时间比较短，但胜在身体强壮，学了几招把式之后，靠着蛮力倒是也打出了名声，只不过每次都是杀敌一千自伤八百罢了。

"老大这人，还……还真是对卫蓉蓉死心塌地？"

知道徐振南练武初衷的叶天，听完于清雅的这番话，心中不由得哭笑不得，做男人做到徐振南这份儿上的，也算是奇葩了。

华清大学武术社的场地是占用的一间室内羽毛球馆，他们只能在周一、三、五的晚上和周末两天使用。

今儿正是周六，原本是学生出校游玩的日子，不过此刻在武术社的场馆门口，却很热闹，四五十个人正围在那里说着什么。

"没有日本人啊？"叶天的眼睛多毒，搭眼扫过去，并没有发现穿着空手道服饰的人，

"哎，徐老大来了，今儿让他打第三场压阵！"

叶天身边的这美女组合总是很吸引人注意，还没走到近前，那帮子正在商量事情的学生的注意力顿时被吸引了过来。

"怎么？他们还没来？"

徐振南很享受这种被众人簇拥的感觉，左右手相互捏着自己的关节，不断发出"噼啪"的声音，说道："对方来的是什么高手啊？我说你们哥几个搞定不就行了？"

徐振南虽然功夫不怎么样，但也是大四的学生了，年龄足够大，加上为人豪爽，经常掏钱请客，倒是让这一帮学弟对他心服口服。

"徐老大，这是他们下的战帖，你看看。"一个瘦高个从人群里钻出来，手里拿着一张黑色的帖子，递给徐振南。

"黑帖？对方是不懂规矩还是要下毒手啊？"

看到那张帖子，叶天的眼皮不禁跳了一下，在江湖中下黑帖，那是不死不休的意思，可这是在大学校园，双方也没那么大的仇恨吧？

"三场两胜制？"

徐振南看了一下帖子上的字，对那瘦高个说道："行，回头李峰打第一场，阿肥打第二场，我打第三场，大家看怎么样？"

徐振南口中的阿肥，是一个身高一米八左右，体重估计也不下一百八十斤的学生，听到徐振南点了自己的名字，那人应了一声同意了。

徐振南这样安排也是有自己的道理的，他虽然在武术社人缘很好，但自己知道自家事，论功夫，他在社里最多只能排第三。

至于第一和第二，就是刚刚的李峰和阿肥了，李峰出身于冀省形意拳世家，年龄虽然只有十九岁，但一身功夫确实不错，至少徐振南在他手上就过不了三招。而阿肥则是豫省人，生活在少室山下，五岁的时候被他爸送到当地武校练了八年。

别看阿肥长得痴肥，脑子却很好使，学习成绩特别好，前年以豫省高考状元的身份考入了华清，绝对能称得上是文武双全。

"身上倒是有点儿功夫。"站在一旁的叶天微微点了点头，虽然这二人比柳定定都差了很多，但作为大学生而言，已经算是不错了。

安排好比试的出场顺序后，徐振南大声说道："走，咱们先进去，站在这里还准备迎接他们啊？"

"对，站这里会弱了气势的。"

"走，大家进去，先把场地搞好！"

听到徐振南的话，五六十个学生蜂拥进了场馆内。

这里面属于武术社的只有二十多个，其他的和叶天等人一样，估计都是来看热闹的，俗称拉拉队！女孩子倒是占了一大半。

众人七手八脚地将场馆内的羽毛球网拆了下来，在场地中间铺上了一层垫子，然后又在四周拉上绳子，一番布置后，倒是搞得有模有样的。

指挥着众人布置好场地后，徐振南一屁股坐到叶天旁边，一脸扬扬得意地说道："叶天，怎么样？哥哥不打篮球练武术，一样混得风生水起吧？"

大学篮球队不像高中，强手很多，而且对身高的要求也很高，徐振南只有一米八多，所以在篮球队混得并不如意，没承想却在武术社找到了自己的位置。虽然不是练武出身，但徐振南的组织能力还是很强的，在去年大四老生毕业之后，他就成了武术社的现任社长，当然，这不是论功夫高低选出来的。

"老大，回头别再让人打得鼻青脸肿啊！"叶天闻言笑了起来，以他的见识和这段时间九死一生的经历，根本就没把这比试放在心上，如果不是徐振南要来，他才没工夫坐在这里观战呢。

"切，别以为你会两手，哥哥这两年也不是白练的。"

徐振南对叶天的话嗤之以鼻，他知道叶天身上有功夫，但到底有多高，他就摸不清楚了，因为叶天从未当着他的面出过手。

"他们来了，蓉蓉，你们坐在这里就好，看我怎么收拾那帮小鬼子！"

正说话间，从武术社场馆的门口走进一群年轻人，大概也有四五十个人的样子，徐振南见状连忙站起身迎了过去。

走在那帮人最前面的，是一男一女，而两人身后的那人，却像是身上有伤，被另外几个学生架着走进场馆。

"他们几个还真是阴魂不散啊！"

在那帮人的身后，叶天看到几个熟悉的身影，却是马拉凯那四个老外，他不禁有些哭笑不得，也不知道这哥几个是怎么混进华清园来的。

"算了，只要不来烦自己，他们爱干什么就干什么吧！"

见到马拉凯很上路地在场馆另外一角坐了下来，叶天也就没去多管，将注意力放到那些空手道社人的身上。

"这些都是华清的学生？"见到那边的声威丝毫不比自己这边弱，叶天不由得向身边的于清雅问了一句，他虽然不怎么关心这场比试，但对于同胞里出了汉奸的事情还是比较反感的。

于清雅点了点头，说道："都是华清的，不过大部分都是日本和韩国的留学生，中国人比较少。"

"嗯，这还差不多。"听到于清雅的话，叶天心里舒服了起来，即使中国当代武术没落了，也不是小日本可以欺凌的。

"宫本健太，怎么着，被我打败了不服气，叫帮手来了？"

这会儿徐振南已经带着人和对方迎上了，他不认识走在前面的那一对男女，这话是对着后面受伤的那人说的。

看着面前的徐振南，宫本健太脸上露出怨毒的神色，大声说道："你没有武德，踢在了我的下身，胜之不武！"

"这……这是怎么回事？"

前面的徐振南还没说话，叶天倒是愣住了，敢情这不是比试是来寻仇的啊？

坐在于清雅旁边的卫蓉蓉有些不好意思地说道："他们两个比试的时候，振南好像……好像踢到他下身了吧！"

"靠，撩阴腿啊！哈哈！"叶天闻言大声笑了起来，虽然这招式有点儿上不得台面，但撩阴腿确实是在对战中制胜的奇招。

撩阴腿是指以脚面撩击对手裆部，轻则疼痛难忍，重则丧命，最为人所不齿之处在于，此处受伤后会引起器官损坏，造成不能生育，古谓"断子绝孙"。

在江湖中"点到为止"的武德观念下，这样的招式实在是阴险至极，不过徐振南又不算什么江湖中人，对日本人用上这招数，叶天是举双手赞同的。

叶天的笑声十分大，让整个场馆的人都看了过来，站在最前面的那个日本人顿时脸色铁青，操着生硬的汉语说道："你们中国人，不懂礼貌！"

"哎，我说，我笑我的关你什么事啊？"叶天没好气地说道，"拳脚无情，刀枪无眼，比武输了就是输了，找那么多理由干吗啊？"

"说得好，怕输就不要来比试嘛。"

"就是，我们社长脸上的伤还没好呢，我们也没说什么啊！"

"日本人就是输不起，有本事再来打过，再说社长也不是故意踢他下身的。"

叶天话声一落，徐振南这方的人顿时大声叫起好来，话说一脚踢在别人裆部使其失去战斗力，原本使武术社的人感觉面上无光，叶天这么一说，把形势扭转了过来。

其实徐振南当日真不是故意的，他本不是那个宫本健太的对手，被接连掴了几跋脸上又挨了两拳之后，哪里还记得什么招式？胡乱一腿踢出去，就踢到了宫本健太的子孙根上。

听到对面传来的声音，宫本健太眼睛一黑，差点儿没晕过去，大声喊道："你们……你们无耻！"

在前天挨了一脚后，宫本健太一直感觉下身很不舒服，到了半夜的时候更是疼痛难忍，连夜去医院做了检查，却得出一个晴天霹雳般的消息，他很有可能因此失去生育功能。

宫本健太是日本北宫家族的一个旁支，虽然不受本家重视，但宫本健太却是这一旁支的嫡系，如果真的失去了生育能力，那绝对会引起轩然大波。

"表弟，不要和他们说那么多，中国人有句古话，叫作手底下见真章！"宫本健太还待再说话的时候，却被他身边的那个年轻人拦了下来。

"是，表哥，一切，都拜托您了！"听到那年轻人的话，宫本强忍着裆部的疼痛，双腿一夹，对着那人鞠了个躬。

"放心吧！"

那人拍了拍宫本健太的肩膀，往前走了一步，说道："我是韩国首尔大学的学生北宫太郎，也是首尔大学空手道和跆拳道两个社团的社长，我想代表首尔大学空手道社，来领教一下华清大学的中国武术！"

"北宫太郎？！"

听到这个名字，叶天的眼睛眯了起来，连他自己都不知道，每当心中生出杀意的时候，他总是会不自觉地眯起眼睛。

在日本，虽然叫北宫的人很多，但以武术世家而论，只有北宫一刀流，叶天不知道场内的那个年轻人，和北宫一刀流是否有着什么关系。

"好，就按你们战帖上说的，三局两胜，你们出战的是哪三个人？"徐振南也不想继续和对方啰唆，话说踢了别人裆部取胜，他也是有点儿面上无光的。

"我和朴金熙小姐出战。"

让众人没想到的是，北宫太郎竟然是要和他身边的那个女孩一起出战，而且那女孩还是一个韩国人！

"韩国人什么时候和日本好上了？"

坐在场馆边上的叶天闻言也是一愣，要知道，韩国所受的日本的荼毒仅在中国之下，向来对日本也是仇视得很，但这韩国女孩为何要帮着北宫太郎出战呢？

"我有一个要求！"

北宫太郎忽然隔着人群指了一下叶天，说道："正如那位同学所言，刀剑无眼，拳脚无情，如果双方出现什么伤势，不得追究对方的责任，你们如果同意的话，比试就可以进行了！"

"谁怕谁啊？我们才不会像宫本健太那样呢。"

"就是啊，徐老大，答应他们，回头再送他们一脚！"

"去死，没见有女孩吗？这撩阴腿可不能对女人使用。"

北宫太郎的话让武术社这边的人鼓噪起来，他们都是二十出头的年纪，正是初生牛犊不怕虎，恨不得场面越激烈才越好看。

"好，我答应你！"听到身边武术社众人的鼓动，徐振南一时只感到热血沸腾，张口就答应了下来。

站在旁边的阿肥和李峰虽然察觉有些不对，但徐振南已经开了口，他们二人自然无法再说什么了。

"那好，我们写一个约定吧，省得到时候对方纠缠不休！"

北宫太郎面无表情地说道，身后一个人马上递上来一张战帖，和之前徐振南他们收到的一模一样。

北宫太郎在上面写了几句话之后，签上自己的名字，将战帖递给徐振南。

"写就写，谁怕谁啊！"

徐振南也不傻，心里微微感觉有些不妙，但此时已经骑虎难下了，如果退缩的话，传出去这武术社就不用再办下去了。

尤其对方还是日本人，这脸就更不能丢了，徐振南当下接过那张帖子，浏览了一下上面那几句话，咬了咬牙在上面签了字。

"唉，老大真是个笨蛋啊。"见到这一幕，叶天不禁摇起头来，徐振南练了两年的武术，还真以为自己天下无敌了？

将战帖置于场地中间的一个桌子上，北宫太郎一指徐振南，大声说道："好，第一场，我要挑战你！"

"哥们儿还怕你不成啊？"见到对方上来就挑了自己，徐振南也是心头有气，当下就脱起衣服来。

李峰早就感觉事情有些不对劲，连忙拦住徐振南，说道："徐老大，还是我先上吧，按照咱们的计划来。"

徐振南虽然冲动，但人并不傻，他也感觉到对方刚才的举动，就是冲着自己来的，当下对北宫太郎说道："三局两胜，我们这边由李峰打第一局！"

从规则上而言，徐振南这样做是无可厚非的，即使是北宫太郎也说不出什么。

盯着徐振南看了一会儿后，北宫太郎竟然后退了一步，对身边的女人说道："朴金熙小姐，第一、二局，就麻烦您了！"

朴金熙看了一眼北宫太郎，并不是很买他的账，用韩语说道："北宫太郎，你要搞清楚，我跟随北宫英雄学刀，并不是你家的奴仆！"

"朴金熙小姐，我想您是误会了，中国人看不起空手道和你们韩国的跆拳道，咱们这是为自己正名而已！"

北宫太郎对着朴金熙深深地鞠了一躬，接着说道："我们北宫家族对韩国七星电子的收购，一定会首先慎重考虑你们朴家的意见，朴金熙小姐，拜托了！"

对于面前这个女人，北宫太郎确实不敢用命令的口吻说话。因为这个女人除了是韩国跆拳道宗师朴正泰的孙女之外，还是他北宫家族一位大人物的徒弟，专门跟随那人修习北宫一刀流。

按照家族那个大人物的说法，朴金熙天赋极强，虽然不是日本人，但已经得到了他的传承，北宫太郎自问绝对不是她的对手。

听到北宫太郎提及家族生意，朴金熙眼中露出一丝无奈，说道："好吧，我只打一场，剩下的我就不管了。"

这些年亚洲金融危机对韩国冲击很大，由于朴金熙的爷爷朴正泰在日本有着很深的人脉，所以朴家的生意和日本往来就多了起来。不过正是因为如此，现在朴家却面临着尾大不掉的局面，很多生意只要日本方面一撤资，马上就会瘫痪，所以明知北宫太郎是威胁自己，朴金熙也无可奈何。

"北宫英雄？清雅，你没听错吧？确定是北宫英雄这个名字？"

朴金熙和北宫太郎一直都用韩语进行着对话，只是他们没想到，于清雅是新闻专业出身的，除了英语之外，她辅修的就是韩语和日语。所以两人对话之时，于清雅一直在给叶天小声翻译着，当听到"北宫英雄"这个名字时，叶天的眼神顿时变得凌厉起来，嘴角不由地撇过一丝不易觉察的冷笑。